Die Macht des Mohns

Zum Buch

Die Macht des Mohns ist ein historischer Roman zur Zeit Napoleons über Geldgier, Rache und Liebe, über Freimaurer und Illuminaten, über die Poesie der Romantiker und über die Verbundenheit der Protagonisten zum Entdecker des Morphiums - ein Roman voller Spannung, Abenteuer, Romantik und Humor.

Paderborn 1804. Bei der Suche nach einem neuen Arzneistoff entdeckt der Apothekergehilfe Friedr. Wilh. Sertürner im getrockneten Milchsaft des Schlafmohns eine Substanz, die er später als *Morphium* bezeichnet. Dem Entdecker dieses Opiumextrakts bleibt jedoch die Anerkennung verwehrt.
Derweil hadert nicht nur Sertürner mit seinem Schicksal. Auch für seine drei Freunde, mit denen er bei einem Selbstversuch beinahe zu Tode kommt, hält das Leben seit Kindheitstagen kein leichtes Los bereit:
Das Findelkind Ludwig wird wegen eines Erbes entführt. Der von seinen Eltern getrennt lebende Ferdinand sucht bei der Bewältigung seiner traumatischen Erlebnisse in der Ehe mit Agnes Halt. Die Verlobung des beim Paderborner Hofbuchdrucker ausgebildeten Ernst mit Agnes' Zwillingsschwester Elsbeth zerbricht an den Emanzipationsbestrebungen der Braut, nachdem beide in Berlin die in den literarischen Salons gepflegte Poesie der Romantiker kennengelernt haben.
Die Macht des Mohns erleben die Freunde bei dramatischen Ereignissen mit tragischem Ausgang, als sie Ludwigs Adoptiveltern bis ins Frankenland verfolgen, weil diese als Mitglieder des in Ingolstadt gegründeten Illuminatenordens an dem Verschwinden der Aachener Kleinodien aus dem Paderborner Kapuzinerkloster beteiligt zu sein scheinen.
In Hameln geraten die Freunde schließlich an einen rachsüchtigen Magistratssohn sowie an einen zwielichtigen Oberst. Dieser ist Befehlshaber in der zunehmend verhassten napoleonischen Grande Armée, die erst bei Waterloo entscheidend geschlagen werden kann. Auch dort entfalten die Stoffe des Mohns einmal mehr ihre vielfältige, jedoch nicht immer wünschenswerte Wirkung.

Der Autor

Hans-Georg van Ballegooy, Jahrgang 1957, studierte Germanistik, Theologie und Pädagogik in Münster/Westf. Nach seiner Ausbildung zum Gymnasiallehrer war er im Bereich der Öffentlichkeitsarbeit für ein weltweit engagiertes Hilfswerk aktiv.
Gegenwärtig ist er als Therapeut in einer Neurologischen Klinik pädagogisch tätig.
Der Hobby-Autor ist verheiratet, hat zwei erwachsene Kinder und lebt in der Nähe der Stadt Hameln im Weserbergland.
Diese Stadt - in der vor rund 200 Jahren der Entdecker des Morphiums F. W. Sertürner etliche Jahre seines Lebens wirkte - sowie die Romane von A. Schacht, S. Ebert, R. Dübell, R. Günther u. a. inspirierten den Autor, einen historischen Roman zu schreiben, der zur Zeit Napoleons handelt. Ohne sich auf die Schlachtengetümmel jener Zeit zu fokussieren, gibt der Autor in unterhaltsamer Form Impulse, um über Werte, Normen und menschliches Verhalten nachzudenken. Dabei lässt er Spannung, Romantik und Humor nicht zu kurz kommen.

Hans-Georg van Ballegooy

Die Macht des Mohns

Historischer Roman

Bibliografische Information der Deutschen Nationalbibliothek:
Die Deutsche Nationalbibliothek verzeichnet diese Publikation
in der Deutschen Nationalbibliografie; detaillierte bibliografische
Daten sind im Internet über http://dnb.dnb.de abrufbar.

Herstellung und Verlag:
BoD - Books on Demand, Norderstedt

ISBN 978-3-8423-5797-6

Inhaltsübersicht

für Susanne

die mich zum Lesen historischer Romane
und zum Schreiben ermuntert hat

und die mir im gemeinsamen Alltag
stets Freiräume eröffnet,
ohne die auch ein derartiges
schriftstellerisches Projekt
nicht realisierbar wäre.

Prolog

Hinterzimmer der Cramerschen Hofapotheke, Paderborn 1804

Unangenehm stickig war die Luft in dem engen Raum, der als Versuchslaboratorium genutzt wurde. Schwitzend und im Verlangen nach frischer Luft schaute Ludwig sehnsüchtig zum Fenster, das geschlossen bleiben sollte. Fremde Blicke waren unerwünscht. Im Fensterglas spiegelte sich sein Gesicht. An der Wand links daneben hing ein blauer Gehrock seines Freundes. Teilweise wurde dadurch ein Krug auf der Fensterbank verdeckt, in dem sich ein Blumenstrauß aus verschiedenen Getreideähren, Schafgarbe und Mohn befand. Draußen dunkelte es. Derweil ließ der Lichtschein einer Laterne auf einem großen runden Holztisch die überwiegend getrockneten Mohnkolben golden erstrahlen. Einzelne noch grünliche, unreife Mohnkapseln auf ihren blattlosen Stängeln boten dazu einen Kontrast. Einige der kugeligen Kapselfrüchte wiesen kleine Poren auf, aus denen munter winzigkleine stahlblaue Samen rieselten.

Ludwig beobachtete den angehenden Apotheker, der vor ihm am Tisch stand, eine kleine Waage in der einen Hand haltend, während er mit der anderen höchst konzentriert ein Pulver in eine Waagschale gab. Sein Oberkörper warf einen Schatten, der bedrohlich über die rückwärtige Wand huschte. Die zahlreichen Flaschen, Schalen und Mörser mit ihren Stößeln auf dem Regalboden schienen in Bewegung zu geraten.

Links und rechts neben ihm saßen zwei weitere Freunde, die benommen wirkten und sich den Kopf stützten. Er nahm ihre glasigen Blicke wahr. Ein letztes Mal schauten seine Freunde auf und versuchten vergeblich, Worte zu formen. Dem einen drohte ein Becher aus der Hand zu fallen. Etwas von der darin befindlichen Flüssigkeit war bereits verschüttet.

Auch ihm selbst entglitt das Glas, aus dem er - nun schon zum dritten Mal innerhalb kürzester Zeit - ein in Alkohol und Wasser gelöstes Pulver zu sich genommen hatte.

Wieder betrachtete Ludwig den Schlafmohn. Aus einer der unreifen Kapseln tropfte ein milchiger Saft. Er hatte erfahren, dass Mohn zu den ältesten Kulturpflanzen gehörte und schon im alten Griechenland daraus Opium für kultische und medizinische Zwecke gewonnen wurde. Inzwischen wusste er auch, dass die Mohnkapsel das Symbol für Morpheus war, den Gott des Traumes. Aber auch für Nyx, die Göttin der Nacht und für Thanatos, den Gott des Todes stand dieses Symbol.

Zusammen mit dem Apothekergehilfen glaubte er, im Opium etwas Neues entdeckt zu haben. Sie hofften, der Heilkunst ein Mittel zur Verfügung stellen zu können, das Schmerzen stillt und das medizinische Eingriffe für Patienten erträglicher macht. Zahlreiche Experimente hatten sie durchgeführt, auch mit einem Hund. Und nun hatte er sich mit seinen Freunden zu einem Selbstversuch bereit erklärt.

Ludwig war der Jüngste der Anwesenden und schämte sich seiner Ängste, die ihn zu übermannen drohten. Der Fünfzehnjährige vernahm das Stöhnen seiner Freunde. Er spürte heftige Magenschmerzen, gefolgt von einer Neigung zum Erbrechen. Ein dumpfer Schmerz im Kopf. Sein linker Mundwinkel zuckte. Eine Wange fühlte sich

taub an. Ein Krampf im Schlund. Der Hals wie verschnürt. Ein Rasseln. Erstickungs-
not. Und im Zuge aufkommender Panik kam ihm ein Kaleidoskop merkwürdiger
Bilder in den Sinn, die kurz erschienen und sogleich wieder verschwanden. Traum-
bilder. Mal klar und mit deutlichen Konturen, mal diffus, verschwommen, schemenhaft und vage. Erinnerungen und Phantasien, die er jedoch nicht mehr voneinander zu
trennen vermochte:

Ein kräftiger, schwindelerregender Wirbel entwickelte einen Sog hinauf in die Lüfte
und riss ihn mit sich. Regen peitschte ihm ins Gesicht. Eiskalter Wind pfiff ihm um die
Ohren. Seine Augen tränten. Er kniff sie zu. Er wollte nicht sehen, wohin es ihn trieb.
Beinahe ergab er sich dieser Kraft, die ihn passiv werden ließ. Widerstandslos. Nahezu
willenlos. Er verlor jegliches Zeitgefühl.

Trotz seiner drohenden Selbstaufgabe verspürte er noch ein geringes Maß an
Verlangen - den Drang, dass dieser Albtraum ein Ende nehmen möge.

»Mephisto!«, jammerte er.

Dem Flehen folgte ein lang anhaltender Schrei des Schreckens. Todesangst. Dann
eine Welle der Erleichterung. Er fühlte, wie er aus der Luftströmung hinauskatapultiert
wurde. Er öffnete die Augen, als er das ohrenbetäubende Lachen eines Wahnsinnigen
zu vernehmen glaubte. Er erkannte, dass er auf der Kuppe eines Berges angelangt war.
Lichtblitze, die für Augenblicke die Dunkelheit zerrissen. Schwarze Abgründe. Aus
den engen Schluchten und Spalten kroch grauer Nebel hervor. Hier und da schossen
Flammen empor, die Rauchwolken sichtbar machten. Und Gestalten, die in dem
vermeintlich undurchdringlichen Dunst verschwanden. Andere zwängten sich aus der
Umklammerung des dichten Qualms und jagten auf ihn zu.

»Komm her zu mir!«, lockte ihn eins dieser gesichtslosen Wesen.

»Nein, zu mir, zu mir!«, zischte eine andere Stimme. Ihr Klang war nicht weniger
ordinär als die erste. Eine weitere ließ ein Echo hören. Vieltausendfach hallte es wider.

Als er seine Hand nach ihr ausstreckte, veränderte die Erscheinung ihr Aussehen.

Ein haariges Wesen mit funkelnden Augen und boshafter Fratze erinnerte ihn
daran, dass er dem Teufel auf den Blocksberg gefolgt war. Ob er es schon vergessen
habe, dass er als unzufriedener rastloser Gelehrter einen Pakt mit dem Satan geschlossen und ihm seine Seele versprochen habe, wurde er gefragt. Jetzt dürfe er das Leben
in Fülle genießen, wurde ihm zugesichert.

»Hier wird deine Begierde aufs Neue entfacht«, sprach der Verführer. Und mit
einem schallenden Gelächter wurde ihm zugerufen: »Genieße es!«

Schon kostete er die Liebschaft mit einer jungen Frau aus. Dann gab er sich nach
einem turbulenten Tanz einigen lüsternen Hexen hin.

Im Augenblick seiner höchsten Erregung erschien ihm ein Grobian mit einer
markanten Narbe im Gesicht, der von ihm sein Erbe forderte. Nahezu gleichzeitig
sprang einer der Xanthippen ein rotes Mäuschen aus dem Mund. Er erbrach. Die Hexe
kreischte ihm ins Ohr, dass sein Gretchen ein Kind geboren und es aus lauter Verzweiflung ertränkt habe. Dafür werde sie nun die Verantwortung zu tragen haben. Man
werde sie hinrichten.

Vom vollen Mond beschienen trat die junge Frau, die ihn zuerst verwöhnt hatte,
erneut in sein Blickfeld. Er beobachtete, wie sie in ihrer ganzen Schönheit den Fluten
eines Gewässers entstieg. Sie trug lediglich ein rotes Halstuch. In lasziven Bewegungen bedeckte sie ihre Blöße, indem sie ein türkisfarbenes Gewand anlegte. Jetzt
ähnelte sie einer Nixe, wobei sich der Liebreiz ihres Gesichts zu einem Ausdruck

heftigsten Seelenschmerzes wandelte. Niedergeschlagenheit. Schwermut. Sie verlor ihre Anmut. Die verzerrten Gesichtszüge ließen unendliche Qualen erahnen.

»Gretchen«, durchfuhr es ihn. »Giulia! Silvana!« Die Namen geisterten durcheinander.

Er erflehte vom Teufel Hilfe. Doch der Satan ließ nur ein triumphierendes Schnauben hören. Schrill erklangen die Worte, die ein Unbehagen in den Ohren erzeugten. Ihm wurde zwar zugesagt, dass man ihn zum Kerker führen werde, befreien müsse er seine Liebste aber selbst. Dann entschwand der Verführer in der Form eines Irrlichts, das kleiner und kleiner wurde und sich am Horizont im Nichts auflöste.

Er drehte sich um und schauderte. Nunmehr wähnte er sich in einer Kerkerzelle einem furchteinflößenden Mann gegenüber. Wieder die ausgeprägte Narbe, die das Gesicht dieses Mannes entstellte.

»Na endlich, Bastard! Wo bleibst du denn«, schalt das Ungeheuer ihn.

»Mephisto?«, fragte er unsicher. »Oder wer bist du wirklich? Was willst du noch von mir? Meine Seele habe ich dir doch schon verkauft!«

»Du kennst mich nicht? Gleichwohl, du weißt, dein Erbe will ich und dein Weib.«

Wie sein monströses Gegenüber wandte er sich der jungen Frau in ihrem türkisfarbenen Gewand zu.

»Wir müssen fliehen!«, beschwor er sie.

Doch sie schüttelte nur den Kopf. Sie schien ihm etwas mitteilen zu wollen, was er kaum verstand.

»Ludwig«, formte sie tonlos mit den Lippen, »der Stab wurde über mich gebrochen! Von meiner Schuld kannst du mich nicht loskaufen! Ich muss den letzten Weg alleine gehen. Gib auf dich acht!«

Sie entfernte das Halstuch und ein Mal wurde sichtbar. Ludwig erschrak.

»Sie kann das Haupt auch unterm Arme tragen«, wisperte das Scheusal neben ihm. Die Worte weiteten Ludwigs Augen. Bestürzung. Entsetzen. Grauen. Der Gang zur Richtstätte war also bereits angetreten worden. Der Henker hatte sein Werk vollbracht.

Ludwig verdammte die neben ihm stehende Bestie für ihre Verlockungen und sich selbst dafür, dass er sich durch seine Selbstsucht in die wachsende Abhängigkeit vom Bösen begeben hatte. Noch während er bereute, sich mit den teuflischen Mächten eingelassen zu haben, nahm der Kerker das Bild einer einsamen Waldhöhle an.

Als seine Geliebte um Erlösung bat, erbebten die Wände der Höhle. Gewaltige Tropfsteine lösten sich und bohrten sich in den Körper des Dämons. Die Höhle stürzte ein. Übrig blieben nur noch Dunkelheit und Stille.

Stille.

Da lagen sie nun wie in Morpheus' Armen. Gefangen von der Macht des Mohns. Besorgt blickte der Apothekergehilfe auf seine Freunde. Die Gegenwart nahm auch er nur noch wie in Trance wahr. Übel wurde ihm in der feuchtwarmen Luft. Es wollte ihm nicht gelingen einen klaren Gedanken zu fassen. Aber es war doch jetzt zügiges Handeln gefragt. Er fühlte sich handlungsunfähig und sehr einsam. Ohnmächtig. Er nahm die unerträgliche Stille wahr, die ihn in den Wahnsinn zu treiben drohte. Sie wurde lediglich durch ein leises Knistern durchbrochen: Die Kapseln des Schlafmohns gaben ihre Samen preis.

Erster Teil: 1789 – 1795
Stürmische Zeiten

Eins
6. Januar 1789 - der Glocke Grabgesang

Wie im gesamten Hochstift Paderborn so erlebte man auch in der Residenzstadt Neuhaus mit Beginn des Jahres 1789 einen harten Winter. Stürmischer Wind hatte eisige Polarluft herangeführt. Schwer begehbar waren die wenigen schmalen Pfade durch hohe Schneewehen. Vor allem am Rande der Feldflur türmten sich die Schneeberge. Das Flüsschen Alme war bis zum Zusammenfluss mit der Lippe zugefroren.

Während im benachbarten Teil der alten Stadt die besser Betuchten in ihren repräsentativen Fachwerkbauten gewiss behaglicher wohnten, saß Johanna im Dämmerlicht ihrer Unterkunft, die eher einer Baracke glich als einer wohnlichen Kammer. Johanna zählte zu den heiratsfähigen jungen Frauen, die ihr Leben ohne Fürsorge durch ihre Eltern meistern mussten. Nicht nur das äußere Erscheinungsbild ihres Liebreizes, dem ihr Bewunderer bis zum letzten Herbst noch verfallen war, hatte sich gewandelt. Aus der fröhlichen und gutgläubigen jungen Frau, der man erneut in widerwärtiger Art ihre Zukunftsperspektive genommen hatte, war eine verbitterte, ängstliche Person geworden, die fast jegliche Anziehungskraft verloren hatte. Blass und fröstelnd hockte sie auf einem Schemel in der Nähe eines Sprossenfensters. Der spröde, rissige und verwitterte Holzrahmen war ein Abbild ihres seelischen Zustandes. Mürbe, geschunden und zerbrochen waren auch einige der Fensterscheiben, die notdürftig mit splitternden Brettern versehen worden waren. Die wenigen unversehrten Stellen des Fensterglases waren von trübem und kalt abweisendem Charakter. Hier sammelten sich Eiskristalle. Sie verhinderten, dass das Tageslicht klar und heiter in den Raum dringen konnte. Wenn die Kälte nicht gar so einschneidend und auch die jüngsten Erlebnisse nicht so enttäuschend gewesen wären, hätte sich Johanna gewiss an dem Bild der stetig wachsenden Eisblumen erfreuen können. Doch diesen Zauber zu genießen, dafür fehlte ihr in diesen Wochen der Sinn.

Auf dem Tischchen vor ihr lag ein Tagebuch. Schon eine gefühlte Ewigkeit lag es so da, aufgeschlagen, die Schreibfeder daneben. Der letzte mit Akribie gestaltete Eintrag war verunstaltet. Johannas Tränen hatten die Tinte verwässert; sie war an einigen Stellen auseinandergelaufen. Johanna hätte ihrem Tagebuch noch einiges anvertrauen wollen. Vorerst musste sie darauf verzichten.

In der Nähe der Schreibutensilien türmten sich schadhafte Kleidungsstücke. Sie warteten auf ihre Ausbesserung.

Die junge Frau hatte sich in eine Decke gehüllt. Sie wagte den neuerlichen Versuch, einen Faden durch ein Nadelöhr zu treiben. Doch die Kälte und das spärliche Licht ließen auch diesen Versuch scheitern. Die Decke rutschte von ihren Schultern. Sie rieb sich die Fingerspitzen und hauchte in ihre Hände, um sie aus ihrer Taubheit aufzuwecken. Dann klemmte sie sich die Hände unter ihre warmen Armbeugen. Wenig später erhob sie sich und schlug die Decke erneut um ihren Körper. Die Wolldecke kratzte auf ihrer Haut. Mit ihrem warmen Atem erzeugte sie ein Sichtloch in der vereisten Scheibe. Die Eisblumen veränderten ihre Gestalt; sie verloren ihren Reiz. Den angetauten Belag wischte Johanna weg, bevor die Feuchtigkeit erneut gefror. Sie warf einen kurzen Blick aus dem Fenster, aber sie schreckte zurück. Stirn und Nase hatten das eiskalte Fensterglas berührt.

Ein Seufzer der Verwunderung entglitt ihr, als sie die ungewöhnliche Schnee- menge wahrnahm. Es musste in den letzten Stunden weiterhin intensiv geschneit haben. Eine Schneewehe langte inzwischen bis an den Fenstersims. Fast schien es, als wollte sie die Wand der Behausung eindrücken. Bibbernd wankte Johanna zur Tür, die sich nur einen Spalt weit öffnen ließ. Dort bot sich ein ähnliches Bild. Erst am Morgen hatte die geschwächte Frau den Eingang ein wenig freiräumen können. Mittlerweile war nicht nur das Verlassen des Hauses nahezu unmöglich. Vor allem war der Weg zu den Nachbarhäusern unbegehbar. Dort, so erkannte Johanna aus der Ferne, hatte jemand einen Zugang geschaffen. Natürlich. Nur zu gut war ihr bekannt, wer da wohn- te. Auch wenn sich die Herrschaften noch keine Bediensteten halten konnten, so war es ihnen ein leichtes, für ein Almosen jemanden zu bestellen, der ihnen zur Hand ging oder die niederen Tätigkeiten erledigte. Aber bis hierher ... bis zu ihr ... bis zu ihrem Verschlag hielt es offensichtlich niemand für nötig, den Weg von den Schneemassen zu befreien. Mit Groll dachte sie an den Amtmann, der vermutlich froh war, dass sie nun von der Außenwelt abgeschnitten war. Und Wehmut überkam sie, als der Glas- bläser vor ihrem inneren Auge erschien. Auch von ihm war sie etwas enttäuscht und fühlte sich gerade jetzt im Stich gelassen, da sie seiner Unterstützung so dringend bedurfte. Andererseits musste sie ihm dankbar sein, hatte er ihr doch erst zu dieser Bleibe verholfen.

Noch einmal blickte sie zum Nachbarhaus. Ein Anflug von Melancholie überkam sie, als sie dort zwei kleine Gestalten in ihrer dunklen Bekleidung zu erkennen glaubte.

»Elsbeth, weißt du, wo deine Schwester jetzt ist?«, fragte der knapp Siebenjährige, dessen abgetragene weite braune Hose unter seinem kurzen Mantel einmal mehr zu rutschen drohte.

Nase und Wangen seiner kleinen Spielgefährtin hatten in der eisigen Luft eine rötliche Färbung angenommen.

»In der Stube«, antwortete sie.

»Bist du sicher? Ich meine ... Es wäre nicht gar so gut, wenn ...«

»Die spielt mit der Katze - wie immer.«

»Und unsere Mütter?«

»Sind auch in der Stube - wie immer.«

Elsbeths kleine kecke Stupsnase und das Strahlen der blauen Augen verrieten ihre Vorfreude auf das, was sich Ernst zusammen mit ihr ausgeheckt hatte. Ein gleicher- maßen freches Grinsen huschte auch über das magere Gesicht des Jungen mit seinen hohlen Wangen.

»Pass auf, wenn der Nächste kommt, machen wir's so, wie besprochen. Aber du bleibst in deinem Versteck, verstanden?«

»Klar. Ob's wohl lange dauert? Mir wird kalt!«

»Ach, nun zier dich nicht. Sollten wir jetzt etwa auf den Spaß verzichten, wo alles vorbereitet ist?«

Ernst bekam keine Antwort, indes - sie froren beide. Elsbeth trug einen pflaumen-blauen wollenen Umhang. Doch die Kapuze, die das Haupt mit dem langen, vollen, hellblonden Haar zuvor umhüllt hatte, war während des Spiels zurückgeschlagen. Am Nacken entlang fühlte das Mädchen den Schnee in seine Kleidung dringen und ver-flüssigt am Rücken herunterrinnen. Auch in die halbhohen Stiefelchen war Schnee gelangt. Getaut hinterließ er feuchte Sohlen.

Die Schuhe von Ernst waren ebenfalls aus dünnem Material gefertigt. Die Kälte war für ihn nichts Ungewöhnliches. »Gleich der Hände mögen auch die Füße recht-zeitig abgehärtet werden, damit dem Hange zum Schnupfen oder zu rheumatischen Beschwerden im Erwachsenenalter rechtzeitig vorgebeugt werde«, hatte die Mutter ihm wiederholt zu verstehen gegeben. Er hustete. Der Atem stand in dampfenden Wolken vor seinem Gesicht und stieß sich an dem breitkrempigen Hut, der das dunkle glatte Haar bedeckte. Er hustete noch einmal. Schleim hatte sich gelöst. Nun räusperte er sich - mit vorgehaltener Hand, um die Lautstärke zu dämpfen. Dann wisperte er: »Ich höre jemanden. Da naht einer. Los, versteck dich!«

Torkelnd wankte Franz Altemeier durch das Gartentor. Einige Atemzüge verharrte er und stützte sich an den aufgeschichteten Steinen einer Trockenmauer. Dabei stieß er eine Verwünschung aus, denn er hatte mit seinen bloßen Händen in den kalten Schnee gegriffen und erkannt, dass ihm seine Handschuhe abhandengekommen waren. Wenig Sorgfalt hatte er beim Ankleiden seines Mantels verwendet. Es schien ihn im Moment nicht zu interessieren, dass er den Eindruck eines heruntergekommenen Trunken-boldes hinterließ. Schimpfend führte er Selbstgespräche. Einmal mehr verübelte er es seiner Frau, die ihm nur zwei Mädchen geboren hatte. Gerade heute litt er besonders unter dieser Peinlichkeit. Und dann hatten es auch noch Zwillinge sein müssen. Aber immerhin macht mir Elsbeth etwas Freude, versuchte er sich in seinem wirren Geist einzureden. Ihr war etwas Burschenhaftes eigen. Sie trieb mit ihren viereinhalb Jahren schon einigen Schabernack. Erst vor Weihnachten hatte sie der Katze ihre Beute weggenommen und die Maus in die Wäschetruhe ihrer Mutter gesteckt. Ja, mutig war sie, die Kleine, wenn auch etwas einfältig. Schnell war man ihr auf die Schliche gekommen. Mädchen ... Eben doch nur ein Mädchen, dachte Altemeier. »Einen gesunden kräftig schreienden Jungen hätte sie mir inzwischen wohl schon schenken können«, raisonnierte er murmelnd. Im Amt, da überboten sich die Kollegen mit ihren Erzählungen. Da tauschten sie einander die Berichte aus über die Vorkommnisse, mit denen die Söhne ihre Väter beglückten. Der eine war wissbegierig und würde es gewiss zu etwas bringen. Der andere zeigte schon in jungen Jahren, dass er es verstand, sich seine Vorteile zu verschaffen. Nur er, Franz Altemeier, konnte da nicht mitreden. Diese Freude war ihm nicht vergönnt. Bis auf Elsbeth, dachte er in dem Moment, als er unversehens hinschlug. Er kippte zur Seite, gottlob, und fand sich in einem Schneehügel wieder. Sein Mantel war nun vollends ruiniert. Die Perücke war verrutscht. Als er sich aufrappelte, fluchte er. Er sah sich um seine Wichtigkeit gebracht, seiner Autorität beraubt. Dass die Kinder ihn mit einem Seil zu Fall gebracht hatten, das sie zuvor sorgfältig mit Schnee bedeckt und im entscheidenden Augenblick gespannt hatten, war ihm in seinem bedenklichen Zustand verborgen geblieben.

»Das war dein Vater«, feixte Ernst später.

»Oh, oh«, machte Elsbeth lediglich, schlug die kleine Hand vor ihren Mund und hatte ihren Spaß.

Polternd betrat Altemeier das Haus und klopfte seinen Mantel ab. Wie ein begossener Pudel stand er in der Tür zur Stube und maulte:

»Hatte ich nicht eindeutig Anweisung gegeben, dass mein Anwesen sorgfältig von Schnee und Eis zu befreien sei? Ausgerutscht bin ich! Sollte mir wohl die Knochen brechen, was? - Wo ist Elsbeth?«

»Elsbeth und Ernst spielen draußen«, erklärte Lea, seine Frau, die zähneknirschend ihre andere Tochter anwies: »Agnes, steh auf, und begrüße deinen Vater!«

Widerwillig befolgte Agnes die Aufforderung. Sie mochte es nicht, wenn ihren Vater dieser unangenehme Geruch umgab. Schnell setzte sie sich wieder auf den Teppich, mit dem man im Hause Altemeier die zerkratzten Bohlen des Fußbodens zu verdecken suchte, und warf der Katze erneut das Wollknäuel zu.

»Ach, Franz, wir haben Besuch! Es ist Dienstag! Madame Grave ist da!«

»Ja, ja«, erwiderte Altemeier immer noch ungehalten, wandte sich ab und begab sich in die Schlafkammer. Aus einem Versteck unter seinen Kleidern holte er eine Flasche Cognac hervor. *Es ist schließlich Dienstag*, kopierte er leise den Tonfall seiner Frau. Dabei rollte er abweisend mit den Augen. Dienstags kam Irmtraud Grave fast regelmäßig zu Besuch. Warum sollte es am heutigen Dreikönigstag anders sein?

Johanna wandte sich vom Fenster ab und betrat den Nebenraum, wo ein schmales Bett und ein paar Decken ihre Schlafstatt bildeten. Immerhin war die Matratze mit Rosshaar gefüllt. In der Nähe befand sich ein Ofen, neben dem zwei Körbe mit gespaltenem Holz standen. Zusätzlich war an der Mauer eine überschaubare Anzahl von Holzscheiten gestapelt. Mit Sorge blickte Johanna auf die Reserven, die sich zusehends verminderten, obwohl sie damit gewissenhaft umgegangen war und eher zu wenig als zu viel geheizt hatte. Sie schalt mit sich. Es war zu dumm. Sie hätte sich noch rechtzeitig mit dem Geäst eindecken sollen, das auf dem Handkarren im angrenzenden Lagerschuppen vorhanden war - dort, wo auch noch einige Säcke mit diesem besonderen Sand existierten, der für die Glasherstellung benötigt wurde. Unglücklicherweise befand sich in diesem Anbau auch der Abtritt.

Johanna rückte einen leeren Schrank beiseite, der das Fenster in der Schlafkammer verdeckte und den eisigen Wind abhielt. Kurz öffnete sie das Fenster, leerte ihren Nachttopf aus und schob das klapprige Holzmöbel wieder in seine vorherige Position zurück. Allzu häufig würde diese Prozedur nicht mehr möglich sein. Die Rückwand des Schrankes hatte sich bereits zu einem Großteil vom Korpus gelöst. Wenigstens diese Wand und die Schranktüren sollten ihr erhalten bleiben, dachte Johanna, den Rest würde sie notfalls als Feuerholz verwerten können.

Sie nahm zwei Ziegel vom Herd, die noch etwas Restwärme gespeichert hatten, wickelte sie in ein Tuch und packte sie unter die beiden Decken ihres Bettes. Ein angewärmtes Plätteisen hielt sie an ihren Bauch, umgab sich mit einer zusätzlichen Decke und legte sich nieder. Ihre Augen tränten, die Glieder schmerzten. Hunger verspürte sie eigentlich nicht. Selbst wenn sie über genügend Nahrhaftes hätte verfügen können, hätte sie die Speisen weitestgehend gemieden. Schon der Gedanke an Haferbrei oder dergleichen ließ Übelkeit aufkommen. Sie fühlte sich angeschlagen - vermutlich wie so mancher in dieser Jahreszeit, in der die Vorräte viel zu früh zur Neige gingen. Selbst die wenigen noch vorhandenen Kartoffeln lagen angefroren in der Ecke und schauten sie mit trüben Augen an. Die Erdäpfel schienen Johannas Los zu teilen. Auch sie waren kaum mehr zu etwas zu gebrauchen. Auch sie befanden sich in einer trostlosen Lage. Ebenso wie für sie waren Johannas Zukunft und die ihres Erstgeborenen bedroht, wenn das Kind in etwa drei Monaten das Licht der Welt erblicken würde.

Wie sollte es dann weitergehen, wenn sich der Vater ihr und dem Kind gegenüber nicht verantwortlich und verpflichtet fühlte? Wie sollten sie über die Runden kommen ohne verwandtschaftlichen Rückhalt? Wovon sollten beide leben? Ob sie betteln gehen müsste? Würde man ihr das Kind wegnehmen? Würde man sie aus Neuhaus fortjagen? Oder ließ man ihr wenigstens das Dach über dem Kopf?

Sie war sich längst nicht mehr sicher, ob sie vor einem Jahr den richtigen Schritt gegangen war, als sie sich dazu entschieden hatte, in Neuhaus zu bleiben. Pilger hatten ihr die Stadt empfohlen; eine Stadt, in der man gewiss Arbeit fände. Immerhin war es die Residenz des Fürstbischofs. Während sie so grübelte, erklang dumpf eine Glocke von der Schlosskapelle.

Vor dem prunkvollen Portal eines Treppenturmes verabschiedete sich Josephus Simon Serdünner noch einmal von dem Mann in der schwarzen Soutane. Er lupfte seinen grauen Wollfilzzylinder und schlug den Kragen seines Lodenmantels hoch, der ihm das Aussehen eines Postkutschers verlieh. Wann immer er in dieser Aufmachung Passanten begegnete, wurde er wegen seiner abgetragenen und altmodischen Tracht belächelt. Doch das war ihm gleichgültig. Er hatte seine Kleidung bewusst ausgewählt, denn sie hielt warm. Über zwanzig Jahre war es her, dass er sich den Mantel kurz vor seiner Auswanderung aus Österreich zugelegt hatte. Noch immer passte sie dem Sechzigjährigen wie angegossen. Die Kälte schien ihm also nichts auszumachen. Zudem musste er heute keine abschätzigen Blicke ertragen, denn das Wetter lockte kaum einen Menschen hinter dem Ofen hervor. Neuhaus wirkte wie ausgestorben. Lediglich die Rauchfahnen, die aus den Kaminen der Häuser stiegen und vom Wind in südwestliche Richtung gedrückt wurden, ließen darauf schließen, dass hier Menschen lebten.

Trotz seines fortgeschrittenen Alters legte Serdünner ein strammes Tempo vor. Der ehemalige Heeres-Verwaltungsbeamte, der in Neuhaus zum fürstbischöflichen Ingenieur und Landbauinspektor aufgestiegen war, hinterließ einen rüstigen Eindruck. Die Schneeglätte auf den Wegen durch den barocken Schlossgarten und vorbei am Marstall bis zu seinem Heim war für ihn kein Hindernis - im Gegenteil: Seine innere Erregtheit trieb ihn zusätzlich an, seiner Frau schnellst möglich die traurige Nachricht zu übermitteln.

In unheilvoller Vorahnung blickte Maria Theresia wenig später ihren Gatten ängstlich und fragend an. Als sie sein stummes Kopfschütteln sah, ließ sie niedergeschlagen ihre Hände in den Schoß sinken. Schon eine Weile hatten sie um den bedrohlichen gesundheitlichen Zustand des Fürstbischofs gewusst; die Ärzte hatten die Hoffnung bereits aufgegeben. Nun war es also zur Gewissheit geworden: Fürstbischof Friedrich Wilhelm von Westphalen war tot.

Die älteste der drei Töchter, die sechzehnjährige Maria Catherina Theresia, legte ihre Handarbeit beiseite. Sie war im Begriff gewesen, ihre Initialen in ein Tuch zu sticken. Sie erhob sich, um ihrem Vater den Mantel und Zylinder abzunehmen und eine Tasse Tee aufzugießen.

»Haben wir auch einen Mocca?«, fragte er in seiner bedrückten Stimmung an seine Frau gewandt.

»Und wenn ... Und wenn dir dann wieder der Magen zwickt?«, mahnte sie besorgt, während ihre Stimme brach und sie sich mit einem Ärmel über ihr tränennasses Gesicht wischte.

Energisch schüttelte er den Kopf: »Ach was, ich brauche jetzt einen starken Kaffee!«

Etliche Sekunden« herrschte betretenes Schweigen. Serdünner ließ seinen Blick durch den mit Tannengrün geschmückten Wohnraum und über die Schar seiner anderen Kinder schweifen. Auf das Aufstellen eines mit Kerzen, Äpfeln und Zuckerwerk dekorierten Weihnachtsbaums, wie es andernorts gelegentlich inzwischen Mode war, hatte man verzichtet und war damit einer der letzten Empfehlungen des Bischofs gefolgt. Zu wertvoll war das Holz, als dass man es dem Forst nur aus einer Laune heraus entnehmen wollte.

Nah beim Kamin, der eine wohlige Wärme verbreitete, spielten der fast sechsjährige Friedrich Wilhelm und die beiden nächst älteren Schwestern. Eine Puppenstube hatten die Mädchen zum letzten Weihnachtsfest geschenkt bekommen. Hingegen beschäftigte sich Friedrich Wilhelm mit einem Holzmodell der fürstbischöflichen Residenz. Das Modell stellte ein Bauwerk des Wasserschlosses aus vergangenen Zeiten dar, als der Zugang noch über eine Zugbrücke führte. Interessiert studierte der Junge die Funktionsweisen der Zugbrücke und Brunnen, der Mühlen und Wasserspiele. Sein Taufpate, der Fürstbischof selbst, hatte ihm das Modell geschenkt. Wie die ganze Familie, so mochte auch Friedrich Wilhelm den alten Mann sehr, dem er natürlich eine besondere Ehre erwies, wie es ihm sein Vater gelehrt hatte. Schließlich war der Bischof nicht nur sein Pate, sondern er durfte auch dessen Vornamen tragen. Und die Familie hatte sogar ein Haus geschenkt bekommen - wenn auch ein sehr bescheidenes.

Die Kinder sahen, wie der Vater der weinenden Mutter eine Hand auf die Schulter legte. »Er hat sich zuletzt in Hildesheim aufgehalten, wo man ihn bald im Dom bestatten wird«, sprach er und reichte seiner Frau ein Schnäuztuch. Dann straffte er sich und begab sich zu seinen Töchtern. Er lockerte seine Kragenbinde und legte seine Brille ab. Mit beiden Händen strich er durch sein hageres Gesicht, schloss die Augen, während er die Haut über seinen Schläfen und der hohen Stirn massierte. Einige Momente genoss er die entspannende Wirkung. Vergeblich versuchte er, eine widerspenstige Strähne seines lichten ergrauten Haares zu zähmen. Als er bemerkte, dass er von seinen Töchtern bei diesem Unterfangen angestarrt wurde, rang er sich ein Lächeln ab. Sein strenges Aussehen wich, und liebevoll wuschelte er seinen Töchtern durchs Haar. Über die Puppenstube gebeugt ließ er sich von den Mädchen eine Szene ihres Spiels beschreiben. Seinem Sohn übergab er anschließend ein kleines Paket.

»Hat mir Kaplan Crux für dich mitgegeben. Nachdem unser lieber Fürstbisch ...« Er brach seinen Satz ab und räusperte sich, bevor er weitersprach: »Kaplan Crux ist dein zweiter Pate, der für dich immer da sein wird, wenn du ihn brauchst.«

Serdünner war sich nicht sicher, ob sein Sohn die Bedeutung seiner Worte verstanden hatte. »Na, willst du das Geschenk nicht auspacken?«

»Ein Geschenk?«, fragte Friedrich Wilhelm, während seine Schwestern neugierig herüberblickten. Behutsam löste er die Schnüre und entwickelte das Verpackte. Als erstes enthüllte er die Miniatur einer kleinen Schlosskapelle, die er in den Innenhof seines Modells platzierte. Mit fragenden Blicken betrachtete er dann die weiteren Einzelteile.

»Ein hölzernes Himmelbett, Kommoden, Schreibtisch mit Sessel, ein Sekretär und ein Stehpult, eine Betbank, eine Bücherwand und eine lange Tafel für den Spiegelsaal«, zählte Serdünner auf. »Das sind alles Möbel für die Gemächer des Bischofs. Sie gehören in den Teil der Residenz, den ich dir gestern gezeigt habe.«

Sein Vater wies auf einen rückseitigen Bereich des Modells, den keine Außenwand abdeckte, sodass der Blick in das Innere der Räume freigegeben war, die Einrichtungsgegenstände platziert und Szenen des alltäglichen Lebens nachgestellt werden konnten.

Mit erwartungs- und etwas neidvollen Augen verfolgten die Schwestern das Spiel ihres Bruders.

»Die Dinge passen auch in eure Stube«, sprach Friedrich Wilhelm an seine Schwestern gewandt und übergab ihnen selbstlos das Spielzeug. Dann widmete er sein Augenmerk den Gebäuden des Marstalls und der Schlosswache, die sein Vater zusammen mit ihm an den Tagen nach Weihnachten in der Werkstatt hergestellt und damit das Schlossgebäude erweitert hatte.

Serdünner seufzte, als er die Kinder scheinbar zufrieden spielen sah. Sie linderten seinen Schmerz über den Verlust des Freundes und Gönners der Familie. Er mochte das Spiel der Kinder nur ungern unterbrechen. Dennoch deutete er an, dass man alsbald aufbrechen und in der Schlosskapelle andächtig beten wolle.

Lea Altemeier legte ihre rechte Hand aufs Herz. Sie fühlte sich peinlich berührt ob des Verhaltens ihres Mannes. »Mir scheint, er hat keinen guten Tag gehabt«, murmelte sie halblaut in die Richtung, in die er verschwunden war.

»Soll vorkommen«, reagierte Irmtraud beiläufig und schob sich rasch noch ein Stückchen Gebäck in den Mund, da sie sich unbeobachtet fühlte. Dabei überkam sie ein Hustenanfall. Und auch die Krümel, die in ihren Schoß gefallen waren, hinterließen eine verräterische Spur.

Mit einem kurzen Zucken der Augenbraue und einem unmerklichen Schütteln des Kopfes nahm Lea Anstoß an dem Fauxpas der Besucherin. Einen verächtlichen Blick ließ sie über die verkrampft dasitzende spröde Besucherin in ihrem schlichten enganliegenden dunkelbraunen Straßenkleid wandern, von dem Irmtraud unbeholfen die Reste des Backwerks mit einer Hand herunterwischte. Farben des Herbstes, kam es Lea in den Sinn, als sie das rostfarbene Fransentuch betrachtete, das so groß war, dass es im Kreuz verknotet werden musste. Welk und trostlos, wie ihre Besucherin. Nein, das war ihre Welt nicht. Kummer und Eintönigkeit gab es draußen mehr als genug. Lea gierte nach Luxus und Lebensfreude.

Die prekäre Situation versuchte sie zu retten, indem sie sich über den Tisch beugte und Irmtraud wiederholt Tee in eine Tasse goss.

Die Katze hatte genug von dem Spiel mit dem Wollknäuel. Sie ließ sich durch die auf den Teppich gefallenen Krumen ablenken und schnüffelte daran. Schließlich putzte sie sich, nachdem Irmtraud sich bemüßigt gesehen hatte, das Köpfchen zu kraulen. Als sich Agnes wieder näherte, nahm sie Reißaus, und beide verschwanden in der neueingerichteten Kinderstube der Zwillinge, wo sich das Mädchen mit Murmelspiel beschäftigte.

Derweil hatte sich Lea selbst eine Tasse mit gezuckertem Tee von dem neuen Mahagonitisch gegriffen und näherte sich damit dem Fenster, das vom heißen Wasserdampf ein wenig beschlug.

»Sehen Sie nur, Irmtraud, wie fromm sie wieder tun! Da pilgern sie zur Andacht, die hochwohlgeborenen Serdünners und werden sich im Gebet erhoffen, dass sie auch weiterhin durch die Kirche gepudert werden«, spottete sie.

Missbilligend führte Irmtraud die Tasse vom Mund: »Ja, ja, ganz schön überheblich! Ich habe gehört, dass sie sogar ihren Namen ändern lassen wollen; *Sertürner* oder so ähnlich wollen sie sich zukünftig rufen lassen.«

»In Österreich hätte er bleiben sollen, der große Herr. Schlimm genug, dass wir uns noch vor wenigen Jahrzehnten mit ihren Verbündeten, den Franzosen, hier rumschlagen mussten. Für die hegte ja schon der damalige Fürstbischof Clemens August Sympathien«, ereiferte sich Lea, »was wiederum die Preußen veranlasste, uns zu drangsalieren. Was haben wir Hunger gelitten, damals im Krieg. Das Getreide haben sie uns genommen. Die Ofensteine haben sie eingezogen, um ihre Feldbäckereien aufzubauen. *Wir* mussten ihre Pferde versorgen. Holz mussten *unsere* Bauern schlagen. Und zu Schanzarbeiten wurden *wir* herangezogen. Wir mussten uns der Einquartierung der Soldaten beugen und so manche Erniedrigung und Plünderung über uns ergehen lassen.«

»Aber Lea, das haben *Sie* doch nicht mehr miterlebt. Sie sind doch fünf Jahre jünger als ich!«

»Und wenn schon. Meine Schwester Wilhelmine hat mir davon erzählt. Es soll nicht immer ein Glück gewesen sein, die Kämpfe überhaupt überlebt zu haben.«

»Ja, ja, schlimm waren die Zeiten«, erwiderte Irmtraud. »Aber des Bischofs Nachfolger von der Asseburg haben wir es immerhin zu verdanken, dass wir evangelischen Glasbläser uns hier ansiedeln durften«, ergänzte sie.

»Viel erreicht haben er und sein jetzt verstorbener Neffe jedoch nicht für unser verarmtes Land. Und nun müssen sich ja nicht auch noch die Österreicher hier niederlassen.« Lea beugte sich vor und flüsterte in verschwörerischem Ton: »Ich sage Ihnen was, der Josephus Simon soll sogar eine besondere Neigung zur alchimistischen Kunst haben, wie ich gehört habe. Man erzählt sich, dass ganze Stapel silberner Teller aus dem fürstbischöflichen Haus zum Schmelzofen in sein Laboratorium wandern.«

»Vielleicht hoffte der Fürstbischof darauf, dereinst Gold herstellen zu können«, kicherte Irmtraud.

»Und ich habe gehört, dass seine Frau, die Maria Theresia, in der Residenz ein und aus geht. Das ist doch eindeutig, dass da etwas nicht mit rechten Dingen zugeht. Sodom und Gomorra soll es im Umfeld des Fürstbischofs geben«, führte Lea die bissigen Bemerkungen weiter aus.

»Auch die Johanna soll angeblich einen Bastard erwarten, der dort gezeugt worden sein soll«, seufzte Irmtraud.

»Johanna? - Ja, die Arme. Jetzt sitzt sie da drüben fest, in diesem kalten Loch. Kann sich nicht mal selbst einen Weg durch den Schnee schaufeln. Soll wohl etwas träge geworden sein. - Aber sagen Sie nur, Irmtraud, ist das nicht das Quartier, das Ihr Mann Hermann seinen Handlangern üblicherweise zur Verfügung stellt?«

»Ja, als wir in der Glasbläserei noch Gehilfen beschäftigen konnten, da hat Hermann sie dort einquartiert. Aber das ist schon eine Weile her.«

»Und jetzt bewerkstelligt der Hermann das alles alleine?«

»Wie er das schafft, weiß ich auch nicht. Er lässt den Ernst und mich niemals in sein kleines Reich. Das sei viel zu gefährlich. Wegen der hohen Temperaturen der Öfen, sagt er immer.«

»Und die Unterkunft der Helfer hat Hermann *der Johanna* ...?«

»Ich weiß auch nicht, warum. Irgendwie scheint er einen Narren an ihr gefressen zu haben. Nur weil sie ihm behilflich war, wegen der Genehmigung für die Erweiterung der Glashütte ...«

»Aber die Genehmigung wurde doch durch Franz erteilt.«

»Das stimmt. Er war uns sehr gefällig. Und das ohne allen bürokratischen Aufwand. Sie müssen sehr glücklich sein, einen so tüchtigen Mann zu haben.«

»Da haben Sie recht. Schauen Sie nur, den neuen kristallenen Kronleuchter und diesen Teetisch, den man sogar aufklappen kann, hat er mir kurz vor Weihnachten geschenkt; ebenso wie den Mahagoni-Schreibtisch und die zwei Spiegel-Kommoden von nämlichem Holz.«

»Als Sie Ihren fünfundzwanzigsten Geburtstag ...?«

»Franz wollte mir doch eine Freude machen. Und dann hat er das alles meistbietend erwerben können.«

»Da gönne ich Ihnen aber von Herzen, dass er den Zuschlag erhalten hat. Ich bin ja auch ganz fasziniert von diesem Kanapee mit den zugehörigen Stühlen. Sogar mit Federpolsterung«, war Irmtraud entzückt.

»Oh, er würde sich gewiss sehr darüber freuen, wenn er von Ihrer Begeisterung erführe. Ja, er ist sehr rührig. Ich muss ihn nur noch dafür gewinnen können, alsbald die vollständige Deckung des Daches mit Schindeln in Auftrag zu geben. Das hätte eigentlich schon vor dem Winter geschehen sollen. Außerdem wünschte ich mir, dass mir hier bald jemand zur Hand ginge«, klagte Lea, als sie zwei Holzscheite in die Glut des Ofens legte. »Aber jetzt ... Jetzt entschuldigen Sie mich, ich müsste mal kurz nach ihm schauen. Vermutlich wird er sich um seine Töchter kümmern. Er ist ja so vernarrt in die Beiden.«

Bevor er einschlief, hatte Franz die letzten Sätze noch vernommen, denn die Tür zur Schlafkammer stand angelweit offen. »Halts Maul, eingebildetes Weib!«, grummelte er. »Ich hab's so satt, dir den Schnörkelkram beizuschaffen, dir nach dem Munde zu reden und zu schmeicheln! - Oh, Johanna, ich habe dir so Unrecht getan!«

Lea hatte die Tür leise geschlossen, nachdem sie ihren Gemahl bäuchlings auf seinem Lager liegend vorgefunden hatte, die linke Hand ausgestreckt und seinen Rausch ausschlafend. Dann kehrte sie in die Stube zurück.

»Schade, Irmtraud, ihm ist etwas unpässlich. Aber das soll unserer guten Stimmung keinen Abbruch tun. Sie müssen unbedingt noch von dem Konfekt probieren. Und ein, zwei Likörchen hätte ich auch noch anzubieten«, nahm Lea die Konversation wieder auf.

»Sehr gerne, werte Freundin.«

Irmtraud wies auf die Bonbonniere. »Stammt die auch vom Franz?«

»Ist es nicht ein wunderschönes Porzellan? Feinste Fürstenberger Präzision ... Hier, das blaue *F*, das Markenzeichen.«

Leas bisheriges launisches Ansinnen hatte sich gewandelt. Die starren, abweisenden Gesichtszüge schienen auf einmal ein zufriedenes Dasein zu verheißen.

»Sehen Sie nur, mit wie viel Hingabe diese Landschaften und Vögel dargestellt sind, die Szenen, wie ein Ausschnitt aus dem Leben, und mit natürlichen Farben gemalt.«

»Und mit vergoldetem Rande ...«

»Das Service ist vollständig, nebst den dazu passenden Schokoladentassen. Franz hat mir noch weitere Errungenschaften in Aussicht gestellt: Ein Service mit einem Dekor von blauen Blumen ... Oh«, seufzte sie, »ich wollte, ich könnte Ihnen diese Schmuckstücke schon heute enthüllen, bezaubernd, sage ich Ihnen, bezaubernd.«

»Diese schönen Dinge passen wirklich gut zueinander«, schwärmte auch Irmtraud.

»Das ist eine kleine Entschädigung dafür, dass Franz doch des Öfteren erst so spät nach Hause kommt, hat er mir gestanden. Ja, er hat eben sehr viel zu tun im Amt, und dann diese ständigen Verpflichtungen in der Residenz!«

Gedankenverloren strich Lea mit einer Hand über das polierte Holz einer Wanduhr. In graziöser Weise schritt sie zu einem Spiegel. Die Dielen knarrten. Ihre bodenlange Nachmittagsrobe, der Oberrock aus schwarzem Satin, der vorne auseinanderfiel und den Blick auf den unteren Rock aus weinrotem und schwarzem Seidenbrokat freigab, raschelte über das Holz. Beim Blick in den Spiegel meinte sie, ihre Frisur richten zu müssen. Aber an ihrem kurzgehaltenen kastanienbraunen Haar war kaum etwas zu ordnen. Sie nestelte an den Rüschen ihres Brustausschnitts. Sie strahlte. Und dann versank sie selbstzufrieden in ihr Ebenbild. Sie war nahe dran, sich einem Tagtraum hinzugeben, als sie im Spiegelbild hinter sich Irmtraud erblickte, sicher einen Kopf größer als sie. Wie konnte sie es nur wagen, mit ihrer fleckigen unreinen Haut und den ersten Fältchen im Antlitz die Harmonie zu stören. Ein wenig mehr Eitelkeit könnte nicht schaden, dachte die Gastgeberin.

Trotz dieser Erscheinung konnte Lea nicht verbergen, dass sie die bewundernden Worte ihrer Besucherin gerne hörte. Sie hielt zwar wenig von ihrem Gast, von den oft plumpen Gesten und dem wenig repräsentativen und langweiligen Umfeld, mit dem sich Irmtraud umgab. Und doch wurden Lea die regelmäßigen Begegnungen nicht überdrüssig. Zudem brachte Irmtraud stets ein Kunstwerk mit, das ihr Mann, der Glasbläser Hermann, gefertigt hatte. Lea besaß inzwischen eine kleine Sammlung von diesen Artefakten. Auch die Glasmurmeln der Kinder stammten von Hermann Grave.

Die Mechanik eines Uhrwerks setzte sich in Bewegung. Von der Wanduhr erklangen fünf Glockenschläge, als sich die Blicke der beiden Mütter im Spiegel trafen.

Irmtraud hatte längst das ständige Beifallheischen ihrer Gastgeberin durchschaut, das ihr fast unerträglich enervierend wurde. Dennoch schmunzelte sie. Sie wägte ab, ob sie die Bemerkung sagen sollte, die ihr in den Sinn gekommen war. Die Liköre schienen ihre Zunge gelöst zu haben. Obwohl es früher nie ihre Art war, riskierte sie die Anspielung:

»Ach, meine Liebe, wir sind so glücklich und dankbar, Ihre Wertschätzung zu erfahren! Aber sagen Sie mal, wenn sich Ihr Mann so häufig in der Residenz aufhält, dann wird er dem Dünkel der *hochwohlgeborenen Serdünners* kaum aus dem Wege gehen können, oder? - Hoffentlich geht dabei alles mit rechten Dingen zu!«

Lea erschrak ob dieser Worte. Sie stand da, als sei ihr der Boden unter den Füßen weggezogen worden. Doch bevor sie ins Taumeln geriet und während sie noch nach einer schlagfertigen Entgegnung suchte, trat Ernst in die Stube und beschmutzte mit seinen schneeverdreckten Schuhen den neuen Teppich: »Mama, mir ist langweilig!«

»Ja, mein Junge, dann sollten wir die Gastfreundschaft unserer Freunde nicht über Gebühr strapazieren. Wir wollen hier schließlich keine Wurzeln schlagen. Vermutlich wird auch der Vater bald nach Hause kommen.«

»Aber Mama«, erwiderte der Junge, »Vater kommt heute wohl nicht nach Hause, oder? Dienstags kommt er doch *nie* nach Hause!«

Zwei
Zwischen Leben und Tod

So plötzlich, wie sich die weiße Pracht mit ihren Schneemassen zu Jahresbeginn über das Fürstentum Paderborn gelegt hatte, so schnell war sie nach einer Schönwetterperiode im März auch wieder verschwunden. Zurückgelassen hatte sie meistenteils einen tiefen morastigen Boden. Lediglich in den Hochlagen und an Stellen, die von den Sonnenstrahlen des nahenden Frühlings weniger erfasst wurden, waren tiefere Schichten des Erdreichs nach wie vor gefroren. Daran würde sich am heutigen ersten Mittwoch im April nichts ändern. Durch den grauen Dunst würde die Sonne kaum dringen können.

Wie ein breites Band hatte sich dichter Nebel über die Flussaue der Alme gelegt. Dabei verhüllte die Nebelbank die nur schemenhaft sichtbare und mit hektischer Betriebsamkeit handelnde Gestalt nahezu. Vermummt in einem dunklen Umhang mit Kapuze, einem Mönchsgewand ähnlich, hantierte jemand unbeholfen an einem Handkarren. Ein Rad des Wagens war im aufgeweichten Erdreich steckengeblieben. Der verhüllten Person gelang es trotz aller Mühen nicht, den Karren wieder in Bewegung zu bringen. Sie entschied sich, ihn von seiner Last zu befreien. Der Umhang bauschte sich, als ein zusammengeschnürtes Bündel von dem Gefährt heruntergezerrt wurde. In der Sorge beobachtet zu werden, schaute sich der Sonderling immer wieder um. Er schien unschlüssig, wie er mit dem Bündel verfahren sollte. Der in Sackleinwand verpackte Ballast wurde über den Boden gezogen. Zum Schleppen war er offensichtlich zu schwer. Ob Mannsbild oder Frauenzimmer ... Da machte sich jemand sehr verdächtig, der immer wieder anhielt, verschnaufte, weiterging und sich mitsamt dem unhandlichen Packen Schritt für Schritt einer Baumgruppe näherte. Hier wurde die sperrige Fracht abgelegt. Wiederholt ging der Heimlichtuer den Weg zum Karren zurück, besorgte sich eine Schaufel und mühte sich umständlich mit einem Sandsack ab. Keuchend begann die gesichtslose Gestalt zu graben, nachdem alle notwendigen Utensilien zu dem kleinen Wäldchen geschafft worden waren. Schweißüberströmt und ungelenk wurde die Erde ausgehoben, aber nur oberflächlich, denn schon bald waren die tieferen noch gefrorenen Erdschichten erreicht. Ein letztes Mal wurde der schwere Ballen einige Schritte geschleift, schließlich mit einem Ächzen in die flache Mulde gerollt.

Ein heftiger Windstoß erzeugte ein Rauschen in den unbelaubten Zweigen der Bäume, die sich zu verneigen schienen, als das niedrige Grab wieder mit Erdreich aufgefüllt wurde. Zusätzlich wurde der Inhalt des Sandsackes ausgeschüttet. Über den kleinen Hügel wurde totes Laub und Geäst geschichtet. Schließlich wurden die Spuren der merkwürdigen Begebenheit sorgfältig verwischt. Von seiner Last befreit konnte der Handkarren wieder bewegt und bei der Glasbläser-Baracke abgestellt werden. Die Plackerei hatte ein Ende. Das seltsame Treiben war unbemerkt geblieben.

Der Kirchturm der Pfarrkirche St. Heinrich und Kunigunde schlug zur elften Stunde. Elisabeth Buchbinder hatte auf dem Markt zwei Laibe Brot, ein Dutzend Eier, Sellerie, etwas Lauch und ein Huhn erstanden. Heute war es ihr zu ungemütlich, um zwischen den Ständen der Fisch- und Fleischverkäufer, zwischen den frei herumlaufenden

Schweinen und dem Federvieh, zwischen den Gewürzkrämern und dem Wagen eines Quacksalbers zu trödeln und die Angebote der Höker zu studieren. Außerdem hatte der fahrende Buchhändler sie geärgert, der sie geringschätzig behandelt hatte, als er meinte, sie könne ohnehin die Buchstaben nicht auseinander halten. Sie war versucht, seinen vorlauten Sprüchen in ihrer bayrischen Mundart zu begegnen, doch verzichtete sie darauf. Heutzutage musste man vorsichtig sein. Sie wollte schließlich ihren Auftrag nicht gefährden. Außerdem hatte sie es eilig.

Sie erreichte in der Residenzstraße an der Almebrücke die Kaplanei, die als Unterkunft für Kaplan Adam Crux diente.

Noch immer lag der beißende Geruch von dem gestrigen Brand in der Luft. Gar nicht weit entfernt, auf der anderen Flussseite, hatte der runde Ziegelbau auf einmal lichterloh in Flammen gestanden. Nur der Schlot des kleinen Fabrikgebäudes stand noch. Alles Übrige war bis auf die Grundmauern niedergebrannt. Da hatte es auch nicht genutzt, dass man bei der Bekämpfung des Feuers das Löschwasser nah bei der Hand hatte. Zu schnell hatte sich das Feuer ausgebreitet. Eine zu große Hitze und giftige Gase hatten sich am Unglücksort entwickelt. Tatenlos mussten die Helfer aus der Ferne zusehen, wie die Flammen das Gebäude verzehrten. Es blieb ihnen lediglich vorbehalten, einige Vorkehrungen zu treffen, damit die ungewöhnlich hohen Temperaturen nicht auch noch die Dächer der nächst stehenden Wohnhäuser, Ställe und Heuschober entzündeten. Natürlich war der Brand auch Gesprächsthema unter den Marktbeschickern und Kunden. Man erregte sich darüber, dass es dem Glasbläser erlaubt worden war, sein Gewerbe so nah der Wohnviertel zu betreiben. Noch immer verspüre man im Rachen die Ätzungen der Schwefeldämpfe, lamentierten einige. Auch über sie ärgerte sich Elisabeth. Denn denen schien es gleichgültig zu sein, dass es vermutlich einen Toten oder vielleicht sogar mehrere Opfer gegeben hatte.

»Um Gotts Wuin! Herrschoftszeitn!«, sprach sie verblüfft. Jetzt waren ihr doch einige Bemerkungen herausgerutscht, die ihre Herkunft verrieten. So viele überraschende Ereignisse innerhalb weniger Stunden hatte man ja auch nicht alle Tage zu verkraften.

Elisabeth traute ihren Augen nicht, als sie dort vor der Eingangstür zur Kaplanei ein Körbchen entdeckte, aus dem das herzergreifende Wimmern eines Säuglings zu vernehmen war. »Luada, Wuidsau! Da Deifi soi di hoin!«, sandte sie in Gedanken einige bissige Schimpfworte an die unbekannte Mutter und ihr ungebührliches Verhalten, ein kleines Kind derart lieblos seinem Schicksal überlassen zu haben. »Des glaub i jetzt ned. A ausgesetzts gloans Kind. So wos hod's in derer Gegend ja scho lang nimmer gebn!«

Sie öffnete die Tür der Kaplanei, in der sie für die Sauberkeit zuständig war. Eine warme Mahlzeit täglich bereitete sie hier für den Geistlichen zu. Meistens begab sie sich danach schnell nach Hause, um auch für sich selbst und ihrem Mann das Essen zuzubereiten. Das hatte pünktlich auf dem Tisch zu stehen, wenn Clemens seine Lehrertätigkeit in der Elementarschule beendet hatte. Zunächst aber galt es nun, den Herrn Kaplan in dem geräumigen alten Ackerbürgerhaus zu finden.

Damit sie nicht wieder zufiel, stellte Elisabeth ihren Einkaufskorb vor die geöffnete Tür. Als sie sich erneut über den kleinen Erdenbürger in seinem beengten Behältnis beugte, verspürte sie einen Juckreiz auf dem Rücken ihrer linken Hand. Mit den Fingernägeln ihrer Rechten kratzte sie sich. Dann strich sie mit einem Zeigefinger sachte über eine der geröteten Wangen des Kleinen. »Was für ein zartes kleines Kind du bist«, flüsterte sie. Sein Greinen hörte mit einem Male auf. Zwei große dunkle

Augen blickten ihr entgegen. Kurze schmatzende Laute gab er von sich. Dann schlummerte der Säugling ein. Auch vom nachfolgenden Poltern ließ er sich nicht beeindrucken.

Mit dem Körbchen in der Hand durchschritt Elisabeth aufgeregt die Längsdeele und hoffte, nicht alle zwölf Zimmer des Hauses nach Kaplan Adam Crux absuchen zu müssen.

»Himmeherrgodnoamoi, Kruzefixhalleluja!« - Die zweite Türe wurde zugeschlagen. »Himmisakra, Allmächd!« - Wieder knallte es laut. Elisabeth war eine sehr entschlossene Frau, couragiert, resolut in ihrem Auftreten. Sie hatte als Tochter eines Bauern schon früh kräftig zuzulangen gelernt. Ihr kleiner bis mittelgroßer Wuchs, die eher kurzen Gliedmaßen, der kaum vorhandene Hals und die rundliche Kopfform mit den zum Kranz aufgesteckten geflochtenen braunen Haaren gaben ihr eine gedrungene Gestalt. Dabei wirkte sie keineswegs behäbig oder schwerfällig. Trotz der über dreißig Lebensjahre verliehen ihre Bewegungen und ihre Haltung den Ausdruck von Anmut und Leichtigkeit und zeugten von jugendlicher Kraft. Dennoch klopfte ihr Herz, nachdem sie die steinerne Stiege ins zweite Obergeschoss hinauf gehastet war und fast atemlos wiederholt nach dem Herrn Kaplan rief.

»Nur zu, Elisabeth, nur zu! Ich habe Sie noch nie fluchen hören!«

»Oha. Do geht ma's G'impfte auf!«

»Wie bitte?«

»Entschuldigung, Herr Kaplan. Ich zerplatze gleich vor Wut!«, übersetzte sie schnaufend. »Herr Kaplan, wir kennen uns so gut. Da werden Sie schon richtig zu deuten wissen, dass meine unbedeutenden Ausrufe nicht mit Flüchen gleichzusetzen sind. - Ist das *Ihr* Kind?«

Der Kaplan war kein Mensch, der für alle Lebenslagen nur einen frommen Spruch auf den Lippen führte. Er war ein Seelsorger, der für die Sorgen der Leute stets ein offenes Ohr hatte und häufig genug auch sinnvolle Ratschläge erteilen konnte. Meist ließ er seinen Worten aber auch Taten folgen, denn Adam Crux konnte anpacken und war sich selbst für Tagelöhner-Tätigkeiten nicht zu schade. Es gab nur wenige Situationen, mit denen er überfordert war. Wie man zum Beispiel mit einem nur wenige Stunden alten Säugling umzugehen hatte - mit so etwas kannte sich der Kaplan nicht aus.

»*Mein* Kind?« Dem Kaplan schoss die Röte ins Gesicht. Dann wurde er blass. Er fühlte sich arg überrumpelt. Eine solche Frage war wohl noch nie an ihn gerichtet worden.

»Ich habe den Säugling auf *Ihrer* Türschwelle gefunden!«, erklärte Elisabeth. »Soeben schrie er noch aus Leibeskräften. Jetzt, da *Sie* ihn anlächeln, ist er auf einmal so friedlich.«

»Ja. Aber davon wird er wohl nicht satt, wie mir scheint.«

»Das ist wohl wahr. Wir müssten ihm eine Amme besorgen. Außerdem sollte sich auch eine Hebamme seiner annehmen. Ich muss jetzt allerdings zuerst das Huhn in den Kochtopf ... Vielleicht möchten Sie die Hebamme ...«

»*Ich*?«, fragte der Kaplan entgeistert zurück. »Ach, Elisabeth, Sie sind doch eine patente Frau. Und wegen des Essens machen Sie sich mal keine Gedanken. Es ist gestern noch reichlich Mus übrig geblieben. Vielleicht wollen *Sie* lieber ... Übrigens: Wieso legt jemand das Kleine auf meine Türschwelle?«

»Sie wissen doch, Herr Kaplan, den Seinen gibt's der Herr im Schlaf«, lächelte Elisabeth, als sie sich wieder über das Körbchen beugte. Offensichtlich hatte sie Gefallen an dem Würmchen gefunden.

Das Gesicht von Clemens Buchbinder verdüsterte sich für einen Moment, als ihm seine Frau ihr Ansinnen vorgetragen hatte. Nach dem Besuch bei der Hebamme und der Amme war Elisabeth schnurstracks zum Lehrerhaus gelaufen, wo sie ihren Mann in seiner Studierstube vorfand. Der Unterricht war bereits beendet.

»Wir hatten uns doch entschieden, in Anbetracht der Situation keine Kinder ...«

»Ich weiß, ich weiß ja«, unterbrach sie ihn. »Aber wer kann schon was dagegen haben, wenn wir den Kleinen adoptieren?«

»Du weißt, dass wir eventuell eines Tages in die Lage geraten könnten ...«

»Vielleicht. Dann müssten wir damit leben«, sagte sie bestimmt.

»Es könnte hart werden, ganz besonders für dich.«

»Ohne eigene Kinder ist es ohnehin hart genug für mich, das weißt du doch. Wir könnten dem armen Würmchen eine Zukunft bieten. Und vielleicht geht ja auch alles gut aus, und unsere Bedenken sind gegenstandslos.«

»Es wäre zu schön.« Clemens Buchbinders Gesicht hellte sich auf. Sorge und Zweifel schienen zu verfliegen. »Es gäbe unserem Leben sicher einen neuen Sinn.«

Elisabeth drückte sich an die Schulter ihres Mannes. Dann legte sie ihm den Säugling in den Arm. »Ludwig. Wollen wir ihn Ludwig nennen? So wie mein Großvater hieß. Bitte, das wird meine Erinnerungen an ihn lebendig halten!«

»Und ich? Ich halte die Erinnerungen an ihn etwa nicht lebendig?«, fragte Clemens mit gespielter Entrüstung.

»Doch. Natürlich. Das weißt du doch. Wenn Großvater damals nicht gewesen wäre, hätte Vater nie in unsere Heirat eingewilligt.«

»Ja, dein Großvater war ein weitsichtiger Mann«, frotzelte Clemens. »Obwohl, wenn er die Entwicklungen tatsächlich vorausgesehen hätte - es wäre dir mit meinem nicht ungefährlichen Ansinnen manches erspart geblieben.«

»Ich habe es doch nicht anders gewollt; *wir beide* haben es nicht anders gewollt.«

Clemens Buchbinder lächelte sie mit einem zärtlichen Blick an und nickte. Er war zufrieden damit, wie es war. Er war glücklich darüber, dass sich sein Eheleben so anders gestaltete, als dies bei den meisten üblich war. Elisabeth und er - sie verstanden sich blind. Da bedurfte es keiner Hierarchien zwischen Mann und Frau. Bewusst lehnte er diese seiner Ansicht nach unangemessene traditionelle Geschlechterrolle mit dem Herrschaftsanspruch des Mannes ab, die er auch aus seinem Elternhaus kannte. Wie war sein Vater doch stets darauf bedacht gewesen, jedes eigenständige Denken von Frau und Kindern zu unterdrücken. Gegen seine von Gott gegebene Weisheit durfte man nicht aufbegehren. Aber das Gegenteil von dem, was der Vater bezweckt hatte, war eingetreten. In seiner Jugend war Clemens zum Rebell gegen alle althergebrachten Konventionen geworden und verstand es nun bei seinem Wirken als Lehrer, seine Freiräume im Sinne seiner Überzeugungen zu nutzen. Dies geschah derart, dass er kaum in Konfrontation mit der Obrigkeit geriet, die sein Handeln und seine Beweggründe nicht zu durchschauen vermochte.

Er streichelte Elisabeth über ihre linke Hand - dort, wo sie sich soeben wieder gekratzt hatte. Ja, sie hatten aus einem Gefühl der Herzenswärme zueinander gefunden - nicht weil es von den Eltern aus einem Standesdünkel heraus so gewollt oder aus wirtschaftlichen Erwägungen arrangiert worden war.

»Also gut. Ludwig soll er heißen.«

»Du bist mein Bester. Und du bleibst mein Bester!«, strahlte Elisabeth und drückte ihren Mann. »Übrigens, Kaplan Crux hat sich angeboten, ihn zu taufen.«

»Taufen?«, fragte Clemens missbilligend. »Muss das sein? Und was ist mit unseren Überzeugungen?«

»Naja, in einem katholischen Land. Wir sollten Ludwig schon die Gelegenheit verschaffen, mit möglichst guten Voraussetzungen ins Leben zu starten. Der Kaplan übernimmt auch die Patenschaft.«

»So? Der ist doch schon Pate von dem kleinen Serdünner. Da hat er wohl ein neues Hobby, wie? Dann könnte er doch für die Erstausstattung sorgen - Windeln, Kleidung, Bettchen ... Was man alles so braucht für einen neuen Erdenbürger.«

»Windeln und Kleidung hat mir schon die Hebamme Hilde mitgegeben.«

»Und?« Clemens deutete mit dem Reiben zweier Fingerkuppen die Frage nach der Bezahlung an.

»Ihr Sohn ist doch in deiner Klasse. Vielleicht könntest du auf das Schulgeld verzichten?«

»Das sag mal unserer Schulbehörde. Und dann kannst du auch gleich den Vorschlag unterbreiten, dass ich generell wieder mit Naturalien entlohnt werde«, grummelte Clemens. »Eine Unterrichtsstunde für ein Huhn; eine weitere Stunde, damit ich ein ordentliches Essen auf den Tisch bekomme.«

»Das Huhn! Oh je, Clemens! Das habe ich ganz vergessen.« Elisabeth wirkte ungewöhnlich fahrig. »Wo habe ich denn nur ... Das wird aber dauern, bis es fertig gegart auf den Tisch ...«

»Ach, lass dir nur Zeit, Mütterchen. Das Huhn läuft ja nicht mehr weg«, ulkte er. »Außerdem kann ich mich auf diese Weise langsam daran gewöhnen, dass ich in unserem Haushalt in Zukunft nur mehr höchstens die zweite Geige spielen werde!«

Rund vier Wochen später nahm der kleine Ludwig von Amts wegen den Namen des Ehepaars Buchbinder, den Namen seiner Adoptiveltern, an.

Und noch zwei weitere Verwaltungsakte wurden im Amt vorgenommen: Der Familienname des Josephus Simon wurde in *Sertürner* abgeändert. Des Weiteren schloss Amtmann Franz Altemeier den Fall des Glasbläsers Hermann Grave ab. Dieser war beim Ausbruch eines Feuers in seiner Werkstatt zu Tode gekommen. Ob es sich dabei um einen Unfall oder um ein gewolltes Feuer gehandelt hatte, konnte nicht ermittelt werden. Bei einer Befragung hatte die Ehefrau sehr verstört gewirkt und ausgesagt, ihr Mann habe ihr Heim - wie stets am Dienstag in der Frühe - gegen sechs Uhr verlassen, und sie habe ihn zu diesem Zeitpunkt letztmalig gesehen. Der kleine Ernst hatte geweint und bestätigt, der Vater sei schon aus dem Haus gewesen, als er an diesem Morgen aufgewacht sei. Weitere Anhaltspunkte gab es keine und ließen sich wohl auch kaum finden, denn die Glasbläserei war durch das Feuer völlig zerstört worden. Franz Altemeier erinnerte sich, dass des Glasbläsers Frau Irmtraud am Tage nach dem Unglück gemeldet hatte, dass sie die der Johanna Grünberg zur Verfügung gestellte Unterkunft leer vorgefunden habe. Offensichtlich habe sich das Frauenzimmer heimlich davongemacht. Auch heute wieder musste Altemeier schmunzeln. Er sah Johanna vor sich, wie sie sich vor einem Jahr bei ihm angemeldet hatte, die Hüften verführerisch wiegend, kichernd und ihn immer wieder mit einem kecken Seitenblick bedenkend. Nun hatte sich das Flittchen wohl nicht mehr getraut, sich persönlich im Amt abzumelden.

Altemeier packte die vorliegenden Protokolle aus den Polizeiermittlungen und der Feuerwehr zusammen, bündelte sie und versah die Verknotung der Kordel mit einem Siegel. Er begab sich in die obere Etage und reichte die Akten seinem Vorgesetzten weiter, der sie zuständigkeitshalber an das Samtamt Oldenburg-Stoppelburg übergeben würde. Auch die vor etwa zwanzig Jahren gegründete Brand-Assecuration würde über den bescheidenen Stand der Ermittlungen informiert. Für den bereits feststehenden Wert der Arbeitsstätte würde die in Not geratene Familie sicher einige Reichstaler erhalten.

An seinen Arbeitsplatz zurückgekehrt sortierte Altemeier die noch nicht bearbeiteten Vorgänge der letzten Wochen. Dabei fiel ihm ein unbeschrifteter Umschlag in die Hände. Er entfaltete den Briefbogen, der mit einer merkwürdigen Zusammenstellung ausgeschnittener Zeitungsbuchstaben beklebt war. Trotz dieser ungewöhnlichen Montage war der anonyme Hinweis problemlos lesbar. Bei Altemeier rief er ein hohes Maß an Bestürzung hervor. Demnach sollte, kurz bevor an jenem Dienstag das Feuer entdeckt worden war, die erbost wirkende Ehefrau Irmtraud Grave am Unglücksort gesehen worden sein. Angeblich hatte auch eine Johanna Grünberg den Glasbläser besucht.

Altemeier ließ das Schriftstück sinken. Diese Notiz ließ das vermeintliche Unglück in einem ganz neuen Licht erscheinen. Bisher hatte man von der Unwissenheit der Witwe Grave ausgehen müssen. Für den Versuch eines Versicherungsbetrugs hatte es keine Indizien gegeben. Denn die Familie Grave war finanziell deutlich besser gestellt gewesen, *bevor* sie ihr Familienoberhaupt und ihren Besitz verloren hatte. Und von einer Beziehungstat konnte auch nicht ausgegangen werden. Dafür hatte die Ehe der Graves zu intakt geschienen. Oder hatte es doch Ungereimtheiten zwischen den Eheleuten gegeben? Sollte gar ... Nein, das schien doch zu unglaublich, geradezu unerhört. Aber auszuschließen war es wiederum auch nicht. Schließlich hatte man von dem vermeintlichen Opfer Hermann Grave keine Spuren mehr gefunden. Wie sollte man auch? Das Feuer hatte doch alles vernichtet. Und doch: War es tatsächlich vollkommen auszuschließen, dass der Glasbläser bei dem Unglück nicht ums Leben gekommen war? *Unglück?* Altemeier hatte von Anfang an Zweifel an dieser Sichtweise gehegt. Möglicherweise war der alte Grave mit der Grünberg durchgebrannt. Undenkbar war das nicht. Schließlich wird er ihr sein Quartier kaum uneigennützig zur Verfügung gestellt haben, der alte Bock. Doppelt so alt wie seine Liebschaft war er. Warum sollte er mit seinen knapp vierzig Jahren nicht noch einmal einen neuen Anfang ... Und seine einfältige Ehefrau trug nun Trauer. Oder war Irmtraud Grave gar nicht so ahnungslos gewesen? Seit etlichen Wochen war sie nicht mehr bei Lea erschienen. Nach dem Dreikönigstag hatten die Dienstagstreffen zuerst noch sporadisch stattgefunden. Man war sich zunehmend distanziert begegnet und bedachte viel penibler als zuvor, was man von sich preisgab. Und seit dem Unglückstag hatte Irmtraud Grave die Begegnung mit Lea vollends gemieden. Im Grunde ... Ja tatsächlich ... Seit dem Tag, an dem die Grave das Verschwinden der Grünberg gemeldet hatte, hatte auch er die üble Tratschbase seiner Frau nicht mehr gesehen. Also: Hatte Irmtraud Grave etwas zu verheimlichen?

Altemeier riss die Tür seiner Stube auf. Schnell wollte er noch einmal die Unterlagen bei seinem Amtskollegen ... Er zögerte. Unverrichteter Dinge kehrte er an seinen Schreibtisch zurück. Da lag sie, die anonyme Zuschrift. Er hielt sie gegen das Licht. Sie gab keine weiteren Informationen preis. Warum nur hatte man ihm diese

Mitteilung zukommen lassen? Warum machte man gerade *ihn* darauf aufmerksam, dass auch die Grünberg bei dem Glasbläser gesehen worden sei? Johanna Grünberg. Der Schweiß brach ihm aus. Er riss sich seine Perücke vom Haupt und legte die Dienstrobe ab. Erneut las er die Botschaft und blickte auf. Er trat ans Fenster und schaute gedankenverloren in die Ferne. Johanna Grünberg. Warum hatte er sich nur mit dieser Schlampe einlassen müssen? Er dachte an die letzten Monate des vergangenen Jahres zurück und an die Probleme, die entstanden waren, weil das Luder bei ihren heimlichen Treffen und Liebeleien nicht gut genug aufgepasst hatte. Es war noch gar nicht so lange her, als sie ihm eine Szene gemacht hatte. Sie wisse nicht, wie es weitergehen solle, wenn es denn eines Tages Nachwuchs gäbe, hatte sie gejammert. Glücklicherweise hatte sie sich nach dem Eklat im Herbst nicht mehr blicken lassen.

Altemeier zuckte mit den Schultern. Eigentlich schade um das Mädchen, dachte er. Sie war alles andere als eine Straßendirne, auch wenn sie es perfekt verstanden hatte, ihn mit ihrem gurrenden Lachen und ihren schmachtenden Blicken für sich einzunehmen.

Bei der ersten Begegnung am Tag ihrer Anmeldung hatte er sogleich gemerkt, dass sie etwas Besonderes war. Blutjung war sie ihm erschienen und sich ihrer aufreizenden Erscheinung gar nicht bewusst gewesen. Ihr ganzes Auftreten hatte ihn in Wallung gebracht, und scheinbar hatte auch sie sich seit dem ersten Moment zu ihm hingezogen gefühlt. Schon nach dem dritten Treffen hatten sie sich einander das besondere Kribbeln anvertraut. Sie trafen sich immer häufiger, während seine Frau ihn bei der Arbeit wähnte. Vor allem an den Dienstagen konnten sie sich viel Zeit füreinander nehmen.

Das dumme Ding hatte nie darüber berichten wollen, woher es stamme und warum es alleine nach Neuhaus gekommen sei. Und das war auch nie wichtig gewesen. Dass sie zusammen schöne Begegnungen genießen konnten, das war alles, was zählte. Dass er ihr immer mal wieder einige Münzen zugesteckt hatte, das hatte ihnen beiden keine schlaflosen Nächte bereitet. Zumindest hatte sich Johanna nie so gefühlt, als würde sie sich als Hure ihr Leben verdingen. Sie hatte einmal für Hermann Grave vorgesprochen, als er eine Genehmigung für den Anbau an seiner Glasbläserei benötigte. Dafür hatte dieser sich erkenntlich gezeigt und ihr eine Unterkunft vermittelt.

Oder war es zwischen diesen Beiden doch zu ernsthafteren Annäherungen gekommen, mutmaßte Franz erneut. Er schüttelte den Kopf. Für einen Moment war er sich nicht sicher, ob das alles nun ein Traum oder Wirklichkeit war. Der anonyme Hinweis in seiner Hand brachte ihn zur Besinnung. Was bezweckte der Informant? Sollte er etwa über die Liebelei des Amtmannes mit Johanna Grünberg im Bilde sein. Mein Gott, das war doch nur eine Episode. Eine Romanze. Für ihn hatte sich eine Mesalliance angebahnt, die aber doch keine Zukunft ... Ein flüchtiges Erlebnis, das sich aber zu einer folgenschweren Affäre würde ausweiten können, erkannte er nun. »Und wenn man ..., wenn man mich womöglich beschuldigt, mit dem Feuer einen Konkurrenten aus dem Weg geschafft zu haben«, murmelte Altemeier. Seine Gedanken zogen immer größere Kreise. Ihm wurde unheimlich. Es war nicht auszudenken, wenn man den Fall Grave neu aufwickelte und wenn noch sehr viele unangenehmere Fragen als bisher gestellt werden würden. Viel Staub könnte aufgewirbelt werden. Die Leute würden sich das Maul zerreißen. *Verderbtheit, Sünde, Schande* waren Attribute, die ihm in jeder Hinsicht unwillkommen sein mussten. Er musste auf seinen untadeligen Ruf bedacht sein. Ein Skandal könnte auf jeden Fall seine Aufstiegsmöglichkeiten beeinträchtigen. Und welche Zukunft seine Ehe haben würde. »*Ehe*«, brummelte er abfällig.

Da hilft nur eins, dachte sich Altemeier, die anonyme Anzeige muss verschwinden! Ich darf ihr nicht nachgehen, wenn ich mich nicht selbst ans Messer liefern will. Er zerriss das verräterische Schriftstück, trat an ein Kohlebecken und sah erleichtert zu, wie die Papierfetzen verbrannten. Nun musste er darauf hoffen, dass Johanna ihm nicht mehr in die Quere kam. Dann würde er im Falle eines Falles alles Weitere abstreiten können, wenn man ihm Verdächtigungen unterstellte.

Es klopfte an seiner Tür, die sogleich geöffnet wurde.

»Madame!« Franz Altemeier war einige Atemzüge lang sprachlos.

»Was ist, Franz? Geht es Ihnen nicht gut? Mein Gott, Sie sehen aus, als hätten Sie ein Gespenst gesehen. Ist meine Erscheinung derart abschreckend?«

»Nicht doch, Madame. Wie können Sie nur ...« Altemeier hüstelte. »Ich dachte ... Nein, ich fürchtete, mein Vorgesetzter ...«

»Ihr Vorgesetzter? Der löst bei Ihnen einen derartigen Schock aus?«

»Ach nein. Wo denken Sie hin, Madame. Es ist nur ... Ich hatte soeben meine letzte Amtshandlung im Fall ... Nun, es ist doch wegen der Feuerversicherung. Ich war einen Moment lang verunsichert und befürchtete, der Oberamtmann hätte noch einen Einwand ... Ich kann Ihnen die freudige Nachricht ... Sie werden schon bald das Geld erhalten. Wenn Sie sich noch zwei, drei Wochen gedulden ...«

»Natürlich, Franz.«

»Nun, es ist für Sie sicher nicht leicht ... Ich hörte davon, dass Sie inzwischen aus Ihrer Wohnung ...«

»Deswegen bin ich hier, Franz. Sie wissen, dass solch ein Haus von einer alleinstehenden Frau mit Kind nicht zu unterhalten ist. Ich musste den Pachtvertrag kündigen. Und auch die Lagerräume an der Alme ...«

»Das Quartier, in dem Madame Grünberg zuletzt ...?«

»Es ist alles wieder in den Besitz des Hochstifts übergegangen.«

»Ja. Und wo haben Sie nun Ihre Unterkunft?«

»Da bin ich dem Josephus Serdünner ...«

»Sertürner. Die Familie heißt jetzt Ser*türner*«, unterbrach Altemeier sie.

»Ach. Naja, ich muss ihm wirklich sehr dankbar sein. Aufgrund seiner guten Kontakte ... Nun, er hat mir eine Wohnung vermitteln können. Sie wissen doch, im Marstall-Gebäude stehen etliche Räumlichkeiten für das Personal der fürstbischöflichen Residenz zur Verfügung.«

»Ja. Da bin ich aber froh, dass Sie und der kleine Ernst dort untergekommen sind. Da mache ich doch gleich die Ummeldung für Sie fertig.«

»Das ist gut, Franz.«

»Nicht der Rede wert, Madame.«

Aufmerksam schaute die Grave ihm bei seinen Einträgen in das Meldebuch zu. »Warum sind Sie eigentlich auf einmal so förmlich zu mir, Franz? Das ist mir schon bei unserer letzten Begegnung aufgefallen.«

»Förmlich?« Er betrachtete sein Werk und gab Löschsand darüber. Nach der Vollendung seiner Amtshandlung legte er die Schreibfeder beiseite. Dann wandte er sich der Bürgerin zu. »Nun, Madame Grave, wir sollten privates und dienstliches schon voneinander trennen, denke ich. Wie schnell kann da Gerede aufkommen, wenn Sie wissen, was ich meine?«

»Gerede?« Irmtraud Grave lächelte süffisant. »Meinen Sie so ein Gerede, wie man es in diesen Wochen über Johanna Grünberg ...«

»Über Madame Grünberg redet man?«

»Nicht nur über Johanna.«

»Über wen denn noch?«

»Natürlich spekuliert man auch darüber, wer ihr diesen kleinen Bankert gezeugt hat.«

»Ach. Davon habe ich noch nichts gehört. Sie hat also ein Kind auf die Welt gebracht? Ist es ein Junge?«

Irmtraud Grave hob scheinbar unwissend die Schultern. »Sie wissen doch, dass die Grünbergsche fort ist. Und das Kind hat wohl noch niemand zu Gesicht bekommen. Aber Franz ...«, nun schüttelte sie den Kopf, »machen wir uns doch nichts vor. Wie viele Taler haben Sie ihr denn gezahlt, damit sie schweigt?«

»Madame, ich muss doch sehr bitten!«

»Wir kennen uns schon so lange, Franz. Wir wissen doch beide, was dienstags in den diversen Kämmerchen und Stübchen der Residenz geschieht.«

»Madame ...« Ich weiß nicht, was Ihr Mann so getrieben hat, wollte er zuerst erwidern, besann sich jedoch eines Besseren. »Madame, Sie deuten ungeheuerliche Unterstellungen an, die ich mir nicht bieten lassen kann. Ich werde Sie durch die Wache ...«

»Das würde ich mir gut überlegen, Franz«, unterbrach sie ihn. »Handeln Sie nicht unüberlegt und vorschnell. Ich habe kein Interesse daran, Ihren Ruf und das Leben Ihrer Frau und Ihrer Töchter zu ruinieren. Also seien Sie mal ein Mann. Und denken Sie dabei nicht nur an das Eine. Nein, Sie sollten sich besser Ihrer Situation bewusst werden und die notwendigen Konsequenzen ziehen.«

»Und die wären?«

»Sie wissen, dass die Zukunft für meinen Sohn und mich kein Zuckerschlecken wird, da Hermann tot ist. Auch wenn ich nach Kräften bemüht sein werde, für unser Auskommen zu sorgen, wird es doch an vielem mangeln. Ich denke, das Geld, das Sie nun nicht mehr der Johanna ...«

»Sie wollen mich erpressen?«

»Franz, überlegen Sie es sich in Ruhe. Ich will Sie nicht wie einen Hühnervogel rupfen. Der Betrag wird sich in Grenzen halten. Doch so viel, wie Sie für Johanna erübrigen konnten, so viel sollte es schon sein.«

»Verlassen Sie das Amt! Sofort!«

»Wenn meine Beweise nicht hieb- und stichfest wären, würde ich es nie gewagt haben ...«

»Sie bluffen!«

»Ja, so nennt man das in Ihren Kreisen, nicht wahr? Wie viele Ihrer Kontrahenten haben Sie beim Kartenspiel schon ausgenommen? Es scheinen einflussreiche Personen zu sein, die sich Kronleuchter, Teppiche, wertvolle Spiegel und Mobiliar abluchsen lassen. Oder sollten Ihre Errungenschaften gar aus den Beständen des Fürstbischofs stammen? So wie das Fürstenberger Porzellan, das in der Residenz vermisst wird, wie ich vom alten ... vom Josephus Sertürner erfuhr?«

»Raus! Ich will Sie nicht mehr sehen!«, schrie Altemeier und riss die Tür auf. »Hinaus mit Ihnen! Scheren Sie sich zum Teufel!«

»Altemeier, dass Sie kein Mann sind, der für seine Untaten gerade stehen kann, haben Sie schon hinlänglich demonstriert!«

Mit einem rauen Griff stieß er Irmtraud Grave aus der Amtsstube, während er sie herablassend und distanzlos ansprach: »Verschwinde, bevor ich mich vergesse!«

»Sie enttäuschen mich auch noch in anderer Hinsicht, Franz Altemeier: Gehört es nicht zu den grundlegendsten Voraussetzungen für die Position eines fürstbischöflichen Amtmannes, wenigsten ein Mindestmaß an Contenance zu wahren? - Der Tag ist nicht fern, da werden Sie winselnd erscheinen und mich anbetteln!«

Den lauen Maientag hatte Ernst bei seinem neuen Freund Friedrich Wilhelm zugebracht. Ernst blätterte in den Seiten des INTELLIGENZBLATTES, dem amtlichen Mitteilungsblatt, das nun schon seit einigen Jahren regelmäßig erschien.

»Bald bin ich sieben, dann darf ich die Schule besuchen, hat Mutter gesagt. Dann lerne ich all das lesen, was hier geschrieben steht.«

Er schlug die Vorderseite des Amtsblattes auf und folgte mit seinem Zeigefinger den filigranen Linien und Rundungen des fürstbischöflichen Wappens, das die Titelseite zierte. »Irgendwann möchte ich auch schreiben können. Geschichten schreiben. Und Bilder sollen dazu kommen.«

»Bilder? - Schau nur! - Gefallen dir solche Abbildungen?«

Der kleine Sertürner reichte ihm ein Buch seines Vaters.

»Was soll das sein?«

»Als Architekt benötigt man diese Zeichnungen. Dann kann man Brücken bauen oder Häuser, Kirchen oder Mühlen, Straßen, Flüsse oder Wälder vermessen.«

»Und dein Vater stellt diese Bilder her?«

»Er rechnet viel. Dann erstellt er Pläne. Die Baumeister und Maurer können die Pläne lesen und danach bauen. Das würde ich ebenfalls gerne können.«

»Kommst du auch im Sommer in die Schule?«

»Vielleicht. Ich bin dann aber erst sechs.«

»Die Mutter hat gesagt, bei Lehrer Buchbinder sind viele Kinder in der Klasse: sechs-, sieben- und sogar achtjährige.«

Ernst zählte an seinen Fingern ab.

»Oh, sogar achtjährige? Dann könnten meine Schwestern ja auch dorthin?«

»Da sind nur Jungen!«

»Hm.«

Friedrich Wilhelm überlegte. Dann kam ihm etwas anderes in den Sinn.

»Wann holt dich deine Mutter ab?«

»Wenn's dunkel wird, hat sie gesagt. Sie muss noch Geld verdienen.«

»Wir könnten zur Residenz gehen. Dann zeige ich dir das Mühlrad. Du wirst sehen, es sieht genauso aus wie auf diesem Bild hier.«

Ernst wirkte unentschlossen.

»Ich kann dir auch das Wappen zeigen, das du gerne zeichnen können möchtest. Es befindet sich an einem Tor des Schlosses.«

»*Dieses* Wappen?«

»Es ist das Wappen des neuen Fürstbischofs!«

»Hast du den Bischof schon mal gesehen?«

»Noch nicht. Vater sagt, er ist ganz in Ordnung. Er ist ohne prunkvolles Fest nach Neuhaus gekommen.«

»Schade. Ich würde mich über ein schönes Fest freuen. Dann müsste Mutter einen Tag weniger arbeiten.«

»Kommst du nun mit? Meine Mutter lässt uns die wenigen Schritte gewiss alleine gehen.«

Mutter Sertürner ließ sie gewähren. Auf dem Weg zum Schlosspark kamen sie am Haus der Altemeiers vorbei.

»Wir werden beobachtet«, flüsterte Ernst und wies mit dem Kopf zu einem Fenster, in dem sich ein Gesicht zeigte.

»Das ist Agnes. Früher habe ich mit ihr und mit ihrer Schwester Elsbeth gespielt.«

»Früher?«

»Früher waren Mutter und ich dort dienstags häufiger zu Gast. Aber jetzt hat Mutter keine Zeit mehr dazu. Seit Vater tot ist, muss sie immerzu arbeiten«, sprach Ernst betrübt.

Friedrich Wilhelm fasste Ernst an die Hand und zog ihn mit sich; tänzelnd, hopsend, hüpfend. »Ich bin froh, dass du jetzt mit mir spielst! Vielleicht sind wir ja im Sommer bei Lehrer Buchbinder zusammen in einer Klasse.«

»Hm.« - Ernst blickte noch einmal zurück und stellte fest: »Ich glaube, Agnes weint.«

Lea Altemeier war überrascht: »Nanu Franz, da bist du ja schon. Heute ist doch Dienstag, ich dachte ...« Sie brach den Satz ab, als sie die Stimmung ihres Mannes gewahrte.

Übel gelaunt warf Altemeier seinen Rock über einen Stuhl. Er war überrumpelt und in die Schranken gewiesen worden. Unglaublich. Von einer Frau. Er konnte seine Wut kaum zügeln. Wieso hatte er nur die anonyme Anzeige verschwinden lassen, schalt er sich selbst einen Idioten. Damit hätte er dieses Weibsbild Irmtraud Grave in der Hand gehabt. Und jetzt? Jetzt war er dieser Erpresserin ausgeliefert. Er ranzte seine Frau an: »Es ist Dienstag. Na und? Hast du ein Problem damit?«

»Nein, natürlich nicht. Was ist los mit dir?«

»Wo sind die Kinder?«

»Ich nehme mal an, sie spielen in der Stube.«

»Folge mir in die Schlafkammer, und schließ die Tür!«

»Aber Franz, was ist denn nur? So kenne ich dich ja gar nicht!«

»Dann wird es Zeit, dass du mich richtig kennenlernst. - Runter mit dem Fummel!«

»Aber Franz ...«

»Ich sagte, *zieh dich aus!* Sonst reiße ich dir die Kleider vom Leib! Es wäre überdies nicht schade drum«, fügte er halblaut hinzu.

»Franz, so ungestüm? Früher warst du immer so zärtlich ...«

»Ich will nicht zärtlich sein! Ich will *einen Sohn* von dir! Hörst du? Einen Sohn!«

»Aber Franz, ich ...«

»Ich will kein Gezetere mehr hören, keine Ausflüchte, kein Getue. Oder glaubst du, ich könnte meinen Mann nicht mehr stehen?«

Franz warf Lea brutal auf das Bett. »Muss ich dich an deine ehelichen Pflichten erinnern?«

»Franz, die Kinder ...«

»Keine Widerworte! Keine Ausreden! Kein Hinhalten! Du bist mein Weib, und ich nehme mir mein Weib, wann immer es mir passt!«, schrie er und hörte in seinem Wahn nicht, dass Agnes die Tür der Schlafkammer öffnete.

Das Mädchen konnte nicht verstehen, was sich da abspielte. Geschockt sah es zu, wie sich die Finger der Mutter in die Matratze krallten, wie sie sich auf die Unterlippe biss, wie Tränen über ihr Gesicht flossen. »Gehst du mit deinen Flittchen auch so um?«, schluchzte Lea.

Verängstigt sah Agnes in die Fratze ihres Vaters, der sie mit Zornesröte anschaute. Scheu schlug sie die Augen nieder. Betroffen schloss sie wieder die Tür. Warum tat ihr Vater das? Warum fügte er der Mutter so viele Schmerzen zu? Weinend rannte Agnes an die Haustür, die sie verriegelt vorfand. Ihre Lippen bebten vor Angst. Sie stürzte ans nächste Fenster. Hier verharrte sie reglos. Auch das Fenster war nicht zu öffnen. »Vater ist böse und gemein. Er soll das nicht tun!«, klagte sie.

Da. Da stand Ernst und blickte zu ihr rüber. Jetzt ging er weiter. Ob er etwas bemerkt hatte?

In den folgenden Wochen wurde Agnes von unzähligen Alpträumen gepeinigt. Sie verabscheute ihren Vater.

Drei
Harmonien und Missklänge

Die Kinderfreundschaft zwischen Ernst und Friedrich Wilhelm hatte auch drei Jahre später noch Bestand. Ernst fühlte sich zu dem wissbegierigen und klugen kleinen Sertürner und seiner Familie hingezogen. Friedrich Wilhelm hingegen mochte die ruhige und besonnene Art des Freundes. Dabei gab es sehr wohl auch Zeiten, an denen beide gerne herumtobten - im Garten, an der Alme oder im Park der Residenz. Dort beobachteten sie das Verhalten der Schwäne auf dem Wassergraben, der die Residenz umgab. Sie lauerten den Reihern auf, um sie fortzujagen, bevor die Fische ihnen zum Opfer fielen. Und sie studierten das Verhalten der Störche.

Schon im letzten Jahr hatten sie den Störchen nachzuspüren versucht, wenn das Paar seine Kreise zog und einander half, den Nachwuchs aufzuziehen. Jetzt wurde wieder gebrütet, und die Freunde waren neugierig, wie viele Junge wohl in diesem Jahr schlüpfen würden. Im Nordwesten des Schlossparks, dort wo die Lippe in die Alme mündet, hatten sie sich in den Schatten eines Wasserturms niedergelassen, als ein Parkgärtner zu ihnen trat. Er folgte ihren Blicken.

»So bünd se, de Adebaars«, schnaubte er abfällig. »Se mutt bröden. Un he hett de Arbeid. Is wegflogen. Mutt dat Freten halen. Un he da ...«, er zeigte zum Nistplatz, »he da is en frömd Stoork.« Sie folgten seinem Fingerzeig. »Dat lett de Oll behagen, dat he freet.«

Entgeistert schauten die Jungen den Gärtner an, der seine Arbeitsschürze beiseite zog und sich ungeniert zwischen den Beinen kratzte. »En broken Ehe«, bemerkte er knapp. Er verzog seine Mundwinkel und schüttelte den Kopf. »Un de Oll markt nix«, ergänzte er voller Verachtung.

Was redete der Bedienstete da? Während die Störchin brütete und ihr Partner das Fressen besorgte, ließ sie sich mit einem fremden Storch ein? Von *Ehebruch* redete der Gärtner gar? Und ihr Partner würde nichts merken? »Sind sich die Störche denn nicht treu?«, fragte Friedrich Wilhelm irritiert.

Der Arbeiter zuckte mit den Schultern: »Dat is doch bi de Lüü ok nix anners.« Der Gärtner ging wieder seiner Arbeit nach.

Mit seinen Bemerkungen hatte er für ein großes Durcheinander in der Vorstellungswelt der Jungen gesorgt. Das sei doch bei den Menschen auch nicht anders, hatte er gesagt? Dem sollten sie wohl mal nachgehen, beschlossen die Jungen. Als sie in Gedanken versunken über die knirschenden Kieselsteine der Parkwege stapften, scheuchten sie eine Schar Sperlinge auf. *Dafür* hatten sie nun keinen Blick mehr übrig. Sie wandten sich dem Marstall zu. Sie verfolgten das Treiben des Schmieds, wie er ein Pferd beschlug. Teuflisch war der Gestank, als das noch fast glühende Eisen zischend auf den Huf traf. Von den Stallburschen ließen sie sich zeigen, wie die Pferde gepflegt, wie Zaumzeug, Wagen und Kutschen gewartet wurden. Gelegentlich hatten sie die Pferde schon mal ausführen und manchmal sogar auf ihnen reiten dürfen. Das war spannend. Doch heute hatten sie keinen Spaß daran; sie waren nicht bei der Sache. Ernst war enttäuscht vom Verhalten der Störchin. Und sowas sollte es auch unter den Menschen geben?

»Niemals«, meinte Friedrich Wilhelm dazu. »In unserer Familie niemals«, war er überzeugt.

Die Eltern Sertürners kümmerten sich nicht nur liebevoll um ihren Sohn und seine Geschwister, sondern ließen ebenso seinem Freund jedwede Fürsorge zuteilwerden. *Gemeinsam* machte es den Kindern Spaß, sich kritisch mit dem Verhalten auseinanderzusetzen, das das gesellschaftliche Leben erwartete. Nie wurden sie dazu gezwungen, sich blindlings diesen Normen anzupassen. Aber meistens nahmen die Kinder die Ratschläge von Friedrich Wilhelms Eltern gerne an.

»Wahrheit und Schein liegen oft sehr weit auseinander«, hatte Friedrich Wilhelms Vater einmal gesagt. »Und darum ist es uns weniger wichtig, euch die stumpfsinnige Pflege steifer Manieren beizubringen. Loyalität bedeutet für Viele *blinder Gehorsam*. Für uns bedeutet es *Handeln aus Verantwortung*. Dazu ist die Ausbildung eines guten Charakters notwendig, das Erlernen von Sanftmut und Herzensgüte und das adäquate Handeln danach. Das erfordert ein stetes Üben.«

»Und wie ist das mit der Treue?«, fragte Friedrich Wilhelm nachdenklich.

»Egal, ob zwischen Mann und Frau oder unter Freunden«, erklärte Vater Sertürner, »auch die Treue fällt nicht vom Himmel. Sie erfordert ein ständiges Bemühen und ein Gespür für die Bedürfnisse des anderen. Das ist oftmals leider sehr unterschiedlich ausgeprägt. Dann bedarf es viel Kraftaufwand und eines zähen Ringens; vor allem, eines eisernen Willens.«

»Das sagt Lehrer Buchbinder auch«, bestätigte Ernst. »Wenn alle so dächten und handelten, gäbe es weniger Streit, Hass und Krieg, hat er gemeint.«

Der alte Sertürner nickte. Man verstand sich.

Wenn es das Wetter erlaubte, verbrachte man viel Zeit im Garten der Sertürners. Er war klein und gepflegt - das Ergebnis unzähliger Stunden Betätigung durch Friedrich Wilhelms Mutter und seiner ältesten Schwester. Mit Begeisterung wurde gesät, gepflanzt und geerntet. Häufig schaute Ernst den Frauen über die Schulter. Die gezuckerten Mirabellen hatten es ihm besonders angetan. Er durfte naschen, wann immer er wollte. Meist half er aber auch, wenn die reifen Früchte von den Bäumen zu pflücken waren. Er hatte mitwirken dürfen, als eine Gartenlaube errichtet wurde. Er hatte sie geschmückt. Mit Girlanden aus Papierornamenten und altem getrockneten Eichenlaub.

Friedrich Wilhelm brachte die Geduld auf, stundenlang mit seinem Vater in der Werkstatt zu hantieren. Dann saß Ernst an einem kleinen Tischchen nah dabei und schmiedete Verse. Er konnte mit den Geheimnissen der Physik, mit den Wirkungsweisen der Mechanik, mit den Gesetzen der Statik und der Handhabung von Werkzeug wenig anfangen. Sein Metier war die Sprache. Er übte sich darin, über das Wort zu gebieten und strebte an, zu einem Meister der Formulierungen zu reifen. Irgendwann wollte er für alle lesbar niederschreiben, was ihn bewegte. In Gedichten oder in Romanen. Oder er würde andere wichtige Botschaften übermitteln wollen: Nachrichten, Ratschläge, Wissen - so, wie es im INTELLIGENZBLATT niedergeschrieben stand. Doch dazu bedurfte es Sicherheit im Umgang mit der Orthographie und der Grammatik und im trefflichen Ausdruck. Hier habe er Talent, hatte ihm Lehrer Buchbinder bescheinigt. Und weil er im Lesen schon eine gute Fertigkeit erlangt hatte, hatte der Lehrer ihm die Geschichte über den Jungen Robinson an die Hand gegeben. Ernst war begeistert von dem Jungen, den es auf eine einsame Insel verschlagen hatte und der sich zu eigen machte, seinen Verstand und seine Hände zum Überleben zu gebrauchen; mehr noch, der den Wert von Geselligkeit und Freundschaft zu schätzen lernte. ROBINSON, DER JÜNGERE, sei das Buch betitelt, hatte der Lehrer gesagt. Geschrieben von einem Mann namens Campe. Wenn Ernst es in einigen Jahren einmal besser verstünde, gäbe er ihm den Abenteuerroman ROBINSON CRUSOE von dem Schriftsteller Defoe zu lesen, hatte der Lehrer versprochen.

So unterschiedlich die Interessensgebiete waren, so entwickelte sich bei beiden Freunden ein Empfinden für Harmonie und Formvollendung. Gemeinsam war ihnen ihr Sinn für die Schönheiten, vor allem für die Pracht der Tier- und Pflanzenwelt.

Ernst war gerne bei den Sertürners. Das war häufig der Fall, wenn nicht gerade die Anforderungen des Schulunterrichts ihren Tribut forderten.

»So, Kinder, jetzt habe ich euch mein Herbarium gezeigt. Ihr seht, dass die Pflanzen auch nach langer Zeit noch ansehnlich sind. Man kann sie genau untersuchen, wann immer man möchte, wenn sie sorgfältig gepresst und auf einen Bogen Papier aufgeklebt wurden. Natürlich dürfen die Blüten, Früchte, Blätter, der Spross oder die Wurzel nicht beschädigt werden, weder beim Sammeln noch beim weiteren Hantieren.«

Lehrer Buchbinder gab einen einzelnen Dokumentationsbogen aus seinem Herbarium an einen Schüler und forderte ihn auf zu beschreiben, was dort zu sehen sei.

»Hier ist eine ganze Pflanze, eine Blume zu sehen«, stellte Friedrich Wilhelm fest. Daneben ist ein Name geschrieben: *Leucojum vernum*. Dann sehe ich eine einzelne Blüte, weißgefärbt und glockenförmig. An den Spitzen der Blütenblätter - es sind fünf, nein sechs - ist ein gelbgrüner Tupfen. Und ...«

»Sehr gut, Sertürner«, sagte der Lehrer, und was steht noch auf dem Bogen geschrieben?«

»Dann lese ich noch Ihren Namen, Herr Lehrer. Und ein Datum ... 27. März 1776. Aber hier steht noch etwas geschrieben: Eschenbachtal bei Lügde.«

»Das ist richtig. Für eine gute Ordnung in einem Herbarium ist es wichtig, dass man notiert, *wann* man die Pflanze gefunden hat, *wo* ihr Standort ist und um *welche* Pflanze es sich handelt. Es wird der lateinische Name notiert. Dazu kann noch die deutsche Bezeichnung aufgeschrieben werden. Hier handelt es sich um Märzenbecher - eine Blume, die oft schon früh im Monat März blüht; daher ihr Name. Nun, zuletzt sollte noch angegeben werden, wer der Finder der Pflanze ist ... So, in den nächsten

Tagen werdet ihr Pflanzen sammeln. Nehmt euch einen Korb mit. Hier habe ich altes Zeitungspapier. Zwischen die Seiten der Zeitung könnt ihr die Pflanzen legen, trocknen und später pressen. Im Unterricht wollen wir in der nächsten Woche besprechen, welche Pflanzen ihr gefunden habt! Die Märzenbecher werdet ihr kaum mehr entdecken. Die sind schon verblüht!«

Clemens Buchbinder runzelte die Stirn. Nachdem er die Kinder aus dem Unterricht entlassen hatte, näherte sich ihm der Vater eines seiner Zöglinge. Der Lehrer wandte sich ab. Ihm stand nicht der Sinn nach einem Gespräch, bei dem er sich wieder sagen lassen musste, er würde die Schüler verweichlichen. Schon mehrmals war ihm vorgehalten worden, das Leben sei hart und erbarmungslos. Darauf müsse man die Kinder vorbereiten. Aber Clemens ließ sich nicht beirren. »Sollen meine Schüler ihren Kindern und Kindeskindern zukünftig dergleichen Willkür, Ungerechtigkeit und Grausamkeit antun, weil sie es selbst zuvor nicht anders erfahren haben? Das werde ich zu verhindern wissen!«, hatte er dem mürrischen Zeitgenossen kürzlich zu verstehen gegeben. - Clemens musste überrascht zur Kenntnis nehmen, dass sein einstiger Herausforderer inzwischen einen neuen Umgangsstil mit seinem Sohn zu pflegen schien. Man muss natürlich selbst Vorbild sein, dachte Buchbinder.

Er bemühte sich stets um viel Geduld bei der Wissensvermittlung. So schafften es auch die weniger begabten, sich zumindest die Grundlagen des Lesens, Schreibens und Rechnens anzueignen. Und die Jungen, deren Ehrgeiz und Interesse nur schwer zu wecken waren, lernten bei Buchbinder immerhin, einen guten Umgang miteinander zu pflegen, Achtung vor der Natur und seinem Nächsten zu entwickeln. Da Buchbinder selbst häufig nicht im Einklang mit dem von der Kirche gelebten Religionsverständnis und ihrer Wertevermittlung stand, hatte er bei seiner Anstellung erfolgreich darauf hinwirken können, dass ihm die religiöse Erziehung der Kinder erspart blieb. Das übernahm Kaplan Crux - und wie es schien derart geschickt, verständlich und überzeugend, dass auch Buchbinder damit leben konnte.

Der Lehrer schmunzelte, als er an seinen Adoptivsohn Ludwig dachte. Auch der geriet jetzt zunehmend häufiger unter die Fittiche des Kaplans. Elisabeth war damit einverstanden, denn Adam Crux teilte im Wesentlichen ihre Auffassungen und die ihres Mannes. Sie alle konnten pietistische Frömmelei bei gleichzeitiger Heuchelei, Verunglimpfung Andersdenkender und deren Denunziation nicht ausstehen.

»Ludwig wird schon früh genug erfahren müssen, dass es irgendwann mit der Verzärtelung vorbei sein wird«, hatte der Kaplan angemerkt, und Clemens hatte ergänzt:

»Bis dahin soll er eine angstfreie Kindheit genießen, an die er sich gerne erinnern wird.«

Tatsächlich schien der kleine Ludwig das Leben im Hause der Buchbinders zu genießen. Aus dem anfänglich dürren Knaben mit dem hellen Flaum auf seinem Kopf war ein »drolliges Kerlchen« geworden, wie manche sagten - mit dichten schwarzen Locken. Einige beschrieben ihn wegen seiner stämmigen Beinchen als »pummelig«. Das nahmen seine *Eltern* vorerst stillschweigend hin. Für sie war wichtig, dass Ludwig ein unkomplizierter, fröhlicher Junge wurde. Andere, die über seine Herkunft nichts wussten, droschen Phrasen: Die großen dunklen Augen habe er wohl von seiner Mutter Elisabeth. Nein, diese Ähnlichkeit! - Und von wem hat er den Bart?, lag Clemens zu fragen auf der Zunge. Aber er hielt sich bedeckt. Er wollte ja niemanden bloßstellen. Die Adoptiveltern amüsierten sich. Man dachte sich seinen Teil.

Häufig erzählte Elisabeth *ihrem* kleinen Ludwig Geschichten, sang mit ihm alte Kinderlieder, während sie ihn an die Hand nahm und übermütig mit ihm tanzte. Er tanzte gerne und sang mit. Beide hatten ihren Spaß.

Schon früh hatte er immerzu gebrabbelt, als wollte er alles Wahrgenommene kommentieren. Er hatte hierhin und dorthin gezeigt und nachgeplappert, was man ihm vorsagte oder was er zufällig aufschnappte. In seinem Adoptivvater hatte Ludwig einen begeisterten Förderer, denn er teilte die Interessen seines Vaters für all das, was die Natur hergab. Er ließ sich faszinieren vom Plätschern des Wassers an der Mühle, vom Gänsegeschnatter, vom Vogelgesang. Das Jubilieren der Amseln ließ ihn interessiert aufhorchen. Früh lernte er sie von einem Sperling zu unterscheiden, und auch den Ruf des Kuckucks erkannte er schnell wieder. Er kuschelte sich gerne an seinen Vater und kraulte den buschigen leicht rötlichen Vollbart des stattlichen Mannes, wenn der ihm den Mond und die Sterne zeigte. Dabei war es nicht wichtig, dass der Junge die Erläuterungen verstand. Wichtig war, die tiefe, wohlklingende und beruhigende weiche Stimme zu hören. Er mochte es, wenn der Duft der selbst gesammelten Lindenblüten die Stube erfüllte. Wenn er es seinen Eltern gleichtat und raschelnd das Sammelgut wendete, das zum Trocknen auslag. Wenn er das Körbchen halten durfte, das voller und voller wurde, während die Eltern mit Akribie ernteten. Er mochte das betörend süße würzige Aroma, das die blühenden Bäume absonderten, wie ihm Clemens erklärte. Und ihn faszinierte der Regen der goldgelben Blüten, wenn sie auf die ausgebreiteten Tücher fielen. Für das Sammeln von Kamille und Minze war er hingegen nicht so sehr zu begeistern. Hierfür hatte er meist nur eine abweisende Geste übrig. Im Herbst würden sie erstmalig Haselnüsse und Bucheckern sammeln. Darauf freute sich Clemens schon insgeheim. Bisher hatte man davor zurückgeschreckt. Denn Ludwig steckte meist alles in den Mund, um seine Welt zu erkunden. Später, so war sich Buchbinder sicher, würden die Tage im Studierzimmer nie trist werden. Der Lehrer fühlte sich berufen, seinem *Sohn* stets seine besondere Fürsorge angedeihen zu lassen. Clemens überhäufte ihn mit Zuneigung und übersah das ein oder andere Fehlverhalten geflissentlich. Wie gegenüber seinen Schülern, so behandelte Buchbinder seinen Sohn gutmütig und pflegte einen stets freundlichen Umgangston. Meist waren es honigsüße Schmeicheleien. Mit seinem sonnigen Gemüt dankte es der Kleine seinen glücklichen *Eltern*.

Friedrich Wilhelm und Ernst begaben sich auf den Weg zur Alme. Doch bevor sie nach irgendwelchen Pflanzen Ausschau hielten, um ihrer Hausaufgabe nachzukommen, ließen sie sich von Vögeln ablenken, die im seichten Wasser zwischen Wasserpflanzen ihre Nester bauten. Die Kinder sammelten Schneckenhäuser, suchten geeignete Stellen, wo sich mit Hilfe von Zweigen, altem Laub, kleinen Steinchen und Erde Staudämme bauen ließen. Sie suchten zu ergründen, wohin die Rindenstückchen entschwanden, wenn sie in den Sog von Wasserstrudeln gerieten. Dann ließen sie flache Steinchen über die Wasseroberfläche hüpfen. An einer Stelle war das Wasser glasklar. Ernst watete hindurch, nachdem er seine Schuhe ausgezogen hatte.

»Huh, ist das kalt!«, juchzte er, griff mit einer Hand ins kühle Nass und bespritzte Friedrich Wilhelm keck. Doch der interessierte sich mehr für die grün bewachsenen Felsblöcke, mit denen an einer anderen Stelle das Flussufer befestigt worden war. Insekten tanzten im Sonnenlicht.

Endlich begaben sie sich auf einen schmalen Pfad. Mäuse verschwanden raschelnd im Unterholz. Die Jungen entdeckten Schlüsselblumen, Buschwindröschen, Günsel und Sumpfdotterblume, Lerchensporn und Lungenkraut. Und am Rande eines kleinen Wäldchens nahmen sie den würzigen Duft des Bärlauchs wahr.

Sie legten eine Pause ein, aßen Brot und Apfel. Ernst scharrte ein wenig den Boden beiseite, um einige schon etwas verwelkte Blumen, Zeitungsschnipsel, Apfelgehäuse und Brotreste zu verbuddeln. Dabei ertastete er etwas, das sich nach einer Wurzel anfühlte, allerdings ... Die Oberfläche schien überraschend glatt. Vielleicht war dies ein Knochen von einem Tier. Die Freunde, die sich bekanntermaßen für alles in der Natur begeistern konnten, wurden neugierig. Mit einem Stück Baumrinde schabten sie den Erdboden weg. Und tatsächlich kam ein längerer Knochen zum Vorschein. An dem einen Ende tauchten in klauenartiger Haltung die skelettierten Finger einer Hand auf. Aber da waren auch Kleidungsreste. Als sie immer mehr von einem vergrabenen Menschen freilegten, wurde es den Beiden unheimlich. Sie entschlossen sich, die Eltern zu informieren. Während Ernst Zweige sammelte, mit denen sie ihren grausigen Fund bedeckten, entdeckte Friedrich Wilhelm einen goldfarbenen Gegenstand - sehr verdreckt, ein Schmuckstück vielleicht. Das steckte er in die Tasche, und dann eilten sie schnell nach Hause.

»Schwager, eigentlich müsste ich dir ja noch böse sein, dass du meine Schwester geheiratet hast.«

»Ach, Lea, ich habe es auch schon so manches Mal bereut. Aber du und ich? Das ständige Unterwegssein mit unserer Schauspielertruppe wäre doch auf Dauer nichts für dich gewesen.«

»Da magst du recht haben, Georg.«

Lea schaute in den Spiegel und lächelte das Gesicht ihres Schwagers an. Seine kräftigen unbedeckten Oberarme, die nackten Schultern, seine spärlich behaarte entblößte Brust und sein hüllenloser Bauch erregte sie. Der Körper, der sich von hinten an sie drängte, machte sie rasend. Seine zarten Küsse, mit denen er ihren Hals bedeckte, erzeugten einen wohligen Schauer. Nur in ein Laken gewickelt lehnte sie sich an ihn und spürte seine aufstrebende Männlichkeit. Sie schloss die Augen. Sie inhalierte den süßlichen Rauch aus dem Opiumpfeifchen, das ihr Schwager mitgebracht hatte. Sie kostete die neue Entdeckung aus, das Laster, das Verruchte, das Schäbige, das Verbotene. Es vermittelte ihr ein besonderes Gefühl des Triumphs; der Macht. Endlich konnte sie es ihrem Ehemann heimzahlen. Es war die Strafe für die Erniedrigungen, die Demütigungen, die Grobheiten. *Vergeltung* war das, was Lea seit einiger Zeit antrieb. Sie zog Georgs Kopf zu sich und küsste ihn.

»Seit wann, sagst du, seid ihr wieder in der Stadt?«

»Es ist ...«, er liebkoste sie, und sie schnurrte wie ein Kätzchen, »es ist die dritte Woche.«

»Was macht Wilhelmine?«

»Erkundet mit unserer Tochter Sophie die Bretter, die die Welt bedeuten.«

»Und sie ahnen nichts?«

»Ahnt denn dein Mann etwas?«

»Wie sollte er? Dienstags lebt er sein anderes Leben. Das war schon immer so.«

»Nur dienstags?«

Sie zuckte mit den Schultern.

»Und deine Zwillinge?«

»Auch die werden älter und treiben sich meistenteils bei ihren Freundinnen rum.«

»Du lässt sie gewähren? Spannst sie nicht ein, um dir im Haushalt zur Hand zu gehen?«

»Was soll ich tun? Soll ich sie als Mägde missbrauchen? Oder soll ich sie zu hirnlosen Püppchen erziehen? - Nein, nein. *Jenseits* dieser Mauern werden sie eher lernen, was fürs Leben wichtig ist. Sie sind doch schon acht, in wenigen Jahren werden sie heiraten. - Aber natürlich bin ich schon auch für sie da. Nicht, dass du denkst ...«

»Und der Vater?«

»Der Vater? - Völlig unfähig. Aber das habe ich leider zu spät erkannt«, seufzte Lea.

»Na, so unfähig kann er doch nicht sein. Er ist doch immerhin Amtmann geworden.«

»Weil *ich* ihm die Position verschafft habe.«

»Du? - Wie hast du das denn geschafft?«

»Mit den Waffen einer Frau?«, antwortete Lea mit einer Gegenfrage und kokettierte mit einem Augenaufschlag, der jeden Mann aus der Fassung brachte.

»Bei dem Einsatz dieser Waffen bist du wahrlich unschlagbar!«

Lea drehte sich zu ihm um und ließ das Laken fallen. »Sehen wir uns am nächsten Dienstag wieder?«

»Dienstag? - Da muss ich wohl meinen Terminkalender befragen. Ob ich dann allerdings wieder von dem Opium mitbringen kann ...«

»Kannst du mich denn nur im Rausch ertragen?«, wisperte sie ihm ins Ohr.

»Du sagst Sachen. Aber nicht doch, meine Liebe. Du betörst mich weit mehr als der intensivste Opiumrausch. Allerdings: Auf keinen Fall möchte ich dem Franz begegnen. Nicht, dass er mich noch eines Tages zum Duell fordert.«

»Georg Bürger, du bist ein Feigling, ein ganz charmanter liebenswerter Feigling. Komm zu mir, kleiner Feigling, und gönn mir den Nervenkitzel!«

»Der sei dir gegönnt, Lea.«

Prickelndes Verlangen sammelte sich in ihrem Schoß. Sie schlang die Arme um seinen Hals und ihre Beine um seine Taille, während er ihr stützend unter die Hinterbacken griff und sie zum Kanapee trug.

Die älteste Tochter der Sertürners reichte ihrer Mutter und ihrem Vater, der soeben in Begleitung des Kaplan Adam Crux von einer Inspektion der Almebrücke zurückgekehrt war, den Tee, als die Haustüre aufgerissen und kurz danach wieder heftig zugeschlagen wurde. Polternd drängten die Jungen in die Wohnstube und man sah ihrem jeweiligen Gesichtsausdruck an, dass etwas Ungewöhnliches geschehen sein musste.

»Vater, wir haben soeben etwas ganz Merkwürdiges entdeckt«, rief Sertürners Sohn erregt aus.

»Friedrich Wilhelm, ein gut erzogener Junge begrüßt doch wohl zuerst seinen Taufpaten«, mahnte die Mutter.

Überrascht schaute Friedrich Wilhelm seine Mutter an. Seine Stirn zog er in Falten. Einen derartigen Satz hatte seine Mutter schon lange nicht mehr gesagt. Wie peinlich! Aber er machte nicht viel Aufhebens davon und zeigte sich gehorsam.

»Guten Tag, Friedrich Wilhelm!«, grüßte Kaplan Adam Crux. »Wie ich höre, wollt ihr in der Schule ein Herbarium gestalten? Ich vermute, ihr habt jede Menge Pflanzen gefunden, stimmt's?«

Friedrich Wilhelm begrüßte den Kaplan, umarmte Mutter und Vater und wollte seinen Paten antworten, dass sie vor Schreck alle ihre Funde liegengelassen und vergessen hatten. Derweil konnte sich Ernst nicht mehr zurückhalten und berichtete von dem grauenhaften Fund.

»... Dann ragten da die Fingerknochen einer Hand in die Höhe und ...«, hauchte er entsetzt und schlug die Hände vor den Mund.

»Na, Ernst, da habt ihr scheint's etwas Ungeheuerliches erlebt. Das werden wir uns wohl mal näher anschauen müssen, was?«, antwortete Friedrich Wilhelms Vater. »Aber sag mal, musst du nicht bald nach Hause? Oder wo ist deine Mutter *heute* beschäftigt?«

»Sie wird wohl erst spät wieder zurückkommen«, schloss Ernst, als er Auskunft gegeben hatte.

Die Sertürners waren informiert, dass sich Irmtraud Grave seit drei Jahren neben ihrer Arbeit im Marstall auch noch in der Junfermannschen Hofbuchdruckerei ein kleines Zubrot verdiente. Dort wurden Volksschulbücher für das Hochstift Paderborn und das PADERBORNISCHE INTELLIGENZBLATT gedruckt und verlegt. Mutter Grave sortierte in der Druckerei die Lettern und räumte die Arbeitsplätze auf. Und auch im Erbmeierstättischen Eigenhaus sorgte sie gelegentlich für Ordnung. Dort, an der Ecke zur Neuhäuser Kirchstraße, würde sie gerade zu tun haben, hatte Ernst berichtet.

Die Eltern entschieden, dass die Jungen bei Friedrich Wilhelms Mutter bleiben sollten. Der Vater wollte sich zunächst gemeinsam mit dem Kaplan ein eigenes Bild von der Darstellung der Kinder machen, bevor man die Behörden informierte. Sie ließen sich die genaue Lage der Stelle beschreiben, wo die Kinder den verscharrten Körper gefunden hatten, nahmen sich etwas Werkzeug zum Graben mit und begaben sich auf den Weg.

Eine kleine Weile später - die Kinder hatten sich mit der Mutter in den Garten begeben - griff Friedrich Wilhelm in seine Hosentasche und ertastete das Schmuckstück, das er schon gänzlich vergessen hatte.

»Und schau nur, Mutter, das habe ich auch bei den Knochen gefunden«, sagte Friedrich Wilhelm und erklärte seinem Freund, was er entdeckt hatte.

»So etwas hatte meine Mutter auch mal«, bemerkte Ernst.

»Es sieht aus wie ein Medaillon ..., etwas verrostet ... Mal sehen, ob wir es öffnen können«, sprach die Mutter, während sie an dem Verschluss hantierte und die Jungen ihr neugierig über die Schulter blickten.

Als die Verriegelung mit einem Klicken aufsprang, trat ein großes Staunen auf die Gesichter der drei Betrachter. Sofort erkannten sie die beiden männlichen Köpfe, die das Innere des Schmuckstücks barg: Die filigran gearbeiteten Scherenschnitte zeigten unverkennbar den kleinen Ernst und seinen Vater Hermann im Profil.

Irmtraud Grave spürte, wie das Blut aus ihrem Gesicht wich. Ihr Gleichgewichtssinn setzte aus, ihr wurde schwindelig, und ihre Beine wollten sie nicht mehr tragen. Kurz lehnte sie sich an die Türzarge. Hätte Sertürner sie nicht sofort gestützt - sie wäre zu Boden gesunken.

»Madame, setzen Sie sich«, sagte er und führte sie zu einem Schemel. Sprachlos war sie zunächst, nachdem die Sertürners ihr im Beisein des Herrn Kaplan das

Medaillon gezeigt hatten, das sie schon seit so langer Zeit vermisste. Es entglitt ihrer zitternden Hand, als sie erfuhr, wo man es gefunden hatte. Dann erschienen ihr alle Details der damaligen Ereignisse in ihrer Erinnerung, und Tränen schossen ihr in die Augen. Sie berichtete von dem Dilemma, in dem sie einst gesteckt hatte. Von ihrer Wut, weil sie befürchtete, ihr Mann habe mit Johanna Grünberg ein Verhältnis gehabt. Von ihrer Vermutung, Johanna habe den Unfall in der Glasbläserei herbeigeführt. Von ihrer Verzweiflung, als sie ihr Leben und das ihres Jungen zerstört sah. Und sie beteuerte, keine Schuld an Johannas Tod zu haben. Als sie an jenem Tag am frühen Morgen Johanna aufgesucht habe, um sie zur Rede zu stellen, hätten urplötzlich die Geburtswehen eingesetzt. Und natürlich habe sie sich verantwortlich gefühlt, der werdenden Mutter bei der Entbindung beizustehen. Unmittelbar nach der Geburt habe Johanna ihr Bewusstsein verloren und sei wenig später gestorben. Irmtraud habe sich nur noch zu helfen gewusst, den kleinen Säugling nach einer Erstversorgung zur Kaplanei zu bringen und die Tote zu begraben. Die wenigen Besitztümer der Toten habe sie verschwinden lassen, und beim Amt habe sie Bescheid gegeben, Johanna habe ihre Unterkunft mit all ihren Habseligkeiten scheinbar verlassen.

Niedergeschlagen wirkte Irmtraud nach ihrer Beichte. Eine große Leere empfand sie - zunächst. Dann spürte sie wieder, wie ihr die Ereignisse seit jener Zeit auf der Seele gelegen hatten. Die Bedrückung, die nun endlich einer großen Befreiung gewichen war. Endlich hatte sie aussprechen können, was die ganze Zeit ihr Gemüt belastete. Was auch immer nun folgen sollte, sie würde es ertragen.

Mit unerwartet gemäßigten Vorwürfen machten ihr die Männer Vorhaltungen und äußerten die Erwartung, dass Irmtraud zu den Vorkommnissen stehen und den Behörden die Wahrheit gestehen solle.

Derweil versuchte Mutter Sertürner Verständnis für das Verhalten der Frau zu entwickeln. Es gelang ihr, Kaplan Crux und ihren Mann zu überzeugen, dass niemandem damit gedient sei, wenn der Fall Grave neu aufgerollt werde. Vor allem - was würde aus dem Sohn Ernst werden? Selbst wenn die Mutter von Rechts wegen freigesprochen werden sollte - der Ruf der Familie wäre zerstört. Sicher verlöre Irmtraud die Arbeit und auch für Ernst gäbe es in Neuhaus und Paderborn kaum jemals eine gute berufliche Zukunft. Und schließlich, inwieweit hatte Irmtraud sich denn tatsächlich schuldig gemacht? Ja, sie hätte den Tod von Johanna anzeigen müssen. Ja, Johanna hätte ein anständiges Begräbnis bekommen sollen. Aber wer weiß, ob ihr das überhaupt zugebilligt worden wäre. Es lag schließlich auf der Hand, dass man ihr verwerfliches Verhalten und den unehelichen Balg nicht tolerieren würde.

»Wenn wir Stillschweigen wahren, können wir in Teufels Küche kommen!«, überlegte der Kaplan laut.

»In Teufels Küche?«, echote Sertürner. »Aber Kaplan, in *Ihrer* Stellung?«

»Mein lieber Josephus Simon, Sie scherzen? - Aber ehrlich gesagt, ich weiß auch keinen anderen Rat. Ich bin ratlos und beinahe auch sprachlos.«

Sertürners Augen funkelten: »Das, lieber Kaplan, sollte einem Mann der Kirche nicht passieren!«

»Ihren Humor möchte ich haben, Sertürner!«, seufzte Adam Crux und war schließlich doch dazu bereit, die Angelegenheit zu vertuschen. Lediglich die Familie Buchbinder sollte informiert werden, damit die Pflegeeltern ihrem Adoptivkind Ludwig zu gegebener Zeit Auskunft über seine Mutter geben konnten. Und natürlich mussten auch die Jungen verschwiegen mit den Informationen umgehen. Gerüchte würden schnell ein Eigenleben entwickeln.

»Wir sind jetzt richtige Geheimnisträger!«, schworen sich die Freunde aufeinander ein. Dabei verspürten sie mehr den Hauch eines Abenteuers, als dass sie das ganze Ausmaß der Situation überblicken und bewerten konnten.

Auch wenn die Familie Grave als Protestanten einer anderen christlichen Religionsgemeinschaft angehörten, so verspürte Kaplan Crux nun doch auch einen seelsorgerischen Auftrag. Vor allem durfte das Vertrauen von Ernst gegenüber seiner Mutter nicht erschüttert werden. Mutter und Sohn ließen es dankbar zu, dass sich der Kaplan um sie kümmerte. Schließlich legte er selbst Hand an und setzte sich dafür ein, dass die sterblichen Überreste der Johanna Grünberg in aller Stille in geweihter Erde bestattet wurden.

»Madame Grave«, hatten die Sertürners und der Kaplan gesagt, »wir werden Ihnen wieder auf die Beine helfen. Aber gehen müssen Sie selbst!«

Irmtraud hatte dazu nur beipflichtend nicken können. Wenn auch mit einem gewissen Unbehagen, so prägten doch Güte und Mitmenschlichkeit den weiteren Umgang mit ihr. Das vermochte die Betroffene einerseits zu würdigen. Ob es ihr andererseits jedoch auch ein schlechtes Gewissen bereitete? Denn Irmtraud Grave hatte nur einen Teil der Wahrheit preisgegeben. Verschwiegen hatte sie, dass sie bei den Habseligkeiten der Johanna Grünberg ein Tagebuch entdeckt hatte.

Irmtraud hatte die letzten Notizen von Johanna aus dem Tagebuch entfernt und übte weiter Druck auf den Amtmann Altemeier aus. Denn die nun noch vorhandenen Tagebucheinträge schienen eindeutig zu enthüllen, dass Franz der Vater des nunmehr dreijährigen Ludwig Buchbinder war.

Johanna hatte vermerkt, dass sie im März 1788 in Neuhaus eingetroffen war. In einem Kloster bei Soest war sie aufgewachsen, hatte das Lesen und Schreiben sowie das Rechnen gelernt. Sie hatte sich während der Ausbildung als Novizin prüfen wollen, ob sie dazu berufen sei, die Ordensgelübde, die Armut, die Ehelosigkeit und den Gehorsam abzulegen und hatte erkannt, dass sie sich nicht für eine klösterliche Zukunft begeistern konnte. Neben den schönen Erfahrungen in der Gemeinschaft waren es vor allem die Zudringlichkeiten eines Theologie-Lehrers, die ihren Glauben und ihr Vertrauen stark erschüttert hatten.

Als gedemütigtes Verführungsopfer war sie letztlich geflohen und konnte sich glücklich schätzen, dass sie auf eine kleine Mitgift ihrer Eltern, an die sie sich nicht mehr erinnerte, zurückgreifen konnte. An ihrem sechzehnten Geburtstag hatte sie ihren Schatz von der Mutter Oberin ausgehändigt bekommen, die ihr nachdrücklich nahegelegt hatte, das Geld ihrem klösterlichen Zuhause zu stiften. Glücklicherweise war sie nicht so einfältig gewesen, auf die bescheidene Mitgift zu verzichten.

Nach ihrer Flucht hatte sie sich unter den Schutz einer Pilgergruppe begeben können, die unterwegs auf dem Rückweg von Dortmund nach Höxter war. So gelangte sie auf der wichtigen historischen Handels- und Pilgerstraße entlang dem Hellweg fast bis nach Paderborn. Da es schwierig schien, in Paderborn Unterkunft und Arbeit zu finden, war sie einem Rat gefolgt und weiter nach Neuhaus gezogen.

Bei ihrer Anmeldung hatte ihr der freundliche Amtmann empfohlen, beim Glasbläser Grave vorstellig zu werden. Es war wohl bekannt, dass der Glasbläser ein Quartier zur Verfügung stellen konnte.

Johanna war es gewohnt, in bescheidenen Verhältnissen zu leben. Im Kloster hatte sie sich eine kleine Zelle mit einer anderen Bewohnerin teilen müssen; auch die Unterkünfte für die Pilger waren nur mit dem Wenigsten ausgestattet gewesen.

Über das Angebot des Glasbläsers war Johanna glücklich gewesen. Er hatte ihr eine Baracke zugewiesen, in der während des Siebenjährigen Krieges verletzte Soldaten und einige Jahre später Gehilfen der Glasbläserei untergebracht waren.

Hier wollte sie vorübergehend bleiben, vielleicht noch während des nahenden Frühlings. Sie wollte sich eine Arbeit suchen; dann würde sich gewiss etwas Wohnlicheres finden lassen. Merkwürdigerweise hatte Hermann Grave für die Unterkunft kein Geld verlangt und lediglich gemeint, Johanna könne sich ihm gewiss eines Tages »erkenntlich zeigen«.

In der Folgezeit hatte es eine Begegnung mit dem Amtmann Altemeier gegeben - einmal zufällig, dann hatten sie sich verabredet. Und weil sie mehr als nur Sympathien füreinander entdeckten, hatten sie sich immer häufiger getroffen. Am Anfang sehnte sie sich nach seiner Art, die ihr einen fast väterlich stützenden Halt zu geben schien. Erstaunlich schnell hatte sie Vertrauen zu ihm gefasst. Dann hatte sich die bloße Sympathie in Zuneigung gewandelt. Er fand immer Orte, an denen sie zusammenkommen konnten. Sie mochten sich sehr. Und darum verdrängte Johanna auch das Problem, als sie erfuhr, dass Franz Altemeier verheiratet war und zwei Töchter hatte. Franz unterstützte sie mit Geld und versprach ihr, er würde einen Weg finden, wie sie zusammenbleiben könnten. Natürlich müsse sie sich keine Arbeit suchen, sondern nur etwas geduldig sein. Er würde sich bemühen, eine gemeinsame Unterkunft für die Zukunft zu finden. Verwirrt hatte er sie - derart, dass sie nicht einmal moralische Skrupel hegte. Darüber war sie selbst ob ihrer streng religiösen Erziehung sehr erstaunt. Aber vielleicht musste es so sein, dachte sie. Nicht ohne Grund war sie schließlich diesem Leben ihrer Vergangenheit entflohen.

Glasbläser Grave war es nicht verborgen geblieben, dass Johanna und Franz sich bestens verstanden. Und dann hatte er sie für seine Zwecke eingespannt. Er benötigte für den Ausbau seiner Glasbläserei Genehmigungen vom Amt.

Natürlich war es für Franz Altemeier kein Problem, diese oft langwierigen Genehmigungsverfahren schnell zum Abschluss zu bringen.

Eine Hand wäscht die andere, dachten sich Hermann Grave, Franz Altemeier und Johanna Grünberg. Und so nahm es seinen Lauf, dass man einander gefällig war, bis ...

Es war im Herbst 1788, als Johanna ihrem Franz offenbart hatte, dass sie wohl ein Kind bekommen würde - *von ihm*, so hatte Franz die Nachricht wohl gedeutet. Ihre Freude wurde schnell getrübt, als Franz sie spüren ließ, dass er darüber gar nicht glücklich war. Natürlich hatte Johanna ihn angefleht, dass er sie nun nicht im Stich lassen möge. Aber er zog sich merklich zurück, und es wurde offensichtlich, dass sich seine Gefühle für Johanna deutlich abkühlten. Man traf sich immer seltener. Und auch seine finanzielle Unterstützung stellte er nach und nach ein. Als sie ihn angeschrien hatte, dass sie ihr Verhältnis bekannt machen würde, hatte er ihr die Tür gewiesen. Nun war die Geldquelle endgültig versiegt, und Johanna konnte nur noch auf ihre Reserven aus ihrer Mitgift zurückgreifen.

Mit diesen Informationen vom Oktober des Jahres endeten die Eintragungen im Tagebuch, wobei - wie schon angemerkt - die folgenden Seiten herausgetrennt worden waren.

Vier
Unersättlich

Im Verlauf des letzten Jahres hatte sich Lea Altemeier noch mehrmals mit ihrem Schwager getroffen. Einige Wochen nach der letzten Begegnung, die sie voller Lust und Leidenschaft ausgekostet hatte, begab sie sich nach Paderborn. Sie hatte eine Mietkutsche genommen, um die Distanz einer knappen Meile zügig zurücklegen zu können. Ihren Töchtern hatte sie das Versprechen abgenommen, eigenständig und nicht zu spät ins Bett zu gehen. Glücklicherweise konnte sie sich wenigstens auf ihre Zwillinge verlassen.

Es dunkelte, als sie Paderborn erreichte. Am Neuhäuser Tor ließ sie die Kutsche anhalten. Hier stieg sie aus, um noch einige Schritte in der lauen Luft des Abends zurückzulegen. Einige Augenblicke betrachtete sie fasziniert den funkelnden Sternenhimmel, dann schlug sie gezielt den Weg über einen gepflasterten Platz ein. Nur wenig später fand sie sich vor dem barocken Portal eines mehrstöckigen alten, ehemaligen Bürgermeisterhauses wieder. Sie blickte zu dem vom Sternenlicht beschienenen Mittelerker, hinter dem sie einen prunkvollen Saal gelegen wusste. Einmal mehr staunte sie, dass sich ein Oberamtmann ein derart prachtvolles Haus leisten konnte. Schon damals war sie darüber verwundert gewesen, als sie hier wegen Franz vorstellig geworden war. Kurz bedauerte sie es, dass sie ihrem Mann bisher die Details darüber verschwiegen hatte, wie sie einst hier ihren Körper als Ware feilgeboten hatte. Für den Fortbestand ihres ehemals guten Ehelebens wäre es vielleicht von Vorteil gewesen, wenn Franz zu schätzen gelernt hätte, dass er seine Anstellung ihrem damaligen Opfergang zu verdanken hatte. Kurz geriet sie wieder einmal darüber ins Grübeln. Sie hatte ihn so geliebt. Sie hatten sich beide leidenschaftlich geliebt. Aber nach der Geburt der Zwillinge hatte sich sein Sinnestaumel abgekühlt. Warum nur spickte Franz seine zunehmende Ablehnung jetzt mit Gehässigkeiten? Einmal hatte sie geglaubt, die Veränderungen seines Verhaltens schon während der Monate vor ihrem fünfundzwanzigsten Geburtstag beobachtet zu haben. Aber dann hatte er für sie ein rauschendes Fest arrangiert und sie mit Geschenken überhäuft. Sie schüttelte den Kopf. Sie gab es auf, nach den Ursachen für den schlimmen Wandel zu suchen. Widerwillig fand sie sich mit seiner Gereiztheit und Boshaftigkeit ab.

Lea drehte sich um, ließ den Blick über den Platz, in die angrenzenden Gassen und zu den Häuserfassaden schweifen. Als sie sich unbeobachtet wähnte, entnahm sie ihrem ledernen Jägerrucksack ein Billett und eine blaugrünlich schimmernde Maske mit grausilbern schillerndem Federschmuck. Beides hatte sie im Bett ihres Mannes unter der Matratze entdeckt. Es war eine Einladung seines Vorgesetzten zu einem Maskenball - eine Einladung, die auch an sie gerichtet gewesen war. Offensichtlich wollte Franz sie bei diesem gesellschaftlichen Ereignis nicht dabei haben, denn er hatte ihr die Einladung verschwiegen. Warum nur, hatte sie sich mehrfach gefragt. Die Antwort ahnte sie, aber sie war sich nicht sicher. Vielleicht war es ja nur eine Vorsichtsmaßnahme, denn offizielle Maskenbälle waren im Fürstbistum seit einiger Zeit verpönt. Nie wurde ein karnevalistischer Trubel für gut geheißen. Stets gab die Obrigkeit vor, der Verrohung der Sitten Einhalt gebieten zu müssen. Dem Verwerflichen, der Sündhaftigkeit, der vorsätzlichen Missachtung des Anstands musste getrotzt werden. Aber wer wollte schon kontrollieren, was man privat so trieb.

Aus dem Fundus der Schauspieler-Gesellschaft ihres Schwagers hatte sich Lea ein Kostüm geborgt. Farblich passend zur Maske war sie als Försterin verkleidet.

Noch einmal vergewisserte sie sich, dass sie nicht beobachtet wurde. Sie nahm ihren Kapuzenmantel ab und verstaute ihn in dem Rucksack. Eine Flinte wurde geschultert, nachdem sie diese ihrer Schutzhülle entnommen hatte. Zuletzt streifte sie sich ihre Maske über. Schließlich bediente sie den Türklopfer.

Streichermusik, ein Gewirr an Stimmen und ein wiederholt ausgestoßenes schrilles Gelächter drang an ihr Ohr, als die Tür von einem Bediensteten geöffnet wurde. Er ließ sich Leas Billett zeigen und verglich den Namen mit einer umfangreichen Liste, die in einem Gästebuch mit einem tiefblauen Einband aufgeführt war. Er legte das Buch beiseite und bot sich an, den neuen Gast von seinem Rucksack zu befreien.

»Vielen Dank, aber der Rucksack gehört zu meiner Verkleidung«, ließ sie ihn wissen.

Er bedeutete ihr, sich einige Momente zu gedulden, verabschiedete sich mit einer tiefen Verbeugung und stolzierte davon, um den Hausherrn zu informieren. Es dauerte nicht lange, bis der Gastgeber erschien und ebenfalls einen Blick in das Gästebuch warf. Wie Lea, so trug auch er eine dieser bedrohlich wirkenden venezianischen Vogelmasken mit dem sehr langen, nach unten gebogenen Schnabel - eine Maskierung, die seinen Kopf vollständig bedeckte und nur wenige Schlitze zum Sehen und Atmen offenhielt. Zwei furchterregende Grimassen schauten einander an. Nicht minder unheimlich war die metallisch klingende Stimme.

»Frau Försterin, es ist mir eine außerordentliche Ehre, Sie begrüßen zu dürfen. Ich hatte schon nicht mehr mit Ihrem Erscheinen gerechnet. Ich erlaube mir vorauszugehen. Bitte folgen Sie mir!«, sagte er, als er gemächlich die Treppe hinaufschritt.

Lea neigte ihren Kopf und erwiderte: »Selbstverständlich, Herr Offizier, ich bitte darum.« Auch ihre eigene Stimme nahm sie unter ihrer Maske seltsam verzerrt wahr.

Während er die große Flügeltür öffnete, blickte Lea noch einmal zurück in die Eingangshalle. Der Lakai hatte wieder seine Position eingenommen. Weitere Neuankömmlinge wurden von ihm in Empfang genommen.

»Nur Mut«, wisperte der Gastgeber.

Als sie in den Saal trat, schlug ihr ein Schwall stickiger Luft entgegen.

»Oh!«, entfuhr es ihr.

»Ja, damit haben Sie wohl nicht gerechnet?«

Der Gastgeber meinte, ihr Ausruf habe den zahlreichen Gästen gegolten, die sich bereits im Saal tummelten. Alle Anwesenden trugen diese grässlichen Masken, die mal vergoldet waren, mal in einem abstoßenden Weiß oder in einem bedrohlichen Schwarz gehalten, mal in einem edlen Blau oder schillernden Lila, Violett oder fahlen Grau - stets farblich abgestimmt auf die jeweiligen Kostüme und versehen mit entsprechend farbigem Federschmuck.

Tatsächlich galt ihr überraschter Ausruf dem Geruch des Opiums, den sie bei ihrem Eintritt in den Saal sogleich wahrgenommen hatte. Hier also auch, dachte sie und erinnerte sich an den süßlichen Duft, der sie und ihren Schwager Georg schon mehrmals in einen Rausch versetzt hatte. Nach dem erstmaligen Konsum war ihr noch sehr schlecht geworden - derart, dass sie sich übergeben musste. Auch einige Male danach war ihr die Droge nicht gut bekommen. Doch wie Georg vorhergesagt hatte, hatte sich die Wirkungsweise verändert. Beim letzten Mal war ihr Bewusstsein in eine

Traumwelt entführt worden, in der sie eine ungebändigte Zügellosigkeit genossen hatte.

Der Offizier führte Lea mit tänzelnden Schritten durch die wogende Menge. Dann begann er, ihr Avancen zu machen.

»Aber Herr Offizier, ich denke, Sie sind verheiratet.«

»Hat Sie das bei Ihrem letzten Besuch abgehalten? - Schauen Sie nur, auch Ihr Harlekin amüsiert sich schon prächtig mit der Sonnenkönigin«, plärrte er.

»Ein auffälliges Kostüm«, wies sie auf die überraschend große Gestalt in ihrem strahlenden Gelb und Gold. »Mir scheint, die Verhältnisse sind nicht stimmig. Sie überragt ihn um mindestens einen Fuß!«

»Sie liebt wohl das Rampenlicht - und der Harlekin nicht minder.«

»So lange er sich nicht zum Narren macht.«

»Dann sollten Sie ihm rechtzeitig Einhalt gebieten! Sie haben doch Ihre Flinte dabei, Frau Försterin!«

»Wohlan, Herr Offizier. Ich dachte, als Kavalier würden Sie mir mit Ihrem Säbel beiseite stehen.«

»Das ist ein Degen, Frau Försterin, nur ein Degen.«

Sie näherten sich einem anderen Gast.

»Ach, liebe gnädige Frau, darf ich Ihnen unseren Kaufmann vorstellen? Schauen Sie nur, er scheint sich zu langweilen! Sie entschuldigen mich fürs erste?«

Sie nickten einander zu. Dann ergriff der Kaufmann das Wort:

»Madame, ich bin Ihnen sehr verbunden, dass Sie mir Gesellschaft leisten. Darf ich Sie um einen Tanz bitten?«

Lea sah sich irritiert um. Man pflegte engen Körperkontakt beim Tanzen. So ist das also, dachte sie und hob die Augenbrauen unter ihrer Maske. Überall hätte man diesen Tanz mit seinen Figuren und dieser anzüglichen Haltung als unschicklich - ja geradezu als unsittlich herabgewürdigt. Hier schien offensichtlich alles erlaubt. Ein Unbehagen stieg in ihr hoch.

»Wird man über uns reden?«, fragte sie besorgt.

»Man wird über Sie reden, wenn Sie den Abend einsam und ohne Begleitung verbringen.«

Er führte sie in das Farbenmeer der bunten Kostüme. Sie stellte sich steif und ungeschickt an.

»Sie kennen den *Teutschen* nicht?«

»Wie bitte?«

»Der Teutsche …, der *Deutsche Tanz*«, präzisierte er, »beginnt sich seit Kurzem in Wien durchzusetzen!«

»Scheinbar nicht nur in Wien«, bemerkte sie.

»Die Musik stammt - wie die Divertimenti zuvor - von Mozart«, kommentierte der Kaufmann.

»So?«

»Tänzer und Tänzerinnen umfassen sich mit einem Arm. Die beiden freien Hände werden ineinander gelegt, und die Arme werden ausgestreckt. Sehen Sie, so etwa. Dabei drehen wir uns.«

Verstohlen schaute sich Lea die anmutigen Verschlingungen der Arme, die sinnlichen Gesten und die verführerischen Körperstellungen der anderen Gäste an. Der Kaufmann hingegen schien den Tanz noch nicht so lange zu beherrschen. Schwerfällig führte er seine Partnerin und strich ihr wiederholt wie beiläufig über ihre Brust. Auch bei den anderen Tänzern wanderten die Hände unzüchtig an diverse Körperstellen ... Man schmiegte sich eng aneinander und schien zu genießen.

Irgendwann wurde Lea an den Rand der Tanzfläche und schließlich zu einer Fensternische geleitet. Auf einer schmalen Bank nahm sie neben dem Kaufmann Platz. Dann nahmen seine Aufdringlichkeiten zu. Lüstern griff er der Försterin zwischen die Beine.

Lea schlug ihm auf die Finger. Allerdings war ihre Empörung eher gespielt. Ihre Gegenwehr fiel sehr verhalten aus. »Sagen Sie mal, Kaufmann, in was für eine Art von Mummenschanz bin ich hier eigentlich geraten?«

Er ignorierte die Frage, die sich wie von selbst zu beantworten schien. Aus einem Nachbarraum vernahm Lea ein wollüstiges Stöhnen.

Er legte seine Hand auf ihre Schulter. Von dort aus fuhren seine Fingerspitzen über ihren Oberarm, verharrten einen Moment und bewegten sich dann auf den hochgeschlossenen Kragen des Kostüms zu. Dort nestelte er an einem Verschluss. Lea wollte kein Aufsehen erregen, zumindest jetzt noch nicht. Also ließ sie ihn gewähren.

Unvermittelt fragte er: »Frau Försterin, haben Sie eigentlich schon davon gehört, dass in der Residenz ein Porzellan-Service vermisst wird? Es soll eine echte Fürstenberger Rarität sein.«

Lea zuckte zusammen. Einen Moment war sie sprachlos. Alarmiert. Ihr Hirn vollbrachte Höchstleistung, vermochte den Wirrwarr an Gedanken jedoch kaum zu ordnen.

»So? - Weiß man, wer oder was dahintersteckt?«

»Ich wäre an dem Service interessiert. Ich mache Ihnen ein gutes Angebot!«

»Warum wenden Sie sich an mich?«

»Ich bin ein Kaufmann, durch und durch.«

»Und ein Spieler, wie mir scheint. Ein Spieler, der sich ausgezeichnet verstellen kann.«

»Der leider gegen den Harlekin mehrmals den Kürzeren gezogen hat.«

Mit einer Geste seines Kopfes wies er auf den Gast in seinem Flickenkostüm mit einer schwarzen Maske.

»Dann sollten Sie besser in Ihrem Gewerbe tätig bleiben, welches Sie hoffentlich besser beherrschen!«

»Wie meinen Sie?«

»Schuster, bleib bei deinen Leisten!«

»Ich bin in Schwierigkeiten, Frau Försterin. Ich stecke in *großen* Schwierigkeiten.«

»Und die wollen Sie *ihm* anhängen?« Lea blickte hinüber zum Harlekin.

»Helfen Sie mir?«

»Warum fragen Sie *mich*?«

»Ist *er* ... Ist *er* denn nicht ... Mir ist aufgefallen, dass Sie ständig nach ihm Ausschau halten.«

»Merkt man mir das an?«

Der Kaufmann ließ die Frage unbeantwortet im Raum stehen. »Von unserem Gastgeber habe ich nur einen kleinen Tipp erhalten, Madame.«

Entrüstet erhob sich Lea. Zorn stieg in ihr hoch: »Kann es sein, dass ich hier eine groteske, schäbige, abscheuliche Inszenierung erlebe, die meinen Mann ans Messer liefern soll? War das die Idee unseres spendablen Offiziers?«

Leas Blick fiel auf den Aufbau eines verschwenderisch überladenen Buffets. »Es sieht so aus, als habe er keine Ausgaben gescheut.«

»Was wissen Sie über das Service?«, versuchte es der Kaufmann erneut.

Auch Lea erlaubte sich, eine Frage unbeantwortet zu lassen und erwiderte: »Wenn Sie den Harlekin so gut kennen, wissen Sie bestimmt auch, wer sich hinter der Verkleidung der Sonnenkönigin verbirgt?«

»Eifersüchtig?«

»Er macht ihr den Hof, nicht wahr?«

»Machen wir nicht alle einander den Hof?«

»Mein Gott, die hängen ja wie Kletten aneinander!«

»Haben Sie nicht gemerkt, dass sie eine ganze Weile verschwunden waren?«

»Und Sie meinen, die Beiden hätten ...«

»Im Schutz unserer Verkleidungen ist alles möglich, alles erlaubt!«

Lea hatte ihn verstanden. »Nun gut, mein lieber Kaufmann, wenn Sie mir nichts verraten wollen ... Ich schlage vor, Sie wenden sich mit Ihrem Ansinnen an den Mohren - da drüben, der mit der orientalischen Kopfbedeckung!«

»Was sollte der Mohr damit zu tun haben?«

»Wenn etwas fehlt, sind es doch meistens die Mohren, die überall ihre Finger im Spiel haben, oder nicht?«

»Hm. Der Mohr? Meinen Sie?«

Einige Wimpernschläge lang war der Kaufmann irritiert. Dann durchschaute er das Ablenkungsmanöver.

»Sie haben recht. Aber manchmal sind es auch die Juden!«

»Sollten Sie nicht fündig werden, geben Sie sich einfach mit dem Blumenfräulein zufrieden! - Sehen Sie nur, das Mädchen lechzt schon danach, von Ihnen umworben zu werden.«

»Das Blumenfräulein ist meine Tochter, Madame.«

Unmerklich schüttelte Lea den Kopf. Zustände sind das hier, dachte sie.

»Sucht sie *hier* etwa ihr großes Glück?«

»Wie meinen Sie, Madame?«

»Sie wirkt etwas verloren, so ganz ohne Begleitung in diesem wilden Haufen. Sollte sie hier etwa den Mann fürs Leben zu finden hoffen?«

»Wenn sie die Möglichkeit fände, zukünftig einer anständigen Arbeit nachgehen zu können, wäre uns schon geholfen. Sie ist fünfzehn.«

»Ach, sie sucht *anständige* Arbeit. Und die sucht sie in diesem ..., in *diesem* Etablissement?«

»Wenn Sie eine Idee hätten, Madame. Ich wäre gerne bereit, das mit dem Porzellan-Service zu vergessen.«

»Ich werde es mir überlegen, Kaufmann. - Machen Sie mich nun bitte mit dem Pfaffen bekannt.«

»Nanu, mit dem Pfaffen?«

»Falls *ich* etwas mit dem Diebstahl des Services zu tun habe, sollte ich doch schleunigst meine Sünden beichten, oder?«

Der Kaufmann verneigte sich. »Madame, ich wünsche Ihnen noch einen amüsanten Abend mit dem Pfaffen. Ich bin sicher, er wird Ihnen liebend gerne seinen Beichtstuhl zeigen.«

»Seinen Beichtstuhl?«

»Sein kleines verträumtes Séparée!« -

Als sich nun auch der Kaufmann erhob, um das Buffet näher in Augenschein zu nehmen, fiel ihm ein Billet aus einer seiner Taschen. Lea hob es auf und staunte nicht schlecht, als sie den Namen las: *Simon Fromme, Walkmüller, nebst Tochter Charlotte.*

Lea blickte hinter ihm her. Jetzt suchte er das Gespräch mit dem Blumenfräulein. Er hatte Lea auf einige Ideen gebracht.

Unauffällig ging sie ihren Weg, grüßte hier, plauderte dort und fand sich bald im Treppenhaus des noblen Domizils wieder. Der Lakai war nirgends zu entdecken. Das blaue Gästebuch hingegen lag unbeaufsichtigt auf einem Pult. Lea konnte der Versuchung nicht widerstehen. Schnell hatte sie in Erfahrung gebracht, was sie schon eine Weile ahnte. Ihr Mann Franz hatte gemeinsam mit der Sonnenkönigin das Haus betreten. *Franz Altemeier* stand da geschrieben, *in Begleitung von Irmtraud Grave.*

Als Lea noch einmal den Saal betrat, sah sie ihn sofort. Als Spaßmacher war er wieder in Aktion getreten und machte durch gewagte Sprünge auf sich aufmerksam. Einigen Gästen hielt er ein Holzschwert unter die Nase und forderte sie auf, eine Gabe in seinen Dukatenbeutel zu stecken. Und schon war er wieder zu seiner Königin zurückgekehrt. Bisher war Lea ihnen aus dem Weg gegangen. Zielstrebig näherte sie sich nun dem ungleichen Paar. Im Getümmel der Menschenansammlung trat sie dem Harlekin unvermittelt auf die Füße, als er sich eng umschlungen mit seiner Partnerin vergnügte - zu eng, wie Lea meinte.

»Trampel!«, raunte er der Försterin zu. Doch diese ließ sich nur zu einer Warnung hinreißen, bevor sie die Lasterhöhle verließ: »Vorsicht, mein lieber Narr. So nah bei der Sonne hat sich schon mancher die Fühler verbrannt!«

»Wo kommst du her?« - Der Schreck fuhr Lea in die Glieder. Es dauerte, bis ihr klar wurde, wer ihr da im Dunkeln auflauerte. Wolken bedeckten jetzt den Sternenhimmel. Sie erkannte nur die Silhouette des Mannes mit der Kopfbedeckung des Harlekins.

»Spionierst du mir nach?«, zischte er.

»Hast du Grund, dies zu befürchten?«

»Du weichst meiner Frage aus!«

»Ich war da, wo auch du warst. Ich habe mich köstlich amüsiert - du etwa nicht?«

Unvermittelt schlug er ihr ins Gesicht. »Willst du meine Karriere ruinieren?«, herrschte er sie an.

»Karriere? *Deine* Karriere?«, provozierte sie ihn. »Wer bist du denn schon? Kannst dich an einer wehrlosen Frau vergreifen, du Stümper! Das, was du bist, hast du *mir* zu verdanken - schon vergessen?«

Er trat auf sie zu, umfasste ihr Gesicht mit einer Hand und presste die Spitzen seiner Finger kräftig in ihre Wangen. Dann schlug er sie und drohte: »Wenn du mich zum Gespött machen willst, werde ich dich erledigen!«

»Was willst du von mir, Franz? Nur weil ich der Einladung deines Vorgesetzten gefolgt bin, die *an uns beide* gerichtet war, gebärdest du dich jetzt wie der letzte Unmensch? Sieh dich vor, sonst wird der Oberamtmann dich erledigen. Du bist ja so verblendet, dass du nicht einmal ahnst, dass man dir an den Kragen gehen will!«

Er zögerte. Dann ließ er sie los. »Wir sind noch nicht fertig miteinander!«

»Franz, du irrst dich! Ich bin mit dir fertig. Und deine Kinder ebenfalls! Geh uns zukünftig aus dem Weg!«

Sie drehte sich um, ohne ein weiteres Wort zu sagen. Diesmal lief sie den Weg nach Neuhaus zurück. Es war ihr gleichgültig, dass sie sich zu mitternächtlicher Stunde den besonderen Gefahren durch das sich herumtreibende Gesindel aussetzte.

Zuhause angekommen, ergriff sie das edle Porzellan, das sie voller Wut gegen den Spiegel warf. Es war das Ende all ihrer bis zuletzt aufrechterhaltenen Sehnsüchte, Träume und Illusionen. Vom Lärm des zerschellenden Geschirrs und des berstenden Spiegelglases aufgeweckt schauten die Zwillinge in die Stube. Schreckensbleich standen sie da in ihren Nachthemden.

»Hat er dich wieder geschlagen Mama?«, fragte Agnes, als sie in das Gesicht ihrer Mutter schaute und die Blutergüsse entdeckte. Auf dem Nasenrücken war die Haut abgeschürft. Unter der Nase und in einem Mundwinkel befanden sich noch Krusten getrockneten Blutes. Tränenüberströmt nahm die Mutter ihre Mädchen in die Arme.

Noch viele Stunden später befand sich Lea in einem schläfrigen Dämmerzustand. Sie war aus dem gemeinsamen Schlafzimmer ausgezogen und krümmte sich nun in Elsbeths Bett. Die Zwillinge schliefen ab sofort gemeinsam im anderen Bett des Kinderzimmers.

»Georg, hilf mir«, flüsterte Lea zu sich selbst. Sie öffnete ihre Augen und starrte in den dunklen Raum. »Schaff ihn mir von Hals, ich will ihn nicht mehr sehen!« Dabei wusste sie, dass sie ihren brutalen Ehemann sobald nicht loswerden würde und dass es schwer werden würde, sich aus dem Weg zu gehen. Nie würde er durch eine Trennung von der Familie das Scheitern seiner Ehe öffentlich zugeben. Aber sie nahm sich fest vor, sich ihm ab sofort zu verweigern, selbst wenn er sie dafür totschlagen sollte.

In der Bevölkerung von Neuhaus waren die Exhumierung der sterblichen Überreste von Johanna Grünberg und ihre Bestattung auf dem Kirchhof unbeachtet geblieben.

Irmtrauds Erpressungen gegenüber dem Amtmann hatten eine neue Dimension erhalten. Seit dem Maskenball forderte sie seine Zärtlichkeiten ein und diese zu geben, war Altemeier liebend gerne bereit. Da schreckten ihn die Zahlungen in überschaubarer Höhe nicht wirklich.

Nur um den Schein zu wahren, kehrte Franz Altemeier sporadisch in die Wohnung zurück, in sein *Zuhause*. Im Grunde war ihm jeder andere Aufenthaltsort lieber als die Schlafkammer, in die er sich ausschließlich zurückzog, wenn er *daheim* war. Die Stimmung, die ihm entgegenschlug, war eisig. Nur Elsbeth trat gelegentlich mit ihm in Kontakt. Während Agnes ihren Mund stets verschlossen hielt und Lea ihrem Mann konsequent aus dem Weg ging, war Elsbeth von ihren Eltern auserkoren Sprachrohr zu sein, wenn es darum ging, dringend notwendige Informationen auszutauschen.

»Mutter braucht mehr Geld«, gab sie ihm zu verstehen. »Sie hat ein Kindermädchen für uns angestellt, das auch die Wohnung sauber hält.«

»Ist sie sich auf einmal zu fein dafür? - Sag ihr, sie solle sich ihr Geld gefälligst verdienen!«

»Mutter sagt, es ist die Tochter vom Walkmüller Fromme!«

»Und was habe ich mit dem Fromme zu schaffen?«

»Das wüsstest du sehr wohl, sagt Mutter. Es hat irgendwie mit dem neuen Porzellan zu tun. Auch kennt ihr euch wohl vom Kartenspiel?«

Altemeiers Stirn bewölkte sich und eine tiefe Falte erschien. »Das Porzellan, das hat sie ja nun zerschlagen. Damit dürfte das Problem aus der Welt geschafft sein, oder?«

Unsicher hob Elsbeth ihre Schultern. »Mutter sagt, der Walkmüller habe dich in der Hand.«

Franz zuckte zusammen. Seine Gesichtsmuskeln gerieten in Bewegung. Nach einigem Zögern ergriff er seinen Geldbeutel. »Sag ihr, das muss vorerst reichen. In den nächsten beiden Monaten kann ich nichts mehr entbehren. - Ist sie wenigstens nett?«

Fragend blickte Elsbeth ihn an.

»Frommes Tochter, meine ich, das Kindermädchen.«

»Agnes mag sie ganz gerne. Sie bringt uns Lesen und Schreiben bei.«

»Soso, das kann sie? Und du? Magst du sie auch?«

»Sie ist manchmal etwas streng.«

»Das kann nicht schaden«, brummte Altemeier. »Das hätte ich mit deiner Mutter auch sein sollen, dann wäre mir manches nicht aus dem Ruder gelaufen.«

Altemeier verstand es, aus seinen Bekanntschaften Vorteile für sich zu ziehen. Deren Türen standen ihm nach wie vor weit offen. Auch die Damen seiner Freunde waren ihm meist zugetan. Ein Kompliment hier, eine Aufmerksamkeit da, gelegentlich wechselte auch mal eine Münze den Besitzer. Dafür war manche Gastgeberin gerne bereit, ihn sogar zu beköstigen. Zum Stelldichein mit Irmtraud fand er stets einen ansprechenden Ort. Ein hübsches Liebesnest zu finden, damit kannte er sich aus.

Wie lange er dieses Leben aufrechterhalten wollte und konnte, wusste er nicht. Das hing auch davon ab, ob er weiterhin durch die eine oder andere Betrügerei seine Barschaft aufbessern konnte. Denn als Amtmann verdiente er kein Vermögen. Zu einer offiziellen Trennung von seiner Familie konnte er sich nicht durchringen - *derzeit* jedenfalls noch nicht.

Ebenso wie Franz Altemeier hatte auch Lea daran Gefallen gefunden, ihre Vergnügungen in den Mittelpunkt ihres Daseins zu stellen, während sie das tägliche Einerlei, die häusliche Arbeit und die Betreuung ihrer Kinder bei Frommes Tochter in guten Händen wusste. Zu den Treffen mit ihrem Schwager Georg kam es immer seltener; stattdessen schlitterte sie in so manche andere Affäre. Hin und wieder kam sie mit dem Oberamtmann zusammen. Bei ihrem ersten Wiedersehen war sie für ihn noch begehrenswert. Für sie war beim nächsten Mal der Reiz des Verbotenen einmal mehr aufregend. Doch schon bald wichen Leidenschaft und das Außergewöhnliche der Monotonie. Man langweilte sich. Eines Tages suchte Lea den Walkmüller auf. Sie hatte seiner Tochter Charlotte Arbeit verschafft. Und so stand er in ihrer Schuld, wie sie meinte.

»Ich bin in Schwierigkeiten, Frau Försterin. Ich stecke in großen Schwierigkeiten«, hatte er beim Maskenball gesagt. Nun konnte sie sein Klagen nur allzu gut nachempfinden. Wie hatte dieser Pächter der Walkmühle seinen Besitz nur so verkommen und herunterwirtschaften lassen können. Das war ihr schleierhaft. Einige Gebäudeteile waren einsturzgefährdet, das Gebälk des Dachstuhls marode, auch einige Karren und die Rahmen zum Aufspannen der Tuche faulten. Der metertiefe Schacht, in dem einst das große Mühlrad klapperte, drohte zu verfallen. Die Mutter seiner Tochter hatte vor drei Jahren hier ihren Tod gefunden. »Mein Gott, Simon, dieser Zustand deiner Walkmühle ist doch das Ergebnis eines längeren Prozesses. Du hast dich durch jahrelange Nachlässigkeit selbst ruiniert!«, hatte sie ihm die Meinung gegeigt.

»Weder die Tuchmacherzunft hat sich gekümmert, als sich die Müller von mir abgewandt haben, noch das Hochstift hat jemals auf meine Unterstützungsanträge reagiert!«, hatte er nach Ausreden gesucht. »Da sitzt jemand das Problem aus. Mir scheint, man will mich bewusst in den Ruin stürzen.«

»Kann da der Franz was machen?«

»Der Franz?« Fromme wirkte überrascht. »Das sagst ausgerechnet *du*? Du denkst, *dein* Mann könnte *mir* helfen wollen? - Nein, Lea, der hat doch selbst keinen Rückhalt mehr im Amt. Lea, ich bin wirklich verzweifelt. Ich habe keine Idee mehr, wie ich an Geld kommen kann. Das, was Lotte bei dir verdient, reicht gerade mal, dass wir überleben können.«

»Kannst du die Gebäude nicht wenigstens derart zurichten, dass sie zum Beispiel als Schafstall genutzt werden könnten? Oder als Waisenhaus? - Simon, ich habe eher den Eindruck, du legst deine Hände untätig in den Schoß.«

»Ja, Lea, ich lege die Hände in den Schoß, aber nicht untätig. Ich lege sie in *deinen* Schoß! Findest du nicht, dass ich dazu gut geeignet bin?«

Sie hatte seine Frage mit einem Seufzer und mit dem Austausch von Zärtlichkeiten beantwortet. Ja, Simon Fromme war in vielen Dingen ein eher zurückhaltender und ängstlicher Typ. Vor allem aber war er ein Mann ohne Mumm, ohne Bereitschaft sich den Problemen und der Arbeit zu stellen. Er neigte zur Trägheit. Nur im Bett, da wusste er sich zu profilieren.

Eine Weile fand Lea das anregend, bis seine Spielchen zunehmend rabiater wurden. Und dann immer diese Fragen: *War ich gut? Bist du mit mir zufrieden? Was denkst du, wenn wir beisammen sind?* Sie hasste diese Eitelkeiten, diese Selbstsucht. Immerzu hatte er nur sein eigenes Wohlbefinden im Blick. Nichts als neue Abhängigkeiten, stellte sie meist unbefriedigt und ernüchtert fest. Und dann hatte er sie auch noch zu kritisieren gewagt.

»Warum tust du das?«, hatte er sie gefragt und auf ihren Blick hin präzisiert: »Warum tust du es deinem Mann gleich und suchst eine Affäre nach der anderen, begibst dich von einer Liaison in die nächste?«

»Ich will Gerechtigkeit«, hatte sie geantwortet.

»Nein«, hatte Fromme geantwortet, »du willst keine Gerechtigkeit, du bist nur von Rachegedanken getrieben!«

Vielleicht hat er recht, hatte sie einige Augenblicke lang gedacht. Doch dann hatte sie schnell wieder ihren Blick auf seine Schwächen gerichtet. Es war ihr klar geworden, dass seine Zudringlichkeiten immer besitzergreifender wurden. Das hatten wir gerade erst, machte sie sich ihre Gedanken. Das wollte sie unter keinen Umständen wieder zulassen. Sie musste sich wohl wieder umorientieren.

Sie war auf dem Rückweg von der Walkmühle nach Neuhaus und dachte an Franz. In Frommes Schlafkammer hatte sie eine Waffe gesehen. Sie war mehrfach versucht gewesen, die Schrotflinte in ihren Besitz zu bringen, um damit diesen jämmerlichen Hornochsen von Ehemann ... Sie stellte sich vor, wie die Schwätzer in Neuhaus über ihn herziehen würden: »Ja, der Altemeier. Er wollte immer schon hoch hinaus. Aber tief ist er gefallen; bis unter die Grasnarbe hat ihn seine Überheblichkeit und Selbstsucht gebracht. Geschieht ihm recht, die Ratte.« - Noch hatte er Glück. Sie hatte die Waffe nicht berührt. Und sie würde sie auch nicht bekommen. Denn *ein letztes Mal* hatte sie Fromme aufgesucht, das stand jetzt für sie fest. Aber um Franz Altemeier aus dem Weg zu schaffen ... Es würde sich schon noch eine Gelegenheit finden lassen.

Sie hatte die Schlosswache passiert, wo der Wachhabende gelangweilt und stupide seinen kurzen Weg abschritt. Für jemanden, der es darauf anlegte, würde es keine große Kunst sein, an eine Waffe zu gelangen. Sie näherte sich dem Park der Residenz von seiner östlichen Seite. Das Zwitschern der Vögel wurde vom aggressiven Krächzen zweier sich bekämpfender Elstern übertönt. Lea war im Begriff aus dem Schatten einer dicken alten Weide zu treten, als sie am hinteren Zugang zum Schloss bekannte Gesichter gewahrte: Da sah sie den alten Sertürner im Gespräch mit einem Pfaffen. Tja, wenn er jünger wäre, überlegte sie, als sie intuitiv wieder einige Schritte zurückging und im Halbdunkel des Baumes verharrte. Ob es ihr gelingen würde, seiner spießigen Alten den ach so über jeden Makel erhabenen und tugendhaften Ehemann auszuspannen? Das zu versuchen, wäre gewiss ein besonders aufregender Zeitvertreib. Sie könnte natürlich auch versuchen, in das Umfeld des Fürstbischofs ... Sie musterte den durchaus attraktiven Kaplan. »Der Beichtstuhl als Séparée«, hatte Fromme einst seiner Phantasie freien Lauf gelassen. Das hatte was ... Aber vielleicht steht der Pfaffe nur auf Seinesgleichen, spann sie die Fäden ihrer Gehässigkeiten weiter.

Lea wurde beinahe übel, als sie bemerkte, wie Irmtraud Grave mit ihrem Sohn zu den beiden Männern trat. So eine Heuchlerin, ging es ihr durch den Kopf.

Zu der Gruppe gesellten sich noch der Lehrer der Elementarschule sowie seine Frau mit dem drei- oder vierjährigen Jungen. Der Junge drückte seiner Mutter einen dicken Kuss auf die Wange. Es war eine Szene, die Lea einen heftigen Stich versetzte.

»Welch ein Idyll«, seufzte sie. »Skrupellos und geschickt verstehen sie es, eine Fassade des Glücks aufrechtzuerhalten«, redete sie sich ein. Dabei fühlte sie sich sehr einsam. Und als der Neid sie zu überwältigen drohte, versuchte sie vor den sich übermächtig entwickelnden Gefühlen des Versagens zu flüchten. *Opium*, kam ihr lediglich in den Sinn. Ihr Leben bedurfte einerseits seiner euphorisierenden Wirkung. Aber andererseits wollte sie auch vergessen. Sie sehnte sich nach einem inneren Frieden.

Fünf
Trübe Aussichten

Derweil kreisten Franz Altemeiers hauptsächliche Gedanken um seine berufliche Zukunft. Er hatte sich beim Landdrosten um eine Position für den Unterwaldischen Distrikt beworben. Auch das Spezialamt / Rentamt hatte seinen Sitz im fürstbischöflichen Residenzort Neuhaus. In diesen Tagen, die geprägt waren von einer unruhigen politischen Lage, war es jedoch ungewiss, wann über seine Bewerbung entschieden würde. Leider zeichneten ihn die wenig schmeichelhaften Referenzen des ihm vorgesetzten Oberamtsmannes nur unzureichend aus. Zudem hatte man ihn unglücklicherweise bei Tumulten gesehen. Was war geschehen?

Unter dem Eindruck der Französischen Revolution kam es auch im Hochstift Paderborn zu gelegentlichen Unruhen. Die unteren Schichten begehrten gegen die Stände auf, wobei die Bevölkerungsmehrheit zwar an Reformen aber noch nicht an eine gänzliche Auflösung der traditionellen Ordnung interessiert schien.

Altemeier war eher zufällig dabei gewesen, als es zur Aufrichtung eines Freiheitsbaums kam - jenem Symbol für die Freiheit, das angeblich der Marquis de La Fayette aus Amerika mitgebracht hatte. Die Jakobiner hatten in Paris den ersten *l'arbre de la liberté* errichtet, krönten ihn mit der Freiheitsmütze und umtanzten ihn, wobei sie

Revolutionslieder sangen. Rasch gehörte dieser Tanz um den Freiheitsbaum zu den Festen der Revolution.

Nun hatte die Stadt Paderborn eine an den Fürstbischof und das Domkapitel gerichtete Beschwerdeschrift gerichtet. Sie erhob vor dem Hintergrund der mehrfachen Inanspruchnahme der Untertanen durch Steuer, Pacht und Zehnt Zweifel an der Rechtmäßigkeit der Steuerfreiheit von Adel und Geistlichkeit. Im Verlauf dieses Streits stellten Unbekannte eine Pappel als Freiheitsbaum auf mit der Aufschrift: *Liebe Bürger! Schüttelt endlich Euer Joch von euch und schwört bei diesem Baum frei zu sein!*

Auch wenn die Auseinandersetzungen später zur Folge haben würden, dass Adel und Geistlichkeit das Privileg der Steuerfreiheit auf Grundvermögen aufgeben würden, so wurde zunächst das Aufstellen von Freiheitsbäumen als Bekenntnis zu den Idealen der Revolution in den deutschen Fürstentümern streng geahndet.

In Paderborn ließ die Obrigkeit den Baum fällen. Einige wenige vermeintliche Unruhestifter wurden abgeführt. Altemeier gehörte dazu.

Er kam als Amtmann zwar schnell wieder frei - anders, als sein Schwager Georg, der Schauspieler, zu dem Franz seit geraumer Zeit keinen Kontakt mehr pflegte. Dass er ausgerechnet den in der Arrestzelle antreffen musste ... Dennoch: Auch von Franz Altemeier hatte man die Personalien erhoben. Er war auffällig geworden. Er war zur falschen Zeit am falschen Ort gewesen. Nun konnte er nur darauf hoffen, dass ihm dies nicht zum Nachteil gereichte. Er hoffte vergebens. Wochen später teilte man ihm mit, dass die Stelle im Rentamt bis auf weiteres doch nicht besetzt werden würde.

Höhnisch lachte er, weil man die Entscheidung damit begründete, dass man die politischen Entwicklungen in diesen unruhigen Zeiten abwarten wolle. Vielmehr glaubte er zu wissen, dass er seinem Vorgesetzten den abschlägigen Bescheid zu verdanken hatte. Aber was blieb ihm übrig? Er musste die Entscheidung hinnehmen. Franz Altemeier war jedoch nicht bereit zu resignieren. Nun gut, dachte er. Man hatte über ihn ein Urteil gefällt, das ihn herausforderte, neue Wege zu beschreiten. Dazu hatte er sich schon etliche Gedanken gemacht. Er war nicht unvorbereitet. Jetzt galt es, aufmerksam die politischen Ereignisse zu verfolgen.

Natürlich war Altemeier bekannt, dass der französische König Ludwig XVI vergeblich versucht hatte, ins Ausland zu fliehen. Auch war ihm nicht entgangen, dass das revolutionäre Frankreich von einer absolutistischen in eine konstitutionelle Monarchie umgewandelt worden war.

Die Österreicher, die zahlreichen französischen Adligen Zuflucht gewährten und die Preußen hatten der revolutionären Regierung in Frankreich mit einer Intervention gedroht, wenn die Monarchie dort angetastet werden würde. Nachdem in der Folge die Franzosen den Krieg erklärt hatten, wurde die Ankündigung in die Tat umgesetzt, wobei es nicht gelungen war, eine geschlossene Front gegen die französischen Revolutionstruppen aufzubauen. Die Chance, das gesamte Heilige Römische Reich Deutscher Nation hinter sich zu bringen, hatte der erst kürzlich gewählte Kaiser Franz II durch den Umstand vertan, dass er das österreichische Staatsgebiet unbedingt vergrößern wollte, notfalls auf Kosten anderer Reichsmitglieder. Und auch Preußen wollte sich für seine Kriegskosten durch die Einverleibung geistlicher Reichsgebiete schadlos halten.

Der Krieg hatte mit anfänglichen Erfolgen der Alliierten begonnen, bis der Vormarsch auf Paris nach der Kanonade von Valmy gestoppt worden war. Die Revolutionsarmee war zur Gegenoffensive übergegangen und hatte verschiedene Gebiete, darunter die österreichischen Niederlande und Teile des Rheinlandes, besetzt.

Einen Tag nach dem französischen Sieg bei Valmy war in Paris die Monarchie aufgehoben und die Erste Französische Republik proklamiert worden. Dann erfolgten in Paris nach kurzem Prozess die öffentlichen Hinrichtungen von Ludwig XVI und seiner Frau Marie Antoinette.

Altemeier registrierte, dass für das Hochstift Paderborn in Südost-Westfalen wie für viele Westfalen die zahlreichen royalistischen Emigranten der erste spürbare Kontakt mit den Auswirkungen der Revolution waren. Vor allem nach dem Vorrücken der Revolutionsarmee nach Belgien und den Niederlanden waren tausende Priester und Adelige nach Westfalen geflohen. Im Amt hatte sich auch herumgesprochen, dass in Hamm zeitweise die jüngeren Brüder des hingerichteten Franzosenkönigs Aufnahme gefunden hatten - der Comte de Provence und der Graf von Artois. Dort schienen sie mit der Aufstellung einer gegenrevolutionären Emigrantenarmee beschäftigt.

Und dann wurde im Paderbornischen sichtbar, dass man im Rheinland Angst vor einer französisch geprägten Zukunft hatte. Denn im August 1794 wurden ein Teil der Reichsinsignien, die Aachener Kleinodien, und der Domschatz von Aachen ins Kapuzinerkloster nach Paderborn ausgelagert.

Während also die politische Großwetterlage in diesen Jahren insbesondere durch die Französische Revolution und ihre Folgen bestimmt wurde, drohte über das Hochstift Paderborn ausnahmsweise kein militärischer Orkan hinwegzufegen. Gleichwohl lag Ungemach über Neuhaus und Umgebung.

Feuchtwarme Luft bestimmte das Wetter in der ersten Augustwoche des Jahres 1795. Häufiger als gewöhnlich schaute man zum Himmel in der Annahme, dass sich hier gewiss bald drohende Wolkenformationen zeigten. Hoffentlich würde ein Gewitter keine allzu großen Schäden verursachen. Immerhin könnte danach eine Schönwetterphase andauern.

Agnes hatte ihre Mutter und die Schwester gerufen, um gemeinsam das flammend rot erleuchtete Himmelsgewölbe zu bestaunen. Sie hatten sich die schiefe Stiege zur Dachstube hinaufgedrängt. Von dort konnten sie einen noch besseren Blick auf das Naturschauspiel werfen. Es war ein spannendes Ereignis - eine Entschädigung dafür, dass das Kindermädchen heute nicht seinen Dienst aufnehmen würde. Frommes Tochter Charlotte war erkrankt.

Selten kamen sie auf den Dachboden. Der Raum unter dem Dach war ja auch wenig einladend. An Sommertagen meistens zu heiß, im Winter in der Regel eiskalt. Spinnweben allerorten zeugten davon, dass sich kaum jemand hierhin verirrte. An den Dachsparren baumelten aufgespannte Schirme - für den Fall, dass es durch das überwiegend mit Stroh und nur teilweise mit Schindeln gedeckte Dach tröpfelte. An Stellen, an denen es erfahrungsgemäß intensiver hereinregnete, waren Wannen deponiert. Lea machte darauf aufmerksam, dass eins dieser Behältnisse eine morsche Bohle abdeckte. Ein vorsichtiges Begehen des Dachbodens war angeraten.

In einer Ecke befand sich eine alte zerschlissene Matratze, aus deren aufgeplatzten Nähten Rosshaar quoll. Der Bezug war mit Stockflecken und eingetrocknetem Mäusekot übersät. Die Katze, die ebenfalls den Weg auf den Dachboden gefunden hatte, erkundete trotz des muffigen Geruchs aufmerksam die Lage. Dabei grub sie ihre scharfen Krallen in das Polster. Schließlich hob sie das grobe Gewebe eines Sacks an und versteckte sich darunter.

Elsbeth und Agnes duckten sich unter einige zerlumpte Handtücher, die vor Zeiten zum Trocknen über eine dicke Kordel gehängt worden waren. Jetzt waren sie steif wie ein Brett. Elsbeth öffnete das schmale Fenster in der Dachgaube. Dicht beieinander standen die Mädchen nun. Gebeugt lehnten sie sich mit den Unterarmen auf das schmale Fensterbrett. So konnte auch Lea hinter den Mädchen stehend über die benachbarten Gärten hinwegsehen.

Fasziniert betrachteten sie, wie die Sonne die Wolkenfront im Westen anstrahlte. Ob es sich hierbei um Vorboten einer Regenfront handelte?

Irgendwann bemerkten sie, dass nicht der geringste Luftzug auch nur irgendwas bewegte. Das Gezwitscher der Vögel verebbte. Die ungewöhnliche Stille rief eine merkwürdige Atmosphäre hervor.

Es dauerte nicht mehr lange, bis der Wind von Westen her auffrischte und Gewitter mit einer rasanten Geschwindigkeit heranzogen. Jetzt wirkte die Katze beunruhigt, lief hin und her, bis sie sich aus der Dachkammer zurückzog. Und von einer Sekunde auf die andere wurde es dunkel über Neuhaus und Umgebung. Auch Leas Blick verfinsterte sich. Im Dämmerlicht schaute sie zu den Dachsparren. Sie zog die Stirn in Falten. Einmal mehr war sie verärgert - verärgert darüber, dass sich der Herr des Hauses einfach nicht kümmerte. Noch immer war das Dach nur unzureichend gedeckt und würde dem aufziehenden Sturm eine gefährliche Angriffsfläche bieten.

Während man bei den Sertürners und den Buchbinders ebenfalls Respekt vor den Launen der Natur hatte und sich Irmtraud Grave und ihr Sohn Ernst in dem steinernen Gemäuer des Marstalls von Schloss Neuhaus sicher fühlten, verfolgten die Altemeiers die weitere Entwicklung nun ängstlich. Die noch vor kurzem ausgelassene und heitere Stimmung hatte sich gänzlich gewandelt. Ein greller Blitz und ein unmittelbar folgender ohrenbetäubender Knall erschreckten die Zwillinge. Elsbeth dachte an ihren Vater, den sie im Amt bei der Arbeit wähnte.

»Lasst uns nach unten gehen«, forderte Lea ihre Töchter auf. Nahezu gleichzeitig hob der Sturm einen kleinen Teil des Daches an.

»Aber wenn es nun hereinregnet?«, fragte Agnes. »Ich hole die Eimer, die beim Badezuber stehen. Dann können wir die Wannen ausleeren!« Noch während sie das sagte, eilte sie die Treppe bereits hinunter.

Taubeneigroße Hagelkörner prasselten nun nieder, gefolgt von sintflutartigen Regenfällen. Immer größere Teile des Daches lösten sich.

»Das hat keinen Zweck! Hier oben sind wir den Gefahren zu sehr ausgesetzt!«

Kaum hatte die Mutter Elsbeth aufgefordert, das Dachgeschoss zu verlassen, da überschlugen sich die Ereignisse. Der Wind, der die Tür zum Baderaum hinter Agnes zuschlug, pfiff durch das Haus. Blitze, überall gleichzeitig, und das Krachen des Donners ließ den Erdboden erzittern. Neben dem ungewöhnlich heftigen Lärm war Geruch von verkohltem Holz wahrzunehmen. Der Schornstein neben dem Dachfirst hielt den Böen nicht mehr Stand. Die Reste des Daches hatten der Zerstörungskraft nichts entgegenzusetzen und stürzten ein.

Wassermassen ergossen sich in die ungeschützten Kammern. Wie gelähmt wirkte Lea für einen Moment. Endlich schob sie Elsbeth zur Hintertür.

»Ich muss nach Agnes sehen!« schrie sie, während die Panik immer größer wurde.

Zur gleichen Zeit übermannte auch Agnes die Hilflosigkeit. Sie vermochte es nicht, sich aus dem Baderaum zu befreien. Die Türe schien zu klemmen. In ihrer Höllenangst hämmerte sie schreiend gegen den verbarrikadierten Durchlass.

Elsbeth hörte Glas bersten, Holz splittern und Steine platzen. Aus der Ferne, so schien es, ertönten Kirchenglocken. Derweil schlugen meterhohe Flammen aus der Giebelfront des Hauses empor. Das Fachwerk, ein Geflecht aus Holzbalken mit festgebackenem Lehm und Stroh, brannte schnell lichterloh. Menschen kamen zusammen und wollten helfen, das Feuer zu löschen.

»Mutter und meine Schwester sind noch da drin!«, schrie Elsbeth. Sie fuchtelte mit den Händen, doch niemand schien sie zu verstehen.

Sie war im Begriff sich wieder in den Gefahrenherd zu stürzen, als man ihr einen Eimer in die Hand drückte. Und noch einen. Kaum hatte sie ihn weitergereicht, empfing sie den nächsten. Immer wieder. Unversehens war sie Teil einer Eimerkette geworden. Das Wasser schwappte über, während die Behälter geschwungen wurden. Längst war sie durchnässt. Vom Regen. Vom Löschwasser. Vom Schweiß. Funken stoben, und Brandrückstände wurden aufgewirbelt. Die Asche flog Elsbeth ins Gesicht. Sie brannte in den Augen. Elsbeth hielt sich die Hände vor das Gesicht, als wollte sie sich vor der sengenden Hitze schützen. Ruß setzte sich in die Poren der Haut. Elsbeth musste spucken. Dann wischte sie sich über ihr Antlitz. Nun war es vom Schmutz verschmiert. Ihre Tränen flossen darüber. Sie ahnte, dass ihr Tun vergeblich war.

Lea mühte sich verzweifelt, die schwere Bohle beiseite zu schaffen, die vom Dachboden gestürzt war und die Tür zum Baderaum blockierte. Das Atmen, der Rauch und die stetig zunehmende Hitze machten ihr zu schaffen.

Die Urgewalt des Feuers fraß sich durch das Haus und ließ heiße Glut zurück. Auch den dicken Balken hatten die Flammen schon zu verzehren versucht, doch das massive Holz hatte bisher widerstanden. Nur die äußeren Schichten waren verkohlt, glommen aber immer weiter. Die Zeit drängte. Lea mühte sich inzwischen mit bloßen Händen. Sie schien unter einer Schockwirkung zu stehen. Die Brandwunden an Händen, Armen und Füßen spürte sie nicht.

Noch immer stand Elsbeth bei den Helfern, die längst resigniert hatten. Denn das Holz des Fachwerkhauses brannte wie Zunder. Hier konnte man nicht mehr helfen; im Gegenteil. Man brachte sich nur selbst in Gefahr. Der Löschtrupp konzentrierte die Bemühungen darauf, die Nachbarhäuser zu tränken. Dabei standen zunehmend mehr Gaffer im Weg. Zu den Schaulustigen zählte auch eine Greisin, die mahnend einen Zeigefinger hob: »Gott wacht über diejenigen, die auf ihn vertrauen und nach seinen Geboten wandeln«, bemerkte sie. »Aber nicht jeder verdient sich seinen Schutz.« Elsbeth musste kräftig schlucken. Ob die Frau recht hatte mit dieser Ansicht?

Nach wie vor peitschten die Sturmböen über die Straßen, Gärten und Häuser. Die Windstöße wirbelten das Geäst von Büschen und Bäumen, von Balken und Dachschindeln durch die Luft. Dumpf dröhnte es, als ein Teil der Wand aus Fachwerk auf die Seite schlug. Dann standen Lea und Agnes im Freien. Nur mit Mühe waren sie der Hölle entkommen. Sie taumelten. Agnes keuchte. Sie hatte Abschürfungen an Armen und Händen. An Lea hingegen hing der Gestank nach verbranntem Fleisch. Sie hielt sich stöhnend die Schulter, an der ein Stein sie getroffen hatte. Sie krümmte sich und röchelte.

»Mama!«, rief Agnes fassungslos. Derweil machte Elsbeth schreiend und winkend auf sich aufmerksam, als sie ihren Vater näherkommen sah, der sich mühsam durch das Gedränge zwängte. Mit leeren Blicken schauten sich ihre Eltern einander an.

»Mama hat Agnes gerettet!«, rief Elsbeth, die sich an ihren Vater zu klammern versuchte. Doch Altemeier schüttelte seine Tochter ab. Einen Lidschlag später wurden Trümmerteile umhergeschleudert. Auch neben Agnes sauste ein Bruchstück des Mauerwerks herab. Ein Fragment des Dachfensters baumelte daran. Die spitzen Zacken des geborstenen Glases waren von verheerender Wirkung. Während Agnes nicht zu Schaden kam, wurde ihre Mutter von dem Geschoss niedergestreckt. Zugleich bohrten sich Splitter kleinster Glas- und Steinbröckchen in ihren Körper.

»Mama!«

Agnes ließ sich im Schlamm auf die Knie fallen.

»Mama!«

Tränen quollen dem Kind aus den Augen. Mit Entsetzen erblickte Agnes die heftig blutende weit klaffende Wunde an der Stirn und das bleiche Gesicht ihrer Mutter. Lea schien Worte formen zu wollen, doch ihre Lippen bewegten sich kaum. Wie ein Hecheln wirkte es, als sie darum kämpfte, Atem zu holen. Es war ein mühevolles Ringen. Die giftigen Dämpfe des Rauchs hatten ihr Opfer gefunden. Der zusätzliche Hieb hatte ein Übriges getan.

»Agnes«, flüsterte die Mutter ein letztes Mal. Ein Zittern durchfuhr sie, während sie den letzten Atemzug ausstieß.

Agnes presste eine Faust vor ihren Mund und biss auf die Knöchel.

»Mama!«, schrie sie verzweifelt. »Nun helft ihr doch! Warum hilft ihr denn niemand?«

Hinter einem Tränenschleier sah sie Menschen, die miteinander zu tuscheln schienen. Aber niemand rührte eine Hand. Auch Altemeier scherte sich nicht um die tödlich Verletzte.

»Dieses törichte Ding musste sich unbedingt im Haus verstecken, anstatt sich schleunigst in Sicherheit zu bringen«, wies die Alte auf Agnes. »Ungehorsames Blag! Voller Widersetzlichkeit und Trotz! Aber wen wundert's, der Apfel fällt nicht weit vom Stamm!«, schimpfte die Furie.

»Das ist nicht wahr!«, erhob Elsbeth die Stimme. »Ihr da! Sagt was! Sagt, dass diese widerliche Kröte die Unwahrheit spricht! Sie kann doch überhaupt nicht wissen, was im Haus vorgefallen ist!«

Elsbeth schien die Fassung zu verlieren, während Agnes zitternd und entmutigt neben ihrer Mutter kniete. Greinend vor Angst. Niedergeschlagen von dieser Ungerechtigkeit, die ihr hier widerfuhr. Voller Gram in Anbetracht der Feigheit der Umstehenden und im Angesicht des Todes ihrer Mutter. Sie sah, wie die Hexe mit ihrem Krückstock drohend auf Elsbeth einschlug, während der Vater nichts tat, um der geifernden Alten Einhalt zu gebieten.

Entkräftet ließ sich Agnes von Elsbeth hochziehen. Mit Mühe wichen sie beiseite, um den Hieben zu entgehen.

Nachdem sich Franz Altemeier kurz und emotionslos über die tote Mutter seiner Kinder gebeugt hatte, schaute er noch einmal zu den Ruinen seines Hauses, das von einer schwarzen Rauchsäule verhüllt wurde. Schließlich traf Agnes sein vernichtender Blick.

Welchen weiteren Verlauf dieser Unglückstag im August nahm, daran vermochten sich die Mädchen später nur mit Unbehagen zu erinnern. Dass die Regenmengen die Alme, die Lippe und die Pader überfluteten, dass die Auen nunmehr Seenplatten glichen, die Tiere, Gärten und einige nahegelegene Häuser verschlangen, das sollte sich in den folgenden Tagen erst noch zeigen. Wie in Trance und erschüttert durch die Ereignisse und durch den Verlust ihrer Mutter stolperten Elsbeth und Agnes als verstörte Gestalten ihrem Vater hinterher.

»Folgt mir!«, befahl er mit barschem Tonfall. »Aber haltet Abstand!«

Agnes litt seelischen Schmerz. Sie wusste, dass es um das Miteinander ihrer Eltern schlimm gestanden hatte. Sie hatte immer gespürt, dass auch die Mutter ihren Beitrag dazu geleistet hatte - selbst wenn der Vater die Ursache allen Übels war, so war sie überzeugt. Immerhin hatte sie bis vor wenigen Tagen noch zu ihrer Mutter ins Bett krabbeln dürfen, wenn die bösen Träume kamen. Papa ist ein Scheusal, das war Mamas Meinung gewesen. Agnes stimmte dem zu. Angsterfüllt und argwöhnisch blickte sie hinter ihrem Vater her.

Altemeier sah sich genötigt, Leas leblosen Körper zum Marstall der Residenz zu tragen. Dort traf er auf Irmtraud Grave und ihren Sohn, die sich mit großer Anteilnahme um die Mädchen kümmerten. Nunmehr richtete Altemeier seine Boshaftigkeit ausschließlich gegen Agnes. Anklagend wies er auf seine Tochter, die er mit zorniger Herablassung anstarrte:

»*Sie* hat es getan! *Sie* hat mich um meinen Besitz gebracht. *Sie* ist verantwortlich! Ich will sie nie mehr wiedersehen!«

Irmtraud und ihr Sohn Ernst nahmen Franz Altemeier in ihren Haushalt auf. Auf Irmtrauds Initiative hin erhielt Agnes bei den Buchbinders ein Dach über den Kopf. Da würde sie besser aufgehoben sein, um - fern ihres Vaters - mit ihren traumatischen Erlebnissen leben zu lernen. Recht hatte sie. Die Buchbinders richteten dem Kind einen Schlafplatz ein, besorgten dem Mädchen Kleider und vor allem: Sie mühten sich redlich, nicht nur die körperlichen Wunden zu heilen, die Agnes in dem Inferno ihres Elternhauses davongetragen hatte. Irgendwann ließ Agnes es sogar zu, dass man sie wieder in den Arm nehmen durfte.

Elsbeth fand bei der vierzehnjährigen Cousine Sophie ein neues Zuhause. Sophies Eltern, das Schauspielerehepaar Georg Gottfried Bürger und Wilhelmine Charlotte Albertine, die Schwester Leas, waren dazu bereit, die Verwandte aufzunehmen. In der Not schienen sie also zusammenzuhalten, die Bürgers und die Altemeiers, obwohl man sich einst nach einem Streit und dem folgenden Zerwürfnis jahrelang aus dem Weg gegangen war.

»Außergewöhnliche Situationen erfordern außergewöhnliche Maßnahmen«, hatte Irmtraud zu Franz Altemeier gesagt. Der hatte nur zustimmend den Kopf genickt und Irmtrauds Tatkraft und Entschlossenheit bewundert. Wie hatte er sich doch einst in Irmtraud Grave getäuscht.

Er dachte über seine in letzter Zeit vage umrissenen Pläne nach. Sie würden unter den neuen Gegebenheiten gewiss schnell konkrete Gestalt annehmen können. Jetzt war er sich sicher: Sein Leben musste eine deutliche Veränderung erfahren.

Zweiter Teil: 1796 - 1799
Ein verhängnisvolles Erbe

Eins
Sommer 1796 - Neubeginn

Veränderungen gab es nicht nur in Neuhaus und Paderborn; ein Wandel bahnte sich im Sommer des folgenden Jahres auch im etwa eine Tagesreise entfernten Lemgo an:

Es war am ersten Juni-Tag. Adalbert Schmidt aß mal wieder einen Pickert, zur Abwechslung nicht mit grober Leberwurst sondern mit Rübenkraut. So viele regionale Variationen dieser typischen Speise der ärmeren Bevölkerung im Westfälischen hatte er in seinem Leben schon verzehrt. Dennoch war er diesem Gericht nie überdrüssig geworden. So gab es wenigstens etwas Genießbares, das seiner ohnehin schlechten Stimmung nicht noch einen zusätzlichen Dämpfer verpasste. Der Suche nach seiner Halbschwester war er inzwischen sehr müde geworden. Allerdings - *gleichgültig* war es ihm noch nicht, was aus Johanna geworden sein mochte. Tief in Gedanken versunken sinnierte er über ihre Vergangenheit, als er das pfannkuchenartige Gericht aus Buchweizenmehl und geriebenen Kartoffeln verspeiste.

Er hatte Johanna nahezu zwanzig Jahre lang nicht mehr gesehen. Sie war noch ein Kind gewesen, als ihre Mutter, die *zweite* Frau seines Vaters, gestorben war. Der Vater hatte die Tochter in Soest in ein Kloster gegeben. Damals musste sie ungefähr sechs Jahre alt gewesen sein. Obwohl er damit gegen seinen eigenen Willen handelte, hatte Vater Schmidt damit ein Versprechen eingelöst, das er Johannas Mutter auf dem Sterbebett gegeben hatte. Er schien darüber nicht glücklich zu sein. Im Kloster war die Tochter als Johanna Grünberg bekannt. Dort trug sie den Namen ihrer Mutter. Auch das war wohl einer der letzten Wünsche ihrer Mutter gewesen. So viel hatte Adalbert inzwischen bei seinen Nachforschungen herausgefunden.

Adalbert langte noch einmal zu. Abfällig hatte irgendeiner seine Leibspeise kürzlich als »Gefräß« tituliert. Und dass man dazu Kaffee trank - dafür hatte jener Banause nur Unverständnis übrig. Adalbert kommentierte die Sichtweise dieses Zeitgenossen, indem er eine seiner rötlichen Augenbraue hob. Dann reckte er sein markantes Kinn vor und genehmigte sich ein Gläschen Kornbrand. Er betrachtete das Glas, in dem er sein Spiegelbild entdeckte: Aus seinem Zopf hatten sich einige der mehr rötlichen als braunen Haare gelöst. Sie ringelten sich entlang der Koteletten über die kurzen Bartstoppeln des länglichen Gesichts bis hin zu den Mundwinkeln. Er strich die widerspenstigen Strähnen beiseite, die ihn kitzelten und schaute in sein Antlitz. Er sei seinem Vater wie aus dem Gesicht geschnitten, hatte man gesagt. Tatsächlich gab es viel Ähnlichkeit zwischen Vater und Sohn.

Adalbert war das einzige Kind aus der ersten Ehe seines Vaters - eine Ehe, die vom Leid des Siebenjährigen Krieges geprägt gewesen war.

Er seufzte in Gedanken daran, was ihm sein Vater einmal berichtet hatte: Die Eltern hatten in Minden in einem Lazarett geholfen. In der Lazarettkirche St. Simeonis hatten sie die wirkliche Brutalität des Soldatendaseins erlebt. Denn die Mehrzahl der Soldaten starb nur selten an Schussverletzungen sondern meistens an Krankheiten, Seuchen und mangelhafter Hygiene. Kurz vor dem Ende des Krieges 1763 war die Mutter wenige Wochen nach seiner Geburt ebenfalls gestorben. An Typhus, hatte ein Arzt festgestellt. Bereits ein Jahr später hatte der Vater, der ehemalige Postmeister, Bibliothekar und Schriftsteller Moritz Schmidt, der sich auch auf das Zeichnen von Portraits verstand, wieder geheiratet.

Adalbert ließ sich noch einen Korn bringen. In Gedanken stieß er auf das Wohl seiner Schwester an.

Im Jahre 1770 war Johanna geboren worden. Und bei seiner Stiefmutter waren Johanna und er schließlich aufgewachsen. Er war sieben Jahre älter als Johanna und zählte bereits dreizehn Jahre, als Maria Grünberg starb und Johanna ins Kloster aufgenommen wurde. Seit jeher war es ihm ziemlich unverständlich, warum die Klosterobrigkeit verlangte, dass der Kontakt zur Familie unterbunden werden sollte. Für ihn schien es, als sei Johanna hinter Klostermauern begraben worden. Und sein Vater hatte sich geweigert, in der Folge jemals über Johanna zu sprechen.

Erst als sein Vater im vergangenen Jahr starb, war mit diesem Tabu gebrochen worden. Adalbert hatte versprechen müssen, nach Johanna zu suchen. So wie er für sich selbst vom Vater ein beträchtliches Vermögen erhielt, so sollte er auch seiner Halbschwester ein beachtliches Erbe aushändigen. Sofern sie dazu bereit wäre, ihr Leben außerhalb der Klostermauern fortzusetzen, hatte der Vater verlangt.

Adalbert blickte sich in dem Raum des Gasthofs um, in dem er seine letzte Speise eingenommen hatte. An der Wand hing ein Gemälde - eine Ansicht der Stadt Lemgo.

Hierhin hatte es ihn kurze Zeit später geführt, nachdem Johanna aus ihrer Mitte verschwunden war. Er war in der ehemaligen Meyerschen Druckerei und Hofbuchhandlung in die Lehre gegangen, wo man ihm auch Unterkunft gewährt hatte. Derweil arbeitete sein Vater in der preußischen Besitzung Mark in dem kleinen ländlichen Städtchen Hamm. Unweit des Nassauer Hofs, einem ehemaligen Adelssitz, bewohnte der Vater ein Häuschen. Vor zwei Jahren hatte er sein Heim fluchtartig verlassen müssen, und natürlich hatte Adalbert ihm Aufnahme in seiner eigenen kleinen Wohnung in Lemgo gewährt. Beiden war es nur noch für kurze Zeit vergönnt gewesen, gemeinsam im Buchladen zu arbeiten. Dann hatte der Vater plötzlich gefühlt, dass sein Ende nahte.

»Pecunia non olet«, hatte der Vater einen römischen Kaiser zitiert - *Geld stinkt nicht*, oder doch? Da war sich Adalbert nicht sicher, als er erfahren hatte, woher der größte Teil des Reichtums stammte, den er erben sollte. Und darum hatte er sich nach dem Tod seines Vaters zunächst nur zögerlich und halbherzig dem Vermächtnis entsprechend seine Schwester zu finden bemüht.

Inzwischen hatte er auch von einer anderen Redewendung gehört: *Einem geschenkten Gaul schaut man nicht ins Maul.* Hieß es nicht so? Bedeutete dies nicht, dass man ein Geschenk nicht bemängeln oder kritisieren, sondern dankbar annehmen solle? Also hatte er sein Erbe doch angetreten. Schließlich machte es ihn recht unabhängig. Gleichwohl hatte zuletzt noch die tägliche Arbeit im Mittelpunkt gestanden, obwohl es des Gelderwerbs wegen nicht mehr notwendig war. Adalbert konstatierte, dass er der Arbeit stets mit Freuden nachgekommen war, besonders bei der Gestaltung der LIPPISCHEN INTELLIGENZBLÄTTER.

Ob er das auch eines Tages von seiner zukünftigen Tätigkeit würde sagen können? Er war im Begriff, nach Paderborn umzuziehen und in die Druckerei und Setzerei des PADERBORNISCHEN INTELLIGENZBLATTS zu wechseln.

Von dort würde er hoffentlich weitere Nachforschungen anstellen können, war sein Plan. Denn er hatte aus einem Briefwechsel Johannas mit einer Freundin erfahren, dass seine Schwester vor Jahren dem Klosterleben entsagt hatte und nach Neuhaus geflohen war.

»Bist fast ein alter Säufer, Adalbert Schmidt!«, sprach er zu sich selbst. In einem Zug kippte er seinen dritten Korn hinunter. »Auf geht's! Paderborn, wir kommen schon!«

Zehn Tage später geschah es in Paderborn, dass die kleine Sophie Bürger für ihren ersten Auftritt in der Schauspielertruppe begeisterten Applaus erhielt, nachdem sie in der Kinderrolle als Lina in Karl Ditters von Dittersdorfs Werk DAS ROTE KÄPPCHEN überzeugt hatte. Soeben war das Singspiel aufgeführt worden, das vom Gemeindevorstand Nitsche handelt, der eifersüchtig über seine Frau wacht. Um den Frieden im Haus zu wahren, bekommt Nitsche ein rotes Käppchen mit der Versicherung geschenkt, dem Träger dieses Käppchens werde keine Frau untreu werden. Und so wird Nitsches Eifersucht nichtig.

Elsbeth Altemeier und ihr Vater Franz befanden sich im Publikum, das sich trefflich amüsierte und gemeinsam mit allen Schauspielern das wundertätige Käppchen pries: »Und wenn es nicht helfen sollte, so wird es auch nicht schaden!«

Ob der Georg wohl ebenfalls ein rotes Käppchen gebrauchen könnte, dachte Franz Altemeier bei sich. Denn der neigt gleichermaßen zu Eifersüchteleien, obwohl er selbst kein Kind von Traurigkeit ist. Oder sollte es eher Wilhelmine tragen, um ihren Mann davor zu warnen sich weiterhin in die Schauspielerkollegin Elise zu vergucken? Schon einige Auseinandersetzungen hatte es deswegen im Hause der Bürgers gegeben. Aus diesem Grund und wegen des unsteten Lebenswandels seines Schwagers wuchs der Zweifel bei Franz, ob Elsbeth weiterhin bei der Schauspielerfamilie untergebracht bleiben sollte.

»Na, Georg, wie lange bleibt denn eure Truppe diesmal in Paderborn? Kann ich euch die Elsbeth noch ein Weilchen anvertrauen?«, fragte Franz mit leicht provozierendem Unterton, als sie in die Unterkunft der Bürgers zurückgekehrt waren.

»Da hab mal keine Sorge«, fuhr Wilhelmine dazwischen. »Die Mädchen kommen prima miteinander aus. Sie lernen zusammen. Elsbeth begleitet uns gerne zu den Theaterproben und ... Übrigens: Die Gesellschaft Heinzius hat kürzlich erst die Konzession erhalten, auch ein weiteres Jahr noch in Paderborn zu bleiben. *Unter Berücksichtigung der großen Kosten zur Erbauung der Theaterbude wird die Erlaubnis erteilt*, hat es vom Rat geheißen. Und wegen der schlechten Geschäfte in diesen Zeiten, und weil der Direktor auch in Schulden geraten ist, wird die normalerweise anfallende tägliche Gebühr von zwei Talern sogar zur Hälfte erlassen«, ergänzte Wilhelmine höhnend. »Ja, Franz, großzügig ist man in Paderborn!«

»Das war aber wohl nicht immer so«, erwiderte Franz. »Bei eurem letzten Aufenthalt habt ihr doch kaum eine Vorstellung geben können.«

»Ja, im Jahr 81, war noch manches anders. Da gab es noch die Bedingung, dass man die in jener Woche aufzuführenden Schauspiele stets in der vorhergehenden

Woche dem worthabenden Bürgermeister zum Zwecke ihrer zu verfügenden Zensur einzureichen habe«, zitierte Georg eine Verfügung aus dem Gedächtnis.

»Oh, den Wortlaut hast du dir aber gut gemerkt«, spottete Franz.

»Der Georg hat sich seit damals einiges gemerkt«, hänselte Wilhelmine. »Nicht wahr, Georg, damals hast du dich schon von den bewaffneten Kompanien beeindrucken lassen, die der Fürstbischof Wilhelm Anton nach den Ereignissen beim Kaffeelärm einrücken ließ!«

»Was hatte es eigentlich mit dem *Kaffeelärm* auf sich?«, fragte Franz. »Wir haben das damals gar nicht so genau verfolgt. Wir wohnten zu der Zeit noch nicht im Hochstift.«

»Na ja, du weißt doch, der Fürstbischof Wilhelm Anton war eine einfache Persönlichkeit, die sich gab, wie sie war. Immerzu gerade heraus, formlos im äußeren Auftreten, freimütig und ungezwungen in der Rede und im Handeln«, erinnerte sich Georg. »Sein Lebenswandel erfüllte die strengsten Forderungen der Sittenreinheit, und in seiner Denkweise zeigte er sich edel und menschlich fühlend. Ihm fehlte außerdem keine der Eigenschaften eines sparsamen Hausherrn.«

»Wenn es wahr ist, was unterrichtete Zeitgenossen zu erzählen wissen«, führte Wilhelmine fort, »so war die Vorliebe zum Geld seine große Schwäche, wobei er keineswegs verschwenderisch damit umging. Im Gegenteil: In seinen Mußestunden soll das Zählen der Goldrollen eine seiner Lieblingsbeschäftigungen gewesen sein, wie man sagte.«

»Einerseits muss man ihm zugute halten, dass er sein Gut keineswegs durch Monopole oder vermehrte Auflagen anhäufte: Hingegen beschränkte er die Hofhaltung und passte seinen eigenen Lebensstil an. Andererseits neigte er dazu, in die innersten Verhältnisse des Privatlebens seiner Untergebenen zu dringen. Dabei gab er sich leider alle Mühe, den mittleren und niederen Volksklassen die Gelegenheiten zur Genusssucht und Verschwendung zu nehmen«, kommentierte Georg.

»Stimmt es, dass er die ausschweifenden Fastnachtsbelustigungen einstellte?«, fragte Franz.

»Das ist wohl richtig. Und er stellte die unmäßigen Gast- und Saufgelage ab, die bei den Hochzeiten, Kindtaufen und Begräbnissen der gemeinen Bürger und Bauersleute üblich waren. Auch strebte er danach, den Kleideraufwand in diesen Ständen zu steuern, indem er genau vorschrieb, was sie tragen, und was sie nicht tragen sollten.«

»Nun wollte Wilhelm Anton auch den Versuch machen, seinen Untertanen das Kaffeetrinken abzugewöhnen«, lamentierte Wilhelmine. »Des Haushaltswesens kundig und in Zahlen geübt überschlug er die enormen Summen, die der Verbrauch des Kaffees Jahr für Jahr aus dem Lande zog, was ihn bewog, diesen Luxus-Artikel aus dem Leben des gemeinen Menschen zu verbannen.«

»1777 erließ er ein Edikt, das dem Bürger- und Bauernstande und den niederen Beamten - also auch dir, Franz - den Ankauf und Gebrauch des Kaffees untersagte. Doch gleichzeitig gestand man dem Adel, den höheren Beamten und der Geistlichkeit dieses Getränk zu. Und der Handel mit Kaffee wurde nur noch den Paderborner Kaufleuten gestattet. Bei Missachtung der Anordnung sollte konfisziert werden. Sogar Geldbußen bis zu zehn Gulden wurden erhoben.«

»Und natürlich durfte auch der Georg zahlen, den irgendjemand denunziert hatte«, beklagte sich Wilhelmine.

»Vor allem die Ungerechtigkeit führte natürlich zur Verbitterung«, redete sich Georg nun in Rage. »Man gestand dem Vornehmen und Reichen wieder einmal ein

Privileg zu, das man dem weniger Begüterten versagte. Indes glaubte *ein Jeder,* dass er auf dieses Getränk Anspruch hätte. Einstweilen begnügte man sich mit bitteren Äußerungen der Unzufriedenheit und mit Spottreden. Derweil trösteten wir uns mit der Überzeugung von der praktischen Unausführbarkeit der Verordnung, weil die mit der Handhabung zunächst beauftragten niederen Polizeibeamten die Bedürfnisse und Gefühle der Menge selber teilten und daher ihren Kontrolldienst meist sehr nachlässig versahen.«

»Vier Jahre waren beinahe vergangen. Man hatte den Vorgang bereits vergessen, als es dem Regenten einfiel, das Verbot zu erneuern. Da hielt sich das Volk nicht länger an den Anordnungen. Drohungen und Verwünschungen kennzeichneten den Ungehorsam. Es wurden verhöhnende Gassenlieder gesungen, und ein Unruhe stiftender Auftritt reihte sich an den andern. Und Georg war dabei«, schimpfte Wilhelmine.

»Vor allem richteten wir unseren Zorn gegen den damaligen Vizepräsidenten Meyer, dem man hauptsächlich für die Einführung des verhassten Edikts verantwortlich machte. Als unsere Unzufriedenheit eskalierte, haben wir ihm heimlich alles Wasser aus seinem Brunnen in den Keller geleitet. Bedauerlichweise ging dabei ein großer Teil seines Weinvorrates zu Grunde«, amüsierte sich Georg noch im Nachhinein. Seine Schadenfreude war unverkennbar. Und weiter ereiferte er sich:

»Eines Abends wurde auf dem Marktplatz an hell erleuchteten Tischen ein öffentlicher Kaffeeausschank gegeben. Ein Jeder konnte hier frei trinken, was weidlich genutzt wurde. Ganze Scharen beiderlei Geschlechts eilten herbei und stillten ihre Begierde nach dem begehrten Getränk. Gleichzeitig war in der Nähe auf einer Tribüne ein Musikchor aufgestellt, dessen Gesang sich mit dem Lärm der versammelten Menge vereinigte. Zur Steigerung der erhitzten Gemüter ließen wir auch *geistige* Getränke in Fülle reichen. Und unter den Straßenjungen ließen wir sogar zur Vermehrung des Durcheinanders Trommeln und Pfeifen verteilen. Durch diesen Auftritt entstand ein so heilloses und wirres Chaos, dass die nächtliche Ruhe der Stadt *erheblich* gestört wurde.«

»Wie die Kompanien mit geladenem Gewehr einrückten und sich vor dem Rathaus aufstellten, begrüßten wir sie mit den geistlichen Liedern AVE MARIA und STABAT MATER, verhielten uns aber ansonsten ruhig im Angesicht der Waffen«, führte Wilhelmine weiter aus.

»Deswegen sahen die Führer der Truppen auch keine Notwendigkeit, mit Schärfe einzuschreiten«, beschwichtigte Georg.

»Der militärische Aufzug lief daher mit einer bloßen Drohung, ohne Verhaftungen und ohne irgendeine Anwendung von Gewalt ab. Im Grunde war uns auch nur daran gelegen, das Kaffee-Edikt lächerlich und auf diese Weise unwirksam zu machen. Und dies gelang vollkommen. Es wurde offiziell nie zurückgenommen, aber man ignorierte es einfach.«

»Dies wäre doch wunderbarer Stoff fürs Theater«, neckte Franz.

»Vielleicht«, nahm Georg die Idee auf. »Ich versuche ohnehin, irgendwann einmal etwas Literarisches zu verfassen.«

»Übrigens«, nahm Wilhelmine einen Themenwechsel vor, »nur wenige Tage später wurde unsere Sophie im Gasthaus *Zum Bremer Schlüssel* geboren. Und jetzt spielt sie schon mit in unserer Truppe. Vielleicht finden wir für Elsbeth auch noch eine geeignete Rolle.«

»Welche Rollen spielt ihr denn in eurer Gesellschaft?«, wollte Franz wissen.

Da holte Wilhelmine einen Theaterkalender hervor:

Mme Bürger:
Erste Singrollen, sanfte Weiber,
zärtliche und affektierte Mütter im Lustspiel
Liebhaberin im Lust- und Trauerspiel

Hr. Bürger:
Chevaliers, Pedanten, Spitzbuben, Juden

»Ich würde aber auch gerne *intrigante* Rollen spielen«, hoffte Georg Bürger, dass ein lang ersehnter Traum bald in Erfüllung ginge.

Da könnte ich vielleicht auch erfolgreich mitspielen, dachte Franz Altemeier bei sich, der sich in den Gedanken verrannt hatte, die Preußen mehr als bisher zu umgarnen. Nachdem man ihm vor vier Jahren die Stelle im Rentamt verwehrt hatte, war er mehr und mehr zu der Überzeugung gekommen, dass er in der Verwaltung bei den Preußen sicher längst eine gute berufliche Laufbahn eingeschlagen hätte.

Gut eine Woche später, am 19. Juni, hatte Friedrich Wilhelm Adam Sertürner sein dreizehntes Lebensjahr vollendet und seinen Geburtstag gefeiert. Sein größter Wunsch sollte ihm am Tag danach erfüllt werden: Er durfte seinen Vater bei einer seiner Inspektionsreisen begleiten.

Wie schon in den frühen Tagen seiner Kindheit konnte sich Friedrich Wilhelm immer noch für die naturwissenschaftlichen Inhalte besonders begeistern, sowohl im Rahmen des schulischen Unterrichts als auch, wenn sein Vater ihm das Wissen vermittelte, das dieser aus seiner Tätigkeit als Landvermesser und Architekt bezog. Wegen des großen Interesses an der Arbeit des Vaters bemühte sich Josephus Simon gerne, den Sohn auf den väterlichen Beruf vorzubereiten. Denn das stand für Friedrich Wilhelm fest: Er würde den Beruf des Vaters erlernen und ausüben wollen.

Bei seiner Tätigkeit im Dienste der Hofkammer des Fürstbistums Paderborn nahm der Vater Inspektionen beim Straßen-, Wege- und Brückenbau wahr, bei der Regulierung von Flüssen und Bächen, aber auch beim Bau von Kirchen. Und so führte der Weg von Vater und Sohn an diesem Tag nach Paderborn.

Zunächst suchten sie die Paderquellen auf, die der Stadt ihren Namen gaben. An der Quelle der Wäschepader begegnete ihnen der Blaufärber Rieländer, ein Bekannter von Josephus Simon. Über den wusste der Vater, dass es Differenzen mit der Hofkammer gab, weil der Blaufärber einen Garten veräußern wollte, der zu den bischöflichen Ländereien gehörte.

»Schön, Sie zu sehen, Rieländer! Hatten Sie schon den Termin wegen Ihres Gartens?«, sprach Josephus Simon den Blaufärber an.

»Ach ja, nur Ärger, immer nur Ärger: Damals war doch dem Ferdinand Tiemann und dem Heinrich Thunemeyer ihrer Bitte entsprochen worden, dass man sie befreien möge von der Verpflichtung, der bischöflichen Küche zu Neuhaus Eier und Hühner abführen zu müssen, weil dem Einen im letzten Sommer der Garten von der Alme fortgerissen worden war und dem anderen zwei Morgen Land von der Lippe abgespült sind. Und was muss ich sagen? Was muss ich sagen? Jetzt gehöre ich doch tatsächlich zu den verpflichteten Einwohnern, Hühner und Eier liefern zu müssen, und ich darf den Garten nicht veräußern«, klagte Rieländer. »Aber ich bin nicht der einzige mit Problemen, bin nicht der einzige: Habe soeben Bäcker Reitemeyer getroffen, der mit Conrad Schäfer den Garten tauschen möchte. Dem will man aber nicht stattgeben, weil beim Conrad noch Zahlungen des Bürgergeldes ausstehen aus der Zeit seiner Ansiedlung. - Das ist alles nicht so einfach, gar nicht einfach!«, antwortete der Blaufärber mürrisch.

»Meister Rieländer, das ist übrigens mein Sohn: Friedrich Wilhelm begleitet mich zum ersten Mal zu den Paderquellen«, stellte Josephus Simon seinen Sohn dem Blaufärber vor.

»Na dann pass mal gut auf, mein Junge! Pass gut auf, damit du's auch mal zu was bringst, so wie dein Vater. Weißt du eigentlich schon, was an der Quelle der Wäschepader so besonders ist? Sie ist nämlich was besonderes, darum heißt sie auch *Warme Pader*. Das Wasser ist erheblich wärmer als das Wasser der anderen Quellen. An besonders kalten Frosttagen dampft es. Und das Wasser ist immer klar. Darum ist das Quellbecken der bevorzugte Platz für die Wäscherinnen«, erklärte der Blaufärber.

»... und wir müssen feststellen, dass hier etliche Balken und Bretter fehlen, aus denen Stege über das Wasser gebaut waren«, stellte der Vater stirnrunzelnd fest. »Ich kann mir nicht vorstellen, dass die Stege weggeschwemmt worden sind. Gewiss konnte jemand das Holz für eigene Zwecke gebrauchen. Vielleicht sollte eine Wache doch auch gelegentlich hier mal ihre Runden drehen«, merkte Josephus Simon an, »wäre sicher auch beruhigend für die Waschweiber ... Aber jetzt wollen wir weiter zur Kolkpader. Meister Rieländer ...«

Josephus Simon war im Begriff sich vom Blaufärber zu verabschieden, als er von einem etwas ungehobelt pöbelnden Subjekt angerempelt wurde und beinahe in das Quellbecken gestürzt wäre, wenn Rieländer ihn nicht reaktionsschnell aufgefangen hätte.

»Leute gibt's, sag ich, Leute gibt's«, gab Rieländer kopfschüttelnd zum Besten. »Da scheint's jemand sehr eilig zu haben. Und schlechte Laune hat er auch noch«, schaute der Blaufärber dem Mann verwundert nach. »Na dann, 'nen schönen Tag noch, Sertürner! Schönen Tag noch, Junge!«

Als sie sich verabschiedet hatten, teilte Friedrich Wilhelm seinem Vater eine Beobachtung mit, die noch bedeutsam werden würde. Denn bei dem soeben erlebten Zwischenfall hatte Friedrich Wilhelm wahrgenommen, dass der Mann hinkte.

»Hier haben wir die Dammpader«, erläuterte Vater Sertürner im weiteren Verlauf des Rundganges. »Sie heißt wegen des künstlichen Damms so, der diesen Paderarm von der Warmen Pader trennt. Und dort, von Osten kommend, mündet ein Teil der Börnepader in zwei Armen ins Quellbecken der Dammpader. Den meisten Leuten ist die Dammpader als *Kolk*pader bekannt, weil sich im südwestlichen Teil des Quellbeckens der blaue Kolk befindet, eine Quellvertiefung ... - Scheint alles in Ordnung zu sein. Der Damm hat keine Brüche und die Mündungsarme der Börnepader sehen auch unverändert aus«, bemerkte er, als sie den Kontrollgang fortsetzten.

»Der Lehrer hat mal erwähnt, dass die Börnepader auch *Tränke*pader genannt wird«, stellte Friedrich Wilhelm fragend fest.

»Das hat seinen Grund darin, dass die Ackerbürger ihr Vieh zu diesem flachen Quellbecken, also zur Tränke treiben. Schon vor über zweihundert Jahren ließ die Stadt an dieser Stelle eine Wasserkunst errichten. Die Wasserkraft wird über ein Wasserrad auf eine Kolbenpumpe übertragen, die über ein Rohrleitungssystem Wasser künstlich in die Kümpe der höher gelegenen Stadtteile befördert. Diese Holzleitungen müssen natürlich immer mal wieder ausgebessert werden.«

»Warum wurde solch eine Wasserkunst errichtet?«, fragte Friedrich Wilhelm.

»Nun, es muss zuvor einen großen Stadtbrand gegeben haben. Der war Anlass zur Errichtung der Wasserkunst, so dass immer genügend Wasser zur Verfügung stand, wenn irgendwo ein Feuer ausbrach«, antwortete der Vater. »Wir wenden uns jetzt nach Osten zum Dom. In der Nähe befindet sich das Quellbecken der Rothobornpader.«

Am Ziel angelangt erläuterte Sertürner weiter: »In dieses Becken mündet die Augenquelle und der Rothoborn, eine sehr starke Quelle im Keller der Kaiserpfalz. Diese Quelle soll der Legende nach Heilkraft erlangt haben. Auch die Augenquelle ist sehr sauber. Ihr Wasser wird gern zum Augenwaschen benutzt, wobei sich die Leute auf den im Wasser liegenden Trittstein stellen.«

»Gibt's nicht auch noch eine *Dielen*pader?«

»Die befindet sich weiter östlich. Der Fußweg besteht lediglich aus einer Lage Dielen, die auf Pfählen ruhen. Die Pfähle sind in den Flussgrund eingerammt. Da müssen unbedingt Reparaturen vorgenommen werden. Denn etliche Pfähle und Dielen sind morsch, so dass wir dort besser nicht entlanglaufen sollten. Wir nehmen einen anderen Weg in Richtung des Neuhäuser Tores. Dann kommen wir auch zur Spitalmauer, wo sich schließlich noch die Quelle der Maspernpader befindet ...«

»Iiieeh, hier riecht's nicht wirklich gut«, rümpfte Friedrich Wilhelm die Nase.

»Du siehst die nebeneinander liegenden Gruben? Es sind Gemeinschaftseinrichtungen der Gerber sowie der Schuhmacher, die ihr eigenes Leder herstellen. Die Häute werden in Kalkwasser gelegt, um sie zu entfetten und aufschwellen zu lassen, sodass sie dann weiterverarbeitet werden können. Das Äschern entfernt die Haare von der Rohhaut und bereitet so das Gerben vor. - Glücklicherweise haben wir hier keine Kontrollen durchzuführen«, bestätigte der Vater den unangenehmen Gestank.

»Hier, am oberen Flusslauf, treibt die Pader zahlreiche Mühlen an, zum Schmieden, zum Getreide Mahlen, und es gibt noch Öl- und Walkmühlen, die teilweise nicht in bestem Zustand sind. Ich muss dringend mit den Pächtern besprechen, was verbessert werden kann ... Da vorne sehe ich Müller Stümpel. Seine Mühle wird mit einem unterschlächtigen Wasserrad betrieben. Dabei fließt das Wasser unter dem Rad durch eine Führung, die verhindert, dass Wasser unterhalb und seitlich der Schaufeln abfließt, ohne das Rad anzutreiben. - Wenn wir jetzt nach Neuhaus zurückwandern, kommen wir bei der Kirche St. Heinrich und Kunigunde vorbei. Wie du weißt, wird da immer gebaut. Manchmal kann ich einen Rat geben«, bemerkte Josephus Simon, während er unterwegs seinem aufmerksamen Sohn etliche Vorgänge aus seinem reichhaltigen beruflichen Erfahrungsschatz schilderte.

»Lehrer Buchbinder, was ist bei der Kirche los? Ich sehe einige Wachen aufgeregt herumlaufen«, rief Josephus Simon schon von Weitem.

»Ach, Meister Sertürner, wir haben soeben eine vermummte Gestalt gesehen, die sich am Opferstock zu schaffen machte. Sie trug auch schwer an einem Sack. Es scheint, als seien Kerzenleuchter gestohlen worden.«

»Und dann lief der Dieb schnell weg«, erzählte der kleine Ludwig aufgeregt, der seinen Adoptivvater begleitete.

»Leider konnten wir ihn nicht erkennen«, klagte Buchbinder.

»Aber wir konnten den Wachen beschreiben, dass der Räuber hinkt«, berichtete Ludwig stolz.

»So so, der *Hinkebein* also«, sprach Josephus Simon. »Wir haben ihn heute schon einmal getroffen - ist vermutlich einer der Beutelschneider. Angerempelt hat er mich. Ich wäre beinahe in die Pader gestürzt. Aber gestohlen hat er mir wohl nichts«, merkte Sertürner an.

»Er lief hinüber in Richtung zu der baufälligen Mühle. Sie wissen schon, die an Simon Fromme verpachtete Walkmühle. Vielleicht hat er ja da sein Schlupfloch«, mutmaßte der Lehrer.

»Wir könnten ja mal vorbeigehen. Möglicherweise lässt sich der Walkmüller auch endlich mal aufstöbern. Wegen des schlechten Zustands seiner Mühle hat man ihm der Bitte entsprochen, dass er nur noch die halbe Pacht zahlen muss. Darüber will ich ihn schon eine Weile informieren, konnte ihn aber nie antreffen. Ich habe mich schon gefragt, wo er sich wohl immer aufhalten mag«, wunderte sich Sertürner zum wiederholten Male. »Wenn natürlich unser Rechtsbrecher ...«

»Ob wir einen Polizisten dazu bewegen sollten, uns zu begleiten?«

»Ich frage mal nach«, griff Sertürner die vernünftige Anregung des Lehrers auf.

»Und meine Frau, die Elisabeth, könnte die Jungen mit nach Hause nehmen. Sie macht gerade noch einige Besorgungen auf dem Markt ... Ah, da sehe ich sie! Ich hätte kein gutes Gefühl dabei, wenn Friedrich Wilhelm und Ludwig uns folgten. Wer weiß, auf welch kriminelles Gesindel wir noch stoßen«, sorgte sich Buchbinder.

Behutsam näherten sich die drei Männer der Walkmühle. Aus einem der Kellerräume waren Wortfetzen zu vernehmen. Offensichtlich hatten hier mehrere Personen zu tun. Man fühlte sich scheinbar sehr sicher. Oder war der flüchtige Gehbehinderte gar an einen anderen Ort geflohen, und seine drei Verfolger waren auf einer falschen Fährte?

»Wie lange soll der ganze Plunder noch hierbleiben?«, brummte ein Mann mit einer tiefen Stimme.

»Das muss schleunigst verschwinden«, kam eine Antwort. »Dieser *Steinmetz* ist noch mit den Vermessungen in Rietberg beschäftigt und kann in Kürze hier eintreffen. Auch wenn wir für die Preußen diese krummen Dinger abziehen, muss der Lieutenant davon nichts erfahren. Man weiß nie, wem man trauen kann.«

»Die Stimme kenn ich«, flüsterte Sertürner dem Lehrer ins Ohr.

»Ja, was treibt denn der Franz Altemeier bei den subversiven Elementen?« Beinahe hätte Buchbinder seine Überraschung lauthals kundgetan. Doch rechtzeitig mäßigte er sich: »*Wir* behüten seine Tochter Agnes - *er* gaukelt uns den rechtschaffenen Bürger vor. Und nun müssen wir hören, dass er es an Loyalität gegenüber seinem Landesherrn deutlich missen lässt«, stellte Buchbinder entsetzt fest.

»Und der *Brummbär* ist der Simon Fromme. Sieh mal einer an, wie man sich doch täuschen kann«, staunte Sertürner. »Da will das Hochstift ihm Unterstützung gewähren, und unser Fürstbischof wird von den eigenen Leuten hintergangen.«

»Na ja, wenn da was Politisches im Verzug ist, sollten wir uns vielleicht nicht unbedingt einmischen und unserem Ordnungshüter den Vortritt lassen«, wurde der Lehrer unsicher.

»Ich werde versuchen genauer zu observieren, um was es geht. Bevor ich das Nest aushebe, möchte ich schon gerne wissen, wie viele Personen da beisammen sind«, bestimmte der Polizist. »Aber da Sie die Herren zu kennen scheinen, sollten Sie mitkommen. Vielleicht können Sie mir einen guten Rat geben. Stellen Sie sich darauf ein, dass ich bei Bedarf meine Waffe einsetze«, wurden sie von dem Uniformierten ermahnt.

Als sich Sertürner, der sich hinter einem Berg von Gerümpel verborgen gehalten hatte, etwas vorwagte und einen Blick in einen Kellerraum werfen konnte, erkannte er den versehrten Gauner, der sich über eine Truhe beugte, während Altemeier und Fromme etwas abseits standen und beobachteten, wie der Beutelschneider unzählige Münzen durch seine Hände gleiten ließ. Hinter der Truhe lagen auf einer Kiste Gegenstände aus der Gold- und Silberschmiedekunst: Kerzenleuchter, ein goldener Pokal und mehrere Kelche, ein dickes Buch - vielleicht ein Evangeliar - mit einem edelsteinbesetzten Einband, und auch eine Monstranz war zu erkennen.

»Da ist einiges zusammengekommen, was wir den Pilgern und den französischen Adeligen abspenstig machen konnten«, lächelte der Halunke selbstgefällig.

»Na, und einiges haben Sie auch aus unseren Kirchen und Klöstern entwendet«, beklagte Fromme.

»Sie haben es nicht anders verdient«, sprach Altemeier mit einiger Genugtuung. »Auch wenn diese Schätze dem Hochstift gut zu Gesicht stehen - da Fürstbischof Franz Egon sich immer noch ziert, die Preußen für ihre Dienste zu entschädigen, ist es nur recht und billig, wenn wir da etwas nachhelfen.«

»Welche Dienste leistet *Preußen* denn für uns, wenn ich fragen darf? Was haben wir denn davon, dass der Preußenkönig aus dem Krieg gegen Frankreich im letzten Jahr ausgestiegen ist?«, fragte Simon Fromme skeptisch und kritisierte fortwährend: »Eher wird sich *der dicke Lüderjahn* unsere letzten Ersparnisse für seine Affären, allen voran diese Mätresse Wilhelmine, und für seine Verschwendungssucht einverleiben!«

»Na ja, er mag ein Taugenichts und Lebemann sein, der Preußenkönig, aber immerhin hat er uns den Frieden gesichert. Die Franzosen haben die rechtsrheinischen Gebiete geräumt, die wären wir also erst mal los«, meinte Altemeier. »Und der Aufbau der Demarkationslinie und die Sicherung durch Truppenkontingente kostet den Preußen einen Batzen Geld. Wenn unser Stift schon keine Truppen stellt, sollten wir die Preußen wenigstens mit Geldmitteln entschädigen«, verteidigte Altemeier ihr gemeinsames Vorgehen vehement. »Aber Franz Egon schielt immer nur zum Kaiser nach Wien und erhofft sich von dem die Sicherheitsgarantien. Doch der rührt für unsere Belange kaum einen Finger. Die Zeiten ändern sich. Selbst der Maximilian Franz, der Kölner Kurfürst, soll schon im letzten Jahr geäußert haben, dass man in der gegenwärtigen Situation keine andere Wahl habe, als den Preußen schön zu tun. Es pfeifen schon die Spatzen von den Dächern, dass das Reich fast am Ende ist und die Zukunft Preußen gehört. Und dazu werden wir auch bald gehören«, betätigte sich der Amtmann als Visionär.

»Ja, ja, jetzt sind die Franzosen verhasst«, wandte Fromme ein. »Jetzt denkt keiner mehr daran, dass die im Pariser Frieden von 63 die Existenz des Hochstifts erst gesichert haben. Damals wären wir nämlich von Braunschweig-Lüneburg annektiert worden und von der Landkarte längst verschwunden. So ändern sich die Zeiten!«

»Na, na, Fromme, Sie verdienen doch auch nicht schlecht daran, wenn Sie Ihr Fähnchen nach dem Winde hängen«, widersprach Altemeier.

»Ich weiß, ich weiß. Mitgegangen, mitgefangen, mitgehangen. Ich bin mir wohl bewusst, auf was ich mich eingelassen habe. Aber jetzt sagt mir endlich mal einer, was dieser Steinmetz hier will?«, fragte der Besitzer der Walkmühle.

»Der hat doch nur den Auftrag, für diesen Oberst Le Coq das Stift zu vermessen«, informierte ihn der Amtmann. »*Der* hat sich in den Kopf gesetzt, für das Gebiet der Demarkationsarmee und die angrenzenden Gebiete verbessertes Kartenmaterial zu erstellen. Und nun schickt er seine Ingenieur-Offiziere los, das Land kartographisch zu erfassen. Die Unsrigen fürchten natürlich, dass jetzt überall rumgeschnüffelt wird und die Preußen sich Kenntnisse aneignen, die ihnen für diplomatische Verhandlungen oder für Militäraktionen Vorteile bringen.«

»Das tun sie wahrscheinlich auch. Aber das ist mir eigentlich einerlei«, maulte Fromme ziemlich gleichgültig. »Ich will lediglich raus aus der Schusslinie. Wie sind denn nun die weiteren Pläne?«

»*Mein* Auftrag ist es, unsere Habe nach Minden zu bringen«, meldete sich der namenlose Gesetzesbrecher zu Wort. »Da ist das Hauptquartier der Demarkations-truppen stationiert. Da treffe ich meinen Kontaktmann und übergebe dieses kleine Vermögen. Jetzt warte ich auf einige Begleiter von diesem Offizier Steinmetz. Denn in deren Anwesenheit wird es unterwegs keine Schwierigkeiten für mich geben. Für Morgen ist ein Treffen am Diebesweg, jenseits des Mastbruchs geplant. Und dann könnten wir schon bald verschwunden sein.«

»Das glaube ich kaum!«, rief der Polizist, der mit vorgehaltener Waffe den Keller-raum stürmte. »Jetzt wird Er mir zusammen mit den anderen Herren folgen, auf dass die Gerichte sich mit diesem Verrat beschäftigen!«

Wer nun gedacht hätte, dass sich Hinkebein in sein Schicksal ergeben würde, der irrt. Plötzlich und recht behände sprang der Gauner auf, warf eine Hand voll Münzen dem Ordnungshüter ins Gesicht und versuchte zu fliehen. Aber schon löste sich ein Schuss aus der Waffe des Wachhabenden und streckte den Beutelschneider nieder. Amtmann Altemeier und Walkmüller Fromme ergaben sich widerstandslos. Peinlich berührt war Franz Altemeier, als er bemerkte, dass Josephus Simon Sertürner und Clemens Buchbinder diesen unseligen Zwischenfall verfolgt hatten.

»Ich kann nicht erwarten, dass Sie meine Motive verstehen und gutheißen, Buch-binder«, versuchte Franz Altemeier erst gar nicht um Verständnis zu werben. »Ich möchte Sie und Ihre Frau aber darum bitten, sich auch weiterhin dem Wohl meiner Tochter Agnes zu widmen«, wandte sich der Amtmann verschämt an den sprachlosen Lehrer. Und hoffentlich kommt die Irmtraud ihrer Versicherung zur Verschwiegenheit auch jetzt noch nach, dachte Altemeier. Nicht, dass mir nun zusätzlich noch die Vater-schaft über den kleinen Buchbinder zur Last gelegt wird.

Altemeier und Fromme wurden in Arrest genommen und würden früher oder später frei gelassen werden, denn für ein ordentliches gerichtliches Verfahren mit einer zu erwartenden drastischen Sanktionierung war die politische Situation zu prekär. Spionage war in diesen Zeiten an der Tagesordnung, und man musste mit ihrer Bekämpfung sehr sensibel umgehen. Schließlich wollte man die politischen Gegner nicht unnötig reizen. Denn einem Truppeneinmarsch der Preußen, der Hannoveraner oder der Braunschweiger hatte man im Hochstift Paderborn militärisch nichts ent-gegenzusetzen.

Für Vater Sertürner war nun aber auch klar, dass er sich die geplante Inspektions-reise mit seinem Sohn an die Grenze zur Grafschaft Rietberg sparen konnte. Denn während er sich als Landvermesser in der Vergangenheit bei der fachlichen Beilegung von Grenzstreitigkeiten zwischen der Grafschaft und dem Fürstbistum Paderborn einen Namen gemacht hatte und immerzu bemüht wurde, wenn es Probleme gab, würde dieser Arbeitsbereich für ihn gewiss bald hinfällig werden. Die preußischen Kartographen würden die Grenzen exakt fixieren. Und es würde ein Leichtes werden, zukünftige Grenzverletzungen hüben wie drüben zu verfolgen.

»Sie wissen, dass ich Ihrem Schwager Franz nach dem Unglück im vergangenen Sommer Obdach gewährt habe?«, stellte sich Irmtraud Grave bei dem Schauspieler Georg Gottfried Bürger vor. »Er bittet Sie, seiner Tochter Elsbeth noch eine Weile die Vorzüge Ihrer familiären Gemeinschaft zuteilwerden zu lassen.«

»Selbstredend, Madame. Der Lebenswandel ihres Vaters soll nicht der Tochter zum Nachteil gereichen. Wissen Sie schon, wann mit einer Anklage zu rechnen sein wird?«, fragte Georg Bürger.

»Es kann dauern. Wobei es ungewiss ist, ob es zu einer Anklage kommen wird. Ein gemeinsamer Bekannter, der Lehrer Buchbinder, bei dem Elsbeths Zwillingsschwester Agnes derweil lebt, teilte mir mit, dass Franz an einer Verschwörung beteiligt gewesen sein soll. Es bleibt abzuwarten, ob dieses Vergehen publik gemacht wird. Dann muss der Franz mit dem Schlimmsten rechnen. Ich versuche herauszufinden, in welchem Arrestloch man ihn festgesetzt hat. Man wird sehen, ob man mich zu ihm vorlassen wird«, sprach Irmtraud Grave. »Ich werde Ihnen berichten. Vielleicht könnte auch ein Versuch Ihrerseits, als Verwandter meine ich, erfolgreich sein«, versuchte Irmtraud, den Georg Gottfried Bürger dazu zu gewinnen, sich für seinen Schwager einzusetzen.

»Gewiss, gewiss, Madame. Ich bin Ihnen dankbar, wenn Sie uns auf dem Laufenden halten«, wiegelte Bürger erst mal ab. »Bitte grüßen Sie ihn von uns!«

Damit war das kurze Gespräch schnell beendet. Als sich die Tür hinter ihr schloss, konnte Irmtraud Grave sich nur darüber wundern, dass dem Franz Altemeier scheinbar nur wenig Mitgefühl seitens seiner Verwandtschaft entgegengebracht wurde.

Irmtraud Grave konnte ja nicht ahnen, dass sie gar ungelegen erschienen war. Denn während seine Frau bei einer Theaterprobe weilte, hatte Georg Bürger Besuch von seiner Schauspielkollegin Elise erhalten.

»Nun komm schon, mein kleiner Dichter.« Elise räkelte sich lasziv auf dem großen Bett. »Bei mir ist's so gemütlich«, flüsterte sie ihrem Liebhaber ins Ohr, nachdem sich dieser schnell seiner Kleidung entledigt und sich rücklings in die Kissen hatte fallen lassen. »Jetzt ist nicht die Zeit für Grübeleien. Deine Verwandtschaft interessiert dich doch schon lange nicht mehr. Du wurdest belogen, du wurdest betrogen und du fühlst dich jetzt zu deiner Elise hingezogen«, liebkoste Elise ihren Verehrer, während sie ihm den Bart kraulte und sich ihre Münder langsam einander näherten. Seine Lippen berührten leicht ihren halb geöffneten Mund. Und als seine Zunge die Mundwinkel erkundete und sanft weiter vordrang, wurden unendliche Glücksgefühle in ihm wach, wie er sie nur mehr genießen konnte, wenn er sein Täubchen, wie er Elise zu nennen pflegte, in den Armen hielt. Ja, sie war doch noch ein ganz anderes Kaliber als seine Schwägerin Lea.

»Ich wurde belogen, ich wurde betrogen und fühle mich nun zu meinem Täubchen hingezogen«, hauchte er Elise zu. »Wer ist wohl der Dichter von uns beiden?« Zärtlich summte er, als sich die blütenweiße Haut ihrer Brüste rosa färbte und sich ihre elfenbeinfarbenen Beine eng um seine Hüften legten: *»Ein Mädchen oder Weibchen* *wünscht Papageno sich! Oh, so ein sanftes Täubchen ist Seligkeit für mich, ist Selig-keit für mich!«* - Dann liebten sie sich.

»Ich wünsche mir, dass mein Dichter und Vogelfänger mich bald nach Wien begleitet. Dort finden wir gewiss die Möglichkeit, dass wir Mozarts ZAUBERFLÖTE gemeinsam aufführen. Und du kannst endlich deinen schriftstellerischen Neigungen nachkommen«, redete Elise auf ihren Geliebten ein, als sie einander in den Armen lagen. »Was hält dich hier? Du weißt, dass deine Frau dich belügt und betrügt. Du hast doch den Brief von diesem Keilholz aus Hamburg gelesen ... *Wach auf, meins Herzens Schöne*, so war doch eindeutig zu lesen. Und wegen deiner Tochter mach dir besser keine Gedanken! Lass dir von deinem Täubchen gesagt sein: Für deine Frau steht gewiss längst fest, dass sie die Sophie mitnimmt. Deine Tochter ist den ersten Schritt ihrer Karriere schon gegangen und wird bald in bekannten Bühnenhäusern auftreten. Da ist kein Platz für dich. Aber hier, hier in meinem Herzen, da ist dein Platz! Wir könnten in wenigen Wochen in Wien sein. Bei meiner Verwandtschaft ist für uns immer eine Tür geöffnet.«

»Wien ist mir etwas sehr nah gelegen beim Kampfgeschehen von diesem Bona-parte, der für die Franzosen einen Sieg nach dem anderen gegen Österreich erringt. Vor wenigen Wochen soll er erst bei der Schlacht an der Brücke von Lodi erfolgreich gewesen sein«, brummte Georg Bürger zweifelnd.

»Aber mein armer Zauderling, Lodi ist in Italien. Da sind wir hier um ein Viel-faches mehr in Gefahr. Denk doch nur an deinen Schwager. Und, wenn du mich fragst, die erfolgreiche Zeit der Gesellschaft Heinzius ist längst vorbei. Hier haben wir keine Zukunft«, gab Elise zu Bedenken.

»Nun gut, nun gut. Du hast gesagt ... hast gesagt, du kannst unsere Reise in aller Heimlichkeit vorbereiten? Das hast du gesagt!«, stotterte Bürger.

»Ja, das habe ich gesagt«, kicherte Elise belustigt. »Du willst deinem Weib deine Entscheidung sicher nicht vis-à-vis mitteilen, oder?«

»*Vis-à-vis?*«, echote Bürger verschmitzt und ließ dabei seine Augen rollen.

»Na also. Mein süßer Dichter und Komiker hat seinen Humor wiedergefunden. Jetzt wird alles gut«, lachte Elise auf und gab ihrem Buhlen einen nicht enden wollen-den Kuss.

Wenige Tage später wurde Bürgers Gattin Wilhelmine bei Irmtraud Grave vorstellig.

»Seien Sie gegrüßt, Madame! Erst gestern habe ich erfahren, dass mein Schwager Franz in Arrest genommen worden ist. Können Sie über Neuigkeiten berichten?«, fragte sie, die von ihrer Tochter Sophie und ihrer Nichte Elsbeth begleitet wurde.

»Schön, Sie zu sehen! Treten Sie ein, Madame. - Ja, ich habe erfahren, dass der Franz im Zuchthaus einsitzt, wobei man ihn vergleichsweise schonend behandelt. Er ist ja noch nicht verurteilt. Nicht mal Klage hat man bisher gegen ihn erhoben. Aber aufgrund von Zeugenaussagen wirft man ihm die Beteiligung an politisch motivierter Kriminalität vor. Einige nennen es Spionage, andere Verrat. Das könnte schlimm für ihn enden. Es bleibt zu hoffen, dass er sich durch den zunehmenden Einfluss der Preußen auf den weltlichen Herrschaftsbereich des Hochstifts retten kann. Es scheint, dass sich dieser Lieutenant Steinmetz, der sich bereits zum Kartographieren in Neuhaus einquartiert hat, für den Franz einsetzt und der noch mal seinen Kopf aus der Schlinge ziehen kann«, schluckte Irmtraud hörbar. »Auf jeden Fall wird er seine

Stellung im Amt erst mal los sein. Und was wird aus Ihren Nichten, die Elsbeth und die ...«

»Deswegen sind wir hier, Madame Grave«, wurde sie durch Wilhelmine unterbrochen. »Wir können Elsbeth nicht mehr bei uns behalten. Stellen Sie sich nur vor, mein Mann hat uns verlassen. Seine persönliche Habe ist verschwunden. Und ich fürchte, er ist heimlich abgereist, vermutlich nach Österreich. Denn auch eine österreichische Schauspielerkollegin ist seit einigen Tagen nicht mehr bei der Gesellschaft aufgetaucht. Man munkelt, die beiden hatten wohl nicht nur beruflich miteinander zu tun, wenn Sie verstehen, was ich meine.«

»Ach?«, fragte Irmtraud Grave erstaunt. »Na, so sind die Männer«, gab sie lapidar zurück. »Meiner ist bei einem Unfall ums Leben gekommen. Gott hab ihn selig. Aber ich bin mir längst nicht mehr sicher, ob er stets treu gewesen ist«, sagte sie zweifelnd und mit etwas verhaltener Stimme, während ihr Blick zu dem Mädchen hinüberglitt.

»Vielleicht ist es besser so«, wirkte Wilhelmine sehr gefasst. »Eigentlich wollten wir unser Engagement bei der Gesellschaft Heinzius ohnehin längst aufgelöst haben. Ich habe eine Einladung nach Hamburg bekommen. Sophie und ich werden bei der Tyllischen Gesellschaft unterkommen, die in der nächsten Zeit Rostock und Stralsund bespielen wird. Und der Sophie wurden schon Auftritte in St. Petersburg und in Reval in Aussicht gestellt. Allerdings können wir Elsbeth leider nicht mitnehmen, daher ...«

»Das sind natürlich Entwicklungen«, wandte sich Irmtraud an Elsbeth. »Wenn du willst, kannst du gerne bei mir und meinem Sohn Ernst bleiben. Wir sind uns schließlich nicht unbekannt. Und deine Zwillingsschwester Agnes wohnt ja auch nicht weit entfernt bei den Buchbinders. Ich hatte deinem Vater Obdach gewährt, nun bleibst *du* eben bei mir. Wenn du zustimmst, zeige ich dir, wo du dein Gepäck lassen kannst. Ich hätte sogar eine Überraschung für dich«, warf Irmtraud Grave der Elsbeth einen aufmunternden Blick zu.

Während Elsbeth nur stumm dastand und einzig mit einem kurzen Blickkontakt fragend antwortete, erfuhr sie von Irmtraud etwas, das sie in diesen traurigen Augenblicken sehr glücklich stimmte: »Du wirst es nicht erraten, wer vor kurzer Zeit hier aufgetaucht ist«, machte es Irmtraud spannend: »Eure Katze ist hier; *die* hat euch nicht im Stich gelassen!«

Zwei
Ferdinand und der Schwanewert

Da saßen sie nun bei den Buchbinders zusammen: Irmtraud und Ernst Grave, Agnes und Elsbeth Altemeier. Auch Friedrich Wilhelm Sertürner hatte soeben in Begleitung seiner Mutter und seiner ältesten Schwester Maria Catherina Theresia das Haus betreten und wurde von seinem Freund Ernst begrüßt. Wie in letzter Zeit immer häufiger scharwenzelte zudem der inzwischen siebenjährige Ludwig um die Jungen herum.

Zudem war Kramer Heinrich Hensler mit seinem Fuhrwerk erschienen. Der Kramer hatte eine Genehmigung, in den Heidewäldern von Bentfeld Preiselbeeren zu sammeln. Und dahin wollte er zusammen mit seiner Frau Franziska und den versammelten Damen in Kürze aufbrechen. *Tausend fleißge Hände regen, helfen sich im muntern Bund*, ging ihm eine Zeile aus dem Glockengießerlied von diesem Dichter Schiller durch den Kopf, wovon er vor wenigen Wochen gehört hatte, als sein Schwager Walther Winkler aus Jena zu Besuch war. - Die zu erwartende üppige Ernte würde er morgen auf dem Markt von Paderborn feilbieten.

»Und die Jungen sind pünktlich zurück!«, ermahnte Elisabeth Buchbinder die Drei: »Denkt dran: Sonst holt euch der Schwanewert! Und beschränkt euren Fisch- und Krebsfang auf den Bereich am unteren Krebs Bach, nur da ist es erlaubt!«

»Wer ist der *Schwanewert*?«, fragte Ernst.

»Oh, du kennst die Geschichte nicht?«, gab Elisabeth zurück. »Dem Ludwig habe ich sie schon häufiger erzählt. Und der Friedrich Wilhelm kennt sie gewiss auch, oder? Der kann sie euch noch mal darlegen!«

Als Friedrich Wilhelm zustimmend nickte und etwas Verpflegung zusammenpackte, drängelte der Kramer zum Aufbruch. Wenig später hörten die Jungen nur noch, wie sich das Fuhrwerk langsam über die holprige Straße entfernte.

»Die Geschichte vom Schwanewert hat mir der Vater mal erzählt. Es gibt wohl sehr verschiedene Geschichten über ihn, und manchmal heißt er auch Swannewärt«, erinnerte sich Friedrich Wilhelm, als die Jungen auf dem Weg zum Krebs Bach waren, den sie zügig erreichten. Denn der mündete ganz in der Nähe in die Lippe.

»Schwanewert ist ein preußischer Soldatenschreck, der vermutlich aus einem Gasthof *Zum Schwanen* stammt. Er war ziemlich berüchtigt und rücksichtslos und versuchte, für die Garde der Langen Kerls des preußischen Königs Rekruten anzuwerben. Dabei holte er aber nicht ihre Einwilligung ein, sondern er suchte vielmehr die Burschen teils mit List, teils mit Gewalt in seine Hände zu bringen. Eines Tages soll er versucht haben, auch einen Schäfer zu überreden - ein sehr schlauer Schäfer, der sich wohl dachte, dass der Werber keine Ruhe geben und ihn sicher des Nachts in seinem Schäferkarren überfallen werde. Da bat er einfach die Stallmagd um einen Gefallen. Für einen Taler kletterte sie an seiner statt in den Karren. Gleich in der Nacht schlich Schwanewert zum Schäferkarren, verriegelte ihn und entführte ihn zusammen mit seinen Gesellen. Und als der Karren später geöffnet wurde, kletterte die Magd, dieser seltsame Rekrut, kreischend und schimpfend vom Stroh und enteilte. Diesen schlauen Schäfer hat Schwanewert also wohl nicht in die Hand bekommen. Aber noch so manches Sennebauern groß gewachsenen Sohn hat er in die Potsdamer Montur gebracht. Und dazu soll er viel schlimmere Schandtaten begangen haben. Und es hieß über ihn, dass er seine Seele dem Teufel verschrieben habe. Aber eines Tages wurde er durch eine Kugel des Försters getroffen, als er mal wieder durch den Wald schlich und eine Untat plante.«

»Das war recht so«, kommentierte Ludwig das Geschehen.

»Jedoch, bis heute kann kein Mensch glauben, dass der Bösewicht bei Gott zu Gnaden gekommen ist«, führte Friedrich Wilhelm weiter aus. »Man glaubt, dass er seit jeher in der Gestalt eines großen, schwarzen Hundes mit glühenden Augen umhergeistert. Und die Kinder, die abends nicht zeitig vom Spiel nach Hause finden, gehorchen sofort, wenn die Mutter ruft: Kommt, sonst holt euch der Schwanewert!«

»Na, schaut mal«, flüsterte Ernst, »da vorne ist kein großer schwarzer Hund mit glühenden Augen, da ist ein Mädchen, das Beeren pflückt«, kicherte er.

»Das ist aber sehr ungewöhnlich, wenn sich hier eine junge Frau ohne Begleitung herumtreibt«, gab Friedrich Wilhelm überrascht zurück. »Die macht mich aber neugierig. Wollen wir ihr folgen und sie beobachten?«, fragte er.

»Und sie vielleicht auch ein bisschen erschrecken?«, dachte Ludwig über einen kleinen Schabernack nach.

»Kannst ja sagen, du wärst der Schwanewert«, lachte Ernst.

»Und dann frage ich sie, ob sie zu des Königs Soldaten möchte«, unkte Friedrich Wilhelm.

»Das könnte sie aber missverstehen«, erwiderte Ernst verschmitzt.

»Vielleicht möchte sie ja auch mit uns Krebse fangen«, warf Ludwig belustigt ein.

»Oder wir laden sie - im Auftrag des Fürstbischofs - zur Preiselbeerernte ein«, alberte Ernst, während alle gleichzeitig laut losprusteten und sich ihr Gelächter zu einem Gackern und Wiehern entwickelte.

Erschrocken drehte sich das Mädchen um, blickte auf, war sich zunächst unschlüssig, ob es nicht besser sei, schleunigst zu verschwinden und entschied sich dann doch, direkt auf die drei Freunde zuzugehen.

Nun waren aber die Jungen irritiert. Wie versteinert standen sie plötzlich da, schauten einander an, blickten dann hinüber zu dem Mädchen, das sich ihnen - eher unbeholfen, plump und wenig grazil - näherte. Zwar schwieg es, aber von Schüchternheit konnte keine Rede sein. Als es sich bis auf wenige Armlängen genähert hatte, bückte es sich und schrieb etwas in den Sand. HELFT MIR, war zu lesen, als sich die Jungen über das Geschriebene beugten. BIN HUNGRIG UND DURSTIG, stand da in großen Schriftzeichen geschrieben. Natürlich holten die Jungen schnell ihre Verpflegungspakete und ihre Wasserflaschen hervor und mussten miterleben, wie das Mädchen das Dargebotene an sich riss und hastig verschlang. Und als es nach etlichen kräftigen Schlucken aus der Wasserflasche laut vernehmlich rülpste, waren die Jungen mit ihrer Zurückhaltung am Ende. Sie redeten durcheinander und eine Kaskade von Fragen prasselte auf das Mädchen nieder. Aber das Mädchen blieb stumm. Es blieb auch verschlossen, als Friedrich Wilhelm anbot, es könne die Jungen nach Hause begleiten, wenn es denn wolle. »Vielleicht ist der Vater schon daheim«, sagte Friedrich Wilhelm. »Die anderen werden noch unterwegs sein.«

»Er hat gar nichts von sich erzählt«, berichtete Friedrich Wilhelm seinem Vater, als die vermeintliche junge Frau ihre Verkleidung abgelegt hatte. Der ungefähr dreizehn-, vierzehnjährige Junge hatte ein Bad genommen. Beim Essen hatte er anschließend kräftig zugelangt. Ängstlich schien er nicht, auch wenn gelegentlich ein nervöses Zucken eines Gesichtsmuskels auftrat. Gerne hatte er auch davon Gebrauch gemacht, als man ihm einen Schlafplatz zugewiesen hatte. Aber er blieb schweigsam. Seinen Namen gab er nicht preis; vielleicht kannte er den ja selbst nicht. Keiner wusste, woher er stammte. Nur einmal hatte er zustimmend genickt, als man ihn auf seine Mädchenkleidung angesprochen hatte. Da hatte man sich zusammenreimen können, dass er wohl schon eine Weile unterwegs gewesen sein musste und sich irgendwo die Kleidung angeeignet hatte. Er war offensichtlich auf der Flucht, aber vor wem?

»Meister Sertürner, Sie haben nach mir geschickt? - Friedrich Wilhelm hat mir schon einiges über Ihren Gast berichtet«, sagte Clemens Buchbinder. »Aber ich kann mir dieses Verhalten kaum erklären.«

»Schön, dass Sie gekommen sind, Lehrer Buchbinder«, begrüßte Sertürner ihn. »Es ist schon sehr merkwürdig: Er redet nicht, aber er scheint uns zu verstehen. Er ist nicht aggressiv und auch nicht übermäßig ängstlich. Er war sehr hungrig und durstig, und jetzt ist er sehr müde. Wird wohl eine Weile unterwegs gewesen sein. Spricht einiges dafür, dass er etwas Schreckliches erlebt haben mag. Andererseits: Dann würde er sich vielleicht eher teilnahmslos und träge zeigen. Vor allem wäre mit mehr Argwohn, Furcht oder Verschüchterung zu rechnen, denke ich. Was meinen Sie, ob wir einen Mediziner zu Rate ziehen sollten?«

»Hm, ich habe mal von dem *Wilden Peter* gehört. Das war ein Junge, auch so im Alter von dreizehn Jahren. Der wurde auf einer Wiese vor der Stadt Hameln gefunden. Er wurde nach seiner Entdeckung in die Stadt gebracht, wo er großes öffentliches Interesse erregte. Allerdings war er auch wohl sehr auffällig. Denn die Bewohner beschrieben ihn als ein schwarzbehaartes Geschöpf mit bräunlicher Haut. Sein Verhalten glich dem eines wilden Tieres. Und er ernährte sich vorwiegend von Vögeln und rohem Gemüse. Er schien auch hinsichtlich seiner Intelligenz nicht ganz gesund. Er erlernte nie das Sprechen, er lachte nie und zeigte sich wohl sehr gleichgültig. Nur die Musik, die interessierte ihn sehr. Er muss vor einigen Jahren gestorben sein, irgendwo in England. Einige waren der Meinung, dass es sich um ein Wolfskind handelte. Andere glaubten, dass er nur das Opfer einer Prügelei geworden war. Das könnte bei Ihrem Hilfesuchenden wohl auch möglich sein. Aber alles andere hat er sicher nicht mit dem Wilden Peter gemein.«

»Wir sollten ihn eine Weile beobachten, bevor wir den Arzt um Rat fragen«, schaltete Friedrich Wilhelm sich in die Überlegungen ein. »Vielleicht kommt seine Sprache bald wieder. Er hat sich uns anvertraut. Darum sollten wir ihn nicht wegschicken.«

»Ich will wohl mit der Elisabeth sprechen, ob sie noch Platz an unserem Tisch für einen zusätzlich Hungrigen hat«, antwortete Clemens Buchbinder. »Dann könnte er bei uns wohnen, wenn er will. Warum sollten wir nicht *auch ihm* Logis gewähren? Wir werden dann zwar bald eine Großfamilie sein. Aber ich denke, wir könnten ihn schon auch noch durchfüttern.« Seitdem unser Fürstbischof die Normalschule eingerichtet hat, wo auch wir Landschullehrer uns fortbilden können, gibt's einen Unterhaltszuschuss aus der Landeskasse, ging es dem Lehrer durch den Kopf. So könnte es gehen, überlegte er. »Vielleicht können wir mit Hilfe von Ernst, Friedrich Wilhelm und Ludwig mit der Zeit erfahren, wie er heißt und woher er kommt«, sprach der Lehrer seine Überlegungen aus.

»Wenn die Frauen und Mädchen von ihrer Preiselbeeren-Ernte zurückkommen, werden sie sich wundern, was wir heute erlebt haben«, sagte Friedrich Wilhelm in die Runde. Denn auch die anderen beiden Jungen waren noch zugegen und freuten sich, dass ihr neuer noch namenloser Bekannter erst mal bei ihnen bliebe.

Zu Viert waren sie nun meistens unterwegs: Friedrich Wilhelm und seine beiden Freunde, die ihrem neuen Bekannten alles erklärten, was sie für interessant und zeigenswert hielten. Auch wenn er selbst nie redete - sie konnten sich gut mit ihm verständigen. Allerdings durften sie ihn nicht nach seiner Vergangenheit fragen. Dann wurde er ablehnend und versank in seine eigene Gedankenwelt, in die er sie nicht eindringen ließ.

Es war an einem regnerischen Tag, als sie sich auf dem Gelände von Schloss Neuhaus aufhielten, dort, wo auch der Kartograph von Steinmetz derzeit einquartiert war. Dieser nahm heute keine Messungen vor Ort vor. Stattdessen empfing er eine Reihe anderer Lieutenants, um die in den letzten Tagen erhobenen Daten zusammenzutragen. Gerade sahen die Jungen, wie einige Reiter ihre Pferde in den Hof des

Marstalls führten und sich anmeldeten. »Lieutenant von Lindenbach meldet sich zum Rapport gemeinsam mit von Klarholz, von Rehberger und von Molle«, stellte dieser die Kollegen vor.

Dann folgte ein Augenblick, der sehr bedeutsam werden sollte: Als einer der Begleiter des Letztgenannten ins Blickfeld der Jungen gelangte, erschrak ihr neuer Freund heftig und zog sich schnell hinter einen Mauervorsprung zurück.

»*Den* da, mit der langen Narbe im Gesicht, den kenne ich!«, sagte er zur Überraschung der anderen. »Lasst uns schnell verschwinden!«

Seine Stimme bebte. Das Zucken unter seinem rechten Auge geriet jetzt ungewöhnlich heftig. Sein blasses Gesicht zeigte Abscheu, als er noch einmal zu dem Fremden hinüberschaute, dessen schreckliche Brandnarben das Gesicht entstellten. Eine wulstige Narbe zog sich vom Kinn über die rechte Wange bis zur Augenbraue. Die Partie bis zum Ohr wies eine gespannte glatte Haut auf, deren Färbung sich von der anderen Gesichtshälfte deutlich unterschied. Mit der scharlachroten Wange kontrastierten einzelne helle Hautflecken. Die deformierte Nase und sein dichtes, schwarzes zerzaustes Haar unterstrich die teils verwegene teils brutal wirkende Erscheinung des Mannes.

Die Jungen kehrten in die Unterkunft der Graves zurück, wo Friedrich Wilhelm freudig aussprach, was alle dachten: »Was ist los? Du hast deine Sprache wiedergefunden! Was ist passiert?«

Erst jetzt wurde dem bisherigen Schweiger bewusst, dass sich etwas Entscheidendes ereignet hatte und verlegen stotterte er:

»Ich, ich kenne ihn. Er ist ein schrecklicher, ganz schrecklicher Mensch!«

»Was ist passiert? Wer bist du? Woher kommst du?«, unterbrach ihn Ludwig erregt.

Da begann er zögernd über seine Erinnerungen zu sprechen: »Er ... Ich ... Oh, nie werde ich diesen Anblick vergessen, niemals! ... Ferdinand ... Ferdinand Heller, so nannte man mich.«

Er barg seinen Kopf in beiden Händen. Dann blickte er auf: »Ich, ich war wohl eine Weile unterwegs, bis ich euch traf ... Komme aus Rietberg, aus der Grafschaft ... Aber ich war in dieser Bauernschaft ... Bauernschaft Mastholte und musste da bei dem Bauern arbeiten, dem Bauern Block, ein Onkel meiner Mutter.«

Nun schüttelte er seinen Kopf. »Ich weiß nicht mehr genau, was damals alles geschehen ist, es war entsetzlich«, verlor er sich in Gedanken. Noch einmal zuckte es kräftig in seinem Gesicht. Dann ebbte diese Regung merklich ab. Sie sollte später nur noch einmal auftreten. Mehr und mehr Einzelheiten kamen ihm wieder ins Bewusstsein, und es brach aus ihm heraus, etwas durcheinander, aber seine Freunde hörten ihm geduldig zu.

Seine Eltern hatte er lange nicht mehr gesehen. Und er fragte sich mit einer gehörigen Portion Traurigkeit in der Stimme, ob er sie jemals wiedersehen würde. - Er berichtete, dass sein Vater in jungen Jahren ohne Zunftordnung als Nachfolger für das väterliche Malerhandwerk auserkoren worden war. Er sei aber nicht Geselle geworden, sondern habe die Alternative gewählt, die Wanderschaft. In Antwerpen sei er bei einem Gildemeister in die Lehre gegangen. Dort habe er seine spätere Frau Hildegard Block kennengelernt.

»1782 bin ich geboren worden.« Ferdinand legte eine kurze Pause ein bevor er weitersprach: »Dann ist Vater dem österreichischen Militär beigetreten und unter dem General ... General von Kaunitz-Rietberg - ja so hieß der General wohl, wenn ich mich recht erinnere. Unter diesem General hat Vater an der Schlacht von Charleroi teilgenommen ... Ich meine, irgendwann im Jahre 94.«

Dies musste für den Vater ein schreckliches Erlebnis gewesen sein, so berichtete Ferdinand, denn noch vor den nächsten Kämpfen sei er desertiert. Er war wieder aufgegriffen worden und wäre beinahe zum Tode verurteilt worden. »Man gewährte ihm aber das Leben. Er musste jedoch zum Spießrutenlauf durch die Gasse gehen, was ... Was ich ... Was *auch ich* mit ansehen musste.« Eine Träne lief Ferdinand über die Wange. Dann sprach er wieder gefasst: »Zudem sollte ich im Alter von vierzehn Jahren ebenfalls dem Militär beitreten. Dies wusste jedoch die Mutter zu verhindern.«

Über Freunde, die entfernt Bekanntschaft pflegten mit einem Bruder des Generals, einem Grafen von Rietberg, hatte die Mutter ihren Ferdinand zu ihrem Onkel, dem Bauern Maximilian Block nach Mastholte bringen lassen. Der habe eine Arbeitskraft zwar gut gebrauchen können, sei aber nicht besonders glücklich darüber gewesen, dass er nun seinen Großneffen durchfüttern sollte, stellte Ferdinand betrübt fest.

»Gewiss, wegen der für die Landwirtschaft schlechten Böden inmitten vom Sumpfgelände, zählte mein Großonkel zu den armen Bauern, aber das gab ihm doch lange nicht das Recht ...« Wieder musste Ferdinand kräftig schlucken, bevor er darstellte, dass Bauer Block ihm gegenüber häufig sehr unleidlich geworden sei. Als einmal die Kornrechnung zu bezahlen war, habe der jähzornige Mann seine Wut an Ferdinand ausgelassen. Und dann, es war im Juli, sei es zum Allerschlimmsten gekommen, was Ferdinand bisher erleben musste:

»In Mastholte sollte der Jakobimarkt stattfinden. Wir freuten uns sehr auf diesen alljährlich stattfindenden Pferde- und Krammarkt«, erzählte Ferdinand. »In selbst gebauten Wohnwagen erschien am Tage vor Jakobi das fahrende Volk. Die schwarzen Kastenwagen der Zigeuner waren behangen mit Körben, Kannen, Pfannen und anderen Geräten, die im Haushalt gebraucht werden konnten. Unter dem Wagen hing der Geflügelkasten, aufgehängt an vier Ketten. Darin gackerten Hühner und schnatterten Gänse. An den Seiten sprangen Hunde herum. Kleinwüchsige Pferde zogen diese Fracht die holprige Dorfstraße hinunter. Auf dem Bock saß, die Peitsche schwingend, das Oberhaupt der Sippe. Am hinteren Ende trotteten Ponys und auch ausgewachsene Pferde, die auf dem Markt gehandelt werden sollten. Am Abend wurde ein Lagerfeuer entzündet, Musik spielte auf, es wurde getanzt und gesungen. Auch ich war mit einigen Knechten zu diesen lustigen Darbietungen gegangen. Während die Knechte Ausschau nach ihren Mädchen hielten, bewegte ich mich etwas abseits - das war mein Fehler.«

»Was ist geschehen?«, fragte Ernst.

Ferdinand zögerte mit einer Antwort: »Nun ... Ich ... Ich wurde von hinten gegriffen. Man hielt mir den Mund zu, fesselte mich und stopfte mir etwas in den Mund, sodass ich nicht schreien konnte. Und dann sah ich ihn - den, den ich vorhin wiedererkannt habe«, berichtete Ferdinand mit einem verzweifelten Blick und war sich nicht sicher, ob er wirklich weitersprechen wollte. »Er ... Er riss mir die Hose herunter ...« Ferdinand schluckte kräftig. »Er nahm mir nicht nur die Kleidung, sondern entblößte selbst sein Geschlecht ..., stieß mich brutal, sodass ich bäuchlings über einen Baumstamm zu liegen kam und ... Er tat mir Gewalt an.«

Die Freunde trauten ihren Ohren kaum, während Ferdinand sein Martyrium schilderte. Immer wieder unterbrach er seine Ausführungen. Er schämte sich sehr.

»Währenddessen ... Währenddessen drohte er mir ein schreckliches Ende an, wenn ich je mit jemandem darüber spräche ... Ich habe kaum mehr wahrgenommen, was später geschehen ist. Irgendjemand muss mich gefunden haben, der mich von meinen Fesseln befreite. Ich glaube, es war einer dieser Zigeuner. In Erinnerung ist mir geblieben, dass ich später von meinem Großonkel angebrüllt wurde, weil ich ihm nicht antworten konnte. Ich bekam einfach kein Wort mehr heraus ... Und irgendwann ... Irgendwann bin ich einfach fortgelaufen. Weggelaufen. Planlos. Bin anderen Menschen ausgewichen, bis ich irgendwo in ein Haus eingebrochen bin. Da habe ich die Kleider gefunden und bin wieder geflohen ... Habe mich von Beeren ernährt ... Und dann habt ihr mich gefunden.« Ferdinand blickte zu Boden.

Schockiert und sprachlos wandten auch die Freunde ihre Blicke voneinander ab. Und erst nach einer Weile stellte Friedrich Wilhelm fest: »Wir sollten es den Eltern berichten, wenn es dir recht ist. Nur so können wir dir wirklich helfen. Außerdem ist es im Moment das Wichtigste, dass du diesem Kerl nicht noch einmal über den Weg läufst, denke ich. Wir müssen gemeinsam überlegen, wie wir dich verstecken und schützen können.«

Ferdinand stimmte diesem Vorhaben zu. Und so kam es, dass des einen Leid den anderen Freude bescherte. Denn Friedrich Wilhelm, Ernst und Ludwig hatten einen neuen Freund gewonnen.

Drei
Traditionen: *Libori* und *Bleiläuse am blauen Montag*

Es war am Montag, zu Beginn der Fastenzeit des Jahres 1797: Der *blaue Montag* wurde Jahrhunderte lang von den Setzern und Druckern genutzt, um sich einmal in geselliger Runde zu vergnügen, statt zu arbeiten. Im Fürstbistum Paderborn galt er zwar schon vor etlichen Jahren als abgeschafft, dennoch wurde er in der Hofbuchdruckerei heimlich begangen.

> *Packt an Gesellen,*
> *lasst seinen Corpus Posterium fallen*
> *auf diesen nassen Schwamm, biß trieffend beide Ballen.*
> *Der durst'gen Seele gebt ein Sturtzbad obendrauff,*
> *das ist dem Sohne Gutenbergs die allerbeste Tauff.*

So sprachen die Gesellen beim Gautschen, dem alten Zunftbrauch, bei dem aus den ausgelernten Lehrbuben brauchbare Gehilfen gemacht wurden. Bei der Gautsch-Zeremonie wurde der Kandidat auf einen nassen Schwamm gesetzt und außerdem in einen mit Wasser gefüllten Trog getaucht. Und so wurde er von den in der Lehrzeit begangenen Fehlern befreit. Heute bestand zudem die Gelegenheit, den Neuling Ernst Grave, der in diesen Tagen seine Lehre begonnen hatte, mit den *Bleiläusen* vertraut zu machen.

Adalbert Schmidt, der sich im Verlaufe der letzten Monate einen guten Stand beim Vorgesetzten und den Kollegen in der Setzerei erworben hatte, ließ sich diese Gelegenheit zu einem traditionellen Streich nicht nehmen: Dazu goss er auf einem

Setzschiff, auf dem der Setzer üblicherweise den Satz aus dem Winkelhaken ablegte, Wasser aus. Nun warteten alle - und insbesondere Ernst Grave - darauf, dass dort Bleiläuse erschienen. Nach wenigen Augenblicken waren sie angeblich für alle sichtbar, nur nicht für Ernst. Adalbert hielt ihn dazu an, ganz genau hinzusehen. Und als dieser sich mit dem Gesicht immer mehr dem Schiff näherte, schob Adalbert die Stege zusammen, worauf das Wasser dem Opfer ins Gesicht spritzte. Nun war also auch Ernst Grave die erste Taufe in seinem Arbeitsleben zuteil geworden.

»Na, Ernst, jetzt gehörst auch du dazu. Brauchst mich nun auch nicht mehr so förmlich anzureden. Ich bin der Adalbert. - Wie waren denn die ersten Arbeitstage?«

»Abwechslungsreich, aber auch lang«, antwortete Ernst. »Zwölf bis vierzehn Stunden Arbeit am Tag sind doch noch etwas ungewohnt.«

»Das stimmt, aber da gewöhnst du dich dran. Ich werde dir dabei helfen«, lachte Adalbert und klopfte seinem Lehrling aufmunternd auf die Schulter.

»Aber sag einmal, du wohnst doch in Neuhaus. Kennst du da zufällig eine Johanna Grünberg?«, fragte Adalbert neugierig.

Ernst zuckte zusammen. »Hm ... tja.« Er schien zu überlegen. Dabei zauderte er, weil er unsicher wurde, befangen und argwöhnisch. Vielleicht war es riskant, Auskunft zu geben. Es blieben ihm nur Augenblicke und er entschied sich, dem Problem aus dem Wege zu gehen: »Den Namen habe ich schon mal gehört, aber ... Sie ... ähm ... du kannst ja morgen mal die Mutter fragen, die kommt um die Mittagszeit zum Saubermachen.«

»Ach so, sie ist deine Mutter, die hier die Lettern aufräumt?«, fragte Adalbert zurück. »Danke für den Rat! Ich werde sie morgen fragen. Hoffentlich kann sie mir weiterhelfen. Ich suche nämlich meine Schwester«, ergänzte Adalbert Schmidt.

Monate später: Die Gelegenheit könnte besser nicht sein, dachte Irmtraud Grave, als sie im Juli durch das Neuhäuser Tor schritt. Wie zahlreiche andere Bürger aus Neuhaus und dem Umland, die heute schon am frühen Morgen Einlass begehrten, hatte sie eine ganze Weile warten müssen, bis das Stadttor pünktlich geöffnet wurde. Mit einem Sack bepackt war sie durch die mit Fahnen und Blumen geschmückten Straßen von Neuhaus geschritten, hatte sich über die *Blaue Brücke*, den Fürstenweg, der Stadt Paderborn genähert und war nun endlich gemeinsam mit dem anderen Fußvolk auf dem Weg zum Markt- und Domplatz. Aus allen Richtungen strömten die Menschen ins Herz der Stadt, aus südwestlicher Richtung durch das Westerntor, durch das Kasseler Tor im Süden, durch das Gierstor im Osten in der Nähe der Busdorfkirche und durch das Heierstor im Norden, das man von Auswärts über die Detmolder Straße erreichte.

Welch eine glückliche Fügung, glaubte Irmtraud, als sie an der Ostseite der Pfalzkapelle angelangt war und an dem Halbrund der Apsis dieser dem Heiligen Bartholomäus geweihten Kapelle ihren Sack ablegte. Zuvor hatte sie sich davon überzeugt, dass sie nicht beobachtet wurde.

Sie ließ sich an der Mauer nieder und würde eine Zeitlang hier verharren müssen, bis Franz Altemeier nach hoffentlich geglückter Flucht den Sack mit seiner Kleidung und etwas Proviant entgegennähme. Im Durcheinander der Menschenmenge, die sich heute in Paderborn zum *Libori*-Fest sammelte, würde sein Verschwinden kaum auffallen. Dass Agnes und Elsbeth ausgerechnet gestern dieses Schaf retten mussten, brachte sich Irmtraud in Erinnerung, das macht das heutige Vorhaben um vieles leichter, hoffte sie.

Agnes und Elsbeth waren am Vortag - wie so oft in den zurückliegenden Monaten - als Helferinnen auf dem fürstbischöflichen *Gut Nachtigall* tätig gewesen und hatten dem Pferdeknecht, der in der Nähe der Lippe-Aue zu tun hatte, eine Stärkung gebracht. Der Knecht gab ihnen für den Rückweg ein kleines Fuhrwerk mit, das von einem Pony gezogen wurde. Auf dem Karren befanden sich Seile, Holzpflöcke und Werkzeug. Und während die Mädchen Pony und Karren laut scherzend zu Fuß begleiteten, bemerkten sie eher zufällig, dass das Pony etwas unruhig wurde und die Ohren spitzte. Irgendwann hörten auch sie das Blöken eines Schafes. Das war sehr ungewöhnlich, denn weit und breit war keine Herde zu sehen. Immer lauter vernehmbar wurde das jammernde Klagen des Schafes, das sie schließlich in einer Erdsenke fanden. An den mannshohen sandigen Wänden rutschte es immer wieder ab und konnte daher aus eigener Kraft nicht emporklettern. Elsbeth ließ sich kurz entschlossen selbst in die Tiefe gleiten, griff sich das noch recht junge Schaf und ließ sich an einem Seil, das Agnes an den Karren gebunden hatte, durch das Pony hinaufziehen. Groß war die Freude, als sie den Gutshof wieder erreicht hatten. Und vom Verwalter hatten beide Mädchen ein Säcklein mit Schillingen und Pfennigen erhalten. Eine beachtliche Belohnung, denn sogar ein Reichstaler war dabei. Dafür sollten sie beim Libori-Volksfest etwas Schönes erstehen, hatte man ihnen wohlwollend gesagt.

Die Buchbinders hatten sich bereiterklärt, die Mädchen und auch Ludwig und Ernst nach Paderborn zu begleiten, während Ferdinand, der nun schon etliche Monate als Gehilfe des fürstbischöflichen Hofgärtners arbeitete, auch an diesem Festtag in der Gartenanlage von Schloss Neuhaus zu tun hatte. So konnte Irmtraud Grave ungestört ihren Plan umsetzen, den sie mit Franz Altemeier ersonnen hatte. Dem Franz hatte es im wahrsten Sinne des Wortes ziemlich gestunken, dass ihm in den letzten Monaten im Zuchthaus die Aufgabe zukam, die Latrinen auszuheben und zu reinigen. Und da ihn seine ungewisse Zukunft inzwischen sehr zermürbte, hatte er sich zur Flucht entschlossen. Am Libori-Festtag sollte es sein; die Gelegenheit schien günstig.

»Warum werden Pfauenwedel der Prozession vorangetragen?«, richtete Agnes ihre Frage an Lehrer Buchbinder, als sie zusammen mit ihrer Schwester Elsbeth, zusammen mit Ernst und mit Ludwig sowie seiner Adoptivmutter Elisabeth den kirchlichen Umzug zum Fest des Paderborner Schutzpatrons begleiteten.
»Das hängt mit einer Legende zusammen, die man sich seit langer Zeit in Paderborn erzählt«, antwortete Clemens Buchbinder. Damals, vor vielen hundert Jahren, wollte man in Paderborn einen Heiligen haben. Der Paderborner Bischof Badurad bemühte sich bei Bischof Aldrich aus dem französischen Le Mans um die Gebeine eines heiligen Fürsprechers. Dieser schenkte dem Paderborner Bischof die Gebeine des Heiligen Liborius. Eine Delegation holte im Jahre 836 die kostbare Gabe ab und begründete einen Freundschaftsbund zwischen der fränkischen und der noch sehr jungen sächsischen Kirche. Zum Abschied überreichte ihnen Bischof Aldrich Pfauenwedel, die bei feierlichen Gottesdiensten in Le Mans verwendet wurden. *Der Pfauenwedel ist ein Zeichen der Unsterblichkeit. Er möge euch auf dem Rückweg begleiten und als ein Symbol ewiger Freundschaft zwischen den Völkern der Franken und Sachsen gelten*, wünschte der Bischof damals. Im Laufe der Zeit entstand aus diesem

Pfauenwedel die Legende vom Pfau, der den Pilgern voranflog. So oft die Pilger auf ihrer Reise anhielten, flog der Vogel zur Erde nieder und ruhte sich auch aus. Wenn sie aufbrachen, flog er ihnen wieder voraus. Als die Paderborner endlich ihre Stadt erreichten, hielt der Pfau solange im Flug inne, bis der feierliche Einzug in den Dom begann. Dann erhob er sich zu seinem letzten Flug. Auf der Spitze des Domes setzte er sich schließlich nieder. Als die Reliquienträger und die singenden Christen den Dom betraten, fiel er tot zur Erde. Zum Andenken an ihn wird noch heute dem Liborischrein ein Pfauenwedel vorangetragen«, erklärte der Lehrer.

»Und der Schrein ist aus purem Gold?«, fragte Ludwig interessiert.

»Dies ist nicht mehr der ursprüngliche Schrein«, erklärte Buchbinder. »Während des Dreißigjährigen Krieges raubten Landesknechte des Herzogs Christian von Braunschweig den Paderborner Domschatz und den Schrein mit den Gebeinen des Heiligen Liborius. Der protestantische Feldherr ließ den Schrein einschmelzen und daraus Münzen prägen. Der nun geschaffene sogenannte *Pfaffenfeindtaler* trug die Aufschrift: *Gottes Freundt, der Pfaffen Feindt.* - Fünf Jahre später kehrten die Reliquien gegen Zahlung einer hohen Rückgabesumme wieder nach Paderborn zurück. Vor weit über einhundertfünfzig Jahren wurde dann ein neuer, prachtvoll vergoldeter Silberschrein für die Reliquien des Heiligen Liborius geschaffen.«

Im Sog der Menschenmassen zogen sie mit der Prozession durch die Stadt und waren soeben auf dem Rückweg vom Rathausplatz zum Markt, als Ernst am Eingang der Gaukirche einen Mann bemerkte.

»Du glaubst es nicht, wen ich gerade entdeckt habe«, flüsterte Ernst seinem Freund Ludwig ins Ohr. »Es ist dieser schreckliche Mensch mit der Narbe, du weißt schon, der den Ferdinand damals so gequält hat«, sprach Ernst, während er sich mit Grauen erinnerte.

»Ich kann nichts sehen«, sprach Ludwig nun deutlich vernehmbar. »Ich bin zu klein und kann nicht über die Köpfe der Menschen hinwegsehen«, beklagte er sich. »Vater, dort drüben, an der Gaukirche ist dieser Mann mit der Narbe«, sagte er in einer Lautstärke, dass auch die Mädchen ihn verstehen konnten.

»Und ich sehe ... «, rief Elsbeth ihrer Schwester zu, »da, in der Montur eines Holzfällers ... Das ist doch ... Ja, es ist Vater! Kommt, wir müssen ihm folgen!«

Agnes sah ihren Vater nicht. Sie wollte ihn auch gar nicht erkennen. Sie starrte die Wasserspeier am Dach der Kirche an. Dieser Anblick war schrecklich genug. Eine der verzerrten Grimassen ähnelte dem Gesicht ihres Vaters. Agnes hatte den Eindruck, dass sie mit der fürchterlichen Fratze bedacht wurde. Der Brand ihres Elternhauses drang wieder in ihr Bewusstsein. Sie glaubte die gewaltige Rauchsäule zu sehen, die die Flammen zu ersticken schien. Ängstlich drückte sich Agnes an die Seite von Elisabeth Buchbinder. Hier fand sie Halt; ein wenig Kraft, um sich gegen das Gefühl der Ohnmacht zu wehren, die sie immer dann beschlich, wenn sie ihren Vater in der Nähe wähnte.

Elsbeth hingegen wirkte unbekümmerter. Schon brach sie aus der geordneten Reihe der Prozession aus und kämpfte sich durch das Gewühl der Menschenmenge. Ihren Vater hatte sie kurzzeitig aus dem Blick verloren. An der Gaukirche vorbei rannte sie durch die Giersstraße. Dort entdeckte sie ihn wieder, als er zusammen mit einem anderen Mann schnellen Schrittes links hinter dem Dom und den angrenzenden Gebäuden abbog. Wieder war er verschwunden. Elsbeth mühte sich über einen Platz, auf dem sie - durch zahlreiche Fuhrwerke und eine größere Ansammlung von Pferden behindert - kaum vorankam. Aber sie sah, dass sich die Männer hinüber zur Kaiserpfalz begaben. Sie rief ihrem Vater etwas hinterher. Er schien sie aber über diese Entfernung hinweg kaum hören zu können, oder doch? Kurz drehte er sich um, hielt einen Augenblick inne, während er mit dem anderen Mann sprach, lief einige Schritte zurück, um sich dann um so zügiger wieder abzuwenden. Schließlich eilte er davon, als er sah, dass eine Polizeiwache auf das Mädchen aufmerksam geworden war. Jetzt geschah alles sehr schnell. Noch während der Polizist auf das Mädchen einredete und seinen Unmut darüber kundtat, dass sie so ohne jegliche Begleitung durch die Paderborner Straßen irrte, sah sie aus der Ferne, wie ihr Vater in Begleitung von nunmehr zwei Männern auf Pferden in Richtung des Heierstores davonpreschte. Der zweite Mann trug die Kluft eines Zuchtmeisters. Enttäuscht ließ sich Elsbeth von dem Polizisten zum Eingang des Domes führen, wo sie hoffte, die anderen im Strom der Prozession wiederzutreffen. Und da hatte sie wohl richtig vermutet - allein, Clemens Buchbinder war nicht bei den anderen. Der hatte vergeblich versucht, Elsbeth bei ihrem unüberlegten Verschwinden zu folgen. Dieses Ziel hatte er verfehlt. Und dennoch war er nicht ergebnislos geblieben. Denn zur großen Überraschung hatte er Irmtraud Grave entdeckt, die soeben aus der Pfalzkapelle herausgetreten war.

»Ich habe Elsbeth in Begleitung eines Polizisten zum Domeingang gehen sehen«, sagte sie und raunte ihm in wenigen Worten zu, dass sie sich an der Flucht von Altemeier beteiligt habe.

Sie hatte schon vor Tagen einen Zuchtmeister bestochen, der seine Kollegen ruhigstellte, indem er ihnen Gelegenheit gab, ihrer Trunksucht zu frönen. Dann erklärte sie, dass es, wie in jedem Jahr üblich, einigen Gefangenen erlaubt gewesen sei, zum Libori-Fest am Gottesdienst teilzunehmen. Und diese Gelegenheit zur Flucht habe Franz sich nicht entgehen lassen können.

»Die beiden anderen Männer begleiten ihn jetzt nach Minden«, bemerkte Irmtraud knapp.

Vier
Geld macht nicht glücklich

Spätsommer. Blumen legte er am Grab von Johanna nieder. Clemens Buchbinder und seine Frau Elisabeth hatten ihn hierhin begleitet. Endlich hatte er die Hintergründe über den Tod seiner Halbschwester erfahren. Die Mutter seines Lehrlings Ernst hatte ihm berichtet, dass Johanna bei der Geburt ihres Sohnes Ludwig zu Tode gekommen war. Viele Jahre waren seither vergangen und fast war es ihm wie in einem anderen Leben, als sie sich zum letzten Male gesehen hatten. Natürlich hatte er sehr darauf gehofft, sie glücklich und lebend wiederzusehen. Es sollte nicht sein. Überrascht stellte er fest, dass er kaum zu trauern vermochte. Vielmehr verspürte er einerseits etwas Resignation und andererseits Wut darüber, dass es so weit gekommen war. Das ist das Schicksal, würde mancher sagen. Aber so dachte er nicht. Dass ihr Lebensweg so vorgezeichnet gewesen sein sollte, dass konnte er nicht glauben. Vielmehr neigte er dazu, das Verhalten Einzelner als persönliches Versagen zu verurteilen: das Versagen von Johannas Mutter, die ihre Tochter in einem Kloster untergebracht wissen wollte.

Das Versagen seines Vaters, der es sich zu leicht gemacht hatte, indem er seine Tochter einfach abgeschoben hatte. Sein eigenes Unvermögen und die mangelnde Bereitschaft, sich Gedanken über den Lebensweg seiner Halbschwester zu machen und sie auf diesem Weg zu begleiten. Das Versagen der Kirche, die diesen Menschen in einer Weise geformt hatte, dass es zu einem unguten Ende kommen musste. Die Unfähigkeit von Ludwigs unbekanntem Vater, der sich seiner Verantwortung entzogen hatte und schließlich das Unvermögen von Johanna selbst, ihrem Leben eine sinnvolle Richtung zu geben. Nein, trauern konnte Adalbert Schmidt nicht. Aber in Gedanken versprach er seiner toten Halbschwester, alles ihm nur erdenklich mögliche zu tun, seinem Neffen Ludwig das zuteilwerden zu lassen, was dieser verdiente, nachdem er schon seit seiner Geburt die leiblichen Eltern und ihre Familie entbehren musste. Ludwig sollte eines Tages die Erbschaft seines Großvaters antreten, das Erbe, das für Johanna vorgesehen war. Auf dass es ihm auf seinem Lebensweg eine Stütze sein könnte.

Auch Ernst war in diesen Tagen besonderen Gefühlsschwankungen ausgesetzt: zwischen Freude und Traurigkeit, zwischen Glück und Enttäuschung, zwischen Hoffnung und Misstrauen. Und sein größtes Problem war es, dass er all diese Gefühlsregungen nicht zeigen wollte. Er genoss es, wenn er mit seinen Freunden zusammen sein konnte. Neben den Sertürners mochte er auch die Buchbinders. Ebenso konnte er Agnes und Elsbeth gut leiden. Glücklich war er über die nun schon einige Monate währende Bekanntschaft mit Adalbert, der sich während seiner Lehrzeit intensiv um ihn kümmerte und ihm half, wo er nur konnte. Aber Traurigkeit, Enttäuschung und Misstrauen musste er mehr denn je seiner Mutter entgegenbringen, und das war sehr schlimm. Wieder und wieder las Ernst in dem Tagebuch dieser Johanna Grünberg, das er tief verborgen in einer Wäschetruhe seiner Mutter gefunden hatte - eher zufällig, während die Mutter nun schon den zweiten Tag nicht zu Haus war. Seit diesem Ereignis bei dem Libori-Fest, als sie dem Franz Altemeier bei seiner Flucht aus Paderborn geholfen hatte, war es einige Male vorgekommen, dass sie über Nacht weggeblieben war. Sie sei bei einer Freundin aus Kindertagen, die sie nach langer Zeit auf dem Weg zur Arbeit zufällig getroffen habe und die jetzt in Lippspringe wohne, hatte sie gesagt. In Begleitung des Kramers Hensler werde sie reisen, hatte sie erklärt. Allein, er glaubte seiner Mutter nicht. Er glaubte ihr nicht mehr, seitdem er dieses Tagebuch gefunden hatte. Der Deckel der Truhe war nicht verschlossen gewesen und die Katze hatte es sich zwischen der Wäsche gemütlich gemacht. Und dann hatte die Katze die Wäschestücke herausgezogen und ein unsägliches Durcheinander angerichtet. Als Ernst für Ordnung sorgen wollte, hatte er das Tagebuch entdeckt. Er hatte darin gelesen und erfahren, dass Franz Altemeier angeblich Ludwigs Vater war. Ob Ludwig darüber glücklich sein würde, wenn er diese Wahrheit eines Tages erführe? Sehr gut konnte sich Ernst daran erinnern, dass er damals mit Friedrich Wilhelm die Leiche der Johanna gefunden hatte. Sehr deutlich hatte er das Medaillon seiner Mutter vor Augen, das die Jungen bei der Toten gefunden hatten. Sehr wohl klangen ihm noch die Erklärungen seiner Mutter in den Ohren, die damals behauptet hatte, dass sie den kleinen Ludwig ausgesetzt habe, nachdem Johanna bei der Geburt gestorben sei. Während der Vater unbekannt sei. Es war eine Lüge, eine ganz abscheuliche Lüge. Franz Altemeier war der Familie nicht nur seit langem bekannt - mehr noch: Über zwei Jahre hatte dieser seit dem damaligen Sturm über Neuhaus mit ihnen gemeinsam unter einem Dach gelebt - der Vater seines Freundes Ludwig. Und diesem Mann hatte seine Mutter zur Flucht verholfen. Bis auf Elsbeth war darüber niemand glücklich in Anbetracht der Umstände, die den Franz Altemeier ins Zuchthaus gebracht hatten. Und die Mutter war natürlich glücklich darüber, dass die Flucht gelungen war. Schließlich hatten Mutter und Altemeier in den letzten beiden Jahren Gefallen aneinander gefunden. Es hatte den Anschein gehabt, als würde Mutter in Bälde aus ihrem Witwen-Dasein ausbrechen können. Wo war ihr Franz jetzt? Vielleicht in der Nähe der kürzlich wieder getroffenen *Freundin aus Kindheitstagen*?

Ernst spürte, wie Wut in ihm aufstieg. Er war versucht, das Tagebuch an die Wand zu schleudern. Es zu vernichten. Zu zerstören, was diese unselige Wahrheit barg. Er warf es mit voller Wucht ... gottlob nur in den Wäschekorb. Dabei bebte er vor Zorn. Auch seine Hände zitterten, als er das Buch noch einmal ergriff und es erneut auf die Wäsche schmetterte. Eine einzige dicke Träne rann ihm die Wange hinunter, während er sich auf die Oberlippe biss.

Es war das erste Mal, dass ein hitziges Temperament hervortrat, fast mit einer Spur Jähzorn versetzt. Ein Zustand, der in seinem Leben noch wenige Male Bedeutung erlangen sollte, während er im Übrigen Ärger oder Unzufriedenheit hinter einem nichtssagenden Gesichtsausdruck zu verbergen suchte. Aber wenn seine Gemütslage diese neue bisher unbekannte Form der Reaktion hervorrief, wenn es ihn überkam, dann eruptiv. Kurz und heftig. Aber leider auch unkontrolliert und folgenreich.

Es dauerte eine kleine Weile, bis sich Ernst etwas beruhigt hatte. Nunmehr nahm er das Tagebuch kopfschüttelnd und behutsam an sich und nahm sich fest vor, bei passender Gelegenheit mit Lehrer Buchbinder darüber zu sprechen. Sollte er auch Elsbeth und Agnes davon berichten? Denn wenn es stimmte, was da geschrieben stand, dann waren Elsbeth, Agnes und Ludwig ja Geschwister. Sollte er Friedrich Wilhelm um Rat fragen? Nein, die Sertürners würde er damit in diesen Tagen nicht behelligen wollen, entschied er. Friedrich Wilhelms Vater war sehr krank. Da hieß es, zusätzliche Aufregung zu vermeiden. Erst einmal galt es, Vorkehrungen zu treffen, damit die Entdeckung geheim gehalten werden konnte. Ernst erwartete seine Mutter bald zurück. Er könnte sie zur Rede stellen. Aber welche Lügen würde sie ihm dann auftischen? Er fühlte sich unglücklich. Es war sehr traurig. Er glaubte ihr nicht mehr.

»Unser Vater hatte mich beauftragt, Johanna zu suchen und ihr ein Erbe zukommen zu lassen. Nun habe ich sie gefunden. Aber ich kann ihr nicht mehr aushändigen, was ihr zusteht«, sprach Adalbert zu den Buchbinders, als sie in ihr Heim zurückgekehrt waren.

Agnes bekam noch einige Wortfetzen von dem Gespräch mit, das dieser Fremde mit Clemens und Elisabeth in der Stube führte, als sie die Küche verließ, um eine Flasche Wein aus dem Keller zu holen. Demnach sollte also der kleine Ludwig reich sein, da dieser ein großes Erbe erhalten würde, wunderte sich Agnes. Dass Ludwig das Kind der toten Johanna war, das hatten Ernst und Friedrich Wilhelm ihr und ihrer Schwester einmal erzählt. Es war ihr auch bekannt, dass Ludwig noch nichts darüber wusste. Aber wie soll er denn nun von dem Erbe erfahren, wenn er die Hintergründe nicht kennt, überlegte Agnes. Sicher muss man Ludwig nun erklären, dass er nur ein Adoptivkind der Buchbinders ist. Wann man es ihm wohl sagen wird? Ausgerechnet heute ist Ludwig mit anderen Ministrantenanwärtern beim Kaplan Crux, dachte sie. Da konnten sich die Adoptiveltern ungestört unterhalten. Es war aber auch zu dumm, dass sie das Gespräch nicht weiter belauschen konnte. Leider war auch Ferdinand nicht in der Nähe. Der war in diesen Tagen zusammen mit dem Hofgärtner mit dem Ausputzen von Buchsbaumtrieben im Schlossgarten beschäftigt. Sie musste unbedingt mit Elsbeth und Ernst darüber sprechen. Doch dazu musste sie die Wohnung von Irmtraud Grave im Marstall aufsuchen. Obwohl sie wusste, dass sie ihren Vater dort nicht mehr anträfe, ging sie diesen Weg noch immer ungern.

Da schleppte Altemeier nun das Wasser, das vom Donoper Teich mit Fuhrwerken herangeschafft worden war. Wasserknappheit war immer schon ein großes Problem in Lopshorn, wo sich das Fürstliche Jagdschloss befand. Am Zeughaus, gerade unterhalb zweier barocker Wappensteine, setzte er die Wasserkübel ab. Er bewunderte einige gräfliche Wappensteine. Aber mehr noch begeisterte ihn das Pferdehaus, die Gebäude des Senner Gestüts Lopshorn, das sich im lippischen Wald am Rande der Senne befand. Graf Simon Heinrich hatte vor über hundert Jahren die Gestütsgebäude aus dem höher gelegenen Waldgelände, dem ständigen Weidegebiet der Pferde im Sommer, nach Lopshorn verlegt, wo er ein Jagdschloss hatte erbauen lassen. Hier waren nun die Pferde des lippischen Fürstenhauses untergebracht, Senner Pferde, die über Jahrhunderte in der Sandlandschaft gelebt hatten. Die frei in den großen Herden umherschweiften, bis man sie eingefangen, gezähmt und ihre Züchtung begonnen hatte.
An diesem Ort fühlte sich Franz Altemeier erst mal sicher. Er war auf dem Weg nach Minden in der Residenzstadt Detmold abgestiegen und hatte einen Amtmann getroffen, mit dem er früher gelegentlich korrespondiert hatte. Dieser hatte ihm eine vorläufige Unterkunft in der Meierei vermittelt, die für die Versorgung der Jagd-schloss-Bewohner mit Lebensmitteln zuständig war. Altemeier wusste, dass die Paderbornischen ihm hier nichts anhaben konnten, denn das calvinistisch geprägte Fürstentum Lippe hielt sich eng an die protestantischen Preußen.
Außerdem bot ihm die Örtlichkeit Gelegenheit, sich ohne Bedenken mit seiner Irmtraud treffen zu können. Wenn ihnen auch leider immer nur kurze Begegnungen vergönnt waren. Das war bedauerlich, aber man musste vorsichtig sein. Beim nächsten Mal wollten sie sich im Kreutz Krug treffen. Leider musste er dazu immer auf Karl, diesen ungehobelten und unsympathischen Klotz zurückgreifen, der als sein ständiger Begleiter seit der Flucht aus Paderborn den Kontakt zu Irmtraud aufrecht hielt und als Bote dienlich war. Längst war diesem Karl anzumerken, dass er der Aufgabe über-drüssig war und sich lieber heute als morgen weiter nach Minden begeben wollte. Doch das war Altemeiers Bestreben derzeit noch nicht, denn bis nach Minden würde Irmtraud in absehbarer Zeit nicht reisen können.

»Ludwig ist jetzt steinreich!«, rief Agnes ihrer Schwester Elsbeth zu, die im Begriff war, einige Gepäckstücke vom Wagen des Kramers Hensler zu laden. Er hatte Irmtraud Grave zurückgebracht.
»Was sagt du da?«, erwiderte Irmtraud ungläubig. Die Neuigkeit, die Agnes übermittelt hatte, war nicht zu überhören gewesen. »Wer hat dir denn diesen Floh ins Ohr gesetzt?«
Na ja, dieser Monsieur Schmidt, der mit Ernst zusammen in der Druckerei arbeitet, ist doch der Bruder von der toten Johanna. Und der hat zum Lehrer Buchbinder gesagt,

dass der Ludwig nun alles erben soll, weil er der Sohn der Johanna ist!«, berichtete Agnes aufgeregt.

»Und weiß Ludwig schon davon?«, fragte Ernst, der inzwischen zu den Anwesenden hinzugekommen war.

»Nein, das geht doch nicht«, gab Agnes zurück, der weiß doch noch nicht einmal, dass die Johanna seine Mutter war.

»Hat Ludwig denn nichts von dem Gespräch zwischen Adalbert und den Buchbinders mitbekommen?«, bohrte Ernst weiter.

»Der ist einige Tage beim Kaplan Crux zum Ministranten-Treffen!«

»Und wie viel wird der Ludwig erben?«, wollte Elsbeth wissen.

»Na, das wird er *uns* wohl kaum erzählen«, meinte Irmtraud.

»Oh, es wird ein riesiger Batzen sein, wurde gesagt. Aber Einzelheiten konnte ich leider nicht verstehen«, gab Agnes etwas kleinlaut zu.

»Ach, unser Problem ist das nicht«, sprach Irmtraud nun. Und wer genau hinhörte, konnte schon ein klein wenig Neid aus ihren Worten vernehmen und aus dem Mienenspiel ihrer Gesichtszüge lesen. »Außerdem werden die Buchbinders das Vermögen doch sicher noch einige Jahre verwalten, bis Ludwig erwachsen ist und darüber selbst verfügen darf.«

Zu gönnen ist es ihm, dachte Ernst, wobei er misstrauisch eine Braue hochzog, als er seine Mutter so reden hörte. Sie wusste doch ganz genau, dass Altemeier der Vater des kleinen Ludwig war. Und wenn auch er davon Kenntnis hatte, würde er wegen des Erbes doch gewiss Forderungen stellen. Aber vielleicht war dem Franz Altemeier ja nichts davon bekannt. Schließlich lebte Ludwig nicht bei ihm, sondern war von den Buchbinders adoptiert.

So in seinen Gedanken versunken ging er in seine Kammer. Er starrte nachdenklich auf den Ort, wo er das Tagebuch gegenwärtig versteckt hielt. Ernst wusste nicht, was er denken sollte. Es war alles so verworren. Er nahm sich vor, insgeheim seine Mutter zu beobachten.

Im sonntäglichen Staat gekleidet flanierten Irmtraud Grave und Elsbeth Altemeier am Kabinettsgärtchen von Schloss Neuhaus vorbei und machten sich auf den Weg zur Pfarrkirche St. Heinrich und Kunigunde. Dort wurde Elsbeth in die Obhut der Buchbinders übergeben, die zusammen mit Zwillingsschwester Agnes den Gottesdienst besuchten. Derweil nahm Ludwig am vorletzten Tag des Ministranten-Treffs teil. Ferdinand war heute am Rande des Schlossgartens im Einsatz. Im Bereich des Wasserturms am Mündungsdreieck von Alme und Lippe wurden die Wege erneuert. Mit Kieselsteinen wurden sie begehbar gemacht.

Heimlich folgte Ernst seiner Mutter, als sie sich von der Pfarrkirche zurück zur Residenzstraße begab. Auffallend häufig drehte sie sich um, als spürte sie eine Verfolgung. Dann schlich sie überwiegend im Schatten daher. Den Kopf hielt sie meistens gesenkt. Östlich an der Schlosswache vorbei eilte sie zur Mündung von Pader und Lippe, wo sie sich mit einem hässlichen Muskelprotz traf. Es war der Mann mit der auffälligen Gesichtsnarbe, der Fluchthelfer von Franz Altemeier. Es war der Unhold, dem Ferdinand einst zum Opfer gefallen war und der nun von Irmtraud mit *Karl* angesprochen wurde. Geschützt durch einige Bäume und das dichte Buschwerk am Ufer konnte Ernst sich bis zu einem Pylon der Lippebrücke vorwagen. Auch wenn er beide nicht immer im Blick hatte, konnte er das Gespräch seiner Mutter mit Karl belauschen.

Er presste die Hände auf seinen Brustkorb. Fast schien es, als wollte er auf sein pochendes Herz beruhigend einwirken.

Mit Entsetzen musste Ernst vernehmen, wie seine Mutter eine Intrige spann - boshaft, ohne mit einer Wimper zu zucken. Für Ferdinand war es unglaublich, wie seine Mutter sich verhielt - und das in Anbetracht ihres früheren Fehlverhaltens. Warum war man ihr gegenüber damals nur so wohlgesonnen gewesen. Es durchzuckte ihn. Das also war seine Mutter; so gefühlskalt und gehässig. Die Mutter berichtete dem Narbengesicht davon, dass Ludwig ein beachtliches Erbe erhalten habe.

»Franz Altemeier wird meine Informationen sofort benötigen«, insistierte Irmtraud. »Er ist der Vater von Ludwig und sollte sich des Erbes schnellstens annehmen und es verwalten, bis Ludwig selbständig darüber verfügen kann«, drängte sie. »Ich kann in diesen Tagen nicht schon wieder verreisen, um Franz die Dringlichkeit deutlich zu machen, dass nun zügiges Handeln angesagt ist. Noch wird das Erbe bei den Buchbinders zu finden sein. Aber gewiss wird man es schon bald einem Notar anheimgeben. Mit meinen Beweisen für Altemeiers Vaterschaft werden wir die Buchbinders überrumpeln und sie zur Herausgabe des Vermögens auffordern können. Machen Sie sich auf den Weg, Karl! Es wird Ihr Schaden nicht sein!«

Zuletzt konnte Ernst noch aufschnappen, dass seine Mutter verriet, wo sich Ludwig gegenwärtig aufhielt. In Kürze würde er vom Treffen der Ministranten bei der Loretokapelle in Marienloh zurückkehren.

Ernst fühlte sich elend. Die gesunde Farbe der Haut war aus seinem Gesicht gewichen. Die Blässe ließ ihn kränkelnd erscheinen. Das Gesehene und Gehörte setzte ihm arg zu. Er litt an einem seelischen Schmerz. Als er sich davonstahl, wurde er angerempelt und musste eine Schimpfkanonade über sich ergehen lassen. Er sah in das feiste Gesicht einer Kanaille und schwieg. Er wusste nicht zu sagen, ob das Maulen des Passanten berechtigt war. Er war in Gedanken. Und stolperte schon wieder.

Endlich konnte Karl durchschnaufen. Soeben hatte er den kleinen Ludwig in ein Loch bei der Burgruine Kohlstädt eingesperrt, das einem Verlies ähnelte. Die Entführung war mit Leichtigkeit vonstattengegangen; fast wie ein Kinderspiel. Ein Griff, ein Knebel, ein Strick, ein Sack. Und dann hatte er sein Opfer auf den mit Stroh beladenen Karren gepackt. Ja, man hatte Karl gesehen, aber sorgfältig vermummt hatte ihn gewiss niemand erkennen können. Ein wenig musste er die Stimme verstellen und mit seinem Messer drohen, als er an diesen Kaplan die Forderungen gerichtet hatte, die jener Ludwigs Adoptiveltern übermitteln sollte. Dann hatte er eiligst Marienloh verlassen und war die kurze Strecke über Lippspringe gefahren. Als er den Grenzposten kurz vor der Ortschaft Schlangen passiert hatte, war nur noch eine kurze Strecke bis zur Strothe zurückzulegen - bis zu dem Bach, der unmittelbar an der Burgruine vorbeiführte. Der erste Teil seines Vorhabens war geschafft.

Es behagte ihm ganz und gar nicht, für Franz Altemeier weiterhin nur als Bote tätig zu sein. Schon längst hatte er in Minden sein wollen. Und er hatte mehrfach vor der Entscheidung gestanden, alleine weiterzureisen. Aber da war zum einen der Anweisung des Kommandanten der Demarkationsarmee Folge zu leisten. Er hatte den Auftrag Altemeier zu begleiten, für den man einen Posten vorgesehen hatte. Andererseits konnte er der Versuchung nicht widerstehen, sich selbst die Erbschaft des Ludwig anzueignen. Er hatte es so satt, immer nur unter Druck irgendwelchen Anweisungen zu folgen. Schließlich hatte er sich dazu entschieden, diesmal auf eigene Faust zu handeln. Warum sollte er sich nicht selbst die Rosinen aus dem Kuchen picken, wenn sich schon so unverhofft die Gelegenheit dazu bot. Leider hatte er sehr spontan handeln und improvisieren müssen. Da war ihm die Burgruine eingefallen. Über die hatte er während eines kürzlichen Aufenthaltes im Kreutz Krug von Waldarbeitern gehört, dass in der ehemaligen Zoll- und Versorgungsstation am Pass zur Kleinen Egge schon Schatzgräber gesichtet worden seien. Er hatte sich sofort hier umgesehen. Die dicken Mauern, in die lange Schlitze zu Verteidigungszwecke ausgespart waren, beeindruckten ihn - ebenso wie die Überreste des Wehrturms, in dem man über eine Wendeltreppe in die Höhe gelangen konnte. Seitlich des Turms hatte er ein verfallenes Nebengebäude mit einem Kellerraum entdeckt, der sich verriegeln ließ. Hier hatte er Ludwig vorübergehend eingesperrt - vorübergehend, ja, denn ideal war der momentane Aufenthaltsort sicher nicht. Zwar war die Burgruine von dichtem Buschwerk umgeben und kaum einsehbar. Dennoch musste man jederzeit damit rechnen, dass irgendwelches Gesindel aufkreuzte, womöglich die Schatzgräber, oder auch Bewohner des nahen Ortes Kohlstädt. Es gab eine Mühle in der Nähe, und sogar eine Glashütte war nicht weit entfernt. Karl entschied sich, den Ludwig mit dem Nötigsten zu versorgen und dann eine kleine Strecke weiter östlich das Gebiet des Hohlesteins zu erkunden. Da war angeblich vor gar nicht allzu langer Zeit westlich des Berggipfels die Hohlsteinhöhle entdeckt worden - vielleicht ein viel geeigneterer Unterschlupf für den Entführer und sein Opfer.

»Geld macht nicht glücklich«, jammerte Elisabeth Buchbinder, als sich überraschenderweise noch am späten Sonntagabend Kaplan Crux eingefunden und von der Entführung des kleinen Ludwig berichtet hatte. Er hatte die Lösegeldforderung des Entführers übermittelt, der verlangte, dass Clemens Buchbinder bis zum Mittwochmittag mit einer Anzahlung von 1000 Talern alleine beim Kreutz Krug zu erscheinen habe. Dort würde er weitere Informationen zur Geldübergabe erhalten.

»Es war bestimmt dieses *Narbengesicht*«, vermutete Ernst, der erst kurz zuvor die Gelegenheit wahrnehmen konnte, sich - von seiner Mutter unbemerkt - aus dem Haus zu stehlen und die Buchbinders darüber zu informieren, was er am Morgen beobachtet hatte. Auch war es längst überfällig, über die Neuigkeiten zu berichten, die Ernst aus dem geheimen Tagebuch erfahren hatte. Dass Franz Altemeier der Vater des Ludwig sein sollte, war für die Adoptiveltern eine schockierende Neuigkeit.

»Dann sind Ludwig, Elsbeth und ich also Geschwister«, kombinierte Agnes interessiert.

»Und wieder ist es dieser Schurke Karl, der seine Finger im Spiel hat«, entrüstete sich Ferdinand. »Es wäre schön, wenn wir dem das Handwerk legen könnten.«

»Und meine Mutter spielt uns allen schon lange eine entsetzliche Komödie vor«, klagte Ernst verbittert.

Erregt und verständnislos schüttelte Clemens Buchbinder den Kopf: »Das passt doch alles nicht zusammen! Einerseits lässt Madame Grave über diesen Verbrecher ausrichten, dass sich der Altemeier auf seine *Vaterschaft* besinnen soll ...« Das Wort ging dem Lehrer nur schwer über die Lippen. »Nur weil sie nach dem Erbe giert. Andererseits wird unser Ludwig von diesem Halunken ent ...« Clemens mochte seine Sätze nicht zu Ende formulieren. Dass sich sein Adoptivsohn nun in der Gewalt dieses Kriminellen befand, ging ihm sichtlich an die Nerven. Es war unglaublich und entsetzlich. Der Lehrer spürte, dass auch seiner Frau zum Heulen zumute war. Er sah in ihren Augen, dass sie zunehmend mutloser wurde. Beide hatten sie Angst davor, Ludwig zu verlieren. Vielleicht hätten sie ihn damals doch lieber nicht adoptieren ... Es war ja zu befürchten, dass sie solchen Situationen nicht gewachsen sein würden. Aber nein! Clemens verbat sich weitere derartige Gedanken. Es war eben nicht leicht, einen kühlen Kopf zu bewahren.

»Es sei denn ... So wie ich diesen Triebtäter damals erlebt habe ...« Ferdinand stockte. Oh je, ging es ihm durch den Kopf. Sollte sich der Schamlose nun womöglich ebenfalls an Ludwig vergehen wollen ... Es war nicht auszudenken. Da korrigierte Ferdinand seine Einlassung und murmelte nunmehr: »Vielleicht will der Entführer sein *eigenes* Ding durchziehen.«

»Wie dem auch sei ...« Auch der Kaplan war nachdenklich ob der Mutmaßungen. »Wir müssen uns überlegen, wie wir nun weiter vorgehen wollen. Über die Behörden unseres Hochstifts wird man auf das Geschehen jenseits der Grenze kaum Einfluss nehmen können. Wir sind auf uns selbst angewiesen. Natürlich müssen wir alles dafür tun, dass Ludwig nicht zu Schaden kommt. Das Geld haben wir nicht. Also müssen wir unsere weiteren Überlegungen zusammen mit Monsieur Schmidt abstimmen. Wer weiß, inwieweit er überhaupt die Möglichkeit hat, so schnell das Bargeld aus der Erbschaft zur Verfügung zu stellen.«

»Heute Abend werden wir ihn kaum mehr aufsuchen können. Ich weiß auch gar nicht genau, wo er sein Quartier bezogen hat. Ich könnte morgen mit ihm während der Arbeit über alles sprechen«, schlug Ernst vor. »Und wir sollten das Verhalten meiner Mutter beobachten, wenn sie von dem vielleicht eigenmächtigen Handeln dieses Narben-Karl erfährt. Eventuell kann sie uns weiterhelfen und in Erfahrung bringen, wo Ludwig versteckt ist. Womöglich *weiß* sie es sogar.«

»Ich kann mich am ehesten bereithalten und ihr unauffällig folgen, falls sie sich dazu verleiten lässt, ihren Franz aufzusuchen«, brachte Ferdinand seine Überlegungen ein. »Sie wird eine Reisegelegenheit suchen, möglicherweise sogar wieder mit dem Kramer Hensler - der uns vielleicht auch noch wertvolle Informationen geben kann. Aber von Vorteil wäre es sicher, wenn mich noch jemand begleiten würde, damit wir einander informieren können.«

Der Lehrer sah zum Kaplan auf. In ihren Blicken lag Zustimmung. Schließlich planten sie das weitere Vorgehen im Detail, soweit dies bereits jetzt möglich war. Dabei wurden auch die Zwillinge Agnes und Elsbeth eingebunden.

Fünf
Im Süden des Fürstentums Lippe

Elsbeth war noch in der Nacht von Ernst über die Vorfälle des Sonntags informiert worden und wusste, was zu tun war, als Agnes am folgenden Morgen die Nachricht von der Entführung des Ludwig in der Unterkunft der Graves kundgetan hatte. Um den Schein zu wahren, hatte Ernst ohne Zögern den Abmarsch zu seiner Lehrstelle fortgesetzt. »Die Buchbinders werden schon wissen, was zu tun ist«, hatte er kurz angebunden und halbblau auf die Nachricht reagiert, die Agnes überbracht hatte. Nur durch einen kurzen Blick hatten sich Ernst und Elsbeth noch einmal verständigt, denn die Reaktion der Mutter war unübersehbar gewesen. Sie schien etwas zu wissen, auch wenn sie überrascht tat. Als deutlich geworden war, dass Irmtraud einen Aufbruch vorbereitete, war Ferdinand durch Elsbeth informiert worden. Er hatte sich schon eine Weile in der Nähe des Marstalls aufgehalten. Ein gesatteltes Pferd war griffbereit gewesen; Proviant war eingepackt. Dann hatte es gar nicht lange gedauert, bis die Grave reisefertig erschienen war und sich zur Poststation begeben hatte.

Irmtraud Grave hatte die Postlinie nach Detmold benutzt. Zwar war sie unterwegs im Wagen ordentlich durchgeschüttelt worden. Aber sie wusste nun einen besonderen Vorteil dieser Reisemöglichkeit zu schätzen: Die Route führte über den Alten Postweg unmittelbar am Kreutz Krug vorbei, der seinem Namen alle Ehre machte, denn er war am Kreuzungspunkt von alten Handelswegen gelegen und bot nicht nur für Waldarbeiter eine Einkehrmöglichkeit.

Nach ihrem kurz entschlossenen Aufbruch war sie am Ziel ihrer Reise. Sie dachte daran zurück, dass ihr Sohn im Begriff gewesen war, sich auf den Weg zur Lehrstelle zu begeben, als Agnes am Morgen mit der Botschaft ins Haus gestürzt war, ein Mann mit einem ziemlich entstellen Gesicht habe den Ludwig entführt. Natürlich hatte Irmtraud sogleich an Karl gedacht. Aber das konnte, das durfte nicht sein. Karl hatte Franz über das Erbe des Ludwig informieren sollen. Und was sollte nun diese neue Entwicklung? War sie womöglich eine Idee vom Franz gewesen? Kaum zu glauben!

Die Grave suchte ein Nebengebäude des Kreutz Kruges auf, wo auch Waldarbeiter wohnten. Natürlich waren sie um diese Tageszeit bei der Forstarbeit. Aber Irmtraud traf eine Magd des Pächters an. Sie kannte Lina schon von ihren früheren Besuchen. Auch den Pächter, den Holzknecht Limberg, hatte sie bereits einmal kennengelernt. Nach ihm ließ sie schicken. Schon wenig später begab sich Limberg auf den Weg nach Lopshorn, um Franz Altemeier über Irmtrauds Ankunft zu informieren und um Franz zum Kreutz Krug zu begleiten - *umgehend*. So hatte die Order der Dame aus dem Paderbornischen geheißen.

Franz Altemeier hatte inzwischen zu beachten gelernt, was *umgehend* aus dem Munde von Irmtraud Grave bedeutete, aus diesem süßen Mund seiner zukünftigen … Einmal mehr wanderten seine Gedanken in die Zukunft.

Derweil harrte inzwischen auch Ferdinand der Dinge beim Kreutz Krug, den er mit gebührendem Abstand eine kleine Weile später als Irmtraud erreicht hatte. Hinter den Stallungen hatte er sein Pferd versorgen können. Dann hatte er die Schankwirtschaft betreten und sich eine Kammer für die Nacht zeigen lassen. Anschließend erkundete er die Umgebung in der Hoffnung, unentdeckt bleiben zu können.

Am späten Nachmittag wurde es unruhig, als zwei Reiter den Kreutz Krug erreichten. Ferdinand fand heraus, dass es sich bei einem der Reiter um den Pächter handelte. Und dann vernahm er die bekannte Stimme von Irmtraud Grave. Wenig später beobachtete er, wie die Grave und Altemeier einander Zärtlichkeiten austauschten, von denen Altemeier nicht genug zu bekommen schien. Da wirkte Irmtraud deutlich ungeduldiger und forderte eine Erklärung zu dem unsäglichen Entführungsfall. Schnell wurde deutlich, dass Altemeier vom Alleingang seines Begleiters Karl nichts ahnte. Auch war ihm unbekannt, dass Irmtraud ihm eine Nachricht über die Erbschaft des kleinen Ludwig hatte zukommen lassen wollen.

»Karl hat sich schon mehrere Tage nicht mehr blicken lassen«, hieß es. Und natürlich wusste Franz auch nicht, wo der kleine Ludwig festgehalten wurde. Man könne eigentlich nur warten, bis Karl zurückkehre. Dann müsse man ihn zur Rede stellen, stellte Altemeier seinen Standpunkt dar. Denn wenn es zu einer Lösegeld-Übergabe kommen sollte, müsste sich Karl früher oder später zum Kreutz Krug zurückbegeben. Nur so würde Clemens Buchbinder die Einzelheiten zu den weiteren Modalitäten der Lösegeld-Übergabe erhalten können, argumentierte Altemeier.

Man beschloss abzuwarten. Franz Altemeier drängte Irmtraud zu ihrer Kammer und erhoffte sich ein schönes Stündchen zu Zweit. Später wollte man auf ein Bier oder einen Branntwein in die Schankwirtschaft einkehren, erfuhr Ferdinand.

Ferdinand wäre froh gewesen, wenn er nun einen Verbündeten an seiner Seite gewusst hätte, den die Beiden nicht kannten. Gutes Beobachten und Erlauschen des Gesagten war angesagt. Man müsste sich in unmittelbare Nähe von Franz Altemeier und Irmtraud Grave begeben können ohne aufzufallen, dachte er. Und dabei könnte das Personal des Kreutz Krugs von unschätzbarem Wert sein. Noch zögerte Ferdinand. Doch dann entschied er sich, die Magd Lina ins Vertrauen zu ziehen. Es sollte eine sehr gute Entscheidung sein.

»Ach, der Kartenkönig Karl! Da hat Er uns doch tüchtig ausgenommen im Kreutz Krug! Was treibt's Ihn denn nach Kohlstädt?«

»Müller Martin«, grüßte Karl - etwas verlegen und überrascht, denn den Stammgast vom Kreutz Krug hatte er nun gewiss nicht erwartet, »will mal nach dem Rechten schauen und mich überzeugen, ob Ihre Mühle mehr abwirft als das Kartenspiel«, ergänzte er schlagfertig. »Aber Spaß beiseite, Sie können mir sicher einen Rat geben, wie ich die Hohlsteinhöhle finde.«

»Die Hohlsteinhöhle, hm, war noch nie dort, soll auf ein paar Schritte erforscht worden sein. Da gibt's nur Fledermäuse und Höhlenkäfer. Traut sich niemand hin, ist nämlich nicht ganz ungefährlich da drinnen. Gab wohl schon etliche Verschüttungen. Deshalb wurde der Zugang mit einem Gitter versperrt, sagt man. Aber was will denn der Kartenkönig da? Neuer Treffpunkt fürs Kartenspielen gefällig?«

»Sie scherzen, Müller. Später heißt's noch, die Fledermäuse hätten Ihr Kartenblatt verraten«, erwiderte Karl. »Nein, ich hörte vom Pächter der Glashütte beim Nassen Sande, dass aus den Geschäften längerfristig kaum mehr gute Erlöse zu erzielen sein werden. Es mangele an Holz, heißt es. Kaum vorstellbar, in diesem großen Waldgebiet.«

»Das habe ich auch mal aus der Kohlstädter Glashütte gehört«, bestätigte der Müller. »Sand und Kalk gibt's zuhauf. Und jetzt haben wir auch noch enorme Holzvorräte, aber wie lange noch?«, zeigte sich Müller Martin skeptisch.

»Sehen Sie. Und da will ich im Auftrag von einem Interessenten aus Minden mal die Lage inspizieren und die Umgebung erkunden«, fand Karl gerade noch eine Erklärung, die die Neugier des Müllers vorerst befriedigte.

»Na, dann wünsch ich viel Erfolg!«, sprach der Müller. »Der Weg führt erst mal an der Strothe entlang. Rechter Hand gehen drei Wege zum Egge Berg hinauf. Der mittlere Abzweig, noch vor der nächsten Mühle, führt über den Gipfel des Hohlesteins. Aber: Keine Ahnung, wo sich der Höhleneingang befindet«, zog der Müller ratlos und bedauernd die Schultern hoch. »Und nehmen Sie sich vor dem Höhlenbären in Acht«, ulkte der Müller. »Nicht, dass der andere Kartenspieler, wie heißt er noch? - ah, Ihr Partner Franz - nicht, dass der die Rückreise nach Minden alleine antreten muss. Wann soll's eigentlich zurückgehen?«

»Erst das Geschäft, dann das Vergnügen«, verabschiedete sich Karl. »Vielleicht sieht man sich ja noch mal im Kreutz Krug!«

»Hoffentlich!«, rief der Müller, als sich die Herren schon einige Schritte voneinander entfernt hatten. »Sie schulden uns noch eine Revanche!«

Welch ein Vorteil, dass ich bei dem Hofbuchdrucker Junkermann einen guten Stand habe, dachte Adalbert Schmidt, als er mit seinem Pferd die Grenze zum Fürstentum Lippe passiert hatte. Wo sonst hätte ich die Arbeit so kurzfristig niederlegen dürfen. Nun gut. Das, was heute noch zu tun ist, kann auch der Ernst erledigen. Der ist ein pfiffiges Bürschchen. Der hat während der bisherigen Lehrzeit eine Menge gelernt, arbeitet sauber, schnell und zuverlässig. Der hat ein gutes handwerkliches Geschick. Dem kann man schon schwierige Aufträge anvertrauen. Auch bei den Überlegungen zu Ludwigs Entführung ist er nicht auf dem Kopf gefallen, zollte ihm Adalbert gedanklich Respekt, als er sich alles noch einmal durch den Kopf gehen ließ, was er erfahren hatte.

Von den Buchbinders hatte Adalbert sich die Einzelheiten schildern lassen, nachdem ihm Ernst die größeren Zusammenhänge dargelegt hatte. Von Elsbeth und Agnes hatte er erfahren, dass Ferdinand der Grave gefolgt war, als diese am Morgen so überstürzt aufgebrochen war. Der Kreutz Krug musste das Ziel sein, davon war auch Adalbert überzeugt, nachdem er den Kramer Hensler aufgesucht hatte. Der hatte ihn darüber in Kenntnis gesetzt, dass dieser einige Male die Grave bis nach Lippspringe mitgenommen hatte. Natürlich hatte der Kramer Hilfe zugesagt und angeboten, mit einem Fuhrwerk den Clemens Buchbinder zu begleiten, wenn dieser sich auf den Weg zum Kreutz Krug zu begeben hätte. Aber eine Lösegeld-Übergabe, die wird es sicher nicht geben. Das Geld liegt beim Notar. Das wird einige Zeit dauern, bis ich darauf zugreifen kann, vergegenwärtigte sich Adalbert die Lage. Jetzt wird es Zeit, dass ich den Kreutz Krug erreiche. Es dunkelt schon. Hoffentlich treffe ich Ferdinand dort mit einigen guten Nachrichten an, sinnierte er, als er über die Fürsten-Allee ritt - die vierreihig mit Eichen und Buchen begrenzte Straße jenseits von Schlangen, eine standesgemäße Zufahrt zum ehemaligen Jagdschloss Oesterholz.

»Wer hätte das gedacht, dass ich Sie schon heute wiedertreffe, Franz!«, rief Müller Martin begeistert aus, als er die Schankwirtschaft betrat. »Heute in Begleitung einer Dame, da wird man natürlich unseren Kartenkönig Karl kaum vermissen! Darf ich mich dazusetzen?«, fragte der Müller. »Auch ohne Kartenspiel? Denn ich nehme an, es schickt sich nicht, in Anwesenheit der Dame diesem Laster zu frönen?«, witzelte der Müller.

»Darf ich dem Herrn auch einen Trunk oder etwas zum Verzehr bringen?«, erkundigte sich Lina, die - durch Ferdinand gut instruiert - die Bedienung übernommen hatte.

»Ein Bier wäre nicht schlecht«, sagte der Müller. »Oder kann die Dame etwas empfehlen?«, fragte er mit der ihm eigenen Rhetorik, nicht ganz ernst gemeint und etwas plump. »Und von den köstlichen Bratkartoffeln. Eine nicht zu kleine Portion, wenn ich bitten darf.«

So nahm die Unterhaltung ihren Lauf, zuerst recht oberflächlich und dann doch interessant - zumindest für Irmtraud, Franz und die Magd Lina, die sich ungewöhnlich häufig in der Nähe des Gästetisches aufhielt und den wartenden Ferdinand später mit wichtigen Informationen nützlich sein konnte. Aber nicht nur Ferdinand interessierte sich dafür, sondern auch der inzwischen eingetroffene Adalbert, den Ferdinand bei seiner Ankunft beobachtet, schnell beiseite gezogen und über die bisher wenigen Neuigkeiten in Kenntnis gesetzt hatte.

»Der Müller Martin, der Monsieur Franz und sein Bekannter, dieser etwas grimmig aussehende Herr Karl, kennen sich wohl schon eine Weile. Sie haben hier im Kreutz Krug immer mal wieder Karten gespielt«, fasste die Magd zusammen. »Und der Müller erwähnte, dass er erst heute den Karl in der Nähe der Burgruine bei Kohlstädt angetroffen habe. Interessiert hat er sich für die Hohlstein-Höhle unterhalb des Hohlestein-Gipfels. Dahin soll man wohl gelangen, wenn man von Kohlstädt einen Hohlweg nimmt, der über einen Hügelkamm führt. Kurz nach einer Wegegabelung, an der man sich rechts halten muss, führt ein Weg auf der linken Seite zu der Höhle. So sagt es der Müller. Ich hoffe nur, ich habe jetzt nichts durcheinander gebracht«, wurde die Magd etwas unsicher und schlug mit zunehmend zweifelndem und fragendem Gesichtsausdruck die Hände vor den Mund. »Bei der Höhle wollen sie morgen den Herrn Karl überraschen, hat der andere Mann noch zu der Dame gesagt.«

»Na, dann wollen wir morgen mal dem Altemeier und der Grave folgen«, entschied Adalbert und dankte der Magd, während er ihr eine Münze in die Hand drückte.

Am Tag darauf trieb sich der Halunke Karl wieder bei der Kohlstädter Burgruine herum. Es war eine glückliche Fügung, dass Franz Altemeier und Irmtraud Grave ihn dort entdeckten und sein Hantieren aus der Ferne beschatten konnten.

Derweil beobachteten Ferdinand und Adalbert ebenfalls unbemerkt das merkwürdige Treiben, als Ludwig von seinem Entführer aus dem Versteck bei der Burgruine geholt und über unwegsame Stellen geleitet wurde. Der Junge konnte nicht sehen, wohin er trat. Denn ihm war wieder ein Sack über den Kopf gestülpt. Hinter dem Rücken waren seine Hände zusammengebunden. So war es mühsam, Ludwig auf den Karren zu verfrachten, mit dem er vor zwei Tagen hierher gebracht worden war. Außerdem sträubte sich der Junge und gab merkwürdige Laute von sich, was den Menschenschinder dazu bewog, sein Opfer mit einigen brutalen Tritten gefügig zu machen.

Als sich das Gefährt in Bewegung setzte, übergab Franz Altemeier sein Pferd an Irmtraud Grave. Ferdinand tat es ihm aus sicherer Entfernung gleich und übergab seinen Braunen in Adalberts Obhut. Wie die Grave, so blieb auch Adalbert mit den Tieren zurück. Ferdinand hingegen, der aus Linas Hinweisen das Ziel zu kennen glaubte, blieb dem Entführer und seinem Verfolger auf der Spur. Er beobachtete, wie der Karren der von ihm so verhassten Gestalt zunächst über den leicht steigenden Hohlweg holperte. Stellenweise blieben die Räder in tiefem Sand stecken. Dann war ein lautes Fluchen zu vernehmen, denn das Gefährt musste geschoben werden. An anderen Stellen war das über den Weg ragende Buschwerk noch intensiver zu beschneiden, als dies schon bei der ersten Erkundung am Vortag vorbereitet worden war.

Etliche Dachsbauten, für die Meister Grimbart unglaubliche Mengen an Sand aus der Erde gebuddelt hatte, säumten den weiteren Weg. Einmal erlaubte ein vermutlich durch einen Sturm entstandener Kahlschlag ein Blick nach Südosten über freies

Gelände, wo im leichten Dunst ein halbes Dutzend Rehe zu erkennen war, die tollkühne bis heitere Sprünge absolvierten. Und dann ging es über Stock und Stein. Baumwurzeln, zum Teil mit Moos bedeckt, machten den Weg uneben. Auch Erosionsrinnen zerfurchten den Boden. Zunehmend beschwerlich wurde das Fortkommen, während das Gelände stetig anstieg. Der Untergrund wurde immer felsiger. Bei Regenwetter hätte dieses Unternehmen kaum durchgeführt werden können.

An einer Wegegabelung befand sich ein steinerner Tisch. Hier legte Karl eine Rast ein, während sich Altemeier und Ferdinand in gebührenden Abständen hinter alten knorrigen Bäumen versteckt hielten. Gelegentlich wirkte es etwas gespenstisch, wenn Sonnenstrahlen einige Nebelreste zu durchdringen suchten und ein diffuses Licht schufen. Spinnfäden flogen zeitweise durch die Luft und ließen einen nahenden Altweibersommer erahnen. Luft- und Bodenfeuchtigkeit nahmen stetig zu. Gut vorstellbar, dass sich in dieser Szenerie bald ein Höhleneingang zeigen würde.

Aufmerksam beobachteten die Verfolger, wie Vorkehrungen getroffen wurden, den Karren am Wegrand im Unterholz zu verstecken. Ludwig war hinuntergeklettert, nachdem ihm Sack, Knebel und Strick abgenommen worden waren. Und nun erkannte man auch, warum das Entführungsopfer von den Fesseln befreit worden war. Für Wagen oder Gespanne war der weitere Weg viel zu schmal.

Kaum erkennbar war der Pfad, auf dem der Verbrecher nun den Jungen vor sich hertrieb. Wie durch eine Klamm führte ein enger und steiler Steig mit teilweise überhängenden Felswänden, die an manchen Stellen nur wenige Schritte voneinander entfernt einander gegenüberstanden. Anders, als im Hochgebirge, schoss hier aber kein Wasser hindurch. Der lose Schotter verlangte jedoch etwas Trittsicherheit, und das Gelände forderte ein Höchstmaß an Wachsamkeit. Für die Verfolger war es ein Glück, dass das heftige Rauschen der Blätter die Geräusche der eigenen Schritte übertönte. Der Weg war kurvenreich, sodass meistens ein guter Sichtschutz gegeben war. Schließlich öffnete er sich wie durch einen aufgezogenen Vorhang. Das Dämmerlicht wich. Blendend und grell empfing stattdessen gleißendes Sonnenlicht die Ankömmlinge mit größeren zeitlichen Abständen nacheinander auf der Lichtung eines welligen Hochplateaus.

Im letzten Moment bemerkte Ferdinand, wie Altemeier durch den Höhleneingang einer steil aufragenden im Südosten einer Erdmulde gelegenen Wand schlüpfte. Rechts daneben befand sich ein übermannshohes schmiedeeisernes Gitter. Es war aus den Angeln gehoben, die in den Fels am Höhleneingang getrieben waren. Nicht ganz wohl war ihm dabei, als Ferdinand Schritt für Schritt Ludwigs vermeintlichem Vater folgte. Es dauerte eine Weile, bis sich seine Augen an die Dunkelheit gewöhnt hatten. Zuerst stollenartig, dann in schmalen Spalten verengt, schien der Gang mit erheblicher Neigung in den Berg zu führen. Die ersten Schritte führten durch Morast und faulendes Laub der Bäume, das der Wind seit Urzeiten dorthin geweht hatte. Dann stieß Ferdinand immer wieder an Geröllmassen. Nachdem er einen Felsvorsprung passiert hatte, wurde ein spärlicher rötlich flackernder Fackelschein sichtbar, mit dem sich der Entführer tief im Inneren der Höhle seinen Weg ausleuchtete. Jetzt konnte Ferdinand vage die Silhouette seines direkten Vordermanns erkennen.

Die Wände waren feucht; überall tropfte das Wasser. Kalk hatte sich in bizarren Formen abgelagert. Linker Hand ertastete Ferdinand eine schmale Nische; vielleicht ein Nebengang.

Hier hielt er inne und beobachtete, wie Altemeier sich mühte, durch einen Engpass zu gelangen. Fast verbot sich ein weiteres Vordringen, denn das Gerede des herzlosen Gewalttäters und das Gewimmer des kleinen Ludwig waren jetzt gut zu vernehmen. Vermutlich waren sie nicht mehr allzu weit voneinander entfernt. Oder es lag an dem besonderen Schall in der Höhle, der das Gesagte leicht verzerrt und mit einem Nachhall übertrug. Gerne hätte Ferdinand darauf verzichtet, diese Worte hören zu müssen. Ludwig wurde über die Hintergründe der Entführung aufgeklärt.

Dass die Buchbinders nicht seine Eltern seien, schien den Jungen zu beeindrucken oder zu erschüttern. Denn es war keine Reaktion auszumachen. Aber als er an-geschrien wurde, dass er der Bastard einer Hure sei, der es kaum wert sei, dass jemand für ihn ein Lösegeld berappen würde, wurde Ludwig erst weinerlich und dann wütend. Es schien zu einem kleinen Kampf zu kommen, den Ludwig natürlich nicht gewinnen konnte. Und als es Schläge setzte, war es um Ferdinands Vorsicht und Beherrschung geschehen.

Da war es wieder: das nervöse Zucken in seinem Gesicht. Ferdinand spürte es. Lange Zeit war es ausgeblieben - ja, seit jenen Tagen, an denen er seinen ehemaligen Peiniger wiedergesehen und seine Sprache im Kreise seiner Freunde wiedergefunden hatte. Er stürzte voran, schürfte sich die Haut auf und zerriss sich die Kleidung, als er durch den engen Spalt drängte. Den wunderschönen Tropfsteinen, die als Stalaktiten von der Decke der geräumigen Hauptgrotte herunterhingen, schenkte er ebenso wenig Beachtung wie den imposanten Stalagmiten, hinter denen sich Altemeier verborgen hatte. Ungestüm attackierte er den Grobian, der für einen Moment überrumpelt schien. Dabei fiel seine letzte brennende Fackel zu Boden.

»Flieh!«, rief Ferdinand seinem jungen Freund zu. Aber Ludwig zögerte. Er tat noch einen letzten ängstlichen Blick, was ihm zum Verhängnis wurde.

»Nun mach schon!«, rief Ferdinand ihm energisch zu. Ludwig drehte sich in die Richtung, in der er den Ausgang vermutete und wollte loslaufen. Er kam jedoch nur wenige Schritte vorwärts, denn er geriet ins Straucheln. Nahezu zeitgleich fing sich Ferdinand einen kräftigen Schlag in den Magen. Er sah noch, wie der fliehende Ludwig stürzte. Karl hatte ihm ein Bein gestellt. Dann wurde Ferdinand mit Hieben malträtiert.

»Oh, wen haben wir denn da? Dieses Bürschchen kennen wir doch! Der hat wohl nicht genug bekommen, damals, als ich's ihm besorgt habe!« Im Rhythmus seiner Schläge kostete Karl seinen Triumph aus. »Das können wir natürlich gerne sogleich fortsetzen! Schade, dass dieser Käfer nicht dabei zusehen kann«, frohlockte der Widerling, der dem am Boden liegenden scheinbar besinnungslosen Ludwig noch einen kräftigen Tritt verabreichte. »Diesen Tag werden wir alle lange nicht ver-gessen!«, jubilierte Karl. Auch Ferdinand war inzwischen wehrlos, nachdem er sich der unbändigen Kraft seines Gegenübers geschlagen geben musste. Dieser begann an Ferdinands Kleidung zu zerren. Eine angeschwollene Ader an seiner Schläfe verriet seine innere Erregung, als er sich über sein Opfer beugte.

Ludwig aber blickte noch einmal benommen auf. Das letzte Licht der Fackel spiegelte in Karls Augen etwas Dämonisches wider, das den Jungen erschauern ließ.

»Das will ich meinen! Dieser Tag wird so schnell nicht vergessen!«, schnaubte Franz Altemeier. »Ich hätte es wissen sollen, dass du eine unberechenbare und un-zuverlässige Bestie bist, die einzig davon getrieben ist, die Habgier zu befriedigen!«

Er trat aus seinem Versteck und versuchte, sich zwischen die Kontrahenten zu stellen.

»Ach so ist das, der Vater hat auch endlich seinen Auftritt!«, wurde er von Karl mit kaltem Blick empfangen.

Es waren die letzten Worte des Gewalttäters. Überrascht war er aufgesprungen und hatte sich derart heftig an einer Sinterfahne den Kopf gestoßen, dass er taumelte und wieder zu Boden ging. Feine, wie spitze Nadeln geschaffene Sinterröhrchen prasselten von der Decke auf den Unhold nieder. Behände stürzte sich Altemeier auf seinen ehemaligen Gefährten. Er ergriff einen abgebrochenen etwa ellenlangen Stalaktiten. Schlank, spitz und an den Rändern messerscharf wie ein Eiszapfen war dieser Tropfstein geformt, den Franz seinem jetzigen Gegner in die Kehle bohrte. In Strömen quoll das Blut aus der Wunde und übergoss Karls Hände, als er sich an den Hals griff. Röchelnd tat er einige wenige Atemzüge. Ein letztes Mal bäumte sich sein Körper auf, als ihn die Lebensgeister verließen. Dann war Ruhe.

Adalbert hielt sich in der Nähe des Karrens versteckt. Bis dahin hatte er den anderen folgen können. Viel zu langsam, da er zuerst die beiden Pferde versorgt wissen wollte. Schließlich wusste er nicht, was ihn erwartete. Und es war viel zu riskant und verräterisch, die Verfolgung mit den Pferden aufzunehmen. Bei der Mühle vom Müller Martin hatte er sie unterstellen können. Nun harrte er der Dinge und wagte es nicht, sich weiterhin von Linas Beschreibung leiten zu lassen. So verunsichert, wie die Magd gewirkt hatte ... Er wollte kein unnötiges Risiko eingehen. Gleichzeitig beunruhigte ihn die Ungewissheit sehr.

Längst stand die Sonne im Süden. Etliche Stunden waren vergangen, seitdem man sich kurz vor Kohlstädt getrennt hatte. Irmtraud Grave hatte sich mit ihren Pferden zur Glashütte begeben; vielleicht hatte man dort einen Treffpunkt verabredet. Aber das bedeutete doch, dass Franz Altemeier diesen Hohlweg würde zurückkehren müssen - es sei denn ... Adalbert mochte es sich nicht ausmalen, dass bei dieser Unternehmung etwas schiefgelaufen wäre.

Während er noch darüber grübelte, ob es so schlau gewesen war, den Ferdinand mit der Verfolgung zu betrauen - schließlich war er durch seine persönlichen negativen Erlebnisse mit dem Gewalttäter viel zu befangen und möglicherweise zu beeinträchtigt, wenn es galt, einen kühlen Kopf zu bewahren - regte sich etwas im Unterholz. Adalbert erspähte, an welcher Stelle Altemeier hervorkam und dass er einen sehr benommen wirkenden Ludwig behutsam auf den Karren legte. Also musste die Befreiung aus den Klauen von diesem Karl geglückt sein. Aber ob sich der Entführer weiterhin in der Höhle befand? Und was wird mit Ferdinand geschehen sein? Sollte er nun Altemeier und dem Jungen folgen? Die würden doch gewiss zur Glashütte eilen und dann weiter zum Kreutz Krug reiten, wog Adalbert die Möglichkeiten ab. Er entschied sich dafür, endlich diese Höhle zu suchen.

Dort angekommen sah er den Eingang mit dem Gitter versperrt. Natürlich wagte nicht zu rufen. »Vielleicht hält Karl den Ferdinand in seiner Gewalt? Aber dann werden beide kaum da drinnen sein. Wo könnten sie sich sonst in dieser Umgebung aufhalten?«, zog er leise murmelnd alle Möglichkeiten in Betracht. Er betrachtete die Verriegelung des Gitters. Von innen würde man sie kaum öffnen können. Der Balken, den man dem Eisen vorgelegt hatte, war zwischen zwei beachtlichen Felsblöcken eingeklemmt. Falls Altemeier diese Vorkehrung getroffen hatte ... »Dann sollte *ich* doch wohl in der Lage sein, den Eingang freizulegen«, sinnierte Adalbert.

Mühsam war es, aber es gelang. Quietschend bewegte sich das Gitter in den Angeln. Der Lärm durchzuckte ihn. »Und nun? Wie soll ich in dieser Dunkelheit etwas sehen können? Ich habe keine Kerzen. Und ich habe kein Seil, das ich gebrauchen könnte, um aus diesem Loch wieder hinauszufinden. Was weiß ich, welches Labyrinth mich hier erwartet?« Im Stillen fluchte er. Dann rief er endlich. Er wartete, bis der Nachhall verklungen war. Er rief erneut. Pause. Schließlich ein drittes Mal. Nach einigen Versuchen gewann Adalbert den Eindruck, eine Antwort vernommen zu haben. Ferdinands Stimme. Oder sollte ihn seine Wahrnehmung trügen? Er beschloss, in regelmäßigen Abständen laut rufend zu zählen und hoffte darauf, dadurch Ferdinand eine Hilfe zur Orientierung bieten zu können. Nicht lange dauerte es, bis sich der Erfolg zeigte.

Endlich schlossen sich die Beiden in die Arme, berichteten einander und begaben sich zügig auf den Rückweg - so schnell dies möglich war, denn die Ereignisse hatten bei Ferdinand unübersehbare Spuren hinterlassen. Während seine seelische Verfassung neuen Auftrieb erlangte, setzte seine körperliche Versehrtheit ihm einige Grenzen. Er fühlte die Rippen geprellt. Und der Kopf schmerzte ihm sehr. Aber er schätzte sich glücklich, dass ihm durch die Gewaltanwendungen keine Gliedmaßen gebrochen worden waren.

Wie durch ein Wunder war es Ferdinand und Adalbert gelungen, dem Altemeier, der Grave und dem Ludwig auf der Spur zu bleiben. Anders als Karl ging Franz Altemeier beinahe liebevoll mit seinem Sohn um. Im Kreutz Krug hatte er eine Nachricht für Clemens Buchbinder hinterlassen, dass dieser ihn bei der *Mordskuhle*, in der Nähe des Fürstlichen Jagdschlosses Lopshorn, treffen solle.

Man hatte die Mordskuhle erreicht, die ihren Namen einer Volkssage verdankte. So sollte hier einst eine Räuberbande gelebt und ihr Unwesen getrieben haben. An diesem Ort war es für Ferdinand und Adalbert sehr viel einfacher, unbemerkt einen Beobachtungsposten zu beziehen. Und sie wurden Zeugen einer sehr aufschlussreichen Begebenheit.

Franz hatte - recht fürsorglich - dem Ludwig, der sich nun frei bewegen konnte, zu verstehen gegeben, dass er sein Vater sei. So wie Franz die Version von Ludwigs Geburt und die Folgen darstellte, war es für Ludwig erheblich weniger schmerzlich zu verstehen. Lediglich die Absicht seines Vaters, ihn mit nach Minden nehmen zu wollen, behagte Ludwig ganz und gar nicht. Zu sehr hing er seinem gewohnten Umfeld nach, bei den *Adoptiveltern* - wie sich das anhörte - und bei seinen Freunden. Und bei dem Gedanken an seine Freunde schlug die Stimmung bei Ludwig erneut um: Es machte ihn sehr unglücklich, dass sein Vater den Ferdinand schutzlos in der Höhle zurückgelassen hatte. »Wenn der wieder bei Sinnen ist, kann der sich selbst befreien«, hatte der Vater ihn zu beruhigen versucht.

Franz machte deutlich, dass er - nicht wie Karl - das Lösegeld erpressen wolle. Vielmehr hatte er daran Gefallen gefunden, tatsächlich seiner Vaterrolle gerecht zu werden - zu *seinen* Bedingungen. Und dazu zählte nun auch die Übergabe der Erbschaft.

»Und welches Druckmittel hast du in der Hand, wenn sich die Buchbinders oder dieser Schmidt nicht darauf einlassen?«, fragte Irmtraud.

»Du hast doch *selbst* gesagt, dass dieses Tagebuch meine Vaterschaft beweisen kann!«, erwiderte Franz ungehalten. »Du hast mir damit doch lange genug mein Geld abgepresst«, war auf einmal von der Liaison zwischen ihm und Irmtraud nicht mehr viel zu spüren.

»Na, ja«, widersprach Irmtraud, »aber was nützt dir der *Beweis*? Ich meine, wo willst du ihn einfordern? Im Hochstift? In Detmold? Bei den Preußen? Ich fürchte, man wird dir Vorhaltungen machen, dass du dich in den letzten acht Jahren als Vater rar gemacht hast, oder? Ich verstehe dich ja. Es war ja auch eigentlich meine eigene Idee, als ich dem Karl sagte, du solltest versuchen, deine Vaterrolle gewinnbringend zu nutzen. Aber ich habe eine viel bessere Idee«, machte Irmtraud den Franz neugierig, während sie sich ihm näherte und ihm Liebkosungen ins Ohr flüsterte, um ihn für ihre Überlegungen empfänglich zu machen: »Was hältst du davon, wenn du Elsbeth oder Agnes mit Ludwig verheiratest. Ich meine, nicht sofort, aber in ein paar Jahren? Sie könnten sich jetzt schon einander versprechen, und *du* würdest Familie und Geld beisammen halten!«

Einen Moment stutzte Altemeier. - Mit Agnes? Wohl kaum! - Mit Elsbeth? Schon eher. - Welch ein verlockender Gedanke! Auf solche Ideen können nur Weiber kommen, musste Altemeier anerkennend feststellen. Doch dann schien ihm eine entscheidende Schwierigkeit bewusst zu werden. Noch einmal überdachte er die Situation und kam zu einem ernüchternden Fazit:

»Wie soll das gehen? Soll ich etwa meinen Sohn und eine meiner Töchter miteinander verheiraten?«, stellte er enttäuscht eine nur mehr rhetorische Frage.

»Hältst du mich wirklich für solch einen Einfallspinsel?«, murmelte Irmtraud, während sie ihm den Backenbart kraulte. »Stell dir doch mal vor, Ludwig wäre gar nicht dein Sohn!«

»Dann wäre alles gut«, antwortete er begriffsstutzig.

»Eben!«

»Was, eben?« Also, das war für ihn jetzt alles etwas zu viel. Verwirrt bemerkte er, dass er ihre körperliche Nähe im Moment kaum ertragen konnte.

»Aber Ludwig ist doch nun mal mein Sohn! Oder sollten Elsbeth oder Agnes etwa nicht meine Töchter sein?«, stellte er fragend fest, während er ihrer Umklammerung zu entkommen suchte. Der Schweiß brach ihm aus. Diese Frau bringt mich völlig durcheinander. Was führt sie im Schilde? Weiß sie etwas, was ich nicht weiß, ging es ihm durch den Kopf.

»Gibt es etwas, das ich wissen sollte?«, fragte er etwas beängstigt, während er eine zunehmende Distanz einnahm.

»Na, ja«, zögerte Irmtraud nun und war sich plötzlich nicht mehr sicher, ob es so ratsam war, nach der langen Zeit nun die Wahrheit zu bekennen. »Elsbeth und Agnes sind schon deine Töchter, aber ... Ludwig ist das Kind meines verstorbenen Mannes Hermann!«

Stille. Absolute Stille. Es war ein Moment, in dem man eine Stecknadel hätte fallen hören können. »Was heißt denn das? Dein Tagebuch besagt doch, ich sei Ludwigs Vater!«

Es war Altemeier, als drohte eine Welt einzustürzen.

»Es ist nicht *mein* Tagebuch«, antwortete Irmtraud nun etwas gereizt. »Es ist das Tagebuch der Johanna Grünberg. Und darin steht, dass sie mit dir anfangs ein Verhältnis gehabt hat. Aber darin steht auch, dass sie mit Hermann zusammen war. Und ich habe es selbst gehört, als sie ihn an diesem Unglückstag in der Glasbläserei aufgesucht hat, dass das Kind von ihm ist. Ich habe es damals nicht nur gehört, ich habe es gesehen. In flagranti! Auf frischer Tat ertappt habe ich sie an jenem Dienstag, als sie sich mit ihrem dicken Bauch auf seinem Laken räkelte«, erinnerte sich Irmtraud nun und sprach mit zunehmender Erregung.

»*Sie* haben mit dem Feuer gespielt, *ich* habe das Feuer gelegt!«, schrie sie. Dann schluchzte sie mit Tränen in den Augen: »Leider konnte Johanna noch entwischen; Hermann ist dabei umgekommen!«

»Also waren die Informationen in dem anonymen Schreiben, das ich damals erhielt, doch richtig«, stellte der Amtmann Franz Altemeier nüchtern fest. »Irgendjemand hatte dich und Johanna damals in der Nähe der Glasbläserei gesehen«, erinnerte er sich. Und dann wurde ihm mit einem Male klar, von wem er die Mitteilung erhalten haben könnte. »Lea«, stöhnte er. Was war er doch für ein Idiot. »Natürlich, das Papier!« Jetzt sah er es wieder. Lauter Reste von Zeitungspapier aus dem Intelligenzblatt. Sie hatte die Scherben des Spiegelglases und des Fürstenberger Porzellans damit entsorgt. Mengen von alten Papierbögen. Sicher hatte sie damals daraus die Buchstaben geschnitten, mit denen sie die Nachricht, eine Warnung an ihn, gestaltet hatte. Er schlug die Hände vors Gesicht. Er war ein Narr. *Du bist so verblendet*, hatte Lea ihn damals provoziert. Nein, sie hatte mit ihrer Einschätzung den Nagel auf den Kopf getroffen. Und jetzt musste er sich erneut eingestehen, dass er nicht Herr der Lage war.

»Was sollte dann dieser Mummenschanz all die Jahre, in denen du mich in dem Glauben ließest, ich sei Ludwigs Vater?«, redete er sich nun zunehmend jähzornig in Rage. »*Das Tagebuch beweist alles*, hast du mir mehr als einmal zu verstehen gegeben. Was beweist das Tagebuch denn nun? Was ist denn nun die Wahrheit? Beweist es vielleicht auch die neue Version, mit der du mich einmal mehr überrumpelst? Zeig ihn mir, deinen Beweis!«, brüllte er, indem er auf sie zutrat, sie packte und schüttelte und ihr eine kräftige Maulschelle verpasste.

»Lass mich!«, wehrte sie sich. Vor Wut bebte sie am ganzen Leib, als sie sich von ihm losriss. »Ich zeige dir den Beweis!«, kreischte sie. Sie griff in ihr Mieder und entnahm ihm einige Seiten, die aus dem Tagebuch stammten, warf sie Altemeier vor die Füße und floh hastig von diesem unglückseligen Ort - ein folgenschwerer Schritt.

Während auch Ludwig die Konfusion der Situation nutzte der Mordskuhle und seiner Gefangenschaft zu entfliehen, beobachteten Ferdinand und Adalbert, für die das Einschreiten unmittelbar bevorgestanden hatte, wie sich ein Fuhrwerk näherte. Kramer Hensler, der Clemens Buchbinder herbrachte, hielt mit seinem Gefährt direkt auf Irmtraud Grave zu. Wenngleich Hensler die Zügel seines Pferdes nach links riss und mit dem Karren einen derartigen Schlenker vollführte, dass er die Kontrolle zu verlieren drohte, wurde die im Zustand innerer Erregung befindliche unaufmerksam gewordene Irmtraud von einem Rad erfasst und zur Seite geschleudert. Auch dem Pferdehuf konnte sie nicht mehr ausweichen. Mit weit aufgerissenen Augen schaute der erschrockene Kramer in das fürchterlich entstellte Gesicht der Frau, die ohne einen weiteren Laut von sich zu geben alsbald ihren Verletzungen erlag.

Die Unruhe vor der Mordskuhle hatte Altemeier in die Wirklichkeit zurückgeholt. Sein Handeln erfolgte nahezu instinktiv, kurz entschlossen und zwangsläufig. Er griff sich ein Pferd, schwang sich hinauf und verschwand im Wald. Adalbert konnte ihm noch über die Anhöhe des Bielstein folgen. Doch im Gewirr der Wege auf der Erhebung der Grotenburg, die im Südwesten vor der Stadt Detmold thronte, verlor er zwischen den Wällen des Großen und des Kleinen Hünenrings den Flüchtenden aus den Augen.

Und was nun?, fragte sich Adalbert.

Das fragten sich auch Ernst und die Zwillinge, die Buchbinders und vor allem ihr Adoptivsohn Ludwig. Für den hatte sich kaum etwas geändert - nur, dass die für ihn neue Wahrheit und die Erlebnisse ein noch stärkeres Band der Verbundenheit zu seinen Freunden geschaffen hatten. Mit Ernst hatte er nun sogar einen Bruder, einen *Halb*bruder, um es genau zu nehmen. Und mit Agnes zusammen fühlte er sich weiterhin bei den Buchbinders zu Haus. Elsbeth und Ernst überredeten Adalbert Schmidt, mit ihnen zusammenzuziehen. Nur den Kramer Hensler verfolgten viele Schuldgefühle. Er bot den Zwillingen eine gute kaufmännische Ausbildung in seinem Handelsgeschäft an. Das Erbe der Johanna aber war für Ludwig endgültig beim Notar angelegt. Lediglich die Buchbinders und Adalbert hatten Verfügungsgewalt. Bis Ludwig mündig werden würde.

Sechs
Ein Stern in dunkler Nacht - Briefwechsel 1798/1799

Groß war die Überraschung, als Elsbeth Altemeier vor Weihnachten durch die Kaiserliche Reichspost ein Brief übergeben wurde, der schon eine Weile unterwegs war.

»Ich habe eine Nachricht von Sophie erhalten!«, rief sie freudig auf, als sie im Beisein von Ernst und Adalbert etwas ungeschickt, übermütig und aufgekratzt das Siegel erbrach.

Schnell überflog sie die Zeilen und konnte nicht umhin, die Mitteilungen laut vorzulesen, während Ernst und Adalbert sie neugierig anstarrten:

Liebes Cousinchen,
mehr als zwei Jahre sind nunmehr vergangen. In dieser Zeit ist allerhand geschehen und weitere große Ereignisse stehen unmittelbar bevor:
Kurz nachdem wir im Sommer 96 nach Schwerin abgereist waren, heiratete Mutter nach der Scheidung der Eltern den Tenor Adolph Keilholz, mit dem ich bei der Tyllischen Gesellschaft einige bemerkenswerte Auftritte erleben durfte. Zuerst übernahm ich Kinderrollen und wirkte in einem Stück des Schriftstellers und weitgereisten Juristen August von Kotzebue mit. In seinem Drama ADELHEID VON WULFINGEN spielte ich eine Jungen-Rolle. Es gab Gastspiele in Rostock, Stralsund und Petersburg. Dann lernte ich den Principal des deutschen Theaters in Reval kennen, den ich im Januar geheiratet habe. Es ist Johann Nikolaus Stollmers. Seinen Namen habe ich nicht angenommen, denn - ich verrate es nur Dir, liebes Cousinchen - Stollmers ist nur sein Pseudonym als Schauspieler. Eigentlich heißt er Smets von Ehrenstein. Als ehemaliger Bonner Kriminalrichter war er schon einmal verheiratet. Unter seiner künstlerischen Anleitung erweitere ich nun mein Repertoire für unterschiedlichste Rollen in Singspielen, Opern und klassischen Stücken. Am 15. September habe ich ihm einen Sohn geboren: Philipp Karl Joseph Anton Johann Wilhelm macht uns sehr viel Freude. Aber mit einem Säugling ist es auch besonders anstrengend im Schauspieler-Dasein. Vor allem in nächster Zeit wird es viel Unruhe geben: In Reval habe ich von Kotzebue

persönlich kennengelernt. Auf seine Empfehlung hin erhalte ich bald eine Anstellung am Wiener Hoftheater, wo er die Direktion übernehmen wird.

Liebes Cousinchen, während dieser Brief an Dich noch unterwegs ist, werden wir vermutlich schon in Wien unser neues Zuhause beziehen. Ich füge diesem Brief ein Billett mit der neuen Anschrift bei. Ich würde mich freuen, wenn auch Du mir von den Ereignissen in Paderborn berichten würdest. Wurde Dein Vater, mein Onkel Franz, inzwischen aus dem Zuchthaus entlassen? Und wie geht es Dir? Interessierst Du Dich immer noch für die Schauspielerei?

Wenn Du die Möglichkeit hast nach Wien zu reisen, bist Du bei uns stets willkommen, gerne auch zusammen mit Zwillingsschwester Agnes!

Ein schönes Weihnachtsfest wünscht Dir Deine Cousine
Sophie Antonie Bürger

Erst Monate später fühlte sich Elsbeth in der angemessenen Stimmung, um einen Antwortbrief zu verfassen. Sie hatte viel darzulegen: über die Flucht ihres Vaters aus dem Zuchthaus, über die Erweiterung ihres Freundeskreises durch Ferdinand, über die Entführung des Ludwig und das tragische Ende der Irmtraud, über die neue Wohngemeinschaft mit Ernst, Adalbert und der Katze und über das große Glück, dass sie zusammen mit Agnes beim Kramer Hensler eine Anstellung gefunden hatte, bei der sich die Schwestern ein umfangreiches Kaufmannswissen aneigneten. Für die Schauspielerei sei hingegen kein Platz und keine Zeit mehr in ihrem gegenwärtigen Leben, so stellte sie fest. Dann berichtete sie von den Ereignissen der letzten Monate. Auch Elsbeth konnte einige interessante Enthüllungen preisgeben:

Dein Brief ist das zweite sehr persönliche Schreiben, das ich jemals erhalten habe. Es hat einen sehr weiten Weg zurückgelegt. Und es beschreibt das große Glück, das Dir beschieden ist. Gerade in der Weihnachtszeit habe ich Deine Nachrichten immer wieder gerne gelesen. Sie waren eine gar freudige Überraschung!

Leider wurden die Gefühle, die Deine Mitteilungen entfachten, einige Tage später vom Tod des Josephus Simon Sertürner überschattet. Vielleicht erinnerst Du Dich: Es ist der Vater von unser aller Freund Friedrich Wilhelm. Er starb nach längerer Krankheit kurz vor dem Jahreswechsel, am 28. Dezember 1798. Da er eine mittellose Ehefrau hinterlässt, kann Friedrich Wilhelm die Ausbildung in seinem angestrebten Beruf nicht mehr fortsetzen. Ab Michaelis wird er in Paderborn als Gehilfe in der Cramerschen Hofapotheke arbeiten.

Ferdinand ist ein gestandenes Mannsbild, das am liebsten im Garten von Schloss Neuhaus arbeitet. Aber er hat auch ein besonderes Talent für viele handwerkliche Tätigkeiten. Daher findet er immerzu Arbeit: als Maler, als Tischler, als Schlosser, aber auch beim Hausbau kann er Schwerstarbeit verrichten.

Der Ernst macht seine Lehre in der Hofbuchdruckerei. Alle sind des Lobes voll, vor allem sein Mentor, der Adalbert. Und der Ludwig geht nun in Paderborn ins Theodorianische Gymnasium.

Wie ich schon geschrieben habe, sind Agnes und ich beim Kramer tätig. Zu Ostern sind wir mit ihm nach Lügde gereist. Vielleicht erinnerst Du Dich: Lügde ist eine Enklave des Hochstifts Paderborn im Fürstentum Lippe. Dort sind im letzten Jahr bei einem riesigen Stadtbrand mehr als die Hälfte der Häuser abgebrannt. Trotz dieser Erfahrungen mit dem Feuer und der jahrelangen Verbote durch die Fürstbischöfe halten die Bürger an einer alten Tradition fest, dem Osterräderlauf.

Nachdem wir unseren Handel mit einigen Lügder Bürgern abgeschlossen hatten, sahen wir uns das große, sehr beeindruckende Spektakel an. Große hölzerne Räder, die Tage zuvor im Fluss Emmer gewässert worden waren, wurden mit Stroh umwickelt und jenseits des Oberen Tores - wo sich die Dechenbrüder, die Brauchtumswärter, befanden - auf den südlichen Kirchberg geschafft. Auf der Anhöhe wurde den ganzen Tag über gefeiert. Gegen Abend legte man dann Feuer ans Rad und ließ dieses brennend durch den Schiefen Grund von der Höhe ins angrenzende Tal rollen. Bei diesem bestaunenswerten Schauspiel hätte man meinen können, die Sonne oder der Mond fiele vom Himmel.

Doch nichts ist so außergewöhnlich wie das, was mir auf dem Herzen liegt. Auch ich will Dir etwas sehr Persönliches verraten. Seit einiger Zeit genieße ich das Gefühl großen Glücks. Wenn ich eingangs bemerkt habe, dass Dein Brief das zweite sehr persönliche Schreiben ist, das ich jemals erhalten habe, so muss ich ergänzen: Der erste Brief stammt von Ernst. Auch wenn wir nun schon seit einiger Zeit im gleichen Hausstand leben, so hat er es doch zunächst vorgezogen, mir nicht von Angesicht zu Angesicht seine Gefühle zu offenbaren. Vielmehr hat er zu Feder und Papier gegriffen und gleichsam ausgedrückt, was auch ich für ihn empfinde. Schon seit längerem habe ich mich immer wieder dabei ertappt, seine Nähe zu suchen. Ich mag seine zurückhaltende Art, auch wenn mir sein Gemüt manchmal etwas zu melancholisch ist. Aber es ist unverkennbar, dass er auflebt, wenn er mit seinen Freunden zusammen ist, wenn sich sein Förderer Adalbert um ihn kümmert und wenn wir beisammen sind und er mir aus seiner umfangreichen Gedichtsammlung vorliest.

Uns steht nicht der Sinn nach durchtanzten Nächten; wo auch? Aber ich hänge an seinem süßen Mund, der die wundervollsten Verse preisgibt. Stundenlang. EIN STERN IN DUNKLER NACHT hat er diese gefühlvollen und schwärmerischen Liebesbekundungen betitelt. Ich kann nicht genug davon bekommen, wenn wir gemeinsam unter dem Sternenzelt träumen und er mir kundtut, dass ich einen besonderen Platz in seinem Herzen einnehme.

»Auf Ernst können Sie sich verlassen, Demoiselle«, höre ich Madame Sertürner noch gestern sagen und ihr Sohn Friedrich Wilhelm bestätigt diese Ansicht einer weisen Dame: »Ernst ist wenig abenteuerlustig, aber sehr einfühlsam. Er wird gewiss ein stets treuer Ehemann sein.« - Als wenn ich ein solches Loblied auf meinen Liebsten unbedingt benötigte. Ich weiß selbst, was ich an ihn habe.

Wie Du Dir sicher gut vorstellen kannst, genießen wir nun unsere glückliche Zeit. Uns verbindet eine tiefe Zuneigung. Wir werden sehen, was die Zukunft bringt. Heute träume ich davon, dass wir unsere Empfindungen mit hinübernehmen in das neue Jahrhundert - auch wenn uns davon noch einige Monate trennen.

Liebe Cousine Sophie, ich wünsche uns, dass wir diese glückliche Zeit lange festhalten können und dass wir sie auch noch erleben, falls wir uns irgendwann einmal wiedersehen sollten.

Alle guten Wünsche für Dich und Deine Familie!

Elsbeth Altemeier

Dritter Teil: 1800 - 1801
Sehnsüchte und Enttäuschungen

Eins
1. Januar 1800 - Ein Verlöbnis in Berlin

Mit einem nicht enden wollenden Kuss wurde das neue Jahrhundert begrüßt. Nur wenige Schritte waren soeben vom Patrizierhaus der Sanders, gelegen in der Breiten Straße 23 südlich des Berliner Stadtschlosses, zurückgelegt worden. Mit Elsbeth an seiner Seite stand Ernst nun in der Neustadt beim Opernplatz, am Beginn der zentralen Berliner Prachtstraße *Unter den Linden*. Sie befanden sich ganz in der Nähe des Königlichen Palais, in dem der jetzige Preußenkönig Friedrich Wilhelm der Dritte und Königin Luise schon einige Jahre als Kronprinzenpaar wohnten. Noch kostete Ernst glückselig von der innigen Liebkosung und schmeckte die Süße des Berliner Pfannkuchens, den Elsbeth kurz zuvor in alter Silvester-Tradition verzehrt hatte. Reste vom Zuckerguss und von der Konfitüre hatten sich in ihren Mundwinkeln versteckt gehalten, bevor Ernst sie nun an seiner Zungenspitze wahrnahm.

Während sich die königliche Familie unter viel tausendfachen Hurra-Rufen vor dem Palais den Berliner Bürgern zeigte, versuchte Ernst das Durcheinander zu ordnen, das ihm an Bildern durch den Kopf ging und das ihm eine Vielfalt an Gefühlen bescherte.

Es wurde nicht nur der Jahreswechsel begangen. Es war nicht nur zu einigen besonderen Begegnungen mit namhaften intellektuellen Größen im Hause des Verlegers Johann Daniel Sander gekommen. Sondern darüber hinaus hatten Elsbeth und Ernst endlich verraten, warum ihnen so sehr daran gelegen war, dass Agnes und Adalbert sie auf ihrer Reise begleiten sollten: Nach dem Verklingen der letzten Glockenschläge von der nahen Hedwigskirche, von der Marien- und Nikolaikirche sowie vom Dom, dem barocken Neubau am Lustgarten, hatten sie die Schwester und den Freund mit der Bekanntgabe ihrer Verlobung überrascht.

Überglücklich betrachtete Ernst die Ähnlichkeit seiner Braut mit der Königin, während Elsbeth in diesem Augenblick die Luise Auguste Wilhelmine Amalie Herzogin zu Mecklenburg bewunderte. Trotz ihres Hangs zur Einfachheit bewegte sich die Königin anmutig und voller Grazie und ließ sich als eine der beliebtesten Hohenzollern-Regentinnen von der Bevölkerung feiern. Das Königspaar lehnte, insbesondere im privaten Bereich, jede Art von hergebrachter Förmlichkeit ab. Volksnah wie man sie kannte - ob man sie nun mit ihrem Gemahl ohne Gefolge auf der Straße *Unter den Linden* flanieren sah oder ob man sie bei Volksbelustigungen auf dem Berliner Weihnachtsmarkt oder beim *Stralauer Fischzug* antraf - präsentierte die Königin den Kronprinzen Friedrich Wilhelm, den nächstgeborenen Prinzen Wilhelm und die Prinzessin Charlotte für einige Augenblicke. Denn wegen der kalten Witterung zog man sich alsbald wieder in das Palais zurück, das man dem Stadtschloss vorzog.

Die Menschenansammlung löste sich nach und nach auf. Auch Elsbeth und Ernst sowie Agnes und Adalbert schlenderten von dannen, westwärts in Richtung des großen Karree, das Jahre später als *Pariser Platz* benannt werden würde. Man hatte das vor wenigen Jahren vollendete Brandenburger Tor vor Augen - das klassizistische Bauwerk aus Sandstein, bei dem sich der Baumeister an die Propyläen der Athener Akropolis orientiert hatte. Beeindruckend war das repräsentative Tor, das ein schlichtes der zahlreichen Stadttore in der Zollmauer ersetzt hatte. Fünf Durchfahrten gab es durch das nunmehr monumentale Tor, das auf dem wichtigen Verbindungsweg zum Tiergarten und zum Schloss Charlottenburg im Westen und zum Stadtschloss im Osten errichtet war. Trotz der nächtlichen Dunkelheit war die Silhouette einer Quadriga zu erkennen, die das Bauwerk krönte: eine siegreiche Friedensgöttin mit vier Pferden und Streitwagen.

Während Agnes, Adalbert und Elsbeth einen regen Gedankenaustausch über die in diesen Tagen bestaunten grandiosen Bauwerke, aber auch über das bisher unbekannte ungezwungene gesellschaftliche Leben in Berlin pflegten, genoss Ernst in sich gekehrt die Nähe seiner zukünftigen Frau und dachte bewundernd darüber nach, wie souverän Elsbeth Konversation betrieben hatte im Kreise der bisher fremden Persönlichkeiten, die man im literarischen Salon abends bei Sanders kennengelernt hatte. Man hatte über eine Erzählung disputiert, die vor wenigen Jahren erschienen war. Sie stammte von einem gewissen Ludwig Tieck, den man in diesen Tagen vielleicht sogar persönlich kennenlernen würde. DIE SIEBEN WEIBER DES BLAUBART war sie betitelt und hatte den Märchenstoff um den frauenmordenden Blaubart zu einer Familiengeschichte mit ganz eigener Moral verarbeitet, was einigen Kritikern und Lesern wegen eines Sammelsuriums an Darstellungsparodien so gar nicht gefiel. Aber Elsbeth hat sich getraut, die phantastischen und magischen Elemente als spannend und unterhaltsam zu würdigen und ihr hartnäckiger Widerspruch hatte die anderen letztlich beeindruckt, dachte Ernst anerkennend. Mit Stolz und Bewunderung zollte er seiner Herzallerliebsten gedanklich seinen Respekt.

Unterdessen kehrten sie zur Spree-Insel um, passierten das besonders wertvolle Patrizierhaus, das sie erst gestern bei einer Besichtigung hatten bestaunen dürfen und gelangten zu ihrer Unterkunft - dorthin, wo das alte Haus der *Vossischen Zeitung* gestanden hatte. Ihr Gastgeber Johann Daniel Sander hatte als Lektor und Chefredakteur bei der *Verlagsbuchhandlung Voss* gearbeitet, hatte den Verlag erworben und sich durch den Kauf der *Weverschen Verlags- und Sortimentsbuchhandlung* selbständig machen können. Nun bot er jungen Schriftstellern die Gelegenheit für Veröffentlichungen.

Ernst machte sich keine Illusionen, dass er sich selbst vielleicht eines Tages dazu zählen dürfte. Für den Moment genoss er einfach nur die Eindrücke, die ihm wie ein Lotteriegewinn in diesen Tagen beschert wurden - mit Elsbeth, dem großen Los an seiner Seite. Wie kann man nur in so kurzer Zeit in den Sog solch unglaublicher Begebenheiten geraten - gesegnet mit dem Glück der Liebe an erster Stelle, dachte er wenig später in einem gemütlichen Bett liegend, als ihn die Müdigkeit übermannte, als ihm die Augen zufielen und er sich seinen Träumen hingab:

Große blaue Kinderaugen strahlen aus einem ovalen Antlitz, von der dichten Fülle blonder Locken umgeben. Wie ein Lichtschimmer umgeben sie das blasse Gesicht mit dem anmutigen, bezaubernden und dann wieder koketten Blick. Sie trägt einen auffälligen Kopfschmuck, wobei eine Hals- und eine Kopfbinde geschickt miteinander verknotet sind. Wohlwollen und Güte strahlt die vierundzwanzigjährige Königin aus, als Blaubart ihr einen Schlüsselbund überreicht und ihr sagt, sie könne es sich während seiner Abwesenheit fast überall im Haus gemütlich machen. Nur einen besonders markierten Schlüssel dürfe sie nicht verwenden, um damit einen speziellen Kellerraum zu öffnen. Bei Nichtbeachtung dieser Weisung werde sie sich seiner fürchterlichsten Bestrafung auszusetzen haben. Kaum ist Blaubart abgereist, eilen Dichter und Musiker zu dem dreigeschossigen im Stil des Rokoko ausgestatteten Haus und rufen nach der Königin Luise, die wie die Laternen tragenden Putti eines Deckengemäldes in den Himmel fortzuschweben scheint. Nahezu gleichzeitig schreitet sie eine Wendeltreppe hinab ... aber mit dem Antlitz der fast sechzehnjährigen Elsbeth - obwohl, ist es nicht der gleiche eher schuldlos kindlich wirkende Gesichtsausdruck mit den aufgeweckten Zügen der Königin? Die behandschuhte Hand greift das schmiedeeiserne vergoldete Treppengeländer, während sie mit der anderen Hand huldvoll die Besucher grüßt und sie einlädt ihr nach oben zu folgen. Sie gelangen in einen dreifenstrigen Festsaal mit Wandgemälden. Landschaftsdarstellungen der römischen Antike sind zu sehen sowie ein allegorisches Deckengemälde und ein stuckmarmorner Kamin. Am Kopfende einer festlich gedeckten Tafel sitzt der König, der Schriftsteller Ludwig Tieck zu seiner Rechten. Die Königin führt die Gäste auch durch die anderen reich ausgestatteten, teilweise mit hölzernen Wand- und Deckenverkleidungen versehenen Räume. Und dann werden sie zurück zum Tisch geleitet, während sich die Königin für einige Augenblicke entschuldigt. Ihr Bild verschwimmt. Als es wieder aufklart, ist es nicht mehr die Königin sondern Elsbeth, die sich in den Keller begeben hat. Sie zögert zwar kurz, ob sie das Verbot nicht lieber achten und Blaubarts Zorn nicht provozieren solle, schließt dann aber zitternd die Tür auf. In der Kammer findet sie einige von Blaubart ermordete Frauen vor. Entsetzt lässt sie den Schlüssel in eine Blutlache fallen, hebt ihn auf und verschließt die Kammer wieder. Ihre Versuche, den Schlüssel von den Blutflecken zu reinigen, scheitern, weil es ein verzauberter Schlüssel ist. Blaubart kehrt unerwartet schnell zurück und bemerkt aufgrund der Blutspuren am Schlüssel die Missachtung seiner Anweisung. Er wird sehr zornig und verurteilt Elsbeth zum sofortigen Tod, auf dass sie den Leichen in der Kammer Gesellschaft leisten solle. Nur wenige Augenblicke, bevor Blaubart sie mit einem Messer töten kann, folgt die Rettung. Verzweifelt ruft Ernst Hilfe herbei, aber er ist auf sich alleine gestellt. Schweiß strömt ihm aus allen Poren, während er mit Blaubart ringt. Er greift ein Buch und ... erschlägt den Blaubart. Unendlich glücklich hält er Elsbeth, seine Königin, in den Armen.

Verworren, schön und schrecklich zugleich war der Traum, wurde ihm nunmehr bewusst, als sich Elsbeth über ihn beugte, seinen Oberkörper anhob und ihn feste drückte. Der Schweiß war inzwischen erkaltet, und er zitterte trotz ihrer körperlichen Nähe.

»Ich habe im Traum mit Blaubart gekämpft, weil er dich töten wollte. Aber ich bin mir nicht sicher, ob seine Mordabsichten dir oder der Königin Luise galten. Es war in dem schönen Haus in der Nachbarschaft, durch das wir gestern geführt wurden. Auch der Tieck war dort. Und schließlich konnte ich den Blaubart erschlagen. Mit einem Buch; verrückt nicht wahr?«, erinnerte sich Ernst.

»Deine Verzweiflungsschreie habe ich wohl vernommen«, flüsterte Elsbeth erklärend, »und bin in deine Kammer geeilt. An dieses Buch hieltest du dich fest geklammert, als ich dich vorfand!«

»Es ist das Buch von diesem Tieck, DIE SIEBEN WEIBER DES BLAUBART, über das ihr euch gestern so ereifert habt. Woher kanntest du eigentlich den Inhalt?«, fragte Ernst.

»Als ich damals bei meiner Cousine Sophie lebte, erzählte ihr Vater uns ein Märchen vom Blaubart. Ihr Vater versuchte seinerzeit schriftstellerisch tätig zu werden. Er wollte das Märchen umdichten. Aber dann habe ich mal eine kurze Notiz von einem Literaturkritiker gelesen. *Dieses Machwerk ist so sehr unter aller Kritik, dass Wir uns begnügen, bloß die höchst überflüssige Existenz desselben anzuzeigen*«, erinnerte sich Elsbeth mit einem Schmunzeln auf den Lippen. »Ja, und eine Weile später habe ich dieses Buch von dem Ludwig Tieck im Bücherschrank vom Lehrer Buchbinder entdeckt. Natürlich habe ich es sogleich gelesen. Es war wirklich sehr unterhaltsam.«

»Und ich habe nach unserer Rückkehr in der Nacht noch kurz die Bibliothek unserer Gastgeber aufgesucht, in der ich das Buch auch schnell finden konnte. Aber ich glaube, ich möchte es nicht mehr unbedingt vertiefen«, seufzte Ernst erleichtert und ließ sich wieder in die Kissen sinken. »Ich denke, wir sollten noch eine Weile schlafen, an unserem ersten Tag im neuen Jahr.«

Doch das war leichter gesagt als getan. Als Elsbeth in ihre Kammer zurückgekehrt war, ließ sich Ernst die Geschehnisse der letzten Monate durch den Kopf gehen.

Alles hatte damit begonnen, dass er am Ende seiner Lehrzeit den PADERBORNISCHEN HOF– UND STAATSKALENDER fertiggestellt hatte. Dann war eine Schrift zur Vorlage beim Rastatter Friedenskongress in Auftrag gegeben. Und er hatte gerade eine Sammlung von selbstgefertigten Gedichten gesetzt, die er mit Adalberts Hilfe in der Druckerei zu Papier gebracht hatte - *gewidmet der allerliebsten Elsbeth*.

Zu dieser Zeit weilte die aus Pyrmont stammende Sophie Sander, die soeben ihre Kur beendet hatte, im Hause der Hofbuchdruckerei Junfermann.

Ernst hatte später erfahren, dass die gebürtige Sophie Diederichs 1794 den Verleger Johann Daniel Sander geheiratet hatte, über den sie vielfältige Kontakte mit jungen Schriftstellern knüpfte. Sophie Sander war es gelungen - auf Anregung ihres Mannes - schnell einen eigenen literarischen Salon aufzubauen, der zunächst von Autoren besucht wurde, die bei ihrem Ehemann unter Vertrag standen. Zwar war die Gründung des Salons auf die Initiative Daniel Sanders zurückgegangen, der sein Haus zu einem Treffpunkt für Berliner Gelehrte und Literaten machen wollte, doch schon bald bildete die hübsche, lebhafte und schlagfertige Sophie den Mittelpunkt des Salons.

Über Sophie Sander war eine Einladung nach Berlin an den Verleger Junfermann ergangen, die - *als besondere Auszeichnung für eine erfolgreiche Lehrzeit* - vom Lehrherrn an Ernst weitergereicht wurde. Als Reisebegleiter hatte Ernst die Zwillingsschwestern und auch Adalbert benennen dürfen.

Kurz vor Weihnachten war man schließlich nach Berlin aufgebrochen. Zunächst hatte man Poststationen der Kaiserlichen Reichspost angefahren. Nach einer Zwischenstation in Hameln wohnte man in Braunschweig bei Joachim Heinrich Campe, bei dem auch Sophie Sander während ihrer Reisen in die Pyrmonter Heimat stets Unterkunft fand. Es war für Ernst ein besonderes Erlebnis, diesen Mann kennenzulernen. Nur zu gut erinnerte er sich an eines der ersten Bücher, die er gelesen hatte. Clemens Buchbinder hatte es ihm in jungen Jahren zum Lesen gegeben: die Geschichte von ROBINSON DEM JÜNGEREN. Für Kinder geschrieben von eben jenem Pädagogen Campe, bei dem sie zu Gast gewesen waren. - In weiteren anstrengenden

Reiseetappen waren sie danach über Magdeburg und Brandenburg nach Berlin gelangt. Madame Sander hatte die Reisegruppe am Potsdamer Tor begrüßt und zur Breiten Straße begleitet, während der Postkutscher seinen eigenen Weg fortsetzte. Über die Leipziger Straße passierte man die Friedrichsstadt von West nach Ost, gelangte nach Neu Cöln und erreichte über die Fischerinsel im Süden der zwischen Spree und Kupfergraben gelegenen Spreeinsel in Alt Cöln das Ziel.

Die Gäste machten sich mit Sophie Sanders Ehemann bekannt, der wieder einmal dabei war, als *Korrektor letzter Hand* für ein Werk des großen Dichters Goethe stilistische Verbesserungsvorschläge zu unterbreiten.

Man nahm ein schlichtes gemeinsames Mahl ein. Anschließend wurde den Besuchern nach den großen Reisestrapazen einige Stunden Erholung gegönnt. Zur Teezeit traf man sich schließlich mit einigen Persönlichkeiten, die das Beisammensein in dem *offenen Haus* sichtlich genossen. Zu den Gästen zählte auch Karl August Böttiger, der aus Weimar angereist war. Man lernte den Gymnasialdirektor kennen, der scheinbar ein gutes Verhältnis zu Goethe pflegte - obwohl manche Aussagen auf eine sich beginnende Entzweiung hindeuteten.

Madame Sander erwähnte, dass der große Dichter und Geheimrat Goethe nur einmal vor sehr vielen Jahren in Berlin gewesen sei und vorerst auch keinen Besuch geplant habe. Sie selbst werde aber im Mai einer Einladung folgen und Goethe in Leipzig treffen. Dann gab sie aus einem Brief des Diplomaten Wilhelm von Humboldt einen Gruß weiter. »Noch weile ich in Spanien, aber schon im nächsten Jahr steht eine Rückkehr nach Berlin in Aussicht«, zitierte sie.

Ernst beobachtete amüsiert, wie der deutlich jüngere Cousin seiner Gastgeberin, der angehende Rechtswissenschaftler Adam Müller, seiner Cousine Sophie den Hof machte. Dabei musste sie, die auch ihn besonders schätzte, die ganze Kraft aufbringen, dass seine leidenschaftliche Verehrung nicht in ein zu missbilligendes Verhältnis ausartete.

Ernst erinnerte sich an den Folgetag, als man sich auf dem ehemaligen Neuen Markt befand, der seit kurzem umbenannt war. In Erinnerung an die Stallungen des Kürassierregiments der Gens d'armes wurde er nun *Gendarmenmarkt* genannt, dessen neue Gestaltung die Gastgeber mit Stolz präsentierten. In dem Stadtviertel hatte sich einst ein Großteil der französischen Einwanderer angesiedelt. Und für die Glaubensflüchtlinge aus Frankreich war die Französische Friedrichstadtkirche gebaut worden. Ein Kuppelturm war hier angebaut worden: der Französische Dom. Auch an der Neuen Kirche, der Deutschen Kirche für die deutsch-reformierte und die lutherische Gemeinde gegenüber, erhob sich ein solcher Kuppelturm. Beide Bauwerke entfalteten nun ihre großartige Pracht gemeinsam mit dem Königlichen Nationaltheater, dem ehemaligen Komödienhaus, das sich dazwischen befand und bald einem Neubau weichen würde, wie es hieß. Man erfuhr, dass dieses Theater im Begriff war, das wichtigste Repräsentationsinstrument des preußischen Hofes und der Bürgergesellschaft zu werden.

Schließlich war man dem bedeutenden Schauspieler und jetzigen Theaterdirektor August Wilhelm Iffland begegnet, der die Gäste zur Aufführung der Oper FALSTAFF mit der Musik des Antonio Salieri einlud. Falstaff, ein rauf- und trinksüchtiger Soldat versprach in völliger Überschätzung seiner Wirkung auf Frauen gleich mehreren Damen die Ehe, um sie anschließend um ihr Geld zu betrügen. Doch die Damen durchschauten den Schwindel und lockten Falstaff in eine Falle. - Mit diesen Szenen aus der Oper vor Augen schlief Ernst endlich ein.

Zwei
Verheerendes Funkensprühen

»Ferdinand, mir scheint, dass dich etwas sehr bekümmert!«

Clemens Buchbinder und Ferdinand Heller saßen gemeinsam am Tisch in einer Kammer, in die Lehrer Buchbinder sich gerne zurückzog, wenn er seine Unterrichtstätigkeit vorzubereiten hatte. In Holzregalen, die bis zur Decke reichten, fanden sich zahlreiche Bücher, Atlanten, Unterlagen und Schachteln mit Präparaten aus der Botanik, Kästchen mit Mineralien und Versteinerungen, Stapel von losem Papier und etliche Schreibfedern. Im Raum duftete es einerseits würzig aber auch etwas süßlich wie nach Honig. Getrocknete Kamille und Lindenblüten sowie Blättchen von Melisse und Minze wurden in großen Gefäßen aufbewahrt - Errungenschaften aus dem vergangenen Jahr, als der Lehrer wieder seinen ausgeprägten Sammelleidenschaften gefrönt hatte.

Auf dem Tisch stand ein Schachspiel. Die schwarzen Figuren warteten darauf, von Ferdinand in eine neue Position gezogen zu werden.

»Mich soll etwas bekümmern? Sieht man mir das an?«, brummte Ferdinand mürrisch und zog einen Bauern um ein Feld nach vorne.

»Ich sehe es dir nicht nur an - übrigens schon eine ganze Weile - ich merke es auch an deiner unkonzentrierten Spielweise«, erwiderte der Lehrer und schlug mit seinem weißen Läufer diagonal die nun ungeschützte schwarze Dame. »Solche Fehler passieren dir sonst nie«, stellte Buchbinder fest. »Was ist los? Magst du darüber sprechen?«

Ferdinand zögerte mit einer Antwort, während er nachdenklich seine Finger betrachtete. »Ach, es geht mir so vieles durch den Kopf«, murmelte er schließlich und kippte seinen schwarzen König auf die Seite - zum Zeichen seiner Aufgabe.

»Entschuldige mich einen Moment«, sagte Buchbinder, der die Stirn runzelte, als er aufstand. »Ich besorge uns heißes Wasser, und dann gießen wir uns erst einmal einen Lindenblütentee auf.«

In der Küche traf er seine Frau und Ludwig an, der seiner Adoptivmutter Szenen aus einer Dichtung Goethes vorlas. »Na, Ludwig, Märchenstunde?«, fragte der Lehrer etwas neckend.

»Das ist kein Märchen, das ist eine neue FAUST-Version von dem Goethe«, erwiderte Ludwig empört. »Nennt sich ein FAUST-FRAGMENT, das wir in der Schule mit Goethes Erstveröffentlichung vergleichen!«

»Walpurgisnacht!« Elisabeth hob etwas spöttisch die Augenbraue und lächelte dabei. »Heidnische Hexen. Mystisch. Unheimlich. Ein Feuerwerk der Sinne«, bemerkte sie. Und mit ironischem Unterton fügte sie betonend hinzu: »*Das* soll das Leben sein!«

»Soso. Na, dann will ich eure Studien nicht weiter stören. Möchtet ihr auch einen Tee?«, fragte der Lehrer. »Ferdinand und ich brauchen was zum Aufwärmen und zur Beruhigung.«

»Hat euch das Schachspiel so aufgeregt? Dann solltet ihr Märchen lesen«, gab Elisabeth mit einem liebevollen Augenzwinkern zur Antwort, während ihr Mann lächelnd heißes Wasser auf die Blütenblätter gab und mit dem Wasserkessel entschwand.

»Der Tee wird uns gut tun, auch wenn er keine Probleme löst und keine Wunder wirken wird. - Was liegt dir auf der Seele?«, fragte Clemens ohne Umschweife.

»Na ja, es ist ... Wie soll ich es erklären?« Ferdinands Gestammel verriet, dass es ihm nicht leicht fiel, seine Gefühle in klaren Gedanken zu äußern. »In letzter Zeit überkommt mich ... Es beschäftigt mich ... Nun, ich denke doch allzu oft an meine Eltern. Und daran, wie es mit mir weitergehen wird. Wie es mit *uns* weitergehen wird. Die Ungewissheit über *unser aller* Zukunft bereitet mir gehörigen Kummer. Ich meine, es geht mir gut bei euch. Du und Elisabeth, ihr habt viel Ähnlichkeit mit meinen Eltern. Du achtest deine Frau; ihr respektiert euch gegenseitig; man spürt, dass ihr füreinander da seid. So ... Genauso habe ich auch *meine Eltern* erlebt. Niemals habe ich ein böses Wort gehört; niemals gab es Schläge; niemals habe ich meinen Vater erlebt, der eine Entscheidung ohne oder gegen meine Mutter getroffen hätte. Das gibt es nicht oft. Es gibt viele Männer und Väter, die keinen Widerspruch dulden - ja, die geradezu Unterwerfung verlangen, weil sie von ihrer eigenen Unfehlbarkeit überzeugt sind oder weil sie selbst so erzogen wurden. Meistens höre ich von Ehemännern, die ihre Frau wie eine Magd halten, die froh sein kann, dass sie in der Küche geduldet wird und die Kinder erziehen darf. Das gibt es bei euch nicht. Das gab es bei den Eltern von Friedrich Wilhelm nicht. Und auch *meine* Eltern waren eben ganz anders. Sie fehlen mir«, seufzte Ferdinand. »Mehr als drei Jahre sind nun schon vergangen, seitdem ich von meinem jähzornigen Großonkel aus Mastholte davongelaufen bin. Und all die Jahre werden Mutter und Vater im Ungewissen darüber sein, was wohl aus mir geworden ist. Was soll ich tun? Ich nähme gerne Kontakt mit ihnen auf, aber wo sollte ich sie suchen? Ich weiß nicht einmal, ob sie überhaupt noch leben.«

»Diese Ungewissheit zu ertragen ist sicher nicht einfach für deine Eltern, ebenso wenig wie für dich.«

»Das Leben ist ungerecht! - Gut, ich habe großes Glück gehabt, dass ich in deiner Familie ein neues Zuhause gefunden habe und dass ich großartige Freunde habe. Aber wie lange wird uns dieses Glück hold sein?«

»Wobei es in unserem kleinen Bekanntenkreis auch nicht nur Sonnenschein gibt. Bedenke nur: Der Ludwig hat die Wahrheit über seine leiblichen Eltern erfahren und ertragen müssen. Elsbeth und Agnes hatten unter dem Tod ihrer Mutter zu leiden und haben kaum Hilfe durch ihren Vater erfahren - im Gegenteil, du weißt, wie Agnes zu leiden hatte. Ähnlich ergeht es dem Ernst, auch wenn es für ihn in seiner Liebe zu Elsbeth eine Perspektive geben könnte. Selbst Friedrich Wilhelm hat seine Last zu tragen und muss für seine mittellose Mutter sorgen.«

»Genau das meine ich, wenn ich sage, dass das Leben ungerecht ist. Friedrich Wilhelm kann nun seinen Berufswunsch nicht weiter verfolgen, und seine Mutter steht fast ohne Unterstützung da.«

»Du hast recht, im Leben gibt es immer wieder Einschnitte, die uns zwingen neue Wege zu gehen. Und die sind oft unbequem und stimmen unzufrieden. Aber sie eröffnen uns manchmal auch Neues, das uns beglücken kann. Dann erleben wir etwas, das uns wieder begeistern kann und das uns erfüllt.« Clemens versuchte den Blick für positive Entwicklungen zu schärfen. »Der Friedrich Wilhelm zum Beispiel hatte andere berufliche Pläne. Das stimmt. Jetzt versucht er mit viel Ehrgeiz sich das nötige Wissen für den Apotheker-Beruf anzueignen. Er hat eine ausgeprägte Sehnsucht danach Neues zu schaffen, er beginnt zu experimentieren. Er will etwas entdecken, womit er sich unsterblich machen kann. Und seine Mutter ... Wie ich höre, soll sie sich für eine Pflegetätigkeit in dem neuen Armen-Hospital von diesem Doktor Ficker interessieren. Derweil lernt Ernst in Berlin Menschen kennen, durch die sich vielleicht auch sein bisheriger beruflicher und persönlicher Horizont erweitert. Obwohl ich glaube, dass ihm - ähnlich wie dir - eher der Sinn nach Geborgenheit in seiner bekannten Umgebung steht und er seine Erfüllung in Liebe, Ehe und Familie sieht. Übrigens, manchmal habe ich den Eindruck, dass du ein Auge auf die Agnes geworfen hast, habe ich recht?«

»Hm, ja und nein, ich weiß auch nicht wirklich«, zögerte Ferdinand etwas verlegen mit einer eindeutigen Antwort. »Manchmal knistert es schon ein wenig. Es kann sein, dass ich etwas ... «

»Verliebt?«

»Ja, vielleicht. Vielleicht ist es auch nur das Bedürfnis nach Zärtlichkeit. Agnes verhält sich manchmal noch sehr kindlich. Obwohl - ja, ich mag sie. Wir erleben nun schon eine ganze Weile gemeinsam den Alltag, hier, unter dem Dach deiner Familie. Wir kommen ganz gut miteinander aus. Gleichwohl kann ich ihre Empfindungen für mich nicht wirklich einschätzen. Sicher habe ich auch Angst vor einer möglichen Ablehnung durch sie, wenn ich ihr meine Gefühle gestehe. Wenn dadurch unser gegenwärtiges Zusammenleben womöglich Schaden nähme? - Und dann sind da meine Zweifel an der weiteren politischen Entwicklung. Alles deutet doch darauf hin, dass das Hochstift bald am Ende ist und die Preußen die Herrschaft über uns übernehmen. Was wird dann aus uns? Wie wird danach eine gemeinsame Zukunft mit Agnes aussehen? Noch gibt man mir bei der Pflege im Park und bei der Instandhaltung der Residenz genug Arbeit. Aber was wird aus uns, wenn der Fürstbischof verjagt werden sollte und wir in Neuhaus nicht mehr gebraucht werden?«

Ferdinand warf seinem Gegenüber einen niedergeschlagenen Seitenblick zu. Es war nicht zu überhören, dass in seinen Worten etwas Resignation mitschwang. Tröstend legte Buchbinder ihm eine Hand auf den Arm.

»Diese Frage kann uns derzeit natürlich niemand beantworten. Aber Ungewissheiten wird es für uns alle immer geben«, war Clemens um Aufmunterungen bemüht. »Mit solchen Zweifeln und Risiken müssen Menschen immer leben. Damit sind auch deine Eltern umgegangen. Und dennoch ist deine Mutter das Wagnis eingegangen und hat dich geboren. Hat dir Geborgenheit gegeben, soweit es in ihrer Macht lag. Ich denke immer daran, bei allem, was kommen mag: Wenn wir die Probleme *nicht alleine* meistern müssen, können wir uns schon sehr glücklich schätzen. - Du weißt, dass ich im katholischen Glauben groß geworden bin und stets versuche mit ihm zu leben, was mich tagtäglich vor eine Zerreißprobe stellt. Es gibt viel Anlass zur Kritik am Verhalten bedeutender Entscheidungsträger in unserer christlichen Glaubensgemeinschaft, aber dennoch ist dieser Glaube ein Teil von *meinem* Zuhause. Das hindert mich aber nicht daran, über den Tellerrand zu schauen.« Clemens wies auf sein Bücherregal: »Du siehst hier etliche Bücher von dem Martin Luther, den ich hoch achte, weil er die von ihm erkannten Missstände bekämpft hat, auch unter dem Einsatz seines Lebens. Wenn du magst, kannst du gerne darin lesen.« Clemens Buchbinder erhob sich. »Zum Beispiel hier, in diesem Buch: VON DER FREIHEIT EINES CHRISTENMENSCHEN.«

Clemens ergriff das Buch und blätterte darin. Dann nahm er ein loses Blatt zur Hand. Während er auf einen Vers blickte, zitierte er: »Und wenn ich wüsste, dass morgen die Welt untergeht - ich würde heute noch ein Apfelbäumchen pflanzen.« Dann fügte er hinzu: »In Situationen, in denen ich über den Sinn unseres Daseins grübele, erinnere ich mich gerne an diese Aussage von ihm, die auch dir vielleicht Kraft geben kann, mit deinen Fragen, Zweifeln und Ängsten umzugehen.«

Ferdinand nickte verhalten. »Darüber muss ich nachdenken«, erwiderte er noch immer bedrückt. Dann rang er sich ein Lächeln ab und bemerkte noch eher skeptisch: »Das könnte vielleicht überzeugen. Man wird sehen.«

Clemens Buchbinder bestärkte Ferdinand mit einem ermutigenden Blick und lenkte ihn ab, indem er ihm noch einmal Tee eingoss.

»Gibst du mir eine Revanche?«, fragte Ferdinand, während er, noch immer etwas befangen, die Schachfiguren ergriff. »Vielleicht wird ja alles gut. - Dein Tee scheint Wunder zu wirken ...«

»Eine Revanche? - Aber natürlich, mein Guter. Doch zuvor trinken wir noch einen Schluck von meinem Heilsbringer«, antwortete Clemens schmunzelnd. »Und weißt du was, ich habe etwas ganz Verrücktes vor, wenn unsere Berlin-Reisenden zurückgekehrt sind. Schließlich hat gerade ein neues Jahrhundert begonnen. Ich habe einen Kollegen, der den Ludwig im Gymnasium Theodorianum unterrichtet. Mit ihm zusammen lassen wir ein Feuerwerk abbrennen. Der weiß gut Bescheid, wie man so was macht. Friedrich Wilhelm besorgt uns zudem einige notwendige Dinge aus der Apotheke. Ich muss lediglich noch nach einem geeigneten Platz Ausschau halten, denn das private Abbrennen von so einem Feuerwerk ist noch immer verboten.«

Zehn Tage später waren Elsbeth und Ernst, Adalbert und Agnes von ihrer beschwerlichen Rückreise im engen, zugigen und rüttelnden Postwagen zurückgekehrt. Aufgrund zahlreicher Hindernisse durch umgestürzte Bäume oder verschlammte Wege war es eine zermürbende Kutschfahrt geworden. Letztlich hatten sie zu später Stunde nach langweiliger Fahrt durch eine öde Gegend unter wolkenverhangenem Himmel das verschneite Neuhaus erreicht und waren ziemlich übermüdet in die Betten gefallen. Agnes hatte darauf verzichtet, zum Heim der Buchbinders aufzubrechen und sich ebenfalls einen Schlafplatz gesucht, den sie sich mit der laut schnurrenden Katze teilte. Am folgenden Vormittag hatte der Hunger die Reisegruppe geweckt, und man hatte sich selbst zum Frühstück bei den Buchbinders eingeladen. Groß war die Freude des Wiedersehens und herzlich die Begrüßung, wobei einem aufmerksamen Beobachter gewiss die glücklichen Blicke aufgefallen wären, die Ferdinand und Agnes einander austauschten, bevor auch sie sich in den Armen lagen.

»Die Überraschung ist euch gelungen«, rief Clemens Buchbinder aus, als er von der Verlobung von Ernst und Elsbeth erfuhr. »Dann müsst ihr euch auch auf ein besonderes Ereignis gefasst machen«, kündigte er einen Ausflug an, der am Mittag zum Lichtenturm auf die Anhöhe des Haxter Bergs führte.

Mit zwei Schlitten und einem Karren, den Kramer Hensler zur Verfügung gestellt hatte, gelangte man zu dem im Südosten vor der Stadt gelegenen Turm.

Der alte Wartturm der städtischen Landwehr war früher Teil des Verteidigungssystems von Paderborn gewesen, von dem aus mit Feuerzeichen mitgeteilt wurde, wenn ein feindlicher Angriff drohte.

»Es war gar nicht so einfach diesen Platz zu finden, wo wir hoffentlich ungestört bleiben«, sprach Clemens Buchbinder zu seinem Kollegen Bernhard Cordes, während die beiden Männer einige schwere Pakete behutsam vom Karren hoben und in dem baufälligen Turm verstauten.

Es war winterlich kalt. Das Dämmerlicht hatte sich seit dem Morgengrauen kaum aufgelöst. Umso wohliger wurde es, als man sich im Windschatten des Rundturmes niederließ. Die bewachsenen Wälle, Reste der Ringmauer und Vertiefungen der ehemals beidseitig angelegten Gräben schirmten vor dem eisigen Wind ab und waren gleichzeitig ein willkommener Sichtschutz. Schnell waren Kohlebecken aufgebaut, an denen man sich wärmen konnte. Und dann stellte Clemens Buchbinder seinen besonderen Gast vor:

»Magister Cordes lehrt an unserem Hochfürstlichen Theodorianischen Gymnasium und möchte sich mit uns einen lang gehegten Wunsch erfüllen«, fachte Buchbinder die Neugier der kleinen Gesellschaft weiter an.

»Das ist richtig, Meister Buchbinder«, bestätigte Cordes. »Ich bin Magister beim Professor der Rhetorik Martinus Kamps und wurde vor zwei Jahren durch unseren Rector Magnificus angestellt. Damit benenne ich Ihnen bereits ein großes Problem. Denn der Rector darf auf keinen Fall von unserer heutigen Unternehmung erfahren, ebenso wenig wie unser Hochfürstlicher Gnädigster Bischof Franz Egon, der unsere Lehranstalt seiner unmittelbaren Aufsicht unterstellt hat. Da wir uns heute einer seiner Weisungen widersetzen, werden Sie alle gewissermaßen zu Mitverschwörern«, bemerkte er augenzwinkernd. »Aber, keine Angst, das Risiko ist überschaubar«, beruhigte er die erwartungsvoll dreinblickenden Zuhörer.

»Wie mir Meister Buchbinder verraten hat, haben wir einen Anlass zum Feiern: Zwei Menschen unter uns haben sich verlobt und wollen alsbald den Bund der Ehe eingehen. Mit einem gesunden Trunk, einem Becher Holunderbeerwein, wollen wir auf das Wohl des zukünftigen Brautpaares trinken und herzlich gratulieren!«

So sprach Magister Cordes förmlich und feierlich, um sogleich hinzuzufügen, dass man sich zur Feier des Tages an einem kleinen Feuerwerk erfreuen wolle.

»Es war vor achtzig Jahren, als ein damaliger Artillerie-Lieutenant und Ingenieur den Entwurf für ein grandioses Feuerwerk lieferte. Johann Conrad Schlaun, der bis dahin vor allem als Architekt bekannt war, erdachte sich zum Einzug des damaligen Fürstbischofs Clemens August in unsere Residenz ein Feuerwerk von derartiger Üppigkeit und Raffinesse, dass ihm auch später die Vorbereitung und technische Leitung des Libori-Feuerwerks übertragen wurde. Schlaun war übrigens ein Schüler unserer Lehranstalt«, hob Cordes stolz hervor. »An dem achttägigen Fest, das 1736 zu Ehren der neunhundertjährigen Wiederbestattung der Gebeine des Heiligen Liborius veranstaltet wurde, sollen Fürsten und Bischöfe aus dem ganzen Reich teilgenommen haben - ein Ereignis, das Paderborn und Neuhaus danach nie wieder erleben durfte. Seitdem ist selbst dem Adel das Geld für Feuerwerke ausgegangen«, dozierte der Magister weiter.

»Sie werden sich fragen, wie ich an das wertvolle Feuerwerk gekommen bin und warum ich Ihnen das alles erzähle. Nun, wegen meines besonderen Interesses an der Pyrotechnik hat mir mein Bruder einige Feuertöpfe, Vulkane und Sonnen überlassen, an die er während eines seiner Aufenthalte in Paris gelangt ist. Mit einem solchen Feuerzauber soll Ludwig XV seine Schwiegertochter Marie Antoinette schon vor dreißig Jahren im Park von Versailles willkommen geheißen haben. Und mir scheint, dass der Anlass, der uns hier und heute zusammengeführt hat, auch mit einer Besonderheit gewürdigt werden sollte. Natürlich wird unsere Darbietung deutlich bescheidener sein. Dennoch sollte sie uns erfreuen und die bösen Geister vertreiben - wenn uns denn welche hierhin begleitet haben sollten«, fügte Cordes scherzhaft hinzu.

»Diese Feuerwerkskörper enthalten eine gute Mischung aus Salpeter, Holzkohle, Schwefel, spezielles Granulat und Chemikalien für die Farben und feines und grobkörniges Schwarzpulver für verschiedene Zwecke. Und das macht sie so besonders. Sie brennen gut und rauchen kaum. Das ist Qualität!«, konnte sich Cordes begeistern. »Raketen haben wir leider keine hier. Sie wären etwas ganz Großartiges. Ich bin immer fasziniert, wenn sie als flammende Feuersäulen funkensprühend aufsteigen und dann einen Regen aus Sternen, Feuerspiralen oder Kreiselblitzen mit ihrem gleißend silbrigen Licht freisetzen. Aber das würde man dann noch in Neuhaus sehen. Und wir wollen unbedingt unentdeckt bleiben. Wir werden uns aber auch an Leuchtkugeln und Fontänen erfreuen können, die nur eine kurze Strecke aufsteigen. Römisches Licht zum Beispiel verlässt den Boden nicht, wenn es entzündet wird. Auch an den Vulkanen werden wir unsere Freude haben, wenn sie ihre Energie aus ihrem feurigen Rachen speien. - Bei all dem schönen Zauber muss ich Sie jedoch vor dem Gestank durch den Schwefel warnen. Aber auch die anderen Chemikalien sind nichts für unsere Gesundheit; sie sind zum Teil hochgradig ätzend. Sie sollten also nicht zu tief einatmen«, mahnte Cordes.

»Damit unser kleines Amüsement auch gelingt, muss ich jetzt schnell das Material überprüfen, das wir im Turm gelagert haben - denn es ist unerlässlich, dass es trocken und sicher aufbewahrt ist«, betonte der Lehrer, als er sich eine Fackel nahm und zum Turm hinüberging.

Vorsichtig zwängte er sich durch den Turmeingang, denn das Gemäuer war an etlichen Stellen lose. In Gedanken versunken öffnete er ein Paket und entnahm ihm eine Apparatur mit Hülsen. Darin gab er Schwarzpulver, das er behutsam verdichtete. Er hatte es erst kürzlich von einer Lieferung an das Gymnasium abgezweigt - natürlich nur in einer überschaubaren Menge. Das Pulver hatte er sich nicht langfristig beschaffen können; es musste unbedingt frisch sein.

Als er sich einige Stücke Anzündlunte zurechtschnitt, nahm er das Flackern seiner Fackel wahr. Vorsichtshalber hatte er sie in einiger Entfernung positioniert. Jetzt erinnerte sie ihn daran, warum er den Turm ursprünglich aufgesucht hatte. Er ergriff die Fackel, inspizierte die hölzerne Stiege, die bereits Stufenlücken aufwies, und erklomm die Sprossen. Es galt eine Luke zwischen der unteren und der nächst höheren Turmebene zu schließen, was man bei der Ankunft aus Unachtsamkeit versäumt hatte. Im Schein des Fackellichts funkelten seine Augen und ein zufriedenes Lächeln der Vorfreude auf das bevorstehende Spektakel zog über sein Gesicht ...

Derweil schilderten Elsbeth und Ernst ihre Erlebnisse in Berlin. Elsbeth schwärmte von den Gästen der Sanders und berichtete von der Komödie DIE MITTERNACHTS-STUNDE, die man sich an einem der ersten Tage im neuen Jahr angesehen hatte.

»Wir kamen abseits von Konventionen und Etikette zu Gesprächen zusammen. Frauen und Männer trafen sich ohne soziale oder religiöse Vorbehalte. Selbst eine Jüdin, die Rahel Levin, die wohl schon seit einigen Jahren ebenfalls zu solchen zwanglosen Zusammenkünften einlädt und stets prominente Künstler begrüßen kann, nahm an unseren Begegnungen teil und war hoch geachtet. Und wir diskutierten über Literatur, die sich dem Gefühlsleben widmet und das übliche Vernunftdenken zu überwinden sucht«, führte sie entzückt aus und gab ihrer Begeisterung Ausdruck, voller Faszination und Enthusiasmus. »Wir trafen uns in der Breiten Straße 23, wo die Grundstücke an die Spree stoßen. Sogar die Kinder der Königin, deren Kinderfrau eine

Freundin von Sophie ist, spielten manchmal in der Wohnung mit der fünfjährigen Tochter und dem dreijährigen Sohn der Sanders«, betonte Elsbeth.

Eher verhalten kommentierte Ernst den Aufenthalt, den das Kulturprogramm ziemlich ermüdet hatte. »Am Dreikönigstag neigte sich das Feilbieten von Honigkuchen, Kerzen und Spielsachen auf dem Berlinschen Christmarkt dem Ende zu, ebenso unser Aufenthalt«, blickte er zurück. »Und das war auch ganz gut so. Ja, wir haben in Berlin einen uns bisher gänzlich unbekannten Alltag in einer Stadt mit überwältigenden Bauwerken erlebt, und das war ganz spannend. In die Nebenstraßen darf man aber auch dort nicht blicken. Da ist die Armut ebenso unübersehbar wie andernorts. Im Übrigen ist es zu Haus doch am schönsten«, stellte er zufrieden fest, was Agnes bestätigte, die mit leuchtenden Augen zum Ferdinand blickte. An Sophie Sander, ihrer Gastgeberin, ließ Ernst kein gutes Haar. »Ja, sie ist eine ansehnliche Erscheinung mittlerer Größe mit scharfen braunen Augen; *eine hübsche sternenvolle Winternacht* hat mal einer ihrer Gäste gesagt«, stellte Ernst fest. Und er sah sie zwar »ganz entgegenkommend und gastfreundlich«. Aber ein ironischer Unterton war dabei unüberhörbar - vor allem, als er einen anderen Gast zitierte, der ihm gegenüber während eines Gesprächs am Rande den Sprachwitz eines Bekannten zum Besten gegeben hatte. Jener Mann gefiel sich darin, seine Zeitgenossen in Akrostichen zu charakterisieren - also in Gedichten, bei denen die Anfangsbuchstaben der Verszeilen den Namen ergeben. In etwas gehässig ausfallender Weise hatte er sich auch Sophie Sander vorgenommen:

S *orgenlos und fröhlich,*
O *berflächlich - selig,*
P *lauderhaft und nelig,*
H *öflich, nie betrübt.*
I *ndolent - verliebt,*
E *hrlich und geübt.*

S *anft und süß und glatt.*
A *lbern, nüchtern, platt,*
N *iedlich, freundlich, matt.*
D *ümmlich, heilig, zierig,*
E *itel, aber schmierig,*
R *uhig und begierig.*

Ernst rief mit seinen Anmerkungen ein Schmunzeln bei den meisten seiner Zuhörer hervor, erntete von Elsbeth jedoch einen bösen Blick. Gerade hob sie an, ihrer Empörung Ausdruck zu verleihen, als aus dem Turm ein markerschütternder Schrei zu vernehmen war.

Erschrocken sprang Ernst als erster auf und sah am Turmeingang ein Funkensprühen. Nahezu im gleichen Augenblick erstickte eine laute Detonation den Schmerzensschrei. Das Aufflackern von Feuer warf ein farbiges Licht auf dichten Qualm. Schließlich erlosch es. Aber Staub und Gesteinssplitter wirbelten noch immer auf, und loses Mauerwerk brach aus der Wand neben dem Turmeingang. Die letzten Funken trat Ernst schnell aus.

Als auch die anderen den Unglücksort erreicht hatten, roch es nach dem Schwefel und Verbranntem. Nur langsam legte sich die Staubwolke, die zunächst die Sicht genommen und das Atmen fast unmöglich gemacht hatte. Diejenigen, die sich sehr nah am Unglücksort aufhielten und sich nun vor einem großen Schutthaufen befanden, spürten bereits ein Kratzen im Hals. Und während Clemens Buchbinder bestürzt den Namen seines Kollegen rief, räumte man hektisch die Gesteinsbrocken beiseite.

Agnes fand Reste der erloschenen Fackel. Ferdinand sah die zerstörte Holzstiege, an deren Holme er Kleiderfetzen entdeckte. Und Friedrich Wilhelms Mutter erblickte eine aufgerissene Stiefelspitze.

»Schnell, schnell! Wir brauchen einen Arzt!«, schrie Mutter Sertürner von Panik ergriffen.

Während Adalbert und Ernst den Verschütteten freilegten, packte Elsbeth das Entsetzen. Sie stürzte zur Seite, rutschte aus, versuchte sich wieder aufzurichten, musste sich übergeben, und dann sackte sie stöhnend zusammen. Friedrich Wilhelms Mutter kümmerte sich um sie, derweil sich auch bei Ernst und Adalbert der Magen umzudrehen drohte. Ferdinand nahm Agnes und den ebenfalls herbeigeeilten Ludwig beiseite und bedeutete ihnen, sich abzuwenden. Clemens Buchbinder aber blickte geschockt auf die zerfetzten Gliedmaßen seines Kollegen, um den sich eine Blutlache gebildet hatte. Da ragten zersplitterte Knochen aus dem Ende eines Beinstumpfs, umgeben von einem Konglomerat aus geschwärzten Haut- und Fleischresten und abgerissenen Adern.

Friedrich Wilhelm beugte sich über den Verletzten und stellte fest, dass Magister Cordes noch schwache Lebenszeichen von sich gab. Und während Kramer Hensler und seine Frau in aller Eile notdürftig die Wunden versorgten, holte Ferdinand ein Brett vom Karren, auf das sie das Unfallopfer festbanden.

»Wenn wir den Magister zum Hofchirurgen Gutjahr bringen, werden sicher sehr unangenehme Fragen zu beantworten sein«, sorgte sich Adalbert nicht nur um das Wohl des Lehrers sondern auch darum, dass man eine eindeutige Verordnung vorsätzlich missachtet hatte.

»Wir sollten ihn zum Doktor Ficker ins Armenhospital bringen«, schlug Mutter Sertürner vor. »Dort wird die ärztliche Verschwiegenheit gewahrt sein.«

Friedrich Wilhelm und seine Mutter, Clemens Buchbinder und Kramer Hensler beförderten den Verletzten zum Arzt, während die zurückgebliebene Schar sich nach Kräften mühte, für Ordnung zu sorgen und die verräterischen Spuren ihrer Anwesenheit zu beseitigen. Gottlob war der Lichtenturm nicht gänzlich eingestürzt. So blieb wenigstens eine Chance, dass ihr Feuerwerker das Unglück würde überleben können.

»Dass diese schlimmen Ereignisse mal kein schlechtes Omen für unsere Neuverlobten sind«, wünschte Franziska, die Frau des Kramers, als sie etwas abseits zusammen mit Elisabeth Buchbinder Kleiderreste und blutverschmiertes Geröll verscharrte.

»Ja, ich fürchte, dass dieser unglückselige Tag noch lange Zeit eine schwere Bürde für unser aller Gemüt sein wird. Und an die Folgen für den Magister mag ich gar nicht denken, wenn er die Zukunft als Invalide meistern muss«, fügte Elisabeth niedergeschlagen hinzu, während der Schrei des Bernhard Cordes wie ein Echo in ihren Ohren widerhallte.

Drei
Liebesgeflüster im Kramerladen

Nach den tragischen Begebenheiten waren zwei Monate vergangen. Während eines Gottesdienstes in St. Kunigunde, an dem die Buchbinders, Ludwig, Agnes und Ferdinand teilnahmen, hatte man erfahren, dass mit Pius dem Siebten ein neuer Papst gewählt worden war. Eine lange Zeit der Vakanz war zu Ende gegangen. Nachdem die bisher vorgestellten potentiellen Kandidaten für den Papstthron den Österreichern oder den Franzosen politisch nicht genehm gewesen waren, einigte man sich auf den Grafen Chiaramonti, dem es nun ein Anliegen werden sollte, durch Verhandlungen mit dem gerade nach einem Staatsstreich zum ersten Konsul der Französischen Republik gewählten Napoleon Bonaparte den Kirchenstaat wiederherzustellen. Doch diese Informationen von der Kanzel verklangen kaum beachtet. Man war in sich gekehrt und dankte Gott dafür, dass er den Magister Cordes nicht zu sich gerufen hatte.

Das Leben des Lehrers hatte lange an einem seidenen Faden gehangen. Aber Doktor Ficker war es gelungen, nach einer Amputation des linken Beines seinen Patienten zu retten. Und nahezu unermüdlich hatte sich Friedrich Wilhelms Mutter der Pflege gewidmet. Auch ein großes Brandmal musste regelmäßig versorgt werden. Inzwischen hatte man den Verunglückten besuchen können, dessen Wunde ihm noch große Schmerzen bereitete. Weidenrindentee half da kaum und auch Laudanum, eine opiumhaltige Tinktur, die Friedrich Wilhelm aus der Apotheke besorgen konnte, betäubte nur mäßig. Ein gelegentlicher kräftiger Schluck Branntwein, den der Kramer heimlich ins Patientenzimmer schmuggelte, sorgte da schon eher für Linderung, aber auch nur für kurze Zeit. Darüber hinaus litt der Lehrer natürlich an der Ungewissheit über seine Zukunft, nicht zuletzt über seine beruflichen Perspektiven. Der Rector hatte sich glücklicherweise mit der Information zufrieden gegeben, dass es einen schrecklichen Unfall gegeben habe. Und das stimmte ja schließlich auch.

Cordes konnte sich daran erinnern, dass er nach dem Schließen der Luke auf der Leiter stehend ins Straucheln geraten und ihm die Fackel aus der Hand geglitten war. Er hatte beobachten müssen, dass die brennende Fackel auf die Feuerwerkskörper gefallen war und die Lunten entzündet hatte. Zu allem Unglück hatte er sich an den morschen Holmen der Stiege nicht festhalten können und war nahezu zeitgleich in die Tiefe gestürzt, als das Schwarzpulver detonierte. Dass das durch die Explosion gelöste Mauerwerk auf ihn niedergeprasselt war und ihn begraben hatte, hatte er nicht mehr bewusst wahrgenommen. Erst beim Chirurgen war er kurzzeitig wieder zur Besinnung gekommen und hatte einen unsäglichen Schmerz verspürt. Dann war es ihm vorgekommen, als habe ihm jemand schimpfend ein Beißholz in den Mund geschoben, und von einem Schlafschwamm war die Rede gewesen. Wie man ihm später berichtete, hatte er erneut das Bewusstsein verloren und erst etliche Tage danach eine Frau in seiner Nähe wahrgenommen, die sich um ihn mühte. Er hatte sie jedoch nicht erkennen können, während er fiebernd immer mal wieder aufwachte und dabei nur kurz ansprechbar war. Letztlich hatte er von Doktor Ficker erfahren, dass ihm die Überreste seines Beines unterhalb des Knies abgenommen werden mussten. Cordes fühlte sich erschöpft und haderte verzweifelt mit seinem Schicksal.

Derweil lernte er den jungen Sertürner näher kennen, den er teils deprimiert teils erbost erlebte. Zum einen natürlich wegen der verhängnisvollen Vorkommnisse an jenem Wintertag im Januar. Zum anderen war dem Apothekenlehrling schon länger aufgefallen, dass sich Ärzte bei notwendigen Operationen über die stark schwankende Qualität des von seinem Lehrherrn angebotenen Opiums beklagten, was häufig zu ernsthaften Dosierungsproblemen führte. Und ebensolche Probleme waren auch aufgetreten, als Doktor Ficker für seinen Patienten ein Schmerzmittel benötigte.

Mit zunehmendem Ehrgeiz vertiefte Friedrich Wilhelm in der Folge seine Kenntnisse über den Rohstoff. Zuerst teilte er die Ansicht, dass es offensichtlich in den Schlafmohnkapseln einen unterschiedlichen Gehalt an Opium geben müsse. Doch die Vermutung wuchs, dass es im Opium eine unbekannte Substanz gäbe - eine Macht des Mohns, die es zu analysieren galte.

Angetrieben durch die persönliche Betroffenheit an dem Schicksal des Magister Cordes, seinem Lehrer, wurde der kleine Ludwig dabei für seinen Freund Friedrich Wilhelm zum ständigen Begleiter, wann immer es zeitlich einzurichten war. Er schaute ihm bei den Experimenten mit den einfachen Mitteln des kleinen Apothekenlaboratoriums über die Schulter, ließ sich in die Geheimnisse der Substanzen und Essenzen einweihen und beteiligte sich eifrig, indem er Tiegel und Töpfe, Mörser und Glaskolben reinigte, Pflanzenteile zerkleinerte oder Handreichungen vornahm.

Der März neigte sich dem Ende zu, als den Zwillingen Elsbeth und Agnes einmal mehr das Geschäft vom Kramer Hensler überantwortet war. Sie hatten die Führung des Ladens und den Verkauf gut im Griff; der Kramer und seine Frau konnten beruhigt einige Tage die Betreuung ihrer Kunden außer Haus wahrnehmen. Zudem wussten Heinrich und Franziska Hensler um die Zuverlässigkeit der Magd Marie, die stets sehr routiniert die Anforderungen des Haushalts bewältigte.

Während Elsbeth eine Kundin bediente, arrangierte Agnes das Warenangebot auf dem Aufbau, der beiderseits des Ladeneingangs positioniert war. Bürsten und Besen, Zinneimer und Körbe wurden zur Schau gestellt. Knöpfe, Gürtel und Schwämme befanden sich ebenso im Sortiment wie Holzkohle, Kerzen, Wollsocken und gestrickte Handschuhe. Gewürze wie Muskat, Zimt und Nelken verströmten einen exotischen Duft. Auch Tee und Rosinen wurden angeboten. Zwiebeln, Möhren, Sellerie und die letzten Äpfel aus der Ernte des vergangenen Jahres standen zum Verkauf. Von den Nüssen und Kastanien war nur noch ein Angebotsrest vorhanden. Und dann gab es vor allem Stoffe, die jedoch überwiegend im Geschäftsraum ausgelegt waren. Als nächstes nahm sich Agnes Kisten und Kästchen mit Steck- und Nähnadeln vor, die sortiert werden mussten.

Nachdem Elsbeth ihre Kundin zufriedengestellt hatte, hielt sie in der Küche Ausschau nach der Magd. Marie schien jedoch noch immer nicht von ihrer Wäschepflege zurückgekehrt und so entschloss sich Elsbeth, mit der Vorbereitung des Mittagessens zu beginnen. Sie betrat einen Lagerraum, um einen Korb Kartoffeln zu holen, als sie merkwürdige Geräusche vernahm. Ein Knarzen und Quietschen war zu hören, ein Poltern und Rascheln. Elsbeth schenkte dem Lachen, Wispern, Turteln und Schäkern besondere Beachtung, denn die weibliche Stimme kam ihr sehr vertraut vor. Handelte es sich dabei nicht um die Stimme von Marie, die man doch noch bei der Quelle der Wäschepader vermutete? Kichernd rief Elsbeth ihre Schwester herbei und neugierig inspizierten die jungen Frauen die Wand des Lagerraums. Urkomisch und etwas einfältig wirkten ihre Scherze, die Albernheit und neckische Belustigung, als die

Zwillinge abwechselnd durch einen Spalt in den Nachbarraum blickten und ein Liebesspiel der Magd mit ihrem Günstling verfolgten.

»Ist das nicht dieser blonde Wachhabende von der Schlosswache, der da unter unserer Marie liegt?«, fragte Agnes interessiert.

»Ich kann seine Uniform nicht entdecken«, spottete Elsbeth. »Wenn das sein Dienstherr, unser Fürstbischof, wüsste. Und dann lässt er auch noch die Marie auf sich reiten! Das ist doch gegen jegliche göttliche Ordnung«, höhnte sie, wobei ein etwas neiderfüllter Unterton nicht zu überhören war.

»Als ob du und der Ernst, als ob ihr die göttliche Ordnung immer befolgen würdet«, erwiderte Agnes, die eine zunehmende Erregung verspürte, während sie die Darbietung im Nachbarraum aufmerksam verfolgte.

»Der Ernst und ich ...« Elsbeth wandte sich von der Liebesszene ab und sprach ernüchtert: »Der Ernst und ich ... Wir haben uns einer besonderen Prüfung ausgesetzt, bevor wir die Ehe schließen werden.«

»Das klingt jetzt aber gar nicht so, als wenn du eine glückliche Zeit genießen würdest«, stellte Agnes überrascht und fragend fest.

»Das ist wohl so«, antwortete Elsbeth knapp. Dann ergänzte sie: »Unsere glücklichste Zeit hatten wir bis kurz nach dem Jahreswechsel. Obwohl wir nie beieinander gelegen haben, wenn du das denkst. Weißt du, ich hätte es mir ja schon gewünscht. Aber der Ernst, der ist da so ... Wie soll ich sagen ... Er ist voller Sorge über unsere Zukunft und ... Und er hat immerzu Bedenken, dass es für ein Kind zu früh ist. Er möchte eben, dass wir erst heiraten und dann ... Vielleicht hat er sogar recht. Seitdem wir aus Berlin zurück sind, mache ich mir schon so meine Gedanken, ob wir tatsächlich füreinander geschaffen sind. Ich habe dort etwas für mich ganz neues kennengelernt. Die Künstler, die Schriftsteller ... Wie du weißt, habe ich in ihrer Gegenwart wirkliche Freude empfunden. Aber Ernst wirft mir vor, ich sei nur an Abenteuern interessiert. Und er ... Er möchte es lieber, wenn hier, in unserem gewohnten Umfeld alles seine Ordnung hat. - Du erinnerst dich doch, die Sophie Sander hat mich damals eingeladen, im Mai mit ihr zusammen nach Leipzig zu reisen. Dort trifft sie sich mit dem großen Goethe. Mein Gott, welch ein Angebot, welch eine Gelegenheit! Aber nein, mein Ernst macht sich eher Gedanken darüber, dass er Arbeit beim Hofbuchbinder Hillebrand finden könnte. Das ist ihm wichtig«, echauffierte sich Elsbeth.

»Heißt das, dass du nicht nach Leipzig fahren wirst?«, fragte Agnes überrascht.

»Ich weiß noch nicht, und doch ... Ich glaube schon. Das Problem ist, ich kann ja nicht alleine reisen. Aber vielleicht gibt es eine Lösung. Denn Herr Hensler plant, neue Handelskontakte zu knüpfen. Vielleicht wird er auch mal die Warenmesse besuchen. Er hat mir schon angedeutet, dass wir - wie damals, als wir zu Ostern zusammen nach Lügde gereist sind - möglicherweise auch gemeinsam nach Leipzig fahren könnten.«

»Das wäre eine gute Lösung«, gab Agnes ihrer Schwester Zuspruch. »Und über den Ernst, da mach dir mal nicht so viele Gedanken. Wenn er beim Hofbuchbinder glücklich wird und er merkt, dass du zufrieden zurückkehrst, dann ist doch alles bestens. Und wir können dann wirklich bald Hochzeit feiern. Der Ernst ... Na, ich denke, er hat doch viel Ähnlichkeit mit Ferdinand. Für beide ist Sicherheit sehr wichtig. Und das ist doch auch gut so. Stell dir mal vor, dein Ernst wäre ein Luftikus. Einen Bruder Leichtsinn kannst du gewiss nicht als Ehemann und Vater eines Kindes gebrauchen, oder?«

»Das stimmt schon«, gab Elsbeth kleinlaut zu. Übrigens: Was ist eigentlich mit dem Ferdinand und dir? Glaubst du, ich merke nicht, wie du ihn immer anhimmelst?«

»Merkt man mir das tatsächlich an?«, fragte Agnes leicht errötend. »Ja, ich bin wirklich sehr vernarrt in ihn. Aber, ob er das auch merkt?«

So vertrauten sich die beiden Schwestern einander ihre Empfindungen an, während sie von den Kartoffeln die Keimlinge entfernten. Das Liebesspiel der Magd geriet dabei in Vergessenheit.

Vier
Begegnung mit Doktor Ficker

»Ah, Sertürner, gehe ich recht in der Annahme, dass Hofapotheker Cramer Ihnen sein Schatzkästlein, die Apotheke, anvertraut hat? Sie müssen ein tüchtiger Mitarbeiter für ihn sein ... Meine Hochachtung, mein Kompliment«, sprach der Arzt und Geburtshelfer Doktor Ficker mit großem Respekt, als er die Offizin der Apotheke betreten hatte.

»Guten Morgen, Herr Doktor! Nun, die Geschäfte lässt er mich noch nicht führen«, antwortete Friedrich Wilhelm selbstbewusst. »Nein, der Herr Apotheker musste nur schnell einem Ruf aus der Residenz folgen; er wird sicher bald wieder zurück sein. - Meine Freunde kennen Sie schon?«, fragte Friedrich Wilhelm, als er Ernst und Ferdinand vorstellte, die sich wenige Minuten vor dem Arzt in der Apotheke eingefunden und darüber berichtet hatten, dass Elsbeth mit dem Kramer Hensler nach Leipzig abgereist sei.

»Ja, ich hatte mehrfach das Vergnügen, die Herren beim Besuch meines Patienten, des Magister Cordes, anzutreffen«, wandte er sich ihnen mit einer kurzen Verneigung zu. »Ich habe hier eine Liste mit Rezepturen, Sertürner, die ich dringend benötige, besser gestern als heute.«

Und mehr flüsternd fuhr der Doktor fort: »Aber diesen Auftrag bringe ich nicht wegen der Dringlichkeit persönlich vorbei, sondern ich wollte Sie vor allem - *diskret* - wissen lassen, dass ich meinen Patienten in diesen Tagen entlassen kann. Und das kann ich Ihnen auch gemeinsam mitteilen, da Sie zufällig alle beisammen sind. Der Magister bedarf meiner medizinischen Obhut nicht mehr, aber er benötigt noch Pflege. Er kann seinem Beruf in absehbarer Zeit noch nicht wieder nachgehen und vor allem: Es wird auch noch nicht wieder möglich sein, dass er sich selbst versorgt. Wie ich von ihm erfahren habe, ist er mit seinem Bruder als Vollwaise in Hameln aufgewachsen. Hinsichtlich der Verwandtschaft hat er nur noch zu seinem Bruder Kontakt, der sich aber in Paris aufhält und vorerst nicht zurückerwartet wird. Das darf ich Ihnen wohl alles mitteilen, denn Sie werden es ohnehin erfahren, wenn Sie es nicht schon wissen. Ihre werte Frau Mutter, Sertürner, hat sich angeboten, den bedauernswerten Cordes in ihrem Haus aufzunehmen. Und ich habe mich mit ihm verständigt, dass er für mich meine Journalartikel stilistisch überarbeitet und übersetzt. Auch arbeite ich erneut an einem Beitrag zur Arzneiwissenschaft. Und er kann mir gute Dienste leisten bei den Ausarbeitungen für meine Lehrtätigkeit. So wird uns allen geholfen; auch die Kosten werden damit abgegolten. Sie müssten Ihren neuen Mitbewohner nur noch im Spital abholen.«

Mit normaler Lautstärke fügte er hinzu: »Also, Sertürner, ich zähle auf Sie und empfehle mich.«

Nach diesem kurzen Monolog drehte sich der Arzt um und wollte schon den Verkaufsraum verlassen, als er stutzte und sich noch einmal mit freudigem Blick an den sprachlosen Friedrich Wilhelm wandte: »Ah, Sertürner, da sprachen wir soeben davon, dass der Magister in Hameln aufgewachsen ist, und jetzt sehe ich, Sie haben das Handbuch von dem hochgeschätzten Apotheker Westrumb, ebenfalls aus Hameln, zur Hand. FÜR DIE ERSTEN ANFÄNGER DER APOTHEKERKUNST. Ja, ja, das ist sein Werk. Ah, die DRITTE ABTEILUNG, DIE PHARMACEUTISCHE SCHEIDEKUNST. Sie studieren also DIE ZUBEREITUNG UND BEARBEITUNG DER MEDIKAMENTE. Sehr gut, sehr gut! Übrigens: Von Westrumb stammen auch die BEMERKUNGEN UND VORSCHLÄGE FÜR BRANNTWEINBRENNER. Und kürzlich habe ich noch in einem schon etwas älteren Werk von ihm gelesen, in dem er eine physikalisch-chemische Beschreibung der Mineralquellen zu Pyrmont vornimmt. Sehr interessant, sehr interessant! Sie müssen wissen, dass Westrumb nicht nur Apotheker ist, er hat als Bergkommissar auch die Brunnen von Pyrmont untersucht. Und dafür interessiere ich mich sehr, denn neben meiner Profession für Chirurgie und Geburtshilfe reizt mich die Tätigkeit als Brunnenarzt.«

Dr. Ficker gab den verdutzt dreinblickenden Friedrich Wilhelm einen abschließenden Rat mit auf den Weg: »Sertürner, wenn Sie einmal gar nicht mehr weiterwissen, dann wenden Sie sich an Westrumb, mit vorzüglichen Grüßen von mir. Sie finden ihn in Hameln im Neuen Haus, gleich neben dem Rathaus. Vor einigen Jahren ist ihm die Rats-Apotheke verpachtet worden. Ich meine, es kann nicht schaden, wenn man gute Kontakte hat.«

Leise, fast verschwörerisch, raunte der Arzt den Anwesenden zu: »Sehen Sie, wenn Ihre Frau Mutter seinerzeit nicht so weitsichtig gewesen wäre und sich mit dem Verletzten an mich gewandt hätte, dann hätten Sie sich vermutlich an den Hofchirurgen wenden müssen - wegen der Missachtung des Edikts sicherlich mit unangenehmen Folgen. Übrigens, ein besonders gutes Gefühl habe ich nicht dabei, unseren gnädigsten Landesherrn zu hintergehen. Schließlich erhalte ich eine üppige finanzielle Zuwendung für mein Spital von ihm. Aber ich will Sie beruhigen, meine Schweigepflicht werde ich wegen des Geldes selbstredend nicht brechen!«

Mit diesen Worten öffnete der Arzt die Tür und verabschiedete sich: »Meine Herren, ich wünsche Ihnen einen guten Tag! Sertürner, studieren Sie eifrig! Ich bin mir sicher, Sie werden ein guter Apotheker! Und denken Sie daran: Bei Westrumb bekommen Sie *jede* Hilfe!« -

»Welch ein Auftritt!«, staunte Ferdinand.

Und Ernst ergänzte: »So schließt sich ein Kreis. Auch der Vater von Sophie Sander ist Brunnen-Direktor: Hannoverscher Brunnen-Kommissarius Leopold Conrad Diederichs, der aus vorteilhafter Position Zugang zu einem illustren Kreis von gekrönten Häuptern, Adligen, Gelehrten und reichen Bürgern hat, die alljährlich in Pyrmont zusammenkommen. Zwei seiner Söhne waren Bürgermeister in Herford. Und seine jüngste Tochter hat's mit ihrem Sinn für die Kunst und Poesie bis in die vornehmen Kreise Berlins gebracht. Da passt Elsbeth natürlich besser rein als in unsere Gesellschaft.«

So sprach Ernst mit Sarkasmus und mit Worten aufkommender Eifersucht über seine Beziehung zu Elsbeth und stellte abschließend fest: »Aber von der Kunst und Poesie kann man nicht leben!«

Fünf
Jubilate - Zur Leipziger Ostermesse

Die Begegnungen mit den Sanders und Goethe waren für Elsbeth enttäuschend kurz. Umso aufregender waren jedoch die weiteren Ereignisse dieser Tage:

Bevor man sich am Hotel de Saxe in der Klosterstraße traf, hatte Kramer Hensler sich das CHURFÜRSTLICH SÄCHSISCHE PRIVILEGIERTE LEIPZIGER MESSSCHEMA mit dem Verzeichnis von über dreitausend Ausstellern besorgt. Durch die Witterung begünstigt hatten an Jubilate, dem ersten Mess-Sonntag, Zigtausende von Menschen die Gegend zwischen dem Grimmaischen Tor und dem Peterstor sowie auf dem Rossplatz belagert, um sich die Parade der zum Markt gebrachten Pferde anzusehen. Zwischen Weinbuden und Verkaufsständen der Handwerker, Höker, Kaufleute aus dem In- und Ausland und der Buchhändler tummelte sich ein Heer von Spielleuten. Akrobaten, Seiltänzer, Equilibristen und Jongleure begeisterten das Publikum. Zauberer und Theatergruppen, Gedächtnis- und Feuerwerkskünstler traten auf, alles umrahmt von der niemals fehlenden Messemusik. Es kamen Bauchredner und Marionettenspieler. Das Jahrmarktskasperspiel war ebenso vertreten wie Kunstreiterei, Zirkus und Varieté. Es zeigte sich ein sonderbares Gemisch von Griechen und Juden, Türken und Russen. Und auch die Beutelschneider, männlichen wie weiblichen Geschlechts, waren zahlreich vertreten. Wieder wurde eine Warenschwemme angeboten; insbesondere der Vertrieb von englischen Tuchen. Hier wollte sich Hensler in den nächsten Tagen verstärkt umsehen, um sein eigenes Angebot zu ergänzen. Er interessierte sich für die Plauensche Mousseline ebenso wie für Nesseltücher und Lyoner Seide. Papierwaren - wie zum Beispiel Kaufmännische Formulare - wollte er zukünftig anbieten. Dazu auch Malereibedarf. Er wolle in den Buchhandel einsteigen, wozu er sich gute Kontakte erhoffe, hatte Hensler erklärt. Zudem seien Rauch- und Kürschnerwaren gefragt. Deswegen wolle er sich im Anschluss zum Brühl begeben - dorthin, wo an der Handelsstraße Via Regia die begehrten und weltbekannten Pelze erworben werden konnten. Dort hatte er bereits Quartier bezogen.

Am Mittag wurde Elsbeth von Sophie Sander und ihrem Mann in Obhut genommen. Man begleitete sie zu ihrem Zimmer in das vierte Geschoss des Hotels, wohin ein Bediensteter bereits das Reisegepäck getragen hatte. Der Blick aus einem Fenster des prächtigen über die Stadtmauer hinausragenden Hintergebäudes bot eine herrliche Aussicht auf wunderschön angelegte Gärten namhafter Persönlichkeiten. Nach einer Verschnaufpause ließen sich die neuen Gäste vom Hotelbesitzer durch das ehemalige barocke Stadthaus führen, das vor ungefähr fünfundzwanzig Jahren das Recht erhalten hatte, sich *Hotel de Saxe* nennen zu dürfen. Es bot nicht nur Unterkunft, sondern war darüber hinaus Veranstaltungsort. Ein Festsaal des Hauses wurde zudem als Konzertsaal genutzt. Elsbeth war fasziniert von den Stuckdecken. Gleichermaßen erinnerte die übrige Einrichtung sie an das großartige Haus in der Breiten Straße, das sie kurz vor dem Neujahrstag in Berlin bewundern durfte. »Im Hotel de Saxe soll schon Mozart übernachtet haben«, wurde ihr stolz berichtet, »zumindest aber seine Witwe Constanze, als sie vor wenigen Jahren die Partitur des REQUIEMS zur Erstaufführung nach Leipzig brachte.«

Hier werde man am Abend mit Goethe zusammen speisen, ließ Sophie Sander wissen.

Nachdem man das Hotel in Augenschein genommen hatte, verließ man es durch ein reich verziertes barockes Portal. Als Elsbeth nach links schaute, entdeckte sie über die Einmündung des Barfußgässchens in die Fleischergasse hinweg ein Schild über dem Eingang zum *Coffe Baum*; ein häufig besuchtes Gasthaus, wie Elsbeth erfuhr. Es sei nicht nur Kaffeeschänke, sondern dort böte man auch Tee, Kakao und Liköre an. Es werde Bier gezapft und man könne sogar einen Imbiss einnehmen. Dieses Lokal wollte Elsbeth in den nächsten Tagen unbedingt kennenlernen. Als sie nach rechts blickte, schaute sie auf einen Teil der Thomaskirche, in der Luther zur Einführung der Reformation gepredigt hatte, Johann Sebastian Bach bis vor fünfzig Jahren als Kantor tätig gewesen und der berühmte Thomaner Chor zu Haus war. Diese Richtung schlugen die Sanders ein, als sie mit Elsbeth über wohlgepflasterte Straßen durch die Stadt promenierten. Manch anderer Messebesucher ließ sich in einer Sänfte durch das Gewimmel von Leibern zu seinem Ziel führen.

Beim Thomaskirchhof gab es Tumult. Zwei Beutelschneider wurden von einigen Bütteln abgeführt, was von mehreren Passanten lauthals kommentiert wurde. Nicht immer genossen die Stadtbediensteten die Sympathien. Schon kam es wieder zu Unruhen, zu Pöbeleien, Drohungen und Handgreiflichkeiten. Elsbeth und die Sanders machten einen Bogen um diesen Ort und ließen sich im Strom der Menschenmenge zur Burgstraße treiben, wo am Fuße der Pleißenburg mit ihrem vor wenigen Jahren errichteten unübersehbaren Observatorium die Obsthändler, Leinweber, Seifensieder und Kupferschmiede ihre Erzeugnisse anboten. Im Sporergässchen linker Hand boten die Dorfbrotbäcker ihre Produkte feil.

Man gelangte zum vier Stockwerke hohen Hôtel de Bavière. Dieser Bayerische Hof, so beschrieb Johann Daniel Sander, gelte als eines der berühmtesten Hotels Leipzigs, wo man jederzeit eine auserlesene Tischgesellschaft, die bequemsten Wohnungen und die beste und gleichzeitig billigste Bedienung finden könne.

Sander zog es einige Schritte zum Hoteleingang. Er verneigte sich knapp und erwiderte den Gruß eines Bediensteten. Gewiss ein Mann nicht ohne Einfluss. Die vornehme blaue Livree mit den silbernen Knöpfen hinterließ Eindruck.

Sanders Frau Sophie hielt sich einige Schritte im Hintergrund und lauschte den Darbietungen einer Gruppe von Musikanten, die auf historischen Instrumenten spielten. Sie lockten zahlreiche Neugierige an, was sich eine Wahrsagerin auf ihrer Wolldecke hockend ebenso zunutze machte wie ein Zuckerbäcker, der seine Ware feilbot. Elsbeth verharrte an einem Laternenmast angelehnt und genoss den Trunk aus einer Schale heißer Schokolade. Sie schloss einige Momente die Augen und wähnte sich in einem Paradies.

Wie schon vor Monaten in Berlin so war Elsbeth in Leipzig gleichermaßen überwältigt von den imposanten Bauwerken und dem vermeintlichen Reichtum, den die Messebesucher zur Schau trugen. Auch das reichhaltige Angebot der Kaufleute vermittelte diesen Eindruck. Elsbeth bestaunte das umfangreiche Sortiment an Kräutern und Gewürzen. Darunter befand sich auch Edles und Teures. Safran, Kardamon, Muskat, Vanille. Aber auch getrocknete Tabakblätter, Zitrusfrüchte ... und sogar Musikinstrumente aus Kalebassen wurden angeboten.

Ja, das war eine andere Welt als die, die Elsbeth von Paderborn und Neuhaus her kannte.

Einzig der Gestank nach Erbrochenem sowie von faulendem Obst und Gemüse, der gelegentlich aus irgendeiner Gasse zu ihr drang, ließ sie bemerken, dass dieses Paradies ebenfalls nicht ohne Schattenseiten auskam. Gleichwohl: Um wie viel sauberer war es in dieser Großstadt als in den Vierteln, in denen sie bisher zu Haus war. Ihr Heimatstädtchen, in dem sich kaum einer scheute, sich hinter jeder Ecke zu erleichtern, wo der Unrat auf den Straßen ... Elsbeth suchte diese Erinnerungen zu verdrängen.

Sie schaute einer Gruppe von Feuerschluckern und Messerwerfern zu, deren Kunststücke mit einem begeisterten Gejohle der Zuschauer kommentiert wurden. Derweil lief ein kleiner Junge auf sie zu, nahm sie bei der Hand und zerrte sie zu der Wahrsagerin.

Die Karten seien ihr wohlgesinnt - zumindest was die nächsten Tage anginge, gab die Wahrsagerin zu verstehen.

Und was die Zeit danach beträfe?, fragte Elsbeth.

Ob sie schon einmal ein gar mörderisches Unwetter habe erleben müssen, stellte die Alte als Gegenfrage, wobei sie die Stirn runzelte.

Elsbeth nickte und dachte mit ungutem Gefühl an den Tag, an dem ihre Mutter zu Tode gekommen war.

»Es könnte wieder ein Gewitter geben«, gab die Wahrsagerin mit einem Schulterzucken zur Antwort. Darüber hinaus war ihr Blick nichtssagend.

Noch ehe Elsbeth begann, diese Antwort zu deuten, vernahm sie bekannte Stimmen. Die Sanders waren zu ihr zurückgekehrt und ermunterten sie, ihren Streifzug durch die Stadt fortzusetzen.

Die Alte hatte mit ihrer Prophezeiung die Stimmung zwar ein wenig getrübt, doch schnell ließ sich Elsbeth ablenken. Auch die plötzliche Blässe wich; Farbe kehrte in ihr Gesicht zurück.

Einmal mehr registrierte sie, dass etliche Frauen wie Männer Bücher und Zeitschriften mit sich herumtrugen. Das war ungewöhnlich. »Lesen macht träge«, so hatte erst kürzlich ein Kunde im Laden der Henslers kritisiert, als er Elsbeth mit einem Buch in der Hand angetroffen hatte. Sie erinnerte sich, dass er die zunehmende Vielleserei angeprangert hatte. Die Jugend sei verloren, hatte er behauptet. Das Lesen erzeuge Widerwillen gegen jegliche reelle Arbeit, lenke von den Pflichten des Alltags ab, verführe zu Träumereien und wiegele oft genug gegen die bestehende Ordnung auf. Ungläubig schüttelte Elsbeth den Kopf. Lehrer Buchbinder und der Kramer Hensler vertraten eine ganz und gar andere Meinung. Hier, in Leipzig, wurde ihnen recht gegeben. Hier, in dieser großartigen Stadt, bekannte man sich öffentlich zu diesem Zeitvertreib; für jedermann sichtbar.

Sander bemerkte Elsbeths Staunen. »Ja, hier sieht man Leser und Leserinnen, die mit dem Buche in der Hand aufstehen und zu Bette gehen, sich damit zu Tische setzen, es bei der Arbeit neben sich liegen haben, auf Spaziergängen mit sich tragen und sich von der Lektüre nicht trennen können, bis sie vollendet ist. Aber kaum, dass die letzte Seite verschlungen ist, so sehen sie sich schon wieder gierig um, wo sie ein anderes Buch herbekommen können - und das ist gut so, schließlich profitieren nicht zuletzt wir Verleger davon.«

Sie erreichten das dreiflügelige Gebäude des Gewandhauses. Es barg die Gewerbehalle der Tuchhändler sowie das Zeughaus, in dem die stadteigenen Waffen und Rüstungen aufbewahrt wurden. Die Sanders zeigten Elsbeth den Konzertsaal, den die Leipziger ganz aus Holz in das Obergeschoss des Zeughausflügels hatten bauen lassen. Fünfhundert Zuhörer fanden an diesem Ort Platz, hatten hier Mozarts einziges Leipziger Gastspiel erlebt und genossen nun die Konzerte des Gewandhausorchesters.

An der Einmündung der nächsten Gasse blickten sie im Osten auf das Grimmaische Tor mit einem gut besuchten Flanierplatz. Vor ihnen erhob sich die Nicolaikirche. Auf dem Kirchplatz inspizierten sie die Verkaufsstände der ortsfremden Schuhmacher. Im weiteren Verlauf der Grimmaischen Gasse in Richtung Rathaus fanden die Lohgerber und Lederhändler Platz. Auf dem Naschmarkt wurde Obst und Gemüse feilgeboten, an den Wochenmarkttagen auch Fleisch. Zudem standen hier jetzt zur Messezeit Buden, in denen größtenteils gestrickte wollene Strümpfe der Oberlausitzischen Manufakturen verkauft wurden. Im Norden des Marktes erstrahlte ein prächtiges im italienischen Geschmack errichtetes Gebäude; die Börse, in der die Kaufmannschaft sich zu Versammlungen zusammenfand.

Als sich Elsbeth und die Sanders umdrehten, erblickten sie *Auerbachs Hof*. Und Elsbeth erfuhr, dass Goethe eine Szene seiner bisherigen Versionen zur FAUST-Tragödie in Auerbachs Keller spielen lässt. »*Mein Leipzig lob ich mir! Es ist ein Klein Paris und bildet seine Leute*«, begann Sander sogleich aus Goethes Veröffentlichung zu rezitieren. »Sie müssen dieses Meisterwerk unbedingt studieren«, empfahl der Verleger, der erkannte, dass Elsbeth sich bisher mit dem FAUST-Stoff in Goethes Ausarbeitungen noch nicht beschäftigt hatte. »Vielleicht verrät der Meister Ihnen auch noch weitere Einzelheiten, denn er arbeitet immer noch an Erweiterungen und Veränderungen für eine neue Version«, flachste Sophie. Sie wusste nur zu gut, dass Goethe seine Ideen kaum preisgeben würde.

Inzwischen waren sie zum Rathaus gelangt. Im Norden blickten sie auf die *Alte Waage*, und gegenüber erhob sich *Apels Haus*, das bedeutende Bürgerhaus, in dem sich schon Peter der Große während seiner Durchreise von Holland nach Russland aufgehalten hatte, das August der Starke während der dreimal jährlich stattfindenden Messen genutzt und wo er seine Feste gefeiert hatte und wo der preußische König Friedrich der Große während des Siebenjährigen Krieges geweilt hatte.

Die drei Stadtbesucher überquerten den Markt und hatten nun nur noch wenige Schritte zurückzulegen, bis sie wieder das Hotel de Saxe erreichten. Es war der erste Teil eines interessanten, aber anstrengenden Tages bewältigt.

Am frühen Abend zog es sie noch einmal hinaus aus ihrem Hotel. Sie durchschritten das nahegelegene Barfußpförtchen, das zügig passiert werden konnte, da es nur für Fußgänger angelegt war. Sie wandelten über die ehemalige Befestigungsanlage zum Rosenthaltor, einem äußeren Stadttor im Norden Leipzigs, wo sie mit Goethe und seinem neuen Leipziger Freund Friedrich Rochlitz zusammentrafen. Sie spazierten durch den gleichnamigen parkartigen Teil des schattigen Auenwaldes, den Goethe gerne aufsuchte, um sich poetisch inspirieren zu lassen. Goethe trug ein dunkelblaues frackartiges Gewand, eine geblümte lange Weste und einen großen dreieckigen Hut, schwarzes Beinkleid und große Stiefel mit braunen Stulpen. Über den Ohren zeigten sich zwei tüchtig pomadisierte Querlocken, das Haar war gepudert und zu einem sehr langen steifen Zopf gebunden. Etwas eingeschüchtert war Elsbeth von dieser honorigen Erscheinung. Man traf Johann August Apel und Friedrich August Schulze, Freunde von Rochlitz aber auch Bekannte der Sanders aus Berliner Zeiten. Es sollte sich an einem der folgenden Tage ergeben, dass Elsbeth in Begleitung von Apel und Schulze einen Einblick in Auerbachs Keller erhalten würde. Nach der Rückkehr durch einen öffentlichen Garten fand dieser Tag ein Ende beim gemeinsamen Mahl im Hotel de Saxe.

»Ich gedenke auch noch die nächste Woche hier zu bleiben«, gab Goethe von sich preis. »So eine Messe ist wirklich die Welt in einer Nuss, wo man das Gewerbe der Menschen, das auf lauter mechanischen Fertigkeiten ruht, recht klar anschaut. Von dem, was man eigentlich Kunst nennt, findet sich, man darf dreist sagen, allerdings keine Spur. Von Gemälden und dergleichen gibt es manches Gute, aber aus vergangenen Zeiten. Es ist hier alles sehr teuer, besonders sind gar keine Quartiere zu finden. Ich muss morgen schon zum zweiten Mal ausziehen, weil die Zimmer auf gewisse Tage bestellt sind. Und dennoch: Ich habe mich schon ganz wohl amüsiert. Es tat mir wirklich Not einmal wieder recht viel fremde Gegenstände und Gestalten in mich aufzunehmen.«

Derweil Goethe derart monologisierte, saß Sophie Sander stolz an seiner Seite - ein wenig verliebt, wie es Elsbeth schien.

»Wir sind sehr glücklich, verehrtester geheimer Rat, dass Sie uns das Vergnügen machen, in Ihrer Gesellschaft einen so angenehmen Abend zu verbringen«, formulierte die Sander, während sie ihn mit einem koketten Augenaufschlag kurzzeitig in ihren Bann zog.

»Madame, verehrter Freund Sander, ich möchte Sie einladen, mit mir im Anschluss an die Jubilate-Messe nach Weimar zu fahren. Gerne können Sie in meinem Hause weilen. Und ich würde mich freuen, wenn Sie mich in die Oper begleiteten«, erwiderte Goethe.

Und noch während er - sich insbesondere an Sophie Sander wendend - seine weiteren Vorhaben in Leipzig skizzierte, entwickelte sich zwischen Johann Daniel Sander und Elsbeth ein Gespräch über die hiesigen Essgewohnheiten:

»Während Ihres Besuchs in unserem schönen Berlin haben Sie doch sicher unser wohlschmeckendes und bekömmliches Bier, die *Berliner Weiße* genossen«, wandte sich Sander fragend an Elsbeth. »Eine gewisse Ähnlichkeit mit unserm Bier stellt die *Gose* dar - ein Bier, das sich hier großer Beliebtheit erfreut. Es soll vor etlichen Jahren Fürst Leopold, der Alte Dessauer, in Leipzig eingeführt haben.«

»Und welches Fleischgericht können Sie empfehlen?«, fragte Elsbeth.

»Nun, an der *Leipziger Lerche* kommen Sie nicht vorbei«, erläuterte Sander, »als gefüllte Pastete. Oder mit Kräutern und Eiern gebacken. Aber diese Gaumenfreude wird Ihnen gerade jetzt, zu Messezeiten, gewiss noch häufig angeboten«, schwärmte der zur Korpulenz neigende Sander von den hiesigen Delikatessen.

Im Verlauf des Mahls machte die förmliche Konversation einer zunehmend lockeren Plauderei Platz, zumindest zwischen Sander und Elsbeth.

Als sich schließlich der Abend dem Ende entgegenneigte und man sich zur Bettruhe verabschiedet hatte, entdeckte Elsbeth ein Papier, das bei Tisch auf den Boden gefallen sein musste. In ihrer Kammer angelangt, entfaltete sie den Bogen, der sich als noch nicht versiegelter Brief Goethes an seine Geliebte Christiane Vulpius entpuppte:

Es wird dir und dem Kind viel Freude machen Leipzig in dieser schönen Jahreszeit zu sehen, die Spaziergänge um die Stadt sind so schön als man sie nur wünschen kann ...

An der Comödie ist nicht viel, du sollst sie aber auch sehen nur um der Vergleichung willen. Sonst giebt es noch mancherley und besonders die vielerley Waaren werden euch großen Spaß machen. Und ganz ohne Kaufen wird es nicht abgehen, das sehe ich schon im Voraus. Du kannst deine Fahrt auf die Naumburger Messe vielleicht dadurch ersparen ...

Ich überlasse dir, ob du unsern Wagen nehmen willst oder den Wagen des Kutschers. Doch wäre es gut, wenn die Equipage ein bischen artig aussähe, denn man fährt doch spazieren und da mag man gern ein bischen geputzt erscheinen. Bringe nichts als weiße Kleider mit, man sieht fast nichts anders. Ein Hütchen kannst du gleich hier kaufen. Nimm einen mittlern Coffer, damit meine Sachen auch hineingehen. Und thue was du glaubst das gut und nützlich ist.

Vielleicht wäre es am artigsten, wenn du Sonnabends hierher kämest, weil ein Meßsonntag gar lustig ist und alles spazieren reitet und fährt und geputzt ist. Wir machten alsdenn in ein Paar Tagen unsere kleinen Geschäfte, führen Dienstag Nachmittag weg und wären Mittwochs in Weimar. Genug du richtest dich mit der Hin- und Herreise auf 6 Tage ein, das übrige wird sich finden ...

Du fährst auf alle Fälle am Hôtel de Bavière an und wie du unterkommst will ich indeß schon Sorge tragen.

Das Hotel de Baviere in der Petersstraße habe ich gesehen, dachte Elsbeth. Es ist eines der größten und komfortabelsten Hotels Leipzigs - da kann ein Goethe wohl unterkommen. Er ist ein merkwürdiger Mensch, ging es ihr weiter durch den Kopf. Er wirkt stolz und kalt. Und doch gibt es so viele, die sich zu ihm hingezogen fühlen. Ich wäre gewiss ganz wider meinem Willen seine Verehrerin, war sich Elsbeth sicher, als sie den Brief wieder zusammenfaltete. Morgen würde sie ihn an Sophie Sander geben mit der Bitte ihn weiterzureichen. Wie gut, dass ich hier die nächsten Nächte verbringen kann, bis wir wieder zurückfahren, beurteilte sie ihre Lage. Und sie schnurrte wie ein Kätzchen, als sie sich wohlig räkelnd in ihre gemütlichen Kissen sinken ließ.

Wer nach Leipzig zur Messe gereist,
Ohne auf Auerbachs Hof zu gehen,
Der schweiget still, denn das beweist:
Er hat Leipzig nicht gesehen.

»Schon lange pflegt man dies zu sagen«, merkte Johann August Apel an, als er mit dem befreundeten Friedrich August Schulze beim Hotel de Saxe erschienen war, um Elsbeth abzuholen. Man hatte sich verabredet, um Auerbachs Hof einen Besuch abzustatten. »Diese Werbung stammt übrigens nicht von unserem Goethe, auch wenn das Besondere an Auerbachs Keller von den FAUSTlegenden bestimmt wird und sich unser Meister dort zu seiner FAUSTdichtung hat inspirieren lassen«, ergänzte Apel.

»*Mein schönes Fräulein, darf ich wagen meinen Arm und Geleit Ihr anzutragen?*«, bot sich Schulze nunmehr zur Begleitung an. »Diesen Satz hingegen lässt Goethe seinen Faust sagen«, erklärte Schulze.

Elsbeth war belustigt vom Auftritt der Beiden und griff ihr Spiel auf, indem sie ebenfalls zitierte: »*Der Worte sind genug gewechselt, lasst mich auch endlich Taten sehen. Indes ihr Komplimente drechselt, kann etwas Nützliches geschehen.* - Ich kenne Goethes FAUST leider noch nicht. Aber Herr Sander hat mich ein wenig unterwiesen, und dieser Vers ist mir in Erinnerung geblieben.«

Während Elsbeth, Apel und Schulze am Löhrschen Hof vorbei - einem einst für einen Kaufmann errichteten typischen Messehof mit offenstehenden Kaufmannsgewölben - durch das Barfußgässchen hinüber zum Markt schritten, führte Schulze weitere Verse aus: »*Vom Eise befreit sind Strom und Bäche. Durch des Frühlings holden belebenden Blick ... Hier bin ich Mensch, hier darf ich's sein.*«

Und Apel erwiderte in Abwandlung eines inzwischen schon geflügelten Wortes: »Friedrich! *Mir graut's vor Dir!* - Schön, dass du dich wohlfühlst. Aber wir befinden uns nicht auf Fausts Osterspaziergang!«

»*Mich dünkt, der Alte spricht im Fieber*«, entgegnete Schulze der Elsbeth zugewandt, die amüsiert bemerkte: »*Mit Worten lässt sich trefflich streiten.* - Aber sagt an, meine Herren, um was handelt es sich eigentlich bei diesem Faust?«

»*Zwei Seelen wohnen, ach! in meiner Brust*«, deklamierte Schulze nun, während sich die umstehenden Messe-Besucher bereits um dieses lustige Trio gruppierten.

»Das ist das tragische Dilemma, indem der melancholische Doktor Faust steckt und das ihm schier das Herz verbrennt«, versuchte Johann August Apel zu erklären. »Um seinen ungeheuren Wissensdurst zu stillen, hat er *mit heißem Bemühen Philosophie, Juristerei, Medizin und leider auch Theologie studiert* - nur um festzustellen, dass wir gar nichts wissen: *Da steh ich nun, ich armer Tor! Und bin so klug als wie zuvor.* Faust fühlt sich von allen guten Geistern verlassen und wendet sich der schwarzen Magie zu. Das führt ihn allerdings nicht aus dem Dilemma heraus, sondern in immer kompliziertere Verstrickungen hinein«, erläuterte Apel.

»Das also ist *des Pudels Kern*«, griff Schulze erneut einen Satz aus der Dichtung auf, den er allerdings in einen ganz neuen Zusammenhang stellte.

Begleitet vom Gelächter der Umstehenden rief ihm ein offensichtlich gebildeter Zuschauer zu: »*Die Botschaft hör ich wohl, allein mir fehlt der Glaube!*«

Und als die Drei sich erheitert von dannen begaben, vernahmen sie entfernt noch eine Zugabe: »*Ja, aus den Augen, aus dem Sinn!*«

Inzwischen waren sie bis zum Eingang von Auerbachs Hof gelangt. Und Apel zweifelte an, dass Goethe erbaut davon sein würde, wie man die Verse aus seinem Werk neu komponierte.

»*Allein der Vortrag macht des Redners Glück*«, erwiderte Schulze. Und an Elsbeth gerichtet ergänzte er: »*Ihr wisst, auf unsern deutschen Bühnen, probiert ein Jeder, was er mag!*«

Apel beschrieb Auerbachs Hof als den »berühmtesten, lebhaftesten und glänzendsten Teil der Stadt; vor allem während der Messe. Er hat vier Stockwerke und zum Markt und Naschmarkt zu eine Breite von acht Fenstern. Durch dieses Gebäude führt ein krummlaufender Durchgang nach dem Neuen Neumarkt hin, begrenzt durch ein Hintergebäude. Im Innern des Hofes gibt es viele Kaufmannsläden und Stände, welche einige Seidenwarenlager und Bijouterien enthalten. Dort können Galanteriewaren und ausgesuchte Kostbarkeiten erworben werden. Im Erdgeschoss befinden sich mehrere Keller und Gewölbe. Wir besuchen nun einen der ersten Italienerkeller von Leipzig«, führte Apel erklärend aus: »Schon eine Weile ist die Bewirtschaftung in italienischer Hand, auch wenn erst im letzten Jahr mit Pietro di Mainom der Besitzer wechselte. Wir werden nun die Weinstuben aufsuchen. Für uns sind Plätze im Fasskeller reserviert. Dort ist die Sage von Fausts Fassritt beheimatet, die Goethe so beeindruckte, dass er die Weinstube als einzigen historischen Schauplatz in seine Dichtung aufnahm«, enthüllte Apel der aufmerksamen Elsbeth.

»Übrigens, zur Ostermesse 1525 wurde erstmals Wein an Studenten im Keller des Hauses ausgeschenkt, weil der *mäßige Genuss als wirksame Vorbeugung gegen die Pest gilt*, wie man sagt. Die war einige Jahre zuvor in Leipzig erstmalig ausgebrochen«, erklärte Apel.

»*Ein echter deutscher Mann mag keinen Franzen leiden, doch ihre Weine trinkt er gern*«, ließ Schulze erneut Worte aus Goethes Dichtung hören, was Apel aufgriff und ergänzte: »Friedrich, das ist *ein garstig Lied! Pfui, ein politisch Lied*!«

Nachdem sich die drei neuen Gäste in Auerbachs Keller begeben hatten, wo sich die Köpfe der Anwesenden, ausnahmslos Männer, wegen ihrer Empfänglichkeit für weibliche Reize sofort in ihre Richtung drehten, führte sich Elsbeth die halbrunden bildlichen Darstellungen aus der Sage um Dr. Faustus zu Gemüte, die nun schon fast zweihundert Jahre den Kellerraum zierten.

Nun erlaubten sich die beiden Herren bei einem ersten Trunk, einander vorzustellen. Über den fast doppelt so alten Johann August Apel erfuhr Elsbeth, dass er nach dem Abitur an der Thomasschule Rechtswissenschaften studiert und inzwischen den Doktortitel erworben hatte. Jetzt war es sein Streben, sich als Advokat in Leipzig zu etablieren.

»Der Vater, auch ein Jurist, spekuliert darauf, im nächsten Jahr zum Leipziger Bürgermeister gewählt zu werden«, betonte Schulze kopfnickend, teils voller Hochachtung und schmeichelnd, teils aber auch neckend, indem er mutmaßte: »Vielleicht wird der Sohn dann auch in den Stadtrat gewählt. - Aber wir lieben ihn trotzdem!«

»*Gefühl ist alles, Name ist Schall und Rauch*«, erwiderte Apel.

»Wobei wir wieder ein Faust-Zitat bemüht hätten«, frotzelte Schulze.

»Genauso gerne wie in der Juristerei arbeite ich schriftstellerisch an einigen Ideen zu klassischen Werken, aber auch an etwas, das ich um diese Zeit spielen lassen möchte, irgendwas romantisch Gruseliges.«

Ein verschmitztes Lächeln erhellte Schulzes Gesicht, als er über die verrückten Ideen sprach, die die Freunde kürzlich entwickelt hatten: Irgendwann wollten sie ein Gespensterbuch schreiben.

»Und das wird dann vielleicht unter dem Pseudonym Friedrich Laun erscheinen«, wies Apel auf seinen nahezu gleichaltrigen Freund, »aber Friedrich August führt auch noch andere Decknamen, damit ihn die Schriftstellerei bei seinen juristischen, philosophischen und historischen Studien nicht kompromittiert«, erläuterte Apel augenzwinkernd.

»*Ich bin ein Teil von jener Kraft, die stets das Böse will und stets das Gute schafft*«, ulkte Schulze, den Elsbeth als jemanden kennenlernte, der seinen Lebensunterhalt aus literarischen Arbeiten ziehen musste. Sein Vater hatte in Dresden ein Bankgeschäft besessen, sich durch unglückliche Spekulationen ruiniert und heimlich Geschäft und Vaterland verlassen, als er durch seine Gläubiger bedrängt wurde. Die Mutter hatte die Probleme bewältigen müssen und der Sohn sollte Kaufmann werden. Einstweilen trat er in die kurfürstliche Finanzkanzlei ein, im Stillen hoffend, dereinst noch die akademischen Studien ergreifen zu können. Seit drei Jahren studierte er nun an der Leipziger Universität, beabsichtigte aber, diese in Kürze zu verlassen und sich ganz der Schriftstellerei hinzugeben.

»Friedrich Laun heißt übrigens der Protagonist in meinem Werk DER MANN AUF FREIERSFÜßEN, das bald erscheinen soll; ich suche nur noch einen Verleger. Es ist die Geschichte eines jungen Mannes, der sich in die Nachbarstochter verliebt; diese liebt jedoch den Freund des jungen Mannes. Nach einigen Verwirrungen und erfolglosen Werbungen endet die Erzählung schließlich mit zwei glücklichen Paaren. Wahrscheinlich ist das Vielen zu anspruchslos, aber ich möchte einfach nur behaglich und gemütlich erzählen und heiter ergötzen. Und der Friedrich Laun könnte wirklich zu meinem Pseudonym werden«, sprach Schulze. »Ich werde bald für eine gewisse Zeit nach Berlin gehen. Und vielleicht kehre ich auch irgendwann nach Dresden zurück", legte Schulze seine Zukunftspläne dar. »Aber vielleicht kommt auch alles anders, als ich gegenwärtig denke. *Es irrt der Mensch, so lang er strebt*«, meinte er achsel-zuckend.

»... spricht im Prolog der Herr zu Mephisto«, kommentierte Apel.

»Und Gretchen fragt den Faust: *Nun sag, wie hast du's mit der Religion?*«, richtete Schulze wieder das Wort an Elsbeth.

»Im Hochstift Paderborn ist man katholisch. Als Kind ging ich mit meinen Eltern schon regelmäßig in die Kirche, aber ...«

»Religion ist für Faust wie für Goethe eine Sache des Gefühls«, wurde Elsbeth von Schulze unterbrochen. »Und ich denke ähnlich: Uns bleibt nur die Ehrfurcht vor dem unfassbaren Gott, für den Faust keinen Namen hat. Und die Kirche ... *Die Kirche hat einen guten Magen. Hat ganze Länder aufgefressen und doch noch nie sich über-gessen.*«

»... sagt Mephisto im Gespräch mit Faust«, ergänzte Apel und zum Wirt gewandt, der am Tisch erschien und neuerlich eine Weinkaraffe brachte, sagte Apel, während er auf Schulz zeigte: »*Er spricht schon fast wie ein Franzos!*«

In diesem Augenblick erhob sich aus dem Nebenraum ein lautes Stimmengewirr, und einige jüngere Herrschaften, vielleicht Studenten, grölten: »*Uns ist ganz kanni-balisch wohl, als wie fünfhundert Säuen!*«

»Oh, die Herren kennen auch des Meisters FAUST «, war Apel beeindruckt. »Denn dieser Vers von einigen Trunkenbolden stammt just aus jener Szene, die hier in Auerbachs Keller spielt«, erklärte Apel der schon leicht beschwipsten Elsbeth, an die Friedrich August Schulze inzwischen näher herangerückt war. »Faust ist übrigens vom Benehmen der Trinker angewidert und möchte die Schenke, die er mit dem Teufel aufgesucht hatte, sofort verlassen«, führte Apel weiter aus.

Schulze legte seine Hand auf Elsbeths Arm, als sie die Weinkaraffe griff um nachzuschenken, schaute ihr anbändelnd in die Augen und zitierte, während er Mühe hatte nicht zu lallen: »*Mir wird von alledem so dumm, als ging mir ein Mühlrad im Kopf herum.*«

Elsbeth stellte die Karaffe zurück auf den mit weißem Leinen gedeckten Tisch und neigte sich lachend zu ihrem Tischnachbarn, während sich ihre Köpfe an der Stirn berührten.

Derweil hob Johann August Apel überrascht die Augenbrauen und setzte zu einem Trinkspruch an, da er es für geboten hielt, dem Aufenthalt in Auerbachs Keller baldigst ein Ende zu setzen, bevor Elsbeth und Schulze noch enger auf Tuchfühlung gehen würden. So sprach er: »Nachdem die wilde Zecherei in Auerbachs Keller Faust nicht den gewünschten Genuss beschert hatte, entführte Mephisto ihn in seine Hexen-küche. Dort schlürfte der Magister dann den Zaubertrank, der sein Leben auf den Kopf stellte. - Ich schlage vor, auch wir sollten eine Hexenküche aufsuchen.«

Und an Elsbeth gerichtet fügte er hinzu: »Wenn Sie mögen, schon morgen! Wür-den Sie uns die Freude machen, uns *Zum Arabischen Coffe Baum* zu begleiten? Es liegt ganz in der Nähe Ihrer Hotelunterkunft!«

Begeistert wurde dieser Vorschlag aufgegriffen. Und Apel hob zum Abschluss sein Weinglas und deklamierte: »*Der letzte Trunk sei nun, mit ganzer Seele, als festlich hoher Gruß dem Morgen zugebracht!*«

Noch immer ging Elsbeth der Traum der letzten Nacht im Kopf herum: Da standen einige bärtige Männer, bekleidet mit einer Kopfbedeckung und weißen Kitteln, die zu disputieren schienen und verwundert dreinschauten, als sie jemanden auf einem Fass reitend aus einem Weinkeller herauskommen sahen. Dem Fass war ein Hündchen vorgespannt, das den Fass-Reiter an den Weißkitteln und dem weiteren zahlreich versammelten staunenden Volk vorbeizog. Am Ende der Personengruppe beugte sich ein Knabe mit einem Krug in der Hand hernieder, gerade so, als wolle er um einen Tropfen des kostbaren Weines betteln. Elsbeth erinnerte sich, eine ähnliche Szene auf dem Bild in Auerbachs Keller gesehen zu haben. Auf dem Fass ritt der Magier, Astrologe oder Wunderarzt Dr. Faustus, der über die Kraftlosigkeit der Schröter spottete, die es nicht vermocht hatten, das volle Weinfass aus dem Keller zu bringen. Und dann war im Traum das Ungeheuerliche geschehen:

In dem bettelnden Knaben erkannte sich Elsbeth selbst wieder. Ihr zugewandt war ihr Verlobter Ernst, der drohend den Finger hob. Das Hündchen vor dem Fass hatte sich in die Katze der Altemeiers verwandelt. Und auf dem Fass befand sich ihre neue Bekanntschaft, die Freunde Friedrich August Schulze und Johann August Apel - die beiden Männer, denen sie ein übergroßes Maß an Zuneigung entgegenbrachte; *zu viel* Zuneigung, wie ihr von Ernst im Traum verdeutlicht wurde. Das darf nicht sein, hatte sie nach dem Aufwachen erkannt. Und doch, als sie nun zum Hoteleingang die Treppe hinunterschritt, überkam sie eine große Freude auf das Wiedersehen mit den Beiden. In wenigen Augenblicken, im *Arabischen Coffe Baum*.

Sie verspürte ein deutliches Herzklopfen, als Schulze sie galant in Empfang nahm. Nach dieser Begrüßung flanierten sie hinüber zum Gasthaus.

Schon mehrere Male war sie inzwischen an der Gaststätte vorbeigekommen. Und noch immer schaute sie sich fasziniert die Barockplastik über dem Portal an, die einen lebensgroßen Türken unter einem Kaffeebaum zeigt, der einem Putto eine Schale Kaffee reicht.

»Wer diese einzigartige Plastik mit dem stattlichen Osmanen nebst kleinen Amor letztlich in Auftrag gegeben, wer sie geschaffen und wer sie bezahlt hat, bleibt bis zum heutigen Tag ein Geheimnis«, rätselte Schulze. »Der Legende zufolge hatte Kurfürst August eine Liaison mit einer Wirtin. Aus Dank für die erbrachten Liebesdienste soll er ihr die prächtige Plastik gestiftet haben.«

Als sie das Kaffee-Haus betraten, bemerkte Elsbeth sofort, dass der Boden sauber gefegt war. Einladend wirkten auch die frischen Blumen, die die Tische zierten. Gut betuchte Gäste hatten sich daran niedergelassen, tranken dies und das, schrieben Briefe, lasen Zeitung oder unterhielten sich in dezenter Lautstärke. Einige Gesichter blickten kurz auf. Ein Wort des Grußes hier, ein freundliches Lächeln dort. Man schien sich zu kennen. Ein gepflegter Mittzwanziger schaute zu Johann August Apel und blickte dann hinüber zu Elsbeth. Wieder wandte er sein Gesicht Apel zu; diesmal mit einem leicht süffisanten Lächeln und einem unübersehbaren Augenzwinkern. Im Gefolge ihrer männlichen Begleitung wurde Elsbeth besondere Beachtung zuteil. Sie genoss dieses bisher kaum bekannte Gefühl. Und wieder und wieder amüsierte sie sich. Sie ergötzte sich an dem Witz *ihrer beiden Männer* und verfiel dem Charme der Beiden. Sie lachten herzlich - ja, Elsbeth schien glücklich. Sie kostete auch heute wieder die Stunden der Begegnung aus und hätte letztlich kaum sagen können, zu welchem August sie sich mehr hingezogen fühlte.

Johann August Apel schaute so verführerisch drein. Die glatten schwarzen Haare waren links gescheitelt. Verwegen waren sie nach rechts gekämmt und fielen zum Teil nach vorne über die Stirn. Die obere Partie des Gesichts mit den schräg hochgezogenen Brauen hatte etwas Teuflisches an sich, etwas Verlockendes, aber auch Liebevolles. Wie Eva würde Elsbeth der Versuchung kaum widerstehen können - wenn, ja wenn da nicht auch noch der Friedrich August Schulze wär, eine nicht gar so beeindruckende Erscheinung, eher etwas gemütlich mit einer rundlicheren Kopfform, die Haare kurz gewellt, ein wenig durcheinander - gerade so, als sei er soeben aus dem Schlaf erwacht; der aufragende Hemdskragen, der bis zum Backenbart reicht, verhüllte den Ansatz eines Doppelkinns; aber dann die Augen, *diese* Augen, rund, mittelbraun und sanft und das leicht schelmische Lächeln ... Einfach hinreißend und unwiderstehlich. *Diesen* beiden Männern konnte sie sich ohne Bedenken anvertrauen. Und das machte den Abschied zur Qual. Für Elsbeth war es im Augenblick unvorstellbar, dass sie in absehbarer Zeit in ihre ehemalige Welt würde zurückkehren müssen.

Sechs
Gewitter liegt in der Luft

Dann kam er, der Tag des Abschieds und der Rückreise. Elsbeth war von Sophie Sander für die zweite Jahreshälfte nach Berlin eingeladen worden, »wo Sie sich Ihren Lebensunterhalt als unsere Kinderfrau verdienen können«, hatte Sophie nicht ganz uneigennützig gescherzt. »Darüber hinaus sind Sie natürlich - wie jeder in unserem Hause einmal Eingeführte - jeden Tag zur gewohnten Teezeit in den bescheidenen Räumen unseres offenen Hauses zur Pflege der Geselligkeit und Konversation und zum zwanglosen und toleranten aber respektvollen Umgang herzlich willkommen. Nicht von ungefähr sprechen wir immer wieder gerne über Natalie, die Frauengestalt in Goethes WILHELM MEISTERS LEHRJAHRE, die unsere angestrebten Persönlichkeitsideale der Natürlichkeit, Anmut und Vorurteilslosigkeit so trefflich verkörpert - geradeso wie unsere geliebte Königin Luise, die uns Vorbild ist.«

Elsbeth hatte die Einladung angenommen, weil sie sich noch nicht dazu bereit fühlte, Ehe und Familie als Mittelpunkt ihres Lebens mit Ernst zu sehen. Noch zweifelte sie sehr daran, ob sie eine gute Mutter und eine passende Gattin für Ernst darstellen würde. Sie hatte die Einladung in die geselligen Runden des Salons mit Freuden angenommen, weil sie den Eindruck hatte, dort wegen ihrer geistvollen Beiträge und ihrem kritischen Geist geachtet zu sein. Keinesfalls wollte sie nur das Zubehör eines Mannes sein und in Gesellschaft neben ihm sitzen und schweigen müssen.

Dass man ihre Nähe vor allem wegen ihrer Jugend und Schönheit suchte, würde sie lange Zeit nicht wahrnehmen und wahrhaben wollen. Sie würde es allerdings genießen, wenn sie von bedeutenden Männern umgeben war. Und dieses Empfinden teilte sie mit ihrer Gastgeberin Sophie Sander.

Sehr offen konnte sie mit Kramer Hensler, der inzwischen fast wie ein Vater zu ihr war, über all das sprechen, was sie bewegte. Er hörte zu, stellte interessiert seine Fragen und mied es, seine eigene Meinung in den Vordergrund zu drängen. »Wir wandeln auf der Schwelle in eine neue Zeit«, pflegte er zu sagen. »Da sollten wir alten Männer mit unseren antiquierten Vorstellungen zurückhaltend sein.«

Sehr verhalten war die Wiedersehensfreude nach der Rückkehr aus Leipzig. Während sich Elsbeth und Agnes geschwisterlich herzten, war die Umarmung mit Ernst eher flüchtig. Ausführlich berichtete Elsbeth von der Leipziger Messe. Die Unsicherheit und Befangenheit wuchs, als sie von den Begegnungen mit Goethe und den Sanders erzählte. Ihr gelegentlich aufflackerndes quälendes Bewusstsein, unrecht gehandelt zu haben, als sie sich ihrer Romanze mit den beiden Augusts hingegeben hatte, konnte sie verdrängen, indem sie einige Geschenke überreichte: Für Agnes zauberte sie aus ihrem Gepäck ein Scherenschnitttheater im Miniaturformat hervor, mit denen sich Szenen aus dem FAUST-Drama nachstellen ließen. Für Ernst und Adalbert, der sich gegenwärtig an seinem Arbeitsplatz in der Hofbuchdruckerei befand, hatte sie eine Flasche Leipziger Gose dabei. Natürlich musste sie ihre neuen Kenntnisse über dieses Getränk weitergeben. Ernst zeigte sich interessiert, denn er hatte von einem gleichnamigen Bier gelesen, das seinen Namen von einem Flüsschen im Harz ableitete, aus dem die Braumeister schon vor Hunderten von Jahren das Wasser zur Herstellung des Bieres bezogen.

Die Spannungen, die in der Wiedersehensbegegnung lagen, begannen sich spürbar aufzulösen. Doch dann erzählte Elsbeth von ihren neuen Bekanntschaften. Als sie immer mehr Details über die familiären Gegebenheiten im Leben des Friedrich August Schulze und des Johann August Apel preisgab, schaute Ernst zunehmend mürrisch drein. Die sich verschlechternde Stimmung passte sich seinem Äußeren an: Die dunklen Bartstoppeln und die strähnigen Haare hinterließen einen ungepflegten Eindruck - ein Erscheinungsbild, das man bisher nicht an ihm kannte.

Agnes wirkte bekümmert. Sie spürte, dass sich Ernst verletzt fühlte, weil ihre Schwester in der Fremde neue Verbindungen eingegangen war. Und als sie sah, dass sich seine Miene weiter verfinsterte, bemühte sie sich die Gesprächsinhalte zu wechseln, denn sie fürchtete ein großes Unheil nahen. Doch Elsbeth nahm die Zeichen ihrer Schwester nicht wahr. Begeistert legte sie dar, dass die Familie Apel mit Seidenhandel vermögend geworden war und sich am politischen und kulturellen Leben in Leipzig rege beteilige. Sie zeichnete nach, was sie über die Rittergüter in Ermlitz und andernorts gehört hatte, die Apels Vater erworben und als Sommersitz für seine Familie eingerichtet hatte. »Ein barockes Kleinod«, schwärmte sie, als habe sie die Schätze der Familie bereits persönlich kennengelernt und in Augenschein genommen.

Fast wie ungewollt tat Ernst schließlich den Mund auf: »Ich schlage vor, du ziehst zu ihnen nach Leipzig oder Dresden - in die bedeutendsten Städte dieser Welt.« Misstrauisch kniff er die Augen zusammen und schnaubte: »Mit welcher Hinterlist haben sie sich nur in dein Leben geschlichen? - In *unser* Leben?«, fügte er kopfschüttelnd hinzu.

Eingeschnappt wandte er sich ab, weil er zu der Überzeugung kam, dass es in der neuen Konstellation keinen Platz mehr für ihn gab. Ja, Elsbeth war mal seine Königin. Bis vor einigen Monaten. Aber nun stand für ihn fest: Dies war doch nicht die Frau, von der er geliebt werden wollte. Wie konnte ich nur so naiv sein, fragte er sich. Enttäuscht starrte er aus dem geöffneten Fenster. Ja, er hatte geglaubt, mehr als nur eine Verliebtheit verspürt zu haben. Eher war es schon eine Leidenschaft, auf die er hoffte, eine gemeinsame Zukunft aufbauen zu können. Aber er hatte sich wohl geirrt. Was verstand er schon von der Liebe? Sollte sie sich doch mit ihren Augusts vergnügen, ihrer Liebschaft frönen, sich gar beiden gleichzeitig hingeben! Sich in ihrem Ruhm sonnen! Unverbindlich. Oberflächlich. Leichtherzig.

Auf einem kleinen Tischchen sah er Goethes LEIDEN DES JUNGEN WERTHER liegen. Das Buch, in dem er in letzter Zeit immer mal gelesen hatte, weil er die Gefühle nachempfinden wollte, die bei Elsbeth und ihrem neuen Freundeskreis eine Manie ausgelöst hatten. Das Buch, das dramatisch darüber berichtet, wie sich Werther letztendlich aus unerfüllter Liebe zu seiner Lotte das Leben nimmt.

Wütend griff er das Buch, zerriss es und warf die Fetzen aus dem Fenster. Diese Geschichtchen sollten keinen Platz in seinem Leben bekommen. »So wie Werther werde ich nicht enden, da sei dir sicher!«, schrie er schließlich mit einer sich überschlagenden Stimme, während Elsbeth eine Zeit lang in Tränen aufgelöst dastand und dann entrüstet und mit düsterer Miene den Raum verließ.

Er geht entschieden zu weit, dachte sie bei sich, als sie sich zornig auf ihre Schlafstatt warf, erbost in ein Kissen krallte, das sie schließlich ungehalten gegen eine Zimmerwand warf. Sie sah der Katze nach, die fluchtartig davonrannte. Ohne Bedacht reagierte Elsbeth nun, raffte blindlings einige persönliche Dinge zusammen und verließ überstürzt ihre Kammer.

Zuerst erschüttert, dann bestürzt und fassungslos verließ auch Agnes den Ort, an dem sie soeben diesen heftigen Streit miterleben musste. In dieser Situation hatte es keinen Sinn, auf Elsbeth einzuwirken und sie zurückzuhalten. Dazu war ihre Schwester viel zu eigensinnig. Und auch Ernst war in seiner Gefühlswelt zu getroffen und verletzt und erwartete, in Ruhe gelassen zu werden.

Als Agnes auf dem Weg zu ihrem eigenen Zuhause bei den Buchbinders war, kam sie an einer Stelle vorbei, die ihre Gedanken von dem unschönen Zwischenfall ablenkte. Sie machte sich bewusst, was *sie* in diesen Wochen mit Ferdinand zusammen erlebt hatte. Für *sie* hatte die Gegenwart eine glückliche Zeit parat. Ein verklärtes Lächeln zeigte sich dabei auf ihrem Gesicht:

Es war am Folgetag gewesen, nachdem Elsbeth zur Leipziger Ostermesse abgereist war. Agnes hatte Ferdinand bei den Sertürners gewähnt. Dort wollte er bei einigen Umbauten helfen, die notwendig waren, bevor der Einzug von Magister Cordes vorgenommen werden konnte. Agnes hatte einen Kuchen gebacken und begab sich damit auf den Weg zum Sertürner-Haus, denn es war an der Zeit für eine kleine Stärkung. Um einige Augenblicke des wunderschönen Maientages genießen zu können, schlug sie einen kleinen Umweg ein. Bei frühsommerlichen Temperaturen führte ihr Weg an der Alme entlang. Über Wiesen ging sie, zwischen Weißdornhecken und Bretterzäunen, vorbei an Gärten und blühenden Apfelbäumen, hinter denen halb versteckt die Häuser lagen. Jenseits des Häusermeeres von Neuhaus erstrahlte, soweit das Auge reichte, das Gelb des Löwenzahns, worüber zarte Wölkchen aus weißlich-rosa und fliederfarbenem Wiesenschaumkraut zu schweben schienen. Aus der Ferne erklang der Ruf eines Kuckucks.

Da entdeckte sie ihn: Ohne sich zu regen, die von harter Arbeit gezeichneten Hände im Schoß, saß Ferdinand an einer Mauer lose aufgeschichteter Steinplatten gelehnt und schaute träumend auf die Bewegungen des Wassers, verfolgte mit seinem Blick die forttreibenden Zweige, bis sie bei einer Flussbiegung aus seinem Blickfeld verschwanden. Einige Wasservögel bewegten sich gemächlich vorwärts, andere begaben sich an das Ufer zu Nistplätzen, die sich durch den Wellengang hoben und senkten. Das Sonnenlicht zauberte ein Flimmern auf die Wasseroberfläche, das sich in seinen Augen spiegelte. Nur kurz drehte er den Kopf zu Agnes, lächelte und versank wieder in seinen Tagtraum. Agnes setzte sich neben ihn und spürte einige Augenblicke später, wie sein Kopf sich auf ihre Schulter senkte. Die Augen geschlossen lauschten sie dem Zwitschern eines Schwalbenpärchens, das mit dem Nestbau unter dem Vorsprung eines Daches an einem etwas abseits stehenden Haus beschäftigt war. Jäh verstummte das Zwitschern, denn von einem nahen Wäldchen war ein Sperber herübergeflogen. Agnes und Ernst spürten die plötzliche Veränderung, die Bedrohung, die von dem Greifvogel ausging. Aber sein Auftritt war nur ein kurzes Intermezzo. Dann kehrte die friedliche Stimmung zurück, untermalt vom Gesumme der Hummeln und Bienen, vom Gesang der Vögel, vom Plätschern des Wassers und vom leichten Rauschen in den Zweigen der Sträucher und Bäume, an denen das junge Grün des Frühlings bereits deutlich sichtbar war. Etwas unsicher berührte Agnes das gelockte Haar Ferdinands.

»Wir haben unsere Arbeit erledigt«, flüsterte er.

»Scht«, hauchte Agnes ihm ins Ohr, neigte ihren Kopf auf seine Schulter. Dann träumten sie gemeinsam weiter, bis von Ferne eine Kirchenglocke zu vernehmen war.

»Auf diesen Tag habe ich lange gewartet, wir sollten ihn zu *unserem* Tag machen«, sprach er leise, als sie aufgestanden waren, sich gegenüberstanden, sich an beiden Händen fassend wie magisch zueinander hinzogen, bis ihre Köpfe sich berührten. Die Augen geschlossen erwartete Agnes den Moment, an dem seine Lippen von den ihren zärtlich Besitz ergriffen. Beide gaben sich der folgenden Liebkosung auch dann noch hin, als sich ihre Hände schon gelöst hatten, um streichelnd den Körper des anderen zu erkunden. Sanft ertastete Ernst ihre Schulter und den Nacken. Seine Hände streiften über die zierlich schlanke Gestalt und zeichneten die feinen Linien ihres jugendlichen Körpers nach. Sie fühlte seine angespannte Rückenmuskulatur und spürte, wie er ihr Kopftuch abstreifte und die zusammengebundenen Haare löste, die sich in ihrer ganzen Länge über ihr wenig kunstvoll geschneidertes Kleid ergossen. Behutsam vergrub er eine Hand in ihr Haar, was ihr ein wohliges Kribbeln bescherte.

Er bückte sich und hob einen Zweig auf. »Holunder«, beantwortete er ihren fragenden Blick. »Hier, die Flöte ist für dich!«

»Hast du sie geschnitzt?«

Kurz nickte er; etwas verschämt. »Im Winter geschnittenes Holz ist noch besser.«

Inmitten der sie umgebenden Maiglöckchen hätte Agnes sich ihm in diesem Augenblick hingeben mögen.

»Was hältst du von einer Kahn-Fahrt?«, murmelte er ihr ins Ohr und zog sie mit sich, nachdem sie gerade noch rechtzeitig ihren Korb und ihr Kopftuch gegriffen hatte.

»Ich habe Kuchen gebacken«, blieb ihr nur noch zu sagen, als die Verliebten bereits um die nächste Wegbiegung liefen, bei der Ferdinand an einer von Schilf umgebenen Anlagestelle schon früher einmal einen Kahn entdeckt hatte.

»Den Kuchen nehmen wir mit«, antwortete er und zog den Kahn heran, um Agnes den Einstieg zu erleichtern. Als auch er Platz genommen hatte, stieß er das Holzboot mit einem Staken kraftvoll ab, bis es von der leichten Strömung der zu dieser Jahreszeit überraschend wenig Wasser führenden Alme erfasst wurde. Eng umschlungen nebeneinander sitzend ließen sie sich nun treiben und beobachteten, wie die Böschungen an ihnen vorbeizuziehen schienen und wie die kleinen Wellen ans Ufer schlugen. Als sie den Zusammenfluss mit der Lippe passiert hatten, mühte sich Ferdinand, das Boot in der seichteren Ufernähe zu halten. Das gelang eine Weile, wurde jedoch zunehmend schwierig. Ferdinand hatte die roten Schindeln vom *Holzhof* gesehen. Und er wusste, dass sich etwas abseits vom westlichen Ufer die Ansiedlung Nesthausen befand. Nun war es nicht mehr weit bis zur Mündung des Thune Baches. Es schien ihm geboten, den Kahn zu verlassen und festzutäuen. Schließlich mussten sie irgendwann auch den beschwerlichen Weg wieder zurück bewältigen. Sie unternahmen eine kleine Wanderung, folgten einem Holzweg durch ein Wäldchen. Am Ende gelangten sie auf einen Platz, den ein Kahlschlag geschaffen hatte. Sie hatten es nicht eilig und pausierten immer wieder, um sich zu herzen und liebevolle Worte auszutauschen. Am Rande der Lichtung, wo blühender Waldmeister einen süßlichen Wohlgeruch verströmte, ließen sie sich nieder und verwöhnten sich gegenseitig mit dem einen oder anderen Kuchenhappen. Sie horchten auf das Treiben im Wald. Erst als die Dämmerung einsetzte, begaben sie sich wieder auf den Weg zurück zur Lippe. Die Sonne hatte sich zu einer rot glühenden Scheibe verwandelt. Das tiefe Blau am Himmel veränderte sich zur Sonne hin in ein strahlendes Gelb. Und all diese Farben spiegelte der Fluss mit seinem leichten Wellengeschaukel wieder.

Indes: die Temperaturen waren beinahe unerträglich geworden. Die Wärme des Tages hatte sich in eine Schwüle verwandelt - mehr noch: Über die Kronen der Bäume fuhr urplötzlich ein Windstoß. Aus der Ferne hörten sie etwas wie das Rauschen eines mächtigen Wildbaches. Die Zweige bewegten sich. Zuerst nur zaghaft. Dann bogen sich die Baumwipfel und schwankten immer mehr. Und das Brausen in der Ferne wurde stärker als zuvor.

Was Agnes befürchtete, sprach Ferdinand aus: »Ein Gewitter naht. So schnell werden wir kaum nach Hause kommen können. Lass uns zum *Holzhof* gehen und dort warten, bis das Gewitter vorübergezogen ist.«

Agnes erinnerte sich daran, wie damals die Mutter Opfer eines Unwetters geworden war. Und sie dachte an die unschöne Zeit danach. Sie ängstigte sich. Ihre Hand klammerte sich um Ferdinands Finger. Aus ihrem Zittern, aus ihrem nunmehr verstörten Lächeln und aus ihren glänzenden Augen las er den Schrecken, aber gleichzeitig auch alle Sehnsucht einer brennenden Liebe. Er riss sie in seine Arme, an seine Brust, und hielt sie umklammert, während der wachsende Sturm über die Kronen der Bäume fegte. In einem rasanten Tempo verfinsterte sich der Himmel und schon prasselte der Regen nieder.

Vollkommen durchnässt erreichten sie die Hütte des Holzhofes. Das Tor war zwar verschlossen. Doch einige Bretter gaben schnell nach, als Ferdinand sich mit aller Kraft dagegen stemmte.

Kaum dass sie die schützende Unterkunft betreten hatten, schlug in der Nähe der Blitz in einen einzeln stehenden Baum ein; gefolgt von dem ohrenbetäubendn Krachen des Donners. Sie konnten das Feuer riechen, das der Blitz entfacht hatte. Stark lodernd züngelten die Flammen empor. Gottlob: ein Übergriff auf Sträucher oder andere Bäume oder gar auf den Holzhof war in Anbetracht der niedergehenden Wassermassen nicht zu befürchten. Aber das heftige Trommeln des sich in Hagel verwandelnden Niederschlags auf die Schindel der Hütte wirkte dennoch bedrohlich.

Während Agnes inzwischen fröstelnd in ihrer nassen Kleidung dastand, schaute Ferdinand sich um. Der Feuerschein des brennenden Baumes erhellte die Hütte ein wenig. In einer Ecke entdeckte er etwas Heu. Auch eine wollene Decke ließ sich finden. Er wollte sie Agnes umlegen.

»In der nassen Kleidung können wir nicht bleiben«, flüsterte sie und begann sein Hemd aufzuknöpfen. Sie streichelte zärtlich über die Haut seines muskulösen Oberkörpers, während er fühlte, wie sich zwischen seinen Beinen etwas regte.

»Ich bin doch erst fünfzehn«, sprach sie zögernd, als sie sein Verlangen spürte.

»Du bist eine sehr schöne junge Frau«, antwortete er liebevoll.

Agnes drängte sich an die Brust des Geliebten, der ihren Kopf in seine Hände nahm, ihn anhob und sie auf beide Augen küsste. Sie half ihm, als er sich mühte, ihr das Kleid abzustreifen und das Mieder aufzuknöpfen. Bar jeder Kleidung stand sie da, zitternd wie Espenlaub, und er sah, dass sich ihre Brustwarzen aufrichteten.

Er nahm Agnes in seine Arme. Sie hüllten sich schweigend in die Decke und legten sich ins Heu, das würzig duftete und von einem Frühschnitt noch vor der ersten Mahd stammen musste.

»Ferdinand, sag ein Wort«, bettelte Agnes verlegen.

Und Ferdinand antwortete: »Ich würde alles für dich tun, in guten und in schlechten Zeiten - denn ich liebe dich.« Die beiden umarmten sich, liebkosten ihre Körper und gaben sich der zunehmenden Erregung hin. Die Flamme des brennenden Baumes erlosch, und die Dunkelheit zog in den Holzhof ein. Derweil brannte das Feuer der Leidenschaft lichterloh.

»Ob man uns vermissen wird«, fragte Ferdinand flüsternd, als sie eng umschlungen dalagen, sich einander wärmten und gelegentlich einen Kuss hauchten.

»Es ist niemand zu Hause. Clemens, Elisabeth und Ludwig sind zur Franziska Hensler gefahren, die doch im Moment mit ihrer Magd alleine das Haus des Kramers bestellt, während dieser sich in Leipzig aufhält.«

»Dann bleiben wir einfach bis morgen früh hier«, schlug Ferdinand vor. Unsere Kleider können wir ohnehin noch nicht wieder anziehen ...«

»Oh, die müssten wir mal auseinanderlegen, sonst sind sie auch morgen früh noch nicht wieder trocken«, unterbrach ihn Agnes.

»Das werde ich sofort erledigen und zugleich noch ein Stück von deinem leckeren Kuchen essen - falls ich ihn finden sollte.« Er schälte sich aus der wohligen Decke. »Aber ich fürchte ... Hier sieht man ja die Hand vor Augen nicht!« Er schimpfte, als er sich langsam vortastete und über einige Holzscheite stolperte. Endlich hatte er das feuchte Häufchen ihrer Kleidung erfühlt und entwirrt. Dann nahm er durch einen Spalt in der Bretterwand ein schwaches Licht der Sterne wahr, das sich mühsam einen Weg durch die dichte Wolkendecke bahnte. So gelang es ihm, sich ein wenig zu orientieren und eine Stelle zu finden, an der er die Kleidungsstücke ausbreiten konnte.

»Wenn du ein Glühwürmchen wärst, könnte ich vielleicht auch zu dir zurückfinden«, ließ er verlauten.

»Wenn ich wüsste, welche Töne Glühwürmchen von sich geben, würde ich dich jetzt zu mir locken«, scherzte Agnes vergnügt, die ihre Ängste überwunden, ihr Wohlbehagen und auch ihren Humor wiedergefunden hatte. Und schon vernahm sie ein Rascheln im Heu; Ferdinand hatte sein Ziel erreicht und kroch eiligst unter ihre Decke.

Dass sie sich am Morgen danach redlich hatten abmühen müssen, in ihrer noch klammen Kleidung das Boot wieder nach Neuhaus zu befördern, indem sie über einen Treidelpfad stapfend den Kahn gegen die Strömung der Lippe hinter sich herzogen, das war Agnes entfallen. Dass der Hagelschlag des Unwetters die Apfelblüte zerstört hatte und in diesem Jahr nur wenige Früchte zur Reife kommen würden, dass hatte Agnes verdrängt. Stattdessen genoss sie die Erinnerung an jenen Maientag, der eine neue Phase ihres Lebens eingeläutet hatte, das sie mit Ferdinand gemeinsam bewältigen wollte. Wie traurig, dass dieses Glück für Elsbeth und Ernst gestört ist, dachte sie, als sie das Haus der Buchbinders erreichte und darüber berichtete, was zwischen den beiden vorgefallen war.

Sieben
Alkohol löst keine Probleme

Mit Hilfe von Adalbert hatte Ernst zwei Tage später in Erfahrung bringen können, dass Elsbeth nun beim Kramer Hensler eine Kammer bewohnte. Er wolle sich bemühen, den Streit beizulegen, hatte Ernst versprochen. Noch am späten Nachmittag begab er sich auf den Weg nach Paderborn. Doch schon kurz, nachdem er das Neuhäuser Tor passiert und die Fassade des ersten Wirtshauses auf seinem Weg erblickt hatte, ließ er sich von seinen Vorsätzen abbringen. Als er das Gasthaus betrat, wurde ihm erstmalig wieder etwas froh ums Herz, obwohl die Ausdünstungen früherer Zechgelage nicht gerade zum längeren Verbleib einluden. An der Theke ließ er sich eine Auswahl an Spirituosen zeigen und bestellte schließlich einen Becher Rum. Er genoss das teils fröhliche Geschwätz der ausschließlich männlichen Gäste. Es entwickelte sich ein Gefühl von Zugehörigkeit, als er einige Geschöpfe in ihrem Delirium betrachtete, die ihre Sorgen im Alkohol ertränkt hatten und keines Mitleids mehr bedurften. Dies könnte mein Stammplatz werden, dachte er bei sich, als ihm das hochprozentige Getränk die Kehle hinunter rann. Doch je mehr er dem Alkohol zusprach, desto verlorener fühlte er sich. Ausgestoßen in eine andere Welt.

Es dunkelte schon, als er das Wirtshaus torkelnd verließ. Eigentlich hatte er sich nur ein wenig Mut antrinken wollen. Er bemerkte, dass er wankte. Oder waren das die Lichter der Laternen und die schwach beleuchteten Fenster der Wohnungen, die da tanzten? Paderborn war wohl inzwischen voller Dämonen. Ihn schwindelte. Er fühlte sich gedemütigt. Lass dich nicht von den Reizen der Weiber betören, ging ihm durch den Kopf. Sie übertölpeln dich nur. Frauen machen doch nur Ärger. Schwankend ging er am Dom vorbei und näherte sich dem Markt. Warum sollte er noch hoffen, dass eine Begegnung mit Elsbeth zu einem guten Ende führen könnte? Er erahnte das Haus des Kramers. Jetzt schlug seine Stimmung in Gleichgültigkeit um. Er torkelte zum *Neptun*brunnen, wo er zu stolpern drohte. Mit Mühe gelang es ihm, sich abzustützen. Dabei stieß er sich den Kopf jedoch kräftig an der Brunnenschale. Fast ein wenig ernüchtert setzte er den Weg zur Südseite des Marktes fort. Er gelangte zur Cramerschen Apotheke und glaubte einen Kerzenschein im Fenster eines Hinterzimmers zu erblicken. Friedrich Wilhelm, dachte er bei sich. Für ihn gibt es nur seine Experimente. »Das war mal anders«, schimpfte er nun lauthals. Doch dann kam ihm in den Sinn, bei der Apotheke vorbeizuschauen. Ein Hintereingang war nicht verschlossen, stellte er fest. Dunkel war es in dem Flur, von dem eine Tür in den Verkaufsraum führte. Doch dieser Durchlass war ebenso wenig geöffnet wie die Nachbartür, von der er wusste, dass sie zu einem Arbeitsraum gehörte. Mehr Glück hatte er, als er den Riegel zu einem Verschlag ergriff, der sich mit einem leisen Quietschen öffnen ließ. Nach wenigen weiteren Schritten fand Ernst sich in einem Lagerraum wieder. Hier stand er wie angewurzelt, bis sich seine Augen an die Dunkelheit gewöhnt hatten. Das fahle Licht einer Straßenlaterne ermöglichte es ihm schließlich, sich im Raum zurechtzufinden. Zwischen diversen Waren und Kistchen entdeckte er eine Flasche Branntwein, die er an sich nahm. Auf eine umgedrehte Holzkiste setzte er sich nieder, öffnete die noch halbvolle Flasche, roch an ihrem Inhalt und genehmigte sich einen kräftigen Schluck.

Nach einer ganzen Weile erhob er sich, was ihm sichtlich schwer fiel. Ebenso schwierig war es, einen klaren Gedanken zu fassen. Aber es gelang ihm immerhin, mit nur wenig Lärm die Türen zu schließen. Mit Mühe hielt er die Flasche in seinem Arm - behutsam, denn er wollte den Rest ihres kostbaren Inhalts nicht vergeuden. In Sorge, vom Nachtwächter aufgegriffen zu werden, tastete er sich westwärts, wo die Straße *Schildern* in den Bereich des Marktplatzes mündete. Hier gelangte er an einer Hauswand zu einem Treppenabgang. Er ließ sich kurz nieder und trank den letzten Schluck. Die leere Flasche entglitt ihm und rollte bis vor eine Kellertür. Sich an der Türe abstützend versuchte er, die Flasche aufzuheben. Doch dies sollte ihm nicht gelingen. Stattdessen schob er die nur angelehnte Türe langsam auf. Er trat in den Kellereingang, stürzte einige Stufen in die Tiefe, rappelte sich auf und folgte einem Gang. Übelkeit überfiel ihn, und er musste sich würgend erbrechen. Alles um ihn herum schien sich zu drehen; kleine Lichter tanzten vor seinen Augen. Dabei verlor er vollkommen die Orientierung. Wo war nur die Treppe nach oben? Rechts oder links den Gang entlang? Er versuchte sich aufzurichten. Aber sofort sackten ihm die Beine wieder weg. Den Körper aufrecht zu halten war ihm fast unmöglich. Aber er raffte sich erneut auf. Hier sollte es mit ihm nicht zu Ende gehen, kam ihm kurz in den Sinn. Schritt für Schritt taumelte er weiter. Überraschend geräumig kam ihm dieser Gang vor, der merkwürdigerweise kein Ende nehmen wollte. Wie lange war er nun schon in diesem Irrgarten gefangen? Wieder stürzte er, machte eine kurze Pause, um dann weiterzukrabbeln. Irgendwann glaubte er einen größeren Kellerraum erreicht zu haben. Hier blieb er entkräftet liegen.

»Ich glaube, ich habe gerade ein Blinzeln gesehen! Ja, seine Augenlider bewegen sich!«, vernahm Ernst eine bekannte Stimme. Auf der Stirn nahm er einen angenehm kühlen Lappen wahr. Und als er die Augen aufschlug, sah er in zwei vertraute Gesichter. Friedrich Wilhelm zog ihn hoch und stützte ihn, während man das unterirdische Gewölbe verließ und ihn zu einer Kutsche führte.

Unterwegs erfuhr er, dass Ludwig, der dem jungen Sertürner bei seinen Experimenten assistiert hatte, ein Geräusch im Haus des Apothekers wahrgenommen hatte. Ohne seinen Freund erkennen zu können, war Ludwig mit deutlichem Abstand hinter Ernst hergelaufen - mit großem Respekt, weil er einen Einbrecher vermutet hatte. Als die vermeintlich fremde Person in einem Labyrinth von Gängen unter dem Paderborner Markt verschwunden war, hatte Ludwig den Apothekerlehrling informiert. Nach langer Suche hatte man Ernst schließlich in dem Keller eines Weinhändlers entdeckt, dessen Backsteinbau sich vor der Gaukirche befand. Trotz seines Zustandes musste Ernst also eine erhebliche Strecke unterirdisch zurückgelegt haben.

Peinlich berührt und stumm dasitzend hörte sich Ernst die Schilderungen und Vorhaltungen seines Freundes an. Zunächst versucht er noch, Einwände zu formulieren. Doch er brachte keine zusammenhängenden Sätze heraus. Die Worte blieben ihm im Halse stecken und wirkten wie ein Lallen und Stöhnen. Er gab es auf, sich zu rechtfertigen. Zumal jedes Schlagloch, durch das die Kalesche holperte, ein Dröhnen in seinem Kopf verursachte. Am Ziel, beim Marstall der Residenz, erhob er sich mühsam aus dem Sitzpolster der Kutsche. Wieder überkam ihm ein Gefühl des Schwindels. Doch jetzt wollte er sich nur noch auf seinem Bett ausstrecken und seine Ruhe haben, bevor ... Ja, bevor Adalbert ihm morgen sicher ebenfalls tüchtig die Leviten lesen würde.

»*Wenn die Siebenschläfer Regen kochen, so regnet es vier ganze Wochen*, heißt es in unserem HOF- UND STAATSKALENDER. Wie gut, dass wir heute einen schönen Sommertag haben, so brauchen die Bauern sich nicht um ihre Ernte zu sorgen«, war Ernst krampfhaft bemüht, drei Wochen nach seinem unrühmlichen Auftritt am Bett des plötzlich erkrankten Adalbert ein Gespräch zu beginnen.

»Hm«, antwortete Adalbert wortkarg.

»Wie geht's dir?«, erfragte Ernst nun etwas interessierter den Gesundheitszustand seines Freundes.

»Geht«, kam es lediglich einsilbig zurück.

»Jetzt werde ich also nicht nur doppelt bestraft, jetzt muss ich auch noch ein schlechtes Gewissen haben«, klagte Ernst.

»Was meinst du?«, erwiderte Adalbert, der nicht verstanden hatte, was Ernst durch den Kopf ging.

»Nun, wenn ich dir nicht Elsbeths Geschenk übergeben hätte, würde es dir jetzt besser gehen.«

»*Übergeben* ist ein trefflich Wort«, fand Adalbert schon ein wenig seinen Humor zurück.

»War's schlimm?«

»Mir war kotzübel«, wurde Adalbert nun gesprächiger. »Ich hätte einfach nicht *beide* Flaschen Gose trinken sollen. Woher sollte ich auch wissen, dass dieses Bier derart wenig bekömmlich ist. Durchfall habe ich bekommen, Magenschmerzen - mir war, als wenn ich alle Innereien von mir geben müsste. Und dann habe ich auch noch Brechwurz zu mir genommen. Das war wohl der größte Fehler. Friedrich Wilhelm sagt, Brechwurz sei eher ein Abführmittel. Und mit diesem Bier hatte ich doch schon reichlich Abführmittel zu mir genommen.«

»Ich sag's ja, wir sind nicht aus dem Holz geschnitzt, um in der großen weiten Welt bestehen zu können. Berlin, Leipzig, Dresden. Da gehören wir nicht hin. Beim Bier-Genuss fängt es schon an«, begann Ernst zu lamentieren.

»Na ja«, antwortete Adalbert, »nach deiner Zech-Tour ging es dir auch nicht viel besser.

»Ich bin immerhin am nächsten Tag wieder zur Arbeit gekommen. - Wann können wir mit dir wieder rechnen?«, wechselte Ernst schnell das Gesprächsthema.

»Der Arzt sagt, ich solle mich noch einige Tage schonen und mich erst langsam wieder an das normale Essen gewöhnen. Agnes bringt mir nachher ein paar Erdäpfel mit Möhren. - Aber sag, wieso sagtest du soeben, du fühltest dich *doppelt* bestraft?«

»Elsbeth wurde heute Morgen von Sophie Sander abgeholt und reist für einige Monate nach Berlin. Sie hat sich von mir verabschiedet und meinte, wir sollten trotz der Missstimmungen in letzter Zeit Freunde bleiben, schon allein der schönen gemeinsamen Zeit in den letzten Jahren wegen. Wir haben unsere Verlobung gelöst, damit wir frei sind, falls sich neue Beziehungen ergeben sollten. Wobei nicht ausgeschlossen ist, dass wir vielleicht doch irgendwann mal wieder zusammenkommen können. Muss ich wohl so respektieren; ist vielleicht auch besser so«, ging es Ernst schwer über die Lippen. »Ist sehr schade, vielleicht hätte ich mich mehr auf ihre Interessen einlassen sollen«, trauerte er der schönen gemeinsamen Zeit nach. »Aber ich bin ganz froh, dass wir nicht im Streit auseinander gegangen sind. Ich soll dich von ihr grüßen und dir gute Besserung wünschen«, nahm er den Faden wieder auf. »Sie wird irgendwann von sich hören lassen. Und um die Katze, die sich in letzter Zeit ohnehin schon meistens bei den Buchbinders rumgetrieben hat, wird sich Agnes kümmern.«

»Tja, dann sollten wir uns mal Gedanken darüber machen, ob wir unsere Unterkunft hier im Marstall auch weiterhin noch beziehen wollen. Kürzlich habe ich gehört, dass bei unserem Hofbuchdrucker einige Zimmer frei werden. Ein Quartier so nah beim Ort unserer Arbeit hätte sicher Vorteile. Oder planst du immer noch einen Wechsel in die Hillebrandsche Buchbinderei?«, fragte Adalbert.

»Vom Heinrich Hillebrand war zu erfahren, dass erst mal keine Veränderungen vorgenommen werden, solange nicht klar ist, was mit der Residenz geschieht, falls die Preußen kommen. Aber in der Junfermannnschen Druckerei - ob die eine Zukunft hat?«

»Hm. - Und schade um Elsbeth«, sagte Adalbert nicht ganz uneigennützig. »Sie hatte unseren gemeinsamen Haushalt hier eigentlich immer gut im Griff. Und wieso fühlst du dich nun *doppelt* bestraft?«

»Stell dir vor, ich … Ich als evangelischer Christ, ich muss nun bei Junfermann ein *katholisches* Gebetbuch drucken. HIMMLISCHER WEGWEISER, ODER ANDÄCHTIG KATHOLISCHES BETHBÜCHLEIN heißt es und wird sogar im Ledereinband angeboten.«

»Na, das ist wirklich eine Strafe für dich. Dann kannst du ja Buße tun«, witzelte Adalbert. »Gibt's denn auch Ablass-Gebete?«, fragte er.

»Es enthält alle möglichen Texte, sogar im Großdruck. Über dreihundert Seiten; wir haben gut zu tun. Es wird Zeit, dass du wieder gesund wirst. Wir warten dringend auf deine Hilfe.«

»Hat denn auch unser Fürstbischof ein Wort geschrieben; vielleicht sogar schon ein Abschiedswort? Sicher sind es seine letzten Aufträge, bevor die Preußen kommen und die Zensur ansetzen.«

»Und das nächste Buch liegt auch schon zum Druck bereit: KATECHETISCHE UNTERREDUNG ZWISCHEN EINEM KATHOLISCHEN LANDPFARRER UND DESSEN PFARRKINDERN ... FÜR ELTERN UND ERWACHSENE KINDER, FÜR HAUSHERREN, HAUSFRAUEN UND DIENSTBOTEN.«

»Also nicht für mich«, antwortete Adalbert lapidar.

»*Mein* Wunsch ist es, über aktuelle politische und militärische Ereignisse zu berichten«, merkte Ernst an. »Es wäre doch schön, wenn die Menschen darüber informiert würden, was hier und in der Welt geschieht. Denk doch nur mal: Um England zu schwächen, hat dieser Napoleon einen Feldzug nach Ägypten durchgeführt. Und auch wenn die französische Flotte durch diesen General Nelson zerstört wurde, hat Napoleon die Herrschaft der Osmanen in Ägypten beendet, einen weiteren Feldzug gegen Italien begonnen, die Stadt Turin eingenommen und vor wenigen Tagen Österreich angegriffen - weiß ich vom Magister Cordes, der es von seinem Bruder aus Paris erfahren hat.«

»Darüber möchtest du berichten? Die Idee ist gut, schlag sie doch mal unserem Fürstbischof vor«, spottete Adalbert grinsend. »Nein, ohne Scherz: glaubst du denn, dass wir die wahren Informationen erhielten und dass wir darüber ohne Zensur berichten dürften? Angeblich soll sogar der Goethe damals bei der Kanonade von Valmy während des Koalitionskrieges gegen Frankreich als Berichterstatter dabei gewesen sein. Ein Augenzeugenbericht von ihm wäre gewiss interessant gewesen und sofort gedruckt worden. Aber bis heute hat man kein Wort von ihm dazu gelesen oder gehört. Wie kommt das wohl?«, fragte Adalbert kritisch.

»Man müsste sich zum Militärdienst melden und über die Erlebnisse heimlich berichten, vielleicht unter einem Pseudonym«, überlegte Ernst. Dieser Gedanke ist mir schon häufiger gekommen. Das wäre was, mit dir zusammen in vorderster Reihe.

Allerdings: Dass du jetzt wieder diesen Goethe ins Spiel bringst, das müsste ich dir übel nehmen!«

»Verzeihung, das war taktlos. Aber ich glaube nicht, dass wir die richtigen Typen sind, um an der Front zu kämpfen und um dort zu versuchen, die Welt zu retten. Insofern stimme ich mit dem überein, was du soeben gesagt hast: Wir sind nicht aus dem Holz geschnitzt, um in der großen weiten Welt bestehen zu können.«

Acht
Ostersonntag bei den Externsteinen

30.03.1801. Fast ein Jahr war vergangen. Während Friedrich Wilhelm Sertürner den Festtag zusammen mit seiner Mutter, seinen Schwestern und dem Magister Cordes verbrachte, waren Adalbert, Ernst, Ludwig sowie Ferdinand und Agnes zu den sagenumwobenen Externsteinen im Fürstentum Lippe gereist. Die mystische Felsformation aus Sandstein war immer wieder Gegenstand von Legenden. Und mit solchen Legenden hatte sich Ludwig in der Schule beschäftigt. Einer der Standorte der Irminsul, eines sächsischen Heiligtums, werde bei den Externsteinen vermutet, hatte Ludwig gelernt. Wie es hieß, sollte Karl der Große an diesem Standort mit der Zerstörung des Heiligtums begonnen haben. Um diese geheimnisvolle, rätselhafte Umgebung in Augenschein zu nehmen, hatten sich die Freunde in die wilde Landschaft mit ihrer urwüchsigen Natur begeben. Sie erkundeten eine Gegend, die gar nicht so weit von dem Ort entfernt war, an dem man Ludwig vor vier Jahren nach seiner Entführung verschleppt hatte. Man dachte ungern daran zurück.

Auch Ernst und Agnes bereitete die Exkursion ein mulmiges Gefühl. Nur zu gut erinnerten sich beide an einen gemeinsamen Ausflug vor einigen Jahren - zusammen mit Irmtraud, der Mutter von Ernst, sowie dem Amtman Franz Altemeier, Agnes' Vater.

Wie damals schienen die fünf schroffen gigantischen Gesteinsblöcke in einer Höhe bis zu einhundert Fuß senkrecht aus dem Erdreich zu wachsen - bedrohlich wirkend, als man ihnen fast unerwartet gegenüberstand. Wenn man nähertrat, konnte man an die dreizehn bizarre Einzelfelsen in der ansonsten steinfreien Umgebung zählen. Agnes erschrak. Lose Steinchen stürzten Treppenstufen hinab. Sie blickte auf und nahm auch diesmal wieder den auf einer Felsnadel wippenden mächtigen Gesteinsblock wahr. Noch immer, so schien es, drohte der *Wackelstein* hinabzustürzen.

Auch diesmal trat sie mit Respekt vor der gefahrvollen Masse beiseite. Obwohl sie das alles hier schon kannte, war ihr einmal mehr unheimlich zumute - nicht zuletzt, als sie die Ruinen eines festungsartig angelegten Jagdschlosses am Fuße der Felsen betrat, das dem Verfall preisgegeben war.

Dann folgte Agnes den Anderen, die bereits vor einem großen in den Fels gemeißelten Bild standen, das die Abnahme Christi vom Kreuz darstellte. Ludwig glaubte auf diesem Relief das Symbol der Irminsul zu erkennen - ein Baumstamm von nicht geringer Größe, der auf seinen Ästen das All trägt. »Die stützende Säule der Welt«, dozierte Ludwig. Der Baum schien sich unter dem Kreuz zu beugen - sinnbildlich dafür, dass die Christen das Heidentum besiegt hatten. Gruselig war es in den benachbarten Grotten. In einer der Höhlen befand sich eine Wallfahrtskapelle. Agnes mochte sie nicht betreten.

Sie sah ihren Vater vor ihrem inneren Auge zu einer Zeit irgendwann kurz vor seiner Inhaftierung und Einlieferung ins Zuchthaus. Mit Ernst und seiner Mutter, der neuen Liebschaft, war der Vater damals hierhin geritten. Obwohl Agnes ihren Alltag bei den Buchbinders verbrachte und sie mit ihrem Vater bis zu jenem Zeitpunkt nicht mehr gesprochen hatte, war von ihr verlangt worden, dass sie ihn begleitete. Er war schon immer verrückt nach alten Sagen gewesen, mit denen er den Kindern das Grausen lehrte. Auch beim Besuch der Externsteine schaffte er es, dass sich Agnes' Angst vor ihm weiter verfestigte. Er wusste es. Er forcierte es. Er legte es offensichtlich darauf an. Soweit sie zurückdenken konnte, so kam es ihr vor, habe er sich daran ergötzt, ihr Furcht einzuflößen. Ja, tatsächlich kannte sie ihn gar nicht mehr anders. Mit seiner Perücke und seiner Robe hatte er das Bild eines Mannes abgegeben, der sich erlaubte, über andere zu richten - insbesondere über sie, »die graue Maus«, wie er zu sagen pflegte und über seine Frau, die ihm keinen Jungen geschenkt hatte. Von *düsteren Prophezeiungen* hatte er gesprochen. Nach den heidnischen Zeiten hätten Menschen diese Kultstätte aufgesucht, um Buße zu tun - fromme Pilger und verurteilte Sünder, die sich auf ihrer Pilgerreise mit schweren Ketten versehen, ohne Nahrungsaufnahme oder mit einer neunschwänzigen Peitsche selbst kasteit hätten.

Agnes glaubte zu sehen, wie sie ihre Mutter durch das Feuer verlor. »Du bist schuld!«, hörte sie ihren Vater dereinst sagen. »Tu Buße!«, schien seine Stimme in ihren Ohren zu dröhnen. Dramatisch, denn wie bei einem Echo hallte es viele Male nach.

Sie erinnerte sich, dass sie über ausgetretene Treppenstufen den Grottenfelsen erklommen hatte. Damals war sie verzweifelt gewesen. Sie hatte sich von dem Steinkoloss in die Tiefe stürzen wollen. Ernst hatte sie im letzten Moment zurückgehalten. Sie hatte gekratzt und gebissen. Sie hatte sich gewehrt und dabei Ernst in Gefahr gebracht. Aber es war ihm gelungen, sie von ihrem Vorhaben abzubringen.

Wie seinerzeit hielt sich Agnes auch jetzt wieder am ganzen Körper zitternd die Ohren zu. Es kamen ihr weitere Bilder aus Kindheitstagen in den Sinn. Sie sah, wie der Vater ihre Mutter vergewaltigte.

Er hätte hier bereuen und Buße tun sollen.

Wo er sich nun wohl herumtrieb? Wen er gerade jetzt wohl drangsalierte? Im Stillen verfluchte sie ihn. Einmal mehr.

Innerlich aufgewühlt kletterte Agnes zusammen mit ihren Freunden durch die Felsenburg. Ferdinand war nicht entgangen, in welch bedrückter Stimmung sich Agnes befand. *Er* wusste um das Leid, das ihr in jungen Jahren zugefügt worden war. Wenn jemand ein feinsinniges Gespür dafür hatte, das Befinden seiner Liebsten in ihrer Lage nachzuempfinden, dann *er*. Schließlich waren ihm ähnliche Kindheitserlebnisse nicht fremd. Sie lächelte ihn an, trotz des Aufruhrs ihrer Gefühle. Er nahm sie bei der Hand. Sie drückte sich an ihn. In seinen Armen fühlte sie sich geborgen. Er verstand es, sie mit seiner Zuneigung aus der Düsternis ihres seelischen Zustandes zu befreien. Dabei bedurfte es keiner Worte. Jetzt bebte sie vor Glück. Beiden wurde es ganz warm ums Herz.

Derweil hatte ihre Zwillingsschwester Elsbeth viele hundert Meilen entfernt in einer Schreibstube der Sanders Platz genommen und zu Papier und Feder gegriffen, um in einem Brief an ihre Schwester über Neuigkeiten aus Berlin zu berichten:

Liebe Schwester,
ein schönes Osterfest wünsche ich Dir zuvorderst!
Während dieser Tage gehört die Wohnung der Sanders nur mir allein, denn man
ist mitsamt den Kindern nach Jena gereist. Also habe ich einige Mußestunden, die
ich während der letzten Monate im normalen Alltag doch gelegentlich vermisst
habe. Anfangs blieb mir mehr freie Zeit, so dass ich mich häufiger mit Friedrich
August treffen konnte, den ich recht liebgewonnen habe. Das spüre ich vor allem
jetzt, seitdem er wieder aus Berlin abgereist und in seine Heimat Dresden zurück-
gekehrt ist. Aber durch seine literarischen Werke und durch das Portrait, das er
mir dagelassen hat, ist er mir stets präsent. Und dabei erfreuen mich seine zu-
gegebenermaßen meistens eher oberflächlich seichten Dichtungen mit ihrem Hang
zum Frivolen. Aber das habe ich mit Vielen gemein, die sich für seine Unterhal-
tungsschriftstellerei interessieren, insbesondere aus der Damenwelt.
Zuletzt arbeitete er an einigen in vergnüglicher Dialogform verfassten Erzäh-
lungen rund ums Thema »Heirat«. Schon bald sollen seine HEIRATSHISTORIEN
erscheinen. Die handeln mal von einem Husarenoffizier, mal von einer Gouver-
nante. Und stell Dir vor: In LAUTER IRRTUM, eine Geschichte aus einer Reihe
SCHERZHAFTE BAGATELLEN, scheine ich mich selbst wiedererkennen zu können.
Denn da schreibt er über Jettchen aus Berlin, die wider der Pläne ihrer gnädigen
Mama während eines Besuchs der Leipziger Messe in Auerbachs Hof heimlich
einen liebevollen Galanteriewarenhändler kennen- und lieben lernt, natürlich nicht
von Rang und Stand. Erst nach lauter Irrtum meint die gnädige Mama eine
annehmliche Partie und den Mann für's Leben ihrer Tochter gefunden zu haben.
Dieser entpuppt sich aber als der heimliche Geliebte von Jettchen. Und so kommt,
wie's kommen muss: Jettchen erwidert seinen Kuss. Und der Mama fällt's wie
Schuppen von den Augen, dass sie hintergangen worden ist. Natürlich wird die
Geschichte eine besondere Pointe haben, die ich Dir aber noch nicht verrate, liebe
Schwester. Denn etwas Spannung muss bleiben, damit Du die Geschichte auch
noch liest, wenn sie erschienen ist.
Und schon bald wird's das nächste Werk geben: DIE GEVATTERSCHAFT. Dabei fällt
mir ein, dass auch bei der Sophie Sander bald wieder Bedarf für eine
Gevatterschaft bestehen wird: In einigen Monaten wird ihr drittes Kind geboren
werden. Und sie beabsichtigt dem Herrn Goethe die Patenschaft anzutragen, viel-
leicht im Juni, wenn Sophie ihn während eines Kuraufenthaltes in Pyrmont trifft.
Möglicherweise begleite ich sie dann und werde Euch in Neuhaus besuchen; wo-
möglich werde ich aber auch den einen oder anderen August treffen, in Leipzig
oder in Dresden.
Friedrich August hat mir aus Dresden geschrieben, dass er den Ludwig Tieck
kennengelernt hat und die wohlwollende Aufnahme im Tieckschen Haus genießt.
Ja, Du liest richtig, es ist   d e r   Tieck, über den wir damals hier bei Sanders
noch so lebhaft disputiert haben. Obwohl er den letzten trüben Winter hier in
Berlin verbracht haben soll, war es mir noch nicht vergönnt ihn kennenzulernen.
Rührend finde ich, dass Friedrich August so viel Wohlgefallen an der kleinen
Tochter vom Tieck empfindet. Andererseits: Es tut mir das Herze weh, wenn

Friedrich August über sein Kopfweh klagt, das vor allem dann zu spüren ist, wenn er die Kraft der Augen zu sehr beansprucht. Etwas Ähnliches beobachte ich auch bei meinem Hausherrn: Sophies Mann, immer mehr von kolossaler Natur, der meistens wenig Mitteilungslust zeigt, leidet nicht nur an der Blödigkeit der Augen, sondern hört zugleich auch ungemein schwer.

Überdies ist es bei den Begegnungen im Salon der Sanders immer noch so, dass man es an Beifall für das Königspaar nicht fehlen lässt. Man träumt, hofft, erwartet und fordert, dass ein gutes und schönes Paar auf dem Thron den preußischen Staat in ein gutes und schönes Gemeinwesen verwandelt. Gleichzeitig bedauert man, dass der Monarch zwar viel Sinn für seine Familie aber keine für Poesie und geistige Höhenflüge hat und dieses lediglich seiner Frau überlässt. Und man beurteilt den König als einen gutmütigen, friedliebenden und sparsamen Hausvater, den sein hohes Amt überfordert, unsicher macht und daher wieder und wieder bei wichtigen Entscheidungen zaudern lässt. Mit Argwohn beobachtet man die weiteren politischen Entwicklungen, da Frankreich nach dem Frieden von Lunéville nun die linksrheinischen Gebiete beansprucht. Und wie zu hören ist, gibt es seit einigen Tagen in Russland nach dem Mord an dem umstrittenen Zar Paul einen Nachfolger: Es ist sein ältester Sohn Alexander, der von seinem Vater wohl immer nur gedemütigt und drangsaliert worden sein soll. Jetzt fragt man sich, ob der Preußenkönig und der neue Zar Alexander einen Weg des freundschaftlichen Miteinanders finden werden und wie die Beziehungen zu Frankreich und Österreich aussehen werden. Aber das ist eine andere Geschichte und die Angelegenheit der Mächtigen. Mich berühren meine eigenen Beziehungen viel mehr. Ich bin glücklich damit, dass ich mich im letzten Jahr dazu entschlossen habe, meine nächste Zukunft hier zu verbringen. Aber in diesen Zeiten kann sich vieles so schnell ändern.

Auch im Leben unserer Cousine Sophie Bürger gab es einen großen Wandel. - Vielen Dank, dass Du mir ihren Brief geschickt hast. Ich muss sie unbedingt darüber informieren, dass ich in nächster Zeit in Berlin zu erreichen bin. - Stell Dir vor, schon wenige Monate, nachdem sie mit ihrer Familie nach Wien gezogen war, führte ihr Weg an die Oper nach Breslau. Und dort wurde ihre Ehe bereits geschieden. Ihr ehemaliger Mann gab ihren noch jungen Sohn in die Pflege einer Wärterin und hat wohl die Absicht, bald in Aachen seinen früheren Beruf als Richter wieder aufzunehmen. Und Sophie wurde kürzlich nach Hamburg berufen, wo sie keine naiven Schauspielrollen mehr spielen wird sondern sich auf das tragische Fach spezialisieren will. So schnell haben sich also ihr Familienleben und ihr Berufsalltag verändert.

Sicher gibt es auch bei Euch einige Veränderungen. Sind Ernst und Adalbert inzwischen zum Hofbuchdrucker Junfermann gezogen? Wie geht es Dir mit Deinem Ferdinand? Und was machen unsere anderen Freunde und die Henslers?

Liebe Agnes, lass uns im Kontakt bleiben! Das wünscht sich

Deine Schwester Elsbeth.

Vierter Teil: 1802
Von Freimaurern und Illuminaten

Am 27.07.1802

teilte der letzte Paderborner Fürstbischof Franz Egon von Fürstenberg *dem Kaiser in Wien* mit, dass er sich der Säkularisation nicht in den Weg zu stellen vermöge. Deshalb sähe er sich seinen Pflichten gegenüber Kaiser und Reich entledigt.

Dem *preußischen* König schrieb er:

So groß meine Verehrung gegen S. königliche Majestät
und das allerhöchste königliche Haus
von jeher gewesen ist,
ebenso groß wird auch die Willfährigkeit sein,
womit ich allen Maßregeln,
welche Se. Majestät
zur Occupation der beiden Hochstifter
anzuordnen geruhen werden,
mich nach Möglichkeit zu fügen suchen werde.

...

In dieser Rücksicht kann ich mich auch dann
des Geständnisses nicht enthalten,
daß ich bei der schmerzhaften Trennung
von meinen getreuen Untertanen
den huldreichen Trost empfinde,
daß diese einer so weisen
als gerechten Regierung übertragen
und jede Teile des Staats
sowie jeder einzelne
in dem Augenblick der Veränderungen
und in der ganzen Folge der Regierung
davon die glücklichsten Wirkungen erfahren werden.

Eins
Inbesitznahme Paderborns durch die Preußen am 3. August 1802

»Du möchtest gerne dabei sein, stimmt's?«, fragte Adalbert, während Ernst interessiert aus einem Fenster ihrer gemeinsamen Unterkunft beim Hofbuchdrucker Junfermann schaute und die Soldaten beim Exerzieren auf dem Markt beobachtete. General L'Estocq und der Reichsfreiherr vom Stein nahmen im Auftrag der preußischen Regierung eine Parade ab.

»Kaum«, erwiderte Ernst, »wenn man bedenkt, wozu der militärische Drill benötigt wird. Nur, damit sich diese Männer willen- und empfindungslos ins nächste Gefecht stürzen. Andererseits ist es schon ein faszinierendes Schauspiel, mit welcher Präzision die Soldaten in Kompaniestärke ihre Bewaffnung und Ausrüstung präsentieren und die Kommandos befolgen.«

»Das scheint auch die Paderborner zu begeistern«, wies Adalbert auf die zahlreichen Passanten hin, die sich voller Neugier in den Straßen versammelt hatten.

»Was aber auch nur im Moment den Anschein hat. Sie bekommen mal was anderes zu sehen; eine Abwechslung im Alltag. Eher habe ich in letzter Zeit Niedergeschlagenheit bemerkt, ein trübes Hinblicken in die Zukunft. Oder siehst du Unwillen oder Widersetzlichkeit?«

»Der Adel und die Geistlichkeit sorgen sich um den Verlust ihres politischen Daseins und der Ämter. Fürchten ein zentralistisches Regiment, durchgreifende Bürokratie und neue Abgaben durch Steuern.«

»Und bei dem größeren Teil der Bevölkerung besteht Gleichgültigkeit. Diese Zeitgenossen haben ohnehin kaum etwas zu verlieren«, erwiderte Ernst.

»Wie denkst *du*?«

»Wir gehören zu denen, denen es gegenwärtig nicht gerade schlecht geht, oder? - Ich bin gespannt darauf, in welcher Form uns die Preußen eine bessere Zukunft ermöglichen. Mein Gefühl lässt mich zweifeln.«

»Man erzählt sich, mit dem Einmarsch der preußischen Armee hätten die Freimaurer in Paderborn die Macht übernommen«, flüsterte Adalbert in fast verschwörerischem Ton. »Angeblich soll es sich um eine Vereinigung von Männern handeln, die zu dem Regiment *Kurfürst von Hessen* unter jenem Generalmajor L'Estocq gehören«, wies er mit einem Kopfnicken auf den Kommandeur. »Die neue Paderborner Loge will sich *Zum Hellflammenden Schwerdt* nennen.«

»Das passt gut«, erwiderte Ernst. »Man munkelt, als erstes hätten die Preußen die Kleinodien aus dem Kapuzinerkloster gestohlen, die aus Aachen hergeschafft worden sind, um sie vor den Franzosen in Sicherheit zu bringen. Ein Säbel Karls des Großen soll auch dabei gewesen sein. Das ist sicher das *hellflammende Schwerdt*.«

»... und ein kostbares Evangeliar und die *Stephansbursa*. - Ein Reliquiar in Form einer Pilgertasche«, erklärte Adalbert, als sich Ernst mit fragendem Blick zu ihm umdrehte. »Sie soll angeblich Erde aus Jerusalem enthalten, die mit dem Blut des Heiligen Stephanus getränkt ist«, fügte er hinzu.

»Aberglaube«, erwiderte Ernst verächtlich und schaute wieder hinüber zu den Soldaten. »Die da werden es gewiss eher auf das Gold und Silber und die Edelsteine abgesehen haben, damit sie das Treiben in ihren Geheimbünden finanzieren können. Was weißt du eigentlich über die Freimaurer?«

»Die Freimaurerei ist sehr nebulös«, antwortete Adalbert zweifelnd, »wohl auch deshalb, weil es in ihren Kreisen eine Geheimhaltungspflicht geben soll. Man ist sehr vorsichtig damit, sich durch besondere Zeichen einander zu erkennen zu geben; vor allem, wenn man sich in Kreisen der katholischen Kirche bewegt.«

»So?«

»Vor vielen Jahren hat es schon einen Bannfluch durch den Papst gegeben. Ihre Rituale sollen alle mit Magie zu tun haben. Andererseits: Ich habe mich mal mit Clemens Buchbinder darüber unterhalten, und der steht der Idee der Freimaurerei offen und teilweise auch zustimmend gegenüber.«

»Aber er wird doch wohl selbst kein Freimaurer sein, oder?«

»Würde er dann in deiner Achtung sinken?«, antwortete Adalbert ausweichend.

»Hm, nein«, erwiderte Ernst zögernd. »Er würde sicher gute Gründe dafür haben. Aber sie würden mich interessieren.«

»Ich weiß nur, dass er immer löblich über die Grundtugenden spricht: Freiheit, Gleichheit, Brüderlichkeit kennen wir von den Idealen der Französischen Revolution. Und zusätzlich wird Toleranz und ein Leben voller Humanität gefordert.«

»Toleranz und Humanität?«

»Ja, in den Logen soll man sich bemühen, Verständnis für andere Meinungen aufzubringen. Naja. Diesbezüglich bin ich schon auch skeptisch. Denn zum Einen werden wohl religiöse und politische Streitgespräche mit Absicht gemieden und zum Anderen sieht die Wirklichkeit meistens anders aus. Außerhalb der Logen verhält man sich doch häufig genau entgegengesetzt. Dann lässt man keine anderen Meinungen gelten. Und wie so oft, so gilt es auch dort: Den Frauen ist die Teilnahme am Miteinander in den Logen untersagt. Deswegen sollen die in inoffiziellen Vereinigungen organisiert sein. Clemens sagte, dass die Frauen sich wohl meistens zu karitativen Zwecken träfen. Und bei den Männern sind die Motive wohl sehr unterschiedlich. Offiziell streben die Freimaurer danach, das Gute zu fördern und die Menschheit zu bessern. Die menschliche Vernunft soll das Maß allen Verhaltens und so was wie die Gottheit für die Freimaurer sein, sagt Clemens.«

»Dann ist klar, dass die Kirche die Freimaurerei kritisiert und verbietet«, bemerkte Ernst.

»Ja, aber vor allem eben die *katholische* Kirche. Denn unter den Freimaurern soll es viele protestantische Christen aus Adel und Bürgertum geben. Schon der Preußenkönig Friedrich der Große soll Freimaurer gewesen sein, ebenso dichtet Goethe über die freimaurerischen Ideale. Und der Feldmarschall Blücher, der das Oberkommando über die preußischen Beobachtungstruppen diesseits der Demarkationslinie innehatte und jetzt Münster für Preußen in Besitz nimmt, soll dort sogar ein so genannter *Stuhlmeister* sein.«

»Ludwig hat erzählt, dass man im Gymnasium schon mal darüber gesprochen hat, dass Goethe solch einer Organisation angehört, was mich nicht wundert. Diese Dichter werden mir immer suspekter. Im FAUST sollen wohl geheime Botschaften versteckt sein. - Und was hat es mit diesen Symbolen der *Steinmetz-Bruderschaften* auf sich?«

»Du meinst mit Winkel und Zirkel. Ja, das sind ... äh ... - Warte einen Moment ... Da drüben in der Menschenmenge ... Siehst du diesen kräftigen Mann in dem dunkelblauen Rock, der sich ständig nach allen Seiten umschaut? Ich beobachte ihn schon eine Weile, ein merkwürdiges Verhalten. Aber noch merkwürdiger ist, dass ich den Eindruck habe, als würde ich dieses Gesicht irgendwoher kennen. Ich weiß allerdings nicht, woher. Mir ist, als wenn mit diesem Menschen etwas Unerfreuliches verbunden ist, mir schwant nichts Gutes. Aber ... Moment mal, was ist denn das jetzt für ein Gepolter im Haus?«, wurde Adalbert in seinen Überlegungen unterbrochen. »Nehmen die Preußen jetzt schon die Druckerei in Besitz?«, fragte er gereizt und öffnete die Zimmertür. Ludwig, Ferdinand und Agnes stolperten die Treppe hinauf.

»Mutter und Vater sind verschwunden«, rief Ludwig aufgeregt.

»Das kommt schon mal vor«, erwiderte Ernst knapp. Er war erleichtert. »Wir hatten schon befürchtet, euer Radau habe etwas Schlimmes zu bedeuten. Denn den Preußen ist ja alles zuzutrauen«, ergänzte er, als er wieder seinen Beobachtungsposten am Fenster einnahm.

»Sie sind weg«, kam Ludwig nunmehr mit zitternder Stimme über die Lippen, als er verschämt eine Träne von seiner Wange wischte. »Der Großteil ihrer Kleidung ist weg. Und die Kiste, in der sie wichtige Dokumente aufbewahren, ist ebenfalls verschwunden.«

»Einzig auf dem Küchentisch lag dieser Zettel mit der Aufschrift *Adalbert*«, fügte Ferdinand hinzu, und fragende Blicke richteten sich auf den Genannten, der sich achselzuckend abwandte und zögernd eine Schreibtischschublade öffnete.

»Clemens hat mir nur gesagt, es habe sich ganz plötzlich etwas sehr Dringendes ereignet. Elisabeth und er müssten ins Bayrische reisen, nach Ingolstadt, ihrem Geburtsort. Als ich darauf hinwies, dass Ingolstadt in den letzten Jahren doch ständig Zankapfel zwischen den Kaiserlichen und den Franzosen gewesen sei und letztere auch die Festung haben schleifen lassen, antwortete er mir nur, wir sollten uns keine Sorgen machen. Nach dem Lunéviller Frieden seien die Franzosen im letzten Jahr abgezogen, und nun hätten die Bayern wieder das Sagen. Dennoch sei Vorsicht geboten und deshalb könne er mir und uns allen keine Details darlegen. Nur dieses Papier hat er zurückgelassen und hinzugefügt, in seinem Arbeitszimmer werde Ferdinand Antworten finden.«

Alle Augen richteten sich auf die Zeichnung, die Ferdinand jetzt in Händen hielt. Man erkannte einen Turm, vor dem ein Baum abgebildet war. Unterhalb des Baumes befand sich ein Pferd, das dort zu grasen schien.

»Was sollen diese Rätsel?«, fragte Ludwig entrüstet. Und Ernst nickte zustimmend und meinte verärgert: »Warum schenkt er uns nicht reinen Wein ein? Sind wir ihm noch nicht erwachsen genug oder so wenig vertrauenswürdig?«

»Ich kann mir das auch nicht erklären. Aber wenn er meint, dass besondere Vorsicht angeraten sei ... Wenn er uns hier eine versteckte Nachricht übermitteln will, wird er sicher seine Gründe haben. Und wir sollten uns bemühen, diese Botschaft zu verstehen«, erwiderte Ferdinand deutlich weniger erbost.

»Dieser Meinung bin ich auch«, ergänzte Adalbert. Ich habe mir natürlich auch schon meine Gedanken gemacht, finde aber keinerlei Erklärung.«

»Wenn ich an einen Turm denke, fällt mir zuvörderst der Lichtenturm am Haxterberg ein, wo wir uns damals zum Feuerwerk versammelt haben«, überlegte Ernst. »Aber da gab es nur Buschwerk und ein Wäldchen, aber keinen einzelnen Baum.«

»Und da waren auch nur die Pferde, die unseren Karren gezogen haben«, fügte Agnes hinzu.

»Freunde, es war im Winter, und es lag Schnee. Aber dieses Pferd grast unter dem Baum«, wandte Ferdinand ein.

Dem mussten die Anderen beipflichten, und so grübelten sie weiter. Adalbert war das Senner Gestüt Lopshorn in den Sinn gekommen, in dessen Nähe sich die Mordskuhle befand, wo man den Ludwig vor Zeiten aus den Händen seines vermeintlichen Vaters befreit hatte. »Da befand sich allerdings kein Turm«, bemerkte Ferdinand.

Zunehmend gereizter wurde die Atmosphäre, während man die Meinungen austauschte. Doch alle Ideen mussten verworfen werden. Vor allem Ludwig wurde ungeduldig und schien mehr und mehr zu resignieren. »Wer weiß, wo sich Vater und Mutter jetzt schon befinden. Wir rätseln hier herum, anstatt ihnen einfach zu folgen. Wir wissen doch nun, dass sie nach Ingolstadt wollen. Stattdessen sitzen wir hier und vergeuden die Zeit.«

»Vielleicht haben sie uns ganz bewusst dieses Rätsel zurückgelassen, um uns abzulenken. Wir sollten davon ausgehen, dass sie gar nicht wünschen, dass wir ihnen folgen«, sprach Ernst laut aus, was auch Adalbert dachte:

»Dem muss ich wohl zustimmen. Clemens sorgte sich sehr, dass man uns möglicherweise beschatten und nachstellen würde, wenn wir ihnen folgen würden.«

»Na, *das* ist es doch«, schnaubte Ernst erzürnt. »Diese Geheimniskrämerei! Hast du nicht gesagt, dass Clemens Buchbinder Sympathien für die Freimaurerei hegt?«, wurde Adalbert von Ernst attackiert.

»Gemach, gemach!«, versuchte dieser beruhigend auf Ernst einzuwirken. »Dass er wegfährt, ohne uns in alle Einzelheiten seiner Beweggründe einzubinden, muss ja nicht bedeuten, dass er in kriminelle Machenschaften verwickelt ist. So wie damals deine Mutter«, fügte er stichelnd hinzu. »Oder willst du ihm gar unterstellen, dass er die Aachener Schätze gestohlen hat?«

»Wer weiß«, kam es nun kleinlaut und beschämt zurück.

»Also zumindest bin ich mir sicher, dass Clemens niemals möchte, *niemals* betone ich, dass wir miteinander in Streit geraten. Egal, in welcher Angelegenheit er unterwegs ist«, nahm Ferdinand Stellung. Und als hätte er ein Machtwort gesprochen, verstummten schlagartig alle Zweifler. »So kommen wir nicht weiter. Ich schlage vor, wir wenden uns an Friedrich Wilhelm. Der ist ein kluger Kopf, der mit systematischer Überlegung schon manche Probleme gelöst hat.«

»Zumindest in seiner Ausbildung zum Apotheker«, fügte Ludwig hinzu.

Man begab sich auf den Weg hinüber zur Cramerschen Apotheke. Dass sich die Menschenansammlungen in den Straßen inzwischen nahezu aufgelöst hatten, während die Soldaten jetzt in kleinen Gruppen patrouillierten, nahmen die Freunde kaum mehr wahr. In Gedanken waren sie nur noch bei Clemens Buchbinder und seiner Frau Elisabeth.

Die neuesten Nachrichten überraschten Friedrich Wilhelm ebenfalls. Zur Rätsels Lösung konnte auch er zunächst nicht wesentlich beitragen. Er betrachtete die Zeichnung von allen Seiten und ließ sich noch einmal den Wortlaut wiederholen, mit dem der Lehrer sie an Adalbert übergeben hatte: »In meinem Arbeitszimmer wird Ferdinand einige Antworten auf seine Fragen finden können«, zitierte dieser.

»Na also, was sinnen wir hier und grübeln und disputieren? Ferdinand wird die Lösung schon finden«, resümierte Friedrich Wilhelm kurz und bündig.

Zwei
Im Arbeitszimmer des Lehrers

So kam es also, dass sich Ferdinand und die Freunde vor dem Bücherregal im Arbeitszimmer von Clemens Buchbinder wiederfanden, was sie einmal mehr beinahe kapitulieren ließ.

»Sollen wir jetzt alle Bücher lesen - in der Erwartung, eine Antwort zu finden?«, stellte Ludwig eine eher rhetorische Frage.

»Und bevor wir diese Unmenge an Schachteln durchstöbert haben, werden Clemens und Elisabeth vielleicht schon wieder zurück sein«, ergänzte Ferdinand fast schon resignierend.

»Ich frage mich die ganze Zeit, warum ausgerechnet *du* die Antworten finden kannst«, ergänzte Ludwig, wobei eine Spur Eifersucht nicht zu überhören war.

»Das war auch *mein* erster Gedanke«, fügte Friedrich Wilhelm hinzu. »Es wird in der Vergangenheit eine Situation gegeben haben … Vielleicht eine Begegnung zwischen Clemens und dir, die in diesem Raum stattgefunden haben muss. Ich schlage vor, dass wir dich hier alleine lassen. Vielleicht fällt dir dann etwas ein, was uns weiterhelfen könnte!«

Achselzuckend akzeptierte Ferdinand diesen Vorschlag. Und nachdem die anderen den Raum verlassen hatten, setzte er sich an den Schreibtisch und ließ seinen Blick in der Kammer umherschweifen. Nichts kam ihm ungewöhnlich vor. Bei Clemens hatte alles seine Ordnung. Jedes Ding lag da, wo es immer lag: Die Bücher, soweit man dies in der Gesamtschau beurteilen konnte. Das Schreibzeug. Die zahlreichen Mineralien aus der Sammlung des Lehrers. Der Spieltisch mit dem Schachspiel, an dem sie meistens saßen, wenn sie sich an diesem Ort begegneten. Das Herbarium mit seinen vielen Katalogen ... So kommen wir nicht weiter, dachte Ferdinand in dem Moment, als Friedrich Wilhelm die Tür schon wieder öffnete.

»Ferdinand, wenn du dir noch einmal die Zeichnung genau anschaust und den Blick vor allem auf das Pferd lenkst, erkennst du dann etwas, über das wir bisher noch nicht nachgedacht haben?«, fragte Friedrich Wilhelm.

»Ich entdecke nichts Ungewöhnliches an dem Pferd. Allenfalls, dass es ein dunkles Pferd sein dürfte, denn es ist schraffiert. Aber der Turm ist auch schraffiert - anders als der Baum. Da hat er nur die Umrisse gezeichnet. Aber was könnte das schon bedeuten?«

»Hm, das stimmt. Das ist uns bisher noch gar nicht aufgefallen. Vielleicht hat es ja was zu bedeuten«, zögerte Friedrich Wilhelm mit einer Erwiderung. »Aber das meine ich nicht. Wir haben bisher immer nur auf das grasende Pferd geachtet. Es scheint mir, dass dieses Pferd nicht nur Gras frisst.«

»Tja. Es könnten Äpfel sein, die da im Gras liegen. Aber was ist so Besonderes daran?«

»Vielleicht ist es nicht von Belang, nur: Dann muss es sich um einen Apfelbaum handeln.«

»Stimmt«, antwortete Ferdinand - zunächst etwas begriffsstutzig, aber dann kam ihm eine Erkenntnis. »Ich glaub es nicht, *das* könnte uns zur Lösung führen!«

Er ergriff sich einen Schemel, um an ein Buch zu gelangen, das hoch oben im Regal lag.

»*Und wenn ich wüsste, dass morgen die Welt untergeht, ich würde heute noch ein Apfelbäumchen pflanzen* - das ist ein Wort vom Martin Luther, das Clemens einmal zitiert hat, als es mir gar nicht gut ging und wir uns hier zum Schachspiel eingefunden hatten.«

Jetzt schaute Ferdinand hinunter zum Spieltisch: »*Das Schachspiel*! Jetzt wird mir manches klar. Das schraffierte Pferd und der Turm sind die schwarzen Figuren aus dem Schachspiel. Nur der Apfelbaum, der hat damit nichts zu tun. Der ist auch nicht schraffiert ... *Ich würde heute noch ein Apfelbäumchen pflanzen*«, wiederholte Ferdinand murmelnd.

Schon griff er nach dem Buch VON DER FEIHEIT EINES CHRISTENMENSCHEN.

»Aber was hat der Spruch mit dem Buch zu tun?«, murmelte er, als er das Buch aufschlug. »Da, es fällt ein Blatt heraus! Kannst du was erkennen?«, rief er aufgeregt, sodass es auch die anderen hören konnten, die nun in das Arbeitszimmer drängten.

»Es sieht aus wie ein Blatt aus einem Katalog des Herbariums. Es ist ein Baum abgebildet ... *Wieder* ein Baum«, stellte Friedrich Wilhelm ernüchtert fest. »Diesmal handelt es sich um eine Linde. Ja, hier ist eine gepresste Lindenblüte aufgeklebt.«

»Das ist es!«, rief Ferdinand begeistert. »Lindenblüten. Lindenblütentee. *Mein Heilsbringer*, hat Clemens immer gesagt.«

In einem mächtigen Satz sprang er vom Schemel und begab sich zu einem der großen Gefäße, die sich an der gegenüberliegenden Wand befanden. Er nahm die Abdeckung herunter und griff in den Behälter, während er den intensiven Duft genoss, den die kurz vor Beginn des Sommers gesammelten aber schon getrockneten Blüten verströmten. Ein leichtes Rascheln war zu vernehmen, als das Sammelgut durch die Finger rieselte. Dann hielt er einen Briefbogen in den Händen, den Ludwig sogleich ergriff und hastig entfaltete. Aufmerksam hörten die Freunde auf das, was Ludwig vorzulesen hatte:

Lieber Ludwig, lieber Ferdinand, liebe Agnes!
Wenn Ihr diese Botschaft in Händen haltet, werden Eure Freunde vermutlich in der Nähe sein. Wir danken Euch allen, dass Ihr Euch auf den Weg begeben habt, um unsere Nachricht an Euch zu finden. Offensichtlich sind wir Euch nicht gleichgültig. Dafür danken wir Euch! Wir sind sehr stolz auf Euch!
Wir bitten Euch um Nachsicht, dass wir Euch im Ungewissen zurückgelassen haben und dass wir auch jetzt keine Einzelheiten zu den Beweggründen für unsere Abreise mitteilen können.
Das schmerzt uns sehr. Denn Ihr seid für uns gleichsam unsere Kinder. Dass wir für Euch sorgen durften und wir Euch auf einer Etappe des gemeinsamen Lebensweges begleiten durften, hat uns sehr glücklich gemacht und uns etlichen Jahren einen neuen Lebenssinn beschert.
Nun wurden wir von unserer Vergangenheit eingeholt, die nicht immer unter einem glücklichen Stern stand. Wir haben einen nicht ungefährlichen Auftrag zu erfüllen. Es ist nicht auszuschließen, dass Ihr in diesen Tagen besonders observiert werdet. Darum solltet Ihr nicht versuchen, uns zu folgen! Ihr solltet Euch um unsretwillen nicht in Gefahr begeben!
Es ist zu befürchten, dass Euch diese Notizen nicht zufrieden stellen. Dann wendet Euch an Ludwigs Paten! - Lieber Ludwig, der Bruder Deiner leiblichen Mutter weiß, wo Ihr Deinen Paten finden könnt. Entschuldige, dass wir Dir nur diese

vagen Hinweise hinterlassen können. Das ist unser Beitrag, Vorsicht walten zu lassen. Jetzt seid Ihr gefordert, mit Bedacht zu handeln!
Es ist nicht abzusehen, wann wir uns wieder begegnen werden. Und wir vermögen nicht zu sagen, ob wir uns jemals' wiedersehen werden. Es ist unser größter Wunsch, dass Ihr uns in guter Erinnerung behaltet. Lebt wohl!
Clemens und Elisabeth

Bei den letzten Zeilen musste sich Ludwig setzen und konnte nur mehr flüstern, denn die Abschiedsworte schienen ihm die Kehle zuzuschnüren. Er ließ das Vermächtnis auf seinen Schoß sinken. Durch einen Tränenschleier erschienen ihm die Gestalten seiner Adoptiveltern, und einige Szenen aus dem gemeinsamen Alltag kamen ihm in den Sinn. Derweil lehnte sich Agnes an Ferdinands Schulter. Adalbert blickte aus dem Fenster. Ebenfalls in Gedanken blätterte Friedrich Wilhelm in dem Buch des Martin Luther. Und auch Ernst schien betroffen. Er bewegte einige Schachfiguren ziellos hin und her und wusste nicht, was er tun oder sagen sollte. Ähnlich erging es Adalbert, der sich schließlich räusperte, zu Ludwig hinüberging, ihm eine Hand auf die Schulter legte und zu ihm sprach:

»Dein Pate ist zurück aus Hannover und im Pfarramt zu Neuenheerse zu finden.«

Während Ludwig zwar mit dem Kopf leicht nickte, aber mit den Informationen von Adalbert augenblicklich kaum etwas anzufangen wusste, konnte Ferdinand bereits wieder einen klareren Gedanken fassen und fragte: »Die Ortschaft mit dem Damenstift? Am Osthang des Eggegebirges?«

Adalbert ergänzte zustimmend: »Vielleicht eine Tagesreise von Paderborn aus.«

»Wann brechen wir auf?«, fragte Ferdinand.

Da schaute Ludwig auf und antwortete entschieden: »Lieber heute als morgen.«

Am folgenden Tag kam man überein, dass Ernst wieder seiner Arbeit in der Junfermannschen Druckerei nachgehen sollte. Friedrich Wilhelm musste sich bei seinem Lehrherrn in der Apotheke einfinden, und Agnes wurde bei den Henslers benötigt. Nur Adalbert, Ludwig und Ferdinand begaben sich auf den Weg nach Neuenheerse. Man verließ Paderborn durch das Gierstor, folgte zunächst östlich der Route Auf dem *Hell Wege* in Richtung Driburg. Beim *Kreutz auf dem Henck* bog man nach Südosten ab, um schließlich jenseits von Schwaney den Gebirgskamm der Egge zu passieren. So gut es eben ging, überzeugte man sich davon, dass man nicht verfolgt wurde. Dann allerdings machten ergiebige Regengüsse an den Hanglagen das Fortkommen beschwerlich - es war ein kleiner Vorgeschmack darauf, was in nächster Zeit auf sie zukommen sollte.

Ludwigs Pate Adam Crux, der nach seiner Zeit als Kaplan in Neuhaus als Pfarrer in Hannover tätig gewesen war, hatte nun die Verwaltung des Pfarramtes in Neuenheerse zu führen. Schnell konnte man ihn ausfindig machen. Und mit dem Wiedersehen ging eine herzliche Begrüßung einher. Doch schon verfinsterte sich der Blick des Pfarrers, als man von den Neuigkeiten berichtete und das Schreiben der Buchbinders vorlegte.

»Ich kann euch kaum weiterhelfen, selbst wenn ich wollte. Clemens hat mir etwas gebeichtet. Und ihr wisst, dass ich das Beichtgeheimnis wahren muss. Unterstreichen muss ich aber seine Bitte, dass ihr von weiteren Nachforschungen absehen solltet.«

»Warum schreibt er dann, dass ich mich an meinen Paten wenden soll, wenn ich nähere Einzelheiten erfahren möchte?«, fragte Ludwig ungestüm.

»Hat er das geschrieben, mein Junge? - Nun, was könnte ich euch sagen, das euch zufriedenstellt? Er hat sich meinen Segen erbeten. Und mit einem Gespann des Kramers Hensler ist er nach Ingolstadt abgereist.«

»Mit einem Wagen des Kramers?«, fragte Ferdinand. »Dann wird *der* doch gewiss etwas wissen!«

»Hat Vater etwas über die Aachener Kleinodien gesagt?«, bohrte Ludwig hartnäckig weiter.

»Wir haben mal darüber gesprochen. Denn ich weiß einiges über sie. Die lagen ja mal im Kapuzinerkloster.«

»Sie *lagen* dort? Befinden sie sich jetzt nicht mehr im Kloster?«, fragte Adalbert.

Pfarrer Crux drehte ihm den Rücken zu und murmelte: »Es sprach sich schnell herum, dass sie wohl entwendet wurden.«

»Hat Vater sie entwendet?«, fragte Ludwig erregt.

Aufgebracht wandte sich Adam Crux um und hob mahnend einen Finger. Seine Stimmlage verriet, dass er diesen Gedanken nicht tolerieren wollte. »Das solltest du nicht denken, das hat er nicht verdient«, erwiderte er abweisend.

»Ist er mit den Schätzen unterwegs und macht sich zur Zielscheibe für Preußen und Franzosen? Und was will er damit in Ingolstadt?«, drängte nun auch Ferdinand. Zunehmend hitzig attackierte er den Pfarrer: »Wäre es nicht Ihre Christenpflicht gewesen, ihn von solch einer Unternehmung abzubringen?«

»Ich verbitte mir derartige belehrende Bemerkungen!« Pfarrer Crux war entrüstet. »Ich habe *nie* davon gesprochen, dass Clemens die Kleinodien an sich gebracht hat. Ich appellierte lediglich an Sie, dass Sie seinem Wunsch Folge leisten sollten! Und du, mein Junge, solltest im Gymnasium deine Studien wieder aufnehmen. Das Ganze ist eine Nummer zu groß für dich!«

»Ich werde nicht mehr ins Gymnasium gehen«, entgegnete Ludwig.

»Du hast der Schulpflicht zu genügen«, hielt der Pfarrer missbilligend dagegen.

»In einigen Monaten werde ich vierzehn Jahre alt. Man wird kaum merken, wenn ich nicht mehr erscheine. In Paderborn geht's jetzt ohnehin drunter und drüber. Ich möchte in der Apotheke eine Lehre aufnehmen, so wie der Friedrich Wilhelm. Dazu brauche ich kein Studium«, ließ Ludwig wissen.

»Und wovon willst du leben?«, wandte der Pfarrer ein.

Jetzt wurde Adalbert überdeutlich: »Es verwundert mich doch sehr in Erinnerung rufen zu müssen, dass Ludwigs Mutter, *meine Schwester*, ein Erbe für Ludwig hinterlassen hat. Davon lebt er schon jetzt. Denn es ist kaum einer mehr da, der für ihn sorgt.« Und weiter provozierte er: »Auch sein Gevatter scheint sich über die Gefühle seines Patenkindes hinwegsetzen zu wollen.«

Erbost ging Pfarrer Crux auf Adalbert zu. Doch als er in das ernste Gesicht von Ludwigs Onkel schaute, der seinen drohenden Blick regungslos erwiderte, hielt er inne und verzichtete auf weitere Einwände. Einige Momente bildeten seine Lippen einen verkniffenen schmalen Strich. Man sah es ihm an, dass er innerlich einen Kampf mit sich selbst ausfocht. Dann legte sich seine Empörung wieder.

»Also gut, mein Junge«, wandte er sich an Ludwig. »Über die wahren Motive deines Adoptivvaters darf ich dir nichts mitteilen. Aber ich wünsche dir, dass du Gelegenheit bekommst, ihn selbst zu fragen. Ich bin mir fast sicher, dass er dir von Angesicht zu Angesicht Antworten auf deine Fragen geben wird. - Wenn du partout nicht locker lässt: Kramer Hensler ist darauf vorbereitet, dich zu begleiten. Du musst dich nur noch einige Augenblicke gedulden. Ich habe mit dem Bruder deiner Mutter noch einiges zu besprechen. Und ich will euch etwas mitgeben, das euch vielleicht nützlich sein kann.«

So kam es, dass man zwar noch nicht viel schlauer geworden war. Nun aber war die Entscheidung getroffen, dass man die Spur der Buchbinders aufnehmen wollte. Man vertraute darauf, dass das Vorhaben mit den Erfahrungen des weitgereisten Kramers gelingen könnte.

Vier Tage später waren die letzten Vorbereitungen getroffen. Agnes hatte sich mitsamt der Katze im Haus der Henslers einquartiert, denn die beiden wollten keinesfalls alleine in der Wohnung der Buchbinders zurückbleiben. Agnes und Ferdinand standen zum Abschied beieinander, als sie durch einen geöffneten Türspalt mitbekamen, dass auch Franziska ihrem Mann eine gute Reise und gesunde Heimkehr wünschte.

»Passt auf euch auf, ich habe kein gutes Gefühl bei eurer Unternehmung«, waren ihre Worte, während ihr Mann erwiderte:

»Frau, *wir beide* wissen, dass dieser Tag einmal kommen musste.«

Und nach einer letzten Umarmung verließ Heinrich Hensler das Haus und begab sich zu den beiden Pferden, die bereits vor dem Transportwagen angeschirrt waren. Ein Reitpferd wurde zusätzlich mitgenommen. Damit wollte der Kramer immer mal wieder zu kleineren Erkundungen aufbrechen, um die Lage zu inspizieren und das Risiko einer heimlichen Verfolgung zu minimieren.

Am 7. August 1802 verließ man Paderborn durch das Kasseler Tor im Süden der Stadt und begab sich auf den inzwischen bedeutungsloser gewordenen Frankfurter Weg, die ehemalige *via regia*, die die Fürstbischöfe von Paderborn einst für ihre Reisen zur Reichskrönungsstadt Frankfurt benutzt hatten. Um unnötiges Aufsehen zu vermeiden, beabsichtigte man zunächst auf einer Route in Richtung Frankfurt zu reisen, wo am 15. des Monats die Frankfurter Herbstmesse beginnen würde.

Nur wenige Stunden später - man befand sich noch im Hochstift Paderborn - machte Ludwig eine freudige Entdeckung. Denn unter der Plane, die ihr Hab und Gut abdeckte, stöberte er einen blinden Passagier auf: Die Katze hatte es sich nicht nehmen lassen, die Reisegesellschaft zu begleiten. »Das ist gewiss ein gutes Omen«, frohlockte Ludwig. Und es gelang ihm, die Miene des mürrisch dreinblickenden, missgelaunten und besorgten Heinrich Hensler für einige Augenblicke zu erhellen.

Drei
Grenzerlebnisse

Auf dem *Sindfeld*, einer Teillandschaft der Paderborner Hochfläche, hatte man genächtigt. Jetzt beabsichtigte man, nach Stadtberg - oder auch Marsberg genannt - ins Tal der Diemel hinabzufahren. Hier war man nur noch wenige Meilen von der Grenze zum Fürstentum Waldeck entfernt, als sich an einer Wegekreuzung von Osten eine Patrouille preußischer Soldaten näherte. Der Wortführer richtete seine Waffe mit aufgepflanztem Bajonett gegen das Pferd, auf dem Hensler saß, der soeben aus westlicher Richtung von einem kurzen Erkundungsritt zurückgekehrt war. Der Soldat nahm argwöhnisch die angeforderten Pässe entgegen, musterte abwechselnd die gesiegelten Schriftstücke, danach die Teilnehmer der Reisegesellschaft und ihr Fuhrwerk.

Als er die Dokumente zurückgab, fragte er kurz angebunden:

»Wohin reist Er?«

Und in ebenso knappen Worten antwortete der Kramer, woraufhin sich ein Zwiegespräch entspann: »Zur Messe Frankfurt.«

»Warum reist Er ohne sicheres Geleit?«

»Geleit kostet Geld.«

»Recht hat Er.«

Und an seine Begleiter gerichtet zeigte sich der Kommandierende verständig und ließ erkennen, dass man mit ihm an einen recht umgänglichen Zeitgenossen geraten war: »In der Tat zeigte schon die *Ostermesse* in Frankfurt einen Mangel an Geld und Käufern.« Dann wandte er sich wieder an den Kramer:

»Kann Er sich die Mautkosten für seine Waren leisten?«

»Kaum. Darum gibt's auf dem Wagen auch fast keine Waren zu finden.«

»Zeige Er seine Waren.«

In diesem Augenblick war der klagende Laut der Katze zu vernehmen. Und schon hob einer der Begleiter die Plane an, welche die Utensilien auf dem Wagen vor Wind und Wetter schützte.

»Das ist die Katze meiner Schwester«, gab Ludwig vor. »Das Tier ist uns einfach hinterhergelaufen ...«

»... und wir hatten keine Zeit mehr, es zurückzubringen«, ergänzte Ferdinand.

Die Stirn runzelnd betrachtete der Soldat die jugendliche Erscheinung Ludwigs und brachte zum Ausdruck, dass er nicht bereit sei, sich wegen solchen kindischen Geplänkels von seiner Visitation ablenken zu lassen. »Was will Er mit den Kirchenornaten in Frankfurt?«, fragte er den Kramer, während er mit seinem Säbel eine weitere Plane anhob und Messgewänder und liturgisches Gerät freilegte.

»Das Kirchengeschirr wird in Paderborn nun wohl weniger benötigt. Es soll verkauft werden, bevor es in die Schmelztiegel der Goldschmiede und Silberarbeiter der Franzosen gerät.«

»Unter der jetzt königlich-preußischen Herrschaft werden es die Franzosen kaum wagen, bis hierher vorzudringen! - Es wurde uns kundgetan, dass die kaiserlichen Kleinodien aus Paderborn entwendet wurden. Hat Er einen Geleitbrief. Oder hat Er diesen Kirchenschatz hier gestohlen?«

»Hier ist eine Legitimation des Pfarrers Adam Crux, der das Pfarramt in Neuenheerse verwaltet. Im Übrigen haben diese Teile wohl wenig Ähnlichkeit mit einer Kaiserkrone oder einem Krönungsmantel.«

Die Augen des Soldaten verrieten weiterhin Misstrauen.

»Er muss zugeben, Sein Verhalten erscheint ungewöhnlich und verdächtig. Es bleibt festzustellen: Ein katholischer Pfarrer schickt einen Kaufmann mit Kirchenschätzen nach Frankfurt; ohne sicheres Geleit. Oder braucht Er kein Geleit, weil er selbst zur Wegelagerei neigt? Ist Er womöglich ein Spießgeselle des Schinderhannes? Dann sei Er gewarnt: Den Räuber hat man vor einigen Wochen aufgespürt und gefangen nehmen können. Von Frankfurt aus wurde er an die französischen Behörden nach Mainz ausgeliefert, wo er nun seiner Bestrafung auf dem Schafott entgegensieht. Nicht, dass Er ebenso endet!«

Und mit großem Erstaunen angelte sich der Soldat, der inzwischen von seinem Pferd abgestiegen war, einige Bücher aus dem Fundus des Wageninhalts. »Hier sehe ich einen Goethen. Was will er mit preußischer Literatur in Frankfurt?«

»Ist Goethe ein Preuße? Unseres Wissens entstammt er einer angesehenen Frankfurter Familie. Nein, wir haben ihn nur zu unserer eigenen Muße dabei.«

»Und den Schiller vermutlich auch?«

»Der Schiller ist wohl eher in Weimar als in preußischen Landen zu Hause, oder?«

»Werde Er nicht renitent! Er sei ein letztes Mal gewarnt. Er läuft Gefahr, arrestiert zu werden. Was ist mit dem Jean Paul und dem Tieck?«

»Jean Paul kam im oberfränkischen zur Welt. Und ...«

»... und Ludwig Tieck gehört schon fast zur Familie«, antwortete Adalbert - inzwischen sehr gereizt und etwas unbedacht. »Den haben wir im vergangenen Jahr persönlich in Berlin getroffen.«

»Und das soll ich glauben. Er soll wissen, dass ich einen dringenden Auftrag habe. Sonst würde ich Ihn sofort festnehmen lassen.« Und zum Kramer Hensler gewandt fuhr er fort: »Er weiß immer eine Antwort. Kennt Er sich mit der Literatur aus?«

»Es gab bei der Leipziger Ostermesse intensiven Kontakt mit den Buchhändlern.«

»Dann sollte Er erfahren haben, dass der Messeplatz Frankfurt durch die Katholische Zensur beschnitten wird. Hat Er das?«

»Bei unserem Besuch in Frankfurt erhoffen wir uns Informationen über die neuesten Modefarben und wir wollen die Modenwaren-Handlung von einem Johann Adam Rau aufsuchen«, führte der Kramer nun aus. »Hier steht es in den FRANK-FURTER ANZEIGE-NACHRICHTEN, dass man einem gefälligen Zuspruch entgegensieht. Ist der Herr Kommandant verheiratet? Dann empfehle ich Ihm und Seiner Frau die neueste Modefarbe: Terre d'Egypte.«

Mit zusammengekniffenen Augen zeigte sich der Soldat nachsichtig und gestand schließlich ein: »Er ist beschlagen und erscheint kultiviert. Wir fügen uns. Vorerst. Aber wir ermahnen Ihn und seine Gefährten, in der heutigen Zeit mit weniger spitzer Zunge aufzutreten. Im Übrigen, vielen Dank für den Rat an meine Frau!«

Ein knappes Salutieren andeutend schwang er sich auf sein Ross. »Sollten wir uns noch einmal begegnen, erwarte ich, dass Er die Kirchengewänder eingetauscht hat in neues Tuch der Farbe Terre d'Egypte! - Männer, wir haben keine Zeit mehr zu verlieren!«

»Wir sollten seinem Rat folgen und uns zukünftig etwas mehr zurückhalten«, kommentierte Hensler den Vorfall, als die Soldaten endlich außer Sicht waren. Und das nahmen Adalbert, Ferdinand und Ludwig sehr wörtlich. Ausgesprochen schweigsam ging es während der Etappen an den beiden folgenden Tagen zu, an denen sie die Wegstrecke zuerst bis Corbach, am Tag danach bis nach Sachsenberg zurücklegten.

Sie rasteten in der Nähe der den wenigen Lutheranern in der Gegend zugesprochenen Butzkirche, nachdem sie in Sachsenberg ihre Vorräte an Lebensmitteln ergänzt hatten. Auch die Katze leistete dazu ihren Beitrag: Schon nach kurzer Zeit kehrte sie zurück und präsentierte stolz eine Forelle in ihrem Maul, die sie nicht etwa aus der nahegelegenen Nuhne gefischt, sondern vom Tisch des Müllers bei der in der Nähe befindlichen Mühle stibitzt hatte. So wusste jedenfalls Ludwig zu berichten, dem es gelungen war, der Katze zu folgen. Derweil hatte Ferdinand Brot und Käse verteilt. Auf das Braten von Eiern oder das Garen von Kartoffeln oder Gemüse wollte man verzichten, da man nicht wagte, am Lagerplatz ein Feuer zu entfachen. Ein Stein wies sie darauf hin, dass sie sich an der Grenze zur Landgrafschaft Hessen-Kassel befanden.

Die Katze hatte inzwischen große Teile des Fischs vertilgt und sprang auf den Grenzstein, der auf der nördlichen Seite einen achtstrahligen Stern auf Wappenschild zeigte - das Wappen des Fürstentums Waldeck-Pyrmont. Auf der südlichen Seite schien der Löwe der Landgrafschaft Hessen-Kassel im Wappenschild aufzuspringen. Dieser Seite drehte die Katze den Rücken zu, während sie sich plötzlich ganz hektisch zu putzen begann. »Sie schämt sich, weil sie etwas ausgefressen hat und versucht nun abzulenken«, deutete Ludwig ihre Geste. Dann suchte sie den Kopfkontakt, als Ludwig sich ihr auf Augenhöhe näherte.

»Hat die Katze auch einen Namen?«, fragte Heinrich Hensler.

»Eigentlich heißt sie *Floh*«, antwortete Ludwig, während sie Ludwigs Stirn und die Nasenspitze vorsichtig abschleckte und ihm dabei einen aparten Fischgeruch zukommen ließ. »Aber es ist gleichgültig, wie wir sie nennen. Sie hört auf Floh, Zecke oder Spinne ohnehin nur dann, wenn sie will«, erklärte er, während sie sich nun genüsslich über den Backenbart streichen ließ.

»Dann versuch's doch mal mit Amalie, Luise oder Josephine«, witzelte Hensler, was bei Ferdinand und Adalbert ein derart lautes Gelächter hervorrief, dass Floh erst einmal wieder Reißaus nahm.

Auch am folgenden Tag blieben sie von unerwünschten Begegnungen verschont und es gelang ihnen, den Weg bis zur Querung der Lahn nördlich von Marburg zurückzulegen. Sie rasteten etwas abseits im Lahntal, wo Ludwig in die Oberfläche eines flachen Steins die Felder eines Schachspiels einritzte. Einem Beutel entnahm er die Schachfiguren, die er aus dem Arbeitszimmer seines Adoptivvaters mitgenommen hatte. Nachdem er zum Zeitvertreib mit Ferdinand eine Partie Schach gespielt hatte, hatte er sich lange genug in Geduld geübt, wie er fand. Doch nun war es an der Zeit, sich nach der Dauer ihrer Reise und nach der weiteren Reiseroute zu erkundigen.

»Wir werden eine ganze Weile unterwegs sein! Hier siehst du meine Reisekarten«, sprach Heinrich Hensler. »Wenn du nach Ingolstadt willst und beschwerliche Gegenden wie das Auf und Ab von Berg und Tal meiden möchtest, wie würdest du dann reisen?«

Ludwig drehte eine der Karten einige Male hin und her. Dann zeigte er auf den Namen Frankfurt und versuchte ihren gegenwärtigen Standort zu lokalisieren. »Wenn wir hier von Norden kommen, würde ich über Marburg und Gießen reisen, zwischen Taunus im Westen und Vogelsberg im Osten an Frankfurt vorbei und durch den Spessart nach Würzburg. Von dort ..., über Ansbach ..., der Altmühl folgend ... Dann weiter südlich nach Ingolstadt.«

»Nicht schlecht«, staunte Hensler, »allerdings musst du bedenken, dass sich die Altmühl durch die Fränkische Alb zwingen muss. Bei Eichstätt ist das Altmühltal sehr windungsreich. Aber es gibt eine gute Alternative!«

»Hm ... Dann vielleicht von Würzburg südlich über Rothenburg, Dinkelsbühl, Nördlingen ... Und dann ab Donauwörth der Donau östlich folgend nach Ingolstadt.«

»Genau so würde ich auch die Reiseroute wählen«, zollte Hensler Anerkennung. »Jetzt stell dir mal vor, du hättest die Schätze des Kaisers dabei. Was würdest du damit in Ingolstadt wollen?«

Überrumpelt fiel dem Ludwig darauf keine Antwort ein, und so meldete sich Adalbert zu Wort: »Ich würde sie nicht nach Ingolstadt bringen, sondern nach

Nürnberg zu den anderen dort untergebrachten Kleinodien. Und von dort würde ich sie über Regensburg nach Wien befördern.«

»Stimmt. Also, nehmen wir mal an, eure Mutmaßungen würden sich bewahrheiten. Auch dann würde der Reiseweg über Würzburg führen; natürlich von dort aus in südöstliche Richtung nach Nürnberg.«

»Aber Herr Hensler, hat Vater also doch die Schätze an sich genommen?«, schien Ludwig die Überraschung überwunden zu haben.

»Nun hör mir mal gut zu, Junge. Ich will euch was verraten. Ihr wisst schon von deinem Vater, dass er einen gefährlichen Auftrag zu erfüllen hat. Und tatsächlich hat dieser Auftrag etwas mit den Aachener Kleinodien zu tun. Ob er die Schätze dabei hat ... Darüber kann ich nicht sprechen. Das wird er euch selber erklären, wenn wir ihn getroffen haben. Aber ihr müsst mir jetzt dreierlei versprechen: Erstens, sprecht ihn bitte nur dann darauf an, wenn ihr absolut sicher seid, dass er alleine ist und sich kein Lauscher in der Nähe befindet. Zweitens, ihr wisst nun mehr, als ihr wissen solltet. Also redet nicht unüberlegt. Und drittens: Wir machen schon seit langem viele Dinge gemeinsam, wie in einer großen Familie. Das erleben wir derweil ganz intensiv bei dieser nicht ganz ungefährlichen Unternehmung. Also: Sagt nicht mehr *Herr Hensler* zu mir. Ich heiße Heinrich!«

Vier
Im Frankenland

Von Gießen aus reisten sie durch einen Landstrich der Wetterau. Bei Butzbach wurden sie von heftigen Regengüssen überrascht, sodass sie ausnahmsweise ein Wirtshaus zum Übernachten aufsuchten. Hier fand Adalbert bequemere Gegebenheiten, um in einem Tagebuch Notizen zu ihrer Reise niederzuschreiben. Das war nicht einfach, wollte er doch keine verräterischen Spuren zum Zweck ihrer Unternehmung hinterlassen. Aber es war ihm ein Anliegen, mit den Reisebeschreibungen bei seiner Rückkehr dem Ernst eine andere Möglichkeit des Dokumentierens aufzuzeigen - als Alternative zur Tätigkeit des Kriegsberichterstatters, für die Ernst einst geschwärmt hatte.

Zur Weiterreise bogen sie vom Frankfurter Weg ab und reisten über Hanau nach Aschaffenburg, gelangten ins Erzbistum Mainz und durchquerten im Mainviereck den südlichen Teil des Spessarts. Indem sie sich jetzt erstmals anderen Reisenden anschlossen, setzten sie sich zwar einerseits einem erhöhten Risiko der heimlichen Verfolgung aus. Andererseits erhöhte deren Gegenwart die Sicherheit vor dem wilden Treiben von Räuberbanden, das gerade in diesen Zeiten des politischen Umbruchs in dem dichtbewaldeten Gebiet besonders intensiv war. Schließlich erreichten sie wohlbehalten den in katholische und protestantische Territorien unterteilten Fränkischen Reichskreis. Nach einem im Mai abgeschlossenen Separatvertrag Bayerns mit Frankreich war man in den Bistümern Würzburg und Bamberg beunruhigt, denn es zeichnete sich durch die drohende Säkularisation eine baldige Besetzung durch den bayrischen Kurfürsten ab. Daher hielten sie sich in Würzburg nicht lange auf. Heinrich Hensler hatte in Erfahrung bringen können, dass die Fürstentümer Ansbach und Bayreuth hingegen seit einigen Jahren preußisches Verwaltungsgebiet waren, aber auch hier das Vordringen der Bayern einerseits und die Übernahme durch Franzosen andererseits befürchtet wurde. Also war nicht anzunehmen, dass die Buchbinders die direkte Route nach Nürnberg gewählt haben würden. Ebenso war davon auszugehen, dass sie Bamberg meiden würden. Folglich entschied sich Hensler für eine Nebenstrecke, um über Pommersfelden an die Regnitz zu gelangen, der man anschließend über Forchheim und Erlangen nach Nürnberg folgen wollte.

Im Süden der Ortschaft Pommersfelden führte der Weg an einem englischen Landschaftspark vorbei, in dem sich ein im barocken Stil errichtetes Schloss erhob. Hensler griff nach dem Buch des Ludwig Tieck, auf das bereits wenige Tage nach ihrem Aufbruch in Paderborn jener preußische Soldat aufmerksam geworden war. »Dieses Buch habe ich während meines Besuchs der Leipziger Ostermesse erstanden«, erklärte er an Adalbert gewandt. »Es verknüpft Dichtung und Wirklichkeit und beschreibt spannend FRANZ STERNBALDS WANDERUNGEN. Tieck hat vor ungefähr zehn Jahren in Erlangen studiert und damals intensiv die hiesige Gegend erkundet. Seine Eindrücke hat er in diesem, wie ich meine, sehr lesenswerten Roman verarbeitet. Und mit seinem Freund Wackenroder war er selbst hier, in Pommersfelden; ihre Reisebeschreibungen enthalten ausführliche Betrachtungen zu einer Gemäldegalerie in diesem Schloss Weißenstein. Schade, dass wir uns nicht die Zeit nehmen können, es ihnen gleichzutun und der Kultur zu frönen«, bedauerte Hensler.

Für Adalbert, Ferdinand und Ludwig wurde die nächste Etappe sehr kurzweilig, denn Hensler ließ es sich nicht nehmen, von den Erlebnissen des Romanhelden, des Malers Franz Sternbald zu erzählen, der seinen vielgeliebten Meister Albrecht Dürer verlässt, um die Welt auf der Suche nach den unbekannten Eltern und der entschwundenen Geliebten zu erkunden. »Elsbeth hätte gewiss ihre wahre Freude daran«, konstatierte Adalbert später.

Am Mittag des folgenden Tages erreichten sie Sassenfarth an der Regnitz, wo eine Furt eine Flussüberquerung ermöglichte. Mit skeptischen Blicken wägten sie ab, ob es ratsam sei, ihr Gefährt durch den hier wider Erwarten überraschend reichlich Wasser führenden Fluss ans jenseitige Ufer zu bringen. Denn der Verbindungsweg zwischen Bamberg und Nürnberg befand sich auf der gegenüberliegenden Seite der Regnitz. Da kam die frohe Kunde, die ihnen eine Entscheidung erst einmal abnahm: Hensler kehrte von einem seiner Erkundungsritte zurück und brachte die Nachricht mit, dass die Buchbinders weiter südlich am westlichen Flussufer der Regnitz lagerten, »nicht weit entfernt von der Stelle, wo die Aisch in die Regnitz mündet«, beschrieb er. »Zwar sind Clemens und Elisabeth nicht alleine, dennoch konnte ich ihnen unbemerkt unsere baldige Zusammenkunft ankündigen«, teilte er den überglücklichen Verfolgern mit.

Voller Rührung und mit Tränen in den Augen hielt Elisabeth wenig später *ihren* Jungen umarmt und drückte ihn so sehr, dass es ihm fast ein wenig peinlich war. Ja, sie hatte ihn vermisst und sich um ihn gesorgt. Sie hatte an dem Gedanken gelitten, ihn im Stich gelassen zu haben. Sie hatte sich Vorwürfe gemacht. Die Vorstellung, ihn vielleicht nie wieder zu sehen ... Es hatte ihr unendlich viel Kraft abverlangt. Jetzt war er wieder da. Sie herzte ihn wie einen verlorenen Sohn. Obwohl doch sie es gewesen war, die sich aus seinem Leben zurückgezogen hatte. Zurückziehen musste. Sie hatte keine Wahl gehabt. Der Tag musste ja irgendwann kommen. Ihr Mann Clemens, der seinen Jungen ebenfalls überschwänglich ans Herz drückte, hatte es geahnt, damals, als sie den Kleinen adoptiert hatten.

Derweil entkorkte Heinrich Hensler einen Bocksbeutel, eine abgeflachte Flasche mit einem Frankenwein, den er in Würzburg erstanden hatte. Er brachte zu ihrer Begrüßung einen Trinkspruch auf ihrer aller Wohl aus und reichte die Flasche an Clemens weiter, bevor jeder einmal von dem Trank der kraftvollen Silvaner Rebe vom Würzburger Stein kosten durfte.

Auch wenn es im August noch ein wenig zu früh für den Genuss der Aisch-Karpfen war, so gönnte man sich zum besonderen Anlass ihres glücklichen Wiedersehens diese Festtagsspeise. Im Mehl gewendet wurden einige Fische im Fett gebraten und an die neun anwesenden Personen verteilt. Denn längst hatten sich die Ankömmlinge mit den Fremden bekannt gemacht, mit denen die Buchbinders schon zwei Tage gemeinsam unterwegs waren.

Es stellte sich ein Maximilian Martin vor, der etwas wortkarg erschien und dessen Herkunft sich so gar nicht einordnen ließ. Wohl ließ sich mit Bestimmtheit ausschließen, dass es sich um einen Franken handelte. Dies galt gewiss auch für die dunkelhaarige Dame in ihren schwarzen Gewändern, eine exotische Schönheit mit braun-grünlich schimmernden Augen und einem eher unbewegten Gesichtsausdruck, der keine Gefühle verriet.

Im Gegensatz dazu spiegelte sich in der Miene der jungen Begleiterin Neugierde wider. Aufmerksam und ganz ohne Schüchternheit beobachtete die ungefähr Sechzehnjährige mit ihrem südländisch wirkenden Gesicht die neuen Gefährten. Ihr langes schwarzes Haar glänzte im Sonnenlicht fast ein wenig bläulich. Die Wangen zeigten eine leicht rötliche Färbung. Und ihr Lächeln gab eine Reihe strahlend weißer makelloser Zähne preis. Unübersehbar waren die von Ludwig erwiderten langen Blickkontakte, der betört schien von den großen Augen. Die grünlich schimmernden Pupillen mit ihren türkisfarbenen Tupfen fanden ihre Entsprechung in der außergewöhnlichen Farbe des etwas zu groß geratenen Kleides.

Den Brustausschnitt des Kleides bedeckte sie mit einem roten Tuch. Das Mädchen, dessen zarte Gestalt viel Ähnlichkeit mit den Zwillingen Agnes und Elsbeth aufwies, zog Ludwig magisch an. Erstmals sah er in diesem Wesen nicht nur ein Mädchen, sondern eine junge Frau, deren Blick sich von seinem nicht losriss. Und auch sein Blick hielt dem ihren stand. Es war eine erste Begegnung ohne jedwede Distanz aber von enormer Spannung, die stetig wuchs, während sie einander in die Augen schauten. Für Ludwig war das wachsende Gefühl der Sinnlichkeit neu. Voller Verblüffung genoss er das bisher Unbekannte. Der Bann der Faszination füreinander wurde erst unterbrochen, als die Beiden zum Essen aufgefordert wurden.

Dabei beobachtete das Mädchen nicht nur schweigend, es war auch die Redegewandteste in der Gruppe der Fremden. Sie pries das Essen und fand anerkennende Worte über den Wein, von dem inzwischen alle getrunken hatten, nachdem Hensler eine weitere Flasche herausgerückt hatte.

Nach dem Essen trieben Ludwig und das Mädchen Späße mit der Katze. Die anderen Herrschaften unterhielten sich derweil über Reiseerlebnisse oder tauschten Neuigkeiten zur politischen Lage aus, die man unterwegs erfahren hatte: Im März hatte der Friedensschluss von Amiens zwischen Großbritannien und Frankreich, Spanien und der Batavischen Republik den zweiten Koalitionskrieg endgültig beendet, aus dem im Frieden von Lunéville im Jahr zuvor das Heilige Römische Reich bereits ausgeschieden war; in einem Abkommen hatte Frankreich die Ansprüche Preußens in Nordwestdeutschland - auch auf die Gebiete der Fürstbistümer Hildesheim, Münster und Paderborn - als Ausgleich für die abgetretenen linksrheinischen Gebiete anerkannt;

in einer Volksabstimmung hatte sich Napoleon zum Konsul auf Lebenszeit bestimmen lassen; und in den französischen Kolonien hatte er die vor knapp zehn Jahren abgeschaffte Sklaverei wieder zugelassen. Mit Bedacht bezog man jedoch keine Positionen und so verliefen die Gespräche oberflächlich und waren meist ohne Belang.

Aber immerhin stellte Maximilian Martin am Ende des gemeinsamen Abends am Lagerfeuer in Aussicht, das nächste Mal den Wein zu kredenzen, wenn man noch eine Weile zusammen reisen sollte. »Bei Wertheim am Main konnte ich ein Fässchen von kräftigem Roten erstehen«, prahlte er ein wenig. »Genau passend zu einem ordentlichen Stück Wildbret!«

Mittlerweile hatte sich Dunkelheit über das Lager gelegt. Das Licht des fast vollen Mondes konnte die Wolkendecke kaum durchdringen. Müde von der Reise bereitete man das Lager für die Nacht. Es wurde still. Auch der Alkoholgehalt des Weines forderte seinen Tribut. Nur Ferdinand und Clemens begaben sich einige Schritte vom Lager weg, um am Ufer der Regnitz trockenes, ehemals angeschwemmtes Holz für das Lagerfeuer einzusammeln. Auch in der Nähe eines kleinen Steinbruchs wurden sie fündig.

Als Clemens sich unbeobachtet fühlte, legte er in einer Pose engster Vertrautheit einen Arm über Ferdinands Schulter. In wenigen Sätzen raunte er ihm zu, dass er so bald wie möglich einiges zu erklären habe. »Du kannst in einer stillen Stunde meinen Freund Hensler nach den Illuminati befragen«, flüsterte er, wobei Ferdinand ihn vielfragend anschaute. »Dann werden eure Informationen um einen Mosaikstein reicher sein, der für das Gesamtbild unserer Lage von Bedeutung ist. Mehr kann ich im Moment nicht sagen.«

»Habt ihr die Aachener Kleinodien bei euch?«, fragte Ferdinand jetzt ohne Umschweife.

Sichtlich überrumpelt wandte sich Clemens für einige Augenblicke ab. Dann antwortete er mit nahezu starrer Miene ausweichend: »Ihr werdet feststellen, dass wir unterwegs immer mal wieder den Anschein erwecken werden, wir hielten sie bei uns verborgen.«

Fünf
Geheimbünde

Der 19. August war angebrochen. Frisch war die Nachtluft gewesen, und immer noch feucht war das Gras am folgenden Morgen. Ferdinand fühlte sich etwas kränklich - leicht fiebernd, und Halsschmerzen beeinträchtigten das Schlucken. Er nahm Lindenblüten aus einem Beutel, den er kurz vor ihrer Abreise mit dem *Heilsbringer* aus Clemens' Arbeitszimmer befüllt hatte. Schmunzelnd beobachtete Clemens ihn, während er sich einen Tee braute. Stillschweigend genossen beide dann die wohltuenden Wirkstoffe.

Später begaben sich Clemens und Maximilian Martin auf den Weg, um eine besser geeignete Flussüberquerung zu erkunden. Denn der Furt bei Sassenfarth hatten auch sie nicht getraut. Während Adalbert, Ludwig und die drei Frauen das Lager sicherten, ritten Hensler und der wieder etwas gestärkte Ferdinand aischaufwärts, um dort die Lage zu erkunden.

Am Fuße der Ausläufer des Steigerwaldes passierten sie einige Dörfer und erfuhren bei einer ehemaligen Papiermühle von einem Korbflechter, dass es auf der anderen Seite der Regnitz einstmals eine Posthalterei gegeben habe, wo man in einem weiterhin existierenden Gasthaus aber sicherlich noch eine Übernachtungsmöglichkeit fände. Der Furt bei Sassenfarth könne aber auch er nichts Gutes abgewinnen, und er wies darauf hin, dass unweit hinüber nach Eggolsheim eine Möglichkeit zur Überquerung der Regnitz bestünde. Dann erzählte er ihnen, dass am nahen Galgenberg früher Wein angebaut wurde. Dieses Geschäft sei aber durch zunehmenden Hopfenanbau verdrängt worden. »In wenigen Wochen werden die Hopfenpflücker zur Ernte anrücken«, fügte er hinzu.

»Galgenberg - da haben wir aber unser Lager an einer makaberen Stelle aufgeschlagen«, meinte Hensler spöttisch, als sie am Ufer des Flüsschens weiterritten.

Heinrich Henslers Stimmung war gut. Ferdinand glaubte, die Gunst der Stunde nutzen zu sollen, um seine dringlichsten Fragen los zu werden. Also packte er die Gelegenheit beim Schopf und fragte den Kramer unvermittelt:

»Clemens hat mir gestern zugeraunt, du könntest mir etwas über einen Geheimbund berichten.«

Wider Erwarten zog Hensler ein missmutiges Gesicht. Schlagartig hatte sich sein Blick verdüstert. Deswegen fuhr Ferdinand zögerlich fort: »Er sprach von den Illumi ...« - Sofort unterbrach Hensler ihn:

»Hat er das?«

Dieser knappen Reaktion folgte eine quälend lange Zeitspanne fast unerträglichen Schweigens, die Ferdinand nicht zu durchbrechen wagte. Offensichtlich war der Kramer nur ungern bereit, über dieses Thema zu sprechen. Er wirkte sehr aufgewühlt. Es musste ihn etwas intensiv beschäftigen.

Irgendwann meinte Ferdinand, aus den Augenwinkeln eine Bewegung wahrgenommen zu haben. Ihm wurde mulmig, als er Henslers besorgten Blick auffing. Sie entschieden umzukehren, weil sie sich beobachtet fühlten. Immer wieder war es ihnen, als würden sie in der Ferne Pferdegetrappel hinter sich hören. Manchmal glaubten sie sogar, ganz in der Nähe das Schnaufen eines Verfolgers wahrzunehmen. Doch wenn sie sich umdrehten, entdeckten sie niemanden. Dem Kramer standen Schweißperlen auf der Stirn. Nach einer kurzen Verständigung änderten sie ihre Route und galoppierten in nördliche Richtung. Bald verschwanden sie in einem Kiefernwäldchen.

Jenseits des Gehölzes ging es einen Hügel bergauf. Auf der Höhe stießen sie auf eine kleine Wallfahrtskapelle mit barocken Außenaltären und etlichen Nischen für Kreuzwegstationen. Sie pausierten und prüften einmal mehr sorgfältig die Umgebung. Argwöhnisch musterten sie auch das Gotteshaus, dessen Portal offenstand. Nur angelehnt war die Tür, die sie zögernd aufdrückten. In dem muffigen Bau gewannen sie den Eindruck, als wäre hier schon seit Ewigkeiten niemand mehr hineingekommen. Alles wirkte ruhig und verlassen. Es gab keinen Blumenschmuck. Es brannten keine Kerzen, und es war kühl. Durch die Fenster drang ein diffuses Licht, in dessen Schein aufgewirbelter Staub tanzte.

So wie im Inneren wirkten auch Teile der Umgebung des Kirchleins öde. Das Gelände war durchzogen von Erdwällen mit zahlreichen Vertiefungen. Hier und da lagen entwurzelte Nadelbäume. Etliche Baumstümpfe zeugten davon, dass vor Zeiten

Holz geschlagen worden war. Im Übrigen ließen sich auf den sandigen Pfaden keine frischen Spuren finden.

Ginsterbüsche machten sich breit. An ihren langen aufrecht wachsenden Ruten waren grünliche, teilweise sogar schon silbernfarbene Samenschoten ausgebildet. Aber es herrschte auch blühende Heide vor. Lavendel entfaltete noch seinen betörenden Duft, wenn man an den Zweigen vorbeistrich. Thymian, Rosmarin und Salbei wurden von zahlreichen Bienen und Schmetterlingen angeflogen.

In dieser Gegend schien Hensler etwas beruhigter. Als sie den Ritt fortsetzten, ergriff er endlich das Wort:

»Es war im Jahr 1776, als in Ingolstadt im Geheimen der Universitätslehrer Adam Weishaupt und Gleichgesinnte den *Bund der Perfektibilisten* gründeten. Wenige Jahre zuvor war in der Katholischen Kirche der Jesuitenorden durch den Papst aufgehoben worden. Doch das müssen wir jetzt nicht vertiefen; dazu kann ich dir bei Gelegenheit mehr erzählen. Nur so viel: Die Universität in Ingolstadt war von Jesuiten geleitet worden. Und trotz der Aufhebung des Ordens lehrten sie weiter an der Universität.«

Ferdinand hing gebannt an den Lippen des Kramers, der kommentierte:

»Weishaupt war schon in jungen Jahren Professor und Außenseiter unter seinen Kollegen. Er gründete seinen Bund nicht zuletzt deswegen, um gegen die Jesuiten unter den Professoren der Fakultät angehen zu können, da er ihren Methoden und Ansichten Abneigung entgegenbrachte, was er jedoch offen nicht zeigen konnte.«

»Und dieser Bund ...« Noch bevor Ferdinand seine Frage vervollständigen konnte, wurde er sogleich wieder unterbrochen:

»Hauptaufgabe des Bundes sollte die Förderung der Aufklärung sein, welche durch die starke Stellung der Kirche im damaligen Bayern eingeschränkt wurde. Man wollte eine geistige Bewegung unterstützen, die allen Dingen die Vernunft voranstellte, den Aufschwung der Naturwissenschaft und die Entwicklung neuer politischer Theorien und Ideen.«

Hensler machte eine bedeutungsschwere Pause. Dann fuhr er fort:

»Man wollte die Menschen aus ihrer ... Na, sagen wir mal, aus ihrer *Unmündigkeit* hinausheben. Ein Hauptziel stellte die Überwindung des Absolutismus dar. Zuerst entwickelte sich der Bund, der sich inzwischen *Bund der Illuminaten* nannte, sehr langsam. Bedeutsam für die weitere Entwicklung aber war es, als vier Jahre später ein gewisser Freimaurer namens Adolph Freiherr Knigge dem Illuminatenorden beitrat.«

»Und dieser Knigge ...«

»Knigge entwickelte die Idee, zukünftige Mitglieder aus bereits bestehenden Freimaurerlogen zu rekrutieren. Somit begann die systematische Unterwanderung der Logen durch die Illuminaten. Knigge scharte innerhalb von drei Jahren im Norden des Reichs an die fünfhundert Männer um sich. Zeitweise noch viel mehr. Vor allem Männer mit Einfluss, oftmals aus dem Adel. Es gelang ihm zum Beispiel, den Hamburger Verleger Johann Christoph Bode zu werben, der wiederum zu unzähligen Freimaurern Kontakt hatte. Durch ihn konnte auch Goethe für den Eintritt in den Illuminatenorden gewonnen werden - wobei wir später vermuteten, dass dieser Spitzeldienste für seinen Herzog leistete.«

»*Wir*?«, fragte Ferdinand überrascht.

Hensler hielt für wenige Momente sein Ross an und blickte Ferdinand forschend in die Augen. Dann wandte er sich wieder um:

»Ja, wir«, antwortete er kurz angebunden. Er schien in Gedanken zu versinken, bevor er weiterredete: »Ich war während meiner Zeit in Jena mit Knigges Kreisen in

Kontakt gekommen. Und Franziska, die ich gerade geheiratet hatte, unterstützte mich bei der Verfolgung meiner Ideale.«

Ferdinand sah, wie sich kurz ein Funkeln in Henslers Augen zeigte. Wieder folgten einige Augenblicke der Stille. Dann beschrieb der Kramer etwas erregt: »Es kam zu heftigen Machtkämpfen mit Bode und Weishaupt, und Knigge wurde 84 schon wieder aus dem Bund ausgeschlossen. Für ihn gerade zur rechten Zeit, denn ein Jahr später wurde der Orden der Illuminaten verboten.«

Der Kramer sah den irritierten und fragenden Blick Ferdinands und ergänzte: »Trotz des Bemühens um Geheimhaltung war die Existenz des Ordens der Bevölkerung auf Dauer nicht verborgen geblieben. Der Einfluss der Illuminaten war bis zu diesem Zeitpunkt sehr weit angewachsen, was die bayrische Obrigkeit immer mehr als Bedrohung wahrnahm. Schließlich wurde den Illuminaten jede Zusammenkunft untersagt.«

»Und *du*?«

»Und *ich*? - Für Franziska und mich hatte das Dürsten nach Wahrhaftigkeit und Gerechtigkeit immer höchste Priorität gehabt. Es hatte unseren Lebensnerv getroffen, dass man uns das Leben und Streben nach unseren Idealen verwehrte.«

Hensler schüttelte den Kopf, wobei sein Gesichtsausdruck ein schmerzliches Lächeln zeigte. »Hier drinnen, ...« Er wies mit einer Hand auf seinen Brustkorb. »Hier drinnen fühlt es sich oft an, als wäre das Herz von einer eisernen Faust umklammert. Es fällt unendlich schwer, damit zu leben ohne die Klauen wenigstens ein wenig lockern zu können.«

Ferdinand war bewegt von Henslers Worten. Er dachte an Clemens Buchbinder. Von dem Lehrer hatte er ein ähnliches persönliches Eingeständnis gehört. Ein einziges Mal.

»Ich wurde Kaufmann«, fuhr Hensler fort. »So gut es geht, versuche ich nun meine Ideale in meinem Alltag mit Franziska zu verwirklichen. *Dies* hier hat mir bisher dabei Kraft gegeben.«

Hensler entnahm seinem Gepäck ein Buch: »Es ist von Knigge, das er einige Jahre später geschrieben hat: ÜBER DEN UMGANG MIT MENSCHEN. Knigge behauptet, dass alle Menschen von Geburt an gleich sind und - unabhängig von ihrem sozialen Stand - mit Respekt behandelt werden müssen; nicht nur die Adeligen, sondern auch die Unfreien, die Bauern, Handwerker, die Kinder, die Ärzte, die Jähzornigen, selbst die Schurken.«

»Sogar *die Schurken?*«, wiederholte Ferdinand sinnierend. Dabei zuckte er zusammen. Die Härchen im Nacken sträubten sich. Ihm überkam eine Gänsehaut. Er drehte sich erneut um. Da war sie wieder, diese imaginäre Bedrohung. Oder war sie doch mehr als nur Einbildung. Sollte sie tatsächlich real ... Im Gebüsch hinter ihnen hatten Äste geknackt.

Leise fluchend wendete Hensler seinen Wallach. Er ließ sich aus seinen Sattel gleiten, warf Ferdinand die Zügel zu, reichte ihm das Buch und schlich in gebückter Haltung zu dem Gebüsch. Derweil suchte Ferdinand mit den beiden Pferden in einer Bodensenke Deckung - kurzzeitig, denn bereits wenige Augenblicke später vernahm er ein schallendes Gelächter des Kramers: »Ein Kaninchen«, rief er. »Es war nur ein Kaninchen, das uns an der Nase herumgeführt hat. Es ist in seinem Bau verschwunden!«

Ferdinand war verblüfft und erleichtert, als er das amüsierte Schmunzeln Henslers gewahrte. Jetzt wirkte der Kramer gelöst. Seine Stimmung hatte sich aufgehellt. Alle

Bedenken der letzten Stunden waren wie hinweggefegt. Dennoch hatte Ferdinand Mühe, den Gesprächsfaden wieder aufzunehmen. »Als wir vor der Frage standen, ob wir Clemens und Elisabeth folgen sollten, gingen wir davon aus, dass sie nach Ingolstadt wollten.« Er mutmaßte eine Verbindung zu den Illuminaten.

»Ingolstadt ist ihr Geburtsort.«

»Waren sie auch in dem Orden von diesem Weishaupt?«

»Clemens hat bei Adam Weishaupt studiert«, stellte Heinrich Hensler nüchtern fest. Und beinahe träumend fügte er hinzu: »Clemens und ich, wir wussten nicht voneinander, obwohl wir uns für die gleichen Ziele einsetzten. Wir haben uns erst in Paderborn kennengelernt und angefreundet.«

Es war Henslers letzte Aussage zu diesem Thema. Und auch Ferdinand hatte im Moment nicht das Bedürfnis, in dieser Angelegenheit weiter zu insistieren. Zu überraschend war ihm all das Gesagte, das Persönliche, offenbart und anvertraut worden. Von welcher Tragweite es war, das konnte er nicht annähernd ermessen. Er wollte es auch nicht. Nicht jetzt. - Sie erreichten das Lager ohne weiteren Zwischenfall.

Sechs
Vollmond

Nach der kühlen Nacht war es noch einmal ein heißer Spätsommertag geworden. Während Ferdinand, Hensler, Buchbinder und Martin unterwegs waren, hatten die Zurückgebliebenen das Lager aus dem Tal der Flussniederung in die Nähe des kleinen Steinbruchs in den Schatten einiger Bäume am Fuße des Galgenbergs verlegt. Zuvor habe man sich ja wie auf einem Präsentierteller befunden, hatte Adalbert kritisiert. Doch mit dieser Entscheidung zog man sich den Unmut des Lehrers zu. Und auch Hensler beklagte, dass das Gelände in südlicher Richtung nicht mehr überschaubar sei. Der Stockgarten etlicher hoch aufragender Hopfenhecken versperrte nun die Sicht.

Ungeachtet der Einwände hielten die Damen daran fest, sich zu fortgesetzter Stunde in ihr neues separates Nachtlager zurückziehen zu wollen. Wenn auch murrend, so organisierten sich letztlich auch die Männer ihre Schlafgelegenheiten. Sie ließen sich rund um eine Feuerstelle in der Nähe des neuen Standorts nieder. Noch konnte man darauf verzichten ein Feuer zu entzünden, denn es war nach wie vor drückend warm. Zudem erhellte das Licht des vollen Mondes die Umgebung.

Während die Männer gemeinsam überlegten, wie die Reise fortzusetzen sei, traf Ludwig in Begleitung seiner Mutter mit der Dunkelhaarigen zusammen, die sich inzwischen als Samantha vorgestellt hatte. Hinter ihr stand die junge Frau, die Ludwig am Vortag in ihren Bann gezogen hatte. Nein, sie saß. Sie saß auf der Kante eines großen Steinblocks. Grübelnd? Links von ihr erhob sich eine steile Felswand. In eine Mulde dieses Gesteins hatte sie ihren rechten Arm abgelegt, angewinkelt, sodass sie mit der Hand über ihr Haar streichen konnte. Sie zeichnete mit ihren Fingern den Verlauf des Mittelscheitels nach. Vornübergebeugt und in nachdenklicher Pose. Diesmal trug sie einen dunkelblauen Rock mit breiter bunter Borte. Blumenbestickt. Die Träger mintgrün. Darunter eine hochgeschlossene helle Bluse mit Rüschen an den Ärmeln.

Die Kleidung passte ihr nicht. Wieder alles viel zu weit, stellte Ludwig fest. In ihrer linken Hand hielt sie ein Tamburin, reglos auf den Schoß gelegt. Ludwig war hingerissen von diesem Bild. Er fühlte sich wie verzaubert. Bis sie ihr Gesicht Samantha zuwandte. Nun ging Traurigkeit von diesem Antlitz aus.

»Mademoiselle«, hauchte Ludwig tonlos, während sie sich erhob und das Musikinstrument beiseitelegte.

Er hatte von ihr erfahren, dass Samantha als Wahrsagerin zu einer umherziehenden Komödiantengruppe gehört habe. Er glaubte ja nicht wirklich an diesen Hokuspokus, aber zum Zeitvertreib ließ er sich die Karten legen, die das Mädchen der Wahrsagerin nun anreichte.

Während er sich über Beschwörungsformeln noch amüsieren konnte, wurde ihm fast unheimlich, als er das Gesicht der Wahrsagerin betrachtete, deren Züge ihr schmerzverzerrt zu entgleiten drohten. Dann runzelte sie die Stirn und Ludwig verspürte Nervosität und Angespanntheit. Ihre Begleiterin blickte besorgt auf Samantha nieder. Die Wahrsagerin litt unter Atemnot und Brustschmerzen, und nach einem heftigen Hustenanfall schloss sie die Augen und begann mit heiserer, monotoner Stimme zu formulieren:

»Ich sehe ... Gefahr im Verzug. Aber wer kann sie wenden?
Es wird für einige schrecklich enden.
Doch Rettung ist nah. Auf Dunkel folgt's hell.
Denn ein Gift aus dem Wald wirkt sicher und schnell.

Es ist ein Tag von üblem Verrat.
Beweint wird nun die böse Tat.
Es wird einsam auf dem folgenden Pfad,
von Trauer erfüllt, das Herz voller Sorgen.

Doch auf dem Abend folgt auch ein Morgen!«

Betrübte Blicke wechselte Ludwig mit Samanthas Begleiterin, die der Kranken Trost spendend eine Hand auf die Schulter legte. Dann sah er seine Mutter an, die ebenfalls bekümmert dreinschaute. In nunmehr bedrückter Stimmung und beeindruckt durch die Weissagung verließ Ludwig das Lager. Dort, wo die ersten Hopfenpflanzen an den langen Stangen emporrankten, ließ er sich nieder. Elisabeth war ihm gefolgt. »So etwas wird sie schon hunderte Male ihren Kunden gesagt haben«, versuchte seine Mutter beruhigend auf ihn einzuwirken. »Und unter ihren Schmerzen leidet sie schon eine ganze Weile, wie sie mir vor einigen Tagen sagte. Nur gestern ging es ihr ausnahmsweise besser.«

Schweigend nickte Ludwig und war mit sich selbst im Zwiespalt, inwieweit die düsteren Aussagen des Orakels wohl zutreffen könnten. »Unfug«, murmelte er. Er versuchte seine Gedanken zu verdrängen, doch sie ließen ihn nicht los. Immerhin scheint nicht alles hoffnungslos zu sein, dachte er bei sich. Immerhin folgt auf dem Abend auch ein Morgen.

Im Verlauf des Abends ging ein jeder seinen eigenen Beschäftigungen nach. Ferdinand hatte sich zu Ludwig gesellt, um mit ihm Schach zu spielen. Das Spiel mussten sie jedoch vorzeitig beenden, als die schwarzen Schachfiguren kaum mehr zu erkennen waren.

Nach Samanthas wiederholten Hustenanfall mit blutigem Auswurf wurde Ludwig gebeten, das Mädchen zu holen, das vor einer kleinen Weile zum Ufer des Flusses gegangen war.

Als er den Galgenberg ein Stückweit nach Osten umgangen war und sich dem Flussufer näherte, blickte er gebannt auf den inzwischen überdimensional groß wirkenden Mond, der - anders als in der vorigen Nacht - vor dem tiefen Blau seiner Umgebung in einem strahlenden Orange so tief über dem Firmament hervorlugte, dass die Silhouette von Bäumen in den unteren sehr hell leuchtenden Teil des Erdtrabanten hineinzuragen schien. Darüber waren die dunkleren Flecken der Krater auszumachen, die wie riesige Augen anmuteten, um die Vorgänge auf der Erde zu betrachten. Wohlwollend oder mit Sorge, da war sich Ludwig nicht sicher. Wiederholt versank er in Gedanken an die Zukunftsdeutung der angeblichen Seherin. Derweil ging er einige Schritte weiter, behutsam, denn große vom Wasser glatt geschliffene Kiesel erschwerten das Vorankommen. Als er das nächste Mal aufblickte, wurde ihm ein anderes Schauspiel geboten. Er verharrte, denn er traute seinen Augen nicht. War dies Hexerei? Zauber? Einbildung? Fasziniert starrte er auf das Mädchen, nein, auf die junge Frau, die ihn wie eine Meeresnymphe in der griechischen Mythologie zu verführen trachtete. Aber während die Sirenen damals die Männer durch ihre Stimmen bezirzten, setzte dieses Wesen den weiblichen Körper ein, um ihn zu ködern - nackt, wie Gott es geschaffen hatte. Einen Moment dachte er an Agnes, die er mal beobachtet hatte, als sie nach einem Bad dem Wasser entstiegen war und ihm ihre Kehrseite zudrehte. Aber das hatte ihn damals kaum erregt. Schließlich ... Soweit er zurückdenken konnte, war sie eigentlich immer so etwas wie eine Schwester für ihn. Und jetzt? Der bloße Körper dieser jungen Frau blieb nicht ohne Wirkung auf ihn. Er empfand ein inneres Brennen, ein Verlangen und er spürte Wandlungen an seinem Körper. Schon gestern hatte er diese Veränderungen an sich wahrgenommen - erstmalig und bewusst, als er sie das erste Mal gesehen hatte und sich sogleich zu ihr hingezogen fühlte. Und dann am Abend erneut, kurz bevor Samanthas Auftritt seine Gemütslage erheblich beeinträchtigt hatte.

»Mademoiselle«, flüsterte er erneut. Wenn er doch nur ihren Namen wüsste. Sie hatte etwas an sich, von dem er sich nicht zu lösen vermochte. Auch in diesen Augenblicken, in denen er sie wieder wie betört betrachtete. Mädchen hatten ihn bisher kaum interessiert. Ernst hatte einmal gesagt, dass sie nur Ärger machten. Aber jetzt? Im Dämmerlicht ließ er seinen Blick über ihren Körper wandern. Wieder kam ihm die Warnung von Ernst in den Sinn, doch sie überzeugte ihn nicht. Er war völlig aufgewühlt, von einem Gefühl erfüllt, das er nicht beschreiben konnte, ein Gefühl, das ihm den Atem zu rauben schien. Nein, es war eher ein Empfinden, das den Herzschlag beschleunigte. Er wendete den Kopf nach links und sah den Mond, der ihn beobachtete und ihn aufzufordern schien, sie zu rufen. Und er blickte wieder auf den Körper, der ins Wasser tauchte und dann wieder aus den Fluten emporstieg. Und jedes Mal zeigten sich die vom Mond beschienenen bronzefarbenen Rundungen. Oder war es eher das Gold einer Statue, die ihre Arme in die Luft warf und ihn in verführerischer Weise zu sich hinlockte?

»Mademoiselle!«, hauchte er - viel zu leise, so dass sie ihn nicht bemerkte.

Er verließ den steinigen Untergrund und lief nun am sandigen Ufer entlang. Hier musste er nicht so sehr aufpassen, wie er seine Schritte setzte. Hier konnte er getrost die Szenerie beobachten.

Das Ziel seiner Wünsche war nun auf einer Kiesbank inmitten mehrerer Flussarme gelangt. Sie ließ sich bedächtig nieder, streckte die Arme nach hinten und legte den Kopf zurück. Ihr nun zerzaustes Haar präsentierte sich als wilde Mähne. Das Gesicht wandte sich dem Mondlicht zu. Er sah ihr Kleid am Rand des Flusses liegen. Diesmal war es ein weißes. Gerade wollte er sich rufend bemerkbar machen, als er über einen Ast stolperte. Er tat einen Ausfallschritt, um nicht zu stürzen und geriet wieder in das Kiesbett. Diesmal war das Geräusch unüberhörbar und Ludwig sah, dass seine Nixe ihn entdeckt hatte. Sie setzte sich aufrecht und bedeckte mit den Händen ihre Brüste, während er erneut rief: »Mademoiselle! Mademoiselle, Sie sollten sich etwas anziehen und zurückkommen!«

Aber sie gab ihm zu verstehen, dass auch er sich hinüber auf ihre Insel begeben solle. »Und bringe mir das Kleid mit!«, forderte sie ihn auf.

Diese Reaktion hatte er nicht erwartet, und für einen Moment genierte er sich gar. Unbeholfen legte er seine Kleidung ab, die er mitsamt ihrem Kleid über den Kopf hielt, während er durch das erfrischende Nass watete. Als er in ihre Nähe trat und ihr das Kleid reichte, lächelte sie ihm spitzbübisch zu.

»Mademoiselle«, begann er noch einmal.

»Ich heiße Silvana«, verriet sie ihm nun mit sanftem Klang in ihrer Stimme, während sie sich ankleideten.

»Made ... ähm, Silvana. Ein nicht so häufiger Name in diesen Gegenden. «

»Samantha hat ihn mir gegeben. Weil ich wohl italienische Vorfahren habe, sagt Samantha. Früher nannte meine Tante mich Giulia.«

»Früher? Ihre ... Deine Tante? Und warum nennst du dich jetzt nicht mehr Giulia?«, fragte Ludwig.

»Das ist eine lange Geschichte«, antwortete Silvana betrübt. Einige Momente vergingen, in denen Ludwig sie anstarrte.

»Erzähl!«, forderte er sie auf.

Silvana kauerte sich auf einen angeschwemmten von seiner Rinde weitestgehend befreiten Baumstamm nieder. Wie ein Skelett sah dieses Gebilde aus.

»Soweit ich zurückdenken kann, bin ich bei meiner Tante aufgewachsen. Wann immer ich sie fragte, vermied sie es, mir Auskunft über meine Eltern zu geben«, erinnerte sich Silvana, während sich auch Ludwig auf das tote Holz des Baumstammes niederließ. »Ich hatte es nicht schlecht bei ihr. Sie lehrte mich lesen und schreiben und brachte mir viel Wissen bei über das Überleben im Wald ... Wir lebten in einem gemütlichen Häuschen, fernab von anderen Menschen ... Gelegentlich nahm sie ihr Pferd und kehrte mit Besorgungen erst nach ein oder zwei Tagen zurück.«

»Ein ungewöhnliches Eremiten-Dasein«, bemerkte Ludwig. »War das nicht furchtbar langweilig?«

»So bin ich eben aufgewachsen. Ich kannte ja kaum etwas anderes. Nur durch Bücher habe ich etwas von dem erfahren, was in der Welt so vorgeht«, stellte sie achselzuckend fest. »Vor einigen Wochen machte sie mich mit einem Besucher bekannt, *einem alten Freund*, wie sie ihn nannte. Alessandro Farnese, so stellte er sich mir vor. Das hat mich sehr überrascht, trug er doch den gleichen Familiennamen wie auch ich. Natürlich fragte ich ihn sogleich, ob wir verwandt seien und ob er meine Eltern kennen würde. Als ich ihm diese Frage stellte, bemerkte ich, dass meine Tante ihm böse Blicke zuwarf. Doch dann verneinte er eine verwandtschaftliche Beziehung. Der Name sei in seinem Heimatort nicht ungewöhnlich. Auch würde er meine Eltern nicht kennen; er sei schon lange aus Italien fort. Er lebe nun in Südfrankreich, wo er vor rund zwanzig Jahren meine Tante kennengelernt habe. Bei unseren Begegnungen und Gesprächen erhaschte ich Blicke von ihm, die unglaubliche Gefühle in mir entfachten«, sinnierte Silvana, während Ludwig sie keck angrinste. »Nicht, was du denkst«, entgegnete sie. »Er ist doch schon so alt; er könnte mein Vater sein. Nein, er hatte etwas an sich, sympathisch ... Irgendwie unbeschreiblich«, beschied sie mit einem Lächeln.

»Aber er vermied es, weitere Informationen über sich preiszugeben, wodurch meine Neugierde geweckt wurde. In mir begannen nach langer Zeit wieder Hoffnungen zu keimen, dass ich vielleicht doch endlich einen Einblick in meine Familiengeschichte erhalten könnte. Doch wann immer ich ihn auszuhorchen versuchte, wurde meine Tante ungehalten, und es kam zum Streit. Ich begann ihr gegenüber Misstrauen zu hegen. Unser Verhältnis verschlechterte sich zusehends. Und gleichzeitig kam es in den folgenden Tagen zwischen meiner Tante und unserem Besucher zu heftigsten Auseinandersetzungen. Leider konnte ich nie herausfinden, wer oder was der Stein des Anstoßes war. Und doch hatte ich das Gefühl, dass es dabei um mich ginge. Als ich sie deswegen einmal mehr zur Rede stellte, wurde sie zornig und handgreiflich ... Es war entsetzlich für mich«, erinnerte sich Silvana sehr bedrückt. »Weißt du, sie ist stets für mich da gewesen und war wie eine Mutter zu mir. Und nun auf einmal, im Alter von sechzehn Jahren, musste ich Schläge von ihr einstecken. Das war für mich eine gänzlich neue Erfahrung, ein ... ein schockierendes Erlebnis. In der folgenden Nacht bin ich heimlich geflohen«, blickte sie bekümmert zurück und schwieg einige Augenblicke. Dann fuhr sie fort: »Ich hatte das Glück, auf Samantha und Herrn Martin zu treffen. Sie berichteten mir, dass sie einer Komödiantengruppe angehört hatten, die von Wegelagerern überfallen worden war. Während die anderen Schausteller bei der Schießerei ums Leben gekommen waren, war den Beiden wohl die Flucht gelungen. Gottlob war ihnen ihre Reisekasse nicht abhandengekommen, sodass sie sich ein Pferd, einen Karren und Proviant zulegen konnten, wie sie sagten. Sie wollten nach Nürnberg, um sich beim dortigen Jahrmarkt einer Gruppe fahrenden Volks anzuschließen. Sie fragten mich, ob ich mich ihnen anschließen wolle.«

»Und das hast du dann offensichtlich gemacht.«

»Was hatte ich schon für eine Wahl?«, erwiderte Silvana mit einer Geste der Ratlosigkeit. »Schließlich habe ich mich mit Samantha angefreundet. Von ihr erfuhr ich, dass sie mich am Rande des Spessarts entdeckt hatten. Da musste ich wohl durch die Wälder geirrt sein. Sie waren erstaunt, dass sie mich bei guter Gesundheit antrafen. Und ich musste ihnen erzählen, wie ich die Zeit im Wald überlebt hatte. Dann gab mir Samantha den Namen Silvana. Als Samantha mir die Bedeutung meines neuen Namens dargelegt hatte, war ich sehr glücklich, doch davon später mehr.«

Silvana blickte zum Mond. Dabei ergänzte sie: »Wir kamen gut voran. Als sich Herr Martin vor einigen Tagen für eine Weile von uns getrennt hatte, überraschte mich Samantha mit der Aussage, dass sie ihm nicht traue. Sie warnte mich, sehr vorsichtig zu sein. Und sie redete mir zu, dass ich mich in Sicherheit bringen solle, wenn ich aus ihrem Munde Wörter wie *Verrat* und *Gift* hören würde.«

»Verrat und Gift? - Davon hat sie heute beim Kartenlegen gesprochen«, erinnerte sich Ludwig skeptisch. »Aber ich weiß nicht ... Du sagtest, sie habe dir die Bedeutung deines Namens dargelegt. Sie hat wohl viele Fähigkeiten als Wahrsagerin?«

»Du hältst nicht viel von Wahrsagerei? - Ich eigentlich auch nicht. Aber das, was sie mir zu meinem neuen Namen gesagt hat, hat mir gefallen: Sie hat mir verraten, dass der Name so etwas bedeutet wie *Waldfee* oder *die im Wald lebende*. Ich finde, das passt gut zu mir, denn ich bin gerne in der Natur.«

»Das glaube ich wohl. Dann badest du sicher häufig in Flüssen oder Seen?«

»Ich fühle mich im Wasser frei.«

»Vor allem in Vollmondnächten?«

»Vollmondnächte brauche ich nicht unbedingt für ein Bad. Dass du mich hier antriffst, hat außerdem einen besonderen Grund.«

»Ja, die Wahrsagerin schickt nach dir.«

»Das weiß ich.«

»Das weißt du?«

»Es war so verabredet.«

»Ich verstehe nicht. Verrätst du mir etwas über eure Heimlichtuerei?«

»Nun, Silvana, mein neuer Name, bedeutet auch *Hüterin der Wälder, der Felder und der Herden*.«

»Eine Hüterin? Musst du auf Schafe oder Ziegen aufpassen? Warum bist du dann nicht bei deiner Herde?« Ludwig stellte sich etwas naiv und arglos.

»Heute muss ich auf *dich* aufpassen.«

»Ein guter Scherz. Du musst auf *mich* aufpassen? Und darum nimmst du ein Bad?«

»Ich sollte dich hierhin locken.«

»Das solltest du tun?«

»Du sagst es. Ich sollte es. Aber ... Aber, ich hab es auch nicht ungern gemacht.« Jetzt blickte sie für einige Momente beschämt zu Boden.

»Willst du mir das etwas erläutern?«

Sie zuckte mit den Schultern. »Ich wollte dich einfach näher kennenlernen. Ich dachte, hier in der Abgeschiedenheit. Fern von den Anderen. Du gefällst mir eben ...«

»Das ist selten, dass eine Mademoiselle einem jungen Herrn gesteht, dass er ihr gefällt.«

»Das stimmt. Aber bilde dir ja nichts darauf ein! Viel wichtiger ist, dass ich dich vor einer Gefahr schützen will.«

»Aha, du willst mich vor einer Gefahr schützen«, erwiderte Ludwig nun in einem frotzelnden Ton und setzte mit einem Necken die Befragung fort: »Wie kannst du mich vor einer Gefahr schützen, wenn du mich zu dir lockst, während du dich mir beim Bad in deiner ganzen Schönheit offenbarst? Wenn ich mich verführen lasse, gerate ich doch erst recht in Gefahr.«

»In meiner ganzen Schönheit?«, fragte Silvana kokettierend.

»Gib mir einen Kuss!«, erwiderte er nun etwas kess, aber mit nicht unmanier-lichem Ton. Und er schloss die Augen, während das Mondlicht auf sein Gesicht schien und er ihr die Lippen auffordernd anbot.

»Wieso sollte ich dir einen Kuss geben?«, schäkerte sie, während sie seine Hände ergriff, die sich den ihren entgegenstreckten, und sich ihre Lippen den seinen näherten.

»Nur so kannst du mich schützen!«, murmelte er undeutlich, während sich ihre Lippen nun sittsam berührten. - In diesem Augenblick zerrissen mehrere Schüsse die soeben noch vorhandene Ruhe im Tal der Regnitz.

Ludwig und Silvana fuhren zusammen. Menschengeschrei und gellendes Wiehern folgten wie eine unmittelbare Antwort dem nachhallenden Knallen von Gewehr- oder Pistolenfeuer. Erschrocken blickten die beiden jungen Leute zum Galgenberg. Zwar hielten sie noch einander fest, nun aber doch mit Abstand.

»Was war das?«, fragte Ludwig, während sie sich vollends voneinander lösten. Wenige Augeblicke später wollte er zum Wasser rennen.

Reflexartig griff Silvana zu und erwischte im letzten Augenblick den Bund seiner Hose. Sie hielt ihn zurück: »Warte, du kannst doch nicht ...«

»Ich glaube, wenn du mich wirklich beschützen willst, dann musst du mir jetzt schnell einiges erklären«, unterbrach er sie.

»Ich kann dir nichts erklären!« Silvana breitete hilflos die Arme aus. »Ich weiß überhaupt nicht, was das bedeutet. Ich weiß nur, dass Samantha mir genaue Anweisungen gab, wie ich dich vom Lager weglocken könnte, wenn ich die besagten Schlüsselwörter hören sollte. Erinnere dich an ihre Weissagung!«

»*Ich sehe ... Gefahr im Verzug.* - So oder ähnlich hat sie gesprochen«, murmelte Ludwig. »Was machen wir denn jetzt?«, fragte er ratlos. »Wir müssen doch erst mal hin und nachsehen, was da los ist!«

»Lass mich das machen!«, bat Silvana.

»Was? Und ich bleibe hier und lass mich vom Mondlicht bescheinen, wie?«

»Wir ahnen doch gar nicht, was uns erwarten könnte, wenn wir da so blindlings ins Lager einmarschieren. Samantha hat uns doch nicht ohne Grund gewarnt und aufgefordert, dass wir uns in Sicherheit bringen sollen.«

»Das hat sie zu dir gesagt. Zu *mir* hat sie gesagt, dass ich dich holen solle. Es ging ihr nicht gut. Du weißt schon, sie hatte wieder Schmerzen und auch Blut gespuckt.«

»Sie ist sehr krank. Unheilbar krank, hat sie mir erzählt.«

»Das stimmt. Das hat sie wohl auch meiner Mutter erzählt.«

»Deiner Mutter? Dann ist Elisabeth deine Mutter?«

»Ja, ... Nein. Sie ist nicht meine richtige Mutter. Clemens und Elisabeth sind meine Adoptiveltern. Aber das erzähle ich dir ein anderes Mal«, drängelte er. »Jetzt müssen wir erst mal überprüfen, ob sie im Lager Hilfe benötigen!«

»Ich möchte *alleine* gehen«, entschied Silvana bestimmt. »Wenn mir etwas zustößt, dann ist es gut, wenn du noch da bist und vielleicht helfen kannst.«

Missbilligend hob Ludwig eine Augenbraue. »Oder *ich* gehe, und du hilfst uns, wenn *mir* etwas zustößt«, ließ er nicht locker.

»Entschuldige meine Widerspenstigkeit«, antwortete Silvana, »aber ich bin im Wald groß geworden. Ich denke, ich bin ... Ja, ich glaube schon, dass ich etwas geschickter im Anschleichen bin«, flüsterte sie zögernd, während sie ihn nun wieder bei den Händen hielt und sich an ihn schmiegte.

»Das stimmt, wenn ich daran denke, wie tölpelhaft ich über Äste und Steine gestolpert bin«, gab Ludwig kleinlaut zu. »Ich schlage vor, wir begeben uns jetzt erst mal gemeinsam ans Ufer. Und dann gehst du vor. Es gibt aber noch ein Problem: Dein weißes Kleid könnte dich bei dem hellen Licht schnell verraten«, wies Ludwig hinüber zum Mond, der seine Position inzwischen zwar geringfügig verlassen hatte, aber immer noch aufmerksam zu ihnen hinunterzublicken schien.

»Also müssen wir die Kleidung wechseln«, entschied Silvana.

Diesmal musterten sie einander nur kurz, als sie sich hastig ihrer Kleidung entledigten. Sie wateten zurück ans Ufer, wo Silvana in Ludwigs Hose stieg, während Ludwig sich kopfschüttelnd in Silvanas weißes Kleid zwängte.

»Wir treffen uns hier. Falls ich noch nicht zurück sein sollte, wenn der Mond dort drüben, in Richtung der Flussmündung hoch am Himmel steht, bist du möglicherweise die letzte Rettung!«, sagte Silvana und nahm mit einem flüchtigen Kuss Abschied. Leichtfüßig huschte sie davon.

Sieben
Zwei schwarze Türme

Die Minuten des Wartens wurden für Ludwig zur Qual. Wurden seine Gefühle bisher von Ungeduld, Ungläubigkeit und Beunruhigung geprägt, so wandelten sich die Empfindungen zu stetig wachsender Sorge - je mehr die Zeit verrann. Er lauschte angestrengt, während er Silvanas Rückkehr erwartete. Als sie erschien, fuhr er zusammen, denn sie war nahezu lautlos zurückgeschlichen. Ihre Blicke trafen sich. Dabei entfuhr ihm ein Laut des Erschreckens. Auf Silvanas Gesicht zeigte sich Angst. Ihre Stimme zitterte. Sie brauchte einige Momente, um sich zu sammeln. Dann berichtete sie mit hastigen Worten, dass es Tote gegeben habe.

»Da saßen zwei Männer am Feuer. Etwas abseits lag ein fremder Mann regungslos da; ebenso wie ...«

»Wie wer?«, fragte Ludwig ungeduldig. Eine schlimme Vorahnung beschlich ihn.

»Hinter einer der Hopfenhecken lag der ... Da lag der Kaufmann.«

»Was? Der Heinrich Hensler?«

Einen Moment war es still, bis Silvana wieder das Wort ergriff. Mit geöffnetem Mund stand Ludwig da und vernahm ihren Bericht mit Entsetzen. Dann starrte er sie mit leerem Blick an. Das inzwischen nur mehr fahle Mondlicht ließ sein Gesicht gespenstisch erscheinen. »Oh Gott. Das kann doch nicht ... Und die anderen? Was machen die Anderen? Was ist mit Mutter? Und mit Vater? Gibt es Verletzte? Was ist mit ...« Er stockte, als er ihre betrübte Miene sah.

»Inwieweit sie verletzt sind, konnte ich nicht ausmachen. Aber einige lassen entmutigt den Kopf hängen. Man hat sie an die Räder der Gespanne gebunden. Deine ... Deine Eltern ... Gemeinsam an einem Rad, den Ferdinand an ein anderes. Samantha und Herr Martin sind weit voneinander getrennt an verschiedenen Fuhrwerken gebunden. Und der Rothaarige ... «

»Adalbert?«

»Ihn haben sie besonders brutal ... Er ist …« Jetzt rang Silvana nach Worten. »Er hängt mit ziemlich verrenkten Gliedmaßen an den Speichen eines der Räder.« Silvanas Stimme brach. Sie räusperte sich. »Er …«

»Das darf nicht wahr sein. Warum denn nur?« Ludwig war immer noch fassungslos. »Sind sie ... Hat man sie geknebelt?«

»Das ist wohl nicht nötig. Weißt du, das Besorgniserregende ist, dass die Pferde noch angeschirrt sind. Ich habe den einen widerlichen Mann Drohungen aussprechen und niederträchtig voller Schadenfreude lachen hören, dass die Pferde schon das Werk vollbringen und die Gefangenen zu Tode rädern werden, wenn die Tiere in Unruhe versetzt würden, hat er gemeint.«

Ludwig ließ sich auf dem Stamm eines umgestürzten Baumes nieder und legte seinen Kopf in beide Hände. Die ungeheuerlichen Nachrichten hatten ihn erheblich verstört. Etliche Gedanken zermartertem ihm sein Hirn. Dabei war auch ein Bild, das erst wenige Tage alt war. Er sah sich zusammen mit dem Kramer, wie sie sich gemeinsam über die Wegekarten beugten. In einer vertraulichen, fast väterlichen Pose, legte Hensler ihm einen Arm über die Schulter. Er lobte ihn. Zollte ihm Respekt, weil er das Lesen der Karten so gut beherrschte. Er fühlte sich von dem erfahrenen Mann ernst genommen. Er, der erst Dreizehnjährige. Der nun einsehen musste, wie töricht die ganze Unternehmung zu sein schien. Warum hatte er nur darauf gedrängt, seinen Eltern zu folgen. Warum hatte er nicht auf seinen Paten gehört. »Das ist eine Nummer zu groß für dich«, hatte der Pfarrer gesagt.

Ludwig starrte zum Fluss. Er konnte seine Tränen und seinen Schmerz nicht zurückhalten. Dabei fühlte er keine Verlegenheit, dass Silvana ihn so leiden sah. Es folgten Momente, in denen er wie gelähmt und geistesabwesend wirkte.

Auch Silvana hinterließ einen elenden Eindruck. Ungläubig schüttelte sie den Kopf. Zu plötzlich waren die jüngsten Ereignisse über sie hereingebrochen. Und die Hinweise Samanthas waren viel zu vage, als das man sich darauf einen Reim machen konnte. Silvana hockte sich neben Ludwig.

»In einem der Wagen haben die Fremden herumgewühlt«, murmelte sie irgendwann. »Gewänder durch die Gegend geworfen und geschrien, wo die Schätze des Kaisers seien! Verstehst du das?«

»Nein. Ja doch. Vielleicht. Ich weiß nicht. Aber ... Alles verstehe ich nicht«, stotterte Ludwig. »Ich weiß nur, dass bei uns schon mal von den *Kleinodien* die Rede war, mit denen sich die römisch-deutschen Kaiser krönen. Da, wo wir herkommen, waren bisweilen einige der Schätze vor den Franzosen versteckt. Vor unserer Abreise hörten wir, dass dieser kaiserliche Schmuck entwendet worden sein soll.«

»Diese Männer ...«, fügte Silvana an, »diese Männer könnten Franzosen sein. So wie sie sprechen.«

»Was ist mit dem anderen Fuhrwerk, dem, mit dem meine Eltern gereist sind?«

»Mit dem wollen sie morgen verschwinden und ihn an einem abgelegenen Ort untersuchen, sagten sie, wenn ich's richtig verstanden habe.«

»Und was hast du da mitgebracht?«

»In dem Durcheinander fand ich ein Hemd und ein Beinkleid. Und außerdem ...«, Silvana sprach jetzt aufgeregt und wickelte aus dem Hemd ein schweres Buch.

Ludwig war beeindruckt. »Das ist ein Buch, das während des Gottesdienstes in der Kirche benutzt wird. Und das ist ein ganz besonders prachtvolles. Sieh nur, der Deckel ist mit Gold und Geschmeide gestaltet. Die Schrift ist außergewöhnlich kunstvoll und der Text ist mit Bildern versehen. Aber jetzt, bei Mondlicht, kann man es gar nicht hinreichend bewundern.«

»Ob es ein Buch aus dem ... aus diesem kaiserlichen Schatz ist?«

»Ein Evangeliar?« Ludwig wurde nachdenklich. Dann sprach er: »Gib mir meine Kleidung wieder. Am besten ziehst du das Gewand an, das du mitgebracht hast. Das wird dir vielleicht bei unserem weiteren Vorgehen weniger hinderlich sein. Und das Buch wickeln wir in dein weißes Kleid und verstecken es hier im Hohlraum unter der Baumwurzel.«

»Es ist eins von Samanthas Kleidern, die sie mir geliehen hat. - Nun gut. Wir können es jetzt nicht gebrauchen.«

»Dann lass uns überlegen, was wir unternehmen können, um unsere Freunde zu befreien.«

Sie berieten sich, wie es weitergehen sollte. Verschiedene Szenarien zum Eindringen in das Lager mussten jedoch verworfen werden, weil das Risiko zu groß war, dass die Pferde durchgehen und die Festgebundenen zu Tode rädern würden. Resignation machte sich breit.

»Wenn das alles wahr ist, was du sagst - wie können wir ihnen dann helfen?«, fragte Ludwig.

Silvana spürte seine zunehmende Verzweiflung. Aber auch sie war bedrückt, als sie bekannte: »Ich habe keine Ahnung.« Dennoch wollte sie nicht aufgeben. Halblaut redete sie vor sich hin und wiederholte dabei Samanthas Weissagung:

»Doch die Rettung ist nah. Auf Dunkel folgts hell. Denn ein Gift aus dem Wald wirkt sicher und schnell. - So hat sie doch gesprochen, oder? - *Gift aus dem Wald* ... Wir haben schon mal über giftige Pilze gesprochen. Fliegenpilze, zum Beispiel. Aber wo soll ich die jetzt hernehmen? Der Mond wird in Kürze hinter dem Galgenberg verschwunden sein, und dann wird's immer schwieriger, etwas zu erkennen. Außerdem: Wie sollten wir den Schurken Gift einflößen?«

Als sie diese Überlegungen aussprach, kam ihr ein weiterer Gedanke: »Aber ja doch, wenn wir Gift hätten, vielleicht könnte es gelingen ...«

»Was meinst du?«, unterbrach Ludwig sie. Ein kleiner Funke Hoffnung keimte auf.

»Herr Martin hat doch gestern davon gesprochen, dass er ein Fässchen Rotwein gekauft hat. Das haben die Männer auf unserem Wagen entdeckt. Sie haben es bis zum Feuerkorb gerollt, wo sie sich niedergelassen haben. Sicher haben sie sich schon über den Wein hergemacht. Wenn wir Gift hätten und es uns gelänge, das mit dem Rotwein zu vermischen ...«

Da kam Ludwig ein Geistesblitz: »Natürlich! Das ist die Lösung«, sprach er nun etwas lauter. Seine Zuversicht nahm spürbar zu.

»Scht. Willst du diese schrecklichen Kerle auf unsere Fährte hetzen?«, mahnte Silvana.

»Wenn wir an mein Schachspiel kämen ...«, murmelte er. »Ihr Frauen hattet euch doch mit Planen ein Nachtlager zurechtgemacht. Bestand das Quartier noch, oder waren die Abdeckungen niedergerissen?«

»Das Lager war wohl unversehrt, soweit ich das überblicken konnte.«

»Dahinter, bei den vielen Steinen, habe ich mit Ferdinand Schach gespielt.«

»Ich weiß. Ich hätte lieber mit dir und der Katze gespielt.«

»Floh. Weißt du, wo die Katze ist? Hast du sie gesehen?«

Silvana schüttelte den Kopf.

»Sie sollte uns möglichst nicht in die Quere kommen, wenn wir ...«

»Wenn wir was?«

»Wir müssen das Schachspiel haben!«

»Was willst du mit dem Schachspiel?«

»Ich brauche die zwei schwarzen Türme!«

»Die Türme?«

»Als du von *Gift* sprachst, ist mir diese Idee gekommen. Hör zu, vielleicht haben wir eine Möglichkeit ...« Kurz überlegend hielt Ludwig inne. Aufgewühlt erläuterte er schließlich seine Überlegungen.

Zum Unterschlupf der Frauen gelangte Silvana unbemerkt. Am Rand des Steinbruchs hoffte sie darauf, das Schachspiel zu finden. Zwar hatte Ludwig die Befürchtung geäußert, dass Ferdinand die Figuren weggeräumt haben könnte, aber ... Ein leiser Seufzer der Erleichterung entschlüpfte ihr. Da lagen sie, verstreut auf der unebenen Fläche des Gesteins. Etliche waren jedoch auch zu Boden gerollt. Glücklicherweise waren bei dem nun spärlichen Licht unter den Bäumen einige der weißen Figuren schemenhaft zu erkennen. Doch die Türme waren nicht dabei. Auch die schwarzen Figuren auszumachen war ein fast unmögliches Unterfangen. Es blieb ihr nichts anderes übrig, als die Umgebung abzutasten. Da war auch das Messer, von dem

Ludwig gesprochen hatte. Er hatte damit ein Spielfeld in das Gestein geritzt. Beinahe verletzte sie sich an der scharfen Klinge. Aus dem Lager klaubte sie sich irgendein Stoffstück, in das sie das Messer behutsam einwickelte. Dann konzentrierte sie sich wieder auf die besondere Form der Spielfiguren, wie Ludwig sie beschrieben hatte.

Als sie glaubte, drei der gesuchten Gegenstände entdeckt zu haben, fuhr ihr ein gehöriger Schreck in die Glieder. In Hörweite erklangen durchdringende, klagende Katzenlaute. Silvanas Puls schnellte in die Höhe. Wenn man sie nun entdeckte? Sie hielt den Atem an und verharrte lauschend einige Momente. Aber es blieb still.

Augenblicklich zog sich Silvana mit äußerster Vorsicht und Aufmerksamkeit zurück, bis sie sich außer Sicht- und Hörweite wähnte. Dann beeilte sie sich jedoch umso zügiger.

Sie traf Ludwig am Flussufer an, während er dahin schaute, wo die Aisch in die Regnitz mündete. Der Mond war aufgestiegen und wirkte, als habe er von seiner Größe eingebüßt. Die scharfen Konturen hatte er verloren. Und sein Gesicht war durch Dunst verschleiert, als wollte er das Treiben auf der Erde nicht mehr sehen. Auf der unruhigen Wasseroberfläche hinterließ er ein verzerrtes Spiegelbild. Bald würde er hinter dem Galgenberg verschwinden.

»Und? Hast du sie?« Erwartungsvoll ging Ludwig Silvana entgegen. Er sah ihr die Erleichterung an, nachdem sie festgestellt hatte, dass beide schwarzen Türme zu ihrem Fund dazugehörten.

Sein Herz schlug wild und seine Hände zitterten, als er von den Figuren den oberen Teil abdrehte, die Turmkrone gewissermaßen. Dann hielt er ihr die Öffnung hin.

»Das ist es! Du musst irgendwie dieses Pulver in den Rotwein mischen, ohne ertappt zu werden«, erklärte Ludwig. »Aber dabei werde ich diesmal in der Nähe sein!«, stellte er bestimmt fest.

»Das ist ...?«

»Das ist Gift aus der Kapsel des Schlafmohns«, antwortete Ludwig - voller Stolz auf seinen Freund Friedrich Wilhelm. Er berichtete Silvana in wenigen Sätzen von den Experimenten des angehenden Apothekers, dem es bis jetzt noch nicht gelungen war, aus dem Saft des Mohns das heilbringende Mittel zu extrahieren, das er suchte. »Er hat gesagt, dass man an einer Überdosis von der getrockneten Form des Milchsafts, dem Opium, verrecken kann«, fügte Ludwig hinzu. Mit einem Kopfnicken wies er in die Richtung, in der die beiden Franzosen lagerten. »So soll es auch denen da ergehen!«, sprach er voller Boshaftigkeit Verwünschungen aus.

Ludwig ließ sich von Silvana zielsicher in die Richtung führen, in der sich das Lager der Frauen befand. Unweit davon erhielt seine leicht verbesserte Stimmung einen Dämpfer. Bei dem gemordeten Kramer ging er auf die Knie. Wie ein Häufchen Elend ließ er sich schließlich auf dem Boden nieder. Es entstand ein betretenes Schweigen. Silvana beugte sich ebenfalls neben dem Toten nieder. Sie lehnte sich an Ludwig und ließ ihren Kopf auf seine Schulter sinken. Es war eine Geste, die ihm Trost gab. In Gedanken versunken strich er ihr durchs Haar. Doch es dauerte nicht lange, bis ihm neben der Trauer auch eine gehörige Portion Wut überkam. Silvana spürte seine zunehmende Anspannung und wachsende Ungeduld.

»Uns wird der Kopf abgerissen, wenn wir scheitern«, flüsterte sie.

»Darauf kannst du Gift nehmen«, bemühte er leichthin eine Redensart, wobei er jedoch sogleich erkannte, wie deplatziert diese Bemerkung im Augenblick war. Vor

Verlegenheit schoss ihm die Röte ins Gesicht. Einige Augenblicke vergingen, bevor Silvana die peinliche Stille brach:

»Nun denn. Ich sollte nicht mehr länger warten.«

»Bist du dir sicher, dass du es wirklich tun willst?«, fragte er etwas heiser, fast krächzend. »Ich meine, wirst du es verkraften, wenn sie ... Wenn sie daran krepieren?«

Als er sah, wie Silvana konsterniert die Stirn runzelte, bereute er seine Wortwahl einmal mehr. Auch wenn es sich um Galgenvögel handelte, waren sie nicht irgendein Ungeziefer.

»Ich fürchte, wir haben keine Wahl«, stellte sie scheinbar bestimmt aber doch mit unverkennbar bebender Stimme fest.

Ludwig nickte. Es nötigte ihm großen Respekt ab, dass sich Silvana zu diesem möglicherweise folgenschweren Schritt entschieden hatte. Ob ihr die Tragweite dessen bewusst war, dass sie womöglich auf grausame Weise ... Er mochte diese Überlegung nicht zu Ende denken. Er hatte ein ungutes Gefühl dabei. Erstmalig spürte auch er die Angst. Es war nicht auszudenken, wenn tatsächlich etwas schief ginge. Und doch konnten sie sich auch nicht einfach ihrem Schicksal ergeben, sich in die Hände der fremden Gewalttäter begeben und die Eltern und Freunde in den Klauen dieser ... Er sah Silvana nach und schalt sich, dass er nicht darauf bestanden hatte, *selbst* die Männer zu vergiften. Er hätte den Tod des Kramers rächen können.

Silvana verschwand hinter einem Gerüst aus Stangen, an denen Hopfen emporrankte. Derweil erhob sich Ludwig und wandte sich bedrückt vom toten Hensler ab. Vorsichtig, um nicht zu stolpern oder anderweitige verräterische Geräusche zu verursachen und dabei nach allen Seiten Ausschau haltend, ob ihn niemand beobachtete, legte er die wenigen Schritte bis zum Quartier der Frauen zurück. Hier hockte er sich auf ein Schaffell und duckte sich hinter eine Plane. Durch einen Schlitz konnte er einen begrenzten Blick auf das Treiben der Franzosen am Lagerfeuer werfen.

Sie wirkten keineswegs abgerissen oder ungepflegt, nicht wie Strauchdiebe oder Räuber, wie er gemutmaßt hatte. Und schon gar nicht waren sie von der Brutalität von Mördern gezeichnet. Ludwig versuchte mehr von der Umgebung in den Blick zu bekommen. Doch der Bereich, in dem sich die Fuhrwerke mit den Pferden und den Gefangenen befand, war nicht einsehbar. Er haderte mit der Situation und geriet innerlich immer mehr in Aufruhr.

Indes schlüpfte Silvana hinter Bäumen Deckung suchend weiter voran, bis sie sich im dichten Unterholz ganz nah beim Karren des Kramers niederkauerte. Einige Schritte abwärts graste Henslers Rappe. Gelegentlich knabberte er an der Rinde eines Baumes. Unweit davon entfernt entdeckte sie drei weitere Reitpferde.

Während Silvana auf eine geeignete Möglichkeit wartete, mit Hilfe des Gifts die Franzosen unschädlich zu machen, begann sie zu grübeln. Auch bei ihr wuchs das Unbehagen, als sie sich mehr und mehr bewusst machte, dass sie diese Männer in den Tod zu schicken beabsichtigte. Das bange Gefühl wuchs unaufhörlich. Aber hatten sie es nicht verdient? Trugen sie nicht selbst schwere Schuld an ihren Taten?

Sie blickte auf die Gefangenen, von denen sie nur noch vage die Umrisse ihrer Körper erkennen konnte. Würde es vielleicht doch noch einen anderen Weg geben, sie zu befreien? Es war ein Jammer. So nah war sie ihnen. Gewiss bekäme sie die Möglichkeit, den einen oder anderen Strick zu lösen. Das Messer hatte sie dabei. Aber niemals würde sie alle Festgebundenen unbemerkt befreien können. Und was dann? Auch eine Überwältigung ihrer Gegner durch einen Überraschungsangriff wäre für die Gefangenen der sichere Tod. Wieder schaute sie zu den Franzosen. Oh, wenn die

Menge des Giftes doch so bestimmbar wäre, dass man die Männer lediglich ins Reich der Träume schicken könnte, ohne sie sogleich umzubringen! Silvana schwitzte vor Aufregung, und sie spürte bei sich selbst eine wachsende Atemnot. Wie würde es sein, wenn das Gift wirkte?, fragte sie sich. Würden sich die Männer vor Schmerzen winden oder gar ersticken?

Ihre Zweifel wuchsen, und sie war kurz davor, ihr Vorhaben abzubrechen, als sie einmal mehr das Maunzen der Katze vernahm.

»Wieder dieser streunende Kater«, meinte einer der Franzosen.

»Wenn es jetzt der Ruf einer Eule gewesen wäre, würde ich mir Sorgen machen«, lachte der andere.

»Gibt's hier Eulen?«

»Keine Ahnung. Ist ja auch egal. Ich geh aber auf Nummer sicher und schau mal nach«, kam die Antwort. »Außerdem benötigen wir noch Feuerholz.«

Hoffentlich wird er Ludwig und mich nicht entdecken, ängstigte sich Silvana. Doch ihr blieb keine Zeit, sich zu sorgen.

Der Franzose - ein großer, hagerer, knapp dreißigjähriger Typ - griff nach einer Waffe und trat an das inzwischen fast niedergebrannte Feuer, dem er einen glimmenden Span entnahm. Als sich an seinem Ende eine kleine Flamme gebildet hatte, trug er ihn wie eine Fackel vor sich her. Die flackernde Flamme schirmte er mit der Hand ab, während er sich zu dem vordersten der Wagen begab, an dem Maximilian Martin festgebunden war.

Dass Martin jetzt ein Gespräch mit dem Fremden suchte, fesselte Silvanas Aufmerksamkeit. Irgendetwas schien er im Schilde zu führen. Ungläubig registrierte sie, dass ihr Gefährte den Gewalttäter mit *Xavier* ansprach. Sie glaubte ihren Ohren nicht zu trauen. Das gibt's ja nicht, dachte sie. Sollten sich die drei etwa kennen? Sollte sie sich in ihren Gefährten Maximilian Martin geirrt haben, und er war gar nicht so vertrauenswürdig, wie er sich gab? Hatte Samantha also doch recht, dass man ihm misstrauen sollte? Gebannt schaute Silvana auf Martin und diesen Xavier, wie sie ihre Hälse reckten und ihre Blicke zu dem am Feuer verbliebenen Ganoven lenkten, einem nicht mehr ganz jungen Mann mit einer beträchtlichen Leibesfülle. Xavier gab seinem Kumpan einen Wink. Er solle den Gefangenen mal eben begleiten, damit dieser sich ein wenig Erleichterung verschaffen könne, raunte er ihm in verhaltener Lautstärke zu.

Widerwillig erhob sich der zweite Franzose. Dabei bewegte er seine massige Gestalt aufreizend langsam. Nachdem er Martin losgebunden hatte, versuchte Xavier ihm die Fackel in die Hand zu drücken. Doch tollpatschig ließ der Korpulente sie fallen. Bevor sie erlosch, griff Xavier beherzt zu. Mit einem bösen Blick auf seinen Kompagnon gerichtet steckte er sie zu den Füßen des Beleibten in den Boden. Im flackernden Lichtschein sah Silvana, wie das Pferd unruhig wurde. Es schien, als würde sich das Gespann kurz in Bewegung setzen. Überrascht trat Martin einige Schritte vom Wagen weg. Aber Xavier tätschelte dem Pferd beruhigend den Hals, strich über Ohren, Nüstern und Mähne. Dann verschwand er hinter den Fuhrwerken und aus Silvanas Sichtfeld.

Mit ausladender Geste wies Martin auf den Karren und erhielt offensichtlich die Erlaubnis, in irgendwelchen Sachen zu kramen. Wenig später drückte er dem dickbäuchigen Franzosen etwas in die Hand. Sie könnten doch gemeinsame Sache machen, gab Martin seinem Bewacher zu verstehen. Doch dieser schien sich auf einen Handel nicht einlassen zu wollen. Der Dicke wog einen Beutel in seiner Hand. Dann warf er das von Martin entgegengenommene Ledersäckchen mehrmals ein wenig in die Höhe und fing es mit seinen dicken Pranken wieder auf. Ein Klimpern von Münzen war unüberhörbar.

»Freikaufen willst du dich also?«, lachte sein Bewacher.

»Das ist nicht dein Ernst, oder? Sagen wir mal, das hier ist eine kleine Entschädigung dafür, dass wir dich nicht einnässen lassen«, spottete er. »Einverstanden?«

Ein zaghaftes, unterwürfiges, stummes Nicken war Martins Antwort. Mit Häme wurde er hinter den Karren geleitet.

Jetzt oder nie, dachte Silvana. Doch jäh ließ ein Rascheln sie zusammenfahren. Sie spürte, wie ihre Hände, in denen sie die beiden Schachfiguren umklammert hielt, feucht wurden. Einen Schatten hatte sie wahrgenommen und hörte nun ihr heftig schlagendes Herz pochen. Weitere verräterische Geräusche bemerkte sie gottlob nicht. Unvermittelt schaute sie in ein Paar funkelnde Katzenaugen.

»Floh«, flüsterte sie, als sie sich aus ihrer Erstarrung löste. Sie bückte sich nieder und hielt Floh eine zur Faust geballte Hand hin. Schnurrend rieb die Katze ihren Backenbart und stupste sacht ihre feuchte Nase an einen der Türme, der zwischen Daumen und Zeigefinger hervorlugte. Einen Lidschlag später wandte sie sich blitzschnell wieder ab. Mit einem ungewöhnlichen Laut, einem Knurren ähnlich, verschwand sie - so plötzlich, wie sie erschienen war.

Silvana hatte alle Mühe, ihre Aufregung zu beherrschen, als sie aus ihrem Versteck hervorkroch. Sie verdrängte die Gedanken daran, was passieren würde, wenn man sie erwischte. Jetzt gab es kein Zurück mehr. Leicht gebückt bewegte sie sich lautlos im überwiegend düsteren Teil des Lagerplatzes und näherte sich ihrem Ziel. Als sie das Pulver dem Wein beimischte, presste sie ihre Lippen zusammen. Und auch ihre Lider kniff sie einige Augenblicke zu, als sei sie von einem stechenden Schmerz heimgesucht worden. Seufzend sog sie Luft durch die Zähne, während sie gleichzeitig erschrocken ihre Augen öffnete. Einer der Türme war ihr aus der Hand gefallen. Sie suchte den vom schwachen Schein des Lagerfeuers kaum beleuchteten Boden ab. Den Turm konnte sie nicht entdecken. Wie ohnmächtig stierte sie auf die Glut des Feuers. Dann überkam sie ein Gefühl der Panik. Entsetzt hielt sie ihre geballte Faust direkt vor den Mund. Was habe ich nur getan?, schoss es ihr durch den Kopf. Mit wirrem Blick spähte sie zu den Fuhrwerken. Alles blieb ruhig. Nur ihr gleichsam polterndes Herz nahm sie wahr, als sie die Schritte zurücklegte, die sie wieder in ihre Deckung führten. Schlagartig bemerkte sie, wie ihre Beine schlotterten. Die ganze Anspannung ließ für einige Momente merklich nach. Doch diese Empfindung der Erleichterung währte nur kurz. Sie war keine Sekunde zu früh zurückgekehrt.

»Ich habe nichts entdeckt«, hörte sie Xavier sagen. Hast du dieses verdammte Mistvieh gesehen?«

»Hier ist der Kater auch nicht«, antwortete der Dicke, der zurückkam und Maximilian Martin abermals festband; und dabei keineswegs schonend. »Fouché wird darüber nicht sehr erfreut sein, wenn er erfährt, dass du uns übers Ohr hauen wolltest. Und dein Schmiergeld wird dir jetzt nichts mehr nützen!«

Martins Bewacher war ein rücksichtsloser Typ, der seinem wehrlosen Gegenüber mit einem verächtlichen Schnauben einen ziemlich derben Stoß verpasste. Sicher würde Martin diesen feisten Zeitgenossen mit Leichtigkeit überwältigen können, ging es Silvana durch den Kopf. Doch er würde sich hüten in Anbetracht der Gefahren, die er damit für die anderen Gefangenen heraufbeschwören würde, war sie sich sicher. Martin bedachte seine Zurückweisung und die ruppige Behandlung mit einer grimmigen Miene, fügte sich aber wieder wortlos und besonnen in sein Schicksal.

Derweil erschien auch Xavier erneut auf dem Lagerplatz und legte einen Berg von Reisig und Geäst ab. Das Feuer wurde erneut entfacht. Die Flammen loderten auf, und ein Knistern erfüllte die Umgebung.

Die Männer nahmen ihre vorherigen Positionen wieder ein. Der Fettleibige plumpste geradezu zu Boden und lehnte sich an einen Baumstumpf. Von irgendwoher zauberte er ein beachtliches Stück Käse hervor, das er genüsslich schnaufend in kürzester Zeit vertilgte. Dann kippte er einen Becher Rotwein hinterher und unterstrich sein offensichtliches Sättigungsgefühl mit einem lauten Rülpser. Zufrieden ergötzte er sich an den Münzen, die er von Martin erhalten hatte. Xavier, der sich unmittelbar neben das Weinfässchen niedergelassen hatte, machte sich den Sattel von Henslers Reitpferd als Stütze für den Rücken zu Nutze. Auch er ließ sich den alkoholischen Rebensaft schmecken.

Angespannt beobachtete Silvana die Franzosen. Besonders ungewöhnliche Regungen der Männer waren nicht auszumachen. Nach einem dumpfen unverständlichen Gemurmel entspann sich ein Wortgefecht, das in französischer Sprache und teilweise hitzig geführt wurde. Später wurde es von spöttischem Gelächter und deftigen Flüchen abgelöst. Irgendwann erstarb das Gerede.

Anfänglich waren die einsetzende Stille, das Warten und die Ungewissheit erdrückend. Während die Zeit verrann, gingen Silvana tausende Gedanken durch den Kopf. Diese kreisten vor allem um ihre Tat. Es war makaber. Ihr kam in den Sinn, dass sie sich am Fuße des Galgenbergs befand. Und auch wenn es hier keines dieser Henkerswerkzeuge mehr gab, so fühlte es sich dennoch an, als habe man ihr bereits einen Strick um den Hals gelegt. Kaltblütig war sie gegen die Männer vorgegangen. Barbarisch, wie sie sich eingestand. Sie unterschied sich in nichts von ihnen. Sie würde dafür büßen müssen, da war sie sich sicher. Die Kehle war ihr bereits wie zugeschnürt. So empfand sie, während sie jegliches Zeitgefühl verlor.

»Was ist los? Silvana! He! Hörst du mich?« Ludwigs zunächst leichtes Rütteln an Silvanas Schultern wurde immer energischer. Rücklings lag sie am Boden und rührte sich nicht. Besorgt hob er ihren Kopf etwas an, um wenigstens ein wenig von ihrem Gesicht erkennen zu können. Es drängte ihn, sie anzuschreien. Dabei musste er doch leise sein. Zunehmend verzweifelt tätschelte er ihre Wangen, um sie aus ihrer Ohnmacht aufzuwecken. Unbeholfen versuchte er die Verschnürungen ihrer Kleidung zu lockern und wedelte ihr Atemluft zu. Endlich. Ein leiser Seufzer der Erleichterung entfuhr ihm, als sie ihre Lider hob. Flatternd. Zwinkernd.

»Wo bin ich?«, murmelte sie. »Was ist ...«

Während Ludwig ihr zuraunte Stillschweigen zu wahren, half er ihr, sich etwas aufzurichten. Abwechselnd hielt sich Silvana ihren Kopf und griff sich an ihre Kehle.

»Was ist mit dir?«, fragte er flüsternd.

»Ich weiß nicht. Ich ...« Es gelang ihr zunächst nicht sich zu erinnern, welchem Gedanken sie zuletzt nachgegangen hatte. Sollte sie unaufmerksam gewesen sein? Hatte sie geträumt?

»Du hast doch nicht etwa *selbst* von dem Gift ...« Erneut durchfuhr ihm ein Unbehagen, sodass er verstummte.

Irritiert fragte Silvana dazwischen: »Gift?«

»Ja. Das Gift, das du den Franzosen ...«

»Gift? Den Franzosen? - Ja. Oh. Warte einen Moment. Ich war ... Ich muss etwas trinken. Hast du Wasser dabei?«

»Es ist nur noch ein kleiner Rest da. Hier, trink dies!« Ludwig reichte ihr ein flaches Gefäß. - »Wird es besser?« Silvana genoss die Erfrischung.

»Jetzt wird mir manches klarer.« Langsam fluteten die Erinnerungen zurück. Bruchstückhaft zuerst. Als sie massierend mit den Fingerspitzen über ihre Schläfen kreiste, formte sich ein zusammenhängendes Bild.

»Das Gift. Sag, hattest du es an deinen Fingern und ...«

»Einer der Türme ist mir aus der Hand geglitten. Aber da hatte ich das Pulver schon dem Wein beigegeben. Ich weiß nicht, ob da vielleicht auch versehentlich ...«

»Oh Silvana, was machst du nur für Sachen. Nicht auszudenken, wenn es dir so ergangen wäre wie den Franzosen.«

»Was ist mit den Franzosen?«

»Na, hast du sie nicht röcheln hören?«

»Was? - Ich weiß nichts dergleichen. Mir wurde nur auf einmal so übel. Und dann fehlte mir die Luft. Ich sah mich an einem … an einem Galgen baumeln und dann ... Dann war es eher, als habe mir der Henker den Kopf ... Oh, Ludwig, es war schrecklich! Hier ... Hier am Hals sah ich den roten Strich, den die Klinge des Scharfrichters ... Und dann habe ich ihn reden hören. *Sie kann jetzt ihren Kopf auch unterm Arme tragen*, hat er gesagt. Oh, Ludwig, es war so grausam!«

Entsetzen trat in Ludwigs Miene, während Silvana bekümmert zu den Franzosen hinüberblickte. Sie waren auf ihren Plätzen zusammengesackt.

»Sind sie tot?«, flüsterte sie jetzt aufgewühlt.

Noch immer war auch Ludwig etwas betroffen. Vor allem aber wegen des unseligen Zwischenfalls. Den Übeltätern gegenüber war seine Reaktion jedoch weit weniger mitfühlend. Herzloser. Abweisend. »Ich bin mir fast sicher«, stellte er knapp fest.

»Wird man mich des Mordes beschuldigen können?«, fragte Silvana besorgt.

Ludwig schüttelte den Kopf. »Des Mordes an diesen lausigen Kerlen, die selbst getötet haben?«, antwortete er mit einer Gegenfrage.

Ob erleichtert oder einfach nur müde, lehnte sich Silvana an ihn. Dabei wiederholte er seine Frage: »Hast du sie röcheln hören?«

»Ich weiß nicht. Ich fühle mich noch immer so ...«

»Sie haben mit sich gerungen«, beschrieb er den Todeskampf der beiden Franzosen. »Ich meine gesehen zu haben, dass das Gesicht von dem Beleibten blutrot angelaufen ist. Zuvor hat er sich gewunden, als ob ihm seine Eingeweide ... Und auch das Atmen des anderen Übeltäters ging stoßweise, bis er nach Luft rang und ein ersticktes Husten folgen ließ. Auch er hat sich vor Krämpfen geschüttelt.«

»Bitte«, unterbrach Silvana ihn. »Lass es gut sein! Deine Worte lassen mich schaudern!«

»Wir müssen uns davon überzeugen, ob von ihnen auch wirklich keine Gefahr mehr ausgeht. Erst dann können wir Mutter und Vater ... Erst dann können wir unsere Freunde befreien!«

»Ich kann das nicht!«

»Hast du das Messer?«

»Willst du sie abstechen, wenn sie doch noch leben?«

»Nur, wenn sie mich angreifen.«

»Aber dann haben wir einen Tumult, den wir unbedingt vermeiden müssen!«

»Hast du eine bessere Idee?«

Silvana schüttelte den Kopf.

»Also. Lass uns keine Zeit mehr verlieren!«

»Bitte, geh du! Aber pass auf! Nein, warte! Sieh nur!«

»Das ist Floh. - Sie nähert sich den Franzosen, die ... Die die Katze aber offensichtlich nicht bemerken.«

»Wenn man sie so schleichen sieht - sie scheint sehr argwöhnisch zu sein.«

»Jetzt macht sie einen Buckel und faucht die Franzosen an. Naja, es ist wohl eher ein Wehklagen. Wie ich es bisher noch kaum gehört habe«, fügte Ludwig leise murmelnd hinzu. Er sprach mehr zu sich selbst, wobei ein Ausdruck des Erstaunens unüberhörbar war. Gespannt beobachtete er, was weiter geschah.

»An die Männer geht sie nicht näher heran«, beschrieb Silvana.

»Mich dünkt, sie hat etwas entdeckt.«

»Wenn ... Wenn es nun der Turm ist, den ich verloren habe. Hoffentlich nimmt sie nicht auch noch von dem Gift, falls da noch etwas an der Figur ...«

Doch die Katze wandte sich abrupt ab.

»Jetzt schnuppert sie an dem Becher, aus dem einer der Männer den Wein getrunken hat. Sie wirkt wie angewidert.«

»Nanu!« - Verblüfft beobachteten Ludwig und Silvana, wie die Katze mit einem Satz auf das Weinfass sprang. Der Franzose, der sich daran zu lehnen schien, kippte unvermittelt zur Seite. Sein Kopf schlug auf den Boden. Da nahm die Katze Reißaus.

»Tsss«, kam es verhalten zischend von einem der an den Pferdewagen Festgebundenen. Dann das Knarzen eines Wagenrades. Ein Stöhnen folgte von weiter hinten.

Ludwig spähte hinüber. An der Blesse konnte er erkennen, dass sich der Kopf eines Pferdes heftig bewegte. Das Gesicht des Gefangenen war kaum auszumachen. Zögernd erhob sich Ludwig aus dem Versteck.

»Ich habe den Eindruck, Ferdinand hat mir ein Zeichen gegeben. Komm, wenn du wieder wohlauf bist, sollten wir es wagen!«

Schnelle hektische Bewegungen vermeidend verließen sie ihre Deckung und näherten sich vorsichtig den leblosen Körpern. Dass die Franzosen ihre letzten Atemzüge in einem qualvollen Todeskampf getan hatten, konnte man ihnen kaum ansehen. Abgesehen von ihrem starren Blick spiegelte sich kein besonderer Schmerz in ihren Gesichtszügen wieder. Eher schien es, als wären sie wie Silvana eingeschlafen gewesen und hätten im letzten Augenblick noch einmal die Augen weit aufgerissen.

Während Ludwig dem Feuer neue Nahrung gab, entdeckte Silvana den tönernen Becher, aus dem Xavier getrunken hatte. Sie blickte auf Martins Münzen, die im aufflammenden Feuerschein schwach funkelten. Dann wurde ihr Blick noch einmal von den toten Augen angezogen, die sie anzuglotzen schienen, die sie musterten, die sie anklagten.

Bedrückt wandte sie sich ab. Sie schien zu realisieren, was sie getan hatte. Es waren keine guten Menschen, redete sie sich ein. Wir mussten sie doch unschädlich machen. Aber dieser Gedanke beruhigte sie nicht.

»Du hast sie getötet«, meldete sich erneut ihr Gewissen.

Ihr mulmiges Gefühl suchte sie zu verdrängen, während sie sich bemühte, sich ruhig und besonnen den Gefangenen zu nähern, um die Pferde nicht im letzten Moment doch noch in Aufruhr zu versetzen. Es fiel ihr nicht leicht.

»Wo befinden sich meine Eltern?«, fragte Ludwig ungeduldig.

»Schscht«, mahnte sie ihn zur Ruhe und flüsterte. »Sie sind neben dem Gefangenen angebunden, mit dem du Schach gespielt hast!«

»Ferdinand ...«, bemerkte er.

»Ihn werde ich zuerst befreien, damit er uns helfen kann. Und du ...« Sie brach den Satz ab, als sie Ferdinand erreichten. Sie begab sich daran, die Fesseln des Gefangenen mit dem Messer zu zerschneiden. Doch die Finger gehorchten ihr nicht.

»Hier ...« Sie reichte Ludwig das Messer. »Ich bin zu aufgeregt. Ich werde versuchen, die Knoten der Schnüre zu lösen. Geh du zu ...«

Aus den Augenwinkeln beobachtete sie, wie sich Ludwig zu seinen Eltern wandte. Derweil stand sie mit zitternden Händen vor Ferdinand.

Als sie die festen Verschnürungen gelöst hatte, klopfte Ferdinand ihr anerkennend auf die Schulter.

»Ich kann es kaum fassen«, flüsterte er. »Wie ist euch das nur gelungen?«

Silvana ging auf seine Frage nicht ein. Während er die tauben Arme und Beine bewegte, die Gliedmaßen schüttelte und die Handgelenke rieb, raunte sie ihm lediglich zu:

»Der Rothaarige. Ich fürchte, der ist von allen am schlechtesten dran.« Dann wandte sie sich Samantha zu.

Ludwig näherte sich seinem Adoptivvater, der seiner Frau zunickte. *Erst* die Mutter, sollte das wohl bedeuten.

Nachdem Ludwig seine Mutter befreit und sie kaum vernehmbar über die Vorgänge bei den Hopfenfeldern informiert hatte, löste er die Stricke, die seinen Vater gefangen gehalten hatten.

»Vater, bitte, Adalbert braucht Hilfe. Ich muss zur Mutter. Ich ...« Er ließ den Satz unbeendet und wandte sich rasch ab.

Für einen Moment stand Clemens Buchbinder verstört da, das Messer in der Hand haltend und seinem Sohn hinterher blickend. Wie gerne hätte er ihn in diesem Augenblick an die Brust gedrückt. Er war ergriffen, sprachlos und sogar ein wenig konsterniert. Doch schon wenige Atemzüge später erfasste er, dass Ferdinand dringender Unterstützung bedurfte. Der vermochte Adalbert kaum zu stützen. Adalbert sank zu Boden, nachdem die letzten Fesseln durchtrennt waren. Der Verletzte strich sich über die Handgelenke und Fingerknöchel. Es schmerzte, als sei ein Finger gebrochen. Auch an den Beinen hatten die Stricke gescheuert. Die Haut der Knöchel war wund und teilweise aufgeschürft. Einige Stellen waren bereits blutverkrustet. Er hatte Muskelkrämpfe in Armen und Beinen, weil sie schon so lange in einer unnatürlichen Haltung fixiert gewesen waren. Gottlob hatten die Franzosen ihn nicht mit einer noch folgenschwereren Folter malträtiert. Er rief sich in Erinnerung, wie er ihren dritten Gefährten in einer Notwehrsituation erschlagen hatte, nachdem der Kramer durch diesen Ganoven ermordet worden war.

»Was ist mit Heinrich Hensler?«, fragte Buchbinder.

Adalbert schüttelte den Kopf. »Schlechte Nachrichten, Clemens«, stöhnte er. »Als Heinrich zu den Hopfenfeldern ging, um die ungenutzten Rankstöcke als Feuerholz zu besorgen, ist er von dem dritten Fremden ermordet worden. Ich kam leider zu spät.«

Buchbinder war schockiert. Seine böse Vorahnung war zur Gewissheit geworden. In diesem Moment vernahm er aus der Ferne Elisabeths Schluchzen.

»Geh zu deiner Frau, sie wird die Toten entdeckt haben«, raunte Adalbert ihm zu.

Betroffen und gleichzeitig mitfühlend schaute der Lehrer auf Adalberts Wunden und auf den deformierten Finger.

»Wir kommen schon klar«, murmelte Ferdinand und Adalbert ergänzte: »Auf dem Wagen haben wir Salbe. Damit wird's schon wieder. Ein kleines Weilchen nur. Dann werde ich wieder bei Kräften sein.«

Mit gesenktem Kopf ließ Buchbinder Adalbert zurück. Der sehnte sich danach, sich zu recken. Wiederholt versuchte er sich aufzurichten, doch immer wieder gaben seine Beine unter ihm nach.

Während sich Ferdinand nun der Befreiung Martins zuwandte, kümmerte sich Silvana um die Wahrsagerin. Verachtung huschte über das Gesicht Samanthas, als sie an Maximilian Martin vorbeiging und im Dunkel der Nacht verschwand.

Nur einen Lidschlag später stolperte Martin über den immer noch am Boden liegenden Adalbert und erzeugte dadurch Unruhe unter den Pferden. Aufgeregt stampften sie mit den Hufen. Als sich bereits einer der Karren in Bewegung setzte, hatten Ferdinand, Silvana und Martin alle Hände voll zu tun, um die Pferde zu beruhigen. Wie gut, dass alle Gefangenen inzwischen aus ihrer misslichen Lage befreit waren. Mit Mühe gelang es, die Tiere von ihrem Geschirr zu lösen. Zum Teil immer noch wiehernd stoben sie wie panisch davon.

»Sie werden schon wiederkommen«, sprach Ferdinand zu Silvana, als auch sie zusammen mit Adalbert endlich bei dem toten Kramer erschienen.

Da lag er. Reglos. Starr. Das bleiche Gesicht derart vom weiter entfernt brennenden Feuer beschienen, dass es beinahe gespenstisch wirkte. Fassungslos starrten sie auf den Leichnam hinab. Clemens hatte sich neben ihn gekniet und seine Hand genommen. Elisabeth beugte sich ebenfalls nieder, um ihm die Augen zu schließen.

Derart abgelenkt realisierten Ludwig und die anderen erst später, dass nun in rascher Folge zwei Schüsse folgten. Ludwig drehte sich um und blickte in die Richtung, aus der er den ersten Schuss vernommen zu haben glaubte. Und auch die anderen sahen zu Maximilian Martin hinüber. Einen Arm hielt er gesenkt. Die Pistole in seiner Hand war zu Boden gefallen. Den anderen Arm hatte er jäh hochgerissen. Die Hand presste er an seine Brust, während er taumelte.

Man wollte sich in Sicherheit bringen. Doch nur wenige Wimpernschläge später kippte dieser Mann vornüber und schlug auf den Boden auf.

Silvana tat einen Aufschrei, denn sie hatte Samantha gesehen, wie sie mit einer Waffe in der Hand wieselflink davonhuschte. Unmittelbar danach stieß auch Elisabeth einen Schrei aus. Denn sie erkannte, dass der erste Schuss Clemens getroffen hatte, der neben seinem Freund Heinrich Hensler zusammengesackt war.

Mit schmerzverzerrtem Blick schaute Clemens auf seine Frau, während er sich mühte, den Kopf zu heben.

Er gab Ludwig und Ferdinand ein Zeichen, näher zu kommen, weil er ihnen etwas zu sagen habe. Dann hielt er die Hände der weinenden Elisabeth umklammert und keuchte mit stockenden Worten: »Frau ... Such den Beginenhof auf ... In Hameln ... Dort ist für dich und Franziska ... Vorgesorgt.«

»Aber ... Was redest du ... Du kannst doch nicht ... Du kannst mich doch jetzt nicht ...«

»Bitte!«, brachte er nur mehr stöhnend hervor.

»Aber ... Aber die Beginen sind doch ... Sie sind doch längst ...«, schluchzte Elisabeth und versuchte sich noch in einer Erwiderung, weil sie nicht verstand. Es gab doch längst keine Beginen mehr, wie sie meinte. Clemens vermochte indes keine weiteren Erklärungen zu formulieren. Noch einmal sammelte er Kraft für seine letzten Worte, dann lallte er an Ludwig gerichtet: »Junge ... Begleite sie nach Hameln ... Und nimm Ferdinand mit.«

Er war kaum zu verstehen, als er hauchte: »Ferdi ... Auch du ... Geh zu den Beginen. Deine Mutter ... Sie ... Sie erwartet dich dort.« Da kippte sein Kopf zur Seite.

Erschüttert knieten Elisabeth, Ludwig und Ferdinand neben ihm. Als Adalbert und Silvana beklommen hinzutraten, hielt Elisabeth den hemmungslos schluchzenden Ludwig in ihren Armen. In ihren Augen spiegelte sich jetzt trostlose Leere. Wortlos starrte sie zu Boden. Dann schloss sie die Augen und atmete tief durch.

Niedergeschlagen hielten sie ihre Totenwache, bis das Licht der aufgehenden Sonne den Schein des Vollmonds ablöste.

Am Morgen besahen sie sich den Ort dieser unfassbaren Begebenheiten. Ein jeder für sich. Ratlos. Schwermütig. Verzweifelt. Gebrochen. Auch Ferdinand war voller Trauer, die seine Überraschung ob der letzten Information, dass er seine Mutter wiedersehen sollte, überschattete.

Und die Tragödie sollte kein Ende nehmen. Wieder hallte ein Schuss durch das Tal der Regnitz und durchbrach die von Schwermut geprägte Gemütslage. Als man die Stelle des neuerlichen Unheils erreichte, traf man Elisabeth an. Stöhnend und klagend. In ihren Armen hielt sie Samanthas leblosen Körper.

Acht
In Erklärungsnot

Es wurde wieder ein sonnig heißer Tag. An dem letzten Aufbäumen des Sommers konnte man sich jedoch nicht erfreuen. Adalbert drängte, dass es an der Zeit sei, den toten Freunden ein würdiges Begräbnis zu bereiten.

»Etwa auf dem Galgenberg?«, fragte Ludwig und erntete böse Blicke. Stattdessen vertraute man sich Ferdinands Führung an, der davon berichtet hatte, dass er auf seinem Ritt mit Heinrich Hensler eine Wallfahrtskapelle entdeckt habe.

»Auf dem Berg Hohenrode haben wir zwar keinen Gottesacker gesehen, aber es gibt zahlreiche Senken zwischen Erdwällen in der sandigen Gegend, die wir vielleicht für unsere Zwecke nutzen können«, hatte Ferdinand beschrieben.

Und so begab man sich nach Westen an Hallerndorf vorbei, nachdem man die Toten in Tuch gewickelt, das Lager geräumt und eins der Fuhrwerke mit zahlreichen handgroßen Kieseln vom Flusssaum der Regnitz beladen hatte.

Unterwegs berichtete Ferdinand, was er am Tag zuvor von Heinrich Hensler über die Verbindungen zu den Illuminaten erfahren hatte. Elisabeth nickte zustimmend und deutete an, dass sie nach dem Begräbnis wohl noch einige Erklärungen dazu abgeben wolle.

Ob es im Sinne der Toten sei, unbedingt die Nähe eines Gotteshauses als Grabstätte aufzusuchen, hatte Adalbert gefragt, wenn Clemens und Heinrich doch früher die Kirche bekämpft hätten.

Doch Ferdinand erwiderte energisch: »Soviel ich weiß, ist es Clemens stets ein Anliegen gewesen, dem Machtmissbrauch der Unterdrücker entgegenzuwirken - ganz gleich, ob die Missstände durch die weltlichen Herrscher oder durch Kirchenfürsten verursacht werden. Keineswegs hat er sich gegen Religion und Gottesglaube gewandt.«

Dann wurde Ludwig gefragt, wie er auf die Idee gekommen sei, das Pulver in den hohlen Schachfiguren zu transportieren. Ludwig erinnerte Ferdinand an den Beginn ihrer Reise, als sie von den Soldaten aufgehalten worden waren. »Ich hatte ziemliche Angst, dass sie das Pulver bei mir entdecken könnten und ich in große Erklärungsnot geriete. Nach einer unserer folgenden Schachpartien hatte ich entdeckt, dass die Figuren einen Hohlraum aufweisen. Darin habe ich dann das Gift gefüllt, um es zu verstecken. Warum ich die schwarzen Türme ausgewählt hatte, weiß ich auch nicht mehr so genau. Vermutlich weil der schwarze Turm in der bebilderten Botschaft von Vater als Symbol dargestellt war.«

»Wir müssen Friedrich Wilhelm dankbar sein, dass er die Idee hatte, dir das Gift mitzugeben«, sprach Ferdinand.

»Ja ... Und auch wieder nein; ich bin mir nicht sicher, ob ich darüber glücklich bin. Klar, es hat seinen Zweck erfüllt. Wir hatten damals lange überlegt, ob ich zur Sicherheit etwas Arsenik mitnehmen sollte. Aber davon benötigt man sehr viel, um bei Bedarf einen Gegner auszuschalten. Außerdem habe es einen mehligen und derart üblen Geschmack, sagte Friedrich Wilhelm, dass man eine Beigabe in Speise oder Trank sofort bemerken würde. Also nahmen wir das Gift der Opiumpflanze - nicht ahnend, dass es tatsächlich mal Verwendung dafür gäbe.«

Und Ludwig biss sich auf die Oberlippe und hinterfragte sein Handeln und Silvanas Tat: »Vielleicht würde Vater noch leben, wenn wir das Pulver nicht dem Rotwein beigemischt hätten und ...«

»Ich bin mir sicher, die Franzosen hätten uns alle ermordet!«, unterbrach Elisabeth seine Selbstzweifel. »Schuld haben wir uns *selbst* aufgeladen, vor langer Zeit schon!«

Sie erreichten das Kreuzbergkirchlein auf dem Berg Hohenrode und wählten geeignete Stellen für das Begräbnis ihrer Freunde aus. In die eine Mulde zwischen zwei sandigen Erhebungen bestatteten sie Clemens, Heinrich und Samantha; etwas abseits davon die Franzosen und den Mörder Maximilian Martin. Bevor sie die Gruben mit Sand bedeckten, nahm Elisabeth mit Tränen in den Augen Abschied, leerte Ferdinand den Beutel mit dem Heilsbringer, den Lindenblüten, über die Toten aus und trennte sich als Grabbeigabe von dem Buch des Freiherrn Knigge ÜBER DEN UMGANG MIT MENSCHEN, das dem Kramer Hensler so viel bedeutet hatte. Und Silvana legte Zweige von blühendem Heidegewächs nieder, dazu von Thymian, Rosmarin, Salbei und Lavendel. Von deiner Waldfee, dachte sie betrübt, während sie einen Schmetterling beobachtete, der ein letztes Mal vom Nektar einer Oregano-Blüte naschte.

Schließlich häuften sie auf die Sandhügel ihre mitgebrachten Kiesel um zu verhindern, dass wilde Tiere die Toten freischarren könnten.

Zuletzt begaben sie sich in die Kirche, wo sie ein Gebet für die Verstorbenen sprachen und sich Trost, Zuversicht und Kraft für die Bewältigung ihrer Zukunft erbaten.

»Lasst uns umkehren«, konstatierte Adalbert schließlich, als sie das Gotteshaus verließen. »Wir haben Franziska eine traurige Nachricht zu überbringen.«

»Aber zuvor muss ich noch nach Nürnberg«, erwiderte Elisabeth.

Als die anderen sie fragend und entgeistert anblickten, fügte sie hinzu: »Ihr bringt mich in Erklärungsnot ... Also gut, so soll es denn sein.«

Während sie sich an den dicken Stamm eines entwurzelten Baums lehnte, erläuterte sie:

»Wie ihr schon erfahren habt, wurde vor … vor knapp zwanzig Jahren der Orden der Illuminaten von der bayrischen Regierung verboten, und wir hatten von heute auf morgen keine Vorstellung davon, wie es mit uns weitergehen sollte.

Nun müsst ihr wissen, dass wenige Jahre zuvor die Kaiserin Maria Theresia gestorben war. Sie war nicht nur zusammen mit ihrem Mann Franz und später mit ihrem ältesten Sohn Joseph kaiserliche Mitregentin des Heiligen Römischen Reiches sondern auch Königin Ungarns und dort sehr beliebt gewesen. Die Politik ihres Sohnes Joseph in den folgenden Jahren war für die Ungarn eine einzige Enttäuschung, und es bahnten sich geheime Verbindungen zwischen den Ungarn und Preußen an. Das führte dazu, dass in Wien eine Geheimpolizei aufgebaut wurde, die zwar vor allem ihren Blick auf Ungarn und Preußen lenkte aber auch andernorts Spitzel einsetzte.«

»Und in deren Fänge seid ihr geraten?«, mutmaßte Adalbert, dessen verletzter geschwollener Finger ihm weiterhin sehr schmerzhaft zusetzte.

Elisabeth nickte zustimmend: »Als der Orden der Illuminaten verboten war, gelang es Weishaupt nach Gotha zu flüchten, wo ihm der Landesfürst des thüringischen Herzogtums Sachsen-Gotha-Altenburg Asyl gewährte. Knigge war bereits in seine Heimat in die Nähe Hannovers zurückgekehrt, um sich um seine Güter zu kümmern. Wir aber wurden zu Spitzeldiensten gezwungen, und wir merkten bald, dass ein dichtes Netzwerk von sogenannten *Beratern* aufgebaut wurde, das bis in viele Regionen des deutschen Reiches langte. Man entsandte uns nach Paderborn, wo wir die Aufgabe zu übernehmen hatten, unser besonderes Augenmerk auf den Fürstbischof zu lenken. Als Lehrer hatte Clemens eine gute Möglichkeit, die Gesinnung von Friedrich Wilhelm von Westfalen zu prüfen, der gerade drei Jahre zuvor zum Fürstbischof von Paderborn und Hildesheim gewählt worden war und insbesondere im Schulwesen Reformen einleitete. Wie ihr wisst, bekam ich selbst eine Anstellung beim damaligen Kaplan Crux und erhielt so einen Einblick in die Politik der Domherren von Paderborn. Glücklicherweise musste uns unser Tun kaum Gewissensbisse bereiten, denn unsere Fürstbischöfe ließen es an Loyalität gegenüber dem Kaiser eigentlich nie missen. Mit dem Kaplan verband uns in der folgenden Zeit eine innige Freundschaft, und darum weihten wir ihn in unsere Spitzeldienste ein. Deswegen unterstütze er uns auch mit allen seinen Möglichkeiten, als Ludwig zu uns stieß und seine Mut …, als die Johanna, also Adalberts Schwester, beerdigt werden musste.«

»Aber …« Ludwig wurde sofort von Elisabeth unterbrochen.

»Natürlich war mit unserer geheimen Aufgabe stets eine besondere Gefahr verbunden. Darum hatten wir uns einst für ein Leben ohne eigene Kinder entschieden. Mit diesem Entschluss war eine sehr entbehrungsreiche Zeit verbunden. Denn es war uns als Illuminaten naturgemäß ein Anliegen gewesen, die nach unseren Überzeugungen rechten Tugenden weiterzugeben. Ähnlich erging es auch den Henslers, die direkt nach Paderborn eingeschleust worden waren. Umso glücklicher waren wir, als wir mit Ludwig *unser* Kind bekamen und später auch noch Agnes und Ferdinand unsere kleine Familie vergrößerten. So empfanden auch Franziska und Heinrich, als sie sich um Elsbeth und Agnes kümmern durften.«

Nach einer kurzen Atempause, in der alle Zuhörer sich mühten die unglaublichen Neuigkeiten zu begreifen, fuhr Elisabeth mit ihrem Bericht fort:

»Wir waren froh, dass wir in den folgenden Jahren von unseren Kontaktpersonen immer seltener behelligt wurden, obwohl die Kontrollen durch die Wiener Geheimpolizei in späteren Jahren noch massiv zunahmen. Unter Kaiser Leopold wurde Anfang der neunziger Jahre das Überwachungssystem ausgebaut, da in Ungarn und

Tirol Aufstände und neben dem Krieg mit dem osmanischen Reich zudem Konflikte mit Preußen und Polen drohten. Aber dadurch und durch die Geschehnisse während der Französischen Revolution war man abgelenkt, und wir hatten einerseits unsere Ruhe. Andererseits konnten wir Einblicke in das umfangreiche Netz der Berater gelangen und viele Kontakte knüpfen. So erfuhren wir auch, dass Freiherr Knigge, der inzwischen in Bremen weilte, kurz vor seinem Tod 96 von der Wiener Geheimpolizei unter dem Namen eines ehemaligen Illuminaten gefälschte Briefe erhielt, weil man sich erhoffte, aus Knigges Antwortschreiben Einblick in das Netzwerk der deutschen Anhänger der Revolution zu erhalten. Denn er galt bei der Obrigkeit inzwischen als gefährlicher Demokrat und Jakobiner.

Für *uns* entwickelte sich eine besondere freundschaftliche Verbindung zu Magister Cordes, der als Lehrer am Theodorianischen Gymnasium eine Schlüsselposition zur Überwachung der Universität aufbauen sollte, während sein Bruder von Paris aus über die Entwicklungen in Frankreich zu berichten hatte. Große Angst überkam uns, als der Unfall mit dem Feuerwerk geschah. Aber wir konnten unsere Kontakte nutzen und so kamen wir alle noch vergleichsweise glimpflich davon. Abgesehen von den schrecklichen persönlichen Konsequenzen für den Magister.«

Elisabeth wurde von ihren Zuhörern angestarrt. Die Neuigkeiten waren kaum zu begreifen. Aber niemand wagte es, sie zu unterbrechen.

»Dann erhielt Magister Cordes einen letzten folgenreichen Auftrag: Es war Anfang Juni das Edikt des jetzigen Preußenkönigs Friedrich Wilhelm ergangen, mit dem Preußen die im Pariser Vertrag zugesprochenen Gebietsteile in Besitz nahm. Wie wir schon lange befürchteten, traf die Säkularisation also auch das Fürstbistum Paderborn. Der weltliche Herrschaftsbereich unseres Fürstbischofs im Hochstift wurde annektiert. Franz Egon verlor seine weltlichen Zuständigkeiten, behielt aber sein geistliches Amt, das er jetzt von Hildesheim aus wahrnimmt. Wir haben erfahren, dass er sich bemüht, nun mit Preußen zusammenzuarbeiten. Er war immer schon ein Verehrer Friedrichs des Großen, was auch dadurch deutlich wird, dass er sich seinen protestantischen Untertanen nicht minder gütig zeigt als den katholischen. Für den Wegfall seiner landesherrlichen Einkünfte erhält er von der preußischen Regierung nun jährlich fünfzigtausend Taler.«

»Aber was hat Magister Cordes mit dem Einmarsch der Preußen zu tun?«, fragte Ludwig ungeduldig.

»Aus angeblicher Furcht, die Preußen könnten sich mit den Symbolen der Macht schmücken, wenn ihnen die Reichskleinodien in die Hände fielen, erhielt Magister Cordes die Anweisung, die vermeintlich immer noch im Paderborner Kapuzinerkloster befindlichen Schätze aus Aachen nach Nürnberg zu schaffen, von wo aus sie mit den Herrschaftsinsignien der Kaiser und Könige des Heiligen Römischen Reiches die Flucht nach Wien antreten sollten. Für Bernhard Cordes haben Clemens und ich den Auftrag übernommen.«

»Warum habt ihr uns nie etwas gesagt? Habt ihr uns nicht vertraut?«, fragte Ludwig nach einer Weile der Stille mit einem Klang der Enttäuschung in der Stimme.

»Wir haben euch immer *sehr* vertraut«, antwortete Elisabeth, die beschämt zu Boden blickte. »Aber wir waren auch nicht befugt, euch über unser geheimes Treiben aufzuklären. Und wir wagten es nicht, uns über diese Anordnung hinwegzusetzen - zu eurer und zu unserer eigenen Sicherheit. Dennoch wollten wir euch wenigstens die Möglichkeit der Nachforschungen eröffnen. Darum haben wir viele Schritte vorbereitet, um euch die Gelegenheit einzuräumen, uns zu folgen. Wichtig war uns, dass ihr dies aus eigenem Antrieb tun würdet und nicht nur deswegen, weil ihr um die Hintergründe wusstet. Wir wollten euch nicht in unsere Angelegenheiten verwickeln. Wir haben uns immer bemüht zu vermeiden, euch für unsere Zwecke zu korrumpieren. Es war uns klar, dass unsere Mission einerseits sehr gefährlich werden könnte. Und das hat sich schließlich auch bestätigt. Selbstverständlich wollten wir euch dieser Gefahr nicht aussetzen. Andererseits haben wir vermutet, dass ihr niemals Ruhe geben würdet uns zu finden. Und das wäre ohne unsere Vorkehrungen nicht möglich gewesen.«

Zärtlich ergriff Elisabeth die Hand ihres Adoptivsohnes und schaute ihm fest in die Augen, als sie versicherte: »Clemens und ich haben uns nicht in euch getäuscht. Wir waren sehr froh darüber, als wir erfuhren, dass ihr uns folgtet. Noch glücklicher waren wir darüber, dass ihr - bis auf die eine Begebenheit mit dem preußischen Spähtrupp - nicht weiter behelligt wurdet, weder von Preußen noch von Franzosen.«

»Ihr wusstet davon?«, fragte Ludwig ungläubig.

»Wir waren meistens darüber informiert, wo ihr euch gerade aufhieltet. Und, ich gestehe es, es war auch etwas beruhigend zu wissen, dass eure Hilfe nicht weit entfernt sein würde, falls wir in Bedrängnis geraten sollten. Dass Clemens und ... Dass Vater und Heinrich ..., dass sie dennoch Opfer dieser Unternehmung wurden ...«, sprach sie voller Verbitterung und kopfschüttelnd. Dann räusperte sie sich, um den unterbrochenen Satz zu vollenden, bekam aber kein Wort mehr heraus. Tränen schossen ihr in die Augen und ihre bisher aufgestaute Wut entlud sich in einem Weinkrampf, als sie in den Armen von Ludwig und Ferdinand zusammensackte. Auch Silvana, die neben Ludwig sitzend und die Katze auf ihrem Schoss liebevoll kraulend das Gespräch aufmerksam verfolgt hatte, ließ ihren Tränen nun freien Lauf. Die Katze, der man ihr Unbehagen anmerkte, sprang auf und verschwand im Gebüsch.

Dick geschwollen waren Elisabeths Augen, als sie sich nach einer Weile beruhigen konnte. »Ich kann es nicht glauben und werde es nie fassen können, dass diese Morde von jemandem aus den *eigenen* Reihen verübt worden sind«, jammerte sie.

Als sich Ludwig, Ferdinand und Adalbert einander fragend anschauten, klärte Elisabeth sie über das Undenkbare auf: »Wir wussten, dass er ein Wiener Geheimpolizist war, der für dieses Gemetzel verantwortlich ist.«

»Maximilian Martin?«, fragte Silvana, und Elisabeth nickte zustimmend.

»Aber warum?«, fragte Silvana weiter.

»Warum? Ja, *warum*? - Diese Frage nach dem Warum haben wir uns schon so oft gestellt. Warum können die Menschen nicht friedlich miteinander oder nebeneinander leben? Warum ist das Böse immer noch in der Welt?«

Als ihr diese Frage immer wieder über die Lippen kam, schien sie gedanklich sehr weit weggerückt. Ihr kamen die endlosen Diskussionen in den Sinn, die sie geführt hatten, bevor sie den Bund der Perfektibilisten gründeten, der später zum Orden der Illuminaten umbenannt wurde - damals, als sie den Hochschullehrer, Freimaurer und Philosophen Weishaupt kennengelernt hatten, mit dem sie zu ihrer Mission aufgebrochen waren: die Entfaltung der Moral und Tugend, um dem Voranschreiten des Bösen zu begegnen. Der wirkliche Charakter der Gesellschaft sollte sich in einem ausgeklügelten Erziehungssystem darstellen, um Tugend und Sittlichkeit zu befördern und den absolutistischen Staat durch Unterwanderung überflüssig zu machen.

»Warum? - Man könnte einfach vermuten, weil er den Befehl dazu erhalten hatte. Das ist der Alltag im Leben von Geheimbünden und Spitzelorganisationen. Wir mussten mit solchen Vorgängen ständig rechnen; ein hoher Preis, den man zu zahlen hat, wenn man konsequent seinen Idealen nachfolgt. Aber der wahre Grund ist viel komplizierter: Als Clemens durch die Kugel dieses ... dieses Maximilian Martin starb ...« Wieder hielt sie inne, bevor sie fortfuhr: »Ich war doch der Ansicht, dass dieser im Auftrag des Kaisers unterwegs war. Und ich fürchtete, dass er uns alle aus dem Weg räumen sollte. Doch nachdem ich Samantha, die ihn niedergeschossen hatte, am Morgen auf dem Galgenberg traf, erfuhr ich die wirklichen Zusammenhänge aus dem Mund der Wahrsagerin. Sie gab mir ein Päckchen, das ich zur Poststation nach Nürnberg bringen soll. Dann richtete sie die Waffe auf sich selbst und drückte ab.«

»Was? Sie hat *sich selbst* ...?«, fragte Silvana entsetzt.

»Sie war *sehr* krank, *unheilbar* krank.«

»Das stimmt. Das hat sie mir kürzlich gesagt«, fügte Silvana an.

»Mit ihren letzten Worten teilte sie mir mit, dass sie herausgefunden hatte, dass es sich bei Maximilian Martin um einen Doppelagenten handelte. Er war nicht nur als Kundschafter des Kaisers im Einsatz, sondern auch als Spitzel des französischen Polizeiministers Fouché, der dabei ist, für Napoleon ein ausgedehntes Spionagesystem aufzubauen. Ich vermute, dass Martin sich die Reichskleinodien aneignen wollte. Und um in Frankreich selbst die Lorbeeren zu ernten, schreckte er nicht davor zurück, seine eigenen Landsleute zur Strecke zu bringen.«

»Und was ist nun mit den Schätzen, die ihr nach Wien bringen solltet?«, fragte Ludwig nach einigen Momenten der Stille.

»Ach, das war nur ein Vorwand unserer Auftraggeber. In Wirklichkeit wollten sie nur, dass wir preußische und französische Spione aufscheuchen sollten, die man schon seit geraumer Zeit verdächtigte, derer man aber nicht habhaft werden konnte. Und das wussten wir auch ... Pfarrer Crux hatte es uns bestätigt, dass die Schätze des Kaisers schon längst in Wien aufbewahrt werden. Die Nürnberger Teile wurden schon 96 vor der französischen Armee in Sicherheit gebracht. Verantwortliche der Stadt Nürnberg brachten sie zuerst nach Regensburg. Und im Jahr 1800 wurden sie im Auftrag von Kaiser Franz in der kaiserlichen Schatzkammer hinterlegt. Und die Paderborner Kleinodien aus Aachen wurden zuerst nach Hildesheim geschafft. Und schon im letzten Jahr übernahm sie ein kaiserlicher Gesandter und brachte sie nach Wien.«

»Und welche Kostbarkeiten sind auf eurem Wagen versteckt?«, wollte Ludwig nun wissen. »Silvana hat dort ein prachtvolles Evangeliar entdeckt.«

»So? - Wo habt ihr es jetzt?«, fragte Elisabeth neugierig.

»Wir haben es im Hohlraum einer Baumwurzel versteckt«, bekannte Ludwig.

»Na, da soll es von mir aus liegenbleiben. Das, was wir geladen hatten, haben wir vom Pfarrer Crux bekommen, zur Tarnung. Es waren Teile aus dem Raub, der einst von Clemens und Josephus Simon Sertürner aufgedeckt worden war - ihr wisst schon, woran der Franz Altemeier damals beteiligt war.

»Wenn ihr die Aachener Kleinodien gar nicht bei euch hattet, dann sind Vater und Heinrich also völlig umsonst gestorben«, lamentierte Ludwig.

Im Schachspiel hätte Clemens von *Bauernopfern* gesprochen, kam Ferdinand in den Sinn und blickte beschämt zu Boden, als er sich seiner unangemessenen Gedanken bewusst wurde.

»Jeder gewaltsame Tod ist nicht nur umsonst, sondern völlig unsinnig«, wurde Ludwig von Adalbert zurechtgewiesen.

Voller Trauer lehnte sich Elisabeth an Adalberts Schulter, der sie mit seiner gesunden Hand behutsam stützte.

»Willst du uns auch verraten, was es mit dem Päckchen auf sich hat, das Samantha dir gegeben hat?«, fragte Adalbert vorsichtig.

»Es könnte für unsere Zukunft von großer Bedeutung sein«, enthüllte sie. »Es gibt da für euch noch etwas zu erhellen: Wir wussten davon, dass man in Wien den Maximilian Martin auf unsere Fährte gehetzt hatte. Und wir wussten auch, dass er sich in Begleitung einer Wahrsagerin befände. Worüber wir keine Kenntnis hatten: Samantha hatte den besonderen Auftrag, ihren Begleiter zu observieren, den man bewusst über den tatsächlichen Verbleib der kaiserlichen Insignien im Ungewissen gelassen hatte. Samantha hat viele Informationen über die Kontakte des Maximilian Martin zusammentragen können. Und sie entdeckte Dokumente bei ihm, die ihn mit dem französischen Namen Maxime Martin ausweisen. Für sie war klar, dass sie diese Enthüllungen nicht mehr persönlich nach Wien würde übermitteln können. Und sie hat mir verraten, dass sie neben den Beweisen in diesem Päckchen mit diesen Unterlagen hier dokumentiert, dass es keinen Maximilian Martin respektive Maxime Martin mehr gibt und dass die Buchbinders und Henslers der Aufdeckung des Komplotts zum Opfer gefallen sind.«

»Das bedeutet, dass ihr in Zukunft wohl nicht mehr von den Geheimdiensten behelligt werdet, die Franziska und du?«, fragte Adalbert.

»Das können wir nur hoffen. Eine absolute Sicherheit wird es nie geben«, erwiderte Elisabeth.

»Aber: ist nicht zu befürchten, dass ihr in Paderborn doch ganz schnell wieder aufgespürt werdet?«, zweifelte Ludwig.

»Junge, was waren die Worte deines Vaters?«, brachte Elisabeth in Erinnerung.

»Wir bringen euch zu den Beginen nach Hameln«, versicherte Ferdinand an Ludwigs Stelle. Natürlich ging ihm dabei auch durch den Kopf, dass er dort seine Mutter wiedersehen würde. Wie dies alles zusammenhing. Seine Grübeleien in den letzten Stunden hatten ihm zu keiner Erklärung verhelfen können.

Während Elisabeth bestätigend nickte, musste Ludwig endlich seine Frage loswerden, die ihn schon eine Weile beschäftigte. »Aber Mutter, wer … Wer sind denn die *Beginen*?«

»Bei den Beginen, mein Junge, handelt es sich um eine Vereinigung von unverheirateten Frauen und frommen Witwen, die zwar einem lockeren Bündnis angehören, aber keinem Orden, der von ihnen ein Gelübde verlangt. Und ich weiß von Heinrich, dass er vor eurer Abreise mit Franziska geregelt hat, dass Agnes und Ferdinand den Kramerladen übernehmen können, falls ihm etwas zustoßen sollte. Allerdings soll dann ein Teil der Gewinne an die Beginen abgeführt wird. Das sind meine letzten Informationen. So wie ihr ...« Elisabeth liefen erneut Tränen über die Wangen. »Von den Beginen in Hameln habe ich erst durch Clemens erfahren, als er ...«

Vor ihrem inneren Auge erschienen die letzten Momente seines Lebens. Als sie sich wieder gesammelt hatte, fügte sie hinzu: »Ich war der Meinung, dass es in Hameln seit geraumer Zeit keine Beginen mehr gibt. Wir werden das überprüfen müssen. - Übrigens: Pfarrer Crux ist darauf vorbereitet, euch bei der Auflösung unserer Wohnung zu helfen. Und ... Ludwig, mein Junge, *dich* weiß ich bei Adalbert, deinem Onkel, in guten Händen.«

»Und Silvana hat auch den Auftrag, auf mich aufzupassen. Du kommst doch mit uns?«, fragte Ludwig, während er Silvana an die Hand nahm.

Sie schmiegte sich an ihn und flüsterte sanft, während sie erstmalig nach der erdrückenden Stimmungslage der letzten Stunden wieder etwas Erleichterung verspürte: »Habe ich eine Wahl?«

Fünfter Teil: 1803 - 1805
Papaver Somniferum - Die Macht des Mohns

Eins
»Wenn die hellen Kirchenglocken laden zu des Festes Glanz«, Sonntag, der 21. August 1803

»Drum prüfe, wer sich ewig bindet, ob sich das Herz zum Herzen findet! - Dieser Prüfung hat sich unser Brautpaar nahezu ein ganzes Jahr unterzogen. Und wir alle haben es vernommen, dass Agnes Altemeier und Ferdinand Heller sich vor Gottes Angesicht versprochen haben, sich zu lieben und in Treue einander zur Seite zu stehen, bis dass der Tod sie scheidet. - Ferdinand und Agnes, ich erkläre Sie zu Mann und Frau und segne den Bund Ihrer Ehe! Sie sind nun in den Stand der vollgültigen Ehe versetzt, der auch Anerkennung finden wird, wenn im nächsten Jahr im Erbfürstentum Paderborn das Allgemeine Preußische Landrecht Gesetzeskraft erhalten wird!«

Gerührt hatten Elisabeth Buchbinder und Franziska Hensler sowie Ferdinands Mutter Hildegard die Trauungszeremonie verfolgt. Während sie das verhaltene »Ja« der Brautleute vernahmen, bewunderten sie vor allem die Braut, die sie für diesen Festtag eingekleidet hatten. Auch wenn dies bei den weniger begüterten Bürgern nicht üblich war, so hatten es sich die Damen nicht nehmen lassen, aus dem im Kramerladen angebotenen Sortiment an Stoffen ein großartiges Brautkleid zu schneidern. Die bodenlange dunkelblaue Gewandung aus edlem Tuch war am Saum, an den Ärmeln und am Halsausschnitt mit einer Borte aus geklöppelter Spitze versehen. Im Rückenbereich war das Kleid mit einer Kordel geschnürt, so dass die schlanke zierliche Figur von Agnes gut zur Geltung kam.

Mit Anmut schritten Braut und Bräutigam nun hinter Pfarrer Crux einher. Den Auszug aus der Pfarrkirche in Neuhaus begleitete festliche Musik des Organisten. Die Vermählten, deren Herzen in Seligkeit schwelgten, nahmen die Glückwünsche entgegen.

Dann führte die Kutschfahrt mit mehreren Gespannen die Festgesellschaft nach Paderborn zum ehemaligen Kaufmannshaus der Henslers, das schon seit einigen Monaten von Agnes, Ferdinand, Ludwig und zudem von Silvana bewohnt wurde.

Ferdinand war der Besitz des Kramerladens übereignet worden, als Franziska und Elisabeth im April ins Beginenhaus nach Hameln umgesiedelt waren.

Es war also eine große Zusammenkunft in den mit Sträußen aus Birkenreisig, zahlreichen Blumengebinden, bunten Bändern und Girlanden aus Buchsbaum und Tannenzeigen geschmückten Räumen, in denen eine Fülle von köstlichen Speisen einen Appetit anregenden Duft verströmte.

Zwar stand heute die Vermählung im Mittelpunkt des Interesses, doch mehr noch: Auch die vor knapp drei Wochen bestandene Prüfung von Friedrich Wilhelm sollte gebührend gewürdigt werden.

Wir bescheinigen, dass wir uns von dieses jungen hoffnungsvollen Mannes treff-
lichen Kenntnissen so vollkommen überzeugt haben, dass ihm als einem brauch-
baren, sehr tüchtig befundenen Apotheker die Geschäfte der Apotheke anvertraut
werden kann.

Stolz gab Friedrich Wilhelm den Wortlaut des Landphysikus Doktor Schmidt über das abgelegte Gehilfenexamen wieder. Zudem dankte er dem anwesenden Hofapotheker Cramer, der seinen tüchtigen Gehilfen noch eine Weile beschäftigen wollte und ihm Lob und Anerkennung ins Zeugnis geschrieben hatte:

Durch Ordnung und Treue erwarb er sich meine Zufriedenheit und durch seine
gesammelten Kenntnisse erwarb er sich meine Achtung.

Das sollte fortan auch Ludwig zum Ansporn werden, der die jetzt unbesetzte Lehrstelle einnahm.

Während der Lehrherr Franz Anton Cramer im Anschluss an das Festmahl einen Trinkspruch auf das Wohl der Brautleute und seines neuen Gehilfen ausbrachte, widmeten sich Ludwig und Silvana dem Spiel mit der Katze Floh und ihrem mehrere Wochen alten Nachwuchs *Tatze, Fauch* und *Fiore.* Drei Kätzchen hatten den letzten Wurf überlebt. Und nachdem Floh die Katzenkinder der Silvana als erste gezeigt hatte, hatte diese auch die Namen wählen dürfen: »*Mia Fiore,* meine Blume«, hatte Silvana geschwärmt, als sie das kleinste Kätzchen in Händen hielt. Damit war der erste Name schnell vergeben. Die beiden anderen schwarzen Wollknäuel zeichneten sich durch ihr Verhalten besonders aus. Das eine erhob behutsam die weiße Pfote und versuchte, sie dem anderen auf die Nase zu legen. Doch das andere Kätzchen demonstrierte schon jetzt sein Raubtiergehabe, auch wenn das Fauchen noch wenig drohend ausfiel.

So unbekümmert Ludwig und Silvana das Spiel mit den vierbeinigen Geschöpfen und alle anderen das glückliche Beisammensein einerseits genossen, so sehr vermittelte andererseits der Austausch der Erinnerungen an die Erlebnisse vor nunmehr einem Jahr und die Ereignisse der letzten Monate ein Wechselbad der Gefühle:

Zwei
Rückblick: Herbst 1802 - Zu den Beginen nach Hameln

Die Gemütslage von Elisabeth, Adalbert, Ferdinand, Ludwig und Silvana war während der Rückreise im Spätsommer des vergangenen Jahres wesentlich durch das schreckliche Geschehen im Frankenland geprägt gewesen. Dass - mit Ausnahme von Adalbert - die Rückkehrer körperlich unversehrt geblieben waren, grenzte fast an ein Wunder. Denn auf ihrem Heimweg hatten sie noch manche brisante Situation zu meistern gehabt, als die Linien der bayrischen Soldaten zu umgehen waren, die in jenen Tagen die fränkischen Gebiete besetzten. Während in der Folgezeit vor allem Franziska Hensler und Elisabeth Buchbinder die Trauer nach dem Tod ihrer Ehegatten zu bewältigen hatten, gestaltete sich besonders für Ferdinand und Agnes bei allem Kummer die Heimkehr doch auch als ein glückliches Wiedersehen. Mit der Übergabe eines

Angebindes, das Ferdinand während der Rückreise in Kassel erstanden hatte, hielt er um Agnes' Hand an. Ergriffen öffnete Agnes das kleine Päckchen. Als sie ihm ein Medaillon entnahm, war sie überwältigt. Darin offenbarte sich ihr ein kleiner schelmisch dreinblickender pausbäckiger Engel.

»Oh, welch ein schönes Geschenk«, strahlte sie. Sie stellte sich auf Zehenspitzen und hauchte ihrem Ferdinand einen Kuss auf die Wange. »Dieses Bildnis habe ich schon einmal irgendwo gesehen, vielleicht in einem Buch?«

»Du wirst diesen Engel möglicherweise als Teil eines Gemäldes gesehen haben«, antwortete Ferdinand. »Das Bild wurde von dem berühmten Raffael gemalt und soll sich seit fünfzig Jahren in Dresden befinden. Aber es gibt einen jungen Künstler, der in Kassel lebt, ein August von der Embde. Der hat diesen Engel als Einzelbild aus Raffaels *Sixtinischer Madonna* kopiert. Als wir in Kassel waren, habe ich diesen kleinen Engel entdeckt, in den ich mich sogleich verliebt habe. Und ich dachte mir, dass ich sehr glücklich wäre, wenn du eines Tages einem solchen kleinen Engel das Leben schenken würdest - *unserem* Engel.«

»Darf es auch ein *weiblicher* Engel sein?«, fragte Agnes mit einem etwas verschmitzten Gesichtsausdruck.

»Ob männlich oder weiblich - Hauptsache, es ist ein Engel«, antwortete Ferdinand, was ihm einen innigen Kuss einbrachte, womit Agnes seinem Werben Zustimmung gab.

»Was wird deine Mutter zu unserer Verlobung sagen?«, fragte Agnes.

»Ich bin mir sicher, dass sie stolz auf meine zukünftige Frau sein wird, genauso wie ich. Doch zuvor muss sie mich erst einmal als ihren Sohn wiedererkennen, falls wir sie in Hameln antreffen.«

Noch bevor der Winter nahte, brach man - den letzten Worten von Clemens Buchbinder folgend - zu den Beginen nach Hameln auf. Elisabeth und Franziska hatten sich informiert und waren sich sicher, dass es in Hameln schon lange keine Beginen mehr gab. Also ging man diesen Weg voller Ungewissheit. Zweifel und Unsicherheit begleiteten auch Ferdinand. Der Lehrer hatte gesagt, dass Ferdinand bei den Beginen seine Mutter Hildegard wiedersehen sollte. Aber wie war das möglich? Dass Buchbinder versucht hatte, über seine Informationskanäle den Aufenthaltsort von Ferdinands Mutter zu erforschen, dass konnten Elisabeth und Franziska bestätigen - aber dass er dabei erfolgreich gewesen sein sollte, das war ihnen nicht bekannt.

Man näherte sich also Hameln mit einer gewissen Portion Unbehagen, was dadurch verstärkt wurde, dass nur Adalbert auf dieser Wegstrecke schon einmal gereist war. Damals, zur Jahrhundertwende, war er auf dem Weg nach Berlin dieser uralten Handelsroute bereits gefolgt. Über die Chaussee von Pyrmont kommend passierten sie im Tal des Flüsschens Humme in der Nähe der Berkelschen Warte das Armenhaus zu Wangelist, das ehemals mit seiner kleinen Kapelle als Leprosorium für die von der gefährlichen Krankheit gezeichneten Menschen bestimmt war, die nicht nach Hameln zur Kirche kommen durften und als Aussätzige abgesondert jenseits der Stadtmauern ihr Leben fristen mussten. Auch dieser Gedanke an die Leprakranken von einst trug nicht gerade zur Verbesserung der Stimmung bei.

Beim Brückentor am Weserstrom stießen sie schließlich auf ein Hindernis, das zusätzlichen Verdruss bereitete. Bei einer Überschwemmung vor drei Jahren hatte die zerstörerische Flut einen der neun Brückenpfeiler fortgerissen und noch immer harrte man der notwendigen Reparatur, die zu bezahlen sich die Stadt jedoch nicht im Stande sah. Also musste ein Umweg in Kauf genommen werden. Linker Hand erhob sich drohend der Hamelner Klüt. Auf dieser Anhöhe thronte eine gewaltige Festung, die die Verteidigungsanlage der Stadt ergänzte, was ihr als vermeintlich uneinnehmbar den Beinamen *Gibraltar des Nordens* eingebracht hatte.

An den Anlagen einer Baumwoll-Bleiche vorbei erreichten sie eine Stelle, an der ein Fährmann sie nahe beim Ort Fischbeck ans jenseitige Weserufer übersetzte.

Eine Stärkung nahmen sie bei der *Wehrberger Warte* ein, dort, wo aus der ehemaligen Landwehr eines äußeren Befestigungsrings von Hameln und einem späteren Krankenhaus ein Vergnügungsort entstanden war, der besonders im Sommer häufig besucht wurde, wie sie erfuhren.

Wenig später konnten sie nachempfinden, warum man Hameln als die stärkste Festung des Fürstentums Hannover ansah. Zugang zu dieser Festung erhielten sie an einem Wachthaus, wo am äußeren Wall ein Flussarm der Hamel zu passieren war. Von hier aus gelangten sie zu einer Lünette, eine kleine Insel im breiten Festungsgraben, von der drohend eine Geschützaufstellung gegen sie gerichtet schien. Über eine Brücke erreichten sie einen Ravelin, einen spitzwinkligen Erdwall, der gleichermaßen mit einem Wachthaus und Kanonen bestückt war. Erneut war eine Brücke zu benutzen. Sie führte zu den aus Stein gemauerten Bastionen, die das Gelände unmittelbar vor dem Stadtwall beherrschten. Wieder standen sie Geschützen gegenüber, die auf Verteidigungsplattformen verschanzt durch Schießscharten nach vorne und zu den Flanken feuern konnten. Erst jetzt gerieten sie nach unzähligen Kontrollen durch das Neue Tor im Norden Hamelns in die Stadt.

Sie kamen in der Ritterstraße an einem Brauhaus vorbei, erreichten an der Hauptwache neben der bürgerstolzen Marktkirche Sankt Nikolai den Pferdemarkt, den Paradeplatz der stationierten Garnison, und bestaunten ein prächtiges Haus mit zahlreichen Ornamenten und filigranen Arbeiten an der Hausfassade. Ein ähnliches Erscheinungsbild, wenn auch weniger prunkvoll und farbenfroh, präsentierte ein deutlich größeres Haus, das sie hinter dem Rathaus entdeckten.

»Da links, in dem *Neuen Gebäude*, muss sich die Apotheke des Doktor Westrumb befinden«, stellte Ferdinand fest, der sich noch gut an die Begegnung mit einem Paderborner Arzt erinnerte. »*Bei Westrumb bekommen Sie jede Hilfe*, hat Doktor Ficker damals gesagt«, entsann er sich. »Wer weiß, vielleicht werden wir ja auf dessen Hilfe noch einmal zurückgreifen müssen«, ergänzte er.

»Schaut, bei diesem Neuen Gebäude zweigt die Osterstraße ab, die zum Ostertore führt«, bemerkte Ludwig. »Ich erinnere mich an eine Sage von einem Rattenfänger, über die wir in der Schule gesprochen haben«, fügte er hinzu. »Da ist von dem Ostertore die Rede. Wie war das noch ...«, kramte er in seiner Erinnerung: »In Hameln war angeblich die Zahl von Ratten und Mäuse ins Unermessliche gestiegen, sodass Menschen und Tiere vor ihrer Gefräßigkeit nicht sicher waren. Man suchte lange Zeit nach einem Weg, um der Plage Herr zu werden, bis ein merkwürdig gekleideter Mann Erlösung versprach. Nachdem man sich auf ein bestimmtes Salär geeinigt hatte, ließ er den schrillen Ton einer Pfeife hören. Daraufhin lief das Ungeziefer zusammen, das er in die Weser führte. Die erstaunte Bürgerschaft, die es wohl mit dem Teufel zu tun zu haben glaubte, versagte die verabredete Abgabe, was den Zorn des Betrogenen herausforderte. Als alle Welt in der Kirche versammelt war, ließ der Rachsüchtige abermals seine Pfeife ertönen. Diesmal lockte er fast alle Kinder Hamelns durch das Ostertore hinaus, die man danach nie mehr wiedergesehen hat. Wehklagen erfüllten die Stadt, als jemand, der die Entführung beobachtet hatte, von dem traurigen Ereignis erzählte.«

»Auch in Frankreich soll man sich eine ähnliche Begebenheit erzählen, hat der Clemens mal berichtet«, ergänzte Elisabeth. »Und ebenso soll sich zu Belfast in Irland in der Provinz Ulster etwas Vergleichbares zugetragen haben.«

»Offensichtlich ein nicht so seltenes Phänomen«, meldete sich Adalbert zu Wort. »Manchmal möchte man sich wünschen, dass derlei Ungerechtigkeiten auf ähnliche Weise abgegolten werden.« Mürrisch schaute er auf zwei verletzte Finger seiner Hand; einer war arg deformiert. Die seit den Ereignissen im Frankenland immer wiederkehrenden Schmerzen setzten ihm arg zu. »Ich kann schon verstehen, dass man sich manches Mal rächen möchte für die Untaten der Ehrlosen«, kommentierte er murmelnd.

Während sie so plauderten, begaben sie sich durch die Bäckerstraße dem Mühlentore zu. Rechts befand sich der Abzweig zur schmalen Blomberger Straße; der diesseitige Zugang zur Weserbrücke. Und nur wenige Schritte weiter erreichten sie beim Kirchhof an der Münsterkirche endlich den Beginenhof mit einigen zum Teil sehr baufälligen Gebäuden.

Durch das offene Tor einer halb verfallenen Scheune blickten sie auf einige Klafter von ordentlich aufgeschichtetem Feuerholz. Eine Ratte huschte hinter diesen Stapel, während ihnen ein muffiger, fauler Geruch, der Gestank von schalem Urin und feuchtem modrigen Stroh entgegenschlug.

Umsichtig setzten sie kurze Schritte in die wenig einladende Gasse mit ihrem knochentrockenen, staubigen Lehmboden. Bei der Pforte eines ihnen am vertrauenswürdigsten erscheinenden Hauses betätigten sie einen Türklopfer. Eine etwas gebeugt dahinschlurfende Gestalt mit fragendem Blick öffnete ihnen die Tür.

»Wir suchen eine Hildegard Heller. Kennen Sie die Dame?«, formulierte Ferdinand sein Anliegen.

»Wer will das wissen?«, fragte der kleine knittrig aussehende alte Mann etwas mürrisch.

Erst als sich Ferdinand vorgestellt und mitgeteilt hatte, dass er seine Mutter hier treffen wolle, wurde das Hutzelmännchen freundlich und bat die Besucher ins Haus. Sie traten in einen dunklen Gang. Nur im Bereich der Eingangstür ließ sich noch gut erkennen, wohin man trat. Von den Wänden bröselte Putz, der auf dem Boden eine Spur von Sand und kleinen Steinchen hinterließ. In den Ecken sammelten sich Spinnweben mit eingetrockneten Fliegen. Weiter hinten im Flur war im schummrigen Licht rechts und links des Ganges eine Reihe geschlossener Türen auszumachen. Am Ende des Korridors konnte man eine Treppe erahnen, die ins obere Stockwerk zu führen schien. Auch hier befanden sich zwei gegenüberliegende Türen, von denen eine nur angelehnt war.

»Warten Sie hier einen Augenblick, ich werde nach ihr rufen«, vernahmen sie von ihm, als er sie in einen Raum geleitete, in dem mehrere Tischreihen und Bänke angeordnet waren. Nur durch das Licht der wenigen kleinen Fensteröffnungen wurde dieses karg eingerichtete Zimmer erhellt. Auch hier roch es muffig. In der Nähe der Fenster waren die Wände feucht und fleckig.

Verdrossenheit drohte sich bei den Besuchern breit zu machen, doch die folgende Szene sorgte für große Freude und Ergriffenheit, die die Beklemmungen schlagartig fortwischte.

»Madame Heller, Ihr Sohn ist eingetroffen«, rief der Alte, als er an der anderen Tür klopfte, die sich sogleich öffnete.

Überwältigt von der Nachricht war Ferdinands Mutter aufgesprungen, hatte ihre Wohnungstür aufgerissen und war in den Nachbarraum geeilt. Sogleich umarmte sie ihren Sohn, was dieser gerührt erwiderte.

»Ferdi! - Mein Ferdinand, bist du es wirklich?«, rief sie begeistert aus.

»Mutter! - Ja Mutter, ich bin's tatsächlich, endlich ...«, sprach er, als er die Augen schloss und seine Mutter so heftig drückte, dass sie einen Augenblick lang nach Luft schnappen musste. Sie griff in sein volles lockiges Haar und musterte ihn dann mit Tränen in den Augen:

»Du siehst gut aus, bist ein stattlicher Mann geworden! Als ich dich das letzte Mal gesehen habe ...«

Ihr Satz blieb unvollendet, während sie ihr Gesicht an seiner Schulter barg und vor Glück schluchzte. Wieder und wieder murmelte sie seinen Namen, indes Ferdinand keinen Mucks von sich gab. Schweigend genoss auch er das Glück des Wiedersehens. Dann blickte sie ihn an:

»Aber, aber für mich ... Du bist immer noch *mein Junge*! - Dass ich dies noch erleben durfte! - Und das hab ich alles Ihnen und Ihrem Herrn Gemahl zu verdanken?«, sprach sie innerlich sehr bewegt, als sie sich an eine der Damen wandte.

»Sie zu finden war für meinen Mann sehr bedeutsam«, bemerkte Elisabeth, »weil ihm bewusst war, wie sehr Ferdinand Sie und seinen Vater vermisst hat.«

»Ich würde mich gerne bei Ihrem Mann bedanken. Hat er Sie auf Ihrem Weg nach Hameln nicht begleitet?«, fragte Hildegard Heller.

»Ich musste unsere beiden Männer am 20. August zu Grabe tragen«, stellte Elisabeth betrübt fest, während sie Franziska zu sich zog und drückte.

»Oh, was ist geschehen?«, fragte Ferdinands Mutter betroffen.

»Lassen Sie uns darüber später sprechen«, schob Elisabeth die Gedanken beiseite. »Jetzt brennt diesem jungen Mann hier eine dringlichere Frage auf den Nägeln.«

»Was ist mit Vater?«, fragte Ferdinand geradeheraus.

Tief Luft holend seufzte die Mutter und blickte beiseite, als ihr die Tränen kamen: »Er ... Du ... Du hast ihm sehr gefehlt und jetzt ... Jetzt beobachtet er unser glückliches Wiedersehen ... gewiss vom Himmel aus«, erwiderte sie stockend und wandte sich ab, als sie hemmungslos zu weinen begann. »Es war alles zu viel für ihn«, klagte sie.

Was Ferdinand befürchtet hatte, war also nun zur Gewissheit geworden. Auch ihn überkam Trauer, doch zugleich legte er seiner Mutter Trost spendend einen Arm um ihre Schulter.

»Er ist an den Spätfolgen seiner Bestrafung gestorben, damals, nach dem Spießrutenlauf«, stellte sie fest, als sie sich über die Augen wischte. Sie musste sich zwingen, nicht in Selbstmitleid zu ergehen. Sie schnäuzte sich und fuhr fort: »Über die erlittene Erniedrigung hat er nie geklagt, aber das Atmen fiel ihm unendlich schwer; oft war sein Auswurf blutig. Er litt unter heftigen Rückenschmerzen, die ihn mürbe machten. Das Stehen und Sitzen war ihm eine Qual. Auch das Liegen bereitete ihm Schmerzen, sodass er sich ständig hin und her wälzte und selten Schlaf fand. Am Ende schien es, als wollte er einfach nicht mehr weiterleben. Ein Arzt war bei ihm, als das Herz zu schlagen aufhörte ... Wir hatten uns in Brügge niedergelassen; dort ist auch sein Grab.«

Ein Schweigen legte sich über den Raum, denn alle waren sehr betroffen. Nach einer kurzen Pause nahm Ferdinand das Gespräch wieder auf: »Ihr habt zuletzt in Brügge gelebt?«

»Wir wohnten ganz in der Nähe des dortigen Beginenhofes, wo ich nach Vaters Tod im Jahr 95 Albertine Devaux kennengelernt habe, die sich einem gottesfürchtigen mildtätigen Leben hingab. Sie stand mir bei, und mit ihr zusammen habe ich später in der Armenversorgung gearbeitet. Zunächst wurden wir von Nonnen unterstützt, die im Beginenhof Zuflucht gefunden hatten, nachdem ihre Klöster in den Jahren der Revolution aufgelöst worden waren. Dann mussten die Ordensfrauen jedoch die Kutten ablegen. Ihrer karitativen Tätigkeit konnten sie aber weiterhin nachgehen.«

Hildegard blickte zu einem der Fenster und schien in Gedanken versunken. Dann wandte sie sich wieder den Besuchern zu:

»Von unserer gemeinsamen Aufgabe wusste auch Albertines Neffe, der gelegentlich zu Besuch kam - übrigens ein Maler, so wie Vater. Er sprach mich an, ob ich einen Sohn namens Ferdinand habe. Du kannst dir vorstellen, wie groß meine Überraschung war. Ich erfuhr, dass Albertines Neffe Nachforschungen für einen Freund angestellt hatte, ein gewisser Cordés aus Paris. Dessen Bruder wiederum würde angeblich als Lehrer in Paderborn wirken - ein Freund und Kollege Ihres Mannes, Madame Buchbinder. So war eine Verbindung hergestellt.«

»Eine Verbindung, die uns alle nach Hameln geführt hat«, ergänzte Ferdinand. »Ich erinnere mich, dass der Arzt, der den Magister behandelt hat, einmal davon gesprochen hat, dass die Cordes-Brüder aus Hameln stammen.«

Elisabeth nickte zustimmend.

»Ihr Mann, liebe Frau Buchbinder, knüpfte über den Magistrat Hamelns Kontakt mit einem Kollegen, der hier im Hause seit kurzem als Schullehrer tätig ist: Johann August Stolzheise; er hat Ihnen soeben die Tür geöffnet. Ihr Mann wusste davon, dass der Magistrat beschlossen hatte, hier für die Kinder der armen Bürger Hamelns eine Freischule zu errichten. Auch war ihm bekannt, dass für das Unterrichten in dieser Anstalt weitere Lehrkräfte gesucht wurden. Das hat mich dazu bewogen, nach Hameln zu ziehen. Und ich habe es bisher nicht bereut. Natürlich muss hier einiges gerichtet werden; es ist eine wirkliche Herausforderung. Aber der will ich mich stellen - vor allem, wo ich nun den Ferdinand in der Nähe weiß«, beendete Hildegard mit einem Strahlen im Gesicht ihre Erläuterungen, die sowohl Elisabeth wie auch Franziska zu Herzen gingen. Sie dachten an Clemens, der offensichtlich viele *Fäden gezogen* hatte, ohne dass sie davon etwas wussten. Scheinbar mit Erfolg, wie sich nun zeigte.

Auch Franziska meldete sich jetzt zu Wort: »Mit Hilfe des Kontakts von Clemens Buchbinder zu Ihrem Schulmeister hat ebenso mein Mann Vorkehrungen getroffen für den Fall, dass ich ohne ihn eines Tages unseren Kramerladen in Paderborn nicht mehr bestellen kann«, stellte sie nüchtern fest.

»Lehrer Stolzheise hat davon gesprochen, dass wir Sie vielleicht für unser Projekt gewinnen könnten, Madame«, sprach Ferdinands Mutter nun froh gestimmt. »Ich könnte Ihnen in meiner Wohnung bei einer Tasse Tee unser Vorhaben etwas näher beleuchten - wenn Sie erlauben ... und mir folgen wollen?«

Hildegards Wohnung war sehr einfach eingerichtet. Genau genommen handelte es sich lediglich um eine Kammer. Der Eingangstür gegenüber befand sich an der Längsseite des Zimmers ein Bett, an der Seitenwand ein schlichter Schrank. Ein grün lasierter Kachelofen, der von einem Nachbarraum aus betrieben wurde, zog die Blicke auf sich. In unmittelbarer Nähe stand ein niedriges Tischchen, um das zwei hochlehnige Stühle und zwei Schemel gruppiert waren. Elisabeth, Franziska, Adalbert und Ludwig nahmen hier Platz, während Ferdinand die weitere Einrichtung des Wohnraums in

Augenschein nahm: Ein Paravent verbarg den Toilettentisch mit Schüssel und Wasserkrug; hier war auch das Nachtgeschirr deponiert. Auf einem Mauervorsprung in einer Nische fanden sich Kamm, Bürste und diverse andere Utensilien. Vor dem winzigen Fenster hing eine Gardine aus geklöppelter Spitze, die noch genügend Tageslicht hindurchließ, so dass das Lesen oder Schreiben an dem in der Nähe befindlichen Pult im Moment problemlos möglich gewesen wäre.

»Wenn ich gerade mal nichts zu tun habe, sitze ich immer gerne in diesem Sessel«, sprach Hildegard zu ihrem Sohn, der es sich dort bequem machte. »Von hier aus kann ich das Treiben der Katzen im Hof gut beobachten, wenn sie hinter den Mäusen herjagen. Glücklicherweise schirmt die Anlage des Beginenhofes den heftigsten Wind ab, sodass er nicht durch das Fenster pfeift, wenn ich hier mal meinem Müßiggang fröne.«

»Ein hübsches Gardinchen haben Sie da, Frau Heller«, nahm nun Franziska die Konversation wieder auf. Dann wies sie auf Hildegards Spitzenhaube: »Haben Sie die aus Brügge mitgebracht?«

»In der Tat«, bestätigte Hildegard, »ebenso die Deckchen und auch das Bild.« Sie wies darauf. »Das sind mir doch einige wenige liebgewordene Andenken, auch wenn das Bild ein Idyll zeigt, das mit der Wirklichkeit in Brügge zuletzt nicht mehr viel gemein hatte. Aber soweit sie in ihrer eigenen Lebensgeschichte zurückblicken kann, hat meine Freundin Albertine den Beginenhof so in Erinnerung. Und ihr Neffe hat ihn ihren Vorstellungen gemäß gemalt: die weiß getünchten Häuser, die die saftige Wiese umgeben. Die vom Wind gebeugten knorrigen Bäume sind inzwischen deutlich größer geworden. Schafe mit ihren kleinen schwarzen Lämmchen, die sich an dem ersten Grün des Grases zwischen einer Unzahl von Osterglocken laben und mittendrin die Beginen im Gespräch - ein friedliches Miteinander, auch wenn ich diesen Alltag nicht mehr erlebt habe. So einladend sieht es bei Weitem nicht mehr aus. Allerdings ist die Bausubstanz der Häuser immer noch besser als das, was wir hier vorfinden. Dennoch: Ich träume davon, so etwas ähnliches hier entstehen zu lassen. Ich brauche ein neues Ziel im Leben, das ist mir bei Albertine klar geworden. Ich möchte meine Energie in diesen alten Hamelner Beginenhof stecken. Nicht nur die Kinder - und insbesondere die Mädchen - sollen durch ihre Ausbildung in der Freischule was davon haben. Vielleicht ließe sich hier zudem eine Armenversorgung bewerkstelligen. Aus den Räumlichkeiten könnten sicher um die zwanzig Wohnungen geschaffen werden. Die Bewohner brauchen natürlich auch Speise und medizinische Versorgung. Eine zumindest teilweise verwirklichte Selbstversorgung wäre dabei sicher von Vorteil. Jemand muss ihnen mit Rat und Tat zur Seite stehen. - Ja, meine Damen, Sie erleben mich ein wenig enthusiastisch, wenn Sie mich so hören. Aber ich muss ja auch etwas werben. Denn alleine werde ich das Vorhaben nicht so umsetzen können, wie ich mir das vorstelle. Also, sind Sie dabei?«

»Soweit ich von meinem verstorbenen Mann weiß, sind solche Pläne beim Magistrat wohl schon auf offene Ohren gestoßen«, sagte Franziska. »Ich hatte zwar aufgrund von Heinrichs Darstellung den Eindruck, es müssten hier in Hameln noch immer Beginen angesiedelt sein, in deren Gemeinschaft ich in Zukunft meinen Platz finden könnte. Aber vermutlich habe ich ihn damals auch falsch verstanden. Es ging alles so schnell, bevor er abreiste und ... Wie dem auch sei«, fuhr Franziska fort, nachdem sie in Anbetracht der aufkeimenden Erinnerungen einmal kräftig geschluckt hatte, »Ihre Überlegungen, Frau Heller, klingen spannend. Und ich könnte mir vorstellen, dass wir aus dem Kramerladen sicher einiges beisteuern könnten, um die Wohnungen bewohnbar zu machen«, überlegte Franziska.

»Auch ich möchte mich anbieten, mich in dieses Projekt einzubringen«, stimmte Elisabeth ebenso zu, »ich würde vor allem gerne den Mädchen Bildung zuteilwerden lassen - insbesondere den weniger begüterten, deren Eltern sich eine Ausbildung in einer höheren Töchterschule nicht leisten können.«

Recht schnell begannen die drei Damen Pläne zu entwickeln, die sie später dem Schullehrer vorstellten.

»Der Magistrat gibt uns freie Hand, meine Damen - zumal, da Ihr Herr Gemahl im Gespräch vor einigen Monaten angedeutet hat, dass aus Ihrem Handel für dieses Projekt ein Gewinnanteil abgeführt werden könnte«, stellte Lehrer Stolzheise fest. »Natürlich nur, wenn Sie zustimmen, Madame Hensler.«

So hatte es Ferdinands Mutter geschafft, dass nun auch Elisabeth und Franziska Begeisterung für die neue Aufgabe entwickelten. Und da Franziska sicher war, dass der Kramerladen bei Ferdinand und Agnes in guten Händen sein würde, wurden im Verlauf der folgenden Woche Pläne im Detail gestaltet. Zusammen mit dem Lehrer Stolzheise erläuterten sie ihre Überlegungen dem Brunnenkommissär, Apotheker und Senator Doktor Westrumb, der sie dem Magistrat und insbesondere dem Bürgermeister Grimsehl und dem Syndicus Lüders vorzustellen beabsichtigte.

»Ich habe mich mit Freunden bereits vor Monaten einmal daran versucht, unseren ärmeren Mitbürgern mit der *Rumfordschen Suppe* zu helfen. Kennen Sie diese Suppe? Sie ist dergestalt, dass sich verschiedene Nahrungsstoffe so verbinden, dass sie gesund, wohlschmeckend, nahrhaft und wohlfeil ist«, zeigte sich Westrumb engagiert. »Wir mussten die Umsetzung unserer Pläne aber erst einmal verschieben. Vielleicht ließe sich dieses Projekt durch Sie eines Tages noch viel besser verwirklichen«, entwickelte er neue Hoffnung, dass seine ureigene Idee doch in absehbarer Zeit realisiert werden könnte. »Und dann müssen wir uns eilen, dass Sie wenigstens ein bewohnbares Quartier vorfinden, wenn Sie im folgenden Frühjahr nach Hameln übersiedeln wollen«, hatte er gesagt. Und das klang schon fast wie eine verbindliche Zusage.

Zuvor aber waren in Paderborn und Neuhaus etliche Dinge zu regeln. Das Haus der Buchbinders musste aufgelöst werden. Die Herausforderungen des bevorstehenden Winters mussten gemeistert werden. Und außerdem wollte Hildegard als nächstes Ferdinands Verlobte Agnes kennenlernen.

Drei
Rückblick: Frühjahr 1803 - Besetzung einer Festungsstadt

Im März des folgenden Jahres berichteten Ernst und Adalbert, dass bei Junfermann darüber disputiert worden sei, ob und wann im Paderbornischen Intelligenzblatt die Bekanntmachung veröffentlicht werden sollte, dass in Regensburg der Immerwährende Reichstag, die Ständevertretung im Heiligen Römischen Reich, getagt und den Hauptschluss der außerordentlichen Reichsdeputation angenommen hatte, der die Neuordnung des Reiches bestimmte. Nun war formal-juristisch festgelegt, was im Verlaufe des letzten Jahres an Fakten bei der Annektierung geistlicher Herrschaften bereits geschaffen war. Durch die Verschiebung der französischen Ostgrenze hatten deutsche Territorialherren Gebietsverluste erlitten. Als Entschädigung waren ihnen die kirchlichen Reichsstände zugeschlagen. Im nunmehr preußischen Paderborn war dies inzwischen Alltag, der durch die Preußische Interims Regierung bestimmt wurde. Viel akuter und bedrohlicher klangen die Nachrichten, die aus dem Kurfürstentum Hannover vermeldet wurden.

Mit sorgenvoller Miene warf Adalbert ein soeben gedrucktes Zeitungsexemplar auf den Tisch. *PADERBORNISCHES INTELLIGENZBLATT NRO. 25 VOM 18. JUNI 1803* las Ferdinand, als Adalbert berichtete, dass die Festung Hameln durch die Franzosen besetzt worden sei.

»Die Französische Armee nimmt von allen Hannoverschen Landen bis an die Elbe Besitz«, zitierte Adalbert. »Alle Festungen auf dem linken Ufer der Elbe, zum Beispiel Hameln, Nienburg und andere, werden nebst allen Geschützen und Munition an die Franzosen überliefert. Außerdem kommt die ganze Zivilgewalt in die Hände des französischen Obergenerals«, las er weiter vor. »Und von Junfermann habe ich gehört, dass unser römisch-deutscher Kaiser dies überhaupt nicht zur Kenntnis zu nehmen scheint.«

»Und Mutter? Was bedeutet das für Mutter und für Elisabeth und Franziska?«, fragte Ferdinand mit Bestürzung.

»Wir können nur hoffen und beten, dass ihnen das Schlimmste erspart bleibt. Dass sie jetzt erst mal von ihren Plänen zum Ausbau des Beginenhofs Abstand nehmen müssen, wird vermutlich das geringste Übel sein.

Mit dieser Einschätzung lag Adalbert sicher richtig. Schon einen Monat, nachdem Elisabeth und Franziska die Arbeit in der Freischule aufgenommen hatten, hatten sie die Schreckensbotschaft aus Hannover vernehmen müssen: England reagierte auf die Provokationen Napoleons und erklärte Frankreich erneut den Krieg, was das Kurfürstentum Hannover zu spüren bekam. Denn es war die Zeit, in der König Georg der Dritte von England in Personalunion zugleich Kurfürst von Hannover war. Er war der dritte britische Monarch aus dem Haus Hannover, doch der erste, der in Großbritannien geboren war. Trotz dieser Verbindung wurde offenkundig, dass das Schicksal von Hannover keinen Einfluss auf die Entschließungen der englischen Krone haben würde. Hannover war sich selbst überlassen.

General Mortier rückte mit einem französischen Corps von Bentheim kommend über Osnabrück in der unverkennbaren Absicht ein, die hannoverschen Lande zu besetzen. Da man in Hannover erkannte, dass die eigene militärische Schlagkraft viel zu gering war und dass man keine Hilfe aus England erwarten durfte, musste sich die kleine hannoversche Armee gemäß einer Konvention ins Lauenburgische zurückziehen, jenseits der Grenzen von Hamburg und Lübeck in das kleine Gebiet zwischen Holstein und Mecklenburg, wo sie später aufgelöst wurde. Auch das viele Jahrzehnte in der Hamelner Garnison stationierte Infanterie-Regiment zog aus. Und Hameln wurde von den Franzosen besetzt.

In der Freischule war an Unterricht nicht zu denken, als die französischen Soldaten in die Münsterkirche drangen und sie zum Magazin und Pferdestall umfunktionierten.

Unmengen Soldaten strömten in die Stadt. Einige biwakierten nun schon einige Tage im Innenhof der Beginenhäuser. Hildegard stand am Fenster ihrer Kammer und musste sich mit dem Blick auf das abstoßende Gebaren der Soldaten im Hof begnügen, wo es zuvor idyllischer zugegangen war, als sich dort lediglich die Katzen ihr Stelldichein gegeben hatten.

Zwei Männer waren vorgestern ins Haus eingedrungen, vergegenwärtigte sie sich, und hatten die Wohnungen nach Geld und Wertvollem durchwühlt. Glücklicherweise hatte sie ihre wenigen Schätze rechtzeitig verschwinden lassen können, nachdem sie von Doktor Westrumb die Informationen über den Anmarsch des Bataillons erhalten hatte.

»Dies ist ein Armenhaus«, hatte sie sich empört, als die Männer damit begannen, die Matratzen aus den Betten der Damen zu entwenden und in ihr Quartier zu schleifen. Wahrscheinlich war sie dabei zu forsch gewesen, denn einer der Grobiane hatte ihr unversehens eine kräftige Maulschelle verabreicht. Sie glaubte immer noch, seine Hand auf ihrer Wange zu spüren. Tränen hatten ihr im Gesicht gestanden, als Elisabeth und Franziska sie zurückhielten und ihr zugeflüstert hatten: »Lass sie, wir dürfen sie nicht reizen.« Aber am liebsten hätte sie die Eindringlinge gepackt, in einen Sack gesteckt und in die Weser geworfen - vor allem, als Elisabeth den Flegeln auch noch einen Tee anbot. Das schien die Raubeine aber wenigstens zu besänftigen. Vielleicht hatten sie auch endlich erkannt, dass hier kaum etwas zu holen sein würde. Den Einquartierungsanforderungen konnten diese Damen und der alte Schulmeister wohl kaum nachkommen.

Dann war ein weiterer Soldat erschienen, ein ansehnlicher Mann mit aufrechter Haltung und breiten Schultern in seiner hochrangigen Uniform; sicher ein Vorgesetzter. Ihm war es zu verdanken, dass sie die Matratzen zurückbekamen.

Hildegard öffnete das Fenster und schloss die Läden, die sie von innen verriegelte. Dann ließ sie sich auf ihr Bett sinken und grübelte. Sollten die kriegerischen Auseinandersetzungen denn gar kein Ende nehmen? Sie hatte in Flandern doch schon genug gelitten. Und würde ihr der Neuanfang verwehrt bleiben, jetzt, da sie wieder einen Lebenssinn entdeckt hatte und um das Wohl ihres Sohnes wusste? - Nur gut, dass Ferdinand jetzt nicht hier ist, dachte sie, wer weiß, zu was sie ihn zwängen. Hoffentlich sind er und seine Freunde in Paderborn in der Lage, rechtzeitig die Zeichen der Zeit zu erkennen und notfalls zu flüchten, falls auch Preußen ins Kriegsgeschehen eingreifen sollte, sorgte sie sich. Und dann versank sie in einen unruhigen Schlaf.

Eine Etage höher hatten Elisabeth und Franziska ihre kleinen Wohnungen; nahebei eine Gelegenheit zum Kochen. Zum Benutzen des Abtritts mussten sie jedoch die hölzerne Treppe hinuntersteigen.

Elisabeth war noch wach. Immer und immer wieder gingen ihr die schlimmen Erlebnisse des vergangenen Sommers im Frankenland durch den Kopf. Die gegenwärtigen Gefahren schreckten sie nicht wirklich. Auch Franziska ließ sich durch den Einmarsch der Franzosen noch nicht entmutigen. Vielleicht lag es daran, dass sich dieser freundliche Obrist für das Verhalten seiner Soldaten entschuldigt hatte und offensichtlich gewillt war, in dieser für die Bevölkerung ohnehin schweren Zeit für ein hinlänglich erträgliches Miteinander zu sorgen. Er schien erkannt zu haben, dass die Anwesenheit der drei Freundinnen von lauteren Motiven geprägt war. Er hatte versichert, dass er sie unterstützen wolle, wenn sie den Unterrichtsbetrieb wieder aufnähmen. Er hatte allerdings ihr Zugeständnis eingefordert, für seine Soldaten im Beginenhof das Essen bereit zu halten. Für die Zutaten und die Bezahlung wolle er sorgen. Natürlich gingen sie davon aus, dass dafür andere Hamelner Mitbürger aufkommen mussten. Blieb zu hoffen, dass es diejenigen träfe, die es am ehesten würden entbehren können.

Ja, er war ein freundlicher Offizier. Der Oberst hatte sich sogar vorgestellt: »Colonel Georges de La Tour, namensgleich mit dem französischen Maler, der vor ungefähr zweihundert Jahren gelebt hat«, wie er sagte. »Aber nicht verwandt oder verschwägert«, hatte er hinzugefügt.

Gestern hatten sie für seine Soldaten Hühnerbrühe gekocht; danach gab es Ragout mit Erbsen. Etliche Laibe Brot waren verzehrt worden. Und dann waren die aus der Brauerei requirierten Bierfässer angerollt worden.

Am folgenden Tag trank der französische Oberst zusammen mit ihnen im Klassenraum einen Tee und wurde gesprächig. Die Verständigung bereitete keine Probleme. Er hatte eine angenehme sonore Stimme. Keinen schrillen harten Befehlston, der bereits beim Zuhören beinahe körperlichen Schmerz hätte zufügen können. Auch zeigte ihr Gast kein überhebliches Gehabe. Er hörte aufmerksam zu und war entgegenkommend. Ja, man hatte Respekt vor ihm - auch seine Soldaten. Aber man musste sich nicht ängstigen. Das gelegentliche Räuspern verlieh ihm eher eine Spur von Unsicherheit und Verlegenheit - zumindest den Damen gegenüber.

Er zeigte ihnen ein kleines Bild, auf dem ein aufgeputzter Jüngling zu erkennen war - umgeben von drei sündigen personifizierten Verlockungen: Wein, Weib und Kartenspiel.

»Kennen Sie die Geschichte vom verlorenen Sohn?«, fragte er zu ihrer Verblüffung. »Dieses Bild soll mein Namensvetter gemalt haben. DER FALSCHSPIELER MIT DEM KARO ASS ist es betitelt. Ich liebe dieses Bild«, sinnierte er.

»... wegen der Verlockungen?«, wagte Elisabeth zu fragen.

»Die gehören zum Soldaten-Alltag dazu«, antwortete er und fügte mit einem Lächeln hinzu: »Ich glaube mich selbst wiederzuerkennen. - Was denken Sie, Mesdames, bin ich der *Falschspieler* oder *der verlorene Sohn*?«

Noch bevor sie auf diese überraschende Frage antworten konnten, erwiderte Hildegard deprimiert: »Ich habe meinen verloren geglaubten Sohn wiedergefunden. Aber durch die Besetzung Hamelns werden wir jetzt füreinander erneut unerreichbar sein!«

Da erhob sich der Franzose, salutierte förmlich und verneigte sich formvollendet. Behutsam ergriff er Hildegards Hand, beugte seinen Kopf darüber und schien einen Kuss hauchen zu wollen, ohne dass seine Lippen die Finger berührten. Nach dieser galanten Geste versicherte er: »Madame, mein Ehrenwort: Wenn Sie ihn besuchen wollen, lassen Sie es mich wissen, ich werde einen Weg finden.«

Wenige Momente später brach er den Augenkontakt ab, blickte sich im Raum um und richtete sein Wort an alle Anwesenden: »Mesdames, Sie sollten sich nicht zu sehr sorgen, dass wir Franzosen in Ihre Welt eingedrungen sind. Meine Soldaten sind meistens grundanständig.«

Schließlich ließ er ein verschmitztes Lächeln erkennen: »Und die Annehmlichkeiten Ihrer Wohnungseinrichtungen dürfen Sie beruhigt wieder aus Ihren Verstecken holen!«

Vier
Rückblick: 12. Juni 1803 - Betrügereien

»Er ist im Haus des Bäckers Madlung einquartiert«, wusste Hildegard.

»Drüben in der Bäckerstraße?«, fragte Elisabeth, worauf Hildegard nur mit einem stummen Kopfnicken antwortete.

»Ich wüsste zu gern, was ihn an dem Bild von seinem Namensvetter so fasziniert«, rätselte Franziska. Ich meine, habt ihr die Gesichter von den Personen betrachtet? Schön sind sie nicht, finde ich.«

»Stimmt«, meinte Elisabeth, »so farblos, so ausdruckslos.«

»Zwielichtige Gestalten«, pflichtete Hildegard bei, »kein Wunder, in *dem* Milieu.«

»Und was meinte er wohl, als er von dem *verlorenen Sohn* sprach?«, fragte Franziska.

»Vielleicht war er ja mal in solch einer Situation wie dieser Jüngling, der sein Vermögen verprasst hat«, spekulierte Hildegard.

»Und dann kam er als armer Schlucker nach Hause und wurde dort nicht mehr aufgenommen«, vermutete Elisabeth, »und ihm blieb nur das Militär.«

»Oder er ist reumütig zu Haus erschienen und wurde als verlorener Sohn wieder aufgenommen«, murmelte Franziska. »Jetzt trägt er das Bild als Warnung immer bei sich«, mutmaßte sie.

»Geläutert?«, fragte Hildegard zweifelnd.

»Er erscheint zumindest recht kultiviert«, antwortete Elisabeth.

»Oder er macht uns was vor und ist eher einer, wie dieser Falschspieler«, wog Franziska die Alternative ab.

»Dann sollten wir vorsichtig sein im Umgang mit ihm«, warnte Hildegard.

»Das kann ich mir nicht vorstellen. Ich meine, was hat er davon, wenn er uns ins Bockshorn jagt. Bei uns ist doch nichts zu holen«, zeigte sich Elisabeth skeptisch.

Und während Elisabeth, Franziska und Hildegard derart über Redlichkeit oder zu befürchtende Betrügereien rätselten, stand man in Paderborn vor einer ähnlichen Frage.

Es war an einem Sonntag im Juni - etwa eine Woche, bevor man durch die Zeitungsmeldungen über die schlimmen Nachrichten aus dem Fürstentum Hannover informiert worden war. Silvana kränkelte. Es war nicht dramatisch, aber ein leichtes Fieber sorgte für Schweißausbrüche und Schwindel. Auch Halsschmerzen bereiteten ihr Kummer - derart, dass sie entschieden hatte, die Freunde nicht in den Rathaussaal zu begleiten, wo es für Liebhaber der Musik ein besonderes Konzert geben sollte. Man hatte von einer Mademoiselle Mariane Kirchgeßner gehört, die bekannt dafür war, dass sie auf einem seltenen Instrument, auf einer englischen Harmonika, musizierte und eine Meisterin ihrer Kunst war. Agnes und Ferdinand wollten sich diesen Kulturgenuss nicht entgehen lassen und waren am frühen Abend zum Rathaus aufgebrochen.

Derweil stattete Ludwig seinem Freund Friedrich Wilhelm in der Apotheke einen Besuch ab - wieder einmal. Ständig hockten sie zusammen und experimentierten; sogar am Sonntag konnten sie sich nicht von ihrem Treiben in ihrer Hexenküche lösen. Aber andererseits: Mit Silvana war ja heute ohnehin nichts anzufangen.

Sie genoss die Ruhe im Bett. Nur einmal stand sie auf, um sich kurz in den Kramerladen zu bemühen. Dort stand das große Gefäß mit den Lindenblüten, das Agnes und Ferdinand in Besitz genommen hatten, als das Haus der Buchbinders aufgelöst wurde. Einen Lindenblütentee wollte sich Silvana zubereiten. Wie hatte Elisabeths Mann früher einmal gesagt: ein *Heilsbringer* - ja, der könnte jetzt gewiss für Linderung sorgen, hoffte sie.

Als sich Silvana dem Verkaufsraum näherte, glaubte sie ein Rascheln zu vernehmen. Einen Augenblick dachte sie an Ratten oder Mäuse, doch das war kaum denkbar. Wenn sich diese Nagetiere im Laden eingenistet haben sollten, das wäre fatal, überlegte sie. Aber Floh, die Katze, hatte eigentlich ihr Revier im Griff. Die Katze, ging es ihr durch den Kopf, die wird sich wohl hier herumtreiben. Doch dann vernahm Silvana ein eher metallisch klingendes Geräusch wie von Münzen. Oder sollte sie sich täuschen? Vielleicht spielen auch meine Sinne durch die Erkrankung verrückt. Oder treibt da ein Einbrecher sein Unwesen, kamen ihr Bedenken.

Bemüht, sich durch ein Knarren der Bodendielen nicht zu verraten, machte sie noch ein, zwei Schritte, barfuß, bekleidet nur mit dem dünnen Nachthemd. Silvana, was treibst du dich hier herum, du gehörst ins Bett, schalt sie sich selbst ... Silvana, du bist unvernünftig ... Silvana, die Waldfee ... Im letzten Jahr fiel mir das Anschleichen leichter, entsann sie sich. Dann hatte sie die Tür zum Laden erreicht. Sie bemerkte einen kleinen Spalt neben der Türzarge, denn dadurch schimmerte ein flackerndes Licht.

Aber ... Aber das ist doch ... Das ist doch Marie, stellte Silvana überrascht fest. Was macht denn die Magd am Sonntag im Kramerladen? Sie ist doch sonst immer so auf ihren freien Tag bedacht. Es vergeht kaum ein Wochenende ohne Diskussionen und Lamentieren, weil sie darauf besteht, den Sonntag bei ihrem Geliebten zu verbringen. Und nun ist sie hier im Laden? Da stimmt doch was nicht, war sich Silvana sicher. Was treibt sie denn da? Sie hat doch ... Sie hat doch nicht etwa ... Na klar, sie hat die Geldkassette in der Hand und ... Sie scheint tatsächlich Geld aus der Kassette entwenden zu wollen, glaubte Silvana zu erspähen.

Soll ich sie jetzt überraschen oder das Geschehen weiter beobachten, wog Silvana ihre Möglichkeiten ab. Vielleicht hat sie dafür eine ganz einfache Erklärung ... Und wie stehe ich dann da, wenn sie meint, ich würde sie für eine Diebin halten, grübelte Silvana weiter. Vielleicht hat sie das mit Agnes oder Ferdinand abgesprochen. Ich glaube, ich bin gut beraten, wenn ich das später erst einmal abkläre. Außerdem ist es gewiss auch angemessener, wenn *die beiden* sie zur Rede stellen. Nicht, dass mir Marie noch unterstellt, ich *selbst* hätte das Geld genommen, ging es Silvana weiter durch den Kopf, die sich nicht so besonders gut mit der Magd verstand.

Hastig verstaute Marie die Kassette wieder und ... Schon war sie aus Silvanas Blickfeld verschwunden. Silvana nahm zwei Stufen der Treppe auf einmal, die zu den Wohnräumen in der oberen Etage führte. Und als sie aus dem Fenster zum Markt hin spähte, gewahrte sie beim Neptunbrunnen Maries Geliebten, den ehemaligen Wachmann von Schloss Neuhaus, auf dessen Dienst man verzichtete, seitdem die Preußen das Sagen hatten. Tatsächlich, da scheint etwas den Besitzer zu wechseln, bemerkte Silvana, als Marie ihrem Geliebten einen kleinen Beutel reichte, heimlich, nachdem sie sich verstohlen umgedreht und davon überzeugt hatte, nicht beobachtet zu werden.

Jäh war die Stimmung getrübt, als Agnes und Ferdinand vom Konzertabend zurückkehrten und Silvana den Vorfall geschildert hatte.

»Ich denke, es war richtig, dass du nichts unternommen hast«, bestätigte Ferdinand Silvanas Überlegungen, dem bewusst war, dass Silvana und Marie sich nicht grün waren. »Wir werden Marie weiter beobachten und sie zur Rede stellen, wenn wir sie auf frischer Tat ertappen.«

Und so geschah es bereits am folgenden Tag, nachdem man sich einen schönen Feierabend gewünscht hatte. Silvana ging es gesundheitlich wieder besser und Ferdinand hatte im Tagesverlauf ganz nebenbei durchblicken lassen, dass er zusammen mit Agnes, Silvana und Ludwig den Abend bei Ernst und Adalbert zuzubringen gedachte.

Tatsächlich aber verließen sie das Haus nicht. Lange Zeit mussten sie sich in Geduld üben, bis Agnes ein gedämpftes Poltern aus dem Lagerraum bemerkte, der an den Geschäftsraum grenzte. Natürlich waren im Haus die Türen nicht verschlossen und für Marie war es kein Problem, in den Laden zu gelangen. Wenige Minuten später trat Ferdinand in Erscheinung. Zu Tode erschrocken schien Marie. Es dauerte eine kleine Weile, bis sie in der Lage war, Rede und Antwort zu stehen. Zuerst stritt sie alles ab, dann verweigerte sie das weitere Gespräch. Schließlich brach sie in Tränen aus und beklagte, dass man ihr Unrecht unterstelle und das, obwohl sie doch so viele Jahre loyal den Henslers gedient habe. Erst als Ferdinand ernsthaft drohte, sie dem Friedensrichter zu überstellen, brach ihr Widerstand zusammen.

»Der Maximilian, der ist doch ein Opfer seiner Spielsucht geworden«, klagte sie.

»Maximilian, dein Freund?«, fragte Ferdinand geduldig.

»Mein Verlobter«, antwortete Marie schniefend und wischte sich den Rotz am Ärmel ihres arg verdreckten Kleides ab.

»Maximilian also«, mischte sich Silvana, die soeben ebenfalls den Tatort erreicht hatte, in die Befragung ein. »An einem Maximilian habe ich nur ungute Erinnerungen«, funkelte sie die Magd mit bösem Blick an.

»Du hast recht, Silvana, aber das hilft uns jetzt nicht weiter«, erwiderte Ludwig.

»Was ist mit der Spielsucht deines Verlobten? Hat er Schulden?«, fragte Ferdinand unbeirrt.

»Es ist wegen dieses Glücksspiels«, nickte Marie zustimmend. »Ich habe ihm schon so oft gesagt, er soll nicht daran teilnehmen, weil es uns ruiniert, aber er hört nicht auf mich. Erst im Mai fand doch wieder eine dieser Lotterien statt. Maximilian hat eine Unmenge an Losen gekauft, weil er sich den großen Gewinn erhofft hat. Vierzigtausend Reichstaler waren zu gewinnen und viele, viele kleinere durchaus namhafte Gewinne.«

»Das stimmt, ich selbst habe ein Viertel-Los zu siebenundzwanzig Mariengroschen gekauft«, bestätigte Ludwig, »und jetzt, Ende Juni, findet die Neunzehnte Berliner Klassenlotterie statt - habe ich kürzlich im Intelligenzblatt gelesen. Es gibt viele, die darauf ihre Hoffnung setzen.«

»Und wie viel Geld ist dein Maximilian schuldig?«, fragte Ferdinand.

»Über sechs Pistolen«, antwortete Marie kleinlaut.

»Über sechs Pistolen?«, rief Silvana nun aufgebracht. »Das sind über dreißig silberne preußische Reichstaler!«

»Wann muss er das Geld zahlen?«, fragte Ferdinand stoisch.

»Morgen muss es im Intelligenz-Komptoir hinterlegt werden.«

»Morgen. Und morgen habt ihr das Geld beisammen?«

»Es fehlen noch drei Reichstaler und achtzehn Mariengroschen.«

»Und ich nehme an, genau diesen Betrag hast du jetzt da in deinem Beutel?«, fragte Ferdinand immer noch überraschend gelassen.

»Und die andere Summe hast du in letzter Zeit in kleinen Beträgen aus unserer Kasse entwendet?«, mischte sich Agnes ein.

»Damit es nicht auffiel«, schluchzte Marie.

»Wenn wir jetzt Gnade vor Recht ergehen ließen und dir das Geld borgten - was dann? Ich meine, wir müssen doch damit rechnen, dass dein Verlobter bei nächster Gelegenheit weiterhin seiner Spielsucht anheimfällt.«

»Ich weiß keinen Ausweg«, antwortete Marie einfältig.

»Ich möchte mich alleine mit Agnes besprechen, bevor wir eine Entscheidung treffen. Denn im Moment ist es noch nicht unser Geld, über das wir hier zu befinden haben. Derzeit gehört das Vermögen immer noch Franziska«, überlegte Ferdinand.

Ferdinand und Agnes fanden einen Ausweg, einen vorläufigen zumindest, wie sie glaubten. Sie boten Marie an, dass ihr Verlobter seine Arbeitskraft dem Kramerladen zur Verfügung stellen könne. Es gab genug zu tun; Anforderungen, die sie ohnehin nur mit gelegentlicher Hilfe von Ernst und Adalbert bewältigen konnten. Denn die Preußische Interimsregierung dachte sich immerzu neue Auflagen aus. Da wurde nicht nur gefordert, dass sich jeder an der Instandhaltung der Wege und Straßen zu beteiligen habe, dass Sträucher und Bäume im öffentlichen Bereich zu schneiden seien - selbst das regelmäßige Fegen vor dem Haus wurde angeordnet und bei Missachtung mit der Zahlung von zehn Mariengroschen bestraft. Immerhin zugunsten des Hospitals, dachte Agnes.

»Wenn du deinen Verlobten Maximilian dazu bewegen kannst und selbst - auch an den Wochenenden - deinen Beitrag leistest, sind wir geneigt, die Spielschulden zu begleichen«, offerierte Ferdinand der Magd.

»Außerdem möchten wir wissen, wie du ins Haus eingedrungen bist«, ergänzte Agnes.

Mit Erstaunen registrierte Silvana, dass es der Magd keineswegs in den Sinn kam, sich für dieses großzügige Angebot zu bedanken; stattdessen hob sie eher ablehnend die Augenbrauen. Träge erhob sich Marie und begab sich in den Lagerraum, wo sie in einer Ecke des Raumes auf eine geöffnete Bodenluke wies.

»Früher befand sich dieser schwere Steintrog etwas weiter rechts«, erläuterte Marie. »Dadurch war die Luke verdeckt und ließ sich von unten nicht mehr öffnen. Nachdem ich sie entdeckt hatte, haben Maximilian und ich den Trog etwas beiseite rücken können. Ich habe dann die Stelle mit Matten abgedeckt. Jetzt ist die Luke von unten leicht zu öffnen«, gestand Marie.

»Und wohin gelangt man, wenn man da hinuntersteigt«, fragte Ludwig, der schon etwas ahnte.

»Der Gang führt unter den Markt. Maximilian hat ihn entdeckt. Aber nur, wenn man sich auskennt, findet man auch den Ausgang drüben, wo die Straße Schildern in den Bereich des Marktplatzes mündet.

»Maximilian hat ihn entdeckt? Ich vermute eher, dass du damals etwas von unserem Gespräch erlauscht hast. Als ich davon berichtet habe, wie Friedrich Wilhelm und ich dem Ernst durch diese Katakomben gefolgt sind«, erinnerte sich Ludwig. »Ich weiß noch genau, dass ...«

»Ich denke, das sollten wir später vertiefen«, unterbrach Ferdinand ihn. »Ich möchte deine Zusage zu meinem Vorschlag hören«, wandte er sich an Marie, »und dann will ich euch beide morgen Mittag hier sehen, wenn ihr die Schulden beglichen habt. - Du kannst jetzt den Haupteingang nehmen«, fügte Ferdinand hinzu, als Marie schweigend den Geldbeutel nahm und verschwand.

»Ich fürchte, deine Gutmütigkeit wird nicht gewürdigt«, stichelte Silvana am Abend des folgenden Tages, nachdem sie etliche Stunden vergeblich auf das Erscheinen von Maximilian und Marie gewartet hatten.

»Das ist eine vornehme Umschreibung für *Hätte ich mir ja gleich denken können*«, erwiderte Ferdinand enttäuscht. »Ob dieser Knigge in seinem Buch ÜBER DEN UMGANG MIT MENSCHEN solche Möglichkeiten bedacht hat, als er zu einer toleranten Behandlung von Gaunern aufrief?«, fragte er betrübt. »Vielleicht habe ich da was falsch verstanden.«

»Wir sind eben einem Irrtum aufgesessen und müssen diesmal vor der Falschheit unserer Mitmenschen kapitulieren«, antwortete Agnes ernüchtert. »Ich wüsste nur zu gern, wie Heinrich oder Franziska in dieser Situation entschieden hätten. - Aus Schaden wird man eben klug; so sagt doch der Volksmund, oder?«

»Der Volksmund sagt auch: Wer den Schaden hat, muss für den Spott nicht zu sorgen«, brummelte Ferdinand, als er die Luke schloss und sie gemeinsam mit Ludwig verbarrikadierte. Den Steintrog wuchteten sie nämlich wieder an seinen angestammten Platz.

Fünf
Berlin, im Sommer 1803 - Der Oberhofmeister

Auch in Berlin war die Zeit nicht stehen geblieben. Immer häufiger ertappte sich Elsbeth dabei, dass sie an all diejenigen dachte, die sie vor nunmehr drei Jahren in Neuhaus und Paderborn zurückgelassen hatte. Sicher trugen dazu auch die Nachrichten bei, die ihre Schwester Agnes im letzten Brief mitgeteilt hatte.

Zutiefst bedauerte sie den Tod von Clemens Buchbinder. Und dass auch der Kramer zu Tode gekommen war, betrübte sie sogar sehr, denn sie hatte seine fürsorgliche und verständnisvolle väterliche Art sehr zu schätzen gewusst. Allerdings, der sich abzuzeichnende Lebensalltag ihrer Freunde aus Kindheitstagen schien ihr viel zu angepasst.

Natürlich wünschte sie ihrer Schwester, die sich mit Ferdinand verlobt hatte und schon bald zu heiraten beabsichtigte, eine glückliche Zeit. Allein, wie diese Zukunft aussähe, schien vorgezeichnet. Arbeit, Arbeit, Arbeit. Schuften im Kramerladen der Henslers; Erledigung des eigenen Haushalts; Dasein für den Ehemann und die Familie und Sorge um die Schar kreischender Bälger, die zu gebären Agnes sich gewiss zur Aufgabe ihres Lebens machen würde. Wenn's besonders günstig liefe, ja, dann würde Agnes vielleicht auch mal außer Haus gehen dürfen, um sich irgendwo karitativ zu betätigen - so ähnlich, wie Elisabeth, Franziska und Ferdinands Mutter das nun in Hameln zu bewerkstelligen beabsichtigten.

Gewiss. Auch denen wünschte sie, dass sie Freude an ihrem Tun finden und den Herausforderungen trotzen könnten, denen sie durch den französischen Einmarsch derzeit ausgesetzt waren.

Elsbeth hingegen favorisierte immer noch das eher bewegte Leben in Berlin. Vielleicht wird man davon auch in Paderborn und andernorts profitieren - dort, wo man nun preußisch wird, dachte sie bei sich.

Bei den Gesprächen im Sanderschen Salon war sogar mal der Gedanke ausgesprochen worden, dass Europa vielleicht eines Tages nur von Preußen und Frankreich regiert werden könnte. Andere vertraten die Ansicht, dass es sich Russland und Österreich gewiss nicht nehmen ließen, im Konzert der Großen ein Wörtchen mitsprechen zu wollen. Und dann gab es sogar die Meinung, dass Napoleon nicht eher ruhte, bis er die Alleinherrschaft über ganz Europa an sich gerissen haben würde. Vielleicht brächte eine solche Konstellation sogar Recht und Gesetz und ein halbwegs angenehmes Leben für alle. Davon war Elsbeth zwar nicht überzeugt - immerhin: Zumindest könnte das Reisen auf diesem großen Kontinent dann leichter werden, dachte sie, und es wäre noch eher möglich, mit Cousinchen Sophie zusammenzukommen.

Mit einer gewissen Sehnsucht griff sie den letzten Brief von Sophie und las wieder und wieder die Nachrichten, dass die Schauspielerin am Hamburger Theater ihre erfolgreiche Laufbahn fortsetzte, während sie gleichzeitig - wieder einmal neu verliebt - die Nähe eines Tenors genoss. Es geht also auch anders, machte sich Elsbeth Mut.

Mit einem tiefen Seufzer legte sie den Briefbogen beiseite und versuchte sich vorzustellen, dass auch ihr eines Tages eine Karriere gelänge, so wie Sophie. Nur in welchem Bereich, davon hatte sie keine Vorstellungen.

Noch während sie über vage Möglichkeiten nachdachte, klopfte es an der Tür. »Mademoiselle Elsbeth«, ließ Sophie Sander verlauten, Sie haben Besuch. Ich richte Ihnen und dem Oberhofmeister einen Tee in der Bibliothek an!«

»Vielen Dank, Madame, ich bin sofort soweit!«, antwortete sie erfreut, als sie sich mit dem Kopf an die geschlossene Tür lehnte und die Klinke ergriff. Dann aber wandte sie sich schnell noch einmal um und überzeugte sich vor dem Spiegel, dass Garderobe und Frisur in allerbester Ordnung waren.

»Vielleicht können Verbindungen zum königlichen Hof noch einmal nützlich werden«, sprach sie lächelnd zu ihrem Spiegelbild.

Elsbeth hatte sich mit der Kinderfrau der Königin angefreundet, die bis vor dem kürzlich durchgeführten Umzug der Sanders in die nahe gelegene Kurstraße immer noch mit dem königlichen Nachwuchs zum gemeinsamen Spielen vorbeigekommen war. Bei Gegenbesuchen hatte Elsbeth auch schon einige Male Zugang zur Residenz, dem Kronprinzenpalais, bekommen. Dort hatte sich ihr ein Oberhofmeister vorgestellt, der mit Herrn Sander befreundet war und dazu neigte, Einzelheiten aus dem königlichen Alltag auszuplaudern. So hatte Elsbeth erfahren, dass sich die Königin Luise im vergangenen Jahr mit ihrem Gemahl in Memel aufgehalten hatte und dort mit dem russischen Zar Alexander zusammengetroffen war. Die Königin sei von dem Zar beeindruckt gewesen, hieß es. Und seinerseits war wohl auch der Zar von Luise fasziniert. Er sei wunderbar gebaut, von sehr stattlicher Erscheinung, sehe aus wie ein junger Herkules und vereinige alle liebenswürdigen Eigenschaften, soll sie gesagt haben, erinnerte sich Elsbeth. - Mit sich selbst und mit ihrem Äußeren im Einklang wandte sich Elsbeth vom Spiegel ab. Sie sah dem Besuch des Oberhofmeisters mit Neugier entgegen. Natürlich war sie ein wenig aufgeregt. Das gehörte dazu. Sie genoss es, Neuigkeiten aus dem Umfeld des Königspaares zu erfahren. Exklusiv, wie sie glaubte.

Dabei entsprang diese Einschätzung doch wesentlich ihrem außerordentlichen Wunsch nach Bewunderung und Ansehen; zumal bei Hofe. Wer konnte schon von sich sagen, dass er dort einen Fuß in der Tür hielt.

»Mademoiselle Elsbeth, Sie sehen wieder bezaubernd aus«, sprach der Oberhofmeister galant, als er sich zum Handkuss verneigte. Und nachdem Sophie Sander den Platz angewiesen, den Tee eingeschenkt, ein wenig Gebäck gereicht und danach die Tür zur Bibliothek hinter sich geschlossen hatte, wurde die Förmlichkeit zwischen den beiden abgelegt. Eine solche Begegnung wäre andernorts gewiss als unschicklich angesehen worden. Im Hause der Sanders sah man über solche Konventionen hinweg.

»Jetzt besucht das Königspaar die fränkischen Besitzungen«, sprach der Besucher.

»Und: Hat die Königin wieder einen großen Bücherkoffer dabei mit Werken von Lafontaine, mit seinen zu Tränen rührenden Geschichten«, erwiderte Elsbeth etwas schnippisch, als sie sich ein Buch griff und es ihrem Gesprächspartner zeigte. »Hier, das habe ich kürzlich entdeckt; das wäre doch was für die Königin, oder?«

Der Oberhofmeister blätterte und las: »*Hanchen sprang auf und fiel ihrem Manne in die Arme, schob und drückte ihn auf seinen Stuhl, setzte sich auf seinen Schoß und drückte ihn an ihre Brust ...*« Während er so las, runzelte er die Stirn, blätterte zurück und studierte den Buchtitel: DER SONDERLING - GEMÄLDE DES MENSCHLICHEN HERZENS.

»Das ist typisch Lafontaine«, sprach er. »Was wäre Sanders Verlag ohne die sichere Einnahmequelle durch diesen Vielschreiber.«

»LEBEN EINES ARMEN LANDPREDIGERS ist schon in wiederholter Auflage erschienen«, bemerkte Elsbeth, als sie das nächste Buch in die Hand nahm.

»Empfindsam sind seine Romaninhalte schon und erreichen eben jeden, von der Kammerzofe bis zur Königin.«

»Mir sind sie zu bürgerlich«, schüttelte Elsbeth den Kopf über den Schriftsteller, der bei Sanders inzwischen ein und aus ging.

»Von seinen Schriftsteller-Kollegen wird er ja wohl auch nicht nur geliebt, hat mir Herr Sander verraten.«

»Es gibt schon seit einiger Zeit im Salon zur Teezeit immer häufiger Reibungen zwischen den verschiedenen literarischen Parteien. Dabei wird Lafontaine zunehmend mehr zum Gespött«, beschrieb Elsbeth.

»Und Herr Sander bekommt dann auch sein Fett weg, weil er wegen seiner geschäftlichen Interessen nie Partei ergreift, nicht wahr?«, fragte der Oberhofmeister. - »Sie schmunzeln?«

»Ich amüsiere mich über Ihren Ausdruck, Monsieur, *er bekommt sein Fett weg.* Das trifft es irgendwie ganz gut. Denn beide werden stetig beleibter«, kicherte Elsbeth.

»Na, das lassen Sie mal nicht Madame Sander hören!«

»Ach nu. Sie wissen doch auch, dass es zwischen den beiden längst nicht mehr so ist, wie es mal war.«

»Ich habe davon gehört. Und Herr Sander leidet wohl sehr darunter.«

»Deswegen kommt er immer erst spät abends aus seinem Komptoir. Dann muss er nicht miterleben, wie die Gäste hier reihenweise seiner Gattin den Hof machen.«

»Ist es schon so schlimm? Dann sind seine Erkrankungen wohl doch nicht nur hypochondrischer Art?«

»Ich habe es von einem guten Freund erfahren«, fügte sie achselzuckend hinzu. »Friedrich August Schulze, kennen Sie den?«

»Ist das nicht der, der auch unter dem Pseudonym *Friedrich Laun* veröffentlicht?«

»Genau, seine Werke sind eher nach meinem Geschmack, sehr unterhaltend!«, schwärmte Elsbeth. »Der war im letzten Jahr hier zu Besuch und ist bei den Disputen im Sanderschen Salon zwischen die Fronten geraten. Ich weiß nicht, ob ihn das abgeschreckt hat, jedenfalls hat er sich von uns etwas abgewandt und die Tee-Gesellschaft im Hause des Arztes Hofrat Doktor Herz favorisiert«, sprach Elsbeth etwas betrübt.

»Hofrat Herz - nun, seine geistvolle Gemahlin ist auch nicht zu verachten«, lächelte der Oberhofmeister.

»Monsieur, ich muss doch sehr bitten«, erwiderte Elsbeth in gespielter Empörung. »Ich fürchte, wir müssen das Thema wechseln. - Was macht die Politik?«

»Das, meine Liebe, ist ein Thema, bei dem man auch zwischen die Fronten geraten kann, wie Sie wissen. Aber vertrauenswürdig wie Sie sind - ich will Ihnen die Neuigkeiten nicht vorenthalten ...«

Gespannt lauschte Elsbeth den Worten ihres Besuchers, hing verzückt an seinen Lippen und ließ sich einmal mehr in die Welt des Glanzes und der Intrigen entführen.

Sechs
Der Saft des Schlafmohns

Während der Rückreise nach Hameln gerieten Elisabeth, Franziska und Hildegard, die von Ferdinand und Adalbert begleitet worden waren, glücklicherweise nicht zwischen die Fronten.

Gemäß ihrer Verabredung mit dem französischen Oberst, der ihnen vor Wochen den Besuch in Paderborn erst ermöglicht hatte, ließen sie bei der Berkeler Warte nach ihm schicken. Nachdem de La Tour sie persönlich in Empfang genommen, Hildegard ihren verlorenen Sohn vorgestellt und dieser die Glückwünsche des Franzosen zu seiner Vermählung artig entgegengenommen hatte, trennten sie sich von Ferdinand und Adalbert. Die gönnten sich und den Pferden eine Pause, bevor sie am nächsten Tag das Gespann zurück nach Paderborn führten. Der Obrist aber gab seinem Adjutanten Order, die Damen unversehrt in die besetzte Stadt zu geleiten, wofür sie natürlich sehr dankbar waren. Am letzten Tag ihres Aufenthaltes in Paderborn hatte es schon genug Aufregung gegeben; die Rückreise war strapaziös gewesen und sie waren nicht erpicht auf weitere Unannehmlichkeiten.

Was war geschehen? - Da hatte sich doch ein Lump erdreistet, den Hochzeitsfeierlichkeiten einen unschönen Stempel aufzudrücken: Bei sonnigem Wetter war die gesamte Festgesellschaft aufgebrochen und flanierte über dem Liboriberg, jener Promenade zwischen dem Kasseler Tor und dem Westertor, die auf einem geebneten ehemaligen Festungswall angelegt war und wegen der Schatten spendenden Bäume gerne aufgesucht wurde. Sie wandelten zwischen Linden, Kastanien, Pappeln und Tannen und mussten sich ein wenig vorsehen, denn tags zuvor hatte es geregnet. Und es hatten sich etliche Pfützen auf dem Spazierweg gebildet. Natürlich geschah, was geschehen musste. Einige Rüpel missachteten das Reitverbot auf der Promenade und jagten ihre Pferde derart rücksichtslos durch die Wasserlachen, dass ein jeder der Spaziergänger von Kopf bis Fuß mit Schlamm beschmutzt wurde. Und dem Adalbert gegenüber waren sogar Drohungen und Verwünschungen ausgesprochen worden, was dieser sich so gar nicht erklären konnte. Er war jedoch der Ansicht, den wortführenden Flegel irgendwoher zu kennen - vielmehr noch, er wähnte, dieses Gesicht bereits in den Menschenmassen entdeckt zu haben und zwar an jenem Tag im vergangenen Jahr, als die preußischen Soldaten ihre Parade abgehalten hatten. Auch damals hatte es den Anschein gehabt, dass dieser Mann dem Adalbert nicht unbekannt war.

Es war unbefriedigend, dass es keine Erklärung für den Vorfall gab. Es war enttäuschend, dass die Ordnungskräfte, die im alltäglichen Leben jede Unregelmäßigkeit und Missachtung von Anordnungen kleinlichst bewerteten und bestraften, in dieser Situation nicht zur Stelle waren, um der Störenfriede habhaft zu werden. Außerordentlich ärgerlich jedoch war es, dass der Festtag und die Feierstimmung ein so jähes unerfreuliches Ende genommen hatten.

Aber so sehr diese Entwicklung zu bedauern war, so unbedeutend waren die Ereignisse in Anbetracht des Elends für die Bevölkerung im Kurfürstentum Hannover, wo sich die Situation in den letzten Wochen zugespitzt hatte.

Schulmeister Stolzheise berichtete, dass immer mehr Franzosen in das Kurfüstentum eingerückt seien, sich Cuxhavens bemächtigt hätten und den Engländern die Schifffahrt auf der Elbe und der Weser verwehrten. Andererseits hätten die Engländer zur Vergeltung einige Fregatten geschickt, die ihrerseits die Schifffahrt blockierten. Leidtragend war die Bevölkerung, denn durch die Handelsbeschränkungen litten die Menschen große Not.

»Es soll Versuche durch Unterhändler gegeben haben, Napoleon in Brüssel von den Problemen in Kenntnis zu setzen«, sprach Stolzheise. »Und Napoleon soll erwidert haben, er wolle nicht, dass das hannoversche Volk ruiniert werde, sondern er wünsche, dass der französische Name bei uns geehrt werde. Hoffentlich ist dies nicht nur ein Lippenbekenntnis, denn man munkelt, dass der Unterhalt der französischen Armee in den ersten vier Monaten bereits drei Millionen Reichstaler gekostet habe. Es hat zwar schon einen Abmarsch von kostspieligen Kavallerie-Regimentern gegeben, aber die ungeheuren Schulden durch Anleihen bei benachbarten Staaten werden noch über lange Zeit unsere Enkelkinder zu tragen haben«, klagte der Lehrer. Und damit sollte er recht behalten. In der Folge stiegen die Schulden ins Unermessliche.

»Neben der ungeheuren Last, die das Land im Ganzen zu tragen hat, hat aber jeder einzelne noch seine eigenen Nöte«, seufzte der Lehrer. »Inzwischen müssen manche Bewohner bis zu acht Personen gleichzeitig Quartier bieten und reichlich ernähren. Um der Einquartierungslast zu entgehen, verkaufen viele Einwohner ihre Häuser und mieten sich bei besser begüterten Mitbürgern ein. Doch das hilft ihnen nur wenig. Denn nun müssen sie eine umso höhere Quartiersteuer zahlen«, fuhr Stolzheise fort. »Eine der bedrückendsten Lasten sind die häufigen Durchmärsche. Ständig marschieren Regimenter nach Frankreich, andere kommen zurück. Immer mehr Rekruten rücken nach. Und die Bauern müssen für Transporte aller Art Pferde, Wagen und Knechte hergeben. Ständig werden Geschütze und so viele andere Requirierungen nach Frankreich gebracht. Sogar die schönsten Hirsche aus dem Deisterwalde werden auf eigens erbauten Wagen nach Paris gefahren. Und dann die Naturallieferungen! Die Bauern müssen überall Korn und Fourage in die Magazine liefern. Das ganze wird ihnen zwar als Kapital gutgeschrieben, doch jetzt können sie daraus kein Geld machen und müssen es zudem als Eigenbedarf entbehren. Die Handwerker beginnen bereits, wirklichen Mangel zu erleiden und auch uns Zivilbedienstete trifft es empfindlich. Wir können von großem Glück reden, dass de La Tour so entgegenkommend ist«, ächzte der Lehrer.

»Der Oberst hat uns schon berichtet, dass er seine Soldaten nun in den Beginenhäusern untergebracht hat«, unterbrach Elisabeth den Monolog des Schulmeisters.

»Dann brauchen wir sie wenigstens nicht mehr im Hof so unmittelbar vor unserer Tür zu ertragen«, kommentierte Hildegard mürrisch.

»Nebenan in der Scheune haben sie Latrinen ausgehoben«, erwiderte Stolzheise. »Mal sehen, ob wir da weiterhin unser Feuerholz für den Winter lagern können, falls sie uns überhaupt etwas übrig lassen«, nörgelte auch er.

»Und wann werden wir das Unterrichten wieder aufnehmen können?«, fragte Franziska.

»Wir haben kundgetan, dass die Kinder ab Montag wieder geschickt werden können. Ich rechne mit einem ziemlichen Andrang. Denn die Eltern werden froh sein, wenn sie ihre Kinder einige Stunden gut untergebracht wissen. Mit den Materialien müssen wir sorgsam umgehen. Vor allem das Spinnen und Stricken werden wir auf kurz oder lang in Ermangelung von Material wohl aufgeben müssen.«

»Wir sollten mit de La Tour besprechen, ob wir mit dem Kindern Nüsse sammeln dürfen«, schlug Elisabeth vor. »Und unterhalb des Klüts stehen so viele wilde Apfelbäume; vielleicht kann er es auch ermöglichen, dass wir uns an der Apfelernte beteiligen und Gelegenheit bekommen, einige kleine Erlöse zu erzielen, die wir in die Freischule investieren könnten«, überlegte sie.

»Er hat immerhin schon zugestimmt, dass wir mit den Kindern zusammen die Beköstigung seiner Soldaten übernehmen dürfen. Wenn diese uns dafür etwas von ihrem Sold spenden, bleibt wenigstens ein bisschen Geld im Land«, fügte Franziska hinzu.

So begannen Elisabeth, Franziska und Hildegard sich mit den Gegebenheiten in Hameln zu arrangieren, während man in Paderborn von den dramatischen Auswirkungen der französischen Besatzung nur wenig mitbekam. Insbesondere Ludwig und Friedrich Wilhelm hatten kaum ein offenes Ohr für den Wandel, der sich in vielen Ländern des ehemaligen Reichs vollzog. Sie vertieften sich in der Apotheke über alle Maßen in ihre Arbeit und entwickelten beim Experimentieren eine derartige Leidenschaft, dass man sie kaum mehr zu Gesicht bekam. Nur gelegentlich berichtete Ludwig der Silvana von den Experimenten. Silvana war glücklicherweise eine aufmerksame und interessierte Zuhörerin, die tagsüber im Kramerladen aushalf und sich im Haushalt nützlich machte, seitdem die Magd Marie wie vom Erdboden verschluckt schien. Und dieser Alltag war meistens wenig abwechslungsreich.

»Na, habt ihr euch wieder am Opium berauscht?«, neckte Silvana zur Begrüßung. Ludwig war ausnahmsweise überraschend früh aus der Apotheke heimgekehrt. »Wie du siehst, ist das Essen noch lange nicht fertig«, sprach sie, während sie vor einem großen Korb saß und grüne Blätter von ihrem Pflanzenstrunk zupfte.

»Oh, heute gibt's Viehfutter. Kann man sich daran auch berauschen?«, erwiderte Ludwig schlagfertig.

»Das Viehfutter ist für dich! Das trenne ich gerade von dem köstlichen Grün, das Agnes, Ferdinand und ich später genießen werden. Ferdinands Mutter hat mir ein Rezept für ein Gericht mit der Lippischen Palme verraten.«

»Lippische Palme. Aha. Klingt auf jeden Fall reizvoller als Grünkohl. Aber was macht den Unterschied?«, fragte Ludwig.

»Es gibt keinen. Oder doch: Dieser Grünkohl hat schon Frost abbekommen. Es heißt, durch den Frost wandele sich ein Teil der im Grünkohl enthaltenen Stärke in Zucker um, weshalb der nach den ersten Frösten geerntete Kohl besser schmecke. Aber ob das stimmt? Was meint der angehende Apotheker dazu?«, schmeichelte sie.

»*Grau, teure Freundin, ist alle Theorie und grün des Lebens goldener Baum*«, antwortete Ludwig etwas schulmeisterlich mit einem Zitat.

»Das stammt doch gewiss wieder von deinem Goethe, stimmt's?«

»Klar doch«, erwiderte Ludwig, als er hinter sie trat und ihr die Muskulatur in Schulter und Nacken massierte, derweil sie den Grünkohl beiseitelegte, den Rücken straffte und genießerische Laute von sich gab. »Und recht hat er. Das theoretische Wissen allein ist unzulänglich. Allein die Praxis zählt. Und wenn gefrostetes Viehfutter besser schmeckt, so soll's mir recht sein.«

»Oh, du ...«, empörte sie sich, griff nach hinten und zwickte ihm in die Wade.

»Au, au«, rief er, »das sind aber keine guten Argumente! Da möchte man doch gleich wieder zur Apotheke flüchten!«, maulte er.

»Nichts da, hiergeblieben!«, protestierte Silvana. »Hilf mir beim Grünkohl-Putzen und berichte mir von euren Experimenten!«, forderte sie ihn auf.

»Aber nur, wenn du mich dabei nicht auf die Palme bringst, auch nicht auf die *Lippische*«, alberte er. Dann fasste er die zahlreichen Versuche zusammen, bei denen er Friedrich Wilhelm in den letzten Wochen assistieren durfte:

»Wie du weißt, ist es Friedrich Wilhelms wichtigstes Bestreben, das Opium zu analysieren, weil er herausfinden will, welche Bestandteile auf welche Weise wirken.«

»Hm. Er hat mal darüber geklagt, dass es bei der Anwendung des Opiums zur Schmerzlinderung häufig Dosierungsschwierigkeiten gibt«, erinnerte sich Silvana.

»Genau. Mal ist die Wirkungsweise derart gering, dass sich die Schmerzempfindung nur unzureichend ausschalten lässt, mal ist sie viel zu hoch und kann ein gefährliches Gift für den Patienten sein. Diese Problematik könnte zum Beispiel dadurch verursacht sein, dass im Opium Verunreinigungen enthalten sind, oder dass der Verkäufer den Rohstoff mit irgendwelchen Mitteln streckt, um mehr Geld dafür zu erhalten. Vielleicht sind aber auch die unterschiedlichen Wuchsbedingungen der Pflanzen entscheidend für die Wirksamkeit der noch unbekannten Inhaltsstoffe.«

»Wenn die Pflanzen im sonnigen Mittelmeerraum gedeihen, könnte das Opium also anders wirken, als Pflanzen, die in unseren kälteren Regionen wachsen?«

»Das ist eine Vermutung. Wenn wir genau wüssten, in welchen Mengen die jeweiligen Bestandteile der Pflanzen wirken, ließe sich vielleicht irgendwann einmal eine Arznei herstellen. Wir hoffen also eine exakt dosierbare Substanz zu finden, mit der wir an lebenden Organismen Versuche durchführen und die Wirksamkeit studieren können«, antwortete Ludwig.

»Das stimmt«, war von der sich öffnenden Tür zu vernehmen. »Schon vor dreihundert Jahren hat der Paracelsus gesagt, dass inwendig, unter den Schlacken, die Arznei zu finden ist. Sein *Laudanum* ist übrigens auch ein Opium-Präparat.«

»Friedrich Wilhelm, das ist aber eine Überraschung«, rief Silvana, als der Apothekengehilfe erschien. »Ludwig wollte mir soeben etwas über eure Experimente verraten!«

»Das kann er gerne machen, ich will nur kurz Bescheid geben, dass ich erst morgen wieder in der Apotheke weiterzuarbeiten gedenke. Denn ich muss schnell zur Mutter nach Neuhaus. Dort ist ein Besucher eingetroffen, der etliche herrenlose Katzen und Hunde und anderes Getier auf seinem Hof versorgt und ihnen das Gnadenbrot gibt. Möglicherweise könnte ich dort ein Tier für unsere Experimente erstehen.«

»Für eure Experimente?«, fragte Silvana empört. »Was habt ihr vor? Ihr wollt mir doch nicht erzählen, dass ihr einem Tier eure Mittelchen einflößen wollt ... oder etwa doch?«, fragte Silvana nun sehr erregt.

»Ja, sollen wir uns das Opium *selbst* verabreichen?«, fragte Ludwig überrascht. »Denk doch nur, du hast damals im Fränkischen diese beiden Franzosen mit dem Gift umgebracht«, konnte er Silvanas Reaktion nur wenig Verständnis entgegenbringen.

»Ja ... ähm. Damals ..., damals hatten wir auch keine anderen Möglichkeiten ... Übrigens, du weißt sehr gut, dass mir das im Nachhinein auch manche Gewissensbisse bereitet hat.«

»Ich weiß«, antwortete Ludwig zögerlich. »Aber ich habe ja eben auch gesagt, dass wir diese Versuche am Tier erst dann vornehmen, wenn wir die entscheidende Substanz erfolgreich extrahieren können.«

»Und das könnte schon bald gelingen; erzähl es ihr, Ludwig! Ich muss los. Es schneit, und ich möchte Neuhaus noch im Hellen erreichen«, verabschiedete sich Friedrich Wilhelm.

Als er das Haus verlassen hatte, widmete sich Silvana wieder ihrem Grünkohl, den sie anschließend in siedend heißem Wasser garte. Ludwig half ihr dabei, während beide schweigsam darüber grübelten, ob es wohl angemessen sei, dass man mit Tieren derlei Experimente durchführen sollte.

»In der Küche geht es fast so zu wie im Laboratorium«, brach Ludwig schließlich das Schweigen, als er den aufsteigenden Wasserdampf beobachtete.

»Am Anfang haben wir bestes Opium, also den eingetrockneten Milchsaft des Schlafmohns, grob zerstoßen, mit destilliertem Wasser übergossen und danach eine lange Zeit ausgekocht. - Ich stelle mir gerade vor, was wohl übrig bliebe, wenn wir das mit dem Grünkohl anstellen würden«, überlegte Ludwig.

»Vorausgesetzt, er brennt nicht an, haben wir wahrscheinlich einen Klumpen oder einen breiigen oder gar getrockneten pulverisierten Rückstand, den wir dann wirklich dem Vieh verfüttern könnten. Vielleicht würden sich Kaninchen oder sogar Ziegen oder Schafe darüber freuen«, brummelte Silvana.

»Hm. Bei unseren Experimenten war es ähnlich. Auch wir haben zuerst beobachtet, dass sich am Boden eines kleinen Kolbens nach dem Auskochen ein Rückstand absetzte, der unaufgelöst blieb. Darüber stand eine sehr braun gefärbte Flüssigkeit. Wir haben den Bodensatz mehrfach aufgekocht und gefiltert und einen Rest unaufgelösten Materials erhalten, der ungefähr den dritten Teil der Ursprungsmenge ausmachte. Mit einem trüben Gemisch aus den jeweils abgesonderten Flüssigkeiten haben wir dann weitergearbeitet. Nachdem wir die Mischung eine Weile kalt gestellt hatten, haben wir neuerlich einen bräunlichen Bodensatz durch Filterung extrahiert.«

»Und was habt ihr mit der abgeschiedenen Flüssigkeit weiter angestellt?«, fragte Silvana neugierig.

»Zu dem erhitzten Auszug hat Friedrich Wilhelm dann in kleinen Portionen ätzendes Ammoniak gegossen, wobei ein grauer Niederschlag entstand. Ihn haben wir wiederum durch Filterung vom Flüssigen getrennt, getrocknet und erst vor Kurzem weiter untersucht. Doch zuvor haben wir uns bei zahlreichen Versuchen mit den jeweils übriggebliebenen wässrigen Auszügen beschäftigt. Durch unzählige chemische Prüfungen konnte Friedrich Wilhelm nachweisen, dass es sich hierbei um eine Säure handelt, die er *Mohnsäure* nennt. Diese Untersuchungen waren ihm wichtig, denn bisher galt unter Wissenschaftlern die Überzeugung, dass pflanzliche Wirkstoffe immer nur als Säuren vorliegen. Aber das führte uns nicht entscheidend weiter.«

»Aber ... Dieser gräuliche Rest, mit dem ihr euch zuletzt beschäftigt habt, der ist *kein* Bestandteil dieser Säure?«

»Genau. Diese Substanz ist für unsere ursprüngliche Fragestellung eigentlich am interessantesten, wie ich finde. Dieser Niederschlag löst sich nicht in Wasser, wohl aber in Essigsäure. Nachdem Friedrich Wilhelm eine Gegenprobe vorgenommen hat, geht er davon aus, dass es sich bei diesem Produkt nicht um eine Säure handelt sondern um das Gegenteil. Die Chemiker sprechen davon, dass es sich dann um einen *alkalischen* Stoff handelt. Wir müssen jetzt noch einige Male überprüfen, ob sich dieses Produkt immer gleich verhält, ob es sich immer in einer Säure löst und ob sich die gelösten Salze wieder in eine unlösliche Basenform überführen lassen. Wenn das gelingt, können wir sicher sein, dass es sich nicht mehr um ein Gemisch handelt, sondern dass wir ein Endprodukt vorliegen haben. Friedrich Wilhelm vermutet bereits, dass er damit das wirksame Prinzip des Opiums gefunden hat. Diese Substanz knirscht zwischen den Zähnen und hat einen spezifischen Geschmack, der Unbehagen verursacht.«

»Dann wird das Mittel sicher schon bald in Tierversuchen erprobt, oder?«

»Na ja, vielleicht erst einmal an Mäusen und Ratten«, beschwichtigte Ludwig.

»Ich wünschte mir, dass du dich an den Tierversuchen nicht beteiligst. Stell dir mal vor, die Katze Floh oder ihre Jungen würden solchen Experimenten zum Opfer fallen.«

»Tja ... daran habe ich noch nicht gedacht«, gestand Ludwig. »Ich habe für meine Ausbildung ohnehin derzeit sehr viel zu lernen«, gab er klein bei. Und der Friedrich Wilhelm ist schon so weit, dass er mich gegenwärtig auch nicht benötigt, ging es ihm durch den Kopf. Außerdem muss ich Silvana nicht unnötig auf die Palme bringen.

Sieben
1804 - ein Selbstversuch

»Ludwig, es ist das *principium somniferum*! Ich bin mir sicher, wir haben das schlafmachende Prinzip des Opiums gefunden!«, rief Friedrich Wilhelm begeistert.

Dann berichtete er über die verschiedenen Versuche, die er zuletzt mit einigen kleinen Hunden durchgeführt hatte. Er habe eine kleine Menge der entdeckten Substanz in Alkohol durch Kochen aufgelöst, mit Zuckersaft vermischt und einem gesunden Hund verabreicht, beschrieb er.

»Schon nach einer halben Stunde konnte ich Anzeichen von Müdigkeit erkennen. Das Hündchen neigte im Stehen zum Umfallen. Dann erbrach es, was ihm sichtlich Erleichterung verschaffte. Ich wiederholte den Versuch mit einer etwas geringeren Menge, und die Wirkung war vergleichbar. Wieder gab das Hündchen alles von sich. Nach einer neuerlichen Gabe, die der Hund ausbrach, blieb die Neigung zum Schlaf erhalten. Nach einigen Stunden begann er zu winseln; ich beobachtete Kontraktionen im Gesicht, an den Lenden und dann ein Zittern am ganzen Körper. Er mochte nicht fressen, kränkelte einige Tage und dann sorgte die Natur für eine Entleerung, die ihm vermutlich das Leben rettete.«

»Und es besteht kein Zweifel, dass unsere Substanz nicht durch andere Stoffe verunreinigt ist, die für das Verhalten des Hundes verantwortlich sind?«, fragte Ludwig.

»Deshalb habe ich weitere Versuchsreihen durchgeführt, um unseren Grundstoff möglichst rein darzustellen; es liegen uns jetzt reine Kristalle vor. Diese gab ich einem erwachsenen Hund, der ebenfalls wieder zu würgen begann. Weil sich sein Befinden nicht besserte, brachte ich ihm ein Gegenmittel bei, woraufhin er sich erholte. Dann habe ich mit einer deutlich herabgesetzten Menge begonnen und während eines Zeitraums von sechs Stunden in regelmäßigen Abständen mit stetig erhöhter Dosis das Mittel verabreicht. Der Effekt war ähnlich, nur dass das Auftreten der Symptome stufenweise zunahm. Als ich dem Hund als Gegenmittel eine schwache Essigsäure beigebracht hatte, konnte ich ihn zunächst retten. Einen nochmaligen Versuch überlebte er allerdings nicht«, musste Friedrich Wilhelm gestehen. Dann berichtete er über weitere Versuche - auch mit anderen opiumhaltigen Substanzen, denen das schlafmachende Prinzip entzogen war. Die damit behandelten Hunde zeigten keine Schwächen.

Friedrich Wilhelm konnte schließlich schlussfolgern, dass es an der Zeit sei, mit dem gefundenen Mittel weitere Untersuchungen am Lebewesen durchzuführen.

»Um die Mediziner dazu zu bewegen, würde ich einen Selbstversuch durchführen wollen«, überlegte er.

»Ich bin dabei«, antwortete Ludwig spontan, »allerdings nur, wenn du in Anbetracht deiner bisherigen Erkenntnisse sehr besonnen damit umgehst.«

»Was meinst du, ob wir auch Ernst und Ferdinand für eine Teilnahme gewinnen können?«, fragte Friedrich Wilhelm zweifelnd.

»Wir müssen sie überzeugen«, erwiderte Ludwig voller Tatendrang. »Sie könnten zu Helden im Dienste der Wissenschaft werden! - Ich würde allerdings Agnes und Silvana vorher nichts darüber erzählen, wenn du verstehst, was ich meine«, rollte er mit seinen Augen. »Die sind doch immer so besorgt ...«

Es dunkelte, als Ludwig in Begleitung von Ernst und Ferdinand das winzig kleine Laboratorium in der Cramerschen Hofapotheke betraten. Friedrich Wilhelm traf bereits eine ganze Weile seine Vorbereitungen für den geplanten Selbstversuch.

»Nehmt schon mal am Tisch Platz!«, forderte er seine Freunde auf.

Ferdinand sah sich Ludwig gegenüber; rechts vom Apothekerlehrling hatte sich Ernst hingesetzt. Ferdinand wandte sich um und betrachtete das Regal, das bestückt war mit etlichen Schüsseln, Flaschen verschiedenster Größen, Kolben, Glasstäbchen und Phiolen. Da lagen Papierchen, Löffel und anderes Besteck, da standen Mörser, eine Vorrichtung zum Erhitzen, und er erkannte Gefäße mit Aufschriften in lateinischer Sprache.

Rechts von Ferdinand stand Friedrich Wilhelm an dem runden Tisch und hantierte mit einer Waage.

Wie seinen Freunden wurde es auch Ferdinand ziemlich warm, doch Friedrich Wilhelm wünschte, dass man das Fenster geschlossen halten sollte. Schließlich solle keiner der Passanten Zeuge des folgenden Experiments werden können, wünschte er. Der hat gut reden, dachte Ferdinand, der hat seinen blauen Rock schon an den Haken gehängt.

»Schlafmohn?«, fragte Ferdinand murmelnd, als er ein Blumengebinde betrachtete, das sich auf einem Mauervorsprung an jenem Fenster befand, wo auch Friedrich Wilhelms Kleidungsstück hing.

»Aus dem Milchsaft, der aus den unreifen Mohnkapseln rinnt, wird das Opium gewonnen«, erläuterte Friedrich Wilhelm, als er Ferdinands Blick folgte.

»Das sind also die Kapseln des Schlafmohns?«, vergewisserte sich nun auch Ernst. Kopfnickend maß Friedrich Wilhelm ein Pulver ab.

»Ich löse dieses Pulver nun in verdünntem Alkohol. Und ein jeder von uns nimmt gleich jeweils ein halbes Gran davon in Abständen von einer halben Stunde; anschließend, nach einer weiteren Viertelstunde, nehmen wir dann noch einmal jeweils ein halbes Gran«, erklärte Friedrich Wilhelm. »Es interessiert mich, wie diese Substanz wirkt, die ich als *Morphium* bezeichnen möchte, benannt nach dem Gott des Schlafs oder des Traums«, fügte Friedrich Wilhelm hinzu.

Ferdinand bemerkte schon kurze Zeit später einen dumpfen Schmerz im Kopf. Und eine Neigung zum Erbrechen schienen auch die Freunde wahrzunehmen. War es mein Stöhnen oder das der anderen?, fragte er sich. Dann glaubte er eine Betäubung zu spüren, gefolgt von einer drohenden Ohnmacht. Das Glas in seiner Hand konnte er nicht mehr kontrolliert festhalten; er glaubte es doppelt zu sehen, nein, mehrfach; es schien sich im Kreis zu drehen. Und dieses Bild verschwamm. Ferdinand begann zu halluzinieren:

Er hatte den Eindruck eine Flamme lodern zu sehen - ein Scheiterhaufen? Vater, das kann doch nicht sein! Das darf doch nicht sein, hörte er sich rufen. Und dann schien er zu beobachten, wie sein Vater vor den Kaiser gezerrt wurde. Als Gefolgsmann Napoleons, der angeblich mit dem Antichristen sympathisiere, warf man ihm Verrat vor. Durch Folter hatte man versucht, ihm ein Geständnis zu erzwingen. Gedemütigt lag er im Staub zu Füßen des Herrschers. Ferdinands verzweifelte Mutter hatte vergeblich versucht, die Unschuld ihres Mannes zu beweisen. Aber der Großonkel legte falsches Zeugnis ab. Damit schien das Todesurteil für seinen Vater besiegelt. Nur eine einzige Möglichkeit blieb dem Sohn, seinen unschuldigen Vater zu retten: Er musste sich selbst opfern. Man warf ihn in den Kerker, während sein Vater nach unzähligen Peitschenhieben ohnmächtig in die Arme seiner Frau sank. Beeindruckt und voller Hochachtung vor dem selbstlosen Angebot des Sohnes wurde Ferdinand vom Kaiser eine Überlebenschance eingeräumt: Wenn ihm beim Schachspiel mit dem Herrscher ein Sieg gelänge, könnte er sein Leben retten. Man erfüllte ihm sogar einen letzten Wunsch: Man gewährte ihm den Besuch seiner Liebsten, die ihm voller Sorge mit einem kräftigenden Tee Trost und Zuspruch bereitete. »Agnes, hilf mir, ich kann das nicht alleine schaffen!«, schien er zu rufen. Dann versuchte Ferdinand, seine fast aussichtslose Situation zu nutzen.

»Ferdinand! He, Ferdinand! - Ferdinand, wach auf und trink dies! Dann wird es dir wieder besser gehen!«

»Frie ... Friedrich Will ..., Was ist das?«, lallte Ferdinand.

»Trink es aus! Ist starker Essig. Ein Gegenmittel«, glaubte Ferdinand zu vernehmen, bevor er heftig zu würgen begann und erbrechen musste. Oh, ihm war so übel ...

»Ludwig, Ernst, trinkt! Trinkt sofort!«, wurde da besorgt gerufen. Dann schlief Ferdinand wieder ein.

Am folgenden Tag erwachten die vier Freunde aus ihrem tiefen Schlaf. Sie litten noch immer. Es sollte einige Tage dauern, bis die Wirkung völlig abgeklungen war. Von Agnes und Silvana ließen sie sich pflegen und mussten sich einige Vorhaltungen gefallen lassen, als es ihnen wieder besser ging. Es stellte sich heraus, dass auch Ludwig wirres Zeug geträumt hatte: Seine Kenntnisse von Goethes Dichtung, der FAUST-Tragödie, hatten sich vermischt mit den Erlebnissen aus seiner Kindheit, als er von Karl, dem Mann mit der Narbe, entführt und in einer Höhle gefangen gehalten worden war. »Und sogar Silvana war dabei. Hingerichtet hatte man sie«, murmelte er, während sein Herz noch immer raste.

Und Ernst gab seine Phantasien, die sich als ein immer noch vorhandenes Begehren entpuppten, dem Adalbert preis. Mit dem Rücken zum Fenster und in Adalberts Kammer blickend beschrieb er eine Traumszene:

»Stell dir vor, wir beide haben uns in einem Wald getroffen; aber nicht nur wir. Da fanden sich mehrere Personen zusammen, denn es kam zu einem Duell.«

Ernst drehte sich um und schaute aus dem Fenster. Kurz starrte er gedankenverloren in die Ferne: »Düsternis lag über dem Wald und begann sich aufzulösen. Ein schwaches Dämmerlicht ließ unzählige entlaubte Bäume erahnen, die sich durch dichten Nebel skelettartig einen Weg in die Höhe bahnten. Die Fichtenstämme waren von Flechten überzogen. Nahezu lückenlos bedeckte ein Moosteppich den Waldboden. Am Fuße bizarrer Sandsteinfelsen bewegten sich auf einem freien Platz schwarz gekleidete Gestalten. Dahinter war die Silhouette eines Karrens zu erkennen, ein schwarzes Gespann mit einem Leichenbestatter auf dem Kutschbock.«

Überrascht von den merkwürdigen Schilderungen hörte Adalbert aufmerksam zu. Ernst wandte sich um: »Unsere Blicke trafen sich. - Vielleicht ein letztes Mal?, fragte ich mich. Als mein Sekundant reichtest du mir eine Pistole. Auch mein Kontrahent, ein Dichter, griff zur Pistole. Und dann erschien eine wunderschöne Frau mit hellem Haar, die ich sehr bewunderte. Die mich aber auch traurig machte ...«

Ernst seufzte, trat einige Schritte auf einen Schemel zu, hockte sich nieder und stützte grübelnd seinen Kopf auf den Händen, während er sich vornüber beugte. »Nachdem wir Duellanten uns Rücken an Rücken positioniert hatten, begann die junge Frau zu zählen. Jeweils fünfzehn Schritte entfernten wir uns, bevor wir uns einander zuwandten und unsere Waffen hoben. Ich richtete die Pistole auf mein Gegenüber. Dann schwenkte die Waffe, wie von Geisterhand geführt, nach links und zielte auf die Frau. Noch einmal änderte ich die Schussrichtung und hielt mir den Pistolenlauf an die eigene Schläfe. Mir kam die Szene aus Goethes WERTHER in den Sinn, du weißt schon, der sich wegen seiner unglücklichen und unerfüllten Liaison mit seiner Angebeteten selbst richtete.«

Ernst hob wieder seinen Kopf: Ein unmerkliches Nicken war Adalberts Reaktion. Er verstand.

»Den Finger am Abzug zögerte ich einige Augenblicke, denn ich nahm plötzlich ein grelles Licht wahr. Gleichsam wie durch ein Elfentor schritten meine Freunde auf mich zu. Wir brauchen dich, schienen sie zu rufen, während sie sich näherten ... Doch als sie mir meine Waffe zu entwenden suchten, zerfetzte ein Knall dieses Bild.«

Ernst sprang auf und beschrieb mit seinen Armen große Kreise: »Wie Funkengestöber drifteten die Bildfragmente auseinander ... Ich ließ meine Waffe fallen und versuchte die bunten Bildfetzen aufzufangen. Doch sie schienen im Nebel zu entschweben ...«

Jetzt hielt sich Ernst den Leib. »Ich wurde wach. Ob durch die Schweißausbrüche? Ich musste mich erleichtern. Und ich hatte Magenschmerzen. Dann ... Dann wurde mir erst vollkommen bewusst, dass das alles nur ein Traum gewesen war. Ich glaube, ich war einerseits glücklich darüber, dass ich bei dem vermeintlichen Duell nicht zu Tode gekommen war. Aber andererseits ... Andererseits war ich auch sehr traurig. Und bin es immer noch. - Ahnst du, wer die junge Frau war, die mir erschienen ist?«

»Elsbeth?«, fragte Adalbert.

Ernst nickte.

»Du scheinst sie doch noch zu lieben und zu vermissen, oder?«, bemerkte Adalbert.

Tatsächlich fehlte sie Ernst. Sie fehlte ihm mehr, als er in Worte fassen konnte. Doch das konnte er sich nicht eingestehen. Oder genauer: Er *wollte* es nicht. Seine Sturheit ließ es nicht zu. »Ich sähe sie gerne wieder, das stimmt«, kam ihm lediglich über die Lippen. Doch das traf es nicht wirklich.

Friedrich Wilhelm war sehr erleichtert darüber, dass das Experiment letztlich ohne bleibende Schäden verlaufen war. Er selbst erinnerte sich, dass er die Freunde hatte liegen sehen - *wie in Morpheus' Armen*, sagte er sich. Er selbst hatte sich handlungsunfähig, nahezu ohnmächtig gewähnt. Er glaubte, eine erdrückende Stille wahrgenommen zu haben. Nur ein leises Knistern hatte er vernommen und überraschenderweise lokalisieren können, wo dieses Rascheln seinen Ursprung hatte: Aus den Poren einiger Kapseln des Schlafmohns waren winzigkleine stahlblaue Samen gerieselt. Erst im letzten Moment war es ihm gelungen, sich ein Gegenmittel einzuflößen, das bei Opiumvergiftungen gemeinhin angewandt wurde. Auch seine Freunde hatte dieses Mittel gerettet. Unerträglicher Gestank hatte noch Tage später den Raum erfüllt - vom Erbrochenen und vom beißenden Geruch des Gegenmittels.

Friedrich Wilhelm schloss aus dem Selbstversuch, dass die wichtigen medizinischen Wirkungen des Opiums auf reinem Morphium beruhen. Denn mit keinem der übrigen Bestandteile des Opiums konnte diese Wirkung erzielt werden. Es sollte ihm später auch gelingen, mit Hilfe des Mittels ein heftiges Zahnweh zu beseitigen. In der Folge schrieb er zwei Briefe an den bekannten Apotheker und Pharmazeuten Johann Bartholomäus Trommsdorff, Professor an der Universität in Erfurt. Er hoffte, dass man seine Erkenntnisse im JOURNAL DER PHARMACIE veröffentlichte.

Acht
1804/05 - einige Monate später

»Ich glaube, es war eine sehr gute Entscheidung, dass wir uns von dem Bücher-Sortiment getrennt haben«, stellte Agnes fest, als sie mit Ferdinand, Ludwig und Silvana gemeinsam das Abendbrot einnahm.

»Nach dem Verlust-Geschäft in der letzten Zeit mussten wir so entscheiden. Die Konkurrenz ist groß«, pflichtete Ferdinand ihr bei. »Wir müssen nun nicht mehr das Risiko tragen, brauchen uns nicht mehr auf den Weg zu den zeitaufwendigen und kostspieligen Buchmessen zu begeben. Und du kannst nebenbei noch einige Pfennige verdienen«, stellte er nuschelnd fest, während er noch an dem Rührei kaute, das Silvana ihm soeben gereicht hatte. »... was natürlich nicht möglich wäre, wenn wir nicht auf Silvanas tatkräftige Hilfe hier im Haus zurückgreifen könnten«, betonte er anerkennend, während er ihr einen dankbaren Blick zuwarf.

»Wie kam es, dass Agnes dieses überraschende Angebot zur Betreuung des Archivs erhalten hat?«, fragte Silvana interessiert.

»Zum einen kannten sie mich schon. Wir hatten ja bereits Kontakt, als sie unsere Bestände übernommen haben. Dann kam die Idee mit dem Mobiliar aus der Residenz genau zum richtigen Zeitpunkt«, erklärte Agnes.

»Gut, dass uns Ernst darüber informiert hat, dass die Einrichtung zur Versteigerung stand; ich hätte die Nachricht im Intelligenzblatt übersehen«, bekannte Ferdinand.

»Jedenfalls hatten sie vor allem für die Bücherwände aus der Schlossbibliothek und für die Lese- und Schreibpulte gute Verwendung im Magazin«, ergänzte Agnes. Und dass Ferdinand sich zur Verfügung stellte, als das Mobiliar hierher zu transportieren war, hat sie beeindruckt. Außerdem hatten sie dringenden Bedarf im Archiv, da doch mehrere Mitarbeiter erkrankt sind.«

»Es ist doch das Unternehmen in der *Grube*, oder? Es sind zwar nur wenige Schritte dorthin, aber ich hatte noch keine Gelegenheit, die Buchhandlung aufzusuchen«, stellte Silvana fest.

»Das Magazin für Literatur, Kunst und Musikalien ist die Außenstelle einer Kölner Haupthandlung, zuständig für Westfalen, und hat so viel Zulauf, dass sie ihre Räume erweitern mussten. Ich kann mir gut vorstellen, dass sich auch Junfermann vom Buchverkauf in seinem Komptoir bald trennen wird«, bemerkte Agnes.

»Um deinen Posten würde Elsbeth dich sicher beneiden«, warf Ludwig ein.

»Sie würde aber vermutlich ein ruhiges Eckchen im Leseraum aufsuchen und sich selbst in ein Buch vergraben, statt bei der Ausgabe und Buchhaltung zu helfen«, spöttelte Ferdinand.

»Na, nun sei mal nicht so gehässig«, wandte Agnes ein. »Früher war sie hier bei den Henslers immer sehr eifrig. - Übrigens: Elsbeth hat geschrieben, dass unsere Cousine wieder geheiratet hat.«

»Ihr erinnert euch nicht?«, fragte Agnes, als sie die irritierten Blicke wahrnahm. »Ihr wisst schon, die Sophie Bürger, die jetzt als Schauspielerin am Hamburger Theater engagiert ist; sie hat wieder geheiratet und heißt jetzt Schröder. Antoinette Sophie Luise Schröder. Und mit ihrem neuen Mann hat sie auch schon wieder ein Kind, diesmal eine Tochter. Wilhelmine Henriette Friederike Marie wurde am 6. Dezember geboren!«

»Ein ereignisreicher und historisch bedeutsamer Monat«, blickte Ludwig zurück. »Schließlich hat sich in Paris wenige Tage zuvor Napoleon zum Kaiser gekrönt.«

»Na, da ist ihm unser römisch-deutscher Kaiser in Wien ausnahmsweise einmal zuvorgekommen, als er sich im August zusätzlich zum ersten Österreichischen Kaiser hat krönen lassen«, erwiderte Ferdinand.

»Auch von Elisabeth haben wir Nachricht erhalten«, führte Agnes weiter aus. »Im königlichen Schloss an der Leine residiert nun ein neuer französischer Gouverneur namens Bernadotte. Dessen Frau Désirée, eine vormalige Verlobte Napoleons, ist eine Schwägerin von Napoleons Bruder Joseph.«

»Was du nicht sagst«, staunte Ferdinand. »Die Schwester von dieser Désirée ist also jetzt mit Napoleons Bruder Joseph ...?«

»...erfährt man das alles im Magazin für Literatur?«, witzelte Ludwig.

»Nein, das hat Elisabeth geschrieben«, erwiderte Agnes etwas eingeschnappt. »Und die weiß es von dem Oberst de La Tour, dessen Soldaten sich im Beginenhof einquartiert haben. Ihr wisst schon: Elisabeth, Franziska und Hildegard haben doch damals bei unserer Hochzeit davon berichtet. Immerhin - sie versprechen sich von diesem neuen Oberkommandierenden etwas mehr Milde, weil sie hoffen, dass Bernadotte Einfluss auf Napoleon nehmen könnte. Die Hannoveraner scheinen ihn jedenfalls zu schätzen, weil er sich angeblich für den Handel, für billigere Brotpreise und geringere Besatzungszahlungen einsetzt.«

Derweil schüttelte Ferdinand zweifelnd den Kopf. »Ob der Tag noch fern ist, dass Napoleon unser aller Staatsoberhaupt wird?«

»Wir haben doch noch unseren *Doppelkaiser* in Wien«, bemerkte Agnes.

»Stimmt, den gibt's ja auch noch«, erwiderte Ludwig lapidar, als er eine Schale Griesbrei zum Nachtisch leerte.

»Oh, Trommsdorff hat meine beiden Briefe veröffentlicht«, schallte es erfreut aus der Offizin der Apotheke einige Wochen nach jener Begegnung.

Als Ludwig seinen Ausbildungsplatz im Laboratorium verlassen hatte und in den Verkaufsraum geeilt war, sah er Friedrich Wilhelm, der das Journal des wertgeschätzten Herausgebers in Händen hielt.

»Hier ist meine Untersuchung über die BENZOLSÄURE IN FENCHELWASSER abgehandelt; die Untersuchung über das SALPETERSAURE KALI IN RUNKELRÜBEN hat er nicht abgedruckt. Aber meinen Beitrag zur SÄURE IM OPIUM hat er aufgegriffen«, bemerkte Friedrich Wilhelm stolz. »Ah, Trommsdorff verweist in diesem Zusammenhang auf eine Übersetzung des Pariser Apothekers Derosne«, las er weiter.

»Ist das der, von dem das *Sel De Derosne* stammt?«, fragte Ludwig.

»Genau, das Opiumsalz, das er isoliert hat«, bestätigte Friedrich Wilhelm. »Von dem gibt's wohl inzwischen eine neue Untersuchung«, ergänzte er und blätterte in der Zeitschrift weiter.

»Auch den zweiten Brief zu meinem detaillierten NACHTRAG ZUR CHARAKTERISTIK DER SÄURE hat er abgedruckt ... Hm, Trommsdorff ist wohl noch nicht recht überzeugt. Sieh her, was er schreibt: *Die Versuche verdienen eine sorgfältige Wiederholung und Erweiterung.* Meine Ausführungen waren wohl etwas zu flüchtig«, gab Friedrich Wilhelm zu, »Dieser ewige Zeitmangel ...«

»Auf unsere Entdeckung des schlafmachenden Prinzips nimmt er keinen Bezug«, stellte Ludwig enttäuscht fest.

»So ist das immer«, erwiderte Friedrich Wilhelm. »Wenn diese Entdeckung einem Franzosen oder einem Briten gelungen wäre, würde ihr gewiss eine besondere Aufmerksamkeit zuteil«, antwortete er achselzuckend. »Irgendwann werden die Wissenschaftler unsere Resultate zur Kenntnis nehmen *müssen*«, gab er sich aber optimistisch.

»Oder auch nicht, wenn Leute wie dieser Derosne uns zuvorkommen«, zweifelte Ludwig.

»Ich werde unsere Experimente mit noch größerer Sorgfalt wiederholen und jeden kleinsten Schritt genauestens dokumentieren. Aber erst, wenn ich ein komfortableres Laboratorium zur Verfügung habe. Du weißt doch, dass ich mich um einen Gehilfen-posten in einer anderen Apotheke bewerbe. Es könnte bald soweit sein. Aus Einbeck - in der Nähe von Göttingen - habe ich Rückmeldung erhalten, dass ich vielleicht zu Ostern wechseln könnte. Dann kannst du dich hier ganz auf deine Lehre besinnen.«

»Und wenn ich die Gehilfenprüfung bestanden habe, komme ich zu dir nach Einbeck«, begann Ludwig Visionen zu entwickeln.

»Warum nicht?«, antwortete Friedrich Wilhelm, »aber vergiss nicht Silvana davon zu überzeugen, dir zu folgen«, mahnte er.

»Hast du übrigens schon davon gehört, dass Ernst und Adalbert auch beabsich-tigen, Paderborn den Rücken zu kehren«, fragte Ludwig.

»Das ist mir neu. Will Ernst zur Elsbeth nach Berlin?«, antwortete Friedrich Wilhelm fast desinteressiert mit einer Gegenfrage, während er sich gedanklich mit seinen eigenen Plänen beschäftigte.

»Doch nicht nach Berlin - obwohl, vielleicht liegt die Stadt auch auf ihrer Reise-route. Nein, sie wollen unsere neue Heimat erkunden«, bemerkte Ludwig mit leicht ironischem Unterton.

»Unsere *neue Heimat*? Wie soll ich das verstehen?«

»Preußen. Wir gehören doch jetzt zu den Preußen. Preußen ist jetzt unsere neue Heimat. Und Preußen ist groß ... und für uns nahezu unbekannt. Ernst und Adalbert planen, im Zeitraum von ein, zwei Jahren, durch die preußischen Lande zu reisen. Sie haben bei Junfermann wegen einer längeren Auszeit angefragt und stellen sich vor, Reiseberichte über ihre Unternehmungen zu verfassen, die sie durch ihren Arbeitgeber veröffentlichen könnten - vielleicht in einem Buch, vielleicht auch als Serie im Intelligenzblatt. Jetzt warten sie nur noch auf die Zustimmung«, erklärte Ludwig.

»Na, dann wird Paderborn bald entvölkert sein, wenn wir uns alle abwenden. Und welche Pläne haben Agnes und Ferdinand?«, wollte Friedrich Wilhelm nun wissen.

»Die ... Ja, die wünschen sich jetzt sehr, dass sie Eltern werden.«

»Dann kannst du ja Gevatter werden. Ich meine, abwegig wäre das doch nicht«, fügte Friedrich Wilhelm hinzu, als er sah, dass Ludwig seinen Kopf schief legte und grinste. »Haben sie dich schon gefragt?«

»Ich denke, das Kind sollte wohl erst mal geboren werden, oder?«

Neun
Frühjahr 1805 - »Alles rennet, rettet, flüchtet«

»Hier sind die Schlüssel für unsere Kammern in Junfermanns Intelligenz-Komptoir«, sprach Adalbert an Ludwig gerichtet. »Es ist mit unserem Verleger abgesprochen, dass ihr während unserer Abwesenheit ab und an nach dem Rechten seht. Und wenn euch bei Agnes und Ferdinand mal die Decke auf den Kopf fallen sollte ... Es sind ja nur wenige Schritte bis zu unserer Unterkunft auf dem Ickenberge. Dann könnt ihr euch gerne hier einquartieren«, fügte er augenzwinkernd hinzu.

»Wir werden gelegentlich einen Brief schreiben, wobei eine Antwort vermutlich wenig ratsam erscheint, denn wir werden kaum längere Zeit an einem Ort verweilen«, ergänzte er. »Nun wünscht uns, dass wir viel Interessantes entdecken, über das wir bei unserer Rückkehr berichten können. Schließlich sollen unsere Reisenotizen durch eine Veröffentlichung auch etwas Geld einbringen, das wir jetzt erst einmal auslegen müssen. Junfermann zahlt uns nämlich nur einen minimalen Beitrag täglich für Kost und Logis«, merkte Adalbert abschließend an.

»Und wenn wir zurück sind, wirst du die Lehre vielleicht schon abgeschlossen haben«, sprach Ernst zu Ludwig, dem er aufmunternd auf die Schulter klopfte.

Dann drückten sie sich und wünschten sich Lebewohl. Verstohlen putzte sich Agnes eine Träne aus den Augen. Auch Silvana ging der Abschied zu Herzen. Ludwig spürte einen Kloß im Hals. Und Ferdinand schaute sehnsüchtig den Beiden hinterher, die wegen der zahlreichen Menschen neben ihren Pferden herlaufend sich in Richtung des Gierstores begaben. »Dann waren's nur noch vier«, sprach er zu sich selbst, als sie seinem Blick entschwunden waren. Denn vor einer Woche hatte sich bereits Friedrich Wilhelm verabschiedet, der tatsächlich nach Einbeck umgesiedelt war, wo er in Kürze bei dem betagten Apotheker Hink als Gehilfe in der Ratsapotheke seine Arbeit aufnehmen würde.

Ja, es war viel Volk unterwegs, an jenem Palmsonntag, im April des Jahres 1805. Ludwig und Silvana, die es in ihre Unterkunft ins ehemalige Haus der Henslers zog, trennten sich von Ferdinand und Agnes. Denn das Paar strebte danach, noch eine Weile die Wärme der Frühlingssonne zu genießen. Dazu begaben sie sich auf den Liboriberg, wo ihnen sogleich in Erinnerung kam, wie unschön ihr Hochzeitstag vor eineinhalb Jahren geendet hatte, als sie von Kopf bis Fuß beschmutzt worden waren.

»Ich habe schon seit langem vor, meiner Schwester zu schreiben, aber mir wollen nie die richtigen Worte in den Sinn kommen«, klagte Agnes, als sie auf der Promenade flanierten.

»Wo liegt das Problem? Es gibt doch einiges zu berichten«, erwiderte Ferdinand. »Über Friedrich Wilhelms Wechsel nach Einbeck kannst du informieren sowie über das Vorhaben von Adalbert und Ernst. Möglicherweise gelangen die beiden während ihrer Reise tatsächlich auch nach Berlin; du kannst das ja mal andeuten. Vielleicht freut sich Elsbeth, sie wiederzusehen«, überlegte er. »Nun sind schon so viele Jahre vergangen. Ob Elsbeth nie das Bedürfnis hatte, uns in Paderborn zu besuchen?«

»Es ist schon sehr schade, dass wir uns nicht mehr gesehen haben in all den Jahren seit ... Ja, vor fünf Jahren ist das Unglück geschehen bei diesem Feuerwerk, nachdem wir aus Berlin zurückgekehrt waren«, erinnerte sich Agnes. Und danach war vieles nicht mehr so wie zuvor; vor allem zwischen Elsbeth und Ernst.«

»Hm. Lag das an dem Unfall?«, fragte Ferdinand zweifelnd. »Ich meine, so richtig glücklich war Elsbeth damals nicht, obwohl sie sich erst kurze Zeit vorher verlobt hatte, oder?«

»Ob sie jetzt glücklicher ist? Ich weiß es nicht. Ich hatte mal vermutet, dass sich zwischen ihr und einem ihrer Augusts, wie sie ihre Favoriten zu benennen pflegt, möglicherweise mal was anbahnen würde ...«

»Sind die nicht deutlich älter als sie?«

»Ja, schon, aber ... Warum denn nicht? Allerdings, der eine, der Friedrich August Schulze, dieser ... Du weißt schon, der Schriftsteller, der unter dem Namen Laun veröffentlicht, der hat sich wohl dauerhaft wieder in seine Heimat nach Dresden zurückgezogen. Nur im letzten Sommer hat sie ihn noch mal wiedergesehen, als sie sich irgendwo bei Leipzig getroffen haben - nicht direkt in der Stadt, etwas außerhalb in Ermlitz. Da gibt es ein Gut von dem anderen August, dem Johann August Apel ... Ich glaube mich zu erinnern, dass Elsbeth damals schon mal darüber gesprochen hat, als sie mit Heinrich Hensler von der Leipziger Messe zurückgekehrt war.«

»Ermlitz?«, fragte Ferdinand nach.

»Ja genau, ein barockes Herrenhaus. Bei allem Prunk birgt es wohl einige geeignete Eckchen, um sich dem Gruseln hinzugeben, hat sie in ihrem letzten Brief geschrieben. Sie hätten mit spiritistischen Sitzungen und Handlesen Zerstreuung gesucht. Und fasziniert sei sie gewesen von den Schauermärchen, die sie sich erzählt hätten, vom Geheimnisvollen und vom Aberglauben, dem immer noch viele Menschen anhängen. Über den Gespensterglauben hätten sie disputiert, wobei sich der Laun auch zwiespältig und kritisch gegenüber Ehe und Familie geäußert hat, wie sie schreibt.«

»Aha. - Ist die eheliche Gemeinschaft so gruselig?«, neckte Ferdinand seine Agnes.

»Das scheint zumindest der Laun zu glauben. Dort würden meist lang gehütete Geheimnisse verborgen werden, was zur Flucht in Scheinwelten führen könnte, war angeblich seine Meinung.«

»Und seine schriftstellerischen Ergüsse führen in keine Schweinwelten?«, brummelte Ferdinand. »Vermutlich ist dieser Laun selbst ein Opfer seiner eigenen übersteigerten Einbildungskraft. Dann ist er gewiss vorzüglich geeignet, ein Gespensterbuch zu schreiben«, kommentierte er.

»Das haben sie wohl auch vor, die Augusts«, erwiderte Agnes. »Aber ob sich Elsbeth daran beteiligen wird ... - Oh, hör mal! Die Feuerglocke wird geläutet«, wurden Agnes und Ferdinand in ihrer Unterhaltung unterbrochen. Und sie beobachteten, wie etliche Passanten hastig zu den Kümpen eilten - zu den Wasserversorgungsanlagen, aus denen auch das Löschwasser genommen wurde.

»Am Markt brennt ein Haus!«, vernahmen sie. »Es wird jede freie Hand dringend benötigt!«, rief ihnen jemand auffordernd zu.

»Ist dein Grünkohl angebrannt?«, fragte Ludwig mit leicht erhobener Stimme, während er die Seiten des Intelligenzblatts zusammenfaltete, in dem er soeben noch gelesen hatte.

»Heute gibt's ausnahmsweise einmal keinen Grünkohl«, vernahm er aus einer der Schlafkammern, in der Silvana Leinentücher zusammenlegte. »Außerdem ist jetzt nicht mehr die Zeit für Grünkohl, das solltest du wissen«, nörgelte sie.

»Ich glaub es dir. Einen derart beißenden Brandgeruch erzeugt das nahrhafteste Viehfutter nicht«, konnte er sich eine weitere spöttische Bemerkung nicht verkneifen. Dabei erhob er sich gemächlich und versuchte seine Müdigkeit aus den Gliedern zu schütteln.

»Vielleicht stammt der Gestank aus deiner Apotheke«, erwiderte Silvana seine kleine Provokation ebenso spitzzüngig, während sie in dem gemütlichen Salon im Obergeschoss erschien und sich zu Ludwig ans Fenster begab.

»Wenn ein Feuer in der Apotheke ausbrechen würde, wäre das fatal. Bei den vielen Chemikalien, die dort gelagert sind«, sorgte er sich, als er den Klang der Feuerglocke vernahm, die die Bewohner zum Löschen zusammenrief.

Auf dem Marktplatz hatte sich in kurzer Zeit eine Menschenmenge versammelt. Mit Eimern bewehrt eilte man zum Neptunbrunnen, der eine vor vielen Jahren unbrauchbar gewordene Kümpe ersetzte. Aus ihm schöpften die Helfer Wasser, das sie in ihren Eimern und sonstigen Behältern zum Brandherd zu befördern schienen, den Ludwig jedoch nicht einsehen konnte. Ameisenstraßen gleich hatten sich Menschenketten gebildet, in denen von einem Kettenglied zum andern, von Menschenhand zu Menschenhand, die Gefäße weitergereicht wurden. Erst jetzt wurde es Silvana gewahr, dass sich der Brand ganz in der Nähe des Kramerladens befinden musste. Dann nahm sie schwarzen Rauch wahr, der unterhalb des Fensters an der Außenmauer des Hauses hochstieg.

In der Zwischenzeit hatte auch Ludwig sich einige Utensilien zusammengerafft, um sich an den Hilfeleistungen zu beteiligen. Doch als er die Tür zum Treppenhaus öffnete, wurde ihm bewusst, in welcher unmittelbaren Gefahr sich die beiden befanden. Jetzt ging alles rasend schnell. Im Erdgeschoss wütete bereits ein heftiges Feuer.

»Lass das Fenster geschlossen, wir müssen hier raus!«, schrie er, als er sich umdrehte und zu Silvana schnellte, sie ergriff und hinter sich her zerrte. »Nimm die Treppe, ich komme sofort nach!«

Er hastete in ein Arbeitszimmer, wo er einen Beutel suchte, in dem Agnes und Ferdinand für gewöhnlich die wichtigsten Dokumente griffbereit hielten. Aber wo befand der sich jetzt? Fahrig und etwas kopflos durchwühlte er den Raum. Es dauerte, bis er die Papiere endlich gefunden und ergriffen hatte. Als er wieder ins Treppenhaus gelangte, versuchte er in die Diele hinunterzublicken. Doch ein Vorhang aus dichtem Qualm behinderte die Sicht. Ohrenbetäubend wurde der Lärm aus prasselndem Feuer, zusammenstürzenden Holzbalken und Mauerwerk, zerspringendem Fensterglas und den Tumulten vor dem Haus. Schon spürte er die sich blitzschnell entwickelnde Hitze. Panisch rief er nach Silvana, während er bemerkte, dass die Flammen schon etliche Stufen der Holztreppe erfasst hatten.

Für einen Moment verharrte er unbeweglich und überdachte seine prekäre Situation. Von hier oben gab es kein anderes Entrinnen, das wurde ihm schnell klar. Den widrigen Gegebenheiten zum Trotz musste er es die Treppe hinunter wagen.

Die Temperaturen wurden unerträglich. Kurz kam ihm das Bild vom Magister Cordes in den Sinn, der damals in dem Turm die Stiege hinunter und direkt in sein Unglück gestürzt war ... Saß er nun selbst in der Falle? Er hangelte sich am Treppengeländer hinunter und unternahm schließlich einen beherzten Sprung. Der Aufprall war hart. Als er auf den Boden schlug, ließ ihn ein stechender Schmerz kurz aufschreien. Keuchend blieb er einen Augenblick liegen. Die Augen tränten, die Kehle schmerzte. Stöhnend erhob er sich und erkannte, dass es im Verkaufsraum lichterloh brannte; auch hier gab es kein Entkommen.

Er wandte sich zum Warenlager, das durch eine Tür versperrt wurde. Panik drohte ihn zu übermannen, als er bemerkte, dass die Tür klemmte. Von hier aus hätte ein Weg ins Freie führen können. Doch der Ausweg blieb versperrt. Die Türe ließ sich nicht öffnen. Er schaute sich um: Das um sich greifende Inferno fraß sich unaufhaltsam seinen Weg durch das Treppenhaus in die obere Etage.

In einem anderen Lagerraum entdeckte er Silvana, die einen kleinen Korb in den Händen hielt. Den Korbdeckel hatte sie soeben geschlossen. Er sah Entsetzen in ihrem Gesicht. Unaufhörlich hustete sie. Er selbst rang nach Atem. Ruß stieg ihm in die Nase. Ein schreckliches Gefühl überkam ihn, als er den Eindruck gewann, dass seine Sinne zu schwinden drohten - ähnlich wie damals bei dem Selbstversuch. Auch das Herzklopfen verspürte er wieder.

»Die Atemluft ...«, keuchte er. »Wir werden ersticken! ... Wir haben ... Haben nur noch diese eine Möglichkeit ...«, röchelte er. Und dann wies er auf die Ecke des Raums. »Pack mit an!«, raunte er ihr mit krächzender Stimme zu. Dann gaben sie dem schweren Steintrog einen Ruck ... und noch einen. Arg entkräftet legten sie schließlich die Bodenklappe frei. Mühsam zwängte sich Silvana durch die enge Öffnung. Ludwig reichte ihr den Korb hinterher und begab sich dann selbst in den dunklen Schacht, nachdem er die Bodenklappe wieder zugeschlagen hatte.

Silvana war bereits eine Treppe hinuntergestiegen. Eher rutschend folgte er ihr und hoffte, hier von dem gefährlichen Rauch und das zerstörische Feuer nicht eingeholt zu werden.

Am Fuß der Treppe erreichten sie einen steinernen Absatz, wo sie einige Augenblicke verweilten und begierig nach Luft schnappten. Dass ihnen nun feuchte Kälte entgegenschlug, nahmen sie nicht wahr. Stattdessen formte sich Ludwig in Gedanken ein Bild von der Bodenklappe, durch deren Fugen der schwarze Qualm hervorzuquellen schien. Diese Gedanken verflüchtigten sich schnell. Ihm wurde bewusst, dass sie sich nun in einem Netz von Gängen befanden, die vor Hunderten von Jahren zu ehemaligen Kellern geführt haben mussten.

»Wie willst du in dieser Dunkelheit einen Weg finden?«, fragte Silvana ängstlich.

»Ich will ehrlich sein«, antwortete Ludwig skeptisch, »ich weiß es nicht. Damals ... Damals, als Friedrich Wilhelm und ich dem Ernst in dieses Labyrinth gefolgt sind, hatten wir immerhin eine Laterne dabei. Und da war es schon schwierig genug, die Orientierung nicht zu verlieren. Ich ..., ich erinnere mich noch, dass der Gang ...   Dass der Gang teilweise ein gemauertes Gewölbe besaß, teilweise wie ein in Stein gehauener Stollen aussah ..., meist um die fünfzehn Schritte in der Breite umfasste, manchmal aber auch knapp die Hälfte. Aber ..., lass mich jetzt nicht so viel erklären müssen«, schnaufte er, denn das Luftholen fiel ihm immer noch sehr schwer; bei jedem Atemzug verspürte er einen Schmerz in der Brust.

Hand in Hand irrten sie nun eine ganze Weile durch die unterirdischen Korridore, während sie weiterhin gierig den lebenswichtigen Sauerstoff einsogen.

Hin und wieder vernahmen sie dumpfe Geräusche.

»Ob dies die Helfer sind, die sich mühen, das Feuer unter Kontrolle zu bringen?«, sinnierte Silvana. »Es wird sicher einer besonderen Anstrengung bedürfen zu verhindern, dass das Feuer auf die Nachbarhäuser übergreift.«

An dieses drohende Inferno verschwendete Ludwig keinen Gedanken. Er konzentrierte sich darauf, den Kontakt seiner rechten Hand mit der Wand des Ganges auf seiner Seite nicht zu verlieren. Nur so erschien es ihm möglich zu sein, aus diesen Irrgängen zu entkommen. Sie mussten sich zwingen, eine Richtung beizubehalten, wenn sie sich nicht im Kreis bewegen wollten. Und wenn es nichts zu erkennen gab, mussten sie sich den Weg eben ertasten.

Sie nahmen in Kauf, auch den rechts abzweigenden Seitengängen zu folgen. Mehrere Male gerieten sie an zugemauerte Durchgänge, so dass sie wieder umkehren mussten. Auch an verschlossene Tore gelangten sie oder an Stellen, wo der weitere Weg durch ein eisernes Gitter versperrt war. Gelegentlich drang von irgendwoher ein schummriges Licht vor. Sie nahmen wieder Brandgeruch wahr. Vergeblich versuchten sie sich bemerkbar zu machen.

An anderen Stellen hatten sie den Eindruck, von Fledermäusen umschwirrt zu werden. »Dann kann es doch eigentlich nicht mehr weit sein, bis zu einem Ausgang«, meinte Silvana, und sie schöpften neue Hoffnung.

»Was ist das?«, fragte Ludwig, als er urplötzlich stehenblieb und lauschte. »Habe ich da eben das Maunzen einer Katze gehört?«

»Das sind Tatze, Fauch und Fiore«, erwiderte Silvana.

»Woher willst du das wissen? Wie sollten die denn hierher kommen?«, erkundigte sich Ludwig skeptisch.

»Sie sind hier in meinem Korb«, erklärte Silvana nüchtern. »Ich konnte sie doch nicht zurücklassen. Sie hatten sich im Lagerraum verkrochen und zitterten am ganzen Leib, als ich sie aufnahm. Floh habe ich nirgendwo entdeckt«, ergänzte sie traurig.

Einige Augenblicke überdachte Ludwig diese neuen Informationen. »Was meinst du? Wenn du sie nun aus deinem Korb herausließest. Ob sie uns den Weg hinausführen würden?«

»Ich weiß nicht, vielleicht. Aber ich meine, dass sollten wir uns als letzte Möglichkeit offen halten. Wir können ihnen ja doch nicht folgen, wenn wir nicht sehen, wohin sie laufen. Gut, wenn jemand auf sie aufmerksam werden sollte ...«

»Du hast recht«, gab Ludwig zu. »Diese Wahrscheinlichkeit ist nicht sehr hoch. Wollen wir weitergehen?«

Es dauerte nicht mehr lange, da zahlte sich ihre Geduld aus. Sie fanden die Stelle, an der Ernst damals, eher zufällig nach durchzechten Stunden, eine Kellertür aufgestoßen hatte und in die Falle dieser Irrwege geraten war. Silvana und Ludwig hatten ihnen ihre Rettung aus der Feuerhölle zu verdanken.

Ermattet fielen sie den nächststehenden Helfern in die Arme, die sich ihrer annahmen und sie zum Neptunbrunnen geleiteten. Gierig ergriffen sie die Becher mit Wasser, die ihnen gereicht wurden. Ebenso dankbar waren sie für die feuchten Tücher, die ihnen Linderung verschafften. Denn so manches Härchen war ihnen von der Hitze des Feuers versengt worden; so manche Körperstelle war geschwollen; und so manche Schürfwunden wollten nun versorgt werden.

Wenig später trafen sie mit Agnes und Ferdinand zusammen, die aneinandergeschmiegt vor irgendeiner Haustür saßen, ihren starren Blick auf den Marktplatz richteten und dennoch das Treiben der Menschenmenge nicht wirklich wahrnahmen.

Kurz wurde ihre Regungslosigkeit unterbrochen, als sie Ludwig und Silvana bemerkten.

»Wir haben alles verloren«, kam es ziemlich niedergeschlagen über Ferdinands Lippen. Jetzt schaute er zu der Hausruine, die mehr und mehr sichtbar wurde, als sich die dichten Rauchschwaden auflösten oder langsam abzogen.

»Du hast deine Frau und wir haben uns«, tröstete Ludwig seinen Freund. »Wir haben die wichtigsten Dokumente«, sprach er und zeigte auf den Beutel. Und Silvana hat die Kätzchen gerettet«, ergänzte er, womit er ein leichtes Lächeln in Ferdinands Gesichtsausdruck zauberte.

»Ich habe ihn wieder gesehen«, ergriff nun auch Silvana das Wort.

»*Ihn*?«, fragte Agnes ausdruckslos.

»Als ich bei Ausbruch des Feuers das letzte Mal aus dem Fenster blickte, habe ich ihn weglaufen sehen - den, der den Adalbert damals an eurem Hochzeitstag bedroht und unsere Kleidung ruiniert hat.

Verzagt setzte Agnes an: »Glaubst du ...?«

»Vielleicht sollten wir ausfindig machen, wo er sich herumtreibt«, überlegte Silvana laut.

»Und dann braten wir ihm eins über?«, wurde Ferdinand laut. »Er soll zur Hölle gehen«, fügte er resignierend hinzu.

»Wir sind dieser Hölle mit Glück soeben noch entkommen«, klagte Ludwig.

Da erhob sich Ferdinand und wurde zornig: »Wenn ich die Gelegenheit dazu bekomme, bringe ich ihn um.« Ein Flackern in seinen plötzlich stechenden Augen und die zusammengeballten Fäuste verliehen ihm ein bedrohliches Aussehen. Durch Silvanas Bemerkung waren sein Trübsinn und seine Verbitterung gewichen. Wut überkam ihn. So hatte man Ferdinand noch nicht erlebt. In diesem Moment war keine Spur mehr von dem üblicherweise so besonnenen, gütigen und friedliebenden Menschen zu erkennen.

Ferdinands Verdruss traf die Behörden, mit denen er in der nächsten Zeit einen Strauß auszufechten hatte, bis er eine Entschädigung aus der Feuerversicherung erwirken konnte. Derweil war man ihm und Agnes in der Buchhandlung entgegengekommen, wo die beiden mit einigen wenigen Habseligkeiten, die sie kurzfristig hatten erwerben können, ein Dach über dem Kopf erhielten.

Jetzt war es für Agnes an der Zeit, den schon lange geplanten Brief an Elsbeth zu schreiben. Zuvörderst galt es jedoch, in einem Schreiben an Franziska über das Unheil zu berichten.

Silvana und Ludwig bezogen bis auf weiteres die Kammern von Ernst und Adalbert. Ludwig war es schon ein Anliegen, seine Lehre in Paderborn zum Ende zu bringen. Und darum verwarfen sie zunächst einmal ihre alternativen Überlegungen zur Gestaltung ihrer Zukunft.

Als Ludwig Wochen später an einem Sonntag in Adalberts Büchersammlung nach Zerstreuung suchte, fiel ihm etwas in die Hand, an das er schon viele Jahre nicht mehr gedacht hatte: das Tagebuch seiner Mutter. Erinnerungen wurden wach. Und dann tat er einen folgenreichen Schritt, als er in dem Tagebuch blätterte und ein zusammengefalteter Bogen Papier hinausfiel. Er rief nach Silvana und zeigte ihr den Fund. Ein wenig Phantasie brauchte es schon, um das portraitierte Gesicht des Mannes zu erkennen, der ihnen nun schon mehrmals so unangenehm aufgefallen war. Doch Silvana war sich sicher. Das war der Mann, den sie kurz vor Ausbruch des Feuers hatte weglaufen sehen.

»Adalbert hat uns so oft versichert, ihm käme das Gesicht bekannt vor, aber er wisse nicht, um welchen Menschen es sich handele«, begann Ludwig an der Redlichkeit seines Onkels zu zweifeln. »Ich wette, er weiß vielmehr, als was er uns sagt«, sprach er enttäuscht.

»Lass uns nicht schlecht über ihn denken«, bat Silvana. »Vielleicht gibt es sehr plausible Erklärungen dazu. Wir müssen jetzt nur Geduld haben, bis Adalbert und Ernst zurückkehren. Erst dann kann er uns Rede und Antwort stehen. Immerhin können wir jetzt diese Räumlichkeiten bewohnen. Und dafür sollten wir dankbar sein!«

Während Agnes und Ferdinand sowie Silvana und Ludwig mit ihrem Schicksal haderten und sich mit ihren persönlichen Angelegenheiten auseinanderzusetzen hatten, waren sie abgelenkt von den folgenreichen politischen Entwicklungen, die sich in jener Zeit vollzogen: Im April hatte es ein Bündnis zwischen den Russen und den Briten gegeben, dem sich später Österreich, Schweden und Neapel anschlossen. Zu den Zielen dieses Bündnisses gehörte es, den Expansionsdrang Napoleons zu beschränken, der im Verlauf des Jahres im Süden des Heiligen Römischen Reiches in Bayern, Baden und Württemberg Verbündete gefunden hatte. Preußen hingegen hielt sich neutral.

Sechster Teil: 1806
Alles eine Frage der Ehre

Eins
Mai 1806, in Hameln

»*Und wenn Sie einmal Hilfe brauchen, wenden Sie sich an den Apotheker Westrumb*, so hat es Doktor Ficker damals betont. Auch Mutter war davon überzeugt, dass wir durch ihn in unserer Not Unterstützung erhalten werden. Und beide hatten mit dieser Auffassung recht«, war Ferdinand des Lobes voll, als er mit Agnes aus der Offizin des Neuen Hauses trat.

»Mutter, Elisabeth wie auch Franziska haben seinen Beistand doch ebenfalls schon einige Male in Anspruch nehmen dürfen, zuletzt im vergangenen Jahr noch«, erwiderte Agnes.

»Das stimmt, wenn Westrumb sie nicht in seine Familie aufgenommen und ihnen ein Dach über den Kopf gewährt hätte ... Sie wären wohl kaum aus Hameln rausgekommen, als die Russen die Stadt belagerten«, stimmte Ferdinand zu.

Während Agnes und Ferdinand die kurze Strecke hinüber zum Pferdemarkt zurücklegten, wo Westrumb ihnen eine Unterkunft besorgt hatte, blickte Agnes zurück: »Was hätten wir in Paderborn schon für sie ausrichten können, als die Preußen damals eins ihrer Hauptquartiere für ihre Armee in unserer Stadt errichteten? Wir konnten doch froh sein, dass uns zuvor nach dem fürchterlichen Brand diese kleine Unterkunft bei der Buchhandlung gewährt worden war. Etwas später hätten wir sie sicherlich nicht mehr bekommen«, erinnerte sie sich.

Es war gut ein Jahr vergangen seit jenem unheilvollen Palmsonntag des Jahres 1805, an dem das Feuer den ehemaligen Kramerladen der Henslers zerstört, die wirtschaftliche Grundlage für Ferdinands und Agnes' Zukunft in Paderborn ruiniert und ihnen sowie Silvana und Ludwig das Dach über den Kopf vernichtet hatte. Es hielt sich zwar immer noch die hartnäckige Vermutung, dass es sich dabei um ein gewolltes Feuer gehandelt hatte, doch belegen ließ sich dieser Verdacht nicht. Auch weiterhin hegte man Argwohn gegen den unbekannten Lump, der inzwischen mehrfach in unschönen Situationen aufgefallen war. Aber selbst wenn man in ihm den vermeintlichen Verursacher für diese kriminelle Tat wähnte - beweisen konnte man es ihm nicht. Nach wie vor wusste man nichts über ihn. Er war auch nicht mehr in Erscheinung getreten. Vielleicht hatte die allgemeine Hungersnot in Folge des nassen Sommers, der die Ernte verzögerte, sodass die Brotpreise in vielen Ländern ins Unermessliche stiegen, auch ihn erreicht und vertrieben.

Eher schlecht als recht hatten Agnes und Ferdinand die Zeit überdauert. Das geringe Verdienst, das die beiden für ihre Tätigkeit im Büchermagazin und für Gelegenheitsarbeiten erhalten hatten, war zum Leben kaum genug. Und auf das Geld aus der Feuerversicherung wollten sie nur ungern zurückgreifen. Sie waren der

Ansicht, dass Franziska darüber verfügen sollte. Nun glaubten sie bei Ludwig in der Schuld zu stehen, der ihnen mit etwas Geld aus seinem Erbe unter die Arme gegriffen hatte. Ihm wollten sie jedoch nicht länger zur Last fallen. Als das Jahr sich dem Ende neigte, reifte die Entscheidung, zur Mutter nach Hameln überzusiedeln, sobald der Winter und die politischen Umstände dies zulassen sollten. Doch diese schienen ziemlich unübersichtlich:

Wie es im Paderbornischen Intelligenzblatt zu lesen war, starteten Anfang September die Österreicher einen Angriff auf Bayern, was kurze Zeit später zu einer Kriegserklärung Frankreichs führte.

Aus Hameln wurden Agnes und Ferdinand informiert, dass Bernadotte den unerwarteten Befehl zum Abzug seiner Regimenter aus Hannover erhalten hatte. Nur eine kleine Einheit der französischen Truppen hielt die Festung Hameln weiterhin besetzt.

Weiterhin wurde bekannt, dass die französische Armee sich nicht nach Frankreich zurückgezogen hatte, sondern sich von Würzburg aus ostwärts und nach Süden hin orientierte, um sich gegen Österreich und gegen eine österreichische Stellung bei Ulm zu wenden. Dabei kam es jedoch zu einem Durchmarsch der Franzosen durch das preußische Ansbach, wodurch die Preußen ihre Neutralität verletzt sahen.

In einem Brief von Elsbeth hatten Ferdinand und Agnes erfahren, dass wenig später der russische Zar Alexander in Berlin vom preußischen König empfangen worden war. Man munkelte, dass dort ein Bündnis geschlossen worden sei und Preußen der antinapoleonischen Koalition beitreten werde, falls die von Preußen bevorzugten Vermittlungsversuche scheitern sollten.

Wenig später spürte man dies in Paderborn hautnah. Denn wenn auch Preußen an seiner Neutralität festhielt, so wurde das preußische Heer doch in den Kriegszustand versetzt. Eine der Maßnahmen war es, dass unter anderem in Paderborn für *einen Teil* der Armee ein Hauptquartier errichtet wurde.

Derweil marschierten die Preußen in die hannoverschen Lande ein. Und wie es schien, gaben sie den Russen den Weg frei, von Stralsund aus bis nach Hameln zu ziehen, um die von den restlichen zweitausend Franzosen mit vierzig leichten Kanonen gehaltene Hamelner Festung zu belagern. Die Lebensmittelvorräte in Hameln waren begrenzt. Die außerhalb der Stadtbefestigung befindlichen Gartenhäuser und große Mengen der wertvollsten Obstbäume und Hecken waren niedergehauen worden, weil sie der Verteidigungsmöglichkeit hätten hinderlich sein können. Einige Bewohner hatten mit Mühe gerade noch die Stadt verlassen können. Franziska, Elisabeth und Ferdinands Mutter Hildegard konnten glücklicherweise beim Apotheker Westrumb unterkommen. An Unterricht in der Schule war vorerst nicht mehr zu denken.

»Für Hameln scheint es auf den ersten Blick ein Segen zu sein, dass am Ende doch wieder Napoleon siegt - sowohl bei den Kämpfen um Ulm als auch bei der folgenden Schlacht von Austerlitz, bei der Russen und Österreicher besiegt wurden«, schrieb Elisabeth in einem Brief am Ende des Jahres. »Schließlich mussten sich die Russen aus Hameln zurückziehen. Und Lehrer Stolzheise hat berichtet, dass es zu Vertragsverhandlungen um Gebietsabtretungen gekommen sei, die auch für Preußen von Belang sind. Denn Napoleon hat den preußischen König gezwungen, seine Besitzung von Ansbach an Bayern abzutreten. Dafür erhält Preußen nun wider Willen unser Kurfürstentum Hannover. De La Tour rechnet damit, dass sich im Frühjahr die restlichen Franzosen aus Hameln zurückziehen. Bis dahin wird wohl auch die Flutung des Festungsvorgeländes bestehen bleiben, die im November durch die Franzosen vorgenommen worden ist. Danach wird es zur Besetzung der Hannoverschen Lande und auch Hamelns durch die Preußen kommen. Vielleicht ist das der geeignete Zeitpunkt für Euch, nach Hameln überzusiedeln.«

So sollte es tatsächlich kommen. Kaum dass die Franzosen Ende März 1806 Hameln verlassen hatten, begann der preußische König damit, die Festungswerke verbessern und ausbauen zu lassen. Bei der Anlage eines neuen Forts unterhalb der Berg-Festung ließ sich für Ferdinand gut bezahlte Arbeit finden, wobei Westrumb vermittelnd zur Seite gestanden hatte. Dieser zeigte sich auch anderweitig sehr entgegenkommend, denn fortan war Agnes bei dem Apotheker als Kinderfrau für den achtjährigen Sohn August Heinrich Ludwig angestellt.

Für Agnes und Ferdinand schienen die Zeichen der Zeit jetzt also gut zu stehen. Voller Zuversicht und Tatendrang mühten sie sich, in Hameln ein neues Zuhause zu schaffen. Dann würde vielleicht auch bald ein kleiner Engel ihr Familienleben bereichern, so hofften sie. Ihr Vertrauen in eine bessere Zukunft erhielt aber schon bald wieder einen Dämpfer, als sie erneut einen Brief von Elsbeth aus Berlin erhielten; es sollte der letzte Brief für lange Zeit sein:

Liebe Schwester,
zuvörderst wünsche ich Dir, Deinem Ehegatten resp. meinem Schwager Ferdinand, seiner Mutter sowie Elisabeth Buchbinder und Franziska Hensler eine glückliche Zeit in Hameln!
Wie mir durch meine Kontakte bei Hofe angezeigt wurde, wurden die Hannoverschen Lande gemäß einer mit Frankreich getroffenen preußischen Übereinkunft von den Franzosen geräumt, und auch der General Barbou müsste die Festung Hameln inzwischen herausgegeben haben. Eine anschließende Besetzung durch preußische Truppen sei notwendig gewesen, um Ruhe im nördlichen Deutschland zu erhalten und den Kurstaat weitestgehend zu schonen, so heißt es.
Das klingt erst einmal gut; ob es so bleibt, muss sich zeigen. Denn insgeheim wird hinzugefügt, dass Napoleon die Besetzung Hannovers von unserem König erzwungen habe - verbunden mit der Forderung einer Sperrung der preußischen Nord- und Ostseehäfen für Engländer und Schweden.
Hinter vorgehaltener Hand wird dieser Schritt als kluger Schachzug des französischen Kaisers gewertet. Denn nach der Kriegserklärung Schwedens an Preußen sind auch die Engländer verstimmt und haben bereits hunderte preußische Schiffe in englischen Häfen beschlagnahmt.
Es droht also Ungemach, zumal die Königin in Verbindung mit etlichen hochrangigen Persönlichkeiten des Königs Ansichten zur Haltung Preußens gegenüber Frankreich dahingehend zu beeinflussen sucht, dass unser Preußenkönig aus seinem vasallenhaften Treueverhältnis gegenüber Napoleon endlich ausbrechen möge.
Darüber hinaus spekuliert man hier darüber, dass - wie in Bayern, Baden und Württemberg - etliche deutsche Fürsten sich in den nächsten Monaten vom deutschen Reich lossagen werden und in einer Art »Rheinbund« eine militärische Allianz mit Frankreich anstreben werden. Man hält es sogar für denkbar, dass in Kürze der österreichische Kaiser Franz seine Kaiserwürde als römisch-deutscher Kaiser ablegen wird. Dann werden Napoleon mit seinen neuen Verbündeten nur noch England, Schweden, Russland, Österreich und vielleicht zukünftig auch Preußen gegenüberstehen. Ein Krieg wird als unvermeidlich angesehen.

Die Situation wird hier von einigen Beobachtern als derart brisant eingeschätzt, dass ich dazu neige, Berlin bald zu verlassen.

Bei all diesen politischen Unwägbarkeiten wird mir zudem die Lage im Hause der Sanders zunehmend verleidet, wo es zu einem Eklat kam. Nachdem Sophie Sanders Cousin Müller mit seinen Liebeleien bei Sophie nicht landen konnte, hat sich nun ein Freund von ihm, der Theologe Theremin, in sie verliebt und scheint mehr Erfolg zu haben. Stell Dir nur vor, da kam kürzlich unvorhergesehener Weise Sophies Ehegatte früher als gewöhnlich nach Hause und traf den Theremin zur Teezeit bei Sophie an. Mit ernsten und übel gelaunten Worten gab Sander dem Gast sein Missvergnügen darüber zu verstehen, dass dieser die Abende immer bei Sophie verbringt. Und dann verbat er dem Besucher dessen zukünftige Aufwartungen bei seiner Frau. Doch anstatt der Forderung des Hausherrn zu genügen, der sich - zu Recht oder Unrecht - betrogen fühlte, erdreistete sich Sophies »Gesellschafter«, so will ich ihn mal wertfrei nennen, sich gänzlich in ein Zimmer des Sanderschen Hauses einzuquartieren. Ob die Ehe Bestand haben wird ...

Ich kann es mir kaum vorstellen. Es ist jedenfalls zu vernehmen, dass sich dieser Skandal herumspricht. Auch ist mir zu Ohren gekommen, dass Sophie sogar beabsichtigt, ihren erstgeborenen Sohn zu Theremins Vater, einem Prediger in der Uckermark, in Pflege zu geben, weil sie angeblich das Geschäftliche abwickeln muss und sich nur unzureichend um die Kindererziehung kümmern kann. Johann Daniel Sander scheint mir ein gebrochener Mann zu sein. Es wird sogar geredet, er solle als Unzurechnungsfähiger bevormundet und gar in die feste Verwahrung der Charité eingewiesen werden.

Ich habe mich umhört, ob es da eine rechtliche Möglichkeit der Intervention gibt. Aber man sagte mir, die Aussichten dafür stünden schlecht.

Nein, liebe Schwester, das geht mir zu weit. Das kann und will ich mir nicht länger ansehen. Ich werde hier in Bälde meine Zelte abbrechen und in Apels Landgut nach Ermlitz umziehen. Dort, bei Leipzig, will ich bis auf weiteres die nächste Zukunft verbringen. Vielleicht ist es auf dem Lande auch sicherer, falls es tatsächlich zu kriegerischen Auseinandersetzungen kommen sollte.

In der Hoffnung, dass wir von solchem Unglück verschont bleiben, grüße ich Dich.

Deine Schwester Elsbeth

P.S. Adalbert und Ernst hat es auf ihrer Reise bisher noch nicht nach Berlin geführt. Sie werden mich hier also wohl auch nicht mehr antreffen.

Als Franziska Hensler durch Agnes von diesen Nachrichten erfahren hatte, griff auch sie sogleich zu Papier und Feder. »Es ist an der Zeit, meinen Bruder Walther in Jena über die neuesten Entwicklungen zu informieren. Ich hatte Adalbert und Ernst seine Adresse mitgegeben und beiden den Weg zu Walthers Gasthaus an der Trießnitz beschrieben. Da wir von den Reisenden immer noch kein Lebenszeichen erhalten haben ... Möglicherweise sind sie dort inzwischen eingetroffen. Und der Weg nach Leipzig ist nicht weit; vielleicht möchten sie *doch* auch noch mit Elsbeth zusammenkommen und ...«, sprach Franziska fast wie zu sich selbst. Sie hatte Elsbeth damals in ihrem Hause in Paderborn recht liebgewonnen und war nicht sehr glücklich darüber, dass man sich aus den Augen verloren hatte.

Zwei
einige Wochen später - Festungsbau in Hameln

»Und du bist dir sicher, dass du keine ernsthaften Verletzungen davongetragen hast?«, fragte Agnes besorgt ihren Mann, der sich hinkend von seinem Arbeitseinsatz ins Haus schleppte.

»Nur eine Kleinigkeit, wird sich geben und ist morgen gewiss schon vergessen«, erwiderte Ferdinand als er sich zu Tisch setzte, was ihm sichtlich Schmerzen bereitete. Aber er versuchte die Qualen zu verdrängen. Als Agnes ihm den Teller mit Kartoffelsuppe füllte, lenkte er erfolgreich von seinen Beschwerden ab und berichtete von dem, was er gesehen hatte, als es ihn heute erstmalig bis auf die Höhe des Klütberges geführt hatte:

»Man glaubt es kaum, wenn man am Fuße des Berges steht, dass die Anhöhe tatsächlich völlig abgeholzt ist - verständlich, denn man will natürlich von den Stellungen in den Forts bei Bedarf ein freies Schussfeld haben«, erläuterte er.

»Ja, haben sie dich dort unbehelligt herumschnüffeln lassen? Die werden doch sicher darauf achten, dass kein Unbefugter geheime Details über ihre Anlagen auskundschaftet. Vielmehr sollte man meinen, dass sie dort nicht jeden Zivilisten oder gar Wanderer herumlaufen lassen, oder?«

»Wanderer triffst du natürlich nicht an, obwohl die einen herrlichen Blick auf die Stadt und die Umgebung genießen könnten«, erwiderte Ferdinand. »Aber großartige Geheimnisse gilt es dort nicht zu hüten«, ergänzte er. »Vor wem auch? Ich meine, die Franzosen kennen die Anlagen, die Preußen wissen Bescheid, die Hannoveraner haben nichts mehr zu melden ...«

»Hat die Festung dann noch eine Funktion?«, fragte Agnes irritiert.

»Über ihre strategische Bedeutung im Detail kann ich mir natürlich kein Urteil erlauben. Aber möglicherweise ist allein das schon entscheidend, was ganz offensichtlich ist: Während der überwiegende Teil Hamelns durch die mächtigen Anlagen der Stadtfestung hinreichend gesichert zu sein scheint, ist die Stadt an ihrer Westflanke, dort wo der Weserstrom vorbeifließt, vergleichsweise ungeschützt. Angreifer, die von der Weserseite aus anrücken würden, könnten vom Klüt aus problemlos unter Feuer genommen werden. Darüber hinaus kann durch die von der Bergfestung ausgehende Bedrohung die gesamte Schifffahrt auf der Weser kontrolliert werden. Auch die südliche Seite der Stadt kann von hier aus gegen alle Belagerungsangriffe verteidigt werden. Umgekehrt - wer den Klüt im Besitz hat, ist auch Herr über die Stadt. Denn die Befestigungswerke der Stadt könnten durch den Kanonenbeschuss von oben in kürzester Zeit zerschmettert - ja, die gesamte Stadt in weniger als einer Stunde in Schutt und Asche gelegt werden.«

»Dann ist es also wichtig, sich auf dem Klüt so gut zu verschanzen, dass die Bergfestung nicht eingenommen werden kann«, überlegte Agnes.

»Ganz genau. Und darum hat man ein umfangreiches System aus Schanzen, Wällen, Gräben, Wachttürmen, unterirdischen Gewölben und Minengalerien angelegt. Denn die größte Gefahr droht vom Nordwesten, wo sich vom Klütberg aus die Höhen über dem Tal der Weser im Bogen weiterziehen. An den anderen Seiten der zur Stadt hin abfallenden Kammlinie sind gut zu kontrollierende Steilhänge vorhanden. Vom höchsten Punkt des Bergs bis zu dem niedriger gelegenen Plateau, von dem aus das

Wesertal militärisch beherrscht werden kann, erheben sich von West nach Ost in einigen Abständen drei Forts, die von massivem Mauerwerk aus viele Fuß dicken Quader- und Backsteinen erbaut und durch unterirdische Gänge und steile Treppen miteinander verbunden sind ... «

»Aber du bist doch bei der Neuanlage von diesem *Fort Louise* beschäftigt - wozu wird das denn benötigt, wenn durch die Bergfestung hinreichende Sicherheit gewährt ist? Und was hat dich heute auf den Berg geführt?«, fragte Agnes neugierig und hoffte auf weitere Details. Denn in der Vergangenheit hatte es Ferdinand meist gemieden, über seine Arbeit zu sprechen.

»Es gab eine kleine Schwachstelle am bisherigen Festungsbau. Der südliche Teil, das Hummetal, kann noch nicht unter Feuer genommen werden. Das wird nun von dem Fort Louise aus möglich werden, sodass angeblich die Heerstraße nach Pyrmont und die Gegend bis hinüber zum Ohrberg beherrscht werden kann. Wir sind mit dem Bau schon gut voran gekommen, haben kürzlich einen Graben ausgehoben, der die Straße dort durchschneidet und eine schmale Brücke gebaut, die immer nur von höchstens einem Fahrzeug passiert werden kann. Diese Sperre kann leicht bewacht werden. Nun ist es an der Zeit, durch Gräben und Brustwehren eine Verbindung zum unteren Fort herzustellen. Dazu bedarf es jede Menge Bauholz, das aus dem Forst des im Norden des Klüts angrenzenden Waldgebiets zu besorgen ist - eine wirklich schweißtreibende Arbeit, sag ich dir.«

»Das klingt so, als würdest du noch viel häufiger kräftigendes Essen bedürfen. Ist es das, was dir fehlt?«, fragte Agnes bekümmert. »Du wirkst in letzter Zeit ausgesprochen müde und niedergeschlagen. Ich hoffe, die Arbeit zehrt nicht an deiner Gesundheit«, sorgte sie sich.

»Nein, das ist es nicht. Ich habe dir doch schon einige Male versichert, dass ich dieser Arbeit schon gewachsen bin, auch wenn sie besonderer Anstrengung bedarf. Nein, strapaziös ist es eher für andere, und das bedrückt mich mehr.«

»Aber es scheint dir immerhin zu schmecken«, begann Agnes erneut das Gespräch nach einer kurzen Zeitspanne, in der Ferdinand gierig sein Essen zu sich nahm.

»...ist sehr gut«, lobte er und wies auf den Topf. Wieder vergingen einige Augenblicke des Schweigens, als Agnes ihm einen Nachschlag servierte.

»Du scheinst darüber nicht sprechen zu wollen, stimmt's?«

»Das ist wohl so.«

»Weil ich dir nicht helfen kann?«

»Herrje, wer könnte da schon helfen?« - Erregt schob Ferdinand seinen Suppenteller beiseite, rückte seinen Stuhl zurück, wobei dies heftiger geriet als beabsichtigt, so dass das Möbel umstürzte. Als Ferdinand sich erhoben hatte, ging er einige Schritte vom Tisch weg und stützte sich mit seinen Händen an den Ecken eines mannshohen Schrankes ab, während er mit seinem Kopf an der Schranktür verharrte.

Agnes war erschrocken über die Reaktion ihres Mannes, die sie so nicht an ihn kannte. Sie konnte sich das Verhalten nicht erklären und geriet in einen Zwiespalt. Sollte sie sich durch dieses Gebaren persönlich gekränkt fühlen? Sollte sie empört den Raum verlassen, wie es ihre Schwester Elsbeth vermutlich in dieser Situation getan hätte? Stattdessen überwog ihre Sorge um Ferdinand, den sie doch viel zu sehr liebte, um ihn mit seinen Nöten allein zu lassen. Denn dass ihn etwas sehr bewegte, dass er mit sich rang, das war doch offensichtlich.

Sie trat hinter ihn, umfasste ihn mit ihren Armen und lehnte schweigend ihr Haupt an seinen Rücken. Dabei schloss sie die Augen und empfand einen Moment des Glücks, als sie spürte, dass er sie nicht zurückwies.

Sie horchte auf das heftige Pochen seines Herzens. Ängstlich blickte sie zu ihm auf und nahm sein blasses Gesicht wahr, als er sich umdrehte. Schweißperlen hatten sich auf seiner Stirn gesammelt. Feucht waren seine Hände, als er ihre ergriff und sie zu seinem Mund führte. »Entschuldige«, hauchte er.

Mit einem leichten Kopfnicken gab sie ihm zu verstehen, dass sie ihm verzieh.

»Bist du krank?«, fragte sie mit flüsternder Stimme.

Mit einem Achselzucken und einem Kopfschütteln antwortete er ihr.

»Du weißt es nicht?«

»Nein, nein, ich bin nicht krank, es ist ... Es ist nur alles etwas viel in letzter Zeit. Ich bin eher etwas verwirrt, vielleicht auch traurig oder enttäuscht, zornig und dann ... Dann kommen Augenblicke der Resignation in mir hoch. Da sind so viele Gedanken und Gefühle, die sich widersprechen«, erwiderte er mit einem tiefen Seufzer. Zärtlich nahm er Agnes in seine Arme. »Ich bin so froh, dass ich dich habe«, ergänzte er. »Das gibt mir Halt«, fügte er hinzu.

»Es beschäftigt dich was. Willst du darüber reden?«

»Hm.« Er rang mit sich. »Weißt du was?«, fragte er schließlich mit einem Schmunzeln. »Genau so hat vor Jahren Clemens Buchbinder zu mir gesprochen, als es mir einmal gar nicht gut ging. Dann hat er seinen Heilsbringer, einen Lindenblütentee, aufgegossen und es fiel mir anschließend erheblich leichter, meine Gefühle in Worte zu fassen.

»Ich glaube, wir hätten da noch einige Lindenblüten«, bemerkte Agnes, machte sich von ihm los und kramte in ihrem Vorratslager.

»Ach lass nur«, erwiderte er, während er sie zu einem bequemen Sitzmöbel führte, sich niederließ und sie auf seinen Schoß ziehen wollte. »Oh!«, stöhnte er mit schmerzverzerrtem Gesicht und hielt sich einen Oberschenkel.

»Du hast dich doch verletzt. Was ist geschehen?«

»Ach, ist nicht so schlimm. Lass mich erzählen«, wiegelte er ab und begann zu berichten:

»Du hast vielleicht schon einmal davon gehört, dass früher, als die Befestigungen Hamelns angelegt wurden, viele Strafgefangene zur Arbeit eingesetzt wurden. Es waren vorwiegend Gefangene, die ein minderschweres Delikt begangen hatten und mit der *Karrenstrafe* gemaßregelt wurden. Dann gab es als Ersatz für die Todesstrafe die mit der *Kettenstrafe* Verurteilten. Auch heute noch werden diese Arten der Bestrafung beim Festungsbau angewendet. Bei unserer Arbeit am Klüt werden wir von einigen dieser Kriminellen unterstützt. Sie sind hier im *Stockhaus* untergebracht.«

»Der große Gefängnisbau an der Weser?«

»Mmh, ja«, stimmte Ferdinand zu. »Weißt du ... Es macht mich fertig, wenn ich diese Menschen schuften sehe. Ich empfinde es als Schinderei; es wirkt so demütigend«, klagte er.

»Sie dauern dich?«

»Sie erregen mein Mitleid, obwohl ich sehr wohl weiß, dass sie nur das erhalten, was sie für ihre Untaten verdient haben. Und angeblich sollen sie sogar über diese Art der Bestrafung bis zu einem gewissen Grad froh sein, denn sie kommen raus aus ihrem Bau und erhalten die Gelegenheit, einen Dienst an der Gemeinschaft zu verrichten.«

»Und dennoch bist du bekümmert.«

»Das ist schwer zu verstehen, nicht wahr? - Ich arbeite nun schon eine Weile mit Otto Wigger zusammen; ist ein netter Kerl.«

»Einer der Gefangenen?«

»Er sei wegen seines vorbildlichen Verhaltens inzwischen von der Kette befreit, meinte der Aufseher, der uns in den Wald begleitet hat.«

»*Wigger*. Irgendwie ... Mir scheint, ich habe den Namen schon einmal gehört«, grübelte Agnes.

»Er sagt, er sei im vergangenen Jahr von einem Franzosen beim Schmuggeln erwischt worden. Tabak, Kaffee, Tee, Gewürze ... aus den englischen Kolonien. Es ist ihm irgendwie gelungen, die Handelssperren zu durchbrechen. - Rate mal, wer ihn in Haft genommen hat!«

»Wer?«

»De la Tour.«

»Ach.«

»Was mich daran so erzürnt hat ist, dass unser werter Oberst sich die Schmuggelware selbst unter den Nagel gerissen und gutes Geld damit gemacht hat.«

»Sagt Wigger?«

»Hat der Aufseher bestätigt.«

»Dann ist der Oberst also doch ein Falschspieler?«

»Tja«, erwiderte Ferdinand, »so kann man sich täuschen. Franziska und Elisabeth halten die Franzosen doch für so ehrenwerte Leute mit einem so guten Benehmen«, deklamierte er zynisch. »Da ist noch etwas, das mir viel mehr Kummer bereitet: Als wir im Forst waren, haben wir eine Wildschwein-Rotte aufgescheucht. Die Bache hatte an die zehn Frischlinge. Der Aufseher hat ihr einen Streifschuss verpasst, was sie derart aufgebracht hat, dass sie zum Angriff übergegangen ist. Als er erkannte, dass er seine Waffe nicht rechtzeitig wieder schussbereit bekam, hat er das Weite gesucht. Nun waren Wigger und ich ihrer Raserei ausgesetzt. Ich habe durch ihren massigen Körper einige Prellungen abbekommen.«

»Hier?«, zeigte Agnes auf sein Bein, als sie sich unversehens erhob. »Und du nimmst mich auch noch auf deinen Schoß«, schüttelte sie verständnislos den Kopf. »Du brauchst keinen Lindenblütentee, sondern ich sollte dir eher ein Läppchen mit einer Arnika-Tinktur auflegen.«

Doch Ferdinand zog sie wieder zu sich: »Ist nicht so schlimm. Außerdem brauche ich noch was ganz anderes, wenn du verstehst, was ich meine«, flüsterte er ihr jetzt liebevoll ins Ohr.

»Lüstling«, murmelte sie nur noch, als er ihr mit einem Kuss den Mund verschloss.

»Später - in Ordnung?«, schmeichelte er und dann nahm er wieder Haltung an und berichtete weiter: »Ich hatte ganz andere Sorgen. Bin nur froh, dass mich kein Keiler aufgespießt hat. War aber auch so ganz und gar nicht spaßig. Ich hatte mich bis an einen dicken Baum zurückgezogen, sah mich aber außerstande, die Flucht hinauf zu ergreifen. Die Bache kam immer näher, und ich fürchtete zerquetscht zu werden. Da hat sich der Wigger auf sie geworfen, um sie von mir wegzulocken. Dreimal hat sie bei ihm zugebissen, bevor ich sie mit einem dicken Ast attackieren und sie letztlich verscheuchen konnte.«

»Und was ist mit dem Wigger?«

»Natürlich habe ich ihn erst einmal schnellstmöglich versorgt, habe ihm das Bein abgebunden, dem armen Kerl. Er tut mir immer noch leid ..., diese Schmerzen. Da hätte ich gut das Opium-Mittelchen von Friedrich Wilhelm gebrauchen können, dieses schmerzstillende Morphium aus der Kapsel des Schlafmohns«, antwortete Ferdinand.

»Du hättest wahrscheinlich auch was davon gebrauchen können, oder?«

»Naja ... Immerhin, seine Blutungen bekam ich gestillt. Dann habe ich ihn in schützendes Unterholz gezogen und ihn einigermaßen gelagert. Bin auf direktem Wege zur Festung gehetzt, wo es zwar kein Lazarett gibt, aber immerhin das Notwendigste einer kleinen Apotheke. Auch war kein Lazarettarzt anwesend; also begleitete mich ein Feldscher zum Unglücksort.«

»Und dann?«

»Wigger war verschwunden.«

»Wie? Getürmt?«

»Keine Ahnung, kann ich eigentlich kaum glauben, er wäre bald frei gekommen. Wir haben seine Spuren eine kurze Strecke verfolgen können, dann ... Wie vom Erdboden verschwunden. Auch die Hunde konnten die Fährte nur ein kurzes Stückchen wieder aufnehmen. An einem Bach war Schluss. Manch einer denkt jetzt, ich würde irgendwie mit Wigger unter einer Decke stecken.«

»Aber der Aufseher kann doch den Vorgang bestätigen!«

»... ist ebenfalls nirgendwo mehr aufzufinden.«

»Puh ... Wann ist das geschehen?«

»Am Nachmittag.«

»Hm ... Am Nachmittag. Ich war am Nachmittag bei Westrumb. Zusammen mit seinem Sohn. Da erschien ein Lieutenant. Es kann gut sein, dass in diesem Zusammenhang der Name von dem Wigger fiel. Wie hieß er denn noch gleich ... Wie hieß denn nur dieser Soldat ... Wie war doch nur ...«, murmelte Agnes. »Oh!«, ein Ausruf des Entzückens kam von ihren Lippen und ihre Augen strahlten, als ihr der Name wieder einfiel: »Chamisso. Ja, genau, Lieutenant von Chamisso. Ja, der war's, und der holte Westrumb fort. Es war wohl sehr eilig.«

»Was? - Der Chamisso war bei Westrumb?«, rief Ferdinand überrascht, »Adelbert von Chamisso?«

»Ja, genau! Stimmt, er heißt so ähnlich wie Ludwigs Onkel, nicht Ad_a_lbert sondern Ad_e_lbert, Adelbert von Chamisso. Kennst du ihn?«

»Es ist genau der, der mich in letzter Zeit so verwirrt. Wir sind uns einige Male begegnet. Hat Elsbeth noch nie von ihm geschrieben?«

»... kann mich nicht erinnern. Wer ist der Mensch? Er sah eigentlich ganz sympathisch aus.«

»... stammt aus einer alten französischen Adelsfamilie, ist mit seinen Eltern vor den Revolutionsheeren geflohen, schließlich in Berlin gelandet und vor etlichen Jahren dem Militärdienst in der preußischen Armee beigetreten. Aber er fühlt sich auch als Dichter. Elsbeth müsste ihn bei den Sanders kennengelernt haben. Er gehört zu denjenigen, die ihren Gefühlen in ihren Werken freien Lauf lassen.«

»Und wieso verwirrt er dich so sehr?«

»Oh, das ist kaum in Worte zu fassen. Er ist mit seinem Regiment im Frühjahr durch Schnee und Kälte marschiert und dann hier in Hameln angekommen. Während seiner einwöchigen Nachtwache im April hat er eine Art Märchen geschrieben; er nennt es ADELBERTS FABEL und scheint darin über seine eigenen Sehnsüchte nachzudenken. Chamisso stellt den Adelbert in seiner Fabel als einen Wanderer dar, der sich auf eine weite mühselige Tour begibt, um die Welt zu erkunden und sich selbst in ihr zu begreifen. Es fällt mir manchmal schwer, seine Gedankengänge nachzuvollziehen. Aber ich kann nachempfinden, wenn er von der Ohnmacht schreibt, der man durch Zwänge ausgesetzt ist. Chamisso beklagt zum Beispiel, dass er durch seinen Militärdienst zur Tatenlosigkeit verdammt ist, aus der er sich befreien möchte. Viel lieber würde er mit seinen Freunden in Halle naturkundliche Studien betreiben. Aber seine Eltern lehnen diese Pläne als unnütz und unstandesgemäß ab. Beim König hat er ein Gesuch gestellt, um aus dem Militärdienst auszuscheiden. Er wartet auf eine Entscheidung, die aber nicht eintreffen will, und das scheint ihn zu zermürben. Er schreibt über seinen Freiheitsdurst und versucht die Grenzen auszuloten. Und genau da weiß ich noch nicht so recht, wie weit ich seine Vorstellungen teilen kann. Ich meine, wir leben tagtäglich mit vielen Gegebenheiten, Zwängen, aus denen wir nicht auszubrechen vermögen. Aus anderen könnten wir uns befreien, wenn wir denn nur wollten. Wenn es uns so viel bedeutet, uns von diesen vermeintlichen Fesseln zu befreien, dann sollten wir's auch versuchen - meine ich. Das ist es, Agnes, was mich beschäftigt. Ich meine, wenn ich zum Beispiel der Arbeit beim Festungsbau nachgehe, dann tue ich das, um für uns sicherzustellen, dass wir morgen genug Brot im Haus haben. Sollte ich die Arbeit aufgeben, wenn ich zu der Erkenntnis komme, dass ich mit meinem Beitrag zum Schaden für andere werde? Ich denke ja, dann sollte ich mich bemühen einen anderen Weg zum Broterwerb zu suchen. Falls ich dann eine Alternative gefunden habe, sollte ich mich entscheiden. Das ist *meine* Freiheit, die *ich* habe.«

»Und glaubst du, dass du durch deinen Arbeitsbeitrag zum Schaden für andere wirst?«

»Wenn ich das wüsste. Es kann sein, dass wir mit der Sicherung dieser Festung den Preußen in die Hände spielen, die von uns allen etwas erwarten, was wir im Grunde nicht zu geben bereit sind. Es kann auch sein, dass irgendwann in naher oder ferner Zukunft Napoleon die Festung in Besitz nimmt und auf uns Zwänge ausübt, die ebenfalls unseren Lebensvorstellungen widersprechen. Wer weiß das schon? Wer ist schon Freund? Und wer ist der Feind in diesen Zeiten? Wissen wir denn, was wir wollen, ob als Preußen, als Franzosen, als Hannoveraner, als Engländer? Und wer sind *wir*? Du und ich. Ja, *für uns beide* könnten wir vielleicht sprechen.«

»Ein schwieriges Thema, über das es sich gewiss nachzudenken lohnt«, erkannte Agnes. »Wie würde sich denn der Chamisso entscheiden, wenn die Franzosen angreifen sollten. Würde er die Festung verteidigen und auf seine Landsleute schießen? Oder übergäbe er die Festung kampflos, wenn er dadurch die Gelegenheit hätte, Blutvergießen zu vermeiden?«

»Das ist eine theoretische Frage, die ich ihm auch gestellt habe. Er hat nur darauf erwidert, dass er natürlich kämpfen würde. Das sei schließlich *eine Frage der Ehre*«, fasste Ferdinand die Meinung Chamissos zusammen, wobei er mit seinen Augen rollte.

»*Ehre* ... Das ist auch so ein Wort, bei dem ich nicht recht weiß, was ich darunter verstehen soll. Ich würde die Festung wahrscheinlich eher kampflos übergeben, auch wenn man mich dann für einen Feigling hielte. Ich fände es ehrenvoller, wenn ich Menschen vor ihrem Verderben bewahren könnte.«

»Hast schon recht. Ist eine theoretische Frage. Die Entscheidung müsst ihr schließlich beide nicht treffen«, schloss Agnes ihre Überlegungen ab.

»Doch zuförderst ist im Moment etwas anderes viel dringlicher, wie ich meine«, erwiderte Ferdinand. »Was ist denn nun mit dem Wigger? Ich denke, auch wenn er ein Gefangener ist, aus welchen Gründen auch immer, er ist verletzt und benötigt Hilfe.

Und die zu gewähren sind wir doch alle bereit, du und ich, der Westrumb und auch der Chamisso.«

»Wollen wir den Westrumb aufsuchen? Oder besser: *Ich* könnte den Apotheker fragen, denn *du* solltest dich besser etwas schonen«, schlug Agnes vor. »Allerdings, es ist schon sehr spät. Und eigentlich dürften wir den Westrumb jetzt nicht mehr um seine Ruhe bringen, oder?«

»Aber genau das ist es doch, worüber wir soeben philosophiert haben«, reagierte Ferdinand leicht empört: »Ist Westrumbs Ruhe zum Feierabend ein höheres Gut als Wiggers Anspruch auf medizinische Versorgung? Wollen wir uns dem Zwang allgemeiner Konventionen beugen? Oder nehmen wir uns die Freiheit heraus, diese Grenzen zu überwinden zugunsten von Wiggers Gesundheit? - Ich gehe zu Westrumb.«

»Wir gehen *beide*. Dann kann ich ihn vielleicht dazu bewegen, auch deine Verletzungen zu behandeln«, sagte Agnes entschieden.

Die wenigen Schritte vom Pferdemarkt bis zur Wohnung des Apothekers hatten Agnes und Ferdinand schnell zurückgelegt und sie erfuhren, dass es in der Tat Chamisso gewesen war, der am Nachmittag eher zufällig Otto Wigger angetroffen hatte, als er mit dem kühlen Wasser des nahen Bachs seine Schmerzen linderte. Chamisso hatte den Apotheker um Hilfe gebeten. Und nach der Versorgung der Wunden hatten sie den Gefangenen zum Beginenhof transportieren lassen, wo sich Elisabeth und Franziska seiner Pflege angenommen hatten. Noch ahnte niemand, dass dieses uneigennützige Handeln Folgen haben würde, über die zu philosophieren sich gewiss ebenso lohnen würde. Es geschah etwa drei Wochen später, nachdem die Wunden am Bein des Otto Wigger recht gut verheilt waren, Agnes und Ferdinand ihn einige Male im Beginenhof besucht hatten und der nunmehr aus seiner Gefangenschaft entlassene Wigger auch der Pflege nicht mehr bedurfte. Ferdinand war inzwischen beim Bau eines stabilen Blockhauses zwischen dem Mühlen- und dem Ostertore beschäftigt, wo die sogenannte *Inundationsschleuse*, die den Wasserlauf des Hamelbaches für die Flutung der Festungswerke regelte, eine zusätzliche Sicherung erhalten sollte.

Drei
»Das Himmelreich gleicht einem Schatz«

Heute ist Friedrich Wilhelms Geburtstag; das zweite Mal, dass er ihn in Einbeck ohne seine Freunde begeht, kam es Ferdinand in den Sinn, als er am 19. Juni früher als üblich die Wohnung am Hamelner Pferdemarkt betrat. Er wähnte Agnes zu Haus, denn sie brauchte sich in diesen Tagen nicht um Westrumbs Sohn zu kümmern.

Als er den Schmutz seiner Schuhe an einer Türmatte abstreifte, glaubte er ein Winseln zu vernehmen. Für einen Moment stutzte er und versuchte die Herkunft der Geräusche zu orten. Als er in die verwaiste Küche trat, war er sich sicher, dass die Laute von Agnes stammten. Sein Puls schnellte in die Höhe, denn das waren keine von Schmerzen verursachten Aufschreie, keine Hilferufe nach einer Verletzung. Das war ein gequältes Flehen, ein unterdrücktes Wehklagen, unter das sich ein männliches Gelächter mischte.

Reflexartig ergriff Ferdinand den Schürhaken, der neben dem Ofen hing und stürmte zum Schlafzimmer.

»Ja, so ist es gut, wehr dich«, vernahm er von Otto Wigger, der sich auf dem Bett über Agnes beugte, als Ferdinand die Tür aufriss. Agnes Röcke waren hochgeschlagen, das Mieder zerrissen, eins ihrer Handgelenke am Bettpfosten festgebunden. Mit der anderen Hand versuchte sie, ihre Blöße zu bedecken.

»Ach, sieh mal an! Wen haben wir denn da? Der Hausherr hat seinen Auftritt«, grinste Wigger Agnes an. »Hier, ich habe uns dein Schatzkästlein schon bereitet«, forderte er Ferdinand heraus, als er Agnes Schenkel auseinanderzuzwängen versuchte. »Komm her, sie wird es uns beiden besorgen können«, provozierte er weiter.

»Lass sie los«, fauchte Ferdinand, der den Schürhaken erhoben hatte, zum Schlag bereit.

»Oh, nun sei nicht so, ich hole mir nur, was mir zusteht«, sprach Wigger mit ernster Miene. »Das verwehrt man mir schließlich schon viele Monate.«

Erst jetzt sah Ferdinand ein langes Messer aufblitzen, mit dem Wigger Agnes bedrohte.

»Wigger, du bist ein Ungeheuer. Glaub nicht, dass du diesmal mit einer Kettenstrafe davonkommst. Diesmal wirst du am Galgen baumeln, dafür werde ich sorgen«, warnte Ferdinand erregt.

»Ach ja? - So undankbar? Immerhin hab ich noch etwas gut bei dir, schon vergessen?«, feixte Wigger wieder und schien die Pein zu genießen, die er Agnes und Ferdinand bereitete.

Agnes blickte angsterfüllt auf ihren Mann und beobachtete, wie eine Ader auf seiner Stirn anschwoll. Den Schürhaken hatte er gesenkt. Fast hatte es den Anschein, als würde er resignieren. Aber dann war sie wieder da, die zusammengeballte Faust. Doch auch ihr Widersacher stellte fest, dass Ferdinand in Rage geriet.

Wiggers Gesichtsausdruck verwandelte sich zu einer furchterregenden Fratze: »Bleib besonnen, Mann!«, zischte er Ferdinand an, »Ich bin mit der Wildsau fertig geworden, dann wirst du gewiss keine ernste Herausforderung für mich darstellen«, wurde er nun überheblich.

»Dann stell dich mir«, erwiderte Ferdinand voller Grimm. »Wenn du noch ein bisschen Ehre im Leib hast, dann lass von meiner Frau ab und zeige mir im Kampf, ob du tatsächlich Manns genug bist.«

»Ich habe eine bessere Idee«, erwiderte Wigger, »du legst dein lächerliches Eisen beiseite, setzt dich nieder und schaust zu, wenn ich dein süßes Weib besteige. Dann wirst du sehen, ob ich meinen Mann stehen kann«, antwortete er mit spöttischen Worten, als er sich Agnes zuwandte und mit seiner Rechten brutal ihre Brust packte.

Ferdinand ließ Wiggers Messer nicht aus den Augen und nutzte den kurzen Augenblick, in dem sein Gegenüber die Waffe in der schwächeren linken Hand unkontrolliert führte - Zeit genug für Ferdinand, das Schüreisen gegen die Fensterscheibe zu schleudern, die in unzählige Splitter zerbarst. Das Überraschungsmoment auf seiner Seite stürzte er sich auf den Gewalttäter, wich Wiggers Messerangriff geschickt aus und verpasste ihm einen Faustschlag ins Gesicht. Es gelang seinen Gegner vom Bett zu zerren, sodass Agnes sich nicht mehr in unmittelbarer Gefahr befand.

Während die beiden Kontrahenten am Boden miteinander rangen, hielt Wigger das Messer noch immer in seiner Hand, diesmal in seiner Rechten, die bedrohlich nah über Ferdinands Gesicht schwebte. Wie in einem Schraubstock eingeklemmt hielt Ferdinand die Handgelenke seines Gegners umklammert und mühte sich, den Rivalen herumzuwälzen, damit dieser auf die Glasscherben zu liegen kam, die zuhauf den Boden bedeckten. Doch Wigger hielt kraftvoll dagegen.

Währenddessen angelte Agnes mit der zitternden freien Hand nach einer Scherbe. Auch wenn sie sich dabei schnitt und das Blut in einer kleinen Fontäne aus der Wunde spritzte, gelang es ihr, die Fesseln an ihrer rechten Hand zu durchtrennen. Wie in Trance erhob sie sich von ihrem Lager, griff erneut die Glasscherbe und rammte sie ihrem Peiniger in den rechten Arm. Als dieser laut aufschrie und das Messer fallen ließ, hielt sich Agnes den Bauch und brach zusammen. Dadurch abgelenkt lockerte auch Ferdinand seine Griffe. Wigger kam frei, rappelte sich als erster auf und hielt es für geboten, das Weite zu suchen.

Durch den Lärm der zerberstenden Fensterscheibe aufmerksam geworden, waren Passanten vor dem Haus zusammengekommen. Auch Westrumb hatte sich auf den Weg dorthin begeben, als ihm zu Ohren gekommen war, dass sich auf dem Pferdemarkt nach einem Zwischenfall tumultartige Szenen zutrugen.

Wigger durchbrach die Menschenansammlung und hetzte durch die Hinterhöfe und Gassen in Richtung Weser.

Derweil kümmerte sich Ferdinand bebend vor Zorn um seine liebe Frau, die er in seine Arme nahm und auf die Schlafstatt hob.

»Sie schickt der Himmel!«, rief er Westrumb zu, als der Apotheker die verwüstete Kammer betrat. »Bitte«, flehte er, »ich kann nicht ... Kümmern Sie sich um meine Frau! Es war der Wigger; ich muss ...«

»Warten Sie, eine Wache ist bereits unterwegs«, unterbrach ihn Westrumb.

Doch davon nahm Ferdinand kaum mehr etwas wahr. Ungestüm rempelte er die Neugierigen an, die ihm den Weg versperrten, als er die nunmehr verhasste Unterkunft verließ. Niemals, dachte er, niemals werde ich hier mein Zuhause finden können. Wo ist diese Ratte, wo treibt sie sich rum, diese elende Kreatur?

Instinktiv folgte er den vagen Blicken und den vereinzelten Handzeichen einiger Gaffer, die ihm Wiggers Fluchtweg wiesen.

Na, dann flüchte doch zu den Soldaten-Baracken, dachte Ferdinand, als er der Zehnthofstraße folgte. Oder laufe am besten gleich zur Karrenanstalt, wo du hingehörst. Doch weder bei den Zehnhofbaracken noch bei der Mühle an der Fischpforte war Wigger zu entdecken. Zur Hölle sollst du fahren, stieß Ferdinand einen Fluch aus, als er den feuerroten Sonnenball erblickte, der in Kürze hinter der Hügelkette jenseits der Weser verschwinden würde. Sein Blick wanderte in südliche Richtung: Weiter geradeaus zum Gefängnis und zum Langen Wall wird er kaum entschwunden sein, überlegte er, da sind so viele Wachen, viel zu riskant. Und hier links, die Fischpfortenstraße, führt wieder zum Markt - auch unwahrscheinlich. Er kann nur die Nebengasse, die Kupferschmiedestraße, genommen haben oder ... Am leichtesten verstecken kann man sich im *Himmelreich*, kam es ihm in den Sinn, als er auf dem Weg dorthin ein Zetern vernahm.

Zügigen Schrittes eilte er zu einer Biegung in der engen Fischpfortengasse, hinter der er einen tobenden Fuhrwerker antraf. »Rücksichtsloses Gesindel«, polterte der Fahrzeuglenker, als er sich den Schaden am Rad seines Gespanns ansah. Das hatte einen Schrapstein am Sockel der Toreinfahrt vom Ackerbürgerhaus seines Herrn touchiert. »Das Pferd hat gescheut und schon war's passiert«, erklärte er einem herbeigeeilten Bediensteten.

Als nun ein Fluchen, Lamentieren und Krakeelen einsetzte, begab sich Ferdinand behände einige Häuserfronten weiter, wo er einen Moment verwirrt stehenblieb. Er glaubte, in der Ferne Wiggers etwas korpulenten Aufseher erkannt zu haben, doch dann hatte die Vision bereits ein Ende gefunden.

Keuchend sah er sich um, derweil er nach seinem schnellen Lauf einige Male tief Luft holte. *Zum Basilisk* stand in geschwungenen Lettern auf dem Nasenschild eines schmiedeeisernen Auslegers geschrieben, der auf das dazugehörige Wirtshaus aufmerksam machte. Ferdinand schaute durch das Fenster und versuchte den Schankraum und die Gaststube zu inspizieren.

Saß ein Basilisk laut einer Sage nicht einst am Grund eines Brunnens und hat einige Männer mit seinem giftigen Atem getötet, als sie den Brunnen von Unrat säubern wollten?, erinnerte sich Ferdinand. Vielleicht holt er ja den Wigger auch zu sich, dachte er, als er vorsichtig um die nächste Häuserecke schlich und in die Gasse zum Himmelreich einbog.

Da ist der Brunnen, ging es ihm durch den Kopf. Von Ferne betrachtete er die Brunnenwinde und den Eimer, der hin und her schwenkte. Wenn du dich jetzt im Brunnen versteckt hast, ist es dein Ende, prophezeite Ferdinand, während er sich leise der ummauerten Zisterne näherte. Er warf einen Pflasterstein hinein, vernahm aber nur einen dumpfen Aufprall. Auch ein weiterer Wurf ließ das typische Geräusch vermissen, das entsteht, wenn ein Gegenstand ins Wasser geworfen wird. Erkennen konnte er nichts. Na, dann wollen wir mal den Eimer zu Wasser lassen und schauen, ob wir überhaupt fündig werden, überlegte er, wobei er skeptisch die verrostete Winde, das altersschwache Seil und den verwitterten Eimer betrachtete.

In diesem Moment nahm er an der Wand eines gegenüberliegenden Hinterhauses eine Bewegung wahr.

Er rannte über den Platz, gelangte an eine Mauer, vor der sich etliches Gerümpel türmte und schwang sich wie der vor ihm Flüchtende über das Gemäuer.

Mehrere blutige Handabdrucke nahm er gewahr. Wigger schien durch die Verletzung, die Agnes ihm beigebracht hatte, geschwächt zu sein, denn bei der weiteren Verfolgung konnte Ferdinand die Distanz verringern. Nach einer Hetzjagd durch etliche Gassen näherten sie sich dem Münsterkirchhof und Ferdinand begann sich zu sorgen, dass Wigger zum Beginenhof flüchten würde, um sich dort womöglich einer Geisel zu bemächtigen. Doch dann verschwand der Verfolgte über einen Kellerabgang, der zur Krypta der Stiftskirche führte.

Das Quietschen eines Tores war zu vernehmen. Und wenige Augenblicke später stand auch Ferdinand am Eingang des unterirdischen Kirchengewölbes. Zögernd betrat er die Grablege der Kirchengründer. Ein Luftzug brachte die Flammen einiger weniger Kerzen zum Flackern. Gespenstische Schatten warfen ihr diffuses Licht auf einen Taufstein und auf etliche uralte kurze Säulen, die die niedrige Decke dieser Kammer trugen. Von einer Säule zur nächsten stürmend überzeugte sich Ferdinand davon, dass der Raum menschenleer war.

Über mehrere Steinstufen erreichte er eine nur angelehnte baufällige Tür, hinter der er Geräusche zu hören glaubte. Voller Argwohn schob er die Tür auf und konnte es seiner Wachsamkeit verdanken, dass er blitzartig auszuweichen vermochte, als ihm ein Brett entgegengeschleudert wurde. Wütend sprang er nach vorn und packte Wigger an seinem verletzten Arm. Der augenblicklich einsetzende Schmerz setzte noch einmal Energien frei, und es gelang Wigger sich loszureißen.

Sie hasteten nun durch das Südschiff der Kirche, kletterten über Bauschutt, morsche Balken und aufeinanderliegende Grabplatten. Kronleuchter waren hier ebenso lieblos abgelegt wie bebilderte Tafeln von Altargemälden, zerstörte Statuen und zerborstenes Kirchenmobiliar. Mit Getöse fiel ein Aufbau gestapelter Schemel zusammen, den Wigger umgerissen hatte.

Ferdinand konnte den Hindernissen entgehen, indem er ins Hauptschiff zurückwich und die gähnende Leere der Orgelbühne erblickte. Er hatte davon gehört, dass vor einigen Jahren die französischen Soldaten die Orgelpfeifen abgenommen, zertreten und das Material mitgenommen hatten.

Nun sah er, wie Wigger zu entkommen drohte, der das Hauptportal bereits erreicht hatte. Doch die Kirchentür war verschlossen.

Wigger musste von seinem Vorhaben Abstand nehmen und huschte zu einem Pfeiler, an dem eine Treppe angelehnt war. Diese führte zu einer geöffneten Tür, hinter der sich der Aufstieg zum Turm befand.

Durch den Unrat von verdorbenen Heu- und Strohresten aus der Zeit der Franzosenherrschaft watete Ferdinand und folgte seinem Feind, den er nun in einer Falle wähnte. Umsichtig erstieg er Stufe um Stufe der Wendeltreppe, denn er musste damit rechnen, hinter jeder Biegung auf seinen Gegner zu treffen. Da er sich selbst sehr ruhig verhielt, konnte er jedoch gut orten, dass Wigger sich schon weiter entfernt hatte.

Durch einen Spalt im Mauerwerk des Turms sah Ferdinand, dass von dem roten Sonnenball nur noch ein Bruchteil über den Horizont des scheinbar endlosen Waldgebiets auf der anderen Weserseite lugte.

Er erreichte das Gewölbe über dem Hauptschiff mit seinen muffigen Ausdünstungen. Hier war es schon sehr duster. Dennoch war der Bereich, den Wigger bereits passiert hatte, gut überschaubar. Nur wenige zum Teil morsche Planken verbanden das Gebälk des Dachstuhls. Zaudernd bewegte sich Ferdinand vorwärts. Dann geriet die Turmuhr in Bewegung, und während die Schläge zur vollen Stunde erklangen, erbebte das gesamte Gewölbe.

Mit den Händen an den Ohren um das Gehör zu schützen, erreichte Ferdinand beim letzten Glockenschlag den achteckigen Ostturm und erklomm nochmals einige Stufen. Jetzt befand er sich im Freien des barocken Turmaufsatzes.

Die *Laterne* bot eine Aussicht in alle Himmelsrichtungen, doch dafür war Ferdinand gerade jetzt wenig empfänglich. Irritiert hielt er nach Wigger Ausschau, der wieder einmal wie vom Erdboden verschluckt schien.

Als er den Teufel erblickte, wie er sich wagemutig an den Ranken eines Efeugewächses vom Turm hinabhangelte, nahm er einen Schuss wahr. Unmittelbar danach sah er, dass Wigger verzweifelt mit den Armen ruderte, während er fiel. Instinktiv versuchte der Abstürzende, sich an irgendetwas festzuhalten. Aber es war zu spät. Sein markerschütternder Schrei endete abrupt, als sein Körper auf den Boden klatschte. Ungläubig verharrte Ferdinand in Stille; von einer Sekunde zur nächsten war sein Hass verflogen. Doch Mitleid oder gar Reue stellten sich nicht ein.

Er blickte über die Dächer Hamelns auf den Kirchturm von St. Nicolai, in dessen Nähe er Agnes in ihrer gemeinsamen Wohnung wähnte. *Wenn Sie Hilfe brauchen, wenden Sie sich an Westrumb*, glaubte er jemanden sagen zu hören. Es war eine Eingebung, die ihm viele Ängste nahm. Die ihn beruhigte. Er spürte, wie sich sein Pulsschlag normalisierte. Erleichtert richtete er den Blick nach Osten und schaute auf die Unterkünfte des Beginenhofs, wo er Elisabeth erkannte, die da am Fenster ihrer Kammer stand. Auch durch sie fühlte er sich mit seinen Sorgen aufgefangen.

Er wandte sich nach Südwesten und nahm die Bergfestung ins Visier. Wigger, wir hätten gewiss noch eine ganze Weile gut zusammen unserer Arbeit nachgehen können.

Du hast dein Leben zu leichtfertig aufs Spiel gesetzt, konstatierte er. Nach einer weiteren Vierteldrehung registrierte er, dass die Sonne inzwischen gänzlich untergegangen war. Stattdessen schien sich der Himmel nun in ein loderndes Flammenmeer verwandelt zu haben.

Das Himmelreich ist fast der Hölle gleich, nur um ein Vielfaches faszinierender, staunte er. Das war nicht das Bild eines drohenden Infernos. Das war der Blick auf ein schwereloses, lichtdurchflutetes und farbintensives Paradies, das unendliches Glück verhieß. Das Himmelreich gleicht einem Schatz, den es zu finden gilt, ging es Ferdinand durch den Kopf und er war nun überzeugt: Es gibt doch einiges, für das sich zu leben lohnt. Man muss es nur entdecken wollen.

Bedächtig verließ er den Kirchenbau. Ohne Hast drängte er sich durch die Schar der Schaulustigen zur Absturzstelle.

»Wieder nur ein Streifschuss«, ging der Aufseher kopfschüttelnd und selbstkritisch mit sich ins Gericht. »*Der Sturz* hat ihm das Genick gebrochen.«

»Und wenn schon«, erwiderte Ferdinand - nicht mehr verbittert, sondern eher gleichgültig murmelnd, als er an seinem Widersacher vorbeiging, der mit unnatürlich verdrehtem Arm in einer dunklen Blutlache ausgestreckt dalag. »So wäre es ihm auch ergangen, wenn er am Galgen oder auf dem Schafott geendet hätte.« -

»Ist das Wigger?«, fragte Elisabeth, die zum Kirchhof hinübergeeilt war , nachdem sie die Szenerie am Kirchturm gesehen und den Schuss gehört hatte.

»Das *war* Wigger«, war Ferdinands lapidare Antwort. »Hast du etwas von Agnes gehört?« Erst jetzt verriet der Klang seiner Stimme, dass sich wieder Gefühle regten. Die Besorgnis um das Wohlergehen seiner Frau.

»Westrumb hat sie zu uns gebracht; sie liegt im Bett in meiner Kammer. Du kannst bei ihr schlafen. Eure Unterkunft ist ja vorerst nicht bewohnbar. Ich habe mein Quartier bei Franziska aufgeschlagen.«

»Wie geht es ihr?«

»Sie wartet auf dich!«, wich Elisabeth einer Antwort aus.

»Gehen Sie nur«, sagte der Aufseher. »Das mit dem Wigger werde ich regeln«, fügte er hinzu.

Er wechselte noch einige Worte mit Ferdinand. Derweil begab sich Elisabeth bereits auf den Rückweg.

»Wie fühlst du dich?«, fragte Ferdinand seine Frau, während er ihr über den unverletzten Arm streichelte.

»Die Schnittwunden hat Westrumb gut versorgt. Werde wohl keine Schäden an der Hand zurückbehalten, sagt Westrumb.«

»Und sonst?«

»War kein schönes Erlebnis - das erste Mal für mich. Obwohl: Das Schlimmste ist mir immerhin erspart geblieben.«

»Er wird dir nie wieder Schmerzen zufügen.«

»*Er* nicht. Ich hoffe, auch sonst niemand.« Doch das klang wenig zuversichtlich. »Durch der Soldaten Begehr sind noch viel schlimmere Erlebnisse an der Tagesordnung«, fuhr sie fort, »aber nicht nur durch sie, selbst im Umgang mit den Ehemännern«, stellte Agnes nüchtern fest.

»Ich bin so blind«, schüttelte Ferdinand selbstkritisch den Kopf, »keinerlei Menschenkenntnis und dann fasele ich mit Chamisso über Ohnmacht, Verzweiflung, Resignation, über Zwänge, Freiheitsdrang und Ehre. *Ehre* ...«, es klang wie ein Hohn.

»Und das Nächstliegende, die Nöte der Frauen, nehme ich nicht wahr«, murmelte Ferdinand fassungslos, als er seinen Kopf an Agnes Brust lehnte.

»Wie kommt es, dass der Aufseher plötzlich wieder auf der Bildfläche erschienen ist?«, fragte sie, während sie ihn tröstend mit ihrer gesunden Hand durchs Haar fuhr.

»Alles ein abgekartetes Spiel. Wigger war gar nicht wegen seiner vermeintlichen Schmuggeltätigkeit in Karrenhaft.«

»Sondern?«

»Als im letzten Jahr alle Welt Hungers litt, sollte es den Menschen im Fürstentum Hannover und somit auch in Hameln nicht noch schlechter gehen, da sie doch schon so viel entbehren mussten. Es wurde Getreide aus Frankreich importiert.«

»Und was hatte Wigger damit zu tun?«

»Es ist ihm zusammen mit Gleichgesinnten gelungen, eine umfangreiche Lieferung zu kapern. Er hat das Getreide zu unglaublichen Preisen verhökern können. Dann ist er irgendwann gefasst worden.«

»Und warum ist er nicht ins Zuchthaus gekommen oder gar hingerichtet worden?«

Da richtete sich Ferdinand auf: »Das war die Idee de La Tours. Man wollte Wigger auf die Schliche kommen und erfahren, wo er sein unredlich erworbenes Vermögen versteckt hielt. Darum hat man ihm die vergleichsweise milde Strafe aufgebrummt. Dann war gesichert, dass er bald wieder frei kommen würde. Man wollte ihn beschatten und hoffte, dass er seine Verfolger zu dem Geld führen würde.«

»Und das war der Auftrag des Aufsehers.«

»So sieht's aus.«

»Der Aufseher hatte also die ganze Zeit einen Blick auf Wigger?«

»Mehr oder weniger. Während der bei Elisabeth und Franziska in Pflege war, konnte er ja nichts unternehmen. Und dass sein Männlichkeitswahn ihn nun zuerst zu dir, zu uns, geführt hat ... Das war wohl nicht vorauszusehen.«

»Nun hat er seine gerechte Strafe doch noch erhalten.«

»*Gerecht*? Was ist schon eine gerechte Strafe?«

»Findest du nicht?«

»Oh, ich will nicht schon wieder philosophieren. Das führt mich ohnehin nicht weiter.«

»Was denkst du dann? Ich merke doch, das du über etwas grübelst; was ist es?«

»Ich frage mich die ganze Zeit, warum hat der Aufseher ihn heute erschossen? Es wäre doch eine ausgezeichnete Gelegenheit gewesen, Wigger entkommen zu lassen und so, wie geplant, weiter zu beobachten. Früher oder später hätte er ihn doch gewiss zu dem Versteck des Geldes geführt.«

»Da ist was dran. Aber vielleicht wollte der Aufseher ihn gar nicht töten; darum wieder nur ein Streifschuss.«

»Der Aufseher musste damit rechnen, dass auch ein Streifschuss ihn umbringen wird. Denn immerhin befand er sich noch etliche Fuß hoch am Kirchturm, als er herabstürzte. Ich habe den Verdacht, dass der Aufseher weiß - oder mit ziemlicher Sicherheit ahnt - , wo sich das Versteck befindet, bei uns oder ...«

»Bei *uns*? Meinst du, Wigger hat das alles nur inszeniert, um sein Geld zu verstecken?«, unterbrach Agnes ihren Mann.

»Könnte doch sein. Bei uns würde gewiss niemand danach suchen. Aber es gibt vielleicht noch eine andere Möglichkeit. - Sag mal, hast du schon mal was über die *Sage des Basilisken* gehört?«

»Die kennt doch jeder: Drei Arbeiter kamen in einem Brunnen am Himmelreich ums Leben, als sie ihn vom Dreck säuberten. Und weil man sich das nicht erklären konnte, hat man sich erzählt, eine große Echse habe diese Menschen mit ihrem giftigen Odem getötet. Diese Sage hat mir sogar mal der August erzählt.«

»Der August?«

»August Heinrich Ludwig, Westrumbs Sohn.«

»Ach der.«

»Und der kannte sogar eine Erklärung dazu - hat er natürlich von seinem Vater.«

»Und die wäre?«

»Die Arbeiter starben durch Faulgase, die sich durch den Müll auf dem Grund des Brunnens gebildet hatten.«

»Klingt einleuchtend.«

»Und weil das Wasser ohnehin keine gute Qualität mehr besitzt - das hat Brunnenkommissär Westrumb nämlich festgestellt, ist der Brunnen seit einigen Jahren zugeschüttet.«

»Er ist zugeschüttet?«, fragte Ferdinand beinahe überrascht, ging zum Fenster und sah mit verträumtem Blick hinaus - so, als habe er den Brunnen unmittelbar vor Augen. »Jetzt wird mir manches klar«, sagte er und wandte sich wieder an Agnes, während er sich verlegen am Hinterkopf kratzte. »Ich war nämlich während der Verfolgung vom Wigger dort. Habe ein, zwei Steine hineingeworfen und nur einen dumpfen Aufprall vernommen.«

»Was hat das mit Wiggers Geld-Versteck zu tun?«

»Hm.« Ferdinand dachte angestrengt nach. »Ich habe mich zwischendurch mal gefragt, warum sich der Wigger überhaupt zu erkennen gegeben hat, als ich mich am Brunnen rumgetrieben habe. Ich meine, er hatte mich doch von seinem Versteck aus gut im Blick. Er hätte nur etwas warten müssen. Früher oder später wäre ich resigniert von dannen gezogen; ich hätte sonst wo nach ihm suchen können«, murmelte er, als er sich wieder zum Fenster begab. Dann drehte er sich ruckartig um: »Dafür gibt es nur eine Erklärung: Er wollte mich von dem Brunnen weglocken. - Agnes, ich müsste noch mal kurz los!«

»Du willst doch jetzt nicht etwa den Brunnen erforschen, oder?«

»Ach wo, natürlich nicht. Aber ich ... Ich müsste, ich sollte ... Ich muss noch mal kurz zu unserer Wohnung. Ich wüsste gerne unsere wichtigsten Dokumente und unsere bescheidenen Ersparnisse in unserer Nähe.«

»Und du kommst sofort zurück?«

»Versprochen!«, hauchte er ihr ins Ohr.

»Großes Ehrenwort?«

»Oh, mit der Ehre ist das so'ne Sache. Ich sag dir was: Ich bringe auch dein Medaillon mit, das mit dem Bild ... Mit dem kleinen Engel. In Ordnung?«

»Meinen Talisman?«, fragte Agnes, auf deren Gesicht sich nun ein glückliches Lächeln zeigte. »Komm her«, bat sie, »leg deinen Kopf auf meinen Bauch«, forderte sie Ferdinand auf. »Hörst du ihn?«

Ferdinand war sprachlos und antwortete lediglich mit einem fragenden Blick.

»Ich bin mir ziemlich sicher, dass sich unser kleiner Engel in meinem Bauch eingenistet hat!«

»Du ..., du bist *ziemlich sicher*?«, antwortete Ferdinand überrascht und nicht minder glücklich. »Wann? ... Ich meine, wann wird mit der Geburt zu rechnen sein?«, stotterte er.

»So Gott will, könnten wir um Fastnacht zu Dritt sein«, flüsterte Agnes nun.

»Aber dann kann ich ihn doch jetzt noch nicht hören, oder?«

»Unser Engel wird sich schon rühren, früher oder später. Du musst ihn nur hören wollen. Und ein bisschen Geduld haben.«

»Und wie wollen wir ihn nennen? Ich meine, wenn es ein Mädchen wird. Ich kenne keine Engel mit Mädchennamen.«

»Eigentlich schade, nicht wahr? Dann werden wir eben die ersten sein, die einem Engel einen weiblichen Namen verpassen. Wir haben ja noch fast neun Monate Zeit«, schien sie in Gedanken zu versinken, während sie ihren Kopf zur Wand drehte.

»Ich habe übrigens schon mit Elisabeth und Westrumb gesprochen. Sie werden mir in nächster Zeit helfen.«

»Mit Westrumb? Warum mit Westrumb?«

»Er hat beste Kontakte zum Stadtphysikus, und eine Bekannte ist Hebamme. Nach den heutigen Erlebnissen musste ich mich ihm einfach offenbaren. Denn um unseren kleinen Engel habe ich mir die meisten Sorgen gemacht.«

»Hm, das versteh ich.«

»Also, komm schnell wieder! Gib auf dich acht! Unser Kind braucht schließlich auch einen Vater!«

»Versprochen«, sagte er. Noch einmal blickte er zurück, während er die Kammer verließ. Es war ein Ausdruck höchster Glückseligkeit in seinem Gesicht zu erkennen.

Ja, Ferdinand war in eine überschwängliche Hochstimmung versetzt, als er zum Pferdemarkt eilte. Diese Lebensfreude, die ihm nun wie eine neue Aura umgab, stimmte auch den Wachhabenden gnädig, der in der Nähe der Wohnung seine Runden drehte, um Plünderungen zu verhindern. Er begleitete Ferdinand in die Wohnung und ließ sich schließlich vollends von der Richtigkeit des Begehrens dieses froh gestimmten Zeitgenossen überzeugen, als Ferdinand sich mit den Dokumenten ausweisen konnte. Schnell nahm der Hausherr die Geldreserven an sich und vergaß auch das Medaillon nicht. Dann legte er zügig den Weg zum Himmelreich zurück. Es lag doch nahezu unmittelbar auf dem Rückweg zum Beginenhof. Versprochen ist versprochen, sagte er sich, ich komme sofort zurück!

Nur spärlich beleuchtet war der Platz, der sein weniges Licht lediglich aus den schwach erhellten Fenstern der angrenzenden Häuser erhielt. Eine kleine Öllampe stand auf dem Brunnenrand und beschien das Mauerwerk des Brunnens notdürftig. Umsichtig näherte sich Ferdinand und sah seinen Verdacht bestätigt. Da lehnte das Gewehr des Aufsehers an der Hauswand.

Wenige Schritte vom Brunnen entfernt verbarg sich Ferdinand in einer Häusernische. Aus irgendeiner der Wohnungen hörte er das Weinen eines Kindes. Andernorts stritten zwei Menschen. Schrilles Gelächter einer Frau ebbte glücklicherweise rechtzeitig ab. Sonst hätte er womöglich das Schnaufen des Aufsehers nicht vernommen, der sich kurze Zeit später an einem Seil aus dem Brunnen zog. Mit der einen Hand ergriff der Aufseher den Brunnenrand und legte mit der anderen den Ballast eines offensichtlich schweren Sacks ab, den er sich während seines Aufstiegs umgebunden hatte. Plötzlich schien er sich nicht mehr halten zu können, griff zuerst ins Leere und erwischte nur noch das Ende des Seils, an dem sich der Wassereimer befand. Das aufgerollte Seil wickelte sich ab, wobei die quietschende Brunnenwinde einen Höllenlärm verursachte. Letztlich riss der Eimer von dem nahezu verrotteten Seil ab und landete scheppernd auf dem Gemäuer. Mit Mühe konnte sich der Aufseher am Brunnenrand halten.

Kaum, dass der Radau verklungen war, wurde ein Fenster geöffnet.

»Alles Gute kommt von oben«, war von einer keifenden Stimme zu hören. Ein Nachttopf wurde ausgeleert, dessen Inhalt den Aufseher derart unvermittelt traf, dass dieser erschrak und sich schleunigst wieder in den Brunnen abseilte.

Innerlich frohlockend trat Ferdinand aus seinem Versteck, griff den Beutel und gab Fersengeld.

Nur wenige Schritte weiter - und er befand sich bereits auf der Bäckerstraße, der er nun auf direktem Wege zum Beginenhof folgte.

Gegen diesen winzig kleinen Umweg kann sie doch nichts einzuwenden haben, kam ihm beinahe ein schlechtes Gewissen. Schließlich hatte er Agnes versprochen, schnell zurückzukehren. Ferdinand verringerte jedoch kurzzeitig das Tempo, da er nicht umhin konnte, den neuen Besitz zu ertasten. Es war schon zu dunkel, um ihn in Augenschein zu nehmen. Metallisch klirrte der Haufen Münzen, die er in einem prall gefüllten Lederbeutel erfühlte. Wenn ich hier tatsächlich das unbotmäßig erworbene Vermögen des Otto Wigger in Händen halte, dann wird einer guten Zukunft des Beginenhofs nichts mehr im Wege stehen, so hoffte er. Und für unseren kleinen Engel könnte auch noch was abfallen, fügte er in Gedanken hinzu. »Das Himmelreich gleicht einem Schatz, den es zu entdecken und zu heben gilt«, sagte er sich mit einem Schmunzeln auf den Lippen. Denn er wusste sehr wohl, dass dieses Gleichnis einer anderen Deutung bedurfte.

»Kein Wunder, dass sich im Brunnen Faulgase entwickelten«, klärte er kurze Zeit später Agnes über die Methoden auf, mit denen man sich im Himmelreich des Inhalts der Nachttöpfe entledigte. »Wenn es das dort so üblich ist«, redete er auf sie ein, die ihm den winzig kleinen Umweg natürlich verzieh.

Vier
14. Oktober 1806 - bei Jena

»Wir kommen nicht zur Ruhe«, wetterte Ferdinands Mutter Hildegard, als sie im neu errichteten Speiseraum der Freischule einige Brotlaibe zerteilte, die sie soeben in der nahen Bäckerei erstanden hatte.

»Was ist los?«, fragte Franziska, als sie die Brotstücke auf mehrere Körbchen verteilte, die sie auf die für die achtundzwanzig Kinder bereits eingedeckten Tische stellte.

Die Herrichtung dieses Raumes hatten sie als erstes von dem Geldsegen finanziert, den Ferdinand ihnen beschert hatte.

Hildegard war zunächst gar nicht glücklich darüber gewesen, dass sich Ferdinand dieses Vermögens bemächtigt hatte. *Geld, an dem Blut klebt*, hatte sie verächtlich gesagt und war erstmalig in Streit mit ihrem Sohn geraten. Doch Elisabeth und Franziska vermochten die Wogen zu glätten.

»Wenn es schon die Mittel aus den Geldbeuteln der hungerleidenden Bevölkerung sind, so ist es doch nur recht, wenn diese Habe unseren ohnehin so wenig begüterten

Kindern zu Gute kommt«, hatte es Elisabeth auf den Punkt gebracht und Hildegard besänftigt.

»Was los ist? - Beim Bäcker traf ich Lehrer Stolzheise, der kurz zuvor beim Bürgermeister gewesen war. Dort war eine Nachricht aus Paris eingegangen, dass Napoleon Friedensgespräche mit den Engländern führt und bereit ist, ihnen unser Kurfürstentum wieder zurückzugeben.«

»Oh je, das werden sich die Preußen niemals bieten lassen«, hielt Franziska inne und musste sich auf den Schreck erst einmal setzen. »Wenn das wahr wird, dann können wir den Schulbetrieb bestimmt schon bald wieder einstellen«, stellte sie ernüchtert fest.

Dabei ließ sie ihren Blick durch den Raum gleiten, den sie so ansprechend hergerichtet hatten. Der Fußboden war mit neuen Dielenbrettern versehen worden. Ferdinand hatte den Putz an Wänden und Decken ausgebessert. Und nach einem neuen Kalkanstrich wirkte der Raum nun um ein vielfaches größer. Die Sonnenstrahlen, die durch das Fensterglas drangen, ließen an den strahlend weißen Wänden bunte Schemen tanzen, wenn sich die Stängel der Stockrosen vor der Hauswand bewegten. Die Fensterrahmen waren abgedichtet und mit Farbe versehen worden. Selbstgefertigte Wandbehänge an den Wänden gaben dem Raum eine gemütliche und wohnliche Atmosphäre. Vor den Fenstern baumelten bewegliche Körper - Spielzeug, in das Vogelfedern eingearbeitet waren. Deckchen und kleine Blumensträuße mit Astern und Zinnien in gläsernen Vasen zierten die Esstische. Die Kinder, die in einigen Minuten eintreffen würden, erfreuten sich daran, denn sie hatten die Dekorationen selbst hergestellt. Die Blumen hatten sie unter Elisabeths Anleitung in dem Gärtchen, das sie seit dem Frühjahr gemeinsam bestellten, selbst gezogen.

»Na ja, vielleicht werden sie ihre Kämpfe woanders ausfechten«, gab sich Elisabeth optimistisch, die in diesem Augenblick den Raum betrat und die neuesten Informationen gerade noch vernommen hatte.

»Habt ihr noch ein Brot übrig? Die Agnes beginnt schon damit, diesen für werdende Mütter typischen Heißhunger zu entwickeln.«

»Und dann wird ihr wieder schlecht, das kennen wir ja schon«, stöhnte Hildegard. »Wo treibt sich eigentlich mein Sohn herum?«

»Der befindet sich in deiner Kammer«, antwortete Elisabeth, »und sucht ein geeignetes Versteck für unseren neuen Reichtum.«

»Pah, in *meiner* Kammer?«

»Ja, genau, er hat entdeckt, dass sich da sehr leicht eine Fliese an deinem Kachelofen lösen lässt. Der dahinter befindliche Hohlraum sei das ideale Versteck, hat er gemeint.«

»Na, dann wollen wir mal hoffen, dass die Münzen dort nicht zu einem Klumpen Gold zusammenschmelzen. Den werden wir beim Bäcker schwerlich gegen Essbares eintauschen können«, nörgelte sie.

Und während sie den großen Kessel mit Gemüseeintopf aus der Küche holte, betraten schon die ersten Kinder den Raum, ungewöhnlich unruhig, lärmend und polternd.

»Es gibt bald Krieg«, rief ein Naseweis. »Mein Vater hat gesagt, die preußischen Truppen machen mobil.« Ein aufgeregtes Stimmengewirr folgte dieser vermeintlichen Neuigkeit.

»Ach wo, *so schnell schießen die Preußen nicht*«, bemühte Hildegard eine Redensart in Abänderung ihrer wahren Bedeutung und versuchte, auf die Kinder beruhigend einzuwirken - nicht ahnend, dass der befürchtete Waffenkampf schon im Oktober eskalieren würde.

Zwei Monate später im Herzogtum Sachsen-Weimar-Eisenach: »Sie haben sehr viel Glück gehabt, dass Sie es gerade noch zu uns bis ins Gebiet der Trießnitz geschafft haben«, stellte Walther Winkler fest, als Adalbert und Ernst sich vorgestellt und Grüße von Winklers Schwester Franziska Hensler übermittelt hatten.

»Blicken Sie nur hinunter auf unser ehemals schönes Jena, über dem sich der Rauch der abgebrannten Häuser immer noch nicht verzogen hat«, klagte er. »Gestern haben seine Truppen die Stadt geplündert und einige Stunden später hat Napoleon selbst Einzug gehalten.«

Dann wies Walters Frau Susanna nach Nordwesten: »Dort über den Steilhang des *Steigers* hinauf, auf die kahle abgeflachte Hügelspitze des Landgrafenbergs mit seinem höchsten Punkt, dem Windknollen, muss er über Nacht unbemerkt seine Geschütze gebracht haben. Früh am Morgen war das Donnern der Kanonen zu hören. Zu erkennen war von hier aus nichts. Denn die gesamte Gegend befand sich unter einer Nebeldecke.«

»Wir haben wirklich sehr viel Glück gehabt«, bestätigte Adalbert. »Denn wir hatten gestern, als wir von Gera und Roda kommend die Brücke über die Saale erreichten, gegenüber seinen Soldaten höchstens eine Stunde Vorsprung. Schnellstens haben wir uns in den Wald geschlagen und aus unserem Versteck am Hang dieser Anhöhe beobachtet, was sich ereignete. Wir mussten lange Vorsicht walten lassen und konnten daher Ihr Gasthaus erst jetzt erreichen.«

»Wir scheinen an diesem Ort nun sicher zu sein, denn die Schlacht wird wohl dort auf den Hochplateaus und jenseits davon geschlagen«, mutmaßte Susanna.

»Wenn der Krieg nicht wäre, könnte man sicher die phantastische Aussicht von hier genießen«, sprach Ernst verblüfft.

»Das ist wohl wahr«, stimmte Susanna zu. »Diesem Vergnügen gaben sich auch in der Vergangenheit die Gäste, insbesondere aus den studentischen Kreisen unserer Universitätsstadt, mit Freuden hin«, sinnierte sie. »In den letzten Sommern waren unser Tanzsaal, die Lauben und das Gasthaus der am häufigsten besuchte Vergnügungsort außerhalb Jenas.«

»Ob das jemals wieder so sein wird ...«, träumte Walther einige Augenblicke, um sich dann der grauenvollen Realität wieder bewusst zu werden: »Auch wir haben sehr viel Glück gehabt. Einige der entlang der Saale nach Norden vorstoßenden Franzosen trafen schon vorgestern bei Burgau und Winzerla auf einen preußischen Vorposten, der aus zwei Füsilierbataillonen, zwei Jägerkompanien und einigen Kanonen bestand. In den Weinbergen und Gärten in der Umgebung verschanzt lieferten die Preußen den heftig angreifenden Franzosen ein Gefecht, wobei die bewaldete Einsenkung zwischen Winzerla und den Göschwitzer Mönchsbergen besonders umkämpft war.«

»Die Bergschlucht, durch die auch wir hinaufgekommen sind?«, fragte Ernst besorgt.

»Genau. Glücklicherweise haben ihre Vorstöße nicht bis zu uns hinaufgeführt. Sonst würde hier gewiss kein Stein mehr auf dem anderen stehen. Nachdem sich die erschöpften Preußen auf die Höhen bei Ammerbach zurückgezogen hatten, besetzten die Franzosen die Saalebrücke und biwakierten dort. Für mich grenzt es an ein Wunder, dass Sie gestern unbemerkt die Brücke passieren konnten.«

»Wir hegten die Vermutung, dass diese Einheiten schon den anderen Truppenteilen, die uns aus Richtung Gera folgten, nach Jena vorausgeeilt waren«, berichtete Ernst. »Denn wir mussten feststellen, dass die kleinen Ortschaften schon schwere Schäden erlitten hatten.«

»Es ist für uns alle ein Jammer. Aber lassen Sie uns jetzt erst einmal einen kräftigen Apfel-Brannt trinken, der uns von innen ein wenig aufwärmen wird«, sprach Walther zu seinen Gästen. »Auch wenn uns der Krieg tüchtig einheizt, ist es ein kühler Herbsttag geworden.«

Sie begaben sich auf die Rückseite des Gasthofes, wo sie auf eine freie Fläche gelangten. Diese wurde von Sitzplätzen umrandet, welche durch Hecken eingefasst waren. Über eine zweiseitige Freitreppe aus Holz betraten sie die Gaststube und machten es sich an einem Tisch bequem. Auf das Entzünden eines Kaminfeuers wurde zunächst verzichtet, denn der Rauch würde weithin sichtbar sein. Und der Gefahr einer Entdeckung wollten sie sich nicht unnötig aussetzen. Als Walther Winkler die Gläser jeweils mit einem großzügigen Schluck des alkoholischen Getränks gefüllt hatte, formulierte er einen Trinkspruch auf das Wohl von Adalbert und Ernst. Dann stießen sie gemeinsam an. In diesen Zeiten musste man sich schließlich an jeden rettenden Strohhalm klammern, wenn man unterzugehen drohte. Nun war es an der Zeit über den Alltag in Paderborn zu berichten, über das Wohlergehen von Winklers Schwester Franziska im Hamelner Beginenhaus und vor allem auch über die fürchterlichen Ereignisse vor vier Jahren, die dem Schwager Heinrich das Leben gekostet hatten. Schließlich führte das Gespräch wieder in die Gegenwart, als Susanna zunehmend unruhig wurde. Denn sie erwartete die inzwischen längst überfällige Rückkehr ihres Sohnes Conrad aus Weimar.

»Ich kann Ihre Unruhe schon verstehen, Frau Winkler«, zeigte Adalbert Mitgefühl. »Uns erging es ähnlich, als wir Anfang August von der Mobilisierung der preußischen Armee erfuhren.«

»Wir weilten zu diesem Zeitpunkt östlich von Königsberg am Fluss Pissa, unweit der Grenze zur neuen Provinz Neu-Ostpreußen, und bestaunten im Königlich Preußischen Hauptgestüt Trakehnen die Veredelung der uralten Pferderasse«, schwärmte Ernst. »Ein Taufkind Friedrichs des Großen, der Landstallmeister von Below, führte uns persönlich durch das Gestüt und berichtete uns von seinem Bestreben, das in der Zuchtmischung vorgefundene Blut spanischer und neapolitanischer Pferde auszusondern und durch das Blut englischer und arabischer Pferde zu ersetzen. Nachdem man in der Vergangenheit elegante und ausdauernde Kutschpferde gezüchtet hatte, hat sich der Schwerpunkt nun wieder auf die Zucht von Militärpferden verschoben.«

»Wir studierten gerade das Brandzeichen, die breite, rechte siebenendige Elchschaufel auf dem rechten Hinterschenkel eines Trakehners, als die Meldungen eintrafen, die auch im Gestüt für Beunruhigungen sorgten«, ergänzte Adalbert. »Und als wir aufbrachen, begann man bereits mit ersten Maßnahmen für eine vielleicht notwendige Evakuierung der Pferde nach Russland«, führte er weiter aus.

»Bei unserer Rückreise über Warschau und Posen spürten wir eine ausgeprägte Gereiztheit, besonders unter den polnischen Patrioten. Hinter vorgehaltener Hand wurde uns zu verstehen gegeben, dass es nicht nur die preußisch-französischen Spannungen gebe, sondern auch ein polnischer Aufstand nicht auszuschließen sei. Schließlich wolle man die Fremdbestimmung durch die Preußen und die Zweiteilung Polens nicht länger hinnehmen«, schilderte Ernst.

Und Adalbert fügte hinzu: »Schon auf dem weiteren Weg und vor allem ab Sachsen begegneten wir immer mehr Soldaten, die zur preußischen Armee stoßen sollten: schlesische und südpreußische Truppen und Soldaten aus dem verbündeten Sachsen. Es hieß, es gebe einen Plan, mit anderen Armeeteilen bei Naumburg zusammenzutreffen. Und dann erfuhren wir am ersten Oktober von einem Ultimatum. Demnach soll der preußische König den Kaiser aufgefordert haben, sämtliche in letzter Zeit vor allem in Bayern aufgestellten französischen Truppen hinter den Rhein zurückzuziehen. Dies muss dann wohl als Kriegserklärung verstanden worden sein.«

»Stimmt«, pflichtete Winkler bei. »Das Ultimatum lief am achten Oktober ab. Man erzählt sich, dass es sofort zu einem ersten Schusswechsel bei Saalburg gekommen sein muss. In der Tat hatte Napoleon wohl schon eine fast zweihunderttausend Mann starke Armee an der bayrisch-thüringischen Grenze aufgestellt. In Jena gab es sogleich Unruhen. Nachdem ein Tag später dann auch noch Prinz Louis Ferdinand bei Saalfeld in einem Reitergefecht gefallen war, brach in Jena Panik aus. Dort hielten sich sächsische und preußische Truppen gegenseitig für Franzosen und beschossen einander. Sogar die Eskorte des preußischen Königs soll verloren gegangen sein.«

»Wir ahnten ja nicht, dass sich die gesamte politische Situation in den letzten Monaten derart zugespitzt hatte, dass schon in Kürze ein erneuter Krieg ausbrechen würde«, stieß Ernst einen tiefen Seufzer aus. »Wir wären besser beraten gewesen, wenn wir von Ostpreußen aus die Route entlang der Ostsee heimwärts genommen hätten. Diese Wegstrecke kannten wir ja bereits von unserem Hinweg.«

»Wie dem auch sei«, erwiderte Adalbert, »in Dresden warteten wir eine Weile in der Hoffnung, auf dem weiteren Weg hierher nicht ständig die Marschrichtung der Soldaten kreuzen zu müssen. Und das war auch ganz gut so. Bei Gera schließlich hieß es, dass die Bauern den durchziehenden Truppen Fuhrwerke, Gespanne und Gespannführer und hohe Abgaben leisten mussten.«

»Und dann war auf einmal davon die Rede, ein Teil der Armee würde nach Zwickau marschieren, um Dresden zu decken, falls Napoleon durch den Frankenwald nach Norden dringen sollte. Dann gebe es noch einen Armeeteil, der sich bei Erfurt sammeln solle und die Hauptarmee bei Naumburg, wohin auch der König und die Königin kommen würden. Jetzt war also nicht mehr die Zusammenführung der Kräfte das Ziel. Stattdessen wurde beklagt, dass eine Zersplitterung der Armee drohe«, legte Ernst achselzuckend und kopfschüttelnd dar.«

»Ja, so sind sie, die Preußen«, lamentierte Walther, »planlos, unstet und sprunghaft in ihren Entscheidungen, wenn sie denn überhaupt mal welche treffen.«

»Aber die Preußen waren doch lange die beste Streitmacht in Europa«, stellte Adalbert irritiert fest. »Ich war immer der Überzeugung, Napoleons Sieg bei Austerlitz im letzten Jahr hätte vermieden werden können, wenn unser Preußenkönig dem Bündnis der Österreicher mit den Russen beigetreten wäre.«

»Ich weiß nicht. Die Preußen leben doch nur noch von ihrem Mythos. Ihre Kommandanten sind sich nicht grün. Die Kriegstaktik der Senior-Offiziere ist veraltet. Sie denken noch immer, sie würden auch weiterhin problemlos siegen können, nur weil sie unter Friedrich dem Großen die Franzosen damals bei Rossbach geschlagen haben. Hingegen ist der jetzige König unfähig, klare Entscheidungen zu treffen. Die Armee besteht doch nur aus Söldnern ohne Kampfgeist und aus diesen mürrischen Sachsen, die gegen ihren Willen zum Dienst gezwungen werden. Und das Kriegsmaterial ist schlecht.«

»Wie ist denn nun die Stimmung in der hiesigen Bevölkerung?«, fragte Ernst. »*Hofft* man auf Napoleon oder *fürchtet* man eher, dass er seine Macht weiter ausbaut?«

»Meine Einschätzung ist, dass man in einigen Kreisen Berlins viel zu überheblich ist und mit einigen kulturellen Errungenschaften prahlt. Aber wenn man hinter die Kulissen schaut: Den Leuten geht's doch dreckiger denn je. Es ist eben alles mehr Schein als Sein. Und da erscheint ein Napoleon wie die letzte Rettung. Ich hoffe hingegen nur, dass er nicht eine neue, vielleicht sogar noch schlimmere Tyrannei aufbaut«, antwortete Walther Winkler zweifelnd. Da wurde er bei seinen Ausführungen unterbrochen: »Aber ... Nanu, dieser Lärm ... Was ist denn da draußen los? Die Pferde werden so unruhig ...«

»Ich glaube, Conrad ist zurück!«, strahlte Susanna, die aus ihrer Freude keinen Hehl machte, mit Schwung die Tür aufriss und ihren Sohn in die Arme schloss.

»Jetzt ist Conrad schon erwachsen«, raunte Walther. »Er ist der einzige von unseren sechs Kindern, der uns erhalten geblieben ist, nachdem die anderen schon bei der Geburt oder in jungen Jahren von uns gegangen sind. Er ist jetzt unser Ein und Alles. Wir hoffen, dass er bald der neue Besitzer unseres Gasthofes wird ...«

»Vater, ich habe ihn gesehen, den Bonaparte, inmitten seiner kaiserlichen Garde!«, rief Conrad begeistert. Aber seine Euphorie legte sich abrupt. »Oh, wir haben Besuch? Guten Abend, die Herren!«

»Keine Sorge«, sprach Walther Winkler, »du kannst offen sprechen! Das sind Freunde von deiner Tante Franziska und deinem verstorbenen Onkel Heinrich aus Paderborn«, stellte Winkler seine Gäste vor.

Nach der Begrüßung legte Adalbert eine schon ältere Portrait-Zeichnung von Franziska und Heinrich Hensler auf den Tisch.

»Sind *das* die Verwandten?«, fragte Conrad neugierig. »Ich kann mich an Onkel und Tante nicht mehr erinnern«, gestand er. »Nur aus Tante Franziskas Briefen wissen wir ein wenig aus ihrem Leben. Erst vor einigen Wochen haben wir den letzten Brief erhalten, in dem sie Ihren möglichen Besuch bei uns anzeige. - Vater, wo ist der Brief? Wir sollten ihn doch unseren Gästen zeigen, damit sie auch auf dem Laufenden sind!«

»Stimmt. Da schreibt sie auch etwas über eine Elsbeth aus Berlin, die nach Leipzig umzuziehen beabsichtigte. Ich hole den Brief sogleich«, beschied Walther Winkler und erhob sich.

Derweil führte der Sohn erneut mit Enthusiasmus aus: »Ich habe ihn gesehen, den Napoleon. Ich muss gestehen, wegen seines Aussehens tut man ihm Unrecht. Er ist keineswegs so klein, wie wir ihn von Karikaturen her kennen; allenfalls ein wenig gedrungen - aber voller Siegesgewissheit und Entschlossenheit.«

»Wo kommst du denn jetzt her, Junge?«, fragte Susanna.

»Ich konnte von Weimar kommend bei Hohlstedt die Truppe des Generals Rüchel umgehen, der seine Teilarmee wohl bei Hannover gesammelt haben soll und über Göttingen und Erfurt nach Weimar marschiert ist. Er war zu dem Zeitpunkt zusammen mit Resten der bereits geschlagenen Truppen des Fürsten Hohenlohe zwei Meilen weiter nördlich bei Kapellendorf dem Sturmlauf der Franzosen ausgesetzt. Unterwegs habe ich erfahren, dass in einer weiteren Schlacht viel weiter westlich von Naumburg, bei Auerstedt, die Hauptarmee geschlagen wurde. Der Oberkommandierende, der Herzog von Braunschweig, muss schon am Vormittag tödlich getroffen worden sein. Das letzte, was mir zugetragen wurde, war, dass Preußen und Sachsen sich bereits auf einer panischen Flucht, auch in Richtung Weimar befanden. Napoleon aber begab sich nach Jena; bei seiner Ankunft konnte ich ihn aus einem Versteck beobachten. So, wie die Lage steht, werden ihn bald viele persönlich in Augenschein nehmen können. In Berlin nämlich, wenn er die Hauptstadt in Besitz nimmt.«

»Also sind die Preußen besiegt?«, fragte Walther.

»Deren Strategie soll es wieder mal gewesen sein, sich in langen Reihen zu entfalten, viel zu behäbig, und es muss wohl ein Kinderspiel für die kampferprobten Franzosen gewesen sein, aus der Deckung von Mauern, Zäunen und Gesträuch durch Dauerfeuer riesige Lücken in die Linien zu reißen. Die Schrapnellgeschosse der Kartätschen müssen ein entsetzliches Blutbad angerichtet haben. Ein Bewohner berichtete auf dem Weg zurück in sein Dorf, dass er unzählige Infanteristen und Kavalleristen auf dem Boden gestreckt vorgefunden habe, viele verletzt; manche versuchten sogar, sich unter den Toten zu verstecken. Die Leichen waren gefleddert; es wurde geplündert. Und die wenigen noch intakten Häuser waren mit Geblessierten angefüllt. - Ich schätze, bei den Preußen muss der gesamte Heeresverband neu organisiert werden und es würde mich nicht wundern, wenn der König in Kürze bis in die hinterste Spitze seines Reiches flüchten wird; vielleicht sogar bis an die Memel«, fasste Conrad die Lage mit einem Gefühlsüberschwang in seinen Worten zusammen.

»Da kommen wir gerade her«, bemerkte Ernst mit einem Seufzer.

»Dann muss nun nach dem römisch-deutschen Kaiser Franz also auch der Preußenkönig sein Haupt neigen vor einem Korsen, der sich selbst gekrönt hat - mal sehen, welche Auswirkungen *wir* davon zu spüren bekommen«, kommentierte Walther die Situation, als es draußen erneut unruhig wurde.

»Ich schau mal nach, was die Pferde schon wieder haben«, sagte Susanne.

»Ich begleite dich, Mutter«, sprach Conrad, als auf der Eingangstreppe Schritte zu hören waren, die von einer Frau und einem Mann stammten, wie sich wenige Augenblicke später zeigen sollte.

»Guten Abend, Madame, Messieurs«, grüßte etwas gehetzt, aber höflich, ein Herr in vornehmer, wenn auch etwas verdreckter Kleidung. »In der Hoffnung, hier vor den Preußen und Franzosen sicher zu sein, wünsche ich etwas zu speisen und eine ... ähm, zwei Schlafkammern, wenn's beliebt, für ... Pardon, ich will mich zuerst vorstellen: Johann August Apel, Doktor der Jurisprudenz, aus Leipzig ... Wir hatten in den vergangenen Jahren schon häufiger das Vergnügen, verehrte Frau Wirtin, Herr Wirt. Ich erinnere mich noch sehr gut an die herrlichen Tanzabende, sonntags und mittwochs, das Spiel der Musikanten, an Speis und Trank und ... Verzeihung: Dies ist Mademoiselle ...«

»Elsbeth? - Ja, Elsbeth, was ... wie ...«, stotterte Ernst überrascht und verlegen.

Und ebenso verblüfft trat Elsbeth einen Schritt vor, stoppte in ihrer Bewegung und brachte nur mehr konsterniert einen Hauch über die Lippen: »Ernst ... Ernst, das gibt's ja nicht ...«

»So klein ist die Welt«, fiel ihm nur eine Phrase ein, wobei er aber sichtlich angetan war von ihrem Erscheinungsbild. Das war nicht mehr seine Königin von einst, damals in ihrem zwar hübschen aber noch eher mädchenhaften Aussehen. Jetzt hingegen besaß sie alle Vorzüge einer Frau, und die wusste sie auch zur Geltung zu bringen. Und während er sie noch bewunderte, traten sie zögernd näher und ... Dann lagen sie sich in den Armen.

»Pardon, mein Herr«, wandte sich Adalbert nun an Apel und dann an die Winklers, »Sie erleben uns alle sehr überrascht, aber ... Wir haben uns ... Nun ... Sechs Jahre sind es wohl schon her, als wir uns das letzte Mal gesehen haben. Ernst und Elsbeth hatten sich damals verlobt, in Berlin. Und dann ... Nach einigen Monaten ... Sie mussten doch erkennen, dass es wohl etwas zu früh ... - Na ja, eine romantische Schwärmerei eben.«

»Ich hoffe, ich reiße keine alten Wunden auf«, sprach Elsbeth wahrlich betroffen. »Aber ich konnte ja nicht wissen ...«

»Es ist Krieg, Elsbeth. Da bleiben Wunden nicht aus«, entgegnete Ernst. »Danken wir Gott, dass wir noch leben! - Nein, ich freue mich, dich zu sehen, wirklich! Wie seid ihr durch die Hölle gekommen, da draußen?«

»Lasst uns wieder Platz nehmen«, mischte sich nun Walther Winkler ein, »und selbstverständlich werden wir schnell etwas zum Verzehr ... Da fällt mir ein, auch wir haben am heutigen Tag noch kaum etwas Nahrhaftes zu uns genommen. Es ist eben ein denkwürdiger Tag, dieser 14. Oktober.

»Etwas Brot, Bratkartoffeln, ein Spiegelei ... Das würde ich recht schnell servieren können«, sprach Susanna, die routiniert herumwuselte und beim Entgegennehmen von Hut und Rock behilflich war. »Conrad kümmert sich um das Gepäck und um die Pferde«, ergänzte sie.

»Mach ich sofort«, sagte Conrad. »Aber, Mutter, wir wollten die Öfen doch erst mal außer Betrieb ...«

»Ist schon recht so, Frau Winkler«, stimmte Apel zu. »Brot, vielleicht etwas Käse, Sülze oder Pasteten, was die Küche an kalten Speisen so hergibt ... Und, meine Herren, vielleicht ein Bier dazu?«, fragte er.

»Wenn's keine Leipziger Gose ist. Die ist mir irgendwann einmal so gar nicht gut bekommen«, erinnerte sich Adalbert mit Grauen.

»Bin ich inzwischen gleichfalls von kuriert«, meldete sich auch Elsbeth zu Wort, die immer noch überwältigt war und etwas gerührt die Hände von Ernst festhielt.

Diesem versetzte es einen Stich, als ihm bewusst wurde, dass er für diese Person einstmals überschwänglich geschwärmt hatte. Die er geliebt hatte, vor langer Zeit. Und in die man sich jederzeit wieder verlieben konnte, trotz aller unschönen Gefühle, die es damals in der Folge zu empfinden gegeben hatte. Aber - das war inzwischen lange her. Jetzt saß hier diese junge Dame mit ausgesprochen wohl proportionierten weiblichen Reizen. Das Blond ihrer Haare schien dunkler geworden zu sein. Beidseits eines Mittelscheitels fielen einige leicht kringelnde Strähnen herab und umgaben das Gesichtchen mit den verführerischen Lippen ...

»Wir waren in der Lutherstadt Eisleben und auf dem Weg nach Weimar, wo wir mit Goethe zusammentreffen wollten«, begann Apel nun ein Gespräch. »Der Geheimrat wollte uns etwas über die neue Version seiner FAUST-Tragödie verraten, die er im April endlich zum Abschluss gebracht hat.«

»Goethe, oh je, der war damals schon nicht ganz unbeteiligt«, warf Ernst in Erinnerung an alte Zeiten dazwischen.

Ungeachtet dieser Bemerkung fuhr Apel mit seiner Beschreibung fort: »Dann aber nahmen wir den Aufmarsch der Truppen um Rüchel wahr und wir erfuhren, dass Tausende Soldaten auf der Flucht in Richtung Weimar unterwegs sein sollten. Eine direkte Rückkehr nach Leipzig war versperrt; ebenso der Weg durch das Mühltal nach Jena. Dort muss angeblich ein ganzes Korps der Grande Armée durchgezogen sein - angeführt von dem Marschall Augerau, wie wir hörten. Eine Rückkehr nach Eisleben kam auch nicht mehr in Betracht. Es blieb uns nur noch ein kleiner Korridor durch das

Magdeltal südöstlich von Weimar. Glücklicherweise kenne ich mich durch meine früheren Besuche ganz gut aus.

»Noch jemand, der viel Glück gehabt hat«, merkte Walther an. »Das ist nicht allen hold gewesen.« Nun endlich reichte er den Brief seiner Schwester an Adalbert und Ernst, die jetzt erst von dem Feuer erfuhren, das den ehemaligen Kramerladen der Henslers zerstört hatte.

»Ludwig und Silvana sind erst mal in unserer Unterkunft bei Junfermann unterge-kommen«, las Ernst, »und Agnes und Ferdinand leben inzwischen in Hameln. Ferdinand hat Arbeit beim Ausbau der Festung gefunden«, fügte er hinzu.

»Dann bin ich mal gespannt, ob die Festung dem Ansturm der Franzosen stand-halten wird«, merkte Walther skeptisch an, während Ernst seinen Gedanken an die Freunde nachhing.

»Lasst uns nicht immer nur über den Krieg sprechen«, bat Elsbeth. »Wir haben draußen zwei Trakehner gesehen - edle Pferde«, pries sie.

»Die haben wir gegen unsere erschöpften Rösser eintauschen können, als wir die Nachricht der Mobilmachung erhielten und zügig aufbrechen wollten. Wir haben näm-lich eine lange Reise hinter uns«, antwortete Ernst. Unterstützt durch Adalbert beschrieb er nun in Einzelheiten die zahlreichen Erlebnisse während ihrer nunmehr eineinhalbjährigen Unternehmung. Derweil stärkte man sich mit Speis und Trank.

Schließlich begaben sich Susanna und Conrad zu den Gästezimmern, um die Nachtlager herzurichten, als Walther Winkler und Johann August Apel darüber dis-putierten, ob man nun glücklich darüber sein solle, dass Napoleon auf dem besten Wege war, ganz Europa zu unterwerfen.

Von Bürgerrechten war die Rede. Auch Meinungsfreiheit erhoffte man sich, was man jedoch sehr skeptisch betrachtete. Apel verwies auf den Nürnberger Buchhändler Johann Philipp Palm, der erst am 26. August auf Napoleons Befehl hin erschossen worden war, nachdem man ihn denunziert hatte, ein Pamphlet gegen den Kaiser in Umlauf gebracht zu haben. DEUTSCHLAND IN SEINER TIEFEN ERNIEDRIGUNG war die Schrift betitelt gewesen, die dem Buchhändler das Leben gekostet hatte. Walther nannte Napoleon einen Despoten, wo hingegen Apel das Denunziantentum und das Spitzelwesen als besonders verwerflich bewertete.

»Es gibt gute und schlechte Deutsche, sowie es gute und schlechte Franzosen gibt«, bemerkte Elsbeth dazu, während sie überrascht und mit fragendem Blick auf Adalberts Hand schaute. Merkwürdig deformiert zeigte sich dort ein Finger.

Als Adalbert über die früheren Ereignisse im Frankenland berichten wollte, trat abermals eine Störung ein. Diesmal mit deutlich mehr Tumult und Aufregung unter den Pferden. Mit Gewalt wurde die Türe aufgerissen. Nun stand man Aug in Aug zwei französischen Infanteristen gegenüber; mit ihren Gewehren im Anschlag.

»Oh la la, da hat Sie wohl recht. Sie haben auch nichts von uns zu befürchten«, grölte einer der Störenfriede mit Sarkasmus, den er mit anzüglichen Gesten unterstrich. Und noch während man überrascht von den Plätzen aufsprang, hatte der Wortführer Elsbeth ergriffen und drängte sie mit vorgehaltener Waffe zum Ausgang.

»Wir sind keine Marodeure«, gab der andere zu verstehen, »also bleiben Sie besonnen, sonst werden wir wohl oder übel …« Mit einem Finger strich er sich über die Kehle. *Kopf ab* bedeutete diese Handbewegung offensichtlich. Er unterstrich seine Drohung mit einem kurzen Anschlag seines Gewehrs, dem er ein Bajonett auf-gepflanzt hatte.

Von draußen war vielfaches Wiehern und Getrappel zu vernehmen. Dann preschten Pferde davon.

»Wir sind nicht zum Brandschatzen hier, auch nicht zum Rauben und Plündern. Nennen Sie es einfach Lebensmittelbeschaffung«, stichelte der verbliebene Eindringling.

Dieser Provokation vermochte Ernst nicht zu widerstehen. »Was haben Sie mit Mademoiselle ...?« Er stockte, als er auf den Soldaten zutrat, der ihn jedoch mit der Waffe auf Abstand hielt. »Gehört eine Entführung zur *Lebensmittelbeschaffung?*«, rief er erzürnt, wobei er sehr unbedacht handelte und den Bewaffneten niederwerfen wollte. Dann überstürzten sich die Ereignisse:

Die nahe Distanz erlaubte es nicht, den Bajonettangriff mit Wucht zu führen. Gewiss wäre Ernst sonst die Klinge zwischen die Rippen gestoßen worden. Stattdessen nutzte der Fremde sein Gewehr mit dem messerscharfen Aufsatz als Stichwaffe. Aber auch der hatte Ernst keine Möglichkeiten der Abwehr entgegenzusetzen, als sie in einem blitzartigen Angriff zum Einsatz kam. Er sah sie frontal auf sich zukommen und drehte sich reflexartig etwas zur Seite. Schon spürte er den heftigen Stoß auf seiner Brust, vernahm ein Reißen und erblickte die blutverschmierte spitze Klinge. Auch durch das Hemd sickerte Blut. Der Sekundenbruchteile später ausgestoßene Schmerzensschrei übertönte beinahe den Knall eines nahezu gleichzeitig abgefeuerten Schusses.

Durch den Lärm angelockt war Conrad unbemerkt an die Brüstung der Treppe getreten und hatte den Eindringling kurz entschlossen mit einem Pistolenschuss niedergestreckt, als die Lage zu eskalieren drohte. Doch den ersten Angriff auf Ernst hatte auch er nicht verhindern können.

Ernst bekam von der Konfusion des nun folgenden Geschehens nur noch wenig mit. Vor Schmerz die Zähne fest zusammenbeißend war er in die Knie gegangen. Sein Kreislauf geriet durcheinander; ihm wurde übel. Eine kurzzeitige Ohnmacht ließ ihn gänzlich zu Boden sinken, wobei Adalbert einen heftigen Sturz reaktionsschnell abfangen konnte. Wie sich herausstellte, hatte Ernst Glück im Unglück. Denn der Hieb der tödlichen Waffe war an irgendetwas abgeglitten, wobei das Hemd aufgeschlitzt wurde. Dann hatte sie den linken Arm gestreift und Ernst eine Wunde zugefügt.

Susanna band ihm zunächst den Arm ab, um die Blutung zu stoppen. Apel und die beiden Winklers stürzten nach draußen und sondierten die Lage, während sich Adalbert von dem Tod des französischen Angreifers überzeugte. Schon kurze Zeit später wachte Ernst bereits aus seiner Bewusstlosigkeit auf. Seine Augen flatterten. Jetzt stöhnte er.

»Wenn die Blutung gestoppt ist, schauen wir uns die Wunde genauer an«, redete Susanna beruhigend auf ihn ein. »Es scheint keine Stichwunde zu sein. Sie könnten Glück gehabt haben. Ich habe den Eindruck, dass es sich nur um eine oberflächliche Schnittschwunde handelt. Die könnten wir schnell genäht haben«, sagte sie fast wie im Plauderton und mit derart souveräner Ausstrahlung, als gehörten Wundversorgungen zu ihrer alltäglichen Beschäftigung.

»Machen Sie sich keine Sorgen«, sagte Walther Winkler, als er den Raum wieder betrat, »Susanna ist zwar keine Ärztin, aber kundiger als jeder Feldscher, solange nicht die Säge benutzt werden muss«, verbreitete er seinen Galgenhumor.

»Was ... Was ist mit Elsbeth?«, fragte Ernst stotternd und mit schmerzverzerrtem Gesicht.

»Tut mir sehr leid«, wurde Walther nun ernst. Und als auch Apel und Conrad ins Haus zurückkehrten, fügte er hinzu: »Es ist dunkel und wir haben keine Gelegenheit, ihr zu folgen. Wohin auch immer er sie verschleppen wird, wir können ihr nicht helfen. Sämtliche Pferde sind fort. Vermutlich wird er die meisten nur verscheucht haben. Die versprengten Pferde werden sich nach und nach gewiss wieder einfinden«, gab er sich zuversichtlich. Aber Ihre beiden Trakehner ...«, wandte er sich nun an Adalbert, »derer wird er sich wohl mit Freuden bemächtigt haben. Unsere Aufgabe ist jetzt erst einmal, Ihren Freund wieder auf Vordermann zu bringen, und wir können nur hoffen, dass uns hier nicht noch weitere Nachzügler einen Besuch abstatten werden. Vor allem muss der Tote verschwinden. Falls er bei uns entdeckt werden sollte, dann Gnade uns Gott.«

»Adalbert, ich muss sie suchen!« Ernst' Worte klangen energisch.

Adalbert schüttelte den Kopf.

»Aber ... Aber ich kann sie doch nicht mit dem Feind ...« Jetzt klagte er eher jämmerlich.

Adalbert blickte ernst: »Vergiss es!«

»Aber es muss doch eine Möglichkeit geben - und sei sie noch so gering.« Verzweiflung drohte sich breit zu machen.

»Wo willst du sie denn suchen? Selbst wenn wir uns nicht im Krieg befänden ... Glaub mir, wenn ich nur eine winzige Möglichkeit sähe ... Ich würde dir zudem sofort beistehen, aber so ... Wir können nur das Beste hoffen! - Jetzt müssen wir erst einmal dich versorgen.«

»Die Schmerzen sind unerträglich!«

»Ich werde dir ein Mittel von Friedrich Wilhelm geben, das betäubt.«

»Aber doch nicht etwa von diesem Gift? Unser damaliger Selbstversuch hat uns doch beinahe umgebracht; dieses Erlebnis muss sich nicht wiederholen«, sorgte sich Ernst nun.

»Ist das dieses Mittel aus der Kapsel des Schlafmohns?«, fragte Susanna neugierig. Und während Adalbert zustimmend nickte, ergänzte sie: »Die Schwägerin hat in einem ihrer Briefe mal davon berichtet, dass ein Paderborner Apotheker eine neue Entdeckung gemacht hat.«

»Sertürner, Friedrich Wilhelm Sertürner. Er ist unser Freund«, betonte Adalbert. »Den Namen sollte man sich merken.«

Und an Ernst gewandt bemerkte er: »Du weißt doch, dass Friedrich Wilhelm sich inzwischen selbst damit behandelt. Und auch ich ...« Er blickte auf seine Finger. »Ich wäre froh gewesen, wenn mich dieses Zeugs schon damals im Frankenland von den Qualen befreit hätte. Ich habe hier eine viel geringere Dosis, als die, mit der ihr euch damals beinahe vergiftet hättet. Ich gebe sie dir, und dann kann Susanna in Ruhe nach deinem Arm schauen. Wir müssen ohnehin zuerst den Hemdsärmel abtrennen.«

»Und da das geronnene Blut jetzt mit dem Gewebe verklebt ist und ich die Wunde zuerst säubern werde, ist so ein schmerzstillendes Wundermittel jetzt mehr als angebracht«, fügte Susanna hinzu.

Man trug Ernst in eine der Schlafkammern. Und nachdem Adalbert ihm das Morphium verabreicht und die Wirkung eingesetzt hatte, waltete Susanna ihres Amtes. Sicherheitshalber blieb Adalbert mit einem Gegenmittel in der Nähe. »Für alle Fälle«, wie er sagte.

Derweil durchsuchte Walther Winkler den Rock des Toten und fand ein Ausweisdokument. »Bernard Bergmann«, murmelte er. »Die Rangbezeichnung kann ich nicht entziffern; ebenso ist der Name der Brigade verwischt. Auf jeden Fall scheint er zur 2. Division des 7. Korps der Grande Armée zu gehören. Und die befehligt ... wer?«, schaute Walther seinen Sohn an.

»Marschall Augerau?«, antwortete Conrad mit einer Gegenfrage.

»*Den* Augerau, den wir gerade noch meiden konnten? Der den Angriff durch das Mühltal geführt hat?«, fragte Apel.

»Genau der«, antwortete Walther. »Ich habe keine Ahnung, was die beiden hier im Schilde geführt haben und warum sie nicht bei ihren Einheiten sind.«

»Deserteure?«

»Könnte man meinen. Dieser hier ist einer aus einem Nassauer Infanterie-Regiment. Habe mir gleich gedacht, dass er kein Franzose ist. Aber seinen Akzent konnte ich doch nicht sogleich zuordnen. Und sein Kompagnon stammt aus einem Hessisch-Darmstädter Füsilier-Regiment, wenn ich mich nicht täusche: grüner Rock mit der charakteristischen Eigenart, dem Besatz von etlichen weißen eckigen Litzen. Aber wenn sie wirklich desertiert sein sollten, ist es doch eher unklug, sich mit einer fremden Frau zusätzlich zu belasten. Sie wird sich doch wehren und die Aufmerksamkeit auf sich ziehen. Ich hätte mich eher hier für eine Weile versteckt«, überlegte Walther.

»Ob sie ..., ob sie uns gefolgt sind?«, fragte Apel besorgt. »Und ob sie es ganz besonders auf El … Auf Mademoiselle Elsbeth abgesehen hatten?«, stotterte er, als sein Gesicht mit einem Male kreidebleich wurde.

»Das ist eine gute Frage«, antwortete Walther Winkler, »ein Gedanke, der ganz und gar nicht von der Hand zu weisen ist.« Und mit gesenktem Kopf raunte er in die Runde: »Lasst uns beten, dass sie die Torturen übersteht, denen sie jetzt ausgesetzt sein wird.«

Zur gleichen Zeit gab Ernst halb schlummernd irgendwelche unverständlichen Laute von sich. Dann murmelte er: »Ich hasse Franzosen.«

»Aber, aber«, erwiderte Susanna, »das waren keine Franzosen. Das waren Deutsche aus dem alten Reich. Sie wurden lediglich gezwungen für Napoleon zu kämpfen.«

Doch das konnte Ernst nur wenig besänftigen. Mit Mühe formulierte er einen letzten Satz, bevor er endgültig einschlief: »Ich hasse Napoleon.«

Fünf
Ende Oktober 1806 - in Neuhaus

Größer konnten die Gegensätze kaum sein: Die Kater Fauch und Tatze tollten sich im Garten von Madame Sertürner. Die beiden schwarzen Gestalten mit ihren weißen Pfötchen und der weißgetupften Schwanzspitze ließen ein rasches und schnelles Keckern hören. Sie fiepten, und fauchend jagten sie einander zwischen den Sträuchern und die Bäume hinauf. Übermütig versuchten sie ein Eichhörnchen einzufangen, während in sicherer Entfernung im Unterholz und in den Bäumen einige Vögel aufgeregt tschilpten und zwei Elstern krächzend schimpften. Derweil schlummerte auf Silvanas Schoß schnurrend ihr Liebling Fiore. Auch wenn sich Fiore meist von ihren männlichen Geschwistern fernhielt, die sie im zunehmenden Alter eher mieden oder schikanierten, hatten sich Silvana und Ludwig schon vor geraumer Zeit entschlossen, die Kätzchen in die Obhut von Friedrich Wilhelms Mutter und seiner noch im elterlichen Heim von Neuhaus lebenden Schwester zu geben. Denn in der Paderborner Unterkunft von Adalbert und Ernst konnten Flohs Nachkommen ihren Freiheitsdrang nicht hinreichend ausleben.

Es war ein sonniger Tag Ende Oktober, der die Äpfel aus dem Meer der bereits herbstlich verfärbten Blätter hervorleuchten ließ, während sich noch mancher Ast unter der schweren Last bog.

Friedrich Wilhelm, der seine Mutter und seine Schwester bei der Bestreitung des Lebensunterhals finanziell unterstützte und persönlich zur Geldübergabe aus Einbeck nach Neuhaus gereist war, half ebenso bei der Apfelernte wie Ludwig und Adalbert.

»Der Apotheker Hink ist nun schon siebzig Jahre alt«, erzählte Friedrich Wilhelm ein wenig von seinem neuen Arbeitsfeld. »Als Gehilfe sollte ich ihm zur Seite gehen. Stattdessen nehme ich ihm die eigentliche Arbeit in vollem Umfang ab. Und seine wenigen Ratschläge sind mir nicht wirklich nützlich. Tatsächlich liegt nur die Verwaltung der Apotheke noch in seinen Händen. Erfreulicherweise lässt er mir alle Freiheiten, um weiter meinen Experimenten nachgehen zu können. Und ich liebe die Begegnung mit den Menschen, wenn sie sich ratsuchend an mich wenden.«

»Apotheker Cramer hat angedeutet, dass er mich zum Abschluss der Lehre bereits um Ostern zur Prüfung melden könnte. Ich würde dir ja sehr gerne nach Einbeck folgen«, offenbarte Ludwig seine Pläne.

»Wenn es mir gelingt, bald eine eigene Apotheke zu führen, dann sollte es sicher unproblematisch sein, wenn du deine Gehilfenzeit in Einbeck verbringst«, erwiderte Friedrich Wilhelm.

»Vielleicht gehen wir bis dahin auch nach Hameln. Silvana möchte zu gerne dort sein, wenn Agnes' Kind geboren wird.«

»Das stimmt«, meldete sich nun Silvana zu Wort. Dieses Stadtleben in Paderborn ist einfach nichts für mich. Gut, es hat mir in den vergangenen Monaten schon gefallen, dass ich häufig hier in Neuhaus sein konnte und mich bei der Gartenarbeit nützlich machen konnte. Aber - es ist wie bei den Kätzchen. Die brauchen auch die Natur, um ihren Freiheitsdrang auszuleben.«

»Ich bezweifele allerdings, dass du dazu in Hameln oder in Einbeck bessere Gelegenheiten bekommst«, erwiderte Ernst mürrisch.

»Das sehe ich auch so«, pflichtete ihm Ludwig bei. »Wie auch immer - auf jeden Fall sind unsere Tage in Paderborn gezählt. Junfermann hat sich bisher großartig gezeigt, uns in eurer Unterkunft weiterhin wohnen zu lassen. Immerhin gibt es schon Gerede in einigen Kreisen Paderborner Bürger, die es nicht gutheißen, dass Silvana und ich unverheiratet zusammen wohnen.«

»*Diese Unmoral*, heißt es, *daran krankt ja alles*; *das ist der Anfang vom Ende*, so beklagen sie sich«, rollte Silvana verständnislos mit den Augen. »Aber, nach meiner Einschätzung gibt Junfermann lieber uns ein Dach über den Kopf, als dass er Preußen oder bald sogar Franzosen zur Einquartierung nehmen muss.«

»Auch der Apotheker ist nicht sehr glücklich darüber, dass ich ihm seinen guten Ruf ruiniere«, fügte Ludwig hinzu. »Ja, *der Sertürner, das war ein großartiger Lehrling*, tuscheln einige Kunden hinter vorgehaltener Hand. Aber mein Meister lässt sich nicht auf das Gerede ein. Das ist ihm hoch anzurechnen«, zollte Ludwig ihm Respekt.

»Und warum heiratet ihr nicht?«, fragte Ernst unvermittelt.

»Tja, da ist ... ähm«, stammelte Ludwig.

»Tja, warum eigentlich nicht?«, fragte Silvana neckend und wechselte zärtliche Blicke mit Ludwig.

»Tja, um ehrlich zu sein ... Ich habe noch nicht um ihre Hand angehalten, weil ..., weil ... « Verlegen stotterte er.

»Weil ich eben noch keine Familie ernähren kann«, bekannte Ludwig schließlich. Er hielt einen Moment inne. Dann räusperte er sich und ergänzte: »Ohne Position, ohne Einkommen kann ich kaum einen Hausstand gründen, oder? Und eine Zukunft für viele Mäuler einzig auf meinem Erbe zu begründen ... Außerdem habt ihr ja Silvana gehört, ihr Freiheitsdrang ist gewaltig ...«

»Dann gebt euch Zeit«, unterbrach ihn Ernst. »Elsbeth schien es damals ähnlich zu gehen. Ich hingegen habe es nicht wahrhaben wollen. Jetzt bereue ich es.«

Durch den verletzten Arm, dessen Wunde nur langsam heilte, war Ernst noch immer etwas beeinträchtigt und beschränkte sich darauf, die sorgfältig gepflückten Früchte mit der rechten Hand entgegenzunehmen und zur Lagerung für den bevorstehenden Winter behutsam in Körbe zu legen. Nach wie vor blies er Trübsal und haderte damit, dass ihm keine Möglichkeit gegeben war, Elsbeth die notwendige Hilfe zuteilwerden zu lassen. Er hatte darauf spekuliert, dass Magister Cordes vielleicht über seine Kontakte zu den Brüdern des ehemaligen Illuminatenordens an Informationen über ihren Verbleib gelangen könnte. Doch dieser vermochte ihm keine Hoffnung zu machen, da seine Verbindungen angeblich abgerissen waren, wie er vorgab.

Betrübt blickte Ernst auf den Tisch. Dort lag sein Brustbeutel, der ihm das Leben gerettet hatte. Er hatte seinen Freunden gezeigt und erklärt, dass das Bajonett das dicke Leder der Beutel-Vorderseite durchdrungen haben musste. Auch das in dem Beutel befindliche Bild wies einen Schnitt auf, der sich diagonal über das feste Papier zog. Aber an dem Metall der Münzen war die Waffe abgeglitten, bevor sie auch die Rückseite des Beutels durchstoßen und in seinen Leib fahren konnte. Das Hemd hatte sie aufgerissen und letztlich seinen Oberarm touchiert.

Dankbar war er für die Pause, die sich auch die anderen Helfer nun gönnten, als Friedrich Wilhelms Schwester einen Kuchen auf dem Tisch abstellte. Silvana half beim Eindecken der Kaffeetafel, während sich Katze Fiore an die aufgewärmte Hauswand lehnte. Mit geschlossen Augen gähnte sie einige Male, reckte und streckte sich ausgiebig, verweilte einige Augenblicke auf dem Rücken liegend, während sie die Sonne auf ihre Körperunterseite scheinen ließ, um sich anschließend wieder zusammenzurollen.

Adalbert berichtete nun in Einzelheiten von den Ereignissen an den Folgetagen nach dem Zwischenfall an der Trießnitz.

»Tatsächlich hatten sich schon kurze Zeit später einige Pferde der Winklers wieder eingefunden. Nur unsere Trakehner haben wir, wie befürchtet, nicht mehr zu Gesicht bekommen. Für den Toten habe ich zusammen mit Apel und Walther dort ein Grab ausgehoben, wo es noch vor Beginn der Schlacht zu einem für etliche preußische und französische Soldaten tödlichen Geplänkel gekommen war.«

Dann stellte er dar, wie Conrad Winkler schließlich am Tag ihres Aufbruchs von einem Erkundungsritt zurückgekehrt war und davon gekündet hatte, dass die französischen Marschälle Davout und Bernadotte mit ihren Truppen Leipzig und Halle besetzt hatten und dem Marschall Murat die Festung Erfurt kampflos übergeben worden war.

Andere Teile der Grande Armée seien bereits auf dem Weg nach Magdeburg, Lübeck und Berlin, wurde vermutet.

»Und dann ist Conrad noch zu Ohren gekommen, dass auch Goethe mehr oder weniger persönlich die Auswirkungen der Schlacht zu spüren bekommen hat«, ergänzte Adalbert. Erst wären die flüchtenden Preußen durch die Gassen Weimars gestürzt, dann folgten die Franzosen. »Während schon etliche Häuser in Brand gesetzt worden waren und geplündert wurden, war es Goethe wohl gelungen, den Marschall Ney und einige Kavalleristen zur Einquartierung zu bekommen. Diese Maßnahme versprach immerhin, dass sein Haus vor Gewalttaten verschont wurde. Doch noch während er auf den Marschall wartete«, beschrieb Conrad, »soll er von einigen französischen Tirailleurs lebensgefährlich bedroht und schließlich durch das beherzte Eingreifen der langjährigen Geliebten und Mutter seines Sohnes August gerettet worden sein. Er soll Christiane Vulpius wenige Tage danach geheiratet haben.«

»Goethe. Immer wieder Goethe«, murmelte Ernst, als er aus dem Überbleibsel seines Brustbeutels vorsichtig das beschädigte Bild herausfingerte, auf das er wieder und wieder einen sehnsuchtsvollen Blick warf. Die Zeichnung, die Ernst seit dem Gespräch mit Adalbert nach dem Selbstversuch mit dem Opium-Extrakt immerzu bei sich trug, zeigte Elsbeth im Jahre 1800. Ja, er vermisste sie. Er war so glücklich gewesen, als sie sich bei den Winklers nach der langen Zeit wiedergesehen hatten. Umso verzweifelter war er jetzt und litt bei dem Gedanken daran, was Elsbeth nun wohl widerfahren würde. Natürlich verschmähte er den Kuchen. Die Appetitlosigkeit begleitete ihn seit jenen Augenblicken der Entführung. Aber das war für ihn das geringste Problem.

Schweigend beobachteten ihn die anderen, während er ein Gepäckstück griff. »Das gehört zu Elsbeths Habseligkeiten«, erklärte er den fragenden Blicken. »Apel meinte, ich solle es mitnehmen, vielleicht fände Elsbeth ja doch eines Tages zu uns zurück.« Er entnahm ihrem Reisebündel eine kleine Rolle festeren Kartons. Er strich ihn auseinander und erkannte sich selbst darauf abgebildet. Mit seinem eigenen ramponierten Bild, das Elsbeth zeigte, ließ es sich nahtlos zusammenfügen. »Wir haben es damals in Berlin, kurz nach unserer Verlobung, auf dem Christmarkt anfertigen lassen«, bemerkte er mit wehmütigem Klang in seiner Stimme. »Wir haben es geteilt und einander zum Geschenk gemacht. Ich habe es nicht für möglich gehalten, dass auch sie es bei sich ...« Er brach seine Ausführungen ab und musste feststellen, dass sich der dicke Kloß in seiner Kehle nicht herunterschlucken ließ.

»Hat Apel die beiden Bilder gesehen?«, fragte Ludwig. »Ich meine, weil wir doch alle schon mal glaubten, dass Apel und sie ...« Dann verstummte auch Ludwig, als Silvana ihm einen bösen Blick zuwarf und er erkannte, dass er in dieser Situation durchaus etwas mehr Feinfühligkeit hätte aufbringen können.

»Apel ist ein feiner Kerl«, sagte Ernst nun wieder sehr gefasst. »Er hat uns auf sein Gut nach Ermlitz eingeladen und wollte uns mit allem ausstatten, was wir für unsere Rückreise benötigten. Wir hätten auch dort bleiben können - mindestens so lange, bis die Gesundheit meines Arms wieder gänzlich hergestellt worden wäre. Allein - wir haben sein Angebot ausgeschlagen, weil wir befürchteten, dass die Franzosen auch Leipzig und Umgebung verwüsten würden. Ich habe es längst bereut, dass ich damals ihm gegenüber und diesem anderen August aus Dresden solche Eifersüchteleien gehegt habe. Wir haben uns verabredet, dass wir einander informieren, wenn wir etwas über den Verbleib von Elsbeth erfahren. Im Übrigen: Apel beabsichtigt, im nächsten oder übernächsten Jahr die Tochter eines Professors zu heiraten«, schloss Ernst mit einer Überraschung. Offensichtlich war das Misstrauen Elsbeth und ihren vermeintlichen Verehrern gegenüber wahrhaftig unangebracht gewesen.

Weniger überraschend waren die Meldungen, die Magister Cordes dem PADERBORNISCHEN INTELLIGENZBLATT entnahm: *Der König hat eine Bataille verloren. Jetzt ist Ruhe die erste Bürgerpflicht. Ich fordere die Einwohner Berlins dazu auf. Der König und seine Brüder leben! Berlin, den 17. Okt. 1806. Graf v. d. Schulenburg.*

»Auch die Preußische Kriegs- und Domänenkammer in Münster appelliert an uns, besonnen zu bleiben, was auch immer kommen mag«, fasste Cordes zusammen.

»Aber es gibt gleichwohl andere Informationen, wie sie unsere Nachbarn erhalten haben, mit denen ich soeben gesprochen habe«, ergänze Friedrich Wilhelms Mutter. »In der Berliner Bevölkerung soll ein Spruch die Runde machen: *Unser Dämel ist in Memel.* Damit reagieren die Menschen wohl auf die Tatsache, dass der König und die Königin mit ihrem Hofstaat nach Königsberg geflohen sind. - Außerdem haben Bayerische Rheinbundtruppen in diesen Tagen Dresden besetzt. Magdeburg widersetzt sich wenig erfolgreich einer Blockade durch diesen Marschall Ney, der bei Goethe einquartiert war. Und Napoleon ist angeblich unter großem Jubel der Berliner Bevölkerung durch das Brandenburger Tor einmarschiert und hat die Stadt in Besitz genommen.«

»Das Ende der preußischen Ära«, stellte Adalbert lakonisch fest, um hinzuzufügen: »Dann werden die Franzosen sicher in Kürze auch in Paderborn das Sagen haben. - Ernst, ich denke, wir sollten uns baldmöglichst zu Junfermann begeben, denn die neuen Entwicklungen werden an unserem Hofbuchdrucker und Verleger kaum spurlos vorübergehen.«

»Bevor ihr dahingeht, müsste ich noch etwas ... Ich sollte mit euch noch etwas besprechen«, suchte Ludwig zögerlich nach Worten, wobei sein Gesichtsausdruck die Dringlichkeit seines Anliegens unterstrich. »Bei Junfermann ist kürzlich mehrfach wieder ein uns allen bekanntes Gesicht aufgetaucht.« Während er diese besorgniserregenden Worte sprach, kramte er in einer Westentasche und entnahm ihr einen gelben Zettel, den er Adalbert reichte.«

Zuerst verblüfft, dann konsterniert blickte Adalbert auf die Portraitzeichnung. Auch Ernst betrachtete den Zettel verdutzt und stellte überrascht fest: »Hat etwas Ähnlichkeit mit dem Halunken, der uns damals die Hochzeitskleidung ruiniert hat, oder?«

»... und könnte derjenige sein, der den Kramerladen der Henslers im vergangenen Jahr abgefackelt hat«, fügte Ludwig hinzu.

Kreidebleich und mit versteinertem Blick starrte Adalbert auf die Skizze, als sich nach und nach Erinnerungsfetzen mosaikartig zu einem Gesamtbild zusammensetzten.

»Wo ... Woher hast du ...?«, kam es ihm mit Bestürzung über die Lippen, als er das Papier ein wenig anhob, sodass es alle Anwesenden in Augenschein nehmen konnten.

»Es befand sich im Tagebuch meiner Mut..., deiner Schwester. Ich habe es in deinem Bücherregal entdeckt«, antwortete Ludwig. Seine Stimme zitterte ein wenig.

»Befand sich dort auch noch ein weiteres gelbes Blatt, eins mit Einkerbungen an den Ecken?«, fragte Adalbert nun erregt.

»Sollte es das?« antwortete Ludwig ungeduldig, der sich in seiner Vermutung bestätigt sah, dass Adalbert ihm etwas verheimlichte.

»Nn ...nnein, ich weiß nicht, ich bin etwas verwirrt.« Adalbert wandte den Kopf ab, sodass nur noch sein Profil zu sehen war. Er grübelte.

»Mein Gott, ich war mir so sicher, sein Gesicht schon mal irgendwo gesehen zu haben und bin nicht darauf gekommen, dass ich es von diesem Zettel her kenne. Ich ahne, wer er sein könnte, obwohl ... Ich habe ihn nie persönlich kennengelernt und zudem, ich bin mir immer noch nicht sicher ... Ich kann es einfach nicht glauben, wenn es denn wirklich so sein sollte.«

Jetzt wirkte Adalbert höchst verbittert. »Ich muss dringend nach Paderborn. Es müssen da noch Unterlagen sein, die vielleicht Licht in das Dunkel dieser Ungeheuerlichkeit bringen könnten. Es ist lange her ...«, sprach er schließlich in Rätseln.

Und es gelang ihm tatsächlich, Antworten auf die vielen Fragen zu finden. Neugierig und aufmerksam folgte man seinen Erklärungen. Dann malte sich ein jeder auf seine Weise die Konsequenzen aus, die diese neue Lage mit sich bringen könnte.

»In Anbetracht der Situation sollte ich schon heute meine Rückreise nach Einbeck antreten«, überlegte Friedrich Wilhelm laut, »und einen kleinen Umweg in Kauf nehmen. Ich denke, unsere Freunde in Hameln sollten auch Bescheid wissen.«

Mit einem Kopfnicken gab Adalbert seine Zustimmung zu verstehen. »Ludwig, wir beide sollten sofort den Weg zum Advokaten suchen. Wir müssen dringend eine neue Regelung finden, damit du über dein Erbe verfügen kannst.«

Zwei Tage später nahmen die Freunde wieder Abschied voneinander, denn es war bekannt geworden, dass der König von Holland im Auftrag Napoleons Münster und Osnabrück besetzt hatte und auf Paderborn zumarschierte.

»Ich bin mir sicher«, hatte Adalbert entschieden gesagt, »sobald die Franzosen Paderborn in Besitz nehmen, wird unser Unbekannter versuchen, mich an sie auszuliefern.«

Er hatte den Hofbuchdrucker, der ihn und Ernst auch weiterhin von ihrer Arbeit freistellte, in seine Geschichte eingeweiht. Für Ernst war es absolut selbstverständlich, dass er seinen langjährigen Mentor und Freund begleiten würde. Junfermann hatte ihm mitgeteilt, dass Hamburg noch neutral und - soweit bekannt - noch nicht von den Franzosen besetzt sei. Dahin wollten sie zunächst fliehen.

»Mit Junfermann ist besprochen, dass du mit Silvana solange unsere Unterkunft bewohnen kannst, wie du in Paderborn bleibst«, sagte er zu Ludwig. Und wenn ihr beabsichtigt nach Hameln zu ziehen, dann löst das Quartier bitte auf. Es ist leider nicht abzusehen, wann wir uns wiedersehen.«

Verständnisvoll akzeptierten die Freunde Adalberts Entscheidung. Mit ihm und Ernst hofften sie, dass es den Beiden gelingen würde, in Hamburg an eine Schiffspassage zu gelangen, die sie nach England bringen würde. Dafür hatte Adalbert die notwendigen Dokumente in kurzer Zeit zusammenstellen können. Sie hatten weder Geld noch Mühen gescheut, um sich mit zwei kräftigen Reitpferden und dem notwendigen Gepäck auszustatten. Und Friedrich Wilhelms Mutter hatte die wichtigsten Unterlagen in ein Kleidungsstück Adalberts eingenäht. Dabei handelte es sich vor allem um einen Bestandteil aus dem Vermächtnis von Adalberts Vater, den sein Sohn dieser Tage in einer in der Paderborner Wohnung abgestellten Kiste wiederentdeckt hatte. In einem unscheinbaren Päckchen, das mit zerknittertem gelblichen Papier verpackt war, dessen Farbe und Aufschrift nahezu verblichen und beinahe unkenntlich geworden war, hielt sich ein Dokument verborgen. Geziert mit einem Wappen: den Lilien der Bourbonen. Eigenhändig geschrieben, signiert und mit dem beigefügten Ring gesiegelt von einem der noch lebenden Brüder des vor dreizehn Jahren hingerichteten letzten französischen Königs.

Siebter Teil: 1806
Kapitulation in Hameln

PADERBORNISCHES INTELLIGENZBLATT Nr. 46 - Sonnabend, 15. November 1806

Proclamation

Kraft Befehls Seiner Majestät des Königs von Holland,
welche mich zum Gouverneur des Paderbornischen Landes
ernennt haben, nehme ich davon
im Namen Seiner Majestät des Kaisers der Franzosen
und Königs von Italien Besitz,
und erkläre den Einwohnern, dass dieses Land nie wieder
unter die Beherrschung von Preußen kommen soll.

In Folge dessen,
sollen die Vorgesetzten des Landes keine anderen Befehle
als die Meinigen anerkennen.
Der Preußische Adler wird überall weggenommen,
und alle öffentlichen Einkünfte, wie sie immer heißen,
sollen auf Rechnung seiner Kaiserlichen Majestät
eingenommen werden.
Den Einwohnern verspreche ich Sicherheit,
Gerechtigkeit und Schutz.
Ich schmeichle mir glauben zu können,
dass sie sich als gute und friedsame Bürger betragen werden,
indem ich Ihnen anrathe, sich gegen alle Veranleitungen,
welche Übelgesinnte ihnen beizubringen suchen, zu hüten,
und sich nicht durch falsche Gerüchte schrecken zu lassen,
als ob sie wieder unter das Preußische Joch zurückfallen würden.

Gegeben im Gouvernement zu Paderborn den 6. November 1806.

(Gezeichnet)

van Boecop.
General Lt. und Gouverneur

Eins
Franzosen vor Hameln

Hameln, vier Tage nach Bekanntgabe der Proklamation in Paderborn. Eisiger Wind pfiff ihm um die Ohren. Die Kälte ließ die Augen tränen. Mit einer Hand schirmte er sie ab, musste aber dennoch blinzeln. Trotz der trüben Sicht konnte Ferdinand vom Münsterkirchturm auch heute die Bergfestung auf dem Klüt gut erkennen. Ruhig war es dort. Keine Bewegungen ließen darauf schließen, dass vor nunmehr zwölf Tagen Kanonendonner vom Nahen des Feindes gekündet hatte.

Der Feind? - Ja natürlich, Napoleons Armee war seit Kurzem der Feind der Preußen; oder genauer: des preußischen Militärs. Etwa tausend Versprengte waren in der Folge der Niederlage Preußens bei Jena und Auerstedt sogar bis in die ferne Festung Hameln geflohen. Doch nun drohte der Gegner sie einzuholen.

Ein Regiment Jäger zu Pferde und ein Regiment holländischer Dragoner waren - ungefähr zwei Stunden von Hameln entfernt auf dem Weg nach Pyrmont - von Aerzen her angerückt, hatten das Terrain bei der Berkelschen Warte und die Stellung am Fort Luise erkundet, wo sie in einem kleinen Gefecht die preußischen Vorposten zurückgedrängt hatten. Mehrere preußische Schützen und Dragoner waren tot, verwundet oder wurden vermisst. Außerdem war ein gegnerischer Obrist durch die preußische Artillerie tödlich getroffen worden.

Alle Anzeichen hatten darauf hingedeutet, dass es Georges de La Tour erwischt hatte. Elisabeth, Franziska und Hildegard waren sehr betrübt, als sie davon hörten. Denn sie hatten den Colonel in sehr angenehmer Erinnerung behalten. Mehrfach hatte er ihnen nach dem Rückzug der Franzosen im Frühjahr geschrieben und sich nach ihrem Wohlbefinden und dem Gedeihen der Armenschule erkundigt. Der Abschied aus Hameln war ihm damals nicht leicht gefallen. Und er hatte sich überschwänglich dafür bedankt, dass die drei Lehrerinnen mit seinen Soldaten so gut kooperiert hatten. Vor allem Elisabeth und Franziska war schließlich ein Stein vom Herzen gefallen, als sich der vermeintliche Tod de La Tours als Fehlmeldung erwiesen hatte. Es stellte sich heraus, dass ein Adjutant des holländischen Königs angeschossen worden und einige Tage später in Aerzen gestorben war.

Louis Bonaparte, der neun Jahre jüngere Lieblingsbruder Napoleons und erst im Juni zum König des vom Kaiser geschaffenen Königreichs Holland ernannt, hatte von Paderborn kommend sein Hauptquartier bei einem Amtmann in Aerzen aufgeschlagen. Er kommandierte ein Korps, mit dem er die bewaldeten Hügel zwischen Berkel, Hemeringen und Rinteln in Besitz nahm und so in einem Halbkreis von Westen her die Berg- und Stadtfestung Hameln einschloss. Zudem hatte er auf Befehl Napoleons das zu Hessen-Kassel gehörende Rinteln und Oldendorf besetzt und die erbeuteten Geschütze gegen Hameln gerichtet.

Ferdinand blickte in südliche Richtung und schaute zum Ohrberg hinüber. In mehreren Windungen zog sich das silberne Band der Weser dahin. Hinter dem Ohrberg befand sich die Ortschaft Ohr, weiter links, auf der anderen Weserseite die Ortschaft Tündern. Von Ohr hinüber nach Tündern hatte der König eine Schiffsbrücke errichten lassen, so dass er auf die andere Weserseite gelangen konnte. Von Osten hatte er einen vergeblichen Angriff auf die gefluteten Festungswerke Hamelns unternommen. Trotz dieses Fehlversuchs hatte der preußische Kommandant die Verteidiger der Inundationsschleuse aus dem aufwendig neuerbauten Blockhaus zurückgezogen und das Verteidigungswerk dem Feind überlassen. Kopfschüttelnd erinnerte sich Ferdinand daran, wie er selbst im Sommer seinen Beitrag zum Bau dieses teuren und angeblich uneinnehmbaren Gebäudes geleistet hatte. Nach Ansicht des Kommandanten war es nun unnütz geworden.

Ein französischer General war mit einer Delegation aus Adjutanten, Husaren und einem Trompeter erschienen und hatte zur Übergabe der Festung aufgefordert, musste jedoch unverrichteter Dinge wieder abziehen.

Das wiederholte sich mehrmals. Langwierige Unterhandlungen hatte es gegeben, bis heute ein Schreiben Napoleons vorgelegt wurde. Dieser legte dar, dass er im höchsten Grade über das Verhalten der preußischen Generäle erzürnt sei und er keine Kapitulation mehr bewilligen wolle, wenn die Festung nicht alsbald übergeben werde. Zudem war der mit Preußen sympathisierende Fürst von Waldeck erschienen, der bestätigte, dass Preußen unwiederbringlich verloren sei und die östlich vorrückenden Franzosen bereits die Weichsel überschritten hätten. Außerdem seien italienische Truppen zur Verstärkung der Blockadetruppen in Pyrmont angekommen.

Ferdinand blickte hinunter zur Weserbrücke und hinüber zur Feldmark auf der anderen Weserseite. Diese war inzwischen geräumt. Hier hatte unter anderem General Le Coq eine Weile gelagert, nachdem er nach der großen Schlacht von Jena aus Münster kommend vergeblich versucht hatte, die Elbe zu erreichen. Er war umgekehrt und nach Hameln gelangt.

Le Coq - genau jener General, der seine Lieutenants damals in Paderborn die Gegend hatte kartographieren lassen. Damals, zu der Zeit, als Ferdinand auf der Flucht war und seine Freunde ihm ein neues Zuhause gegeben hatten.

Vor einer Woche gab es von den Forts und den am Weserstrom angelegten Bastionen eine heftige Kanonade, in die Le Coq vermutlich verwickelt war. Als das Wetter schlechter wurde, hatte er zwei Tage später sein Lager verlassen und war mit seinem Korps in die Stadt eingezogen. Er selbst nahm Quartier im Kommandanturgebäude gegenüber dem Rathaus und übte nun die Befehlsgewalt zusammen mit dem Kommandanten von Schoeler aus, einem etwa 75jährigen körperlich und geistig abgestumpften Greis, der als wenig entschlussfreudig und äußerst ängstlich galt.

Die Garnison, die jetzt auf neuntausend Mann angewachsen war, wollte natürlich versorgt sein. Etliche Bürger erhielten jeweils drei bis vier Offiziere und deren Knechte zur Einquartierung. Und auch die Pferde waren unterzubringen. Andere Einwohner wiederum hatten bis zu sechzehn Soldaten zu beköstigen. Agnes und Ferdinand hatten ihnen ihre schon länger nicht mehr bewohnte Unterkunft am Pferdemarkt abgetreten. Dafür waren sie und ihre Mitbewohner im Beginenhof von den Verpflichtungen zur Einquartierung entbunden.

In diesen Tagen hatten sich die Belagerer zurückgezogen. Aber ein Truppenteil des Generals Mortier, der bereits vor drei Jahren die Besetzung Kurhannovers durch die Franzosen angeführt hatte, war aus Kassel eingetroffen. Dort hatte der General den Kurfürsten Wilhelm in die Flucht geschlagen, der Hessen-Kassel für neutral erklärt und sich bisher geweigert hatte, dem Rheinbund beizutreten. Nun hatte Mortier also auch das Ende des Kurfürstentums Hessen eingeläutet.

Ein Teil des Mortierschen Korps unter General Savary hatte nunmehr in Hameln den holländischen König bei seiner Belagerung abgelöst. Mortier selbst zog mit etlichen tausend Mann nach Hannover und in Richtung Hamburg; weitere Regimenter bezogen ein Lager weserabwärts bei Fischbeck und Oldendorf - ungefähr eine halbe beziehungsweise eine Stunde von Hameln entfernt.

Ferdinand blickte noch einmal in südliche Richtung. Am Horizont glaubte er preußische Kräfte zu erkennen, die die französische Schiffsbrücke abbauten. Sie würde in die Festung gebracht werden.

All das hatte er heute von Chamisso erfahren, der sehr unglücklich dreingeschaut hatte. War es die Enttäuschung darüber, dass ihm sein Abschiedsgesuch aus dem Garnisonsdienst verwehrt worden war und dass er sich seinen Studienwunsch nicht erfüllen konnte? War es die Sorge, vielleicht schon in Kürze gegen seine Landsleute kämpfen zu müssen? War es die Angst davor, bei einem Sieg der Franzosen als Vaterlandsverräter hingerichtet zu werden? War es eine Vorahnung davon, dass es zu einer unehrenhaften Kapitulation kommen würde? Oder war es die Trauer darüber, dass seine Eltern innerhalb weniger Wochen gestorben waren und er nicht bei seiner Familie sein konnte, die vor Zeiten nach Frankreich zurückgekehrt war? - Als Ferdinand und Agnes ihn bei ihren Einkäufen auf dem Wochenmarkt angetroffen hatten, hatte er keine Uniform getragen. Großgewachsen und mager war er ihnen erschienen. Die bis zu den Schultern reichenden Locken seiner langen Haarpracht waren von einer Mütze bedeckt. Das sonst milde Lächeln machte einem sehr ernsten Gesichtsausdruck Platz, als Agnes ihm von einer Begegnung der Kommandanten-Gattin mit ihrer Tochter beim Apotheker berichtete. Sie sei davon überzeugt, dass es zum Ärgsten nicht kommen werde, hatte sie gesagt. Und darum werde sie die Gefahr mit ihrem Manne und dem Vater ihrer Tochter teilen. Und Chamisso hatte erwidert: »Ein neuer Schimpf wird auf dem deutschen Namen haften, wenn es, wie in den anderen Festungen, auch in Hameln zu einer kampflosen, ehrlosen Übergabe kommen wird.«

Was wird der morgige Tag bringen? fragte sich Ferdinand, als er die Stufen des Kirchturms hinabstieg. Was wird ein Betrachter vorfinden, wenn er seine Blicke morgen vom Kirchturm über die Stadt schweifen lässt?

»Es ist heute erneut ein französischer Parlamentär erschienen«, hatte Chamisso zum Schluss mitgeteilt, »der mit General von Schoeler für den morgigen Tag eine Zusammenkunft der Generalität bei der Wehrberger Warte verabredet hat.«

Ferdinand dachte an Agnes und an sein Kind. Es schauderte ihm bei dem Gedanken daran, dass das ungeborene Leben im Bauch der Mutter unter Kampfhandlungen leiden würde. *Er* würde eine Kapitulation begrüßen.

Auf andere Art hatte Ferdinand am nächsten Morgen bereits kapituliert. Man hätte den Eindruck gewinnen können, er selbst hätte mehr gelitten als Agnes. Die Nacht war für sie schmerzhaft gewesen; *er* hatte sie als Tortur empfunden. Die Rückenschmerzen hatten ihr den Schlaf geraubt; die Pein seiner Frau mitzuerleben war *für ihn* nahezu unerträglich. Am Abend hatten sie sich noch glücklich geschätzt, weil die besonderen Umstände der werdenden Mutter bisher keine Komplikationen bereitet hatten; er hatte ihr über den festen Bauch gestreichelt und die gelegentlichen Tritte des kleinen Engels ertastet. Am frühen Morgen jedoch überkam ihm eine Furcht, und seine Sorge steigerte sich ins Unermessliche, weil er sich einredete, sein Kind würde viel zu früh das Licht der Welt erblicken wollen. Anlass für seine Sorge war es, dass Agnes einen stetig ziehenden Schmerz im Rücken verspürte. Und die Bewegungen des Kindes führten zu Leibschmerzen. Ständig wanderte sie umher, nachdem sie sich eine ganze Weile im Bett den Bauch haltend von einer Seite auf die andere gewälzt hatte. Sie langte mit ihren Armen nach hinten und presste die Handrücken in die Seiten links und rechts der Wirbelsäule. Sie reckte den Rücken und beugte ihn ein wenig. Sie suchte in der Wohnkammer nach dem letzten bisschen Wärme, die der Ofen abstrahlte. Sie verlangte nach Ferdinands Händen, mit denen er massierend die Rückenmuskulatur bearbeitete. Doch dabei beklagte sie, dass er dazu das nötige Feingefühl vermissen ließ. Dann ballte sie ihre eigene Hand so kraftvoll zur Faust, dass die Knöchel weiß hervortraten. Wieder und wieder biss sie sich in den Handrücken, um nicht laut aufzuschreien. Zornig wurde sie, als Ferdinand es wagte, ihr einen Rat zu geben. »Bleib mir mit dem Teufelszeug vom Leib«, rief sie erregt, weil er gemeint hatte, Friedrich Wilhelms Mohn-Extrakt könne ihr etwas die Schmerzen lindern. Das hatte ihn etwas gekränkt, und betrübt saß er eine Weile schweigend auf dem Bett. Dabei hinterließ er den Eindruck von einem Häufchen Elend. Agnes war in der Vergangenheit mit ihrer Situation derart souverän und angstfrei umgegangen, als hätte sie schon vielfache Geburtserfahrungen. Doch die bisher unbekannten Qualen dieser Nacht hatten Ferdinand zu einem Unruheherd gemacht, der die Mutter seines Kindes verunsicherte. Erst Elisabeth hatte beruhigend auf Agnes einwirken können. Sie hatte Heublumen in Stoffbeutel gegeben und die erhitzten Säckchen aufgelegt. Sie hatte mit heißen Kartoffelwickeln für Entspannung gesorgt. Auch die erwärmten Getreidekörner in einem Beutel führten zur Verbesserung des Wohlbefindens. Vor allem aber hatte Elisabeth resolut entschieden, ab sofort Zimmer und Bett mit diesem Nervenbündel von Ehegatten zu tauschen.

Zu tun gab es in diesen Tagen für Ferdinand wenig, da die Bedrohung durch den Feind das Alltagsleben fast lahmlegte. Am Morgen zog er sich nebenan in die Scheune zurück und spaltete Holz. Dazu war er deutlich besser zu gebrauchen als zur Betreuung der werdenden Mutter.

Später begab er sich zu *seinem Brunnen*, wie er zu sagen pflegte. Er war sehr stolz auf sein Meisterwerk, das er erst vor wenigen Wochen fertig gestellt und nahezu alleine geschaffen hatte. Gut, es hatte bereits vor langer Zeit einmal eine Wasserstelle gegeben, aus der sich die Bewohner des Beginenhofes versorgen konnten. Doch dieser Quell war lange stillgelegt gewesen. Ferdinand war es gelungen, ihn wieder in Betrieb zu nehmen. Die Qualität des sehr weichen Wassers zeichnete eine besondere Güte aus.

Während er einige Krüge mit frischem Wasser füllte, die er zu Agnes in die Wohnung sowie in die Unterkünfte des Schulmeisters und der Lehrerinnen brachte, umspielte ein amüsiertes Lächeln seine Lippen. Denn er hatte den alten Brunnen im Himmelreich vor Augen, in dem das kleine Vermögen versteckt gewesen war, das sich jetzt in *seinem* Besitz befand.

Davon war bereits allerhand finanziert worden, vergegenwärtigte er sich: Die Freischule hatte ansehnliche und praktisch eingerichtete Räume erhalten. Ein Spinnrad, ein Webstuhl und einige Stickrahmen waren angeschafft worden.

Das Gärtchen, in dem noch Rosenkohl sowie Sellerie, rote Beete und Möhren gediehen, war vergrößert worden. Die geschützte Lage im Beginenhof hielt die Kälte der ersten eisigen Novembernächte fern, so dass mit der Einlagerung für den Winter noch einige Tage gewartet werden konnte.

Ja, und dann hatte Ferdinand auch noch das Material für den Brunnenbau erwerben können. Gemäß einer polizeilichen Anordnung war es notwendig, den Brunnen mit einer geschlossenen Bude zu umgeben. Ein zweckmäßiger Pavillon war entstanden, durch den eine Vereisung des Wassers im Winter verhindert werden konnte. Er hatte einen Waschtrog mit Abflussrinne im Boden angelegt. Darüber hinaus hatte Ferdinand in unmittelbarer Nähe der Zisterne eine Feuerstelle mit einem Rauchabzug eingerichtet. Ein Schmied hatte ein eisernes Gestänge gefertigt, auf dem ein riesiger Bottich montiert war.

Dieses Behältnis füllte Ferdinand nun mit unzähligen Eimern Wasser; dann heizte er die Feuerstelle an, sodass seine Mutter später angenehme Bedingungen vorfinden würde, um Bettzeug und Wäsche im kochend heißen Wasser reinigen zu können.

Noch einmal inspizierte er das Mauerwerk des Brunnens und korrigierte einen losen Stein. Ein Ausdruck der Zufriedenheit zeigte sich auf seinem Gesicht, als er sich davon überzeugt hatte, dass die Arbeit erledigt war und nun alles seine Ordnung hatte.

Man hätte den Eindruck gewinnen können, dass er in der Folge scheinbar ziellos durch die Gassen der Stadt schlenderte. Dabei hoffte er sehnlich darauf, eine Nachricht aufschnappen zu können. Ungeduldig wartete er auf die Rückkehr der Parlamentäre von der Wehrberger Warte.

Zwei
Süße Versuchungen

Tue recht und scheue niemand, las Ferdinand auf einer Inschrift unter dem Gesims eines noch ziemlich jungen Anbaus, den der Sohn des angesehenen Kaufmanns Klein- schmidt hatte errichten lassen. Es war der Anbau eines schmucken Hauses der alten Hamelner Familie Rike in der Bäckerstraße, die schon so viele Bürgermeister gestellt hatte. Nun war das Haus im Besitz des Goldschmieds Förster, den Ferdinand vor dem großen Eingangstor im Gespräch mit einem Nachbarn erkannte. Hoffentlich werden sie recht handeln, ging es ihm wieder und wieder durch den Kopf und dachte dabei an die Entscheidungen der Kommandeure, deren Verhandlungsergebnisse er gespannt entgegensah.

Vermutlich ging es den anderen Bewohnern Hamelns ähnlich, denn es befanden sich ungewöhnlich viele Bürger auf den Straßen. Etliche standen in kleinen Gruppen zusammen. Viele waren sehr engagiert im Gespräch vertieft, wie sich aus den leb- haften Gesten schließen ließ. Hinter den Gardinen der Utluchten, den befensterten erkerähnlichen Vorsprüngen in der jeweiligen Gebäudefront, regten sich vor allem ältere Bewohner, die das Geschehen auf den Straßen argwöhnisch verfolgten. Auch in den Stuben der Gasthäuser und Cafes steckten die Menschen die Köpfe zusammen.

Von weitem sah Ferdinand, dass sich im Bereich des Marktes zahlreiche berittene Soldaten befanden.

Mit Obacht ging er noch einige Schritte auf der Bäckerstraße weiter, denn hier befand sich sehr viel Unrat auf dem lehmigen Untergrund. Die Hinterlassenschaften der Pferde trugen zur erheblichen Verunreinigung bei, sodass es kaum möglich war, sauberen Schrittes durch diese Hauptstraße zu gelangen.

Er bog in die düstere Goengasse ab - die Judengasse, in der ein jüdischer Trödler mit alten Kleidern zu handeln beabsichtigte. Dass sich hier keine Kundschaft einfand, lag gewiss nicht nur an dem heruntergekommenen Erscheinungsbild des Juden. Auch die traurigen Weisen, die ein Geiger fiedelte und in unverständlicher Sprache zum Besten gab, luden nicht zum längeren Verweilen ein. Dennoch harrte Ferdinand hier eine kurze Zeit aus und besah sich das Warenangebot des Juden. Samuel Salomon war ihm nicht unbekannt; das letzte Mal hatte er bei ihm ein Schultertuch für Agnes und sogar ein Buch erworben. Auch diesmal kramte er in dem kleinen Handkarren des Juden und besah sich einige Bücher. Über den Titel eines Werkes musste er sich schon sehr wundern. Ein Buch mit solch frivolem Titel hätte er bei dem Juden nicht erwartet. Er blätterte darin und musste schmunzeln.

»Ist mein letztes Exemplar«, nuschelte Salomon kaum verständlich, jedoch ebenfalls amüsiert, wobei ein schelmisches Grinsen das faltige Gesicht überzog und die zahlreichen Zahnlücken in seinem Mund entblößte.

»Nichts für ungut, aber das spricht mich im Augenblick weniger an«, sprach Ferdinand lächelnd und dabei etwas peinlich berührt. »Hier, dieser Hut, der könnte passen«, wurde er schließlich fündig und hatte rechtzeitig zu einem ernsteren, seriösen Gesichtsausdruck zurückgefunden. Denn während er einen braunen breitkrempigen Hut anprobierte, passierte Pastor Effler, dem die Aufsicht über die Freischule oblag, den Standort. Artig grüßend lüftete Ferdinand seine neue Errungenschaft und wurde mit einem wohlwollenden und anerkennenden Blick des Pastors bedacht.

»Am Ostertore ist heute kein Durchkommen mehr«, murmelte Effler und blickte zum östlichen Stadtausgang in die Neue Marktstraße, an deren Ende sich der Übergang zur Bastion der alten Waldauer Schanze befand. Ferdinand nickte dankend für den Hinweis und legte anschließend die wenigen Schritte bis kurz vor dem Stadtausgang zurück. Während er nun in die Bungelosenstraße abbog, schlenderte das ungewöhnliche Paar, der Jude und der Fiedler, hinter ihm her. Hier endete das Musizieren abrupt.

Bungelos, ohne Trommeln, ohne zu Musizieren und ohne Tanz passierte man gewöhnlicher Weise diese schmale Gasse, von der es hieß, dass an dieser Stelle der Rattenfänger vor über fünfhundert Jahren die Kinder aus der Stadt geführt habe. Davon berichtete auch eine Balkeninschrift am reich verzierten Eckhaus zur Osterstraße, das sich im Besitz des Lehrers Christian Adolph Kastendieck befand. Kastendieck stand in keinem guten Ruf. Er schickte sich wohl an, sich als Rektor erwählen zu lassen. Ferdinand hatte von dieser umstrittenen Persönlichkeit gehört, die sich bemüßigt sah, die Jugend in der Deklamation zu bilden und dabei allzu veraltete Methoden anzuwenden. So sagte man, dass er immer noch pädagogischen Spielereien anhing, Kinder mit dem Auswendiglernen seitenlanger Memorial-Verse zu kasteien, um ihnen die Elementarkenntnisse beizubringen.

Einmal mehr bewunderte Ferdinand die kunstvoll behauenen Steine und zahlreichen Ornamente an der Hausfassade, die Gesichter, Wappen, Löwenköpfe und Blumendarstellungen. Ein Jammer, wenn neben Tod und Verderben auch all diese Schönheiten durch den Krieg Schaden leiden, ging es ihm durch den Kopf. Trotz der einsetzenden Dämmerung erkannte er hinter dem Fenster der Utlucht eine Frau, die den letzten Rest Helligkeit zur Bewerkstelligung ihrer Handarbeiten nutzte.

Weniger behaglich und beschaulich ging es auf der Osterstraße zu. Schräg gegenüber, aus Richtung des Spitals und der Garnisonkirche, nahte eine junge Frau in ihrem viel zu großen dunklen Mantel, der auf Hüfthöhe zusammengebunden war. Ihren Blick auf den Boden gerichtet ging sie ihrer kräftezehrenden Arbeit nach und stapfte in kleinen Schritten in ihren fellbesetzten Winterstiefeln daher. Unter der Last eines Schulterjochs schleppte sie in zwei Holzeimern Wasser herbei. Sichtlich ermüdet schien sie kaum zu bemerken, dass das Wasser aus den Eimern schwappte und ihren Mantel durchnässte. An einem Verkaufsstand angekommen entledigte sie sich des bogenförmigen Trageholzes und ihres inzwischen klatschnassen Kleidungsstücks, unter dem sie in Anbetracht der kalten Witterung ein viel zu dünnes Kleid trug. Zwei etwas ältere Männer, deren Gesichtszüge viel Ähnlichkeit mit denen der jungen Frau aufwiesen, saßen im Windschatten eines Baumes hinter ihr und frönten ihrem Würfelspiel.

»Hanne, es ist zu kalt, um hier halbnackt herumzulaufen«, hörte Ferdinand einen ihrer Brüder brummen.

Hemmungslos spuckte dieser wild und verwegen aussehende Mann aus, als sein Mitspieler nach gewonnenem Spiel lauthals lachend seiner Freude Ausdruck verlieh.

Hier zeigt sich die Kehrseite der Medaille, dachte Ferdinand, der die junge Frau als hübsches Persönchen in Erinnerung hatte, das bei früheren Marktbegehungen nie abgeneigt war, ihm mit einem koketten Augenaufschlag zu begegnen. Selbst als er sich gestern in Anwesenheit seiner Frau auf dem Markt befand und mit Chamisso im Gespräch vertieft war, hatte er bemerkt, wie sie ihm verführerische Blicke zuwarf. Doch jetzt zeigte sie ein anderes Gesicht:

»Hasso Bock, lass-mich-in-Ruhe, hilf mir lieber«, maulte Hanne, während sie den Marktstand säuberte und die schlechte Laune des Verlierers ertragen musste.

»Aber mach doch nicht alles nass, und werd' nicht zickig«, schimpfte dieser mürrisch. An seinen Bruder gewandt bat er: »Hendrich, leih mir einen Taler und gib mir eine Revanche!«

»Nein, nein! Wenn's am Schönsten ist, soll man aufhören, heißt es nicht so?«

»Nun sei nicht so!«, bettelte das Raubein, doch erhielt er nur ein Kopfschütteln seines Bruders zur Antwort.

»Hanne, wie viel haben wir heute eingenommen?«, rief er seine Schwester an.

»Wir?« - »Wie viel du eingenommen hast, weiß ich nicht; ich fürchte, das wird nicht das meiste gewesen sein. Ich habe heute einen Erlös von 60 Groschen erzielt und davon werde ich mir einen neuen Roman kaufen!«

»Du redest wirr. Zum einen kannst du gar nicht lesen, und zum anderen: Wovon sollen wir unser Essen bezahlen?«

»Wie du deinen Branntwein bezahlst, ist mir gleich. Frag doch deinen Bruder, der hat dir wohl wieder mal all dein Geld abgeknöpft! Und dass ich fürwahr lesen kann, habe ich dir schon häufig bewiesen. Übrigens, zu essen haben wir noch. Hier, die alte Gans will doch sowieso keiner haben!«

»Schwesterchen, halt dich zurück. Oder willst du all unsere Kundschaft vergraulen?«

So nahm das Gezänk seinen Lauf. Ferdinand achtete nicht mehr darauf, als er durch das Gespräch zweier Damen abgelenkt wurde, die zum Haus des Buchdruckers Hahn hinüberblickten:

»Eine hübsche Tochter hat er ja, der Hahn, das muss man ihm lassen.«

»Die kleine Louise muss so an die sechs Jahre alt sein.«

»Dass es ihn ausgerechnet in diesen Zeiten nach Hameln ziehen musste. Aus Königslutter soll er stammen, wo er mit seinen Druckerpressen vor den Franzosen geflohen ist. Und jetzt werden sie ihn hier einholen.«

»Vor den Franzosen geflohen? - Nein, wie ich hörte, ist er dort wegen der starken Auftragsrückgänge weggezogen, und er erhofft sich hier Fuß zu fassen, weil es in Hameln noch keine Druckerei gibt.«

»Als ob er es hier zu Reichtum bringen könnte. Wer will denn schon in diesen Zeiten Bücher lesen, geschweige denn, Geld dafür ausgeben. Außerdem soll sich wohl auch noch ein Konkurrent hier niederlassen wollen, wie ich hörte.«

Ferdinand hob die Augenbrauen. Enttäuscht, weil er immer noch keine Informationen zu der vermeintlich bevorstehenden Kapitulation erhalten hatte, schlenderte er die Osterstraße hinauf in Richtung Rathaus, vorbei an Verkaufsständen eines Bürstenbinders, eines Essigbrauers, eines Lederfabrikanten und eines Branntweinbrenners. Er erreichte die Einmündung der Kleinen Straße, die man auch *Franzosenstraße* nannte, weil hier vor über einhundert Jahren hugenottische Glaubensflüchtlinge aus Frankreich angesiedelt worden waren. Er kam am Fleischer- und Bäckerscharren vorbei. Und dann sah er, wie der Postmeister Brandes auf ihn zutrat:

»Monsieur Heller vom Beginenhof?«

Ferdinand nickte zustimmend und erhielt vom Postmeister einen Brief ausgehändigt. »Ich habe Glück, dass ich Sie hier treffe. Da kann ich mir den Weg zum Mühlentor sparen. Und Sie haben Glück, dass es dieser Brief noch durch die Reihen der Franzosen geschafft hat. Er soll wohl aus Hamburg stammen, wie ich vom Posthalter erfuhr. Hamburg ist seit gestern durch die Franzosen besetzt, hat ein Kurier berichtet. Einige Tage später wäre der Brief gewiss abgefangen worden, wo sie doch nun alles kontrollieren, was vielleicht aus England zu uns herüber gekommen sein könnte. Ich schätze, dass es in nächster Zeit schwierig werden wird mit der Brief- oder Paketzustellung.«

»Sagen Sie, Monsieur, gibt's denn schon Neuigkeiten von der Wehrberger Warte?«

»Warten wir's ab, was die Kommandeure uns zu berichten haben«, antwortete Brandes. »Es mehren sich die Gerüchte, sie hätten über Kapitulationsbedingungen verhandelt.«

Während Ferdinand den Brief in seiner Kleidung verstaute, verabschiedete sich der Postmeister grüßend. In diesem Moment kamen aus einer Gasse Reiter zum Vorschein, die sich zum Pferdemarkt hin orientierten. Die Gesichter der Kavalleristen waren grimmig. Ferdinands Blick folgte ihrem Ritt, wobei er das Kommandeurshaus streifte. Überrascht versuchte er mehr Details zu erfassen. Für einen Moment hatte er geglaubt, Chamisso unter den dort anwesenden Soldaten erspäht zu haben. Und richtig: stark hinkend betrat der Lieutenant die Kommandantur.

Nanu, dachte Ferdinand, da wird sich der Chamisso doch nicht gerade jetzt verletzt haben, wo die Entscheidung über Krieg oder Kapitulation unmittelbar bevorsteht?

Und während er so seinen Gedanken nachhing, hatte er wieder einmal das Gefühl beobachtet zu werden. Er wandte sich um und entdeckte den Juden vor dem Haus des Buchdruckers Hahn. Doch nicht von ihm ging das Phänomen aus, das Ferdinand zu spüren meinte, sondern es war Hanne Bock, die ihn entdeckt hatte und wieder mit einem unwiderstehlichen Lächeln bedachte.

Von ihrer Erscheinung jetzt wie magisch angezogen, näherte er sich langsam ihrem Verkaufsstand. Indessen hatten sich ihre Aufpasser zum Branntweinbrenner verdrückt.

Ferdinand, Ferdinand, was ist mit dir los?, redete er sich selbst ins Gewissen. Ist es etwa schicklich für einen verheirateten Mann, sich auf ein Techtelmechtel mit dieser Nymphe einzulassen? Es ist an der Zeit, dass du dem Kind seine Grenzen aufzeigst.

»Na Süße, was haste denn zu bieten?«, ließ sie den aufdringlichen Annäherungsversuch eines weiteren Passanten über sich ergehen und erwiderte ausweichend:

»Wie wär's mit einer Scheibe Speck oder einem Töpfchen Schmalz?«

»Ich könnt dir wohl mein Schmalz für dein Töpfchen geben«, rief er ihr in anzüglichen Worten hinterher und unterstrich seine Schamlosigkeit mit einer obszönen Geste.

»Mademoiselle«, empörte sich Ferdinand, »müssen Sie sich immerfort derart belästigen lassen?«

»So sind die Männer eben. Aber jetzt, wo mir mein Ritter seine Aufwartung macht, muss ich den Verlust meiner Ehre fraglos nicht fürchten.«

»Kindchen, Kindchen, wenn ich Sie mir so ansehe in Ihrem dünnen aufreizenden Hemdchen, wird's um Ihre Ehre nicht mehr lange gut bestellt sein.«

»Habe ich richtig gehört? Hat Er *Kindchen* zu mir gesprochen?«, ging nun ein lüsterner Blick von ihren funkelnden Augen aus. Dabei ließ sie ihr Schultertuch langsam rutschen und gab den Blick frei auf ihren Brustansatz. Sie richtete sich auf und versuchte sich in einer unbeholfenen Verbeugung, sodass sie noch mehr Haut freigab. Ganz unverhohlen blickte Ferdinand auf ihre nackten Brüste.

»Mademoiselle, Sie sind nicht nur eine Gefahr für die Hamelner Mannsbilder. Auch die Franzmänner werden sich beileibe bald von Ihren Reizen betören lassen - wenn Sie sich nicht zuvor in der Kälte den Tod holen.«

»Sie haben recht, Monsieur«, erwiderte sie und zog wenig sinnlich Schultertuch und Rotz hoch, derweil sie weiterhin bemüht war, ihm schöne Augen zu machen.

»Sagen Sie, was verkaufen Sie noch - außer Speck und Schmalz?«, versuchte Ferdinand nun Konversation zu betreiben wie es sich geziemt.

»Oh, hier gibt's nicht einfach nur Schmalz. Hier gibt's Zwiebelschmalz, Apfelschmalz, Griebenschmalz, Gänseschmalz ...«

»Gibt's auch die Gans dazu?«, unterbrach er ihre monotone Aufzählung, bei der sie ein bewusst gelangweiltes Gehabe an den Tag legte.

»Hier ist die Gans, Monsieur, eine Martinsgans.«

»Dann ist sie ja schon neun Tage alt, oder sogar schon älter?«

»Aber Monsieur, natürlich gestern erst geschlachtet.«

»Was soll denn der Vogel kosten?«

»Ein Goldstück.«

»Ein *ganzes* Goldstück?«, fragte Ferdinand ungläubig.

»Mindestens zwei silberne Taler; keinesfalls weniger«, begann sie zu feilschen.

»Na, ein feiner Gänsebraten ist nicht zu verachten. Meine Frau und mein Kind würden sich über eine Bereicherung des Speisezettels gewiss freuen.«

»Ganz recht, mein Herr. Hier, fühlen Sie nur. Festes Fleisch, nicht zu verachten.«

Erneut versuchte sie, seine Begehrlichkeit zu wecken und griff sich mit beiden Händen an ihre Brüste.

»Mademoiselle, Ihre Verkaufsargumente sind *fast* überzeugend. Allein: Der Preis scheint mir doch noch etwas zu hoch.«

»Aber mein Herr, man sagt doch, dass Sie der Armenschule sehr großzügig Ihre Unterstützung zukommen lassen. Da sollte doch das Gänslein Sie nicht ruinieren.«

»So, sagt man das? - Na, ich kann mir gut vorstellen, dass Ihnen selbst und Ihrer Familie ein ordentlicher Braten in diesen Tagen auch nicht schlecht zu Gesicht stehen dürfte - nicht, dass Sie mir noch vom Fleisch fallen«, gab Ferdinand zum Besten.

»Och, da muss ich mich doch noch nicht sorgen, oder?«, antwortete sie, schaute über ihren Körper und vollführte eine aufreizende Drehung um sich selbst. - »Sie tragen einen neuen Hut?«, stellte sie fragend fest.

»Gefällt er Ihnen? Den habe ich beim Samuel Salomon erworben.«

»Was denn, beim Juden? Die Juden sind doch alle Betrüger.«

»Aber, aber, Kindchen, wer sagt denn so was? - Ich wollte Ihnen eigentlich etwas schenken.«

»Sie wollen *mir* was schenken?«

»Aber es stammt von dem Juden da drüben. - Gewähren Sie mir einen Augenblick?«

Kaum hatte sich Ferdinand kurz verabschiedet, begab er sich bereits zu Salomon, der mit seinem Wägelchen inzwischen nur noch wenige Schritte entfernt war. Derweil hatte sich der Fiedler um Almosen bettelnd vor dem Haus des Buchdruckers niedergelassen. Zügig wurde ein kleines Geschäft abgewickelt. Und sogleich begab sich der Jude auf Ferdinands Wink hin umgehend außer Sichtweite. Hannes *Ehrenmann* kehrte hingegen zu seiner neuen Bekanntschaft zurück.

»Ich habe gehört, Sie lesen gerne Romane?«

»Woher wissen Sie das?«, fragte Hanne überrascht.

»Naja, als Kunde informiert man sich eben über seine Geschäftspartner. Hier, das schenke ich Ihnen. Aber lesen Sie es erst, wenn der Arbeitstag beendet ist. Sonst gibt's Ärger mit Ihren Brüdern.

»Mit meinen Brüdern? Woher kennen Sie die?«

»Sind das nicht die beiden, die da gerade vom Branntweinbrenner zurückkommen? Ich denke, ich verabschiede mich nun besser. Denken Sie an mich, wenn Sie in dem Buch lesen! Versprochen?«

»Versprochen!«, brachte Hanne ziemlich überwältigt nur noch leise über ihre Lippen. Und dann schmachtete sie hinter Ferdinand her, der zum Abschied höflich seinen Hut gezogen hatte und sich an der Weinschänke des Neuen Hauses vorbei hinter dem Mauervorsprung zum Lütjen Markt versteckte, um mit etwas Schadenfreude die nun folgende Szene zu beobachten:

»Na Hanne, lässt du dich jetzt auch in Naturalien bezahlen?«, foppte sie ihr Bruder Hasso angeheitert.

»Wie meinst du?«, fragte sie in Gedanken und immer noch unter dem Eindruck der soeben erlebten Begebenheit.

»Nun tu nicht so, der Kunde hat dir doch ein Buch gegeben. Lass mal sehen!«

Und schon entriss ihr Hasso das Buch und zeigte es seinem Bruder: »Hendrich, was steht da geschrieben?«

»Hasso, du weißt doch, dass ich genauso wenig lesen kann wie du. Hanne, lies uns bitte vor, was da auf dem Buch steht!«

Und mit klopfendem Herzen las Hanne: »SÜßE VERSUCHUNGEN, ist der Titel.«

Sie ließ das Buch sinken und schaute träumend in die Richtung, in die ihr Günstling verschwunden war.

»*Süße Versuchungen*? Und so was nimmst du von fremden Männern an?«, brüllte Hasso sie an. »Zeig mal, ob da auch Bilder drin sind!«

Und Hasso blätterte. Zunächst irritiert. Dann reichte er das Buch seinem Bruder mit einem schallenden Gelächter. Und während sich jetzt beide vor Lachen krümmten, musste Hanne erkennen, dass sich ihr vermeintlicher *Ritter* einen üblen Scherz mit ihr erlaubt hatte. In ihrer Hand hielt sie ein Buch mit einer Sammlung von Rezepten: SÜßSPEISEN - SÜßE VERSUCHUNGEN ZU ALLEN JAHRESZEITEN.

Vom nun folgenden Wortgefecht konnte Ferdinand nichts verstehen, weil die fünf Glockenschläge vom nahen Turm der Nikolaikirche den Disput übertönten. Dennoch war nicht zu verkennen, dass Hanne in Rage geriet. Wütend schlug sie mit ihrem Buch auf die Brüder ein, die sich mit erhobenen Armen und eingezogenem Kopf nur halbherzig vor den Angriffen der Furie wehrten und sich noch immer auf ihre Kosten amüsierten, als sie zornig in der Franzosenstraße verschwand.

Drei
Vor der Kapitulation

Ferdinand nahm zunehmenden Lärm wahr. Als er die wenigen Schritte an der Marktkirche vorbei bis zum Pferdemarkt zurückgelegt hatte, erblickte er die berittenen Soldaten, die alle Mühe hatten, ihre Tiere zu bändigen und zu beruhigen. Durch tumultartige Szenen vor dem Kommandeurshaus aufgebracht drohten einige Pferde durchzugehen. Manche tänzelten, andere bockten, stiegen vorne hoch oder schlugen nach hinten aus. Dumpf dröhnte der Boden unter den Hufen; schrilles aufgeregtes Wiehern verursachte einen ohrenbetäubenden Lärm. Um nicht in das Gewühl der stampfenden Pferdeleiber zu geraten, presste sich Ferdinand eng ans Kirchengemäuer und begab sich durch ein Seitentor in die Sicherheit des Gotteshauses. Kurz blickten einige ins Gebet versunkene Kirchenbesucher auf. Dann hatte er das Haupttor erreicht, das er einen Spalt breit öffnete und durch die schmale Lücke hinausschlüpfte. Jetzt war er ein Teil des Durcheinanders in einer Menschenansammlung aus Hamelner Bürgern und Soldaten. »Die Generäle sind zurück und wollen kapitulieren«, hörte er einen Greis sagen. »Doch die Soldaten scheinen damit nicht einverstanden zu sein.«

Ferdinand beobachtete ein Kommen und Gehen an der Tür des Kommandantenhauses. Die Stabsoffiziere wurden zum Kommandanten beordert. Dann drangen auch jüngere Offiziere in die Kommandantur. Einmal mehr öffnete sich die Tür und Chamisso verließ - immer noch hinkend - das Haus. Er hatte sichtlich Mühe, sich einen Weg durch die aufgebrachte Soldatenmenge zu bahnen. Vergeblich versuchte Ferdinand sich bemerkbar zu machen. So war auch er nach Kräften bestrebt, sich durch die Menschenmassen zu drängen. Ein Murren und Schimpfen der Leute begleitete ihn. Es wurde geknufft und getreten. Verwünschungen wurden gegen die kommandierenden Generäle von Schoeler und Le Coq ausgesprochen. Es gab ein Handgemenge und sogar Prügeleien unter gemeinen Soldaten und ihren Offizieren. Dann endlich hatte er Chamisso auf Höhe der Ritterstraße eingeholt.

»Mein Freund, Sie hier?«, fragte Chamisso. »Sie sollten besser bei Ihrer Gattin und Ihrer Frau Mutter sein!«, vernahm er den vorwurfsvollen Ton des Lieutenants.

»Wie wurde entschieden, Lieutenant?«

»Verrat!«, war seine kurze Antwort. »Sie haben kapituliert.« Mit Bitterkeit in der Stimme bestätigte Chamisso die Gerüchte.

»Zu welchen Bedingungen?«

»Die Garnison wird kriegsgefangen. Die Offiziere sollen auf ihr Ehrenwort entlassen, ausgezahlt und mit Reisegeld versehen werden, das die Stadt aufbringen soll. Sie sollen ihr Eigentum behalten dürfen, während die Mannschaften nach Frankreich transportiert werden.«

»Aber diese Bedingungen sind doch ...«

»... ungeheuerlich!« Chamisso unterbrach Ferdinand energisch. »Skandalös!«, schimpfte er. Unaussprechlicher Groll blitzte in seinen Augen auf. Dann schüttelte er nur mehr verbittert seinen Kopf. Und zunehmend niedergeschlagen murmelte er:

»Die Kapitulation erregt bei den meisten Offizieren Missbilligung. Natürlich sehen sie ihr Ehrgefühl verletzt. Und auch die potentiellen Gefangenen lehnen verständlicherweise das Abkommen im großen Umfang ab.«

Reglos nahm Ferdinand diese Worte auf. Innerlich spürte er einen Moment der Erleichterung. Andererseits litt er mit Chamisso, als der Lieutenant darlegte: »Ich selbst bin - nachdem ich mir in der Bergfestung einen Fuß verletzt hatte - unter großen Mühen von Fort Zwei zu Fort Eins gegangen und habe dem Kommandanten der Bergfestung im Namen Aller die Treue und Kriegslust der ganzen Besatzung versichert, obwohl es dort durch die feuchten Kasematten viele Kranke gibt. Längs der Weser hat es zahlreiche kleine Erfolge unserer Truppen gegeben, denen es gelungen ist, bei leichten Tirailleurgefechten die Ortschaften Herkendorf, Hemeringen und Fuhlen zurückzuerobern. Bei Oldendorf konnte das Fährseil durchgehauen werden. Ein Lieutenant ist mit seinen Husaren durch die bewaldeten Berge in Richtung Fischbeck vorgegangen, um einen Pulvertransport aus Hannover ins feindliche Lager zu unterbinden. Er konnte immerhin einige Gefangene nach Hameln führen. All diese kleinen Erfolge beweisen, wie schwach und nachlässig der Feind ist und dass ein Ausfall bei dem uns bekannten Terrain durchaus erfolgversprechend scheint. Aber in der Kommandantur will man davon nichts wissen.«

Enttäuscht blickte Chamisso zum Haus des Kommandanten: »Stattdessen wurde uns vorgeworfen, die hierarchischen Gepflogenheiten zu missachten.«

Als er Ferdinands fragenden Blick bemerkte, erläuterte er: »Es macht sich Ungehorsam gegenüber den Vorgesetzten breit. *Das Untergraben der Autoritäten, die drohende Aufruhr und Meuterei, die Widersetzlichkeit und Gehorsamsverweigerungen, die Beleidigungen und Achtungsverletzungen erfüllen in großem Maße den Tatbestand der Insubordination,* hat man uns wissen lassen.«

»Und was sind die nächsten Schritte?«

»Spätestens in zwei Tagen hat sich die Garnison aufzulösen. Festung und Magazine sind den Belagerungskorps zu übergeben. Aber ich fürchte, in Anbetracht der Stimmungslage wird es bis dahin zu Krawallen und Blutvergießen kommen. Man wird sehen, wie die jeweiligen Befehlshaber der einzelnen Kommandos, Kompanien, Regimenter und Bataillone mit der Situation umgehen. Meines Erachtens ist das Leben der gesamten Generalität in Gefahr.«

»Was nun?«

»Ich werde versuchen, mich mit Kameraden zu besprechen. Und Sie wären jetzt besser zu Haus, mein Freund! Versuchen Sie schnellstmöglich ...«

»Ich fürchte, dafür ist es zu spät, Lieutenant«, fiel ihm Ferdinand ins Wort. »Es scheint, die gesamte Garnison ist inzwischen auf den Beinen.« Er wies auf die blockierten Gassen der Bäcker- und Zehnthofstraße.

Verhalten nickte Chamisso, während er seufzte: »Nicht nur die Garnison. Auch der Pöbel kriecht jetzt aus seinen Löchern und wird die Gelegenheit nutzen, zu plündern und zu brandschatzen.«

»Über den Pferdemarkt gibt es ebenfalls kein Durchkommen mehr. Ist die Nikolaikirche sicher?«, überlegte Ferdinand laut.

»Viel zu unsicher«, schüttelte Chamisso den Kopf. »Ihre Lage ist zu exponiert.«

»Aber man wird doch ein Gotteshaus achten und ...«

Chamisso antwortete mit einer abwinkenden Handbewegung, derweil er die wenigen Möglichkeiten durchdachte: »Lassen Sie uns eilen. Vielleicht können wir durch die Baustraße ...«

»So nah beim Pulverturm?«, unterbrach ihn Ferdinand erneut.

»Unsere letzte Chance. Wenn der Pulverturm und die Munitionsmagazine hochgehen sollten, wird die Stadt ohnehin in einem Inferno enden. Sehen Sie, auch aus

Richtung der Thymühle drängen die Soldaten bereits aus ihren Baracken ... Mein Freund, hören Sie: Da vorne sehe ich Kameraden aus meiner Kompanie. Mit denen werde ich gemeinsam überlegen ... Versuchen Sie derweil, sich im zweiten Turm bei der Emmernstraße in Sicherheit zu bringen; nicht der darauf folgende zum Ostertore hin gelegene Turm, der ist ziemlich marode! Suchen Sie den wuchtigen, aus Bruchsteinen erbauten achteckigen Turm auf. Er ist derzeit von keinem Wächter besetzt. Meistens ist das Eingangstor nur angelehnt, aber von innen mit einem Riegel zu schließen. Wenn es dennoch geschlossen sein sollte: Es gibt noch einen anderen Weg, in den Turm zu gelangen.«

Während Chamisso diese Zugangsmöglichkeit erläuterte, reichte er Ferdinand ein Talglicht und Zündmittel.

»Ich danke Ihnen, Lieutenant. Falls es Ihnen im Verlauf der Nacht gelingen sollte, in die Nähe des Beginenhofes zu gelangen, geben Sie meiner Frau bitte Bescheid!«

»Gehen Sie schnell, und geben Sie auf sich acht!«, raunte Chamisso ihm zu. »Und passen Sie auf Ihren neuen Hut auf«, ergänzte er mit einem Augenzwinkern. Seinen Humor hatte er offensichtlich noch nicht gänzlich verloren.

Nur kurz konnte Ferdinand seinem Bekannten hinterherschauen, der sogleich in einem Kaffeehaus verschwand. Unmittelbar danach eilte er zu dem Turm, dessen eisernes Tor wider Erwarten doch nicht angelehnt war.

Wenige Fuß abseits entdeckte er einen Rost im Boden eingelassen. Über den Sims des Tores ertastete er eine Eisenstange, mit der er das Eisengitter anheben konnte. Jetzt vernahm er das Rauschen von Wasser. Er ließ sich in einen engen Schacht gleiten, folgte Chamissos Anweisungen und hielt sich einige Schritte rechter Hand. Hier stieß er mit den Füßen an die unterste Stufe einer Steintreppe. Er nahm die Treppenstufen aufwärts und gelangte mit seinen Händen an eine eiserne Abdeckung. Nachdem er diese mühsam beiseitegeschoben hatte, fand er sich bereits im Dunkel des Turmes wieder. Er entzündete den Docht seines Leuchtmittels, ergriff die beiden Ringe der schweren Platte und verschloss den Zugang. Behutsam erstieg er Sprosse um Sprosse der Leitern, über die er die vier Etagen des fünfzig Fuß hohen Gebäudes erklomm. Nach langwierigem zögerlichem Aufstieg erreichte er schließlich eine unbesetzte Turmstube – ein niedriges Geschoss mit mehreren Fenstern, die eine Rundumsicht erlaubten. Er löschte sein Licht. Der Schein des zunehmenden Mondes ermöglichte ihm hinreichend Orientierung im Raum und lies erkennen, dass am Markt vor dem Haus des Kommandanten eine neue Lage entstanden war. Die Kavallerie trieb die Menschenmassen auseinander. Es sollte sich Tage später herumsprechen, dass es der Lieutenant von Massow verstanden hatte, mit seinen Leuten entschlossen einzugreifen, den Platz und die Kommandantur zu besetzen und so das Leben der Generalität zu retten.

Ungeduldig beobachtete Ferdinand das Treiben in den Straßen, soweit dies aus der Höhe zu erkennen war. Unheimlich wurde es ihm, als im Verlauf des Abends immer häufiger Musketenfeuer auf dem Wall zum Einsatz kam. Gegen Mitternacht beobachtete er, wie ein Geschütz ehemaliger Verteidigungskräfte nunmehr *gegen* die Stadt in Stellung gebracht wurde. Die Lunten brannten bereits, als zwei Artillerieoffiziere auf die Wälle eilten und das Zündmaterial in den Graben warfen. Sie stellten sich der Meute, die mit der Kanone die Stadt unter Feuer nehmen wollte und opferten ihr Leben unter dem anschließenden Kugelhagel.

Ich muss hier raus, dachte Ferdinand aus Angst davor, dass der nahe Pulverturm zur Zielscheibe werden könnte. Entgegen der Warnungen Chamissos verließ er alsbald den Schutz des Turmes durch das von innen zu öffnende Tor, das er mit einem lauten metallischen Klicken ins Schloss schnappen ließ. Hier draußen spürte er, dass es im Verlauf des Abends bitterkalt geworden war. Die Kleidung, die am Tag noch hinreichend gewärmt hatte, schützte nun nicht mehr genügend. Er fröstelte, als die Kälte durch die Kleidung drang, musste husten, machte hastig einige Schritte nach links, um sogleich zurückzukehren und durch die Baustraße zu eilen. Erleichtert war er, als er den Lieutenant einige Häuser weiter in einer Gaststube entdeckte. Dabei wunderte er sich jedoch sehr. Verblüfft musste er feststellen, dass sich Chamisso in *sehr* dubioser Gesellschaft befand. Inmitten von Soldaten und Gesindel tummelten sich auch die Gebrüder Bock, die ausgiebig dem Branntwein zusprachen.

Noch hatte Ferdinand seine Überraschung nicht überwunden, als er glaubte ein Gespenst zu sehen. Eine weibliche Gestalt mit zerrissener Kleidung trat ihm aus Richtung der Soldatenbaracken entgegen. Kurz stutzte sie, als sie ihn erkannte. Mit einem hasserfüllten Blick näherte sie sich ihm, spuckte ihm ins Gesicht und begab sich mit lautem Gekreische in die Gaststube. Wie gelähmt stand Ferdinand da und sah, wie Hanne Bock auf ihre Brüder einredete, die sich schließlich gemächlich erhoben. Während sie das Wirtshaus verließen und ihn erspähten, wandelte sich ihre Stimmung. Streitsüchtig torkelten sie auf ihn zu. Als er sie am Mittag erstmalig gesehen hatte, war ihm schon aufgefallen, dass die vom übermäßigen Alkoholkonsum aufgedunsenen Gesichter schlecht rasiert waren. Jetzt, als sie einander gegenüber standen, gewahrte er die Tränensäcke unter ihren Augen, die ihn voller Feindseligkeit anstarrten. Mit einem Male wurde ihm die neue bedrohliche Lage bewusst. Gleichwohl war er davon überzeugt, sich mit den beiden Betrunkenen erfolgreich messen zu können. Hasso Bock drohte ihm mit einem Knüppel, doch Ferdinand wich lediglich einige Schritte zurück. Sie umkreisten einander, was Ferdinand eher amüsierte. Den Schlagstock ließ er freilich nicht aus den Augen. Überraschend flink huschte Hendrich an ihm vorbei und verstellte ihm die weitere Rückzugsmöglichkeit. Von zwei Seiten angegriffen stürzten sich seine Gegner jetzt blitzschnell auf ihn. Die Lage wurde ernst. Zwar konnte er Hendrich kurzfristig aus dem Gleichgewicht bringen, indem er ihm seinen Ellbogen in die Magengegend rammte, dem schlagartig eingesetzten Prügel seines Bruders konnte er allerdings nur wenige Male ausweichen. Ein Hieb traf ihn derart, dass er taumelte. Er hatte seine Gegner unterschätzt. Trotz heftiger Rückenschmerzen raffte er sich auf. Kurzzeitig gelang ihm sogar die Flucht. An dem Wachturm, der ihm am Abend Schutz geboten hatte, hetzte er vorbei. Er wusste um das nunmehr verschlossene Turmtor, das ihm eine weitere Zuflucht verwehrte. Panisch visierte er das Bollwerk des nächsten Turms an, dessen Konturen er bereits erblickte. Im Augenblick blieb ihm nur die Hoffnung darauf, dass ihm Turm Nummer Drei einen Zugang gewährte.

Der Turm ist marode, hörte er Chamisso sagen.

Noch einige Schritte, dann hatte er die Stelle erreicht, an der sich das Gemäuer wie ein dunkler Schatten vor ihm erhob. Unzugänglich. Das dornige Gestrüpp einer dicht wuchernden Brombeerhecke bildete einen schier unüberwindbaren Wall. Hasso Bock packte seinen Knüppel fester, als er auf sein Opfer zuging. Einen letzten Schritt wich Ferdinand zurück. Dann blieb ihm lediglich, den Kopf schnell zur Seite zu drehen, um dem Schlag auszuweichen. Einen Lidschlag später rissen seine Verfolger ihn zu Boden. Reflexartig griff er in das dornige Buschwerk, in dem sich sein Rock verfing. Seinen Hut, der an einer Ranke hängengeblieben war, hatte er bereits verloren. Er spürte, wie die Dornen in seine Haut drangen und die Haut reizten. Er rappelte sich auf, wurde jedoch von Hasso Bock erneut gegriffen. Sie rangen miteinander. Er vernahm, wie Bock zunächst ärgerlich knurrte, als auch er sich an den Dornen verletzte. Sein Verfolger stieß einen Fluch aus und schlug erneut mit dem Knüppel zu.

Im Rhythmus seiner Schläge schmähte Bock: »Diese ... süße ... Versuchung ... sei ... dir ... gegönnt; exquisit ... und eigens für dich ... zubereitet!« Der letzte Schlag traf mit voller Wucht. Ferdinands Widerstand war gebrochen.

Eine Hand drückte seinen Kopf so gewaltsam nach hinten, dass er Angst hatte, sein Genick würde brechen. Mühsam schnappte er nach Luft - nicht zuletzt, weil ihm der Atem seines Gegenübers, ein Gemisch aus Alkohol- und Zwiebelgestank, die Sinne benebelte. Zudem presste sich die Hand des Angreifers gegen seine Kehle. Vage nahm er die buschigen Brauen über die funkelnden Augen des jähzornigen Mannes wahr. Die Besinnung drohte zu schwinden, als er die Stimme von Hassos Bruder Hendrich vernahm:

»Halt ein, Bruderherz, wir wollen ihn ja nicht umbringen. Schließlich soll er uns noch einiges verraten!«

Benommen glitt Ferdinand zu Boden, als sein Gegner die feste Umklammerung lockerte. Sogleich wurden ihm mehrere Tritte verabreicht.

Hendrich setzte mit beinahe ebenso brutalen Methoden zu einem Verhör an. Sich vor Schmerzen krümmend wand sich Ferdinand in einer Gosse.

Kaum hatte er unter der Folter die herausgepressten Informationen preisgegeben, hörte er Hasso Bock entsetzt schreien: »Wir ziehen ihn in die Hecke, Hendrich, und dann weg hier. Die Soldaten verstreuen Pulver auf den Straßen! Sie werden alles in die Luft jagen!«

Nach diesen Worten spürte Ferdinand einen letzten harten Schlag auf den Hinterkopf. Dann umhüllte ihn tiefste Dunkelheit.

Wie lange er mit verrenkten Gliedmaßen der Ohnmacht auf dem eiskalten Boden liegend ausgesetzt war, konnte er später nicht mehr sagen. Als er wieder zur Besinnung kam, hörte er zwei bekannte Stimmen murmeln. Er vernahm, dass eine größere Anzahl enttäuschter und betrunkener Soldaten Feuer über die Stadt hatte bringen wollen, dass es jedoch einigen wenigen Helden gelungen war, diesen Frevel zu verhindern. Man hatte die Wirrköpfe von diesem schrecklichen Vorhaben abgehalten, indem man sie stattdessen zur Plünderung der Nahrungsmittelmagazine geführt hatte.

Auch Chamisso hatte von den Vorfällen erfahren. Als er in die Nacht hinausgestapft war, um sich ein Bild von der gefährlichen Lage zu verschaffen, hatte er den Juden getroffen, der ihm aufgeregt Ferdinands Hut gezeigt hatte. Nach längerer Suche hatten Chamisso und Salomon den Verletzten gefunden, ihn aus dem Gestrüpp gezerrt und in die Lumpen des Juden gehüllt.

Als Ferdinand die Augen öffnete, schien die Umgebung zu schwanken. Durch die Eiseskälte beeinträchtigt hob er entkräftet einen Arm und ertastete behutsam die schmerzhafte große Beule an seinem Hinterkopf. Blut klebte an den Fingern seiner zitternden Hand. Der Kopf dröhnte. Und das Schlucken tat weh. Seine Zunge fühlte sich schwer an. Der Mund war trocken.

Samuel Salomon reichte ihm Wasser, während Chamisso den Verletzten etwas aufrichtete und stützte. Auch wenn Ferdinand seine Kraftlosigkeit deutlich spürte, wehrte er die Hilfe zunächst ab. Er gewahrte die geprellten Rippen, die ihm einen pochenden Schmerz bei jedem Atemzug bereiteten. Auch das Reden war eine Qual. Aber bei allem kaum zu ertragenden Schmerz bereiteten Ferdinand seine Erinnerungen den meisten Kummer. Seine Gedanken kreisten um die Informationen, die die Brüder

Bock aus ihm herausgepresst hatten. Es war eher ein Stöhnen, als er Chamisso davon in Kenntnis setzte.

Während der Lieutenant sogleich die Verfolgung der Brüder aufnahm, kümmerte sich der Jude weiter um Ferdinand. Mit seinem Wägelchen fuhr er den Verletzten zum Apotheker - unter allergrößten Gefahren, denn immer mehr preußische Soldaten begannen damit, die Bürgerhäuser zu beschießen.

Vier
Wie gewonnen, so zerronnen

Das heftige Pochen an der Tür wollte kein Ende nehmen. »Hannchen, was treibst du dich denn hier herum, mitten in der Nacht?«, rief Hildegard, als sie - nur mit einem Umhang über ihrem Nachthemd bekleidet - vorsichtig aus dem Fenster lugte.

»Madame«, rief Hanne scheinbar verzweifelt, »Madame, bitte öffnen Sie! Bitte öffnen Sie schnell, zwei Männer sind hinter mir her. Sehen Sie, sie haben mir bereits Gewalt angetan!«

Als Hildegard die Tür öffnete, blickte sie im Licht einer Laterne schockiert auf ihre blutverschmierte ehemalige Schülerin. »Was ist geschehen Hannchen?«, fragte sie entsetzt und nahm die nunmehr junge Frau tröstend in die Arme. »Ist nicht schlimm, mein Mädchen«, versuchte sie beruhigend auf sie einzuwirken, »ist nicht schlimm ... Oh, schau nur, Hannchen, da sind deine Brüder, jetzt wird alles gut!«

»Da haben Sie wohl recht Madame!«, rief Hendrich, als er in das Haus stürzte und Hildegard brutal bei Seite stieß. »Jetzt können Sie in Ordnung bringen, was Ihr feiner Herr Sohn an Schande über unsere Familie gebracht hat! Hier, sehen Sie, was er unserer Schwester angetan hat!« Und mit diesen Worten zerrte er Hannes Mantel auseinander und deckte ihre zerrissene Kleidung und entblößte Brust auf.

»Was ... wie ...«, stotterte Hildegard. »Das kann nicht sein. Wo ist mein Sohn?«, rief sie verstört.

»Na, wo wird er denn schon sein?«, meldete sich nun Hasso zu Wort. »Wenn *Sie* das nicht wissen. Sie sind doch die Mutter von diesem ..., von diesem *Wüstling*. Da haben Sie sich vielleicht ein Früchtchen herangezogen, schämen sollten Sie sich dafür!«, redete er auf die fassungslose Frau ein.

»Hannchen ... Hannchen, sag, dass das nicht wahr ist!«, erwiderte Hildegard bestürzt und ging mit erhobenen Armen auf Hanne zu.

»Finger weg!«, herrschte Hasso sie an. »In diesem Hause wurde schon genug Unheil angerichtet! - Übrigens, hier ist Ihre Gans, die Ihr Ausbund an Abscheulichkeit bei uns gekauft, aber natürlich nicht bezahlt hat. Wir hoffen doch sehr, dass wenigsten Sie Anstand genug besitzen und zumindest diese Schuld begleichen, oder sollten wir uns da irren?«

»Sie täuschen sich«, flüsterte Hildegard. »Ja, Sie irren sich«, schrie sie nun aus Leibeskräften, während sie sich an Hasso wandte, auf ihn zutrat und ihn energisch an seinen Hemdkragen packte.

Vom Lärm aufgewacht erschienen Elisabeth und Agnes in der Tür.

»Ja, *genauso* hat er unsere Hanne gepackt, bevor er ...«, schnauzte Hendrich. »Der Apfel fällt eben nicht weit vom Stamm!« Dann fügte er mit Ironie hinzu: »Oh, da ist ja auch die *werdende Mutter*, die uns gewiss nun endlich zu unserem Geld führen wird. Also: Wo ist der Kachelofen?«, brüllte er, während er weiter ins Haus drängte und die Türe zu Hildegards Kammer aufriss. »Ah, da ist ja unser Goldschatz«, grinste er, als er den Ofen entdeckte. Mit stechendem Blick forderte er Agnes auf, das Geheimversteck zu öffnen. »Machen Sie keine Dummheiten«, warnte er Agnes, »denken wenigstens *Sie* an Ihr Kind! Dem Vater scheint es offensichtlich gleichgültig zu sein!«

Zögernd trat Agnes an den Ofen, löste mit zitternden Händen eine Kachel und versuchte in das dahinterliegende Fach zu greifen. Doch Hendrich kam ihr zuvor. Triumphierend hielt er den Geldbeutel hoch und zeigte seine Trophäe, die Hasso ihm aus der Hand entriss. Gierig öffnete dieser den Beutel, schüttelte ihn und ließ vier Goldmünzen auf den Tisch klimpern, derweil ihm sein Feixen zu einer starren Fratze gefror: »Was, das ist alles? Nur *vier* Friedrich d'or?«, fragte er, als er irritiert in die Runde blickte.

»Ist doch ein guter Erlös, für die alte Gans«, stellte Hildegard trotzig fest.

»Hendrich, denkst du das gleiche, was auch ich denke?«, fragte Hasso mit Zornesröte im Gesicht.

»Ich fürchte, wir müssen den Damen gegenüber etwas deutlicher werden«, stellte Hendrich ruhig aber entschieden fest.

Er ging auf Agnes zu und holte mit seiner rechten Hand aus. Doch jäh wurde diese zurückgehalten.

Auf Agnes' soeben noch Angst widerspiegelnder Miene zeigte sich Erleichterung. Schon wollte sie auf den Ankömmling einreden. Seinen warnenden Gesichtsausdruck verstand sie jedoch sehr wohl. Schnell trat sie einen Schritt zurück.

»Aber Messieurs, solch ehrloses Handeln haben Sie doch nicht nötig! Schauen Sie, Sie haben sich Ihr redlich zustehendes Geld geholt. Aber zu Reichtum können Sie doch *hier* nicht kommen. Ich bitte Sie. In einer *Armen*schule.«

»Der Lieutenant«, gab sich Hasso nun fromm wie ein Lamm, als Chamisso die beiden Brüder an die Schultern fasste und sich wie freundschaftlich verbunden bei ihnen unterhakte.

»Lassen wir's hier für heute gut sein«, redete Chamisso beruhigend auf sie ein. »Wir haben den Abend gemeinsam so gemütlich im Wirtshaus begonnen. Ich denke, wir sollten uns die Stimmung dieser Nacht nicht vermiesen. Gehen wir zu den Magazinen! Dort ist der wahre Reichtum zu finden! Dort lässt sich's leben wie im Schlaraffenland! - Hier, ein gutes Schlückchen gegen den Durst habe ich bereits mitgebracht.«

»Recht hat er«, nickte Hendrich seinem Bruder zu.

»Und du solltest dich waschen und besser wieder in den Soldaten-Baracken verschwinden«, raunte er Hanne zu.

»Da gibt's in dieser Nacht noch gutes Geld zu machen«, ergänzte Hasso, als Chamisso einen schriftlichen Hinweis zum Verbleib ihres Mannes Agnes insgeheim in die Hand drückte.

»Mesdames, Sie sollten die Türe heute Nacht besser geschlossen halten«, raunte Chamisso den Damen zu, während die Gebrüder Bock sich bereits dem Branntwein widmeten.

»Wie gewonnen, so zerronnen«, murmelte Hildegard an Agnes und Elisabeth gewandt. Sie schloss die Tür, legte den Riegel vor und warf seufzend einen letzten

Blick in das leere Geldversteck. Agnes jedoch nahm Chamissos Notiz mit Sorgen zur Kenntnis. Eine Träne rann ihr die Wange hinunter.

Ein Detachement holländischer Dragoner rückte am folgenden Tag ohne Widerstand in Hameln ein und stellte nach der unruhigen Nacht die Ordnung wieder her. Erst jetzt war es Agnes und Hildegard möglich, den verletzten Ferdinand in einem Zimmer des Apothekers in die Arme zu schließen. Er hatte kräftige Prügel bezogen. Schläge und Tritte, die er noch immer am ganzen Leib spürte.

»Hier ist er besser aufgehoben als im Spital«, sagte Westrumb und beruhigte die Damen. »Wir werden ihn schon wieder hinbekommen.« Und dann erzählten Agnes und Hildegard von den Vorkommnissen in der Nacht. Bis zu dem Zeitpunkt, da Chamisso erschienen war.

»Wenn du kein Geld hast, glaubst du, es fehlt dir was. Hast du welches, bringt es nur Unglück«, jammerte Hildegard. In diesem Augenblick traf auch der Dichter und Soldat ans Krankenlager. Von allen Anwesenden wurde Chamisso in tiefster Dankbarkeit innig geherzt. Er brachte Neuigkeiten mit und fasste die Ereignisse der letzten Stunden aus seiner Sicht zusammen:

»Die Festung und die Bürger sind mit einem blauen Auge davongekommen. Wir alle saßen in dieser Nacht auf einem Pulverfass, das jeden Augenblick hätte hochgehen können. Bis auf einige wenige Ausnahmen können wir uns über den Verlauf glücklich schätzen. Denn einige Befehlshaber waren der Situation nicht mehr gewachsen und suchten ihr Heil in der Flucht. Man erzählt sich, dass sich etliche Offiziere verkrochen hätten, um der Wut der Soldaten zu entgehen. Einige sollen sich hinter Schornsteinen, in Scheunen oder gar Taubenschlägen versteckt haben. Doch andere Befehlshaber haben es durchaus verstanden, durch gutes Zureden auf die Soldaten einzuwirken und sie zu besonnenem Verhalten zu ermuntern. Dem Uhrmacher König sind zwar etliche Uhren abhanden gekommen. Auch sind einige Bürger durch Schüsse verwundet worden. Wie die Ehefrau des Kaufmanns Kleinschmidt und des Gastwirts Höltje, die am Halse respektive an der Schulter getroffen worden sind. Und bei den Schüssen auf das Stubenfenster des Gastwirts sind wohl weitere Personen verletzt, einige auch getötet worden. Aber überwiegend beschränkten sich die Freveltaten der auf Krawall gebürsteten Meute auf die Plünderung der Magazine, während die Bürger ungeschoren blieben.«

»Wo treiben sich die Gebrüder Bock nun rum?«, wollte Ferdinand wissen, was ihn persönlich am meisten interessierte.

»Die ... Nun, diese Taugenichtse sind Opfer ihrer Habgier geworden«, stellte Chamisso emotionslos fest. »Sie sind mit Ihrem Geld beim Gastwirt Höltje eingekehrt und haben das Musketenfeuer auf die Gaststube nicht überlebt.«

Trotz der schlechten Erfahrungen mit den Bocks machte sich nun Stille und Betroffenheit breit.

»Und hat es auch die Hanne getroffen?«, fragte Hildegard immer noch etwas erschüttert.

»Davon ist nichts bekannt. Wenn sie tatsächlich wieder die Soldaten-Baracken aufgesucht haben sollte ... Ich meine, wenn sie diese Nacht ungeschoren davon gekommen sein sollte ... Vermutlich wird sie auch weiterhin ihrem Gewerbe nachgehen und sich alsbald unseren Feinden hingeben.«

»Mir ist heute Morgen zu Ohren gekommen, dass sich zahlreiche Soldaten ihrer Gewehre und Patronentaschen entledigt haben, indem sie diese zerstörten oder in die Weser warfen«, meinte Hildegard.

Das bestätigte Chamisso kopfnickend und fügte hinzu: »Die Meuterer erbrachen das Brückentor. Ein Großteil der Soldaten verließ die Stadt ohne Erlaubnis und Passierschein und ist in die Wälder jenseits des Klüts geflohen, um der Kriegsgefangenschaft zu entgehen. Auch das Fort George ist inzwischen in Gänze verlassen. Es scheint, dass lediglich um die sechshundert Mann der viele tausend Soldaten starken Garnison noch ausharren. - Generalmajor von Schoeler hat in der Nacht Kuriere über Kuriere entsandt, um den französischen Befehlshaber Savary zu bitten, wegen des Aufruhrs noch vor der bestimmten Zeit die Festung zu übernehmen. Wir rechnen damit, dass am Abend um die zwölf Bataillone die Stadt in Besitz nehmen werden. Manche Bürger werden bis zu hundert Mann zu bewirten haben«, beschrieb Chamisso die ausweglose Lage.

»Und was wird aus Ihnen, Lieutenant?«, traute sich Ferdinand zu fragen - sehr wohl wissend, dass er damit einen wunden Punkt berührte.

»Ich? - Nun, ich habe bereits einen Pass erhalten. Ich werde Morgen als *Gefangener auf Ehrenwort* nach Frankreich reisen.«

»Das scheint in Ihrer Situation nicht die schlechteste aller Möglichkeiten zu sein. Und doch höre ich aus dem Klang Ihrer Stimme Verzagtheit?«, fragte Agnes.

»Verzagtheit? - Es ist eher Verbitterung«, präzisierte Chamisso seine Empfindungen. »Das Schmachvolle der Kapitulation ist das Missverhältnis zwischen den feigen, unritterlichen, unehrenhaften Befehlshabern und den tapferen kampf- und todesbereiten Soldaten. Dabei steigt mir Schamröte ins Gesicht. Nicht nur wegen des Verhaltens der Generäle, sondern weil ich selbst das Schändliche mitgemacht habe. Die Ehre ist in meinen Augen ein großes überpersönliches Ideal, das mit Füßen getreten wurde, Madame. Und ich selbst habe tüchtig zugetreten. Ich fühle mich wie ein Schlemihl, dem der eigene Schatten fehlt, wenn Sie verstehen, was ich meine. Ich habe meinen Schatten an das Böse verkauft, oder er wurde mir von den Despoten genommen - wie auch immer Sie es sehen wollen. Eine bürgerliche Existenzberechtigung? Sie fehlt mir nun. Man hat sie mir nicht zuteilwerden lassen. Vielleicht habe ich sie aber auch verloren, oder man hat sie mir genommen. Die Tyrannen unserer Tage ... Sie werfen den einfältigen Menschen Begriffe um die Ohren, um sie für ihre schändlichen Zwecke zu missbrauchen. Wir sollen ein Staat, ein Volk sein. Und mit diesen Appellen beeinflussen sie uns, ihnen bei den geistlosen Tätigkeiten ihrer unsinnigen Feldzüge zu folgen. Doch sind diese Begriffe nicht mehr Ausdruck von Vaterland, Freiheit und nationaler Besonderheit, sondern nur noch leere Worthülsen, mit denen unsere Herrscher ihre eigenen Machtansprüche durchzusetzen suchen. Sie wollen meine Seele, *unsere* Seelen. Aber ob sie die erhalten werden? - Wir werden sehen. Hier und heute haben sie mich meiner Ehre beraubt.«

»Werden wir Sie wiedersehen, mein Freund?«, fragte Ferdinand traurig, während er Chamisso in einer vertrauten Geste eine Hand auf den Unterarm legte.

»Ich werde jetzt«, sagte er achselzuckend, »das trostlose Leben eines Eremiten führen. Wie lange? Ich weiß es nicht. Ich werde demnächst nur noch nach dem eigenen Glück streben können. Ein Jeder ist in diesen Tagen seines eigenen Glückes Schmied.«

Zutiefst desillusioniert verabschiedete sich Chamisso: »Adieu, mein Freund! Werden Sie schnellstmöglich wieder gesund! Und auch der werdenden Mutter wünsche ich eine gute Zeit! - Mesdames, leben Sie wohl! Vielleicht sehen wir uns nicht wieder. Aber Sie werden von mir hören. Sie werden eines Tages von ihm lesen, von dem, dem der eigene Schatten fehlt.«

Als Chamisso die Kammer verließ, trat Elisabeth ins Krankenzimmer. »Pastor Effler war in der Freischule«, berichtete sie aufgeregt. »Er hat gestern den Ferdinand bei dem Juden Salomon angetroffen.«

»Das stimmt«, bestätigte Ferdinand. »Ich habe bei ihm diesen neuen Hut erstanden. Vielleicht mein Lebensretter, denn der Jude hat in der Nacht den Hut gefunden. Und erst dadurch wurde ich im Gestrüpp beim Stadtturm entdeckt. Dem Samuel Salomon habe ich es auch zu verdanken, dass der Westrumb sich meiner angenommen hat.«

»Man hat den Juden bei der Fischpforte aus der Weser gefischt«, überbrachte Elisabeth die schockierende Nachricht. Ganz in der Nähe entdeckte man einen seiner Karren. Und darin befand sich lediglich ein einziges Buch. SÜßE VERSUCHUNGEN soll es heißen, sagte Pastor Effler.«

Stunden später schaute Ferdinand aus dem Fenster und beobachtete in deprimierter Stimmung, wie in der Abenddämmerung Tausende von Krähen über Hamelns Himmel kreisten. Er dachte an den Verlust des im Kachelofen seiner Mutter versteckten Geldes und machte sich dabei gleichzeitig bewusst, dass er den größten Teil des Vermögens in weiser Voraussicht rechtzeitig in Sicherheit gebracht hatte. »Mein Brunnen«, murmelte er und sah im Geiste hinter dem gelockerten Stein die Goldstücke funkeln, ohne wirklich Trost bei diesem Gedanken zu finden.

Er schaute den Vögeln zu, wie sie sich auf den Dachfirsten sammelten, bevor sie im Pulk ihre nächtlichen Schlafplätze in den Bäumen aufsuchen würden. Aber nicht die Tiere gruselten ihn. Eher spürte er Abscheu vor sich selbst und verfiel in ein Selbstgespräch:

»Chamisso empfindet es als Schande, dass man ihm den Kampf verwehrt. Und mich - mich schaudert es, weil ich mir durch den Tod des Juden Schuld aufgeladen habe. Eine verrückte Welt!«, sagte er zu sich, als ihm erschöpft die Augen zufielen.

Fünf
22.11.1806 - Die Rückkehr des verlorenen Sohns

Agnes war einmal mehr ans Krankenlager geeilt, denn Ferdinand hatte wiederholt heftig erbrochen. Doch Westrumb schien die Lage unter Kontrolle zu haben. Soeben war er im Begriff, seinem Patienten Hoffmanstropfen zu verabreichen.

»Gestern hat Napoleon in Berlin eine Verordnung erlassen«, merkte Westrumb beiläufig an, als Agnes zur Tür hereinkam. »Aller Handel und alle Korrespondenz nach England sind verboten. Briefe und Pakete werden beschlagnahmt, besagt das *Berliner Dekret*.«

»Briefe ... Mein Gott, ich ... Ich vergaß den Brief. Der Postmeister ...«, flüsterte Ferdinand kraftlos. »In der Rocktasche«, keuchte er, hob kurz seinen Oberkörper, um unmittelbar danach wieder in die Kissen zurückzusinken.

»Ich hole ihn. Soll ich das Siegel zerbrechen?«, fragte Agnes besorgt. Sie deutete Ferdinands unscheinbare kleine Regung als Zustimmung, entfaltete den Briefbogen und las:

Liebe Agnes, liebe Freunde im Beginenhof - sind unbehelligt in Hamburg angekommen, Besetzung der Stadt droht - sind in Eile, besteigen in Kürze ein Schiff - sind fest davon überzeugt, Elsbeth am Gänsemarkt erkannt zu haben, konnten jedoch nicht bis zu ihr vordringen - Bitte Nachricht an Franziskas Bruder Walther und an Joh. Aug. Apel in Leipzig sowie an Ludwig und Silvana - in immerwährender Verbundenheit, Adalbert und Ernst.

»Elsbeth, Schwesterchen - Wunder über Wunder!«, rief Agnes hoch erfreut aus und jubilierte dabei innerlich. »Endlich mal eine gute Nachricht!« Und auch Ferdinand schien beglückt - nicht nur von der Nachricht, sondern vor allem dadurch, dass er die Mutter seines Kindes endlich wieder einmal freudestrahlend erlebte. Ein zufriedenes Lächeln legte sich auf sein Gesicht.

Derweil spielten sich andernorts auf den Hamelner Straßen ebenfalls bewegende Szenen ab: Die preußischen Soldaten waren zunächst in einer Kirche gefangen gehalten und dann nach Rinteln abgeführt worden. Anschließend kam es zum Einmarsch der französischen Besatzer, den Elisabeth, Franziska und Hildegard beim Rathaus stehend aufmerksam verfolgten.

Natürlich mäßigte sich Elisabeth, in Anwesenheit der zahlreichen Hamelner Bürger einen Freudenschrei auszustoßen, als sie de La Tour entdeckte, der erhobenen Hauptes auf einem Braunen sitzend den Einmarsch der französischen Soldaten begleitete. Und doch war in ihren Augen ein glückliches Funkeln zu erkennen. Auch der Oberst hatte sie erkannt, saß kurze Zeit später ab und wandte sich ihr respektvoll zu.

»Madame, es ist mir eine Freude Sie wiederzusehen«, sprach er förmlich, während er einen Handkuss andeutete. Doch der Klang in seiner Stimme verriet, dass er ehrlich und herzlich meinte, was nur oberflächlich höflich formuliert schien. Es wäre keineswegs verwunderlich gewesen, wenn sich beide überglücklich um den Hals gefallen wären. »Wir haben ebenfalls gehofft, Sie bei guter Gesundheit anzutreffen«, antwortete Elisabeth artig, während sie auf Franziska und Hildegard wies. Wir würden uns freuen, Sie zu einem Begrüßungstrunk einladen zu dürfen!«

»Es wird mir ein Vergnügen sein, Mesdames. Wenn Sie erlauben, werde ich mich auch kurzfristig bei Ihnen einfinden.«

Mit einem Kopfnicken beendete er die kurze Begegnung und empfahl sich.

Elisabeth spürte ein heftiges Herzklopfen und war freudig erregt, während sich die Damen auf dem Heimweg zum Beginenhof befanden.

»Wer nicht weiß, dass du im nächsten Jahr deinen fünfzigsten Geburtstag begehen wirst«, raunte Hildegard ihr zu, »könnte den Eindruck gewinnen, du hättest dich wie ein junges Mädchen zum ersten Mal unsterblich verliebt.«

Einen Moment war Elisabeth irritiert, als sie sich Hildegards Worte bewusst machte. Doch schnell hatte sie sich wieder gefasst und erwiderte:

»Ach wo ..., der Oberst und ich«, gluckste sie, »wer weiß, wie viele von diesen jungen Dingern der in den letzten Monaten vernascht hat ... Gut, ich mag ihn. Und auch Franziska kann ihn gut leiden. Vielleicht findest *sogar du* eines Tages Gefallen an ihm. Nein, ich denke, wir können uns alle glücklich schätzen, ihn in diesen Zeiten wieder an unserer Seite zu wissen.«

Es war unverkennbar, dass Elisabeth diesen kultivierten Franzosen mit seiner sonnengebräunten Haut sehr mochte. Er war stets ein rücksichtsvoller Logiergast. Höflich. Ein Mann mit guten Manieren.

»Bei ihm wissen wir wenigstens, woran wir sind«, fügte sie hinzu.

»Wissen wir das wirklich?«, fragte Hildegard skeptisch zurück.

Die Nachricht aus Hamburg und Agnes' Hochgefühl schienen Ferdinand neue Lebenskraft eingehaucht zu haben, wobei ihm das Schicksal des Juden weiterhin sehr naheging. Noch immer litt er an der Vorstellung, für den Tod verantwortlich zu sein. Wie lange würde er an dieser Bürde zu tragen haben? Gelegentlich wurde sie ihm zu einer zentnerschweren Last. Es war merkwürdig: Erstmals seit seiner Hochzeit schien ihm die Teilnahme an einem Gottesdienst wieder wichtig. Erstmalig überhaupt in seinem Leben erschien ihm die Beichte sinnvoll - die Möglichkeit, das im Gespräch loszuwerden, was ihn quälte - eine Gelegenheit zu bekommen, seine Schuld zu bereuen und Buße zu tun. Aber in Hameln gab es schon seit Ewigkeiten kein katholisches Gotteshaus mehr, und es fehlte an einem Priester, der ihm die Absolution hätte erteilen können. Und dann dachte er nicht mehr nur an sich und seine Zukunft, sondern ihm wurde auch mit einem Male klar, dass niemand für die Taufe seines kleinen Engels zur Verfügung stehen würde. Es wurde höchste Zeit, sich darüber mit Agnes auszutauschen.

Doch trotz dieses Kummers steigerte sich sein Wohlbefinden, sodass Ferdinand gut eine Woche nach der Kapitulation Hamelns aus der Obhut des Apothekers entlassen werden konnte. So war er denn ebenfalls anwesend, als der französische Oberst der Einladung folgte und im Beginenhof seine Aufwartung machte. Dabei trieb man nicht nur höfliche Konversation, sondern vertraute sich die Erlebnisse der vergangenen Monate einander an. De La Tour hatte einige Monate in Paris verbracht, bevor er sich dem Achten Armee-Corps unter dem kommandierenden General Mortier angeschlossen hatte, der von Napoleon den Auftrag bekommen hatte, Fulda und Kassel zu besetzen.

»Als ich davon hörte, dass Savary, der als Divisionsgeneral den Schlachten bei Jena und Auerstedt beigewohnt hatte, die Order erhielt, die Kapitulation Hamelns zu erwirken, habe ich sofort den Entschluss gefasst, mich bei einem der Bataillone einzufinden.«

»Ihre Anwesenheit ist also kein Zufall?«, fragte Elisabeth neugierig.

»In der Tat, Madame. Natürlich ist es mir wieder eine große Ehre, Ihre freundliche Gastfreundschaft in Anspruch nehmen zu dürfen. Doch meine wirklichen Motive, Madame, sind ... *wahrlich* ... noch tiefergehender Natur«, stellte er zögernd fest. Einige Augenblicke schien er zu überlegen, wobei sich in der plötzlichen Stille eine Spannung aufbaute, die sich kurze Zeit später entlud, als Elisabeth insistierend fragte:

»Sie sind sich unschlüssig, ob Sie darüber sprechen wollen, Colonel?«

»Ich fürchte, ich *muss* darüber sprechen«, erwiderte er schließlich entschieden. »Doch dazu bedarf es Ihrer geschätzten Aufmerksamkeit. Es ist eine lange Geschichte.«

Er sah die erwartungsvollen Augen auf sich gerichtet, teils neugierige Blicke und zum Teil überraschte, zum Teil bestürzte Reaktionen, als er feststellte:

»Sagt Ihnen der Name Pierre Cordés etwas?«, fragte er, als er aufschaute und den Blickkontakt mit seinen Gastgebern suchte. »Natürlich ist er Ihnen bekannt«, beantwortete er dann seine Frage selbst. »Als Ihr Landsmann spricht er sich Peter Cordes aus.«

Während die Erinnerung Elisabeth und Franziska wie ein Schlag traf, blickte Hildegard versonnen aus dem Fenster und stellte ungerührt fest:

»Gehe ich recht in der Annahme, dass Sie sehr genau wissen, dass ich ohne die Verbindung zu diesem Menschen heute nicht hier wäre und meinen verloren geglaubten Sohn kaum jemals wiedergesehen hätte, auch wenn ich persönlich mit Monsieur Cordés nie die Bekanntschaft gemacht habe?«

»Meinen Sie den Bruder des Lehrers aus Paderborn?«, fragte Ferdinand nach.

»Genau der«, bestätigte de La Tour und an Hildegard gewandt mahnte er höflich aber bestimmt: »Madame, ich bin einerseits sehr froh über Ihre Offenheit und Ehrlichkeit. Das erleichtert mir meine Mission sehr. Andererseits möchte ich Sie eindringlich bitten, sich im Umgang mit Informationen zu diesem Teil Ihrer Vergangenheit aus Gründen Ihrer und meiner eigenen Sicherheit ab sofort mehr bedeckt oder gar verschlossen zu halten - nicht nur Fremden gegenüber, sondern auch gegenüber Menschen, die Sie gut einzuschätzen glauben. - Pierre hat mir vor sechs Jahren in Paris das Leben gerettet«, teilte de La Tour zur Überraschung Aller mit.

»Es war am Weihnachtsabend. Ich war auf dem Weg zur Oper. Lange Zeit habe ich nicht gewusst, was ich dort wollte. Viele Wochen später erst habe ich mich an Einzelheiten erinnern können. Ich wollte mir ein Oratorium des Komponisten Haydn anhören, eine Pariser Erstaufführung. Den Titel des Werks habe ich erst wieder durch Recherchen erfahren. LA CRÉATION, soll es gewesen sein - in Ihrer Sprache DIE SCHÖPFUNG, wenn ich mich nicht irre - ein Werk, für das ich mich wegen der Geschehnisse an jenem Abend bis heute nicht mehr habe begeistern können ... Ich wohnte irgendwo in der Rue Saint Honoré, vermutlich in der Nähe des Palais Royal. Denn ich war zu Fuß unterwegs zur Rue de Richelieu, wo ich einen Freund treffen wollte, der einen Kutscher beauftragt hatte, uns zur Oper zu fahren. Ich habe meinen Freund nicht mehr lebend angetroffen.«

Es entstand eine Gesprächspause. Dann fuhr de La Tour fort:

»Ich weiß nicht, ob ich es meiner wiederkehrenden Erinnerung zuschreiben kann oder ob sich das Bild aufgrund späterer Berichte durch Pierre in meinem Gedächtnis manifestiert hat: Ich meine, im Einmündungsbereich der kleinen Rue Saint-Nicaise einen merkwürdigen Wagen gesehen zu haben, einen Pferdekarren, der mit einem Weinfass beladen war und wie eine Barriere in der Straße platziert war. Pierre hat ihn später als *Höllenmaschine* bezeichnet.

Meine Überraschung war groß, als aus dieser engen Straße ein Kutscher in einem rasanten Tempo seine Pferde irgendwie an dem Hindernis vorbei über die Straßeneinmündung lenkte. Unmittelbar danach vernahm ich eine gewaltige Detonation und erblickte einen riesigen Feuerball. Noch immer habe ich Menschengeschrei und den Lärm der Zerstörung im Ohr. Was danach geschah, weiß ich nur vom Hörensagen, denn ich gehörte zu den Opfern der Explosion. Pierre berichtete mir später, dass es sich um ein Attentat auf Napoleon gehandelt habe, der sich - damals noch als Erster Konsul - zusammen mit unserer heutigen Kaiserin Joséphine ebenfalls auf dem Weg zur Oper befunden haben muss.

Das mit Schwarzpulver, Kugeln und Feuerwerk gefüllte eisenbeschlagene Fass ist aus welchen Gründen auch immer erst spät gezündet worden, sodass Napoleon dem Attentat entging. Es traf aber zahlreiche Passanten. Für viele war es tödlich, so auch für meinen Freund, der zum unpassendsten Zeitpunkt den Tatort erreicht hatte. Ich selbst wurde lebensgefährlich verletzt. Nur durch das beherzte Eingreifen Pierres und seine langwierigen Mühen um meine Genesung habe ich überlebt. Ich stehe natürlich für immer in seiner Schuld ... In der Folge habe ich ihn als einen Vertrauten kennengelernt, mit dem mich nun schon seit Jahren eine tiefe Freundschaft verbindet.«

Wieder pausierte de La Tour kurz, bevor er seine Ausführungen fortsetzte:

»Mich haben die Beweggründe der Attentäter und die Reaktionen Napoleons wiewohl sein späterer Lebensweg immer sehr beschäftigt, weil mich etwas mit ihm verbindet: Als Fünfzehnjährige sind wir zeitgleich in der École royale militaire aufgenommen worden. Aufgrund seiner guten Leistungen hat er die Ausbildung etwas früher beendet als ich. Damals war er - schon allein aufgrund seiner Herkunft als Korse - Außenseiter. Ich muss gestehen, dass die meisten der damaligen Kameraden Bonaparte *als den Armen aus der Fremde* bespöttelt haben; das Lernen der französischen Sprache fiel ihm schwer; im Grunde hat er uns nie wirklich interessiert. Doch ich muss auch einräumen, dass mich sein weiterer Lebensweg während der Revolution beeindruckt hat.

Keine Anerkennung konnte ich ihm allerdings für seine Reaktionen auf den Attentatsversuch entgegenbringen. Royalisten steckten in Wirklichkeit hinter dem Mordversuch. Doch Napoleon verdächtigte Jakobiner, gegenüber denen er einen tiefen Hass verspürte. Ungerechtfertigter Weise ließ er zahlreiche Menschen ohne Verhandlung deportieren, andere hinrichten. Wider besseren Wissens hat sein Polizeiminister Fouché für ihn diese Drecksarbeit erledigt. Das hat mich schon sehr empört. Erschreckend aber war für mich, dass er in der Folge seinen Minister ein umfangreiches Spionagesystem hat aufbauen und immer häufiger die freie Berichterstattung der Tageszeitungen verbieten lassen.

Fouché wurde ihm mit der Zeit lästig. Napoleon bewog ihn mit Nachdruck, sich ins Privatleben zurückzuziehen, was ihm besonders schmackhaft gemacht wurde. Denn ihm wurde eine Senatorenwürde zuteil. Sein Fürstentum in der Provence, die Senatorie von Aix, überhäufte ihn mit Einnahmen. Mich persönlich hat diese Maßnahme sehr erzürnt. Dazu müssen Sie wissen, dass Aix-en-Provence meine Heimatstadt ist.«

»Mon Colonel, Sie offenbaren uns Ihre sehr persönlichen Angelegenheiten in wahrhaft ungewöhnlicher Offenheit, und ich gestehe, es fällt mir im Augenblick schwer, die Absichten für Ihre Bekenntnisse zu ergründen«, kommentierte Agnes erstaunt den Monolog de La Tours. »Und, bitte sehen Sie mir mein Unverständnis nach: Warum setzen Sie Ihr Leben als Soldat für Napoleon aufs Spiel, wenn Sie eine derart kritische Einstellung ihm gegenüber haben?«

»In der Tat, Madame, ich verstehe Ihren Einwand. Ich selbst bin über meine Rolle nicht glücklich und sehe mich als Suchender, der vielleicht schon bald seine militärische Laufbahn zum Ende bringen wird. Doch zuvor habe ich, wie ich schon andeutete, noch eine Aufgabe zu erfüllen. Der eine Teil meines mir selbst auferlegten Auftrags hängt mit meinem Freund Pierre Cordés zusammen. Und ich denke, Sie, meine Damen, ahnen, worum es sich handeln könnte«, richtete der Oberst das Wort nun insbesondere an Elisabeth und Franziska.

»Folgen Sie mir bitte noch einen Moment bei meinem Rückblick. - Nachdem Napoleon seinem Polizeiminister Fouché den Stuhl vor die Tür gesetzt hatte, leitete Savary die geheime Polizei Napoleons. Ja, Sie haben richtig gehört, General Savary, der nun die Kapitulation Hamelns erzwungen hat. Im August 1803, zu der Zeit, als Sie, Mesdames et Monsieur, die Hochzeit in Paderborn feierten, wurde die

Verschwörung dreier Generäle gegen Napoleon aufgedeckt. Napoleon suchte nach einem Bourbonen und ließ ein Exempel statuieren. Es war schließlich der Herzog von Enghien, den Napoleon verschleppen und nach einem Scheinprozess erschießen ließ mit der Begründung, er sei ein vom Ausland bezahlter Emigrant, der eine Verschwörung vorbereite. Von Enghien bezeichnete sich selbst zwar als Feind Bonapartes und des revolutionären Frankreich, wies aber jede Anschuldigung einer Teilnahme an einer Verschwörung gegen das Leben des Ersten Konsuls zurück. Savary beschleunigte die Erschießung des Herzogs. Es war ein abschreckendes Signal an die royalistischen Gegner Napoleons.«

De La Tours Zuhörer folgten auch noch mit Spannung seinen Worten, als er ergänzte: »Mesdames, Sie haben eingangs zurecht vermutet, dass es kein Zufall ist, dass ich wieder bei Ihnen in Hameln bin. Ich bin in Absprache mit meinem Freund Pierre zurückgekehrt, um ein Auge auf Sie zu werfen und Sie zu warnen - zumindest vorerst, denn ich werde Ihnen und Hameln schon bald wieder für eine gewisse Zeit den Rücken kehren müssen.«

»*Zu warnen*? *Uns*?«, fragte Ferdinand mit ungläubigem Blick.

Unvermittelt schaute de La Tour zu einem Tischchen hinüber, wo ihm der Brief aus Hamburg gewahr wurde. Missbilligend runzelte er die Stirn, als er beiläufig den Inhalt ergründet hatte: »Briefe aus Hamburg sollten besser nicht für jedermann lesbar sein. Es gibt Menschen, die nur darauf warten, einen Vorwand zu finden, um andere zu schikanieren, und sei der Anlass noch so nichtig«, stellte er beschwörend fest. Wie ich soeben bereits sagte: Sie sollten sich hüten, Fremden oder selbst vermeintlich guten Bekannten vorbehaltlos zu vertrauen.«

Bei diesen Worten konnte sich Ferdinand ein Räuspern nicht verkneifen, was de La Tour nicht entging. »Mit Verlaub, Monsieur Colonel, dass bedeutet dann sicher auch, dass wir uns auch vor Ihnen in Acht nehmen sollten. Werden wir Ihnen trauen können? Oder sind wir den Fängen eines Wolfs im Schafspelz ausgesetzt?«

»Ich nehme Ihnen Ihren Einwand nicht übel, Monsieur. Und wenn Sie zweifeln, ist mir das ein deutliches Zeichen, dass Sie meine Warnung nicht in den Wind schlagen.«

De La Tour war keineswegs verstimmt, gereizt oder gar zornig ob der Bedenken Ferdinands. Vielmehr munterte er ihn sogar zur Zurückhaltung auf und erklärte dies mit ernsten und eindringlichen Worten:

»Mesdames, Monsieur - Pierre und mir ... Uns ist zu Ohren gekommen, dass Napoleon durch den inzwischen wieder eingesetzten Fouché ein neuerliches Verbrechen gegen Einzelpersonen plant. Denn Napoleon hegt nicht nur einen geradezu krankhaften Hass gegen Jakobiner und Royalisten. Er fürchtet eine weitere Gruppe, von der er annimmt, dass sie ihm seine Macht streitig machen könnte und von der er glaubt, dass sie immer noch aktiv ist: Sein Verfolgungswahn richtet sich auch gegen die Illuminaten.«

Die nun einsetzende Stille wurde nur durch einen tiefen Seufzer Elisabeths unterbrochen, die sich erhob und dem Oberst Kaffee einschenkte.

»Ich denke, nun verstehen Sie, warum ich hier bin«, richtete er abschließend sein Wort an Agnes, »der *eine* Teil meines Anliegens besteht darin, Sie zu beschützen.« Und an Elisabeth und Franziska gewandt fügte er hinzu: »Es ist eine Aufgabe, die ich auch im Namen meines Freundes zu erledigen beabsichtige, der mir einen Einblick in Ihre Lebensgeschichte gewährt hat. Das bin ich Ihnen und insbesondere meinem Freund schuldig.«

Achter Teil: 1807 - 1810
Offenbarungen

Eins
Georg zu den Drei Säulen

Einbeck, 17. Oktober 1809. Soeben war das schlichte Fachwerkhaus, das sich nunmehr im Besitz einer Freimaurerloge befand, aus Ludwigs Gesichtsfeld entschwunden. In seinem Kopf wirbelten die Gedanken und Erinnerungen wild durcheinander, während die Mietkutsche gemächlich über die Einbecker Marktstraße rumpelte. Ludwig hatte sich und seinem Freund Ferdinand den Luxus erlaubt, auf einen Zweispänner zurückzugreifen.

»Du kannst dich gerne neben mich setzen, dann haben wir beide was davon«, richtete er das Wort an Ferdinand, von dem er wusste, dass dieser es nicht mochte, auf der gegenüberliegenden Bank entgegen der Fahrtrichtung Platz zu nehmen.

Dankbar und mit einem Laut der Erleichterung nahm Ferdinand das Angebot augenblicklich an. Kaum dass er sich neben seinen Freund gesetzt hatte, registrierte er schmunzelnd, wie Ludwig seine Schuhe abstreifte, die Beine ausstreckte und die Füße auf der nun unbesetzten Bank lagerte.

»Ein ganz *uneigennütziges* Angebot, wie?«, stichelte er.

»So kennst du mich doch«, erwiderte Ludwig betont lässig.

Kurz bevor der schiefe Turm der Marktkirche passiert wurde, erhaschte Ferdinand einen Blick auf die der Fassadenfront des Rathauses vorgebauten Erker, die mit markanten Helmen aus Schiefer bedeckt waren.

»Ist es nicht sonderbar?«, murmelte er, »ich bin immer wieder begeistert von den prächtigen Bauten mit ihren Türmchen und mit ihrem reich verzierten Gebälk - ganz gleich, ob in Hameln oder hier in Einbeck.«

»Würdest du in Einbeck wohnen wollen?«, fragte Ludwig und blickte dabei zu Ferdinand hinüber.

Zögernd antwortete dieser, nachdem er einige Augenblicke Für und Wider abgewogen hatte: »Vielleicht ist man hier im Königreich Westphalen besser dran als in unserem immer mehr verarmenden Kurfürstentum, obwohl - ich habe da inzwischen meine Zweifel. Warum ist es schließlich in den letzten Monaten in dem neuen Königreich zu Unruhen gekommen? Warum hat sich der Landsturm formiert und sind die Bauern im April gegen Kassel marschiert? Warum wird der Hass gegen die Fremdherrschaft immer größer?«

Und nach einer kurzen Pause fuhr er fort: »Ich sag dir was: Weil die Wirklichkeit anders aussieht, als man es sich vor zwei Jahren bei der Erschaffung dieses Modellstaates erhofft hatte. Ein gut funktionierendes Staatswesen nach französischem Vorbild sollte es werden«, bemerkte er mit leicht ironischem Unterton. »Ha, und was ist daraus geworden?«

Die Kusche schüttelte sie jetzt ordentlich durch.

»Hier müssen die Bürger nun die Kriegsentschädigungen leisten, die wir in Hameln, in Hannover und andernorts nicht zu zahlen in der Lage sind.« Und dann zeigte sich Ferdinand entrüstet: »Die Einwohner sind empört, dass die jungen Männer zum Kriegsdienst gezwungen werden; und das nicht nur zur eigenen Landesverteidigung! In Napoleons Eroberungsfeldzüge werden sie geschickt! Wenn du hier wohnen würdest, wärst du als Unverheirateter längst eingezogen und jetzt vielleicht auch auf dem Weg nach Spanien, um die dortigen Aufstände niederzuschlagen«, ereiferte er sich, bevor er anschließend etwas gemäßigter fortfuhr: »Weiß du, ich fühle mich in Hameln wohl. Es beglückt mich zu wissen, dass Frau und Kind gesund sind. Wir alle haben doch ein hinreichend gutes Auskommen im Beginenhof - was wollen wir mehr?«

»Hm.«, bestätigte Ludwig. »Das Schicksal hat es mit uns bisher wirklich noch ganz gut gemeint.«

Er schaute wieder aus dem Fenster und vergegenwärtigte sich: »Wenn ich nur daran denke, dass ich vor wenigen Jahren unbedingt bei Friedrich Wilhelm in der Apotheke arbeiten wollte. Und jetzt? Jetzt bin ich weniger der Gesundheit der Menschen zugetan als vielmehr für das Wohl der Tiere verantwortlich und bei dieser Arbeit mehr als zufrieden«, sinnierte er weiter.

»Du konntest dich den Einflüsterungen Silvanas eben nicht entziehen. Männer sollten auch viel häufiger auf ihre Frauen hören«, konstatierte Ferdinand grinsend, als sie sich anschauten.

»Da könntest du recht haben. Aber letztlich waren die Begegnungen in Kassel damals wohl entscheidend«, erinnerte sich Ludwig, und dabei wurde ihm mulmig.

»Nicht nur für dich«, fügte Ferdinand hinzu. »Auch Friedrich Wilhelm wird davon profitiert haben, denke ich.«

Ihr Gespräch wurde vom Geläut der Kirchenglocken übertönt. Leider hatten sie ihre Reise erst zur Mittagszeit antreten können, sodass sie heute lediglich eine nur kurze Etappe ihres Rückweges würden bewältigen können.

Wenig später verließ ihr Gefährt die Stadt durch das Tiedexer Tor im Westen Einbecks, überquerte eine Steinbrücke und begab sich auf die alte Handelsstraße, die von Einbeck über Eschershausen nach Hameln führte. Auf dieser Straße ging es lebhaft zu. Die Fuhrwerke lärmten und wirbelten Staub auf. Und dabei ging es wegen der Unebenheiten des Weges nur langsam voran.

So geschah es eine ganze Weile. Ludwig und Ferdinand wussten um diese ungemütliche Rückfahrt. Vor knapp zwei Jahren hatten sie diese Tortur schon einmal über sich ergehen lassen, als sie in Kassel gewesen waren. Seitdem hatten sich die Reisebedingungen nicht verbessert.

Doch diesmal ließen sich die Strapazen etwas leichter ertragen. *Damals* hatte es einen Streit unter den Freunden gegeben. *Diesmal* hatten sie eine schöne Zeit bei ihrem Apothekerfreund genossen, der Glück gehabt hatte: Mit seinen jetzt sechsundzwanzig Jahren hatte er gerade noch das wehrfähige Alter derjenigen überschritten, die sich für einen fünfjährigen Dienst im Heer zur Verfügung stellen mussten.

»Ich denke, ich habe Friedrich Wilhelm noch nie so glücklich und zufrieden erlebt«, nahm Ludwig den Gesprächsfaden wieder auf.

»Stimmt, eigentlich kennen wir ihn nur gehetzt und immer nur unermüdlich strebend auf der Suche nach neuen Entdeckungen. Und auch wenn ihm die Anerkennungen durch die Fachleute immer noch verwehrt bleiben, hat er nun endlich eins seiner großen Ziele erreicht.«

»Und das nur, dank unseres *großzügigen* Kaisers«, spottete Ludwig. »Tja, Napoleon«, fuhr er fort. »Wer hätte das gedacht, dass es ausgerechnet Napoleon zu verdanken sein würde, dass Friedrich Wilhelm nun seine eigene Apotheke eröffnen konnte?«

»Tja, Napoleon«, echote Ferdinand, während ihm ein tiefer Seufzer entfuhr. Denn eine große Enttäuschung, die ihm durch eine Weisung Bonapartes im vergangenen Jahr beigebracht worden war, wirkte vor allem für ihn persönlich immer noch nach. In den ersten sieben Monaten hatte er sich zuerst als Arbeiter, später als Aufseher an der Abtragung der Festungswerke Hamelns zu beteiligen. Bonaparte hatte verfügt, dass keinerlei Trümmer bleiben sollten, die zum Wiederaufbau der Befestigungen benutzt werden könnten. Auch die Kasernen und bombensicheren Gewölbe hatte man zu sprengen. Zwölf Stunden täglich war Ferdinand mit weit über eine Million von Arbeitern aus allen Teilen des Landes und mit Tagelöhnern im Einsatz gewesen. Er hatte zu zerstören, was er kurz zuvor errichtet hatte. Nur der Pulverturm war erhalten geblieben. Ebenso der achteckige Nachbarturm, in dem er den Abend an jenem unheilvollen Novembertag des Jahres 1806, dem Vorabend der Besetzung Hamelns durch die Franzosen, verbracht hatte.

Im Inneren des Kutschwagens setzte ein Schweigen ein, und die Freunde hingen ihren Erinnerungen nach.

Tja, Napoleon war es auch, dachte Ludwig, durch dessen Sieg über die Preußen Silvanas Umzug nach Hameln beschleunigt worden war. Kaum, dass sich die Lage in Hameln damals etwas beruhigt hatte, war Silvanas Wunsch in Erfüllung gegangen. Rechtzeitig zur Geburt der kleinen Julia hatte sich Silvana im Beginenhof eingerichtet. Ludwig selbst war noch einmal nach Paderborn zurückgekehrt, bis Ostern - solange, bis er seine Ausbildung zum Apotheker-Gehilfen abgeschlossen hatte.

Später hatte Silvana ihm begeistert davon berichtet, wie die kleine Julia das Licht der Welt erblickt hatte, wie Agnes, die glückliche Mutter, das Kind an die Brust genommen und wie Ferdinand zärtlich über die wenigen schwarzen, feuchten und verklebten Haarkringel auf dem Köpfchen seiner Tochter gestrichen hatte. »Dem Himmel sei Dank«, hatte Ferdinand geseufzt, als die Hebamme die Gesundheit von Mutter und Kind bestätigt hatte. Häufig sei er in den Wochen zuvor von der Furcht ergriffen gewesen, das Kind könne mit einem Gebrechen behaftet sein, hatte Silvana erzählt.

Ludwig war damals für einige Augenblicke neidisch auf seinen Freund geworden und hatte bedauert, dass nicht *er* es war, der zusammen mit seiner Silvana ein solches Geschenk in den Armen halten durfte.

Einige Tage später war das Mädchen getauft worden. Und nach Ostern schließlich, als auch Ludwig samt der Katze Fiore nach Hameln umgezogen war, war es ihm ebenso vergönnt gewesen, den säuerlich-milchigen Geruch des Säuglings zu riechen, das Kind zu beobachten, wenn sich der kleine Mund saugend im Schlaf bewegte.

Das Mädchen wirkte so klein und zerbrechlich. Das führte dazu, dass Ludwig sich allzu ungeschickt anstellte, als Agnes das Kind aus der Wiege genommen und ihm entgegengestreckt hatte. Die Kleine schien es zu mögen, wenn die Mama liebevoll summte. Sie schlug die blauen Augen auf, brabbelte vergnügt und gluckste, wenn Mama dieses lustige Fingerspiel spielte, mit Zeige- und Mittelfinger über die Ärmchen oder über die Brust hochlief, leicht an die Stirn klopfte, an den Öhrchen zuppelte und an das Näschen stuppste. *Geht ein Mann die Treppe hinauf, klopfet an, macht klingeling - guten Tag, Herr Nasemann.* Den Vers musste er sich merken. Er strich dem

Winzling sachte über die Wange und glaubte, im Gesichtchen des Kindes ein Lächeln erkannt zu haben. Doch dann schoss aus diesem eben noch so entzückenden Mündchen ein Schwall Milch. »Das musst du jetzt nicht persönlich nehmen«, meinte Silvana kichernd, während sie ihn von der Kleinen befreite. In der nächsten Zeit achtete er stets auf einen gebührenden Abstand, wenn er sich dem Kindchen näherte.

Damit konnte Silvana bedeutend besser umgehen. Sie lebte unübersehbar auf und war immerzu da, wenn Mutter und Kind Hilfe benötigten.

Sowohl bei der Geburt als auch kurz danach war Silvana eine unverzichtbare Hilfe gewesen. Die Eltern überlegten mit ihr zusammen, wie sie den Kleinen Engel nennen wollten. Zunächst fanden sie keinen Namen für einen weiblichen Engel. »Angela«, schlug Silvana vor, »die vom Himmel Geschickte«. Während sich Ferdinand für diesen Namen erwärmen konnte, merkte Agnes an: »Ich wünschte, unser Engel würde ein so heiteres Wesen annehmen, wie du es bist, Silvana. Dein ursprünglicher Name, Giulia, würde so gut passen«, sagte sie lächelnd zu ihrer Freundin und schmiegte sich dabei an sie. »Ich fühle mich geehrt«, antwortete Silvana, »aber dann sollte es die deutsche Bezeichnung sein.« Auf *Julia* einigten sie sich schließlich. Und Ferdinand pflegte sie »*mein Julchen*« zu rufen.

Ludwig blickte hinüber zu Ferdinand und sah seinen Freund scheinbar zufrieden schlummernd, mit einem gelösten, glücklichen Gesichtsausdruck. Das war nicht immer so, dachte Ludwig. Seine Gedanken richtete er erneut in die Vergangenheit.

Damals, nach dem Tod des Juden, hatte Ferdinand eine ganze Weile darunter gelitten, dass er meinte, sich Schuld aufgeladen zu haben. Kurz vor Julias Geburt kam ein katholischer Geistlicher in der Stadt an. So wie es vor geraumer Zeit wohl schon mal üblich gewesen war, dass viermal im Jahr aus Lügde ein Priester kam, der im gemieteten Saal eines Bürgerhauses die Messe las, so führte der Weg auch zu jener Zeit um Fastnacht wieder einen Missionar nach Hameln. Von ihm erhielt Ferdinand nach einem Beichtgespräch die Absolution. Fortan fühlte er sich von der Schuld befreit und war glücklich darüber, dass der Geistliche auch wenige Tage später die kleine Julia taufte. Dass der Seelsorger sich seine kirchlichen Handlungen nicht bezahlen ließ, nötigte Ferdinand großen Respekt ab und bewog ihn zu einer großzügigen Spende. Silvana - obwohl nicht in kirchlicher Tradition aufgewachsen - wurde Patin. Inoffiziell, denn kirchenrechtlich kam sie dafür natürlich nicht in Betracht. »Du lebst christlicher als mancher Katholik«, sagte Agnes. Und Ferdinand ergänzte: »Es ist gut zu wissen, dass unser Julchen auf deinen Beistand zählen kann.«

Ludwig schaute wie gebannt auf die vom Herbstglanz gefärbten gelbrötlich schimmernden Hügel. Das Laub hing noch ziemlich dicht an den Bäumen, aber jeder leise Windhauch nahm Blätter mit und ließ sie langsam herabsinken. Andere wurden durch den Fahrtwind der Karosse von der Straße hochgewirbelt, um dann wieder gemächlich zu Boden zu gleiten. In einem kräftigen Rot-Orange leuchteten die Pfaffenhütchen und Hagebutten in den Sträuchern entlang des Fahrwegs.

Napoleon ist es, führte Ludwig sich jetzt vor Augen, der über seine Intendanten ungeheure Summen an Kriegsentschädigung einfordert - immerhin seit neuestem nach Quoten gestaffelt, damit die Ärmsten nicht über Gebühr belastet werden. Wenn sie von meinem Erbe wüssten, wäre kaum mehr etwas davon übrig, dachte er. Wie gut nur, musste er einmal mehr feststellen, dass Adalbert damals vor der Abreise nach Hamburg noch einmal mit ihm in Paderborn beim Advokaten gewesen war und dafür gesorgt hatte, dass ihm die gut zwanzigtausend Taler vom Bankier ausgehändigt worden waren. Schließlich hatte er damals aufgrund seines Alters noch nicht selbst über das Vermögen verfügen können. Er war großen Gefahren ausgesetzt gewesen, als er das viele Geld nach Hameln schaffen musste. Wie leicht hätte es von Kriminellen oder bei den Kontrollen von Soldaten entdeckt werden können. Aber er hatte einfach das komplette Hab und Gut zurückgelassen, um nicht den Anschein zu erwecken, er würde aus Paderborn ausreisen. Er würde lediglich seine Adoptivmutter in Hameln besuchen wollen, erklärte er stets. Und ein Passierschein dieses Oberst de La Tour ermöglichte ihm den problemlosen Zugang nach Hameln. De La Tour - wer war nur dieser Colonel? Ludwig selbst hatte ihn bisher noch nicht zu Gesicht bekommen. Auch als Silvana damals im Februar in Hameln eingetroffen war, war der Franzose schon wieder fort gewesen; nun schon über zwei Jahre. Aber er hatte vor Wochen Elisabeth einen Brief zukommen lassen. Er würde wohl bald wieder nach Hameln zurückkehren. - Ja, so war es also gelungen, das Geld nach Hameln zu schmuggeln. Nun lag es zusammen mit Ferdinands Rücklagen in dem wohl gehüteten Versteck im Brunnen-haus. Außer Ferdinand wusste niemand, gar niemand, davon. Nicht noch einmal sollte ein derartiges Malheur passieren wie einst, als man von Ferdinand die Preisgabe des alten Verstecks erzwungen hatte. Aber sie mussten jetzt vorsichtig sein. Sie durften nicht zu viel Geld ausgeben. Schnell würden sie in Erklärungsnot geraten. Sie durften nur so viel Geld ausgeben, wie sie durch ihre Arbeit verdienten; allenfalls gelegentlich ein klein wenig mehr, wenn es die Situation erforderlich machte.

Bei Westrumb hatte er eine Weile als Gehilfe arbeiten können. Die Arzneimittel-bestände und auch all die anderen Waren mussten jetzt immer penibelst dokumentiert werden, damit der Apotheker auch hinreichend Steuern abführte. Es war eine sehr große Belastung für die vielköpfige Apotheker-Familie.

Ludwig blickte noch einmal zu seinen Freund hinüber: Ferdinand verdiente sein Geld mit außerordentlichen Holzhieben in den Forsten - ein kleiner Beitrag zur Deckung der Kontributionen. Er hatte nach den Überschwemmungen der Weser im Frühjahr des letzten Jahres an der Beseitigung von Schäden am Flussufer und an den Deichen gear-beitet. Dann hatte Napoleon verfügt, dass die Festungswerke Hamelns zu schleifen waren. Die Demolition hatte Ferdinand hart getroffen, das wusste Ludwig wohl; schließlich hatte sein Freund zwei Jahre zuvor erst noch am Ausbau der Berg- und Stadtfestung mitgewirkt. Die Frauen hatten sich um die Betreuung der Arbeiter zu kümmern sowie die Verpflegung und medizinische Versorgung sicherzustellen. Stän-dig geschahen irgendwelche Unfälle. Oftmals traf es dabei sogar die französischen Soldaten selbst. Ludwig erinnerte sich noch gut an den Tag Anfang Februar, als eine gewaltige Explosion die Bürger Hamelns und die Besatzer der Stadt aufgeschreckt hatte. Unweit des Ostertores hatten französische Artilleristen in den Kasematten mit Pulver gewerkelt und Bomben zu entschärfen gesucht. Dabei war es zur Katastrophe gekommen. In der Folge musste jegliches Pulver bei der Wehrberger Warte einge-lagert werden. Ludwig und Ferdinand waren beim Bau eines dortigen Wachhauses zugegen und halfen bei der Instandsetzung eines Transportweges zwischen Hameln und Wehrbergen mit. Dann mussten Baracken aufgebaut und ein zusätzliches Hospital errichtet werden. Schon damals hatte Ludwig damit begonnen, sich dem Wohl der

Tiere zu widmen. Denn über zwei Tausend Pferde waren bei der Schleifung der Festungswerke im Einsatz.

All das, dachte Ludwig, war noch nicht zu erahnen gewesen, als er im späten Herbst des Vorjahres einen Brief und eine Einladung von Friedrich Wilhelm erhalten hatte. Mit Ferdinand war er im Dezember 1807 zuerst nach Einbeck und dann nach Kassel gereist. Er vergegenwärtigte sich, wie er mit den beiden Freunden am Nordufer der Fulda in der Nähe des Kasseler Stadtschlosses gestanden hatte und dem Einzug Jérôme Bonapartes, dem jüngsten Bruder Napoleons, entgegensah.

»Nun, Friedrich Wilhelm, er ist über ein Jahr jünger als du und schon jetzt dein König«, neckte Ludwig seinen Freund.

»Wartet's nur ab, ob er nicht eines Tages als König von Westphalen auch über euch in Hameln gebietet«, erwiderte Friedrich Wilhelm fröstelnd, trotz des herrlichen Sonnenscheins. Der Himmel zeigte sich blau und Kassel war in Schnee gehüllt.

»Die Natur hätte uns den Tag nicht festlicher schmücken können«, merkte Ferdinand an, wobei auch er bibberte, denn die Freunde hatten schon seit dem frühen Morgen in der Kälte gewartet.

Es war nicht einfach gewesen, bis hierher vorzudringen. Polnisches Militär hatte dafür zu sorgen, dass sich die Menschen von den Straßen fernhielten, durch die der König seinen Einzug nehmen würde. Nur Amtspersonen, die in ihren Staatsuniformen gekleidet waren, durften sich auf den Straßen aufhalten. Und bei den Kontrollen ging man mit überharter Strenge vor. Doch die Freunde hatten sich nicht beirren lassen.

Schon seit drei Tagen weilten sie in Kassel; sie waren hier just zu dem Zeitpunkt aus Einbeck kommend eingetroffen, als der König den Palast zur Wilhelmshöhe bezog, die seit der napoleonischen Besetzung ein Jahr zuvor in *Napoléonshöhe* umbenannt worden war.

Nach dem Friedensschluss von Tilsit, der die katastrophale Niederlage und den fast völligen Untergang Preußens besiegelt hatte, war im August von Napoleon per Dekret das Königreich Westphalen geschaffen worden, das im Wesentlichen das Kurfürstentum Hessen-Kassel, das Herzogtum Braunschweig und einige vormals hannoversche und preußische Gebietsteile umfasste. Auch Einbeck gehörte nunmehr dazu.

Wie viele Bürger des neuen Königreichs, erhofften sich auch die drei Freunde von einem Blick auf den Herrscher, sich einen ersten persönlichen Eindruck vom Wesen der Person bilden zu können, die das künftige Schicksal bestimmen würde.

Allerdings sollte das lange Warten zu einer großen Enttäuschung werden. Irgendwann hatten fünfzig Kanonenschüsse von der Ankunft am Stadttore gekündet. Schon bald war eine große Abordnung polnischer Lanzenreiter erschienen, denen zwei königlich sechsspännige Wagen gefolgt waren. Als nach Vorbeimarsch der Schützengarde die prachtvolle von acht Pferden gezogene Kutsche des Monarchen eintraf, verwehrten die mit zugezogenen Gardinchen verhängten Fenster den erhofften Blick auf das Antlitz von König und Königin. Ja, es war ein mit viel Pomp inszenierter Einzug, doch das Königspaar hatten die Freunde nicht zu Gesicht bekommen. Schließlich mussten sie erfahren, dass die Huldigungszeremonien erst viel später stattfinden würden.

Dann jedoch kam es zu einer unvorherzusehenden Wendung: Ludwig und Ferdinand mussten erkennen, dass der Besuch dieses Ereignisses für Friedrich Wilhelm wohl nur von vordergründigem Interesse gewesen war. Vielmehr war es scheinbar sein Begehren gewesen, in Kassel eine neue Bekanntschaft zu machen.

Friedrich Wilhelm überraschte seine Freunde mit dem Hinweis, dass sie nun einer Empfehlung folgen sollten, und er führte sie zum Wohnsitz eines Professors der Göttinger Georg-August-Universität.

»Herr Professor, wir haben Besuch aus Einbeck«, meldete eine liebenswürdige ältere Dame die Ankömmlinge nach einer kurzen Wartezeit bei dem Hausherrn, nachdem sie zuvorkommend begrüßt worden waren. Die Hüte hatte sie von ihnen entgegengenommen und um etwas Geduld gebeten, während die Besucher die Umhänge ablegten. Der Herr Professor sei gerade etwas indisponiert, werde sie aber gewiss nicht lange warten lassen, hatte sie gesagt, als sie das Empfehlungsschreiben entgegengenommen und das Siegel erkannt hatte.

»Von meinem Freund Raven?«, klang es erfreut aus einem Nachbarzimmer. »Nur herein mit ihm, nur herein!«

»Nicht direkt, Herr Professor«, erwiderte die Haushälterin des Gelehrten zögernd. »Aber hier sind einige junge Herren, die ein Empfehlungsschreiben vorlegen und Grüße von dem Einbecker Ratsherrn überbringen.«

»Na, da bin ich aber neugierig. - Oha, gleich *drei* Boten hat er nach Kassel entsandt. Das scheint fürwahr interessant und wohl auch dringend. Treten Sie ein, meine Herren, treten Sie ein!«

Für einen Augenblick huschte über sein Gesicht ein Ausdruck der Überraschung, den Ludwig und Ferdinand nicht zu deuten vermochten.

»Und wenn Sie ein solch bedeutsames Schreiben haben, sind Sie mir natürlich besonders willkommen!«, sprach er bedächtig, als er den Brief fast würdevoll entgegengenommen und dem roten Siegel ebenfalls einen prüfenden Blick unterzogen hatte.

»Womit kann ich den Herren eine Erfrischung anbieten?«

»Ich habe bereits einen Kaffee vorbereitet«, kam die Haushälterin einer Antwort der Besucher zuvor.

»Natürlich, Frau Leni, meine gute Seele, wenn ich Sie nicht hätte«, sprach der Professor gutmütig.

»Bitte, werte Herren, nehmen Sie Platz!« Der Professor machte eine einladende Handbewegung.

Während die Besucher sich kurz danach an dem köstlichen Gebräu labten, die Wärme des Kaminfeuers genossen und ihren müden Gliedern in den großzügigen Ruhesesseln Erholung gestatteten, blickte der Professor zum Fenster hinaus. Er zückte seine Schnupftabakdose, entnahm ihr ein bräunliches Pulver, streifte es auf seinen Handrücken und genehmigte sich eine Prise. Dann erbrach er das Siegel, überflog die Zeilen und wirkte überaus verblüfft:

»Sertürner, wie?«, sprach er Friedrich Wilhelm direkt an. »Ein bedeutender Apotheker wird mir hier avisiert. Er ist allerdings bisher wohl noch ein eher verkanntes Genie? - Soso, *Morphium* haben Sie also entdeckt«, las er weiter. »Das verlangt nach Präzisierungen, denen ich gespannt mein Ohr leihen will. Wie Sie sicherlich wissen, ist mein Freund Raven sehr angetan von Ihnen und ebenso von Ihren Freunden - meine Herren ...« Bei diesen Worten zollte der Professor mit einer fast ehrerbietigen Verbeugung seinen Respekt.

»Entschuldigung, Monsieur, aber *wir beide* kennen den Herrn Raven nicht«, wagte es Ludwig, mit einem Seitenblick auf Ferdinand dazwischenzufahren.

»Das macht nichts, aber mein Freund kennt *Sie*. Sie haben sich im Dienste der Wissenschaft einem nicht ungefährlichen Selbstversuch hingegeben; Respekt! Sie müssen wissen, mein Freund ist Gelehrter wie ich, und Zeitgenossen wie Sie sind für uns von großem Interesse.«

Man sprach in der Folge über Friedrich Wilhelms beruflichen Werdegang, über das Leben in Paderborn und den gegenwärtigen Alltag in Hameln und Einbeck. Zudem tauschte man sich über Ludwigs neue Ambitionen aus. Denn auch darüber wusste der große Unbekannte in Einbeck Bescheid und hatte davon in seinem Brief berichtet.

»Wenn ich Sie richtig verstehe, möchten Sie also lieber Tiere behandeln als Menschen?«, richtete der Professor seine Frage an Ludwig, nachdem dieser von seiner letzten Tätigkeit als Apotheker-Gehilfen berichtet hatte. »Der jetzige Direktor Lappe vom Tierärztlichen Institut der Universität in Göttingen hat leider mehr mit den Behörden der Universität zur Erfüllung von Auflagen zu kämpfen, als dass er sich mit der Entwicklung eines Konzepts zur Ausbildung von Tierärzten beschäftigen könnte«, kritisierte der Professor. »Sie sehen, die Tiere müssen hintenan stehen - und insbesondere die Pferde, die doch nur als Kriegsmaterial missbraucht werden. Daher: Es ehrt Sie, dass Sie sich dieser Kreaturen annehmen wollen. Ich empfehle Ihnen die Tierarzneischule in Hannover. Ich habe gute Kontakte zum Havemann, dem Lehrer und Direktor der Schule. Gerne will ich mich für Sie verwenden. Bei ihm lernen Sie Anatomisches; es gibt Vorlesungen zur Pferdekenntnis, Geburtshilfe, Gesundheitspflege, Krankheiten der Rinder, Arzneimittellehre und dergleichen. Am Ende dieser Ausbildung von einjähriger Dauer wird die Erlaubnis zur Tierbehandlung erteilt.«

Gerne wolle er das Angebot des Professors annehmen, stimmte Ludwig hocherfreut zu. An dem folgenden Gespräch über die gegenwärtige politische Lage beteiligte er sich allerdings kaum. Was interessierte ihn im Moment, dass nach dem Sieg der Franzosen über die Preußen auch Sachsen zunächst besetzt, schließlich jedoch im Rahmen eines Friedensvertrages mit dem Sachsenherzog Friedrich August durch Napoleon zum Königreich erhoben worden war. Nur vage nahm Ludwig wahr, dass Napoleons Armee im Verbund mit den Rheinbundtruppen und einem großen Kontingent sächsischer Soldaten den preußischen Hof bis nach Königsberg verfolgt hatte, dass auch die Russen, die in die weiteren Auseinandersetzungen auf Seiten Preußens eingegriffen hatten, mit katastrophalen Folgen für Preußen geschlagen worden waren, dass Preußen alle Gebiete westlich der Elbe verloren hatte und alle polnischen Gebiete an den neuen König von Sachsen abtreten musste. Nur gelegentlich ließ Ludwig durch ein höfliches Kopfnicken erkennen, dass er dem Gespräch scheinbar folgte. In Wirklichkeit aber malte er sich seine nächste Zukunft in Hannover aus, wobei er nicht ahnen konnte, dass die Realität in den nächsten Monaten weniger rosig aussehen würde. Denn die Forderungen von ungeheuren Kontributionszahlungen, die Bonaparte auch vom Kurfürstentum Hannover erheben würde, würden selbst vor den Bildungsinstitutionen nicht haltmachen. Man würde sich bescheiden müssen.

Als Ludwig vom *Code Napoléon* hörte, wurde er wieder aufmerksam, und er erfuhr, dass das seit einigen Jahren in Frankreich eingeführte Gesetzbuch *Code civil* nun auch im Königreich Westphalen Geltung finden sollte. Demnach sollte die Zivilehe eingeführt worden und für alle männlichen Bürger nicht nur die Gleichheit vor dem Gesetz garantiert sein, sondern auch der Zunftzwang abgeschafft, die freie Berufswahl und die Gewerbefreiheit - sogar für Apotheker - gegeben sein.

»Dann kannst du ja endlich deine eigene Apotheke gründen«, sagte Ludwig zu Friedrich Wilhelm.

»Wenn Er denn vor dem Medizinalkongress die Prüfung zum Führen einer Apotheke besteht, woran ich keine Zweifel hege«, mahnte der Professor mit erhobenem Zeigefinger.

»Das wird schon gelingen, Herr Professor«, erwiderte Friedrich Wilhelm, dessen seliger Gesichtsausdruck Bände sprach.

Kurz wähnte sich Ludwig wieder in der Gegenwart, als er den Kutscher fluchen hörte, dem es auf der kurvenreichen Strecke nur mit Mühe gelang, das vor ihnen fahrende Fuhrwerk zu überholen.

Ja, Friedrich Wilhelm hatte es geschafft. Vor einigen Monaten hatte er das Apothekerexamen in Kassel bestanden, und somit waren die rechtlichen Voraussetzungen erfüllt, eine sogenannte *Patentapotheke* zu gründen. Erstmalig gab es nun zwei Apotheken in Einbeck. In die Ratsapotheke des alten Apothekers Hink hatte sich ein eitler Pillendreher namens Hirsch aus Goslar eingekauft, was Friedrich Wilhelm in Ermangelung der notwendigen Finanzen nicht gelungen war. Geld regiert eben doch die Welt, dachte Ludwig. Mal abwarten und sehen, wie die beiden Konkurrenten nun miteinander umgehen. Aber ich bin mir sicher: der Friedrich Wilhelm wird's schon schaffen. Der ist inzwischen bei der Bevölkerung so beliebt, machte sich Ludwig klar. Dann führten ihn die Erinnerungen nochmals in die Vergangenheit und er dachte daran, wie sie sich von dem Professor verabschiedet hatten und die heikle Heimreise angetreten waren.

Ein letztes Mal hatte sich damals der Wagenschlag geöffnet, und der Professor hatte noch einmal das Wort ergriffen: »Sertürner, bitte geben Sie meinem Freund dieses Schreiben, mit herzlichen Grüßen und brüderlicher Verbundenheit! Gute Reise, meine Herren! Leben Sie wohl!«

Kaum, dass die Kutsche an den letzten Häusern Kassels vorbeigerollt war, hatten Ludwig und Ferdinand ihren Freund erstaunt angeblickt. Sie schienen das Gleiche gedacht zu haben, denn wie aus einem Munde wiederholten sie fragend die Worte des Herrn Professors: »In *brüderlicher* Verbundenheit?« Und Ludwig hatte hinzugefügt: »Ich glaubte vernommen zu haben, unsere Herren Gelehrte seien befreundet?«

Friedrich Wilhelm, der nur ungern weitere Informationen preisgeben wollte, antwortete lapidar: »So ist es. Sie sind in brüderlicher Verbundenheit miteinander befreundet.«

»Aha«, kam eine lakonische Antwort. Ludwig hatte lächelnd den Kopf geschüttelt und nach einigen kurzen Momenten der Stille wie zu sich selbst bemerkt: »Da muss man sich ja keine Gedanken machen, oder?«

»Muss man nicht!«

Ferdinand hielt den Atem an, dann biss er sich auf die Unterlippe, bevor er zögernd feststellte: »Friedrich Wilhelm, du verheimlichst uns was.«

»Herrje, was ist da so besonderes dran?«, echauffierte sich der Angesprochene.

»Es ist schon sehr ungewöhnlich, dass sich uns bei einem renommierten Professor, den wir gar nicht kennen, derart wohlwollend die Türen öffnen. Ich meine, er ist eine angenehme Erscheinung. Es gab ein außerordentlich interessantes Gespräch. Dagegen will ich nichts sagen, aber ...«

»Was denn? - Wir sollten doch zufrieden nach Hause fahren«, unterbrach ihn Friedrich Wilhelm gereizt. »Es ist doch schön, dass sich auch für dich nun neue Perspektiven eröffnen könnten, in Hannover, meine ich«, wandte er sich an Ludwig.

»Das ist es auch, Friedrich Wilhelm!«, grummelte Ludwig beiläufig, während er aus dem Fenster schaute.

»Aber …«, und nun drehte er sich zu seinem Freund hin, »ohne dein Empfehlungsschreiben, über das du zuvor kein einziges Wort verloren hattest, wäre es zu einer solchen Begegnung doch nie gekommen. Stimmst du mir da zu? Und ich finde es schon mehr als merkwürdig, dass der Briefeschreiber über uns alle offensichtlich gut Bescheid weiß.«

»Du hast gute Kontakte, wie mir scheint«, meinte Ferdinand.

»Der Brief des Herrn Professors an seinen *brüderlichen* Freund, Friedrich Wilhelm«, betonte Ludwig spöttelnd, »trägt den gleichen Siegelstempel des Empfehlungsschreibens; stimmt's?«

»Es ist von auffallend eigentümlicher Gestalt«, stellte Ferdinand fest und Ludwig ergänzte:

»Drei antike Säulen habe ich erkannt und Sonnenstrahlen nebst einer Vielzahl merkwürdiger Zeichen.«

»Ein Siegel, das man kennt, zumindest im Hause des Professors«, nickte Ferdinand mit dem Kopf. »Selbst die Haushälterin des Professors hat es sofort erkannt, worauf sie uns allzu zuvorkommend behandelte.«

»Georg zu den drei Säulen«, sagte Friedrich Wilhelm unvermittelt. Und er präzisierte, als die Freunde ihn irritiert anblickten: »*Georg zu den drei Säulen* nennt sich unsere Bauhütte.«

Ludwig hielt ein Auge geschlossen. Und mit diesem verkniffenen Blick brachte er seine Abscheu zum Ausdruck: »Friedrich Wilhelm, du weißt, was ich von diesen sogenannten Logen halte. Da treibt man's mit jungen Mädchen, splitternackt, nur mit einer Maske bekleidet. Da ergötzt man sich daran, wenn sich die Opfer dem Meister darbieten. Sie lassen Rotwein über die Körper gießen und berauschen sich an dem Bild von vermeintlichem Blut. Friedrich Wilhelm«, redete er sich nun in Rage, »machst du bei diesen Orgien etwa auch mit? Gehört dieser Freund des Professors, dieser Bruder, auch zu den Meistern im Priestergewand? Friedrich Wilhelm, ich kann dich nicht verstehen, wenn du dich in solchen Kreisen bewegst. Dort *redet* man vulgär, dort *benimmt* man sich vulgär, dort *ist* man vulgär!«

Friedrich Wilhelm blickte starr vor sich hin. Er war blass geworden. Welchen Unsinn musste er sich da nur anhören. »Ludwig, du redest wirr! Du plusterst dich jetzt zum Moralapostel auf. Solltest du mit unserem angeblichen Treiben so vertraut sein, dass du dir ein Urteil erlauben kannst? - Bedenke, es wird viel erzählt. Aber nicht jedem Gerede sollte man auf den Leim gehen!«

»Verdammt, Friedrich Wilhelm, und gefährlich ist es zudem, sich in diesen Kreisen zu bewegen«, ergänzte Ferdinand. »Der Oberst de La Tour hat uns ausdrücklich davor gewarnt, dass Napoleon diesen Zirkeln besondere Aufmerksamkeit schenkt.«

»Ach ja, vielleicht deswegen, weil sich der Kaiser selbst unter die Freimaurer begibt. Seine Brüder lässt er Logen gründen, und selbst nach der Kaiserin Josephine werden inzwischen Logen benannt.«

»Von der sich dieser selbsternannte Kaiser scheiden lassen will, wie man munkelt«, unterbrach Ferdinand ihn mit einer Handbewegung und rümpfte die Nase, »… weil sie ihm keinen Erben geboren hat!«

»Er schleust seine Spitzel in die Freimaurer-Logen! Mensch, Friedrich Wilhelm, warum musst du uns das antun? Warum bringst du dich und uns alle so in Gefahr?«, schnaubte Ludwig. Da war plötzlich eine Wut in ihm, die ihn erschreckte, aber er konnte nichts dagegen tun.

»Das sagt euer Oberst, ja? Wer ist eigentlich dieser de La Tour, von dem ihr dauernd sprecht? Ich kenne ihn nicht. Ich weiß nur, dass Elisabeth ihn schon seit Jahren anhimmelt«, platzte es nun aus Friedrich Wilhelm heraus. »Mir ist wichtiger, welche Meinung sich einst dein Adoptivvater - Gott hab ihn selig - über die Freimaurerei gebildet hat. Und der hat immer gesagt, dass es die Freimaurerei war, die den Freiheitskampf der französischen Revolution vorbereitet hat. Und deine Vorstellungen von dem, was wir in unserer Bauhütte praktizieren, ist lediglich die Manifestierung alter Vorurteile! Pfui, ich schäme mich für deine gedankenlosen Sprüche!«, empörte sich Friedrich Wilhelm.

Derweil betrachtete Ferdinand die Freunde mit gerunzelter Stirn. Er verfluchte sich, weil er selbst die Sprache auf de La Tours Warnungen gebracht hatte. »Lasst uns nicht streiten«, versuchte er jetzt zu beschwichtigen. »Vielleicht ist es ja doch ganz in Ordnung, wenn Friedrich Wilhelm seine guten Kontakte nutzbringend pflegt.« Und an Ludwig gerichtet wiederholte er. »Und wenn sogar *auch du* davon profitieren kannst.«

»Es geht nicht um Kontakte - ja, vielleicht ist das schon auch ein Motiv für den ein oder anderen. Aber in unserer Bauhütte treffen sich Männer aus den verschiedensten Berufen vor allem zur gemeinsamen Arbeit«, versuchte Friedrich Wilhelm nun mit Mäßigung in der Stimme zu erklären, während sein wütender Gesichtsausdruck einem sanften Lächeln wich. »Natürlich sind wir im bürgerlichen Leben geschieden durch Stand, Reichtum, Vaterlands- und Religionszugehörigkeit. Aber wir sehen die Wirklichkeit und wissen darum, dass es notwendig ist, Verständigung zu suchen und Trennendes zu überwinden. Es ist längst überfällig, brüderlich zu denken, Mitverantwortung zu tragen, Zivilcourage zu zeigen und Brücken zu bauen. In der Loge trainieren wir das. Natürlich gibt es auch immer mal jemanden, der besonders dazu neigt, sich zu profilieren. Oder es gibt Männer, denen Mystik und Zeremoniell besonders wichtig sind. Wir sind ja nicht vollkommen. Aber: Unter den Brüdern herrscht gegenseitiges Vertrauen. Für den brüderlichen Freund des Professors, unseren Meister vom Stuhl Johann Anton Friedrich Raven und für die absolute Diskretion in unseren Kreisen lege ich meine Hand ins Feuer. Nur deswegen konnte ich euch im Vorhinein nicht in Einzelheiten unserer Reise einweihen. Übrigens: Unser Meister bemüht sich nach Kräften, die herrschenden Vorurteile abzubauen. Darum lädt er auch Interessierte zu Gesprächen ein, damit sie sich selbst ein Bild machen können.«

»Mich wird er gewiss nicht in Versuchung bringen, Mitglied in seinem Geheimbund zu werden«, äußerte Ludwig eingeschnappt seine letzte Meinung zu diesem Thema.

Kopfschüttelnd registrierte Friedrich Wilhelm, dass sein Freund offensichtlich immer noch nichts verstand.

Ludwig erinnerte sich, dass die weitere Rückreise von einer unangenehmen Stimmung mit einer explosiven Spannung geprägt war. Er selbst sah sich mit den vor der Brust verschränkten Armen; Friedrich Wilhelm und Ferdinand hatten sich voneinander abgewandt und blickten in entgegengesetzte Richtungen nach draußen in eine ungewisse Ferne, gedankenverloren. Die Streithähne waren gekränkt, verstimmt, verärgert. Ferdinand wirkte dabei zusätzlich über alle Maßen hilflos. Den Rest des Weges waren sie schließlich in eisiges Schweigen verfallen. Es gab sogar Momente, da schien eine Versöhnung fast undenkbar. Glücklicherweise waren dies nur kurze Momente gewesen. Die Zeit hatte die Wunden geheilt. Irgendwann hatten sie ihr Verhalten hinterfragt. Rückblickend war ihnen dieser unnötige Streit sogar peinlich.

Ludwig dachte an die Bauhütte, die er in diesen Tagen besucht hatte. Er hatte den groben rauen Stein in Augenschein nehmen können, auf dem ein Hammer gelegen hatte. Der Großmeister hatte ihm obendrein erklärt, dass es sich dabei um eins der wichtigsten Symbole der Logenbrüder handele, das unaufhörlich mahne, an sich selbst zu arbeiten, den groben Klotz des Charakters zu formen.

Noch einmal schien er das Bild des Hauses in der Einbecker Marktstraße von seinem inneren Auge wahrzunehmen, an dem sie zu Beginn ihrer heutigen Reise vorbeigefahren waren. Dann schreckte er auf.

Zwei
Eine unheilvolle Störung

»Autsch«, entfuhr es Ludwig, da er sich die Stirn am Fenster des Pferdewagens gestoßen hatte, als dieser urplötzlich aus dem bisherigen Fahrrhythmus ausbrach und die beiden Pferde wie von einer Tarantel gestochen das Fahrtempo erhöhten. Der Fahrweg führte nun an einem Fluss entlang, der nur schemenhaft auszumachen war. Im Tal der Lenne umhüllte plötzlich dichter Nebel die Reisenden; sie waren vielleicht noch eine Wegstunde bis zum Ziel ihrer ersten Etappe entfernt. Dem Kutscher gelang es nicht, die Geschwindigkeit zu drosseln, bis der Wagen die Kurve an einer Flussbiegung erreichte. Holz zerbarst, Glas klirrte, die Schläge waren heftig und holten die Schlummernden unsanft in die Wirklichkeit zurück. Das Wiehern der Pferde übertönte das Gebrüll des Kutschers. Auch Ludwig schrie, während er vergeblich Halt suchte. Noch immer hatte er seine Fußbekleidung nicht wieder angezogen; jetzt flogen die Schuhe durch die Karosse.

Der Wagen neigte sich zur Seite, kippte um und blieb in der Uferböschung stecken.

Wie durch ein Wunder schienen die Freunde unverletzt. Ferdinand zog seinen Rock aus und wickelte ihn um seine rechte Hand und den Unterarm. Er stieß die Reste des geborstenen Fensterglases aus den Rahmen. Mit Mühe gelang es ihm, einen Wagenschlag zu öffnen. Als er den Wagen verlassen hatte, sah er das eingedrückte feste Verdeck. Ludwig entdeckte den regungslosen Kutscher, dessen eingeklemmtes rechtes Bein unter der Last des Kutschwagens zu zerquetschen drohte.

Die Pferde scheuten wiehernd, stampften unwillig mit den Hufen und zerrten unruhig an ihrem Geschirr.

»Binde die Pferde los«, schrie Ludwig, als er sich dem verletzten Kutscher zuwandte, »und dann hilf mir! Schnell! Beeil dich!«

Zusätzliche Hektik verbreitete Ludwigs Aufschrei, wodurch Ferdinand unaufmerksam wurde. Das links gehende schwarze Pferd versuchte sich loszureißen. Sich gegen die Riemen stemmend warf es den Kopf nach oben und keilte aus. Seine Hufe verfehlten den auf der Erde liegenden Mann nur knapp. Aber es erwischte Ferdinand an der Schulter und schleuderte ihn zu Boden. Ein stechender Schmerz durchfuhr seinen Körper. Durch den Sturz hatte er sich Abschürfungen zugezogen. Das Gesicht brannte.

Ludwig sprang auf. Es gelang ihm, die Tiere etwas zu beruhigen und sie aus ihrer misslichen Lage zu befreien. Er zerschnitt Zügel und Gurte. Schnaubend galoppierten die Pferde davon; sie würden schon zurückkommen.

Ludwig überzeugte sich davon, dass es an Ferdinands Schulter keine Frakturen gegeben hatte. Eine Prellung, die einen großflächigen Bluterguss erzeugen würde, verursachte jedoch höllische Schmerzen. Ludwig richtete sein Augenmerk auf den Kutscher, der wieder zu Bewusstsein kam. Er vermochte allerdings nicht, ohne Unterstützung das eingeklemmte Bein freizulegen.

»Ferdinand, du musst mir helfen! Nimm den Ast dort und versuche, den Wagen anzuheben!«, herrschte er seinen Freund an.

»Es geht nicht«, schnaufte Ferdinand, völlig zerzaust, eine Schramme über dem linken Auge, den Ärmel seines Hemdes an der Schulter zerrissen. Er entledigte sich der Fetzen, die ihn behinderten. »Diese Schmerzen! Ich kann einfach keine Kraft entfalten!«, klagte er frustriert.

»Hier, hilf du dem armen Kerl, wenn ich es versuche!« - Aber auch Ludwig scheiterte. Der Ast zerbrach und Ludwig suchte einen besser geeigneten Knüppel, den er als Hebel würde benutzen können.

»Sieh mal im Wagen nach meiner Tasche. Da müsstest du ein paar Phiolen mit Friedrich Wilhelms Mittelchen finden. Das wird die Schmerzen betäuben. Auch unserem Kutscher werde ich davon etwas einflößen«, rief er. »Ich hoffe nur, dass die Glasgefäße durch den Unfall nicht beschädigt worden sind.«

Als Ferdinand suchend in den Kutschwagen blickte, schauderte ihn. Erst jetzt nahm er wahr, dass sich von dem festen Verdeck ein Metallteil gelöst hatte, was ins Wageninnere gedrungen war - genau dort, wo er zu Reisebeginn gesessen hatte. War Ludwig zu seinem Schutzengel geworden?

Während er das Eisengestänge löste, vernahm er näherkommendes Knarren schwerer Räder, das eher nervöse Schnauben eines Pferdes, und Umrisse eines niedrigen auf sie zurollenden Fuhrwerks wurden erkennbar.

Ferdinand begab sich auf die Straße und rief dem Wagenführer um Hilfe an.

»Aus dem Weg«, schrie dieser nur.

Perplex blickte Ferdinand kurz auf den Fahrzeugführer, während das Gefährt vorbeirollte. Er hatte beiseite springen müssen. Der Wagen rollte noch eine kurze Strecke. Am Ende des hölzernen Aufbaus pendelte eine Laterne, die einen trüben Schein gab. Ein Grauschimmel war am Fuhrwerk angebunden.

»He, das ist *unser* Pferd!« rief Ferdinand, der hinter dem sturen Fuhrwerker herrannte, die Zähne zusammenbeißend, denn bei den schnellen Bewegungen schmerzte die Schulter schrecklich.

Endlich hielt das Gefährt. »Wir hatten einen Unfall! Bitte seien Sie uns behilflich! Der Kutscher muss schnellstens in ein Hospital!«

»Hospital? Und wer übernimmt die Kosten für einen Arzt? Zudem: Ich fahre nicht bis nach Eschershausen. Ich will weiter. Bin gleich zu Hause. Und das ist gut so.«

»Aber das geht doch nicht! Dem Kutscher droht der Verlust seines Beines!«

»Mann, seien Sie dankbar, wenn ich Ihnen das Pferd dalasse. Das ist doch *Ihr* Grauschimmel, oder? - Hier, nehmen Sie die Leine! Der Rappe dürfte auch nicht mehr weit sein. - Vor einer Stunde hat mich dieser Fahranfänger da bei einem waghalsigen Manöver zu überholen versucht und mich, mein Pferd und meinen Karren in Gefahr gebracht; ein übler Draufgänger, wie mir scheint. Es ist wohl tatsächlich besser, wenn er aus dem Verkehr gezogen wird!«, maulte der Alte.

Er war lediglich zur Mithilfe zu bewegen, die demolierte Kutsche aufzurichten. Glücklicherweise war sie noch fahrtüchtig; auch Deichsel und Wagenräder waren unbeschadet geblieben.

Noch hielt Ferdinand die Leine des Grauschimmels in Händen, als er einige kurze Grummellaute vernahm. Dem folgte ein sanftes, kehliges kurzes Wiehern. Wie zur Begrüßung näherte sich der Rappe, der geräuschvoll durch die Nase ausblies. Indessen machte sich der Fuhrwerker davon. Schnell war der mit Stroh beladene Karren vom dichten Nebel verschluckt. Es war lediglich noch das Getrappel des Zugpferdes zu vernehmen, das sich, lautstark angetrieben, in einer schnelleren Gangart entfernte.

Ludwig versorgte Ferdinand und den Kutscher mit Morphium, was sein Freund nur zögernd und widerwillig zu sich nahm. Immer wenn er das von Friedrich Wilhelm so sorgfältig bereitete Mittel sah, kamen ihm die Gefühle aus jener Zeit in den Sinn, als sich die Freunde dem Selbstversuch hingegeben hatten. Eine unwillkürlich eintretende Beklemmung drohte Ferdinand die Luft zu nehmen. Das Atmen fiel ihm dann schwer. Und Übelkeit drohte ihn wieder zu überwältigen. Die Schmerzen mussten schon ziemlich heftiger Natur sein, bevor er in die Einnahme des Betäubungsmittels aus der Kapsel des Schlafmohns einwilligte. Ludwig musste ihm versichern, dass er nur sehr vorsichtig kleine Dosierungen verabreichen würde. Und das Gegenmittel halte er griffbereit, bekräftigte er.

»Agnes würde mir jetzt Arnika verabreichen oder Umschläge aus Beinwell gegen die Prellungen herrichten«, jammerte Ferdinand.

»Habe ich dummerweise *zufällig* nicht greifbar«, erwiderte Ludwig lakonisch. Ein wenig gereizt rollte er mit den Augen. Sein Freund konnte sich manchmal zieren ...

Sie klaubten ihre Gepäckstücke zusammen, die aus dem Kutschkasten geschleudert waren. Das Verdeck, die Zügel und Zugstränge wurden notdürftig repariert, bevor Ferdinand die Kutschpferde wieder vor die Karosse spannte. Noch immer bereitete jede noch so kleine Bewegung Schmerzen.

Auch beim Kutscher, der auf dem Kutschboden gebettet war, begann das Morphium nur langsam zu wirken. Ihm leistete Ferdinand Gesellschaft. Ludwig aber übernahm die Lenkung der Pferde, die in der nasskalten Luft des engen Tales Atemwolken aus ihren Nüstern stießen.

In Eschershausen gaben sie den verletzten Kutscher in die Obhut eines Arztes, der auch versprach, sich um die Pferde und den ramponierten Wagen zu kümmern, nachdem Ludwig ihn mit einem großzügigen Salär bedacht hatte.

Dann galt es, für die Bewältigung der letzten Reiseetappe ein geeignetes Fuhrwerk zu finden. Eine bevorzugte Chaise war nicht zu bekommen. Und für die wenigen noch zur Verfügung stehenden Gefährte ließ sich kein Kutscher finden, der gewillt gewesen wäre, ins Kurfürstentum Hannover zu reisen. Nur mit Hilfe der Vermittlungskünste des Arztes erhielten sie Platz in einem Reisewagen. Der Medicus hatte sie an einen Bekannten seines Schwagers verwiesen, der sich bereit erklärt hatte, den Hausstand des Verwandten nach Rinteln zu befördern. Nur wenige Straßenzüge entfernt trafen sie den Kumpan, der bereits im Begriff war, zahlreiche Kisten und Gepäckstücke hinter der Kabine und auf dem Dach des Reisewagens zu verstauen und mit Riemen zu befestigen.

»Sie werden mit wenig Platz vorlieb nehmen müssen«, erklärte der freundliche Helfer, als Ludwig ihm eine Anzahlung leistete, »zumal sich noch zwei weitere Mitreisende Ihrer Gesellschaft anschließen werden.«

»Vielen Dank für die Warnung«, erwiderte Ludwig lächelnd. »Die Fahrt nach Hameln wird ja nicht den Umfang einer Weltreise annehmen, oder?«

»Weiß man's in diesen Zeiten?«, war die knappe Reaktion. Dann empfahl er ihnen noch eine Unterkunft für die Nacht.

Drei
Retter in der Not

Am nächsten Tag brachen die Freunde zeitiger auf. Beengt saßen sie in der Kutschkabine - umgeben von ihren Reisebündeln. Derweil hielt Ludwig seine Tasche mit einem umfangreichen Sortiment an Arzneien fest umklammert. Darin fanden sich nicht nur eine größere Anzahl an Ampullen mit den Substanzen aus den Kapseln des Schlafmohns, sondern auch noch weitere Mittelchen, die Ludwig dem Apotheker Westrumb zukommen lassen wollte.

Mit etwas Argwohn wurde er von einer gegenübersitzenden Dame beäugt, die das Reisen hasste und ständig über ihr Unwohlsein klagte, denn das Gefährt schaukele ihr zu heftig - »wie ein Schiff bei unruhigem Seegang«, wie sie meinte. Doch auch Ludwig bedachte die nervende Mitreisende mit einem gereizten Blick. Nur mit Mühe konnte er ihr unaufhörliches Lamento und ihren nicht enden wollenden Redefluss mit höflichem Schweigen über sich ergehen lassen. Wenn sie ausnahmsweise einmal nicht jammerte, kraulte sie ihr Schoßhündchen, mit dem sie in eigentümlich infantiler Weise sprach. Das Hündchen schien sie zu verstehen. Es legte den Kopf schief, wobei eine gewisse Ähnlichkeit mit dem Begleiter der Dame, der ihr immerzu nach dem Mund redete, unverkennbar war. - Ja, das Reisen war unangenehm. Eng und unbequem.

Ludwig hatte seinem Freund vor Reisebeginn noch einmal Morphium verabreicht, was Ferdinand wieder einmal zunächst verweigert hatte:

»Du weißt doch, dass Friedrich Wilhelm befürchtet, dass das Zeug süchtig machen könnte.«

»Ja, ja«, wiegelte Ludwig ab. »Die Dämonen, die er rief, wird er nun wohl nicht mehr los, wie?«

»Was sagst du da?«

»... ist ein geflügeltes Wort von Goethe - verwendet er in seiner Ballade DER ZAUBERLEHRLING«, erwiderte Ludwig beiläufig. Dann beschwichtigte er einmal mehr: »Nein, mach dir keine Sorgen. Friedrich Wilhelm nimmt doch selbst sein Mittelchen bei jeder Kleinigkeit. Sogar bei Schlafstörungen schluckt er es!«

Anders als am Vortag war Ferdinand tatsächlich schnell schläfrig geworden; Ludwig hatte wohl eine etwas höhere Dosierung des Papaver somniferum erwischt. Nachdem die betäubende Wirkung eingesetzt hatte und die schmerzende Schulter kaum mehr wahrgenommen wurde, schien Ferdinand das Gezetere der Mitreisenden zu überhören; Ludwig hatte darunter schon mehr zu leiden.

Im Örtchen Linse, unweit von Bodenwerder, verließen die Nervensäge mit ihrem vierbeinigen Geschöpf sowie der bemitleidenswerte Gefährte die Kutsche. Man passierte die jahrhundertealte Zollstation und gelangte ohne Unterbrechung vom Königreich Westphalen ins Kurfürstentum Hannover, denn man befand sich ja jetzt im

Rheinbund, der von Bonaparte geschaffenen Konföderation deutscher Staaten. Auch wenn das Kurfürstentum dabei etwas abseits stand, da es nunmehr ein Staatengebilde unter französischer Verwaltung und militärischer Herrschaft darstellte, war die Grenze problemlos zu passieren.

Als man die Ortschaften Heyen und Börry erreichte, war es nicht mehr weit bis Hameln. Ludwig schaute zum Himmel und beobachtete Scharen von Zugvögel, die sich auf dem langen Weg in den Süden befanden. Ständig waren sie in Bewegung. Sie variierten häufig ihre Positionen und gruppierten sich neu, ohne dabei die Flugformation wesentlich zu verändern. Sie schienen einzig den Gesetzen der Natur zu folgen.

»Wenn wir uns doch ähnlich leiten ließen und ein jeder gemäß seiner Fähigkeiten und Neigungen seinen verantwortungsbewussten Beitrag bei der Lebensgestaltung leisten dürfte, dann sollte uns nicht bange sein, unseren Weg zum Ziel zu gehen«, führte Ludwig leise murmelnd ein Selbstgespräch, während lautes Geschrei der Vögel ins Wageninnere drang. Die Rufe der Tiere wurden lediglich übertönt vom unüberhörbaren Schnarchen Ferdinands.

Durch das Schaukeln der Kutsche ließ auch Ludwig sich endlich einlullen und verfiel in einen Dämmerzustand; von Schlaf konnte dabei nicht die Rede sein. Er sehnte sich das Ende der Reise herbei und freute sich auf ein Wiedersehen mit den Daheimgebliebenen.

Zur gleichen Zeit spielten Silvana und Julia im Wohnraum der Patin. Sie verbrachten hier gerne gemeinsam die Zeit, und darum war in diesem Zimmer auch etwas Spielzeug deponiert.

»Und so brauchte das Pferdchen nie mehr zu hungern«, waren die letzten Worte, die Silvana vorgelesen hatte, bevor sie das Büchlein zuklappte und über Julias Kopf streichelte, die mitsamt der ziemlich zerlumpten aber heiß geliebten Stoffpuppe auf ihrem Schoß saß und aufmerksam zugehört hatte.

Jetzt sprang das Kind auf, stieß gegen einen Kreisel, der ihr der Vater geschnitzt hatte und seit dem letzten Spiel immer noch auf dem Boden lag. Sie rannte zum Tisch und griff sich eine gezuckerte Pflaume vom Teller, die rasch in ihrem Mund verschwand. Noch einmal langte sie zu und reichte zum Verzehr die zweite Pflaume ihrem Holzpferdchen, das unter dem Fenstersims stand. Dann schwang sie sich in den kleinen Ledersattel, schnalzte mit der Zunge und trieb das Pferdchen zur Höchstleistung an.

»Nicht so wild, Julia«, mahnte Silvana.

»Da!«, hielt das Kind plötzlich inne und zeigte auf eine Spinne, die knapp vor ihrem Gesicht an einem Faden baumelte. Sie schubste das Tierchen an, das schnell an seinem eigenen Faden empor klomm.

»Schau nur, Julia, jetzt sieht es aus, als wenn sie in ihrem eigenen Netz gefangen wäre«, kommentierte Silvana den Vorgang.

»Fangen! Ja, fangen!«, rief Julia begeistert. »Wir wollen spielen: Sila muss Lulu fangen!«

»Silvana soll Julia fangen?«, wiederholte Silvana fragend.

»Sila fängt mich nicht! Sila fängt mich nicht!«, triumphierte die Kleine, weil Silvana beim entscheidenden Zupacken immerzu danebengriff.

Juchzend warfen sie sich auf das Bett. Die Naht eines Kissens platzte auf. Unzählige Federn wirbelten durch die Luft und bedeckten die Beiden. Julia kicherte, wenn Silvana sie mit einer Feder kitzelte. Und dann pusteten sie und beobachteten, wie die Federn unbeschwert durch den Raum schwebten. Julia tollte durch das Zimmer und versuchte die Federn aufzufangen. Erneut wurde sie abgelenkt: Eine Maus huschte unter einen Schrank. Sie bückte sich.

»Da, Lulu hat eine Maus gesehen! Wo ist Fi? Fi muss die Maus fangen! Sila, sag, dass Fi die Maus fangen muss!«

»Ich weiß nicht, wo die Katze steckt. Sollen wir Fiore suchen?«

»Ich weiß es! Ich weiß es! Fi ist in der Küche!«, jubelte Julia.

»Na, dann sehen wir doch mal nach. Ich glaube aber kaum, dass Fiore immer noch in der Küche ist«, erwiderte Silvana, während sie die Tür aufstieß.

»Oh, da ist sie ja«. Silvana war überrascht, als sich die Katze auf leisen Pfoten durch den sich öffnenden Türspalt in die Kammer zwängte.

»Lulu hat Durst!«

»Du bist heute aber anstrengend«, seufzte Silvana. »Pass auf, ich hole jetzt etwas Milch - für dich und für die Katze. Hier, nimm Fiore auf den Arm und kraule sie ein bisschen. Dann wird sie vielleicht nicht wieder weglaufen. Ich bin gleich zurück!«

»Fi muss die Maus fangen«, sprach Julia nun zu der Katze. Doch die sprang in einem Satz aus Julias Hand. Sie rannte zu der inzwischen wieder geschlossenen Tür und dann zum Fenster. Sie machte einen Satz auf das Schaukelpferdchen, um sogleich durch das geöffnete Fenster auf den Ast eines nahen Walnussbaums zu gelangen.

Enttäuscht schaute Julia der Katze nach, begab sich ebenfalls auf den Sattel des Pferdchens, das bedrohlich wackelte. Bevor das Pferdchen sie abwarf, gelang es ihr auf einen Schemel zu klettern. Nun war das Fensterbrett gut erreichbar.

Julia schaute zum Baum, wo die Katze über die stark schwankenden Äste turnte. Sie beobachtete, wie Fiore am Stamm den Baum empor kletterte. Fast hatte sie die Krone des Walnussbaums erreicht.

Julia bemerkte, wie sich etliche der großen Blätter von den Zweigen lösten und zu Boden segelten. *Plock.* Und noch einmal. *Plock* war zu hören, als einige Nüsse auf die Erde purzelten.

Julia schaute ihnen hinterher und glaubte, die Mama gesehen zu haben. Dort, dort drüben beim Brunnen. Julia winkte. Aber Mama schien sie nicht zu bemerken.

Dann sah sie an der langen Hauswand entlang. An der Straße war ein Reiter von seinem Pferd gestiegen und führte es zu einer Tränke. Sie rief wieder und wieder »Fi! Fi, komm runter, Lulu hat Milch für dich!«

»Wo ist eigentlich Franziska? Und wann kommt wohl mein Herr Sohn zurück?«, sprach Ferdinands Mutter Hildegard verärgert zu Agnes, die gerade dabei war, einige nasse Tücher auszuwringen. »Immer, wenn man die Männer braucht, sind sie nicht da«, schimpfte sie.

»Ach, sie werden schon kommen, vielleicht ja sogar heute noch«, antwortete Agnes beschwichtigend. »Und Franziska wird noch bis morgen bei Westrumb bleiben. Er will sie mit ihrem geschwollenen Arm nach den vielen Insektenstichen noch etwas unter Beobachtung halten.«

»De la Tour hat auch seine Ankunft angekündigt«, gab Elisabeth preis, deren Augen aufblitzten.

»Dann ist der Tag für dich ja gerettet!«, brummelte Hildegard mürrisch dreinblickend.

Der Tatendrang von Ferdinands Mutter hatte merklich nachgelassen, seitdem der Schulmeister Stolzheise in Pension gegangen und zu einem Angehörigen gezogen war.

Immer häufiger ertappte sie sich dabei, dass sie sich nach Brügge zurücksehnte. Und es fiel ihr nicht leicht die Enttäuschung darüber zu verbergen, dass eine Wendung zum Besseren im Alltag der Freischule in Anbetracht der ständigen militärischen Auseinandersetzungen und der politischen Entwicklungen ausblieb. Der Enthusiasmus aus der Anfangszeit ihres Lebens in Hameln war verflogen und sie mochte sich keinen Illusionen mehr hingeben. Das schätzten die Anderen etwas anders ein. Immerhin war für das Armenwesen ein Fond gebildet worden, und gelegentlich erzielte man sogar Überschüsse. Gleichwohl gaben auch sie sich mit der Gegenwart nicht zufrieden. Viel zu selten schickten die bedürftigen Eltern ihre Kinder in die Schule; zu oft mussten schon die Kleinen irgendwelchen Tätigkeiten nachgehen, um einen Beitrag zum Lebensunterhalt zu erwirtschaften.

»Wer weiß, vielleicht ist dem Oberst dein Wunsch ja Befehl«, frotzelte Agnes. »Ich hatte den Eindruck, ich hörte soeben Pferdegetrappel. Ich schau mal nach.«

»So, hier haben wir die Milch für Julia und auch für unser Kätzchen«, schwatzte Silvana, die einen Becher und ein Schälchen in Händen hielt und sich bemühte, nichts zu verschütten. »Nanu? Wo habt ihr euch denn versteckt?«, fragte sie überrascht, als sie weder Kind noch Katze entdecken konnte. »Julia, Fiore, ich habe euch Milch mitgebracht!«

Da. Eine Bewegung am Fenster ließ Silvana vor Schreck erstarren. »Julia? Julia, komm sofort vom Fensterbrett weg!«

»Fi ist da oben im Baum und kann nicht wieder runter! Da, Sila, da ist sie!«

Silvana glaubte, dass ihr das Blut in den Adern gefror. Sie wankte und achtete nicht darauf, dass ihr der Becher und das Schälchen entglitten. Sie bemerkte nicht, dass sie in einer Milchlache stand. Sie musste sich jetzt beherrschen und sich zwingen, ruhig zu bleiben.

»Julia, warte, ich helfe dir und danach dem Kätzchen. Ich komme schon.«

»Sila, Fi klettert immer höher, Lulu muss schnell helfen!«

»Nein, Julia, bleibe hier, ich mache das! - Nein, Julia, du kannst nicht auf den Ast klettern«, wurde Silvana jetzt laut. »Nein, Julia, du fällst da hinunter!«

»Mama! Hallo Mama, hier bin ich! Mama!«, wiederholte Julia, während sie sich weiter vorbeugte. »Ich muss Fi helfen!«

Als Agnes das Waschhaus verließ, war sie zunächst vom grellen Licht des frühen Nachmittags geblendet. Nachdem sich ihre Augen an die Helligkeit gewöhnt hatten, erkannte sie sofort das drohende Unheil:

»Bleib, wo du bist, Julia«, schrie Agnes entsetzt.

»Aber ich muss Fi helfen!«

Mein Gott, schoss es Agnes durch den Kopf. Lieber Gott, es ist mein einziges Kind! Wo bleibt denn nur der Vater? - Ferdinand! - Oh Gott, hilf, bitte! Vor ihrem inneren Auge sah sie, wie Julia abrutschte, den Halt verlor.

Wie in Trance wandte sie sich dann an den Ankömmling und zeigte zum Fenster. Sie stand wie versteinert da, zur Tatenlosigkeit verdammt. Einen Moment hatte sie die Augen geschlossen. Und dann:

»Nein! Nicht!«

Sie sah, wie ihr kleiner Engel fiel, immerzu, der Sturz sollte kein Ende nehmen.

»Neeiin!«, schrie sie jetzt aus Leibeskräften.

Vom Lärm herbeigerufen waren auch Hildegard und Elisabeth aus dem Waschhaus geeilt. Hildegard nahm die hemmungslos schluchzende Mutter in den Arm und stützte sie, während Elisabeth auf den Retter zurannte und ihn mitsamt dem kleinen Mädchen umarmte: »Die Engel müssen Sie gesandt haben, Monsieur!«, begrüßte sie de La Tour und ergriff ihn voll innerer Freude bei den Händen, nachdem dieser die kleine Julia in die Obhut ihrer Mama übergeben hatte. Er hatte das Mädchen im letzten Augenblick auffangen können.

Zitternd nahm Agnes ihre Tochter in den Arm und überhäufte sie mit Küssen: »Julia, Kleines! - Oh Gott! Danke, Herr!«, schickte sie ein Stoßgebet zum Himmel.

»Mama, Lulu will doch nur die Katze retten«, kam es verständnislos und leise von ihrer Tochter. »Sie ist immer noch da oben«, deutete sie zum Baum.

»Das macht nichts, Julia. Sie wird das schon alleine schaffen. Sie ist schon oft da oben gewesen.«

»Aber, Papa musste sie auch schon mal retten. Mit der Leiter.«

»Ja, Liebes - aber nun ... Julia, das darfst du nie wieder tun, hörst du?«

»Aber Papa hat ...«

»Ja, Papa, hat die Leiter genommen«, unterbrach Agnes ihre Tochter, während ihre Stimme zunehmend an Schärfe gewann. »Aber Papa würde nie aus dem Fenster klettern. Das ist viel zu gefährlich. Du hast ja gemerkt, wie schnell man herunterfallen kann.«

Und während sich Agnes' Puls langsam beruhigte, sah sie sich um: »Wo ist eigentlich Silvana?«, fragte sie jetzt. »Ich dachte, du hättest mit Silvana gespielt. Wo, wo ist deine Patin?«, kam es nunmehr stotternd über ihre Lippen.

»Es ..., es tut mir so leid«, schluckte Silvana, noch immer schneeweiß im Gesicht, während sie über den Hof wankte und auf Agnes und Julia zustolperte. »Es war ein großer Fehler, sie einen Augenblick unbeaufsichtigt zu lassen. Bitte, bitte verzeih mir!«, stammelte sie. »Diese entsetzliche Vorstellung: sie hätte tot ...«, schluchzte sie.

Silvana war untröstlich. Doch das Unglaubliche, das Undenkbare sollte kein Ende nehmen. Der Bestürzung folgte ein weiteres Wechselbad der Gefühle.

Vier
Robert de La Forêt

Silvana verharrte entgeistert: »Monsieur ... Monsieur Farnese, was ..., wie«, stockte sie ob ihrer Verblüffung.

Elisabeth und Agnes wechselten irritierte Blicke. Diese Begegnung verwirrte sie. Elisabeth richtete mit Argwohn das Wort an den Oberst: »Farnese? - Habe ich richtig gehört: *Monsieur Farnese?*«

Und noch bevor der Oberst antworten konnte, fügte Agnes hinzu: »De La Tour - Was ist mit *Georges de La Tour?* - Sie sind doch de La Tour, der Lebensretter meines Kindes. Ich muss mich noch bedanken, Monsieur!«

»*Das* ist der Oberst de La Tour?«, fragte Silvana verdutzt. »Aber ... Monsieur Farnese, was ist ...Was stimmt denn nun?«

»Monsieur«, sprach Elisabeth aufgebracht, »Ich habe mich so sehr auf Ihre Rückkehr gefreut!« Dann zog sie eine Augenbraue misstrauisch hoch: »Mit welch abscheulichem Spiel missbrauchen Sie unser Vertrauen, mein Herr? Sind wir doch den Lügengeschichten eines Falschspielers aufgesessen? Warum täuschen Sie uns all die Jahre? Monsieur, wer sind Sie wirklich?«

Mit weit aufgerissenen Augen blickte de La Tour sie einen Moment konsterniert an. Elisabeths drastische Wortwahl bestürzte ihn. »Madame, Sie wissen, wer ich bin«, erwiderte er regungslos und kaum vernehmbar, wobei es ihm in diesem Moment schwer fiel, die Contenance zu wahren. »Ich bin derjenige, der Sie davor bewahrt, in die Fänge des kaiserlichen Polizeiministers zu geraten. Schon vergessen?«, fragte er mit ernstem Blick.«

»Aber ...«

»Mäßigen Sie Ihren Ton, Madame!«, unterbrach er mit einem ungewohnten Befehlston in der Stimme den Versuch eines Einwandes. »Ich kehrte soeben von unserem siegreichen Einsatz in Wien zurück. Auch ich hatte mich auf ein Wiedersehen gefreut!«, bemerkte er mit etwas Verbitterung, biss sich auf die Unterlippe und fügte verärgert hinzu: »Meine Sorge war übrigens nicht unbegründet: Vor wenigen Tagen wurde nach einem Attentatsversuch während einer Truppenparade ein gewisser Friedrich Stapß festgenommen, dem Napoleon die Zugehörigkeit zu den Illuminaten nachsagt und deren Verschwörung er vermutet, wie ich Ihnen schon einmal klarzumachen versucht habe. Stapß wurde vor zwei Tagen hingerichtet!«

Es folgte ein Moment der Stille. Die Neuigkeiten und Ungereimtheiten kamen zu unerwartet.

»Verzeihen Sie mir, Colonel«, erwiderte Elisabeth und blickte beschämt zu Boden, als sich der Moment der Überrumpelung gelegt hatte. »Meine Worte waren unangemessen taktlos. Vielmehr sind wir Ihnen Dank schuldig - einmal mehr, da Sie als Retter in der Not unsere kleine Julia ...«

»Julia ist Ihre Tochter, Madame?« richtete der Oberst seine Frage nunmehr mit moderater Stimmlage an Agnes. »Wir haben uns lange nicht gesehen. Nun haben Sie schon ein so großes Kind! Ich erinnere mich: Es müsste kurz nach der Einnahme Hamelns geboren sein, habe ich recht?«

»Im Februar 1807, Monsieur«, bestätigte Agnes.

»Sicher doch«, nickte er einige Male kurz den Kopf und trat dann einen Schritt wieder auf Elisabeth zu: »Ihre Empörung ist ja mehr als berechtigt, Madame«, versuchte er zu beschwichtigen und tätschelte Elisabeth vertraulich die Hand. Und mit Blick auf Silvana legte er seine Stirn in Falten, über die er in einer Pose des Nachdenkens hin und her strich, um dann zu bekennen:

»Gewiss, Mademoiselle, auch Sie haben natürlich einen Anspruch auf eine Erklärung. Sie ist längst überfällig. Bitte entschuldigen Sie mich einen Augenblick. Ich muss ... Ich sollte da etwas holen, das Sie sehen sollten.«

Eine Kutsche hielt am Beginenhof. Beim Ausstieg sputeten sich die Heimkehrer. Ludwig und Ferdinand eilten zügigen Schrittes zu den versammelten Damen, die in seltsamer Verwirrung angetroffen wurden.

Trotz der wieder heftiger werdenden Schmerzen nahm Ferdinand seine Tochter auf den Arm und bedurfte einiger Erklärungen, nachdem Julia gewispert hatte: »Lulu wollte nur die Katze retten.«

»Mein Julchen, was höre ich da derart schreckliche Neuigkeiten?«

»Papa, hast du Lulu was mitgebracht?«

»Natürlich habe ich dir was mitgebracht, Julchen.« Und aus seinem Gepäck zerrte er eine Handpuppe aus bunten Stoffteilen. »Das ist Till Eulenspiegel. Gefällt er dir?«

»Wer?«

»*Till Eulenspiegel!* Er ist ein Schalk, der viele Faxen macht. Er war auch mal in der Stadt Einbeck, aus der ich gerade zurückgekommen bin. Ich werde dir irgendwann mal einige Geschichten von ihm erzählen.«

»Hm. Eine lustige Eule. - Mama, dürfen Sila und Lulu mit der Eule spielen?«

»Vielleicht morgen, Julia«, beantwortete Silvana die Frage ihres Patenkindes. »Heute müssen wir noch etwas mit dem Mann da besprechen.«

Und während Julia von Agnes wieder auf den Arm genommen wurde und an der Hand der neuen Stoffpuppe nuckelte, fasste Silvana die soeben erlebten überraschenden Wendungen zu der Person des französischen Oberst zusammen.

»Monsieur Colonel, jetzt lerne *auch ich* Sie endlich einmal kennen«, sprach Ludwig nach der Rückkehr de La Tours und maß ihn mit einem argwöhnischen Blick. »Ich habe schon viel von Ihnen gehört. Viel Gutes. Doch soeben erfuhr ich auch etwas sehr Verwirrendes. Man kennt Sie hier als Georges de La Tour und ..., meine Braut ...« Sein Blick liebkoste Silvana. »Meine Braut hat Sie als Monsieur Farnese wiedererkannt. Wollen Sie sich uns erklären?«

»Ich bin gerade dabei, Messieurs«, antwortete der Oberst, während er die Neuankömmlinge begrüßte. Aufmerksam beobachteten sie ihn, wie er anschließend eine Dokumentenmappe öffnete und ihr ein kleines Portrait entnahm. »Eine wunderschöne Frau, wie ich meine«, kommentierte er das Bild mit Bewunderung. »Erkennen Sie die Ähnlichkeit?«, sprach er zu Silvana.

»Wer ist das?«, fragte Silvana verwirrt.

»Das Bild entstand wenige Tage nach meinem siebzehnten Geburtstag«, antwortete er zunächst ausweichend. Dann sinnierte er mit glückseligem Gesichtsausdruck: »Ist es nicht ein reizendes Geschöpf mit seiner natürlichen Ausstrahlung? Der Klang ihrer Stimme war eine Wohltat für jedes Ohr. Ich schätzte mich stets überaus glücklich, wenn sie mir ihr Lächeln schenkte.«

Einen Moment hielt der Oberst inne, bevor er fortfuhr: »In den folgenden Monaten genoss ich mit ihr zusammen die schönste Zeit meines Lebens. - Sie sehen in das Antlitz Ihrer Mutter«, stellte er mit Wehmut fest.

»Aber, aber«, war schwach vernehmbar. Von wem diese Reaktion stammte, war nicht auszumachen. Sie ging im Raunen der Anwesenden mit ihren Bemerkungen der Überraschung und auch Empörung unter. Derweil hatte de La Tours Offenbarung Silvana mit voller Wucht getroffen. Es dauerte einige Momente, bis sie sich sammeln konnte und mit zitternder Stimme noch eher ungläubig fragte:

»*Meine Mutter?* - Monsieur, Sie machen mich sprachlos.«

»Monsieur, ich bitte Sie«, meldete sich etwas ungehalten Elisabeth wieder zu Wort. »Monsieur, sagen Sie uns die Wahrheit. Damit treibt man keine Scherze!«

»Es ist die Wahrheit«, antwortete de La Tour, während Silvana mit ihrer Hand über das Haar der abgebildeten Frau strich.

»Die Ähnlichkeit ist wahrhaft frappierend«, staunte Elisabeth.

»Wer hat das Bild gemalt?«, meldete sich Agnes zu Wort.

Ohne direkt auf ihre Frage einzugehen, erklärte der Oberst, dass das Bild in einem Atelier seines Vaters entstanden sei.

»Dann hat Ihr Vater das Bild gemalt?«, fragte Agnes nach.

Kopfschüttelnd stellte de La Tour fest, dass er es einst selbst gemalt habe: »Mein Vater, der Advokat Henri de La Forêt, hatte unser herrschaftliches Haus in der Provence nach dem Tod des Vorbesitzers, eines Malers, erworben. Es war wohl ganz nach dem Geschmack meines Vaters. Jedenfalls sind nur wenige Veränderungen vorgenommen worden. Das Atelier blieb unverändert erhalten. Dort durfte ich schon in jungen Jahren meine Neigungen entfalten.«

»Mutter ...«, flüsterte Silvana, ohne de La Tours Erklärungen viel Aufmerksamkeit zu schenken. »Wo lebt sie jetzt? Oder ist ... Oder ist sie ...«

»Giulia Farnese lebt leider nicht mehr«, stellte der Oberst zögernd fest.

»*Giulia Farnese* ... Dann bin ich *nach ihr* benannt?«, fragte Silvana.

»Diesen Namen hat Ihnen Ihre vermeintliche Tante gegeben, Maria Sikora. Knapp neun Monate, nachdem dieses Bild entstanden ist, hat Madame Sikora als Hebamme Ihre Mutter bei Ihrer Geburt betreut, Mademoiselle.«

»Und Sie, Monsieur? *Sie* wollen Silvanas Vater sein?«, fragte Ludwig ungläubig.

Als de La Tour die Skepsis in Ludwigs Tonfall vernahm, antwortete er:

»Ich erlaube mir, auf eine intime Kleinigkeit hinzuweisen. Meine Tochter hat etwas von mir geerbt. Es ist ein Muttermal an der Innenseite des linken Oberschenkels.«

»Monsieur«, sprach Silvana nach einigen Augenblicken überraschten Schweigens, »Sie haben sich mir damals bei meiner Tante im Spessart als Alessandro Farnese vorgestellt. Bei unseren Freunden kennt man Sie als Georges de La Tour. Wollen Sie uns nun verraten, mit wem wir es tatsächlich zu tun haben?«

»Gewiss, Mademoiselle. Ursprünglich hieß ich einmal Robert de La Forêt.« -

Wieder herrschte gespannte Ruhe. Erwartungsvoll und neugierig blickte man den Franzosen an. Gerade solange, wie es dauerte, bis sich die Anwesenden auf die Holzplanken gesetzt hatten, die um den Stamm des Walnussbaumes wie eine Bank angebracht waren. Dann schilderte de La Tour die unsäglichen Ereignisse am Geburtstag seiner Tochter und die Zerwürfnisse mit seinem Vater, wobei er immer wieder in Erinnerungen abglitt, von denen er nicht alle Einzelheiten preisgab. Denn diese gingen nur ihm etwas an. Einzig ihm. Ihm ganz allein.

Fünf
Enthüllungen

Alles hatte im Januar 1786 begonnen, als er nach seiner Ausbildung in der Militärakademie in das Haus seiner Eltern nach Aix-en-Provence zurückgekehrt war. Er befand sich im Salon und hatte es sich gemütlich gemacht:

»Robert, in der Bastille befindet sich eine geheime Druckerei, in der die schamlosesten Bücher gedruckt werden«, hatte er Wochen zuvor von einem Kameraden erfahren. Und damit betreibt die Polizei sogar einen einträglichen Handel, dachte er, als er seinem Gepäck ein neues Buch entnahm. »Seit kurzem sitzt ein Adeliger aus der Provence ein, der mit seiner Frau ein ausschweifendes Leben geführt und auf seinem Landsitz Lacoste die wildesten Orgien gefeiert haben soll«, kamen ihm weitere

Bemerkungen seines Kameraden in den Sinn. »Man munkelt, dass von diesem Marquis de Sade noch sehr viel Frivoleres zu lesen sein wird als das, was uns hier dargeboten wird.« Mit diesen Worten hatte sein Kamerad ihm das Buch eines gewissen Cleland überreicht, das im Original aus England stammte.

Er blätterte darin, als sich kaum vernehmbar eine Tapetentür öffnete. Der leichte Luftzug brachte die Kerze vor ihm zum Flackern. Er bemerkte, wie auch das Kaminfeuer auf die Veränderung der Luftzirkulation reagierte. Dann spürte er, wie seine Geliebte lautlos hinter ihn trat. Er nahm ihren Rosenduft wahr. Er genoss das leichte Kribbeln im Nacken, als er ihren Atem und die zärtliche Berührung ihrer Lippen auf seiner Haut fühlte. Ihr langes, offenes Haar kitzelte ihn, als sie sich über ihn beugte. Während sie den Verschluss seines Hemdes öffnete und mit ihren Händen über seine Brust streichelte, klappte er sein Buch zu, schloss die Augen und lehnte sich zurück. Sie las den Buchtitel:

»MEMOIRES DE FANNY HILL, FEMME DE PLAISIR?«, flüsterte sie fragend.

Er fühlte ihre warmen festen Brüste unter dem dünnen Stoff ihres Negligés und bemerkte, dass sich ihre Brustwarzen aufrichteten und anschwollen.

»Mein Romeo«, hauchte sie voller Begehren, als er sie auf seinen Schoß zog. Die Umarmung brachte ihr Blut zum Pulsieren. Dabei küssten sie sich derart leidenschaftlich, dass ihre Körper vor Verlangen brannten.

»Was brauch ich die Memoiren der Fanny Hill, wenn ich eine Giulia habe?«, sprach er wie zu sich selbst, ergriff das Buch und warf es ins Feuer.

»Ich habe ein Geschenk ..., zu deinem Geburtstag«, sprach sie, während sie sich weiterhin kosten.

»Ein Geschenk? Darf ich es denn sogleich auspacken?«, fragte er mit lüsternem Blick, als er an dem Band ihres verführerischen Spitzengewandes nestelte.

»Nichts da«, erwiderte sie kokett und entwand sich seinem Zugriff. »In diesem Haus hat alles seine Ordnung! Ich habe im Badezuber Wasser eingelassen«, sprach sie und zog ihn hinter sich her.

Anders als sonst üblich erachtete man im Haus seines Vaters das Baden als vorteilhaft für die Gesundheit, und so folgte er ihr in Vorfreude auf die wohltuende Wärme des Wassers, die seinen Körper entspannen würde. Sie betraten einen aufgeheizten Raum, in dem herrlich duftende Essenzen bereits ihre Wirkung entfalteten. Sie entkleidete ihren Geliebten behutsam und ließ ihren Blick über seinen muskulösen Körper schweifen, als er in den Bottich stieg und in den Schaumkronen versank. Sie verwöhnte ihn mit einem Badeschwamm, wobei sie es einrichtete, dass ihr Gewand nicht trocken blieb. Nun gab es mehr preis, als dass es verhüllte. Sie bemerkte seine Erregung, ließ das Negligé von ihren Schultern gleiten, stieg voller Anmut aus dem Stoffknäuel zu ihren Füßen und begab sich zu ihm in die Fluten. - Ihr Liebesspiel sollte in dieser Nacht kein Ende nehmen.

»Wie lange musst du meinem Vater noch zu Diensten sein?«, fragte er mit einem Anflug von Argwohn, als sie am folgenden Mittag in seinen Armen erwachte.

»Eifersüchtig?«, erwiderte sie ausweichend.

»Und wenn er uns überrascht?«

»Der Herr Advokat ist nach Bordeaux gereist und wird erst nach der Weinernte im Herbst zurückerwartet.«

»Eine sehr gute Nachricht. Dann bleibt mir reichlich Zeit, meinen Bruder in Roussillon zu besuchen.«

»Schade, dass Jacques damals so überraschend ausgezogen ist. Er war immer sehr lustig.«

»Er hatte sich schon mit Vater überworfen, als er sich weigerte, die Militärakademie zu besuchen. Als Mutter starb, war es dann nur noch eine Frage der Zeit.«

»Und was machst du nun mit deinem Schulabschluss?«

»Ich verführe die Geliebte meines Vaters.«

»Geliebte? - Ich bin seine Gesellschafterin.«

»So nennt *er* es. - Komm mit ins Atelier des Malers. Wir lassen uns etwas zu essen bringen. Und dann musst du mir Modell stehen.«

»Wir sollten uns selbst das Essen besorgen. Ich traue eurer Dienerschaft nicht. Manchmal habe ich den Eindruck, dass Monsieur de La Forêt etwas ahnt.«

»Dann würde Vater dich gewiss nicht alleine zurücklassen, während er sich in Bordeaux ohne dich amüsieren muss.«

»Vielleicht braucht er Abwechslung?«

»Vielleicht.«

»Wie oft brauchst *du* Abwechslung?«

»Wenn wir beide zusammenbleiben und uns aus dem Staub machen würden - ich denke, ich könnte ohne Abwechslung auskommen.«

»Würdest du auf diesen Komfort hier verzichten wollen?«

»*Noch* können wir die Vorzüge dieses Hauses einige Monate genießen. Und dabei können wir Pläne schmieden.«

»Das klingt gut«, stimmte sie zu und beide besiegelten ihr Vorhaben mit einem innigen Kuss, der ihre Körper erneut in Wallung brachte.

»Wir genossen auch die Frühlingsmonate und den Sommer gemeinsam nach Herzenslust - und das umso mehr, als sich zeigte, dass meine Geliebte ein Kind unter ihrem Herzen trug«, sinnierte der Oberst wehmütig. Und er versank weiter in Erinnerungen:

Nach einem deutlichen Abfall der Temperaturen Anfang Oktober hatten die Liebenden mit Blick aus einem Fenster des Schlafgemachs einen großartigen Sternenhimmel bewundert. Am folgenden Tag wirbelten bei strahlendem Sonnenschein unter einem wolkenlosen blauen Himmel die Blätter der Platanen durch die Luft. Der Mistral blies seinen Wind heftig um das Gemäuer des Palais und ließ die Fensterläden klappern.

Robert stand wartend im Vestibül des herrschaftlichen Hauses und betrachtete einmal mehr ein Gemälde des Malers de La Tour, das er schon so oft bewundert hatte. Dann wurde er gerufen:

»Sie hat Euch soeben eine gesunde Tochter geboren, Monsieur!«, überbrachte die Hebamme die frohe Nachricht in ihrem Französisch mit elsässischem Akzent und geleitete den Vater zu der erschöpften Mutter. So vielen Kindern hatte sie schon auf die Welt geholfen. Und noch immer war sie gerührt, wenn sie wieder einmal ein Neugeborenes in die Arme der Eltern legen konnte. »Das Ebenbild ihrer Mutter«, sagte sie lächelnd.

»Und *das* ist das Kainsmal der Sünde?«, fragte der Vater, als er auf das Muttermal an der Innenseite des linken Beinchens zeigte.

»Vom Vater geerbt - aber wenn das der einzige Makel ist«, erwiderte die Mutter beseelt, denn nun hatte sie Gewissheit, dass ihr Geliebter der Vater war. »Damit wird unsere Tochter leben können.«

»Zweifelsohne, da könnte Sie recht behalten«, erklang es hinter ihr. Ein Wandspiegel wurde beiseitegeschoben und ein Bediensteter erschien, der sie mit einem vernichtenden Blick musterte. »Obwohl alle weiteren Rechte dieses Hauses nunmehr verwirkt sind«, fügte er mit verächtlichem Ton hinzu.

Auf der Bettkante sitzend verharrten die Eltern, die bis vor wenigen Augenblicken ihr Glück nicht fassen konnten, wie versteinert und mussten zusehen, wie der Eindringling seine Waffe hob und mit eisiger Stimme drohte:

»Madame, Monsieur, ich bin fast untröstlich, aber: Auftrag ist Auftrag. Der Herr Advokat lässt ausrichten, es sei längst an der Zeit.«

»Aber ...«, versuchte die Hebamme einzuwenden. Und der junge Vater schrie entsetzt: »Der Herr Advokat? Er ist der Anwalt des Teufels!«

Da krachte ein Schuss - unüberhörbar auf der gesamten Beletage des Palais. Die nun einsetzende Grabesstille wurde nur noch durch das Wimmern des Säuglings unterbrochen.

De La Tour blickte in die fassungslosen Gesichter seiner Zuhörer und erläuterte: »Glücklicherweise hatte es sich nur um einen Warnschuss gehandelt. Aber Ihre Hebamme und Ihre Mutter mit Ihnen als Säugling wurden aus dem Haus gejagt. Mein Vater beschimpfte mich später als einen undankbaren Lump, der jedem Rock nachsteigen würde und nun auch noch seine beste Kraft im Haus geschwängert und einen Bastard in die Welt gesetzt habe. Nur wegen mir habe er seine Vertraute des Hauses verweisen müssen. Ich sei ohne Anstand und Moral, die Wurzel allen Übels, die auch zu verantworten habe, dass seine Frau gestorben und mein Bruder das Haus verlassen habe. Und ich sei ein Nichtsnutz mit aberwitzigen politischen Flausen im Kopf. - Ich erinnere mich noch gut an meine Bemerkung, die das Fass seines Zorns zum Überlaufen brachte: Wenn ich an die anrüchigen Feste mit ihren Ausschweifungen denke, die man in Ihren Kreisen begeht, sagte ich voller Verachtung, dann muss ich sehr bezweifeln, dass Sie moralischen Prinzipien besondere Beachtung beimessen, Monsieur Vater! - Was erlauben Sie sich, Sie Flegel! Hinaus mit Ihnen!, war seine Antwort. Offensichtlich erzieht man in der Militärakademie nicht mehr zu Respekt und Ehrgefühl. Werden Sie glücklich mit Ihresgleichen im Sumpf der Anarchie!, schrie er mich an. - Ich habe diese Auseinandersetzung nie vergessen können.«

De la Tour zuckte mit den Achseln: »Tatsächlich war ich mehrmals versucht, ihn zum Duell zu fordern oder es ihm nach seinen entehrenden Entgleisungen in anderer Form mit Waffengewalt heimzuzahlen und dachte dabei an seine eigene Methode, wie er Ihre Mutter, die Hebamme und mich durch seinen Gehilfen am Tage Ihrer Geburt fast zu Tode erschreckt und eingeschüchtert hat«, berichtete er weiter.

»Stattdessen habe ich es meinem Bruder gleichgetan und habe das Haus verlassen. Ich habe eine Weile in Roussillon gelebt, wo mein Bruder Jacques in den Steinbrüchen den Ockerabbau wiederbelebt hat.«

Als Ludwig ihn interessiert fragend anschaute, erklärte De La Tour, dass der ockerhaltige Sand wegen seiner guten Färbeeigenschaften inzwischen in alle Welt verkauft werde. Dann führte er weiter aus: »Meine Nachforschungen zu Ihrem Verbleib, Mademoiselle, und dem Verbleib Ihrer Mutter und der Hebamme waren lange Zeit ergebnislos.«

Jetzt legte de la Tour eine kurze Pause ein und betrachtete seine Hände. Dann fuhr er fort: »Um nicht weiter mit dem Hause de La Forêt in Verbindung gebracht zu werden, habe ich mir damals eine neue Identität geschaffen und mich nach dem Maler

Georges de La Tour benannt. Dieses Bild hier, Madame Buchbinder, DER FALSCH-SPIELER MIT DEM KARO ASS, das ich Ihnen bereits früher einmal gezeigt habe, hatte ich vom Gemälde meines Namensvetters kopiert. Ich hatte es in meiner Jugend ja ständig vor Augen. Ich sagte Ihnen schon, dass es mich immer sehr fasziniert hat.«

»Haben Sie je wieder Kontakt mit Ihrem Vater gehabt?«, fragte Agnes, die sich inzwischen merklich beruhigt hatte.

»Nein, Madame. Königstreu wie mein Vater nun mal war, ist er mit Beginn der Revolution emigriert. Unser Anwesen wurde konfisziert. - Als Napoleon im Jahre 96, zwei Tage nach seiner Hochzeit mit Joséphine, den Oberbefehl über die Italienarmee übernahm, erhielt ich die Gelegenheit, ihn auf seinen Feldzügen zu begleiten. Ich war bei den Schlachten gegen den Kirchenstaat, gegen Österreich und auch bei der Expedition nach Ägypten dabei.«

»Wie lebt sich's als Soldat?«, fragte Ludwig dazwischen. »Ich meine, bereiten Ihnen der Krieg, das Töten, die Schlachten keine Gewissensbisse?«

De La Tours Blick verfinsterte sich. Einer eindeutigen Antwort wich er aus.

»Ich habe meinen Platz im Heer des Kaisers gefunden, was mir in jungen Jahren ganz gut bekommen ist, wir mir scheint. Aber, mit Verlaub«, er schielte zu Elisabeth herüber, »mit dem Alter kommt die Reife. Jetzt bin ich Bestandteil der Grande Armée.« Er lächelte verkniffen und fügte hinzu: »Und da nimmt man Entwicklungen wahr, vor denen man früher die Augen verschlossen hat.«

»Und diese Entwicklungen ...«

»Schäbig, unwürdig, abscheulich, schamlos. Pardon. Mir fehlen die trefflichen Worte.«

In de La Tours Augen war ein hohes Maß an Verachtung zu erkennen. Dabei überraschte es ihn selbst, dass er es plötzlich wagte, derart über die französische Armee zu sprechen, die ihn so viele Jahre unter ihre Fittiche genommen und die Familie ersetzt hatte. Er hatte erkannt, dass ihn der stetig wachsende napoleonische Größenwahn immer mehr zermürbte. Dass sich ein zunehmender Hass entwickelt hatte, der sich gegen den Kaiser richtete, den er einst oft bewundert hatte.

De La Tour machte eine Geste, die vor allem Hilflosigkeit zum Ausdruck brachte. Wo würde er zukünftig ein Zuhause finden? - Er wandte sich wieder Silvana zu:

»Da Ihre Mutter aus Italien stammte, Mademoiselle, habe ich dort Ermittlungen durchgeführt, wann immer es mir möglich war. Ich hatte während meiner früheren Studien zwar schon mal etwas von dem alten Adelsgeschlecht der Borgias gehört. Doch erst bei meinen Nachforschungen erfuhr ich davon, dass eine Giulia Farnese vor rund dreihundert Jahren eine Mätresse des Borgia-Papstes Alexander und Freundin seiner Tochter Lucrezia war. Giulia verhalf einem ihrer Brüder durch ihre Liebesdienste dazu, dereinst selbst den Petri-Stuhl zu erklimmen. Bruder Alessandro wurde der spätere Papst Paul der Dritte, der Papst der Gegenreformation, der Michelangelo zum Baumeister des Petersdomes bestellte.«

»Das ist lange her, Monsieur. Und ... Ich kenne mich mit diesem Teil der Geschichte nicht aus. Hatte Mutter etwa verwandtschaftliche Beziehungen zu dieser Person? Oder wie ist die Namensgleichheit zu erklären?«

»Ehrlich gesagt, ich weiß es nicht. Manchmal stelle ich es mir vor, dann wiederum halte ich es für kaum denkbar. Einige Zeitgenossen beschreiben *La Bella Giulia* mit schwarzen Augen und langen dunklem Haar, andere verehren sie als blonde Schönheit mit hellem Teint. Einig ist man sich wohl darin, dass sie mit ihrem runden Gesicht bildhübsch sei, geheimnisvoll, sinnlich, oftmals heißblütig und von schlanker Statur, mal energisch, mal nachdenklich, dann aber auch wieder zerbrechlich wirkend ... Wie Sie schon sagen, es ist lange her. Ich vermute, die Namensverwandtschaft ist wohl eher ein Zufall. Ihre Mutter hat über eine solch mögliche Verbindung auch nie gesprochen. Und doch, vielleicht ... Am Grabmal von Paul dem Dritten gibt es eine Statue von seiner Schwester Giulia, der die Haare in ungebändigten Locken auf die marmornen Schultern fallen ... Deren Gesichtszüge weisen mit denen Ihrer Mutter und mit Ihren eigenen eine erstaunliche, eine verblüffende Ähnlichkeit auf - wie Sie soeben sagten, Madame Buchbinder - *wirklich frappierend.*«

»Haben Sie sich dann den Namen des Bruders dieser Mätresse Giulia zu Eigen gemacht, Monsieur«, fragte Agnes, »diesen Alessandro Farnese?«

»Mehr aus einer spontanen Eingebung heraus«, gestand de La Tour. »Es geschahen die Ereignisse in Paris, die mich mit Pierre Cordés zusammenführten. Ich habe Ihnen davon berichtet, Mesdames«, wandte er sich an Elisabeth und Agnes. »Nach lang-wierigen Mühen ist es mir mit Hilfe von Pierre gelungen, den Aufenthaltsort der Hebamme zu ermitteln. Ich wusste um die elsässische Herkunft von Maria Sikora. Doch es brauchte viel Zeit, bis ich sie schließlich im Spessart aufstöbern konnte. - Die Hebamme hatte Sie, Mademoiselle, als Säugling in ihre Obhut genommen. Denn nachdem man, durch meinen Vater veranlasst, Ihrer Mutter die Fürsorge während der Zeit des Wochenbettes verwehrt hatte, war Giulia den in der Folge einsetzenden Erkrankungen erlegen. Auch wenn Ihre Mutter immerhin die Hebamme in ihrer Nähe wusste, war gegen das Kindbettfieber kein Kraut gewachsen. Verständlicherweise war Ihre Tante, ähm ...«

»Bleiben Sie ruhig dabei, Monsieur. Ich habe mich bei unserer ersten Begegnung vor ..., vor sieben Jahren sehr impulsiv verhalten, als ich meine Tante während Ihres Besuchs wegen der mir zuteil gewordenen Verstimmung und Kränkung heimlich verlassen habe, was ich nie bereut habe. Dennoch: Ich bin bei ihr groß geworden und stets gut versorgt gewesen. Dafür bin ich ihr sehr dankbar. Ich kenne sie als meine Tante und werde sie immer als meine Tante in guter Erinnerung behalten. Haben Sie noch Kontakt zu ihr? Und warum haben Sie damals nicht die Wahrheit gesagt?«

»Nun«, führte er seine Darlegungen fort, »verständlicherweise war sie erzürnt, als ich mich so unverhofft wieder in ihr Leben drängte. Nach all den Jahren, in denen nichts von mir zu hören oder gar zu sehen gewesen war. Zudem war sie darüber sehr erbost, dass ich mich in ihren Augen auch noch erdreistet hatte, den Familiennamen Ihrer Mutter zu tragen. Ich war der Ansicht, als der vermeintliche Bruder Alessandro eher bei Madame Sikora Gehör zu finden. Doch sie hatte schnell meine wahre Identität enttarnt. Die Vorwürfe, die ich mir gefallen lassen musste, als wir Ihr Verschwinden bemerkten, haben mich sehr an die Auseinandersetzungen mit meinem Vater erinnert. Damals glaubte ich, dass meine Mission, Sie wiederzufinden, gescheitert war. Und ich war nah dran zu resignieren. - Nein, ich habe keinen Kontakt mehr zu ihr. Erst durch Informationen seines Bruders aus Paderborn konnte Pierre mir später neue Hinweise zu Ihrem Verbleib geben, Mademoiselle.

»Nun haben Sie mich gefunden«, stellte Silvana mit leichter Reserviertheit fest. »Aber, verzeihen Sie ... Monsieur Vater«, sprach sie stockend, »die Situation ist nicht einfach für mich. Diese plötzlichen Enthüllungen ... Ich fühle mich etwas verunsichert. Geben Sie mir Zeit, mich an den Gedanken zu gewöhnen, dass ich ..., dass ich wieder einen Vater habe«, sagte sie, während sie sich ein Lächeln abrang. Jetzt war es also heraus. Kurz zuckten de La Tours Gesichtszüge, als die erlösenden Worte gesprochen wurden. Seine Tochter schien ihn also nicht rundweg abzulehnen. Er schloss für einen

Moment die Augen. Schließlich merkte man ihm eine tiefe Rührung an, auch als Silvana hinzufügte:

»Das Leben spielt manchmal seltsame Kapriolen. - Nun denn. Danke, dass Sie uns Ihre wahre Identität nunmehr offenbart haben, Vater. Sie hätten es schon damals tun sollen, bei unserer ersten Begegnung im Spessart.«

»Das stimmt sicherlich«, ergänzte Ludwig. »Allerdings hätten wir uns dann niemals kennengelernt«, sagte er, während er Silvana liebevoll an die Hand nahm.

Silvana nickte und schaute betreten zu Agnes hinüber, die ihre inzwischen schlafende Tochter immer noch an sich gedrückt hielt: »Dann wäre unserer kleinen Julia durch meine mangelhafte Aufmerksamkeit diese schlimme Situation heute erspart geblieben. - Danke für Ihre Hilfe, Vater!«

»War das der *zweite* Teil Ihrer Mission, de La Tour? Oder wie wollen Sie nun genannt werden?«, fragte Elisabeth mit einem leichten Seufzer. »Oder war dies der eigentliche Grund für Sie, uns erneut im Weserbergland mit Ihrer Anwesenheit zu beehren?«

»Ich bin Georges de La Tour, Madame - der Mann, wie er sich Ihnen einst vorgestellt hat.«

Der Oberst zögerte, bevor er sich weiter äußerte, nahm seine Kopfbedeckung ab und strich sich gedankenversunken über sein Haar. »Madame, es war wohl eher der Zufall, der mich vor etlichen Jahren erstmalig nach Hameln geführt hat. Ob man es Fügung nennen sollte, dass ich hier einen Hort der Geborgenheit fand, dass ich in Ihrer Gegenwart immerzu ein Wohlempfinden, einen Moment der Ruhe und Zufriedenheit während meines unsteten Lebens genießen durfte, weiß ich nicht. Seitdem ich aber Kenntnis habe von der Bedrohung, der Sie durch Ihre ehemalige Zugehörigkeit zu jenem Geheimbund der Illuminaten ausgesetzt sind, haben sich unsere Wege gewiss häufiger gekreuzt, als dies vermutlich unter anderen Umständen der Fall gewesen wäre. Dass mir nun das Geschenk zuteilwurde, ausgerechnet *hier* meine Tochter wiederzufinden ... Ohne die Hilfe meines Freundes Pierre und sein unermüdliches Zureden, durch seine Ermunterungen während der Zeiten der drohenden Resignation, hätte ich die notwendige Willenskraft für die langwierige Suche kaum aufbringen können. Manch einer wird darin so etwas wie Vorherbestimmung sehen, die Macht einer höheren Gewalt oder göttliches Wirken. Vielleicht.« De La Tour zuckte mit den Schultern. »Ja, es ist wohl so etwas wie eine Mission gewesen, ein Auftrag. Verbunden mit einem besonderen Antrieb für mich, einen bestimmten Weg zu gehen. Die Rückkehr des verlorenen Sohnes? Was meinen Sie? - Ich habe den Eindruck, ich muss es nicht bereuen, diesen Weg verfolgt zu haben«, schloss er seine Überlegungen mit einem glückseligen Lächeln ab, mit dem er Elisabeth und Silvana bedachte. Dann wandelte sich das Lächeln in einen Ausdruck leichter Betroffenheit.

»Mademoiselle, wie für Sie, so hat auch für mich dieses Wiedersehen einen Verlauf genommen, den ich mir anders erhofft hatte. Aber dieser Wunsch war wohl etwas naiv«, räumte er freimütig ein. »Es lag nie in meiner Absicht, Sie zu verärgern oder in Verlegenheit zu bringen. Ich bedaure, wenn ich Sie mit meiner Lebensgeschichte belästigt haben sollte. Aber es ist ja nicht meine Geschichte allein. Bitte erlauben Sie mir, Ihnen dieses Bild als Andenken an Ihre Mutter zu überlassen!«

»Aber - ist dies nicht auch ein Andenken an Ihre damalige Braut?«, fragte Silvana.

»Gewiss ist es das«, erwiderte de La Tour. »Aber sie hat sich gerne von mir portraitieren lassen. Ich habe glücklicherweise eine ganze Reihe solcher Andenken an Giulia, an ihre Lebenslust und an die schönste Zeit meines Lebens.«

»Was haben Sie nun vor, Monsieur?«, fragte Agnes.

»Ich ... Ich weiß es noch nicht. Wie ich schon früher einmal angedeutet habe, trage ich mich schon eine Weile mit dem Gedanken, meinen Dienst zu quittieren. Vielleicht werde ich irgendwann zu meinem Bruder nach Roussillon zurückkehren. Zunächst werde ich aber schon in den nächsten Tagen Hameln wieder verlassen, nachdem ich eine neue Order erhalten habe. Aber, wie Sie wissen, Madame Buchbinder, bin ich immer wieder gerne zu Ihnen zurückgekehrt. Und ich wünsche mir, dass ich Sie alle baldmöglichst und gesund wiedersehen kann.«

Als sie auseinandergingen, konnte sich Elisabeth ein Tränchen nicht verkneifen, obwohl es bei der diesmaligen Begegnung erstmalig zu einem raueren Umgang miteinander gekommen war. Und Silvana musste sich eingestehen, dass auch sie sich auf ein Wiedersehen mit ihrem Vater freuen würde.

»Ich habe dich schrecklich vermisst«, bekannte Silvana. Sie hauchte Ludwig einige Küsse auf die Wangen, als sie wenig später wieder alleine in ihrer Kammer waren. Jetzt wirkte sie sehr viel aufgewühlter. »Du hast mich erstmalig als deine Braut benannt. Ist es dir ernst?«, fragte sie noch unsicher.

Mit den Händen an ihrer Taille zog er sie zu sich und küsste sie leidenschaftlich.

»Demnächst verreisen wir nur noch gemeinsam, versprochen, wie ein altes Ehepaar«, murmelte er ihr ins Ohr und nahm ihre Lippen sogleich wieder in Besitz.

»*Wie* ein Ehepaar?«, fragte sie japsend, als Ludwig ihren Mund einige Augenblicke freigab.

»Oder *als* Ehepaar - wie wäre das?«, erwiderte er.

»Ist das ein Heiratsantrag?«, wagte Silvana voller Hoffnung zu fragen.

»Ein längst überfälliger Antrag«, bestätigte Ludwig.

»Das heißt, ich habe jetzt nicht nur einen Vater, sondern mir wird auch noch ein Ehemann zuteil?«

»Ich bin sehr glücklich, Madame Buchbinder.«

»*Buchbinder*«, seufzte Silvana, »selbst mit den Namen ist's verwirrend. Giulia, Silvana, Sikora, Farnese, de La Forêt, de La Tour ... Und jetzt *Buchbinder*, daran muss man sich erst mal gewöhnen.«

»Und dann ist es an der Zeit, dass wir endlich eigene Kinder bekommen, die du verwöhnen und mit denen du spielen kannst.«

»Das sind jetzt keine Faxen eines Till Eulenspiegel?«, feixte Silvana.

Doch Ludwig antwortete ernst und bestimmt: »Ich meine es ehrlich.«

»Ein Ehemann wird jetzt über mich bestimmen«, juchzte Silvana, die sich ausgelassen im Kreis drehte und sogleich in Ludwigs Arme glitt. »Und ich konnte mich lange genug daran gewöhnen.«

»Sila, darüber macht man keine Späße. Du weißt, ich würde nie über dich bestimmen wollen.«

»Weiß ich doch, mein Lieber, schließlich war *ich* es doch, die über dich verfügt hat. Erinnerst du dich an unsere erste Begegnung, damals, im Frankenland?«

»Als ich deiner Schönheit und deinen Verlockungen verfiel? - Wie könnte ich das vergessen. Ja, daran erinnere ich mich gerne, an die badende Venus, meine Sila.«

»Ist dir eigentlich aufgefallen, dass du mich soeben so benannt hast, wie Julia mich immer nennt?«

»Ein ausgezeichneter Kosename«, schmeichelte er zärtlich. »Der könnte von mir sein.« Dabei hob er sie an und trug sie zur Schlafstatt, entkleidete sie und hauchte ihr einen Kuss auf das Mal an der Innenseite ihres linken Oberschenkels. Dann bettete er sie in die Kissen. Einmal mehr wurden unzählige Federn aufgewirbelt, die diesmal die Liebenden umgaben.

Sechs
Festtagsüberraschungen

Anfang September 1810. - Knapp ein Jahr war vergangen seit jener Begegnung, die mehr Licht in das Dunkel des Georges de La Tour gebracht hatte. Inzwischen gehörte Hameln dem Distrikt Rinteln im Departement der Leine an und war Bestandteil des Königreichs Westphalen geworden. Im Frühjahr musste dem König Jérôme Bonaparte gehuldigt werden. Die alten Magistrate waren aufgelöst worden. Und vor wenigen Tagen war der bisherige Oberkommissair Bürgermeister Georg Heinrich Grimsehl zum Maire ernannt, und dem Syndicus Lüders war das Amt des Friedensrichters übertragen worden.

»Mutter«, sagte Ludwig zu seiner Adoptivmutter Elisabeth, als er sie zu einem ziemlich ungünstigen Zeitpunkt in der Küche ansprach. In wenigen Minuten würden die acht Kinder, die derzeit die Freischule besuchten, ihr Mittagessen einnehmen wollen.
»Mutter, Silvana und ich würden gerne ein wenig mit dir plaudern.«
»Das ist jetzt aber *sehr* unpassend, mein Junge«, stöhnte Elisabeth, während sie schon ihre Schürze ablegen wollte. »Wieso bist du nicht bei der Arbeit?«
»Habe ich mit dem Ohrschen Gutsbesitzer abgesprochen. Von Hake braucht mich in der nächsten Zeit nicht.«
»Nanu? Er braucht dich nicht? Und seine Tiere brauchen dich auch nicht?«
»Sie sind alle wohlauf. Haben die kurze Erkrankung gut überstanden. Hat sich glücklicherweise keine Seuche draus entwickelt. Und in nächster Zeit wird auch keine Kuh kalben.« Er lenkte vom Thema ab: »Mmh, schmeckt ganz gut«, lobte er, während er erneut mit einem Holzlöffel in dem großen Kessel rührte und etwas Hühnerfleisch herausfischte.«
»Willst du mit uns essen?«
»Nicht jetzt, Mutter! - Wenn du heute Abend ein wenig Zeit für uns erübrigen könntest? Sagen wir, so gegen sechs?«
»Ja, natürlich. Was gibt's denn?«
»Oh, das lässt sich so in aller Kürze nicht gut darlegen. Es wäre jetzt *sehr unpassend*«, bemerkte er mit einem süffisanten Lächeln. »Oder habe ich dich neugierig gemacht?«
»Bis nachher, du Lausejunge«, drohte sie ihm lachend mit der Kelle.

*Mutt*er, hat er gesagt, dachte Elisabeth wenig später, immer noch verblüfft. »*Mutter, das hat er schon lange nicht mehr zu mir gesagt, und so förmlich angemeldet hat er sich auch noch nie. Ob er da wohl ein besonderes Anliegen auf dem Herzen hat?«, sprach sie zu sich selbst.

Er hatte. Vom nahen Münsterkirchturm hörte man die sechste Stunde schlagen. Pünktlich erschienen Silvana, Ludwig und de La Tour in ihrem Gefolge. Sie hatten sich in bestes Tuch gewandet. Als Elisabeth die Tür öffnete, konnte sie die Überraschung nicht verbergen.

»Nanu, sollte ich etwas vergessen haben? Ist heute ein besonderer Festtag? Und unser Herr Oberst ist auch wieder unter uns?«

»Schon eine Weile«, erklärte Ludwig, »aber wir wollten dich überraschen.«

»Na, die Überraschung ist euch gelungen. Dann kommt nur herein. Und so festlich gekleidet seid ihr! Es muss offensichtlich etwas Besonderes geben. Außerdem kommt ihr doch sonst immer ohne Voranmeldung.«

»Ja, es gibt etwas Besonderes, Mutter. Und deswegen hat mein Schwiegervater auch einen köstlichen Rotwein mitgebracht.«

»Ein Châteauneuf-du-Pape, der beste Wein der südlichen Rhône, wie ich meine! Aber es ist Vorsicht angeraten: Es ist ein sehr alkoholreicher Tropfen!«, grinste de La Tour.

»*Schwiegervater?* Habe ich richtig gehört?«, fragte Elisabeth verblüfft ob der beiläufigen Bemerkung.

Während sie sich von den Neuigkeiten überwältigt setzen musste, öffnete sich die Tür erneut und Ferdinand und Agnes erschienen, ebenfalls in feinem Zwirn, begleitet von Franziska und Hildegard.

»Oh, das ist gut!«, rief Silvana. »Unser Trauzeuge hat Gläser mitgebracht!«

»Soso. *Trauzeuge*«, murmelte Elisabeth.

»Wir sind soeben erst vom Maire zurückgekommen«, plauderte Silvana.

»Dann sollten wir mal auf das Wohl unserer Neuvermählten anstoßen«, bemerkte Ferdinand.

»Lasst uns auf das Glück meiner Tochter und meines Schwiegersohnes trinken«, prostete de La Tour.

»... und auf die Gesundheit meiner Schwiegermama«, fügte Silvana hinzu.

»*Schwiegermama, Schwiegertochter*«, war Elisabeth immer noch konsterniert. »Silvana, du siehst prächtig aus in deinem Festtagsgewand, das ..., das Franziska und ich und sicher auch Hildegard allerdings gerne für dich geschneidert hätten - nicht wahr?«, wandte sich Elisabeth an ihre Freundinnen.

»Mutter, es war ein rein bürokratischer Akt, *völlig* bedeutungslos«, spielte Ludwig das Äußere ihres Erscheinungsbildes herunter.

»Bedeutungslos?«, fragte Elisabeth verständnislos zurück. »Es ist auch bedeutungslos, dass ich davon als Letzte erfahre, wie? Wahrscheinlich weiß halb Hameln Bescheid, stimmt's?«

»Nur noch der Herr von Hake vom Gute Ohr.«

»Ja, natürlich, seine Tiere mussten ja schließlich heute deine Fürsorge entbehren. Ich erinnere mich.«

»Und dann noch der Wirt von Schliekers Brunnen«, fügte Ludwig eher kleinlaut hinzu.

»Der Wirt von Schliekers Brunnen?«, echote Elisabeth.

»Wir sind uns gut bekannt«, versuchte sich Ferdinand in einer Erklärung. »Er begegnete uns gerade am Rathaus, und wir benötigten doch noch einen weiteren

Trauzeugen. So brauchten wir den Apotheker nicht wieder zu behelligen. Und der Oberst drängte doch zur Eile!«

»Der Oberst?«

»Elisabeth«, wählte de La Tour nun erstmalig eine vertrauliche Anrede, »die Beiden sind doch schon seit Jahren ein Paar! Übrigens: Auch wir sind jetzt miteinander verwandt«, ergänzte er. Er verneigte sich in gebührender Form und umarmte Elisabeth, wie es unter Franzosen üblich ist, wobei er ihre Wangen mehrfach touchierte.

»Georges de La Tour, Colonel, ein französischer Befehlshaber kommandiert nun in unserer Familie - ich fasse es nicht«, seufzte Elisabeth.

»Aber hast du davon nicht immer geträumt?«, sprachen Franziska und Hildegard wie aus einem Munde.

»Außerdem sind die Zeiten des Kommandierens vorbei. Ich habe meinen Dienst quittiert!«

»Oh!«

»Ja, Schwiegermama, jetzt können wir verreisen!«, bemerkte Silvana.

»Wir können verreisen?«, fragte Elisabeth verdutzt.

»Schwiegervater, Silvana und ich reisen nach Südfrankreich«, enthüllte Ludwig.

»Na klar. Jetzt dämmert es auch mir Einfaltspinsel endlich, warum die Heirat so plötzlich ... Und jetzt begreife ich auch, wer dahinter steckt - Georges ... Georges de La Tour«, sprach Elisabeth mit etwas erzürntem Blick und stellte enttäuscht ihr Glas beiseite. Doch der Gescholtene ließ sich nicht beirren und führte seine Erklärungen aus - in der Hoffnung, Elisabeths Verbitterung zu lösen:

»Elisabeth, Sie wissen, seitdem nun auch Hameln und Hannover zum Königreich Westphalen gehören, steht zu befürchten, dass Ludwig bald die Aufforderung erhält, zum Militärdienst anzutreten.«

»Na und!«, empörte sich Elisabeth. »Der Herr Oberst hat doch auch lange genug den Säbel geschwungen!«

»Lange genug. Das stimmt, Elisabeth!«

»Und wann soll's losgehen?«, war sie etwas eingeschnappt.

Da richtete Ludwig seinen Blick auf den Rotwein und betrachtete das Farbenspiel im Glas: »Nächste Woche, hat Schwiegerpapa empfohlen.«

»Es wird wohl eine länger während Reise, Schwiegermama. Ein- oder zwei- oder auch drei Jahre könnte es schon dauern, bis wir wieder zurückkehren«, präzisierte Silvana.

»Ah«, musste Elisabeth kräftig schlucken.

»Naja, Elisabeth, etwas Eile tut Not«, zeigte sich de La Tour nun etwas besorgt: »Auch Bernadotte hat seinen Abschied genommen. Da schwant mir nichts Gutes.«

»Bernadotte?«, fragte Elisabeth ungläubig, »Der Marschall Bernadotte, der damals die erste Besetzung des Kurfürstentums durch Ihre französischen Mitstreiter anführte und uns so gnädig gestimmt war?«

»Genau der«, bestätigte de La Tour. »Bernadotte war mir immer der Liebste von Napoleons Heeresleitungen. Wir lernten uns damals kennen, als ich unter seinem Befehl nach Hameln gelangte.«

Als Elisabeth nun de La Tours beunruhigte Stimme gewahrte, schien sie das Gefühl der Überrumpelung abzulegen, und sie ging auf seine Darlegungen ein:

»Ich erinnere mich gut und gerne an diese ersten Begegnungen«, merkte sie etwas verschämt an, »obwohl wir alle seinerzeit sehr unsicher waren, ob wir in dem fremden Franzosen eher einen reumütigen verlorenen Sohn oder einen Falschspieler sehen sollten«, träumte sie. Doch dann war sie schnell wieder in der Gegenwart: »Hat Napoleon den Marschall etwa fallengelassen? Ich meine, sie sind doch immerhin entfernt verwandt, oder?«

»Als ich im letzten Jahr aus Wien zurückgekehrt war«, setzte de La Tour zur Erklärung an und wurde sogleich von Silvana unterbrochen.

» ... damals, als mir das Malheur mit Julia passiert ist?«

»Genau. Damals hatten wir gerade die Österreicher besiegt. Allerdings hatten wir in den Schlachten bei Aspern und Wagram heftige Verluste hinnehmen müssen. Die Schuld dafür suchte der Kaiser bei Bernadotte und traf seinen Befehlshaber mit sehr beleidigenden Worten ziemlich arg. Ich glaube, schon damals hatte der Marschall begonnen, sich innerlich von Napoleon abzuwenden. Vor gut zehn Tagen hat der schwedische Reichstag Bernadotte zum Kronprinzen von Schweden gewählt.«

»Wie das?«, fragte Elisabeth nun neugierig.

»Nun, er hat sich vom schwedischen König adoptieren lassen. Das hat eine lange Vorgeschichte, aber entscheidend ist, dass Napoleon ihn in Kürze aus der französischen Staatsbürgerschaft entlassen wird. Ich denke, es wird dann nicht mehr lange dauern, bis er zum Oberbefehlshaber der schwedischen Streitkräfte ernannt werden wird. Und ich könnte wetten, dass er eines Tages gegen Napoleon kämpfen wird, denn ich weiß von Bernadottes Bestreben einer Annäherung an Russland.«

»Dann wird er *Gegner* Napoleons? Ich denke, Frankreich und Russland sind jetzt Verbündete?«, fragte Ferdinand.

»Napoleons Expansionsdrang zielt klar darauf ab, in nicht allzu weiter Ferne Russland anzugreifen - zumal Österreich nach der letztjährigen Niederlage gewiss zukünftig an der Seite Frankreichs zu finden sein wird. Dass Kaiser Franz seine Tochter Marie Louise im Frühjahr Napoleon zur Frau gegeben hat, spricht Bände, denke ich.«

»Politik.« Agnes verdrehte die Augen. »Und was hat das mit eurer Reise zu tun?«, fragte sie an Silvana gewandt.

»Ihr Mann, Madame Heller, muss als Familienvater eine Rekrutierung nicht fürchten«, erklärte de La Tour. »Aber Ludwig ... Ich möchte Ludwig in Sicherheit wissen. Denn Europa steht Schlimmes bevor. Und daran möchte auch ich nicht mehr teilhaben. Deshalb habe ich es Bernadotte gleichgetan und meinen Abschied genommen. Es ist mir in den letzten Jahren immer klarer geworden, dass Napoleons maßlose Forderungen an die Besiegten ins Unerträgliche steigen. Die Grausamkeit des Kriegsgeschehens geht über den Kampf der Soldaten gegeneinander inzwischen weit hinaus. Sie trifft immer mehr die Zivilbevölkerung, der unmenschliche Lebensbedingungen zugemutet werden. Ich bin sicher, Bernadotte und ich werden nicht die Einzigen bleiben, die sich vom Kaiser abwenden.«

»Aber Georges«, wurde Elisabeth nun ebenfalls vertraulich, während sie ihn etwas verzagt musterte, »müssen Sie sich nicht sorgen, dann in den Sog der in Spanien tobenden Kämpfe zu geraten?«

»Da habe ich keine Bedenken«, beruhigte er bestimmt. »Die Auseinandersetzungen mit den spanisch-britischen Verbündeten und mit den Portugiesen toben jenseits des Pyrenäengebirges und werden sich auf Portugal konzentrieren. Außerdem rechne ich damit, dass der Kaiser bald das Gros der französischen Regimenter abziehen wird, wenn er sie für das Abenteuer seines Russland-Feldzuges benötigt. Nein, nein, im Süden Frankreichs können wir uns sicher fühlen.«

»Sicher?«, gab sich Elisabeth skeptisch.

»Da kämpfen keine Sarazenen mehr. Und auch das Morden während der Religionskriege liegt lange zurück. Die Häuser aus massivem Quaderstein sind wie Festungen und für die Ewigkeit geschaffen, die Straßen gepflastert, die Promenaden einladend. Abgesehen von meiner eigenen Familiengeschichte habe ich den Süden Frankreichs meist als einen glücklichen Landstrich erlebt, wo der Feigenbaum und die Rebe die süßesten Früchte bringt, wo der Granatapfel reift und Jasmin, Lavendel und Rosmarin im lichten Schatten des Ölbaums gedeihen, wo Meersalz gewonnen, Franzbranntwein hergestellt und Farbmaterialien abgebaut werden und wo die Seidenindustrie blüht.«

Bei seinen letzten Worten glitt de La Tour mit seinen Fingern fast liebkosend über den Ärmel von Silvanas samtenes Kleid. »Und dann die herrlich anzusehenden weißen, genügsamen Pferde, die in den Sümpfen des Rhône-Deltas auf ihren Einsatz bei der Arbeit mit den Stierherden warten ... Unser Tiermediziner wird seine wahre Freude daran haben«, geriet de La Tour nun in einen Begeisterungstaumel und blickte zu seinem Schwiegersohn hinüber. »So wie die Sprache ein Gemenge aus Spanisch und Italienisch ist, so ist auch der Charakter der Bewohner an den Ufern der Rhône und in den Ebenen am Mittelmeere eine Mischung von spanischem Ernst und von italienischer Feinheit.« So schwelgte er in Erinnerungen und lächelte zufrieden, als er witzelte: »Unsere ernsthaftesten Gegner werden, so meine ich, in einigen Gegenden allenfalls die blutsaugenden Insekten sein!«

»Wohlan!«, sprach Ferdinand etwas neckend, aber auch mit einem Anflug von Missgunst. Dabei hob er sein Weinglas: »Dann kosten wir zum Abschied noch einmal von dem unübertrefflichen Rebensaft, wünschen eine gute Reise und vertrauen darauf, dass die Mückenplage Sie in nicht allzu weiter Ferne daran erinnert, auch mal wieder zurück zu uns nach Hameln zu kommen! Wir werden versuchen, so lange bestmöglich die Stellung zu halten!«

Sieben
Abschied

Silvanas und Ludwigs Hochzeitsabend ging mehr und mehr in eine deutlich entspanntere Phase über. Möglicherweise lag das daran, dass der Cognac seine Wirkung entfaltete, den de La Tour hervorgezaubert hatte, nachdem man dem Wein hinreichend zugesprochen hatte. Zumindest Elisabeths Stimmung wandelte sich. Als ihr Aufbruch nahte, hakte sie sich in de La Tours dargebotenen Arm ein und sprach:

»Es stimmt mich zwar nicht glücklich, dass Sie unsere Kinder nach Frankreich entführen, Georges. Aber ich bin mir jetzt sicher, nicht den Falschspieler vor mir zu haben, sondern den verlorenen Sohn.«

»Wie das?«, war der Schwiegervater ihres Adoptivsohnes überrascht.

»Georges de La Tour, Sie sind mir der lebende Beweis dafür, dass man die Vergangenheit hinter sich lassen und wieder ganz von vorne beginnen kann«, sagte sie mit einem Grinsen.

»Madame, wenn auch ungern, ist es, so denke ich, nun für mich an der Zeit zu retirieren«, feixte de La Tour.

»Als Mann von Welt wissen Sie, wie stets, die richtigen strategischen Entscheidungen zu treffen, Mon Colonel«, erwiderte Elisabeth etwas spitzzüngig. Ihm sehr wohl zugetan reichte sie ihm die Hand, auf die er galant einen Kuss hauchte. Geheimnisvolle Blicke wechselnd zogen sich beide zurück. Ihrem Verhalten haftete etwas Verschwörerisches an.

Auch Ludwig genoss seine gute Laune: »Silvana, weißt du schon, dass unsere Reise uns zuerst nach Rom führen wird?«

»Nach Rom?«

»Ja! Dein Vater hat einst von jener Statue erzählt an dem Grabmal von diesem ... Ach, du weißt schon ... Er hat doch davon berichtet, dass du ihr so ähnlich sehen würdest, erinnerst du dich?«

»Ja, und?«

»Er will mir dieses Standbild zeigen!«

»So?«

»Er hat mir etwas verraten. Er hat gesagt, dass die Figur einst von derart erotischer Ausstrahlung gewesen sein soll, dass dort immer wieder junge Männer ... ähm, sagen wir mal, unsittliche Handlungen vollzogen haben - wenn du weißt, was ich meine. Seitens der Kirchenfürsten wurde der ursprünglich entblößten Figur ein Metallhemd aus Blei angelegt.«

»Na dann war ja die öffentliche Ordnung wieder hergestellt, oder?«, erkundigte sich Silvana mit einem ironischen Unterton in ihrer Frage.

»Ja, ja, aber es gibt da doch noch eine ... *fast* unbedeutende Kleinigkeit zu ergänzen.«

»... nämlich?«, fragte Silvana neugierig.

»Bis vor gar nicht so langer Zeit ließ sich dieses Metallhemd gegen ein Trinkgeld entfernen«, antwortete Ludwig entzückt. »Wenn wir nach Italien reisen, könnten wir uns davon überzeugen, ob es sich immer noch entfernen lässt. Und vielleicht lässt sich ja sogar herausfinden, ob du eine Nachfahrin dieser Persönlichkeit mit ihrem ..., mit ihrem *spannenden* Lebenswandel bist«, neckte Ludwig.

»Lüstling«, erwiderte Silvana kokettierend. »Was brauchst du eine Statue, wenn Giulia Farnese leibhaftig vor dir steht?«

»Nicht Giulia Farnese sondern Silvana Buchbinder, meine Herzallerliebste. Ob du's glaubst oder nicht, ab heute bist du meine Silvana Buchbinder! Ich liebe dich, Silvana Buchbinder!«

Es nahte der Tag der Abreise und des Abschieds.

»Du bist mir nicht böse, Mutter?«

»Ach, Ludwig. Komm her zu mir!«

Elisabeth zog Ludwigs Kopf an ihre Schulter. Zaghaft berührte sie sein Haar, erwischte eine Locke und ließ diese zärtlich durch ihre Finger gleiten. »Wie sollte ich dir böse sein?«

»Hm. Ich weiß. Du bist mir nie böse gewesen - du nicht und der Vater auch nicht.«

Tränen sammelten sich in Elisabeths Augen. »Du warst immer sein Ein und Alles. Dafür spielte er gerne nur die zweite Geige in unserer kleinen Familie.«

»Empfand er es so?«

»Ich bin mir sicher, er hatte nie wirklich ein Problem damit. Du hast *uns beide* sehr glücklich gemacht.«

Ludwig schluckte. Er erinnerte sich gerne an das gütige Lächeln seines Adoptivvaters, der ihm in seinen jungen Jahren stets jeden Wunsch erfüllte hatte. Von dem er nie ein böses Wort zu hören bekommen hatte. Der ihn getröstet hatte, wann immer er Kummer litt. Der ihn umsorgt hatte, wann immer er kränkelte. Vor allem in den beiden Jahren nach der Entführung. Damals, als Ludwig im Alter von acht Jahren Schlimmes durchgemacht hatte und in der Folge oft aus Alpträumen hochgeschreckt war.

»Ihr wart immer für mich da. Ich habe euch alles zu verdanken! Ihr habt mich zu einem glücklichen Menschen gemacht!«

»Das war für Vater immer das wichtigste - und auch für mich!«

»Danke, Mutter!«, herzte er sie. »Dies ist kein Abschied für alle Zeiten, Mutter. Wir kommen bald zurück. Versprochen!«

Nun tippte Elisabeth einige Male mit ihren Fingern auf seine Brust und berührte sie auf der Höhe seines Herzens. »Was auch geschieht, Junge, hier drin ... Da drin werde ich immer bei dir sein. Immer.«

»Immer«, bestätigte er. Seine Lippen verzogen sich zu einem schwachen Lächeln, als sie sich in die Augen sahen.

Elisabeth griff sich den Zipfel ihrer Schürze und schniefte hinein. Dann rieb sie sich die Augen. »Pass auf dich auf!«, klang es nasal. »Passt alle auf euch auf! Und kommt gesund zurück!«

Er nickte verständig.

Als Elisabeth hinter ihm her sah, spürte sie, dass noch viel Wasser die Weser hinunterfließen würde, bis sich ihr innigster Wunsch erfüllen würde. »Komm *bald* zurück, Junge«, schluchzte sie.

Acht
Der Geldeintreiber

Wenige Wochen nach der Abreise von Silvana, Ludwig und de La Tour wurde Ferdinand auf dem Nachhauseweg aufgehalten. Eine Equipage war an ihm vorbeigefahren. Aus der Kutsche war ein barscher Befehl zu vernehmen gewesen. Auf Zuruf aus dem Inneren stoppte der Kutscher das Gefährt. Der Wagenschlag wurde aufgerissen. Schwerfällig entstieg ein Reisender der Karosse, schaute zum Himmel, von dem trotz der Jahreszeit noch immer sehr schweißtreibende Sonnenstrahlen auf die staubige Bäckerstraße niederbrannten. Er betupfte sich seine hohe Stirn mit einem Tuch, rückte seine zylinderartige Kopfbedeckung zurecht, korrigierte die Position seines Brillenglases und blickte geschäftig auf seine Uhr, die an einer golden schimmernden Kette befestigt war. Der Mann fiel auf, denn seine Kleidung ließ keinen Zweifel daran, dass er zu den begüterten Bürgern gehörte.

Der stattliche Herr, zu dem das schmale Gesicht weniger passte, wandte sich Ferdinand zu, der beobachtete, wie die Person mit ihren schlanken und gepflegten Händen eine edle Brieftasche öffnete und eine Karte entnahm.

»Ich suche einen ...« Der Mann blickte noch einmal auf sein Billett und ergänzte: »Ich suche einen Monsieur Buchbinder. Ludwig Buchbinder, der angeblich hier irgendwo wohnen soll.« Die vornehme Gestalt ließ einen abschätzigen Gesichtsausdruck erkennen, mit dem die wenig herrschaftliche Wohngegend taxiert wurde. Mit kritisch prüfendem Blick schaute er sich um. »Kann Er mir da helfen?«

»Wer will das wissen?«, fragte Ferdinand kurz angebunden und wenig freundlich.

»Es soll Sein Schaden nicht sein!«, lockte der Fremde und hielt eine goldene Münze in die Höhe, die er zwischen seinen Fingern wandern ließ. »Oh, Verzeihung! Ich habe mich nicht vorgestellt. Mein Sohn nahm zusammen mit diesem Herrn an einer Hochschulunterweisung in Hannover teil.«

»Ach, wohl zum Tiermediziner, was?«, fragte Ferdinand, wobei die Diktion seiner Antwort ein eher ungebildetes Benehmen offenbarte.

»Dann kennt Er also diesen Herrn ... Buchbinder?«

»Das kann man wohl sagen. - Was wollen Sie von ihm?«

»Nun, das würde ich dem Herrn schon gerne selbst ...« Noch immer jonglierte er mit der Münze. »Nun gut. Der Herr ...«

»Buchbinder«, ergänzte Ferdinand ungeduldig.

»Richtig. Der Herr Buchbinder soll sich wohl bei der Finanzierung seiner Ausbildung etwas übernommen haben und ...«

»Und nun wollen Sie das Geld eintreiben«, schmunzelte Ferdinand.

»Er hat eine schnelle Auffassungsgabe.« Der Fremde antwortete selbstgefällig. »Nun, mein Sohn hat dem Herrn wohl eine namhafte Summe vorgestreckt.«

»Dann haben Sie gewiss einen Schuldschein?«

»Schuldschein? - Nein. Ach, was weiß Er denn. In *unseren* Kreisen sind Geldschulden doch *Ehren*schulden.«

»Haben die beiden gewettet?«

»Wie meint Er?«

»Wenn sie gewettet hätten, bestünden vielleicht Spielschulden!«, wurde Ferdinand immer gereizter.

»Spielschulden?«

»Mann, Sie tun so vornehm, da sollten Sie wissen: *Spiel*schulden sind *Ehren*schulden!«

»Ach kennt Er sich da aus?«

»Monsieur, kommen Sie zur Sache. Sie stehlen mir meine Zeit!«

»Er ist ausgesprochen unhöflich!«, wirkte der Geldeintreiber beleidigt und steckte seine Münze wieder ein.

»Wissen Sie was, Monsieur ... Mein Freund Ludwig Buchbinder befindet sich in Frankreich. Sie können sich Ihr Geld sonst wohin stecken. Im Übrigen hat Monsieur Buchbinder Geld im Überfluss. Da ist er auf Ihre vermeintlichen Auslagen sicher nicht angewiesen. Guten Tag!«

»Nanu, Ferdinand - so verdrießlich?«, sprach Agnes ihn kurze Zeit später an.

Als er das Haus betreten hatte, war ihm der deftige Geruch eines Fleischgerichts in die Nase gedrungen. Doch trotz des appetitanregenden Duftes wirkte er ungehalten und auch nachdenklich: »Ach, ich bin nur etwas durcheinander. Stell dir vor, auf dem Heimweg pöbelt mich so ein reicher Knilch an und will etwas über Ludwig wissen. Ich ärgere mich über dieses vornehme Getue von diesen ... Sie behandeln einen, als wäre man der letzte Dreck. Aber ... Vor allem ärgere ich mich über mich selbst, dass ich mich dazu habe hinreißen lassen, ihm Frage und Antwort gestanden zu haben.«

»Hm, deinen Unmut verstehe ich ja. Aber was verwirrt dich so daran?«, fragte Agnes mitfühlend.

»Ich bin mir nicht sicher. Es klingt sicher etwas verrückt, aber ...«

»Was ist los? Nun red' schon!«

»Naja, weißt du, jetzt im Nachhinein kommt es mir vor, als wenn mir der Typ nicht unbekannt wäre.«

»Wie meinst du das?«

»Ich finde, er hatte irgendwie Ähnlichkeit mit dem ..., mit dem Magister Cordes. Weißt du, nicht die Stimme, nicht die Figur. Na ja, seine körperliche Gestalt sowieso nicht. Ich meine, der Alte wirkte zwar irgendwie gebrechlich, aber er war immerhin noch ganz gut auf den Beinen - im Gegensatz zu dem Magister. Du weißt schon. Aber dieses Gesicht.«

Jetzt war auch Agnes irritiert. »Das gibt's nicht. Das glaube ich jetzt nicht. Jetzt kommst du auch noch mit solchen sonderbaren Gedanken. Schau her!«

Während Elisabeth den Raum betrat, um geflickte Kleidungsstücke wegzuräumen, die vom Mottenfraß befallen waren, reichte Agnes ihm ein Schriftstück. »Lies selbst. Dieser Brief von Friedrich Wilhelm wurde vor wenigen Minuten abgegeben, an uns alle adressiert. Ich hatte bisher aber nur die Gelegenheit, den ersten Teil zu entziffern. Friedrich Wilhelms Schrift ist mir so fremd und ...« Abrupt brach sie den Satz ab und beobachtete Ferdinand stirnrunzelnd, während er einige Zeilen überflog und dann verblüfft das Schriftstück sinken ließ.

»Das kann doch kein Zufall sein«, murmelte er grübelnd. »Eine fast vergleichbare Begegnung mit dieser merkwürdigen Gestalt. Und auch Friedrich Wilhelm hat später die Ähnlichkeit bemerkt. Nur dass der Alte sich nicht nach Ludwig erkundigt hat, sondern nach Friedrich Wilhelms Entdeckungen.«

Elisabeth hielt inne und schaute Agnes fragend an. »Der Fremde hat sich als Franzose ausgegeben und wollte das Morphium kaufen«, erklärte Agnes. »Er hat sich als vermeintlicher Fachmann ausgegeben und hat versucht, Friedrich Wilhelm über seine Erkenntnisse auszuhorchen.« An Ferdinand gewandt ergänzte sie: »Aber das ist noch nicht alles. Lies weiter!«

Ferdinand war konsterniert, als er Friedrich Wilhelms Wortlaut zur Kenntnis nahm:

Ich war skeptisch, habe mich bedeckt gehalten und mein Präparat nicht aus der Hand gegeben. Vielleicht war das gut so, wahrscheinlich aber eher nicht. Ein Tag nach dieser Begebenheit ist in die Apotheke eingebrochen worden. Ein fürchterliches Chaos war das. Ein unsägliches Durcheinander und Scherben über Scherben. Ein Teil meiner Morphium-Vorräte, die ich noch nicht sicher weggeschlossen hatte, weil sie noch nicht gebrauchsfertig abgefüllt waren, ist mir entwendet worden. Und meine letzten Aufzeichnungen zu meinen Entdeckungen sind nicht mehr aufzufinden - was mich am meisten ärgert. Jetzt muss ich eine ganze Reihe meiner zeitaufwendigen Versuche einmal mehr durchführen. Gewiss, der Verlust wird mich nicht ruinieren. Ich habe nur die große Sorge, dass der Einbrecher mit meinen Mittelchen Unfug treibt. Er hat doch keine Ahnung davon, in welcher Dosis es zu verwenden ist, ohne dass es als Gift wirkt. Was ist, wenn durch mein Extrakt nun jemand zu Schaden kommt. - Das ist das eine, was mir Kummer bereitet. Ein Weiteres ist folgendes: Zurückschauend kam mir der Gedanke, der Besucher könnte der Bruder vom Magister Cordes sein. Aber ich kann mir nicht vorstellen, dass der mit dem Einbruch zu tun hat. Und warum hat er sich mir gegenüber nicht zu erkennen gegeben? ...

»An dieser Stelle hat Friedrich Wilhelm den Brief unterbrochen«, merkte Ferdinand an, stand auf, ging zum Fenster und starrte in die Ferne. Bevor er sich wieder setzte und weiterlas, ging er seinen eigenen Gedanken nach:

»Was wissen wir eigentlich über diesen Bruder vom Magister Cordes?«

»Den Freund von Georges de La Tour? Der in Paris lebt?«

»Hm.«

»Eigentlich nichts Genaues. Georges hat wohl mal das ein oder andere durchblicken lassen. Dass er sich meistens in den Künstlervierteln rumtreibt, auch in so einem Dorf auf einem Hügel vor der Stadt, Montmartre oder so ähnlich. Oder er hält sich bei Studenten auf. Oder in Spelunken und unter zwielichtigen Gestalten im Wald.«

»Hm. Und wir wissen, dass er angeblich ein Freund von Ludwigs Schwiegervater ist, der ihm mal das Leben gerettet hat. Aber die Beiden müssen doch irgendwie sehr verschieden sein, oder? Und Genaueres wissen wir eigentlich nicht über ihn. Das ist sehr merkwürdig, finde ich, wo Georges uns doch schon lange freundschaftlich verbunden ist und viel Persönliches von sich preisgegeben hat.«

»Tja. Wenn Pierre Cordés noch immer für irgendwelche Geheimdienste tätig sein sollte ...«

»Stiftet er Unruhe, und wiegelt er auf?«

»Er hält wohl vor allem Augen und Ohren offen.«

»Für wen?«

»Gute Frage. Am Anfang für die Österreicher. Und jetzt? Keine Ahnung. Er soll wohl besessen davon sein, sich für die Freiheit einsetzen zu wollen - auf seine Weise. Irgendwie muss es ihm wohl immer wieder gelingen, unerkannt provokante Karikaturen unters Volk zu streuen.«

»Und wen nimmt er dabei aufs Korn?«

Da mischte sich Elisabeth in das Gespräch ein: »Das ist etwas, was Georges so faszinierend findet, und darum kann er seinem Freund auch nie böse sein, auch wenn sie in manchen Fragen und Angelegenheiten unterschiedlicher Ansicht sind: Pierres besonderer Humor macht jeden zum Opfer, den Adel, die Revolution, Napoleon, die Preußen, die Engländer, die Russen. Weil es allen nach der Macht gelüstet, sagt Georges. Manchmal soll er wohl etwas zynisch sein. - Wahrscheinlich ist es für Künstler am einfachsten, den mahnenden Zeigefinger zu heben.«

»Noch einfacher ist es, die Mächtigen in ihren Gemälden zu verherrlichen - das bringt gutes Geld«, brummte Ferdinand. »Da ist mir dieser Cordés schon lieber.«

»Weiß Friedrich Wilhelm mehr über ihn?«, fragte Agnes und deutete kopfnickend zu dem Brief, den Ferdinand fast vergessen zu haben schien.

Er nahm einen zweiten Briefbogen zur Hand. »Friedrich Wilhelm hat den Brief Tage später fortgesetzt. Hört nur:«

Es sind einige Tage vergangen. Zum Einbruch oder zu möglichen Folgen eines Missbrauchs der Morphium-Vorräte ist mir nichts zu Ohren gekommen. Inzwischen bin ich in Paderborn gewesen und habe mich mit Magister Cordes unterhalten. Nach seinen Informationen befindet sich sein Bruder Peter immer noch in Paris. Der Magister ist sehr argwöhnisch in Anbetracht der Vorkommnisse und er mahnt uns zur Vorsicht. Er ist sich ziemlich sicher, kürzlich bei einem Ausflug zusammen mit Mutter den Unbekannten gesehen zu haben, vor dem Ernst und Adalbert damals geflohen sind. Gewiss erinnert Ihr Euch ... Es sollte uns nicht wundern, wenn dieses Individuum hinter allem stecke, meint Cordes ...

Fassungslos legte Ferdinand den Brief auf einen Tisch und setzte sich grübelnd nieder. Ihm drängte sich eine Frage auf: »Warum zum Teufel belästigt der Fremde uns? Immer wieder. Immer noch. Warum stellt er uns nach? Hofft er darauf, über uns an Adalbert heranzukommen? Aber warum fragt er dann nach Ludwig? Und warum ahmt er das Aussehen des Magisters nach? Will er uns verunsichern? Will er uns mürbe machen? Ängstigen? Will er uns gefügig machen, damit wir ihn zu seinen wahren Zielen führen?«

»Zumindest *einen* Zweck hat sein erneutes Auftreten gewiss erfüllt«, stellte Agnes fest, »er hat sich nach langer Zeit wieder in Erinnerung gebracht. *Mir* wird er mittlerweile unheimlich.«

»Wenn das alles stimmen sollte ...«, bemerkte Elisabeth nachdenklich und kratzte sich wieder einmal an ihrem Handrücken. »Wir sollten wirklich vorsichtig mit unseren Auskünften sein, wenn wir von Fremden angesprochen werden!«, mahnte sie. »Stellt euch nur vor, wenn Bonapartes Häscher uns doch noch auf die Schliche gekommen sein sollten - wegen unserer früheren Geheimbundzugehörigkeit, meine ich.«

Ferdinand verdrehte die Augen. »Ja, ja, *vorsichtig* sollen wir sein - sagt Georges de La Tour. Ich weiß, ich weiß«, bemerkte er verdrießlich.

Missbilligend nahm Elisabeth diese Ignoranz auf. Sie hatte Mühe sich zu beherrschen. Verärgert bedeutete sie Ferdinand zu schweigen: »Wir sollten seine Warnungen nicht auf die leichte Schulter nehmen! Ich wünschte, er wäre hier. Wenn er uns seinen Schutz gewähren würde, wäre mir wohler!«

»*Seinen* Schutz?«, blaffte Ferdinand. »Wovor sollte *er* uns denn schützen können? Vor dem Fremden? Vor dem, dem wir das Inferno in Paderborn zu verdanken hatten? Mit dem habe ich noch eine alte Rechnung offen«, entgegnete er erregt. »Oder sollte er uns etwa vor Napoleons Spitzel schützen? Wie sollte ihm das wohl gelingen?«

Da näherte sich Elisabeth zögernd dem aufgebrachten Ferdinand und flüsterte teils zerknirscht und teils verlegen:

»Georges weiß, wovon er spricht. Er gehört *selbst* zu den Illuminaten.«

Ferdinands Augen weiteten sich. Entgeistert starrte er Elisabeth an, als hätte sie den Verstand verloren. Er war sprachlos. Agnes indes sah Elisabeth erwartungsvoll an. Diese Neuigkeit bedurfte weiterer Erläuterungen.

»Tut mir leid, ich hätte es euch nicht verschweigen sollen, aber ich weiß es selbst erst seit dem Hochzeitsabend vor wenigen Wochen«, gestand Elisabeth, während sie sich Agnes zuwandte: »Georges und Pierre haben sich zwar erst nach dem Attentat auf Bonaparte kennengelernt, aber sie haben schon seit langem gemeinsam ... Nun, sie gehören auch dem Orden der Illuminaten an. Sie sind im französischen Zweig unseres Bundes ... Dem ..., dem man nachsagt, dass er die Revolution vor zwanzig Jahren ausgeheckt habe. Leider war es ihnen und ihren Freunden nicht möglich, die Entwicklungen zu steuern. Die folgende Schreckensherrschaft haben sie nicht gewollt - ebenso wenig, wie das, was Bonaparte jetzt vorhat.«

Neunter Teil: 1813 - 1816
Schrecken ohne Ende

Eins
Schikanen

Es war Ende September 1813. Nach dem Regen des Vortages war der Boden in der Hamelner Bäckerstraße aufgeweicht. Das Geräusch knarzender Räder war dadurch gedämpft worden. Nur das Schnauben des Pferdes, das den Karren gezogen hatte, durchbrach die Stille der Nacht. Das, was sich in der Zufahrt zum Beginenhof abspielte, riss zunächst niemanden aus dem Schlaf. Auch das Flüstern der jungen Frau, die den Karren gelenkt und nun das Pferd zu beruhigen hatte sowie die Anweisungen des Alten sorgten für keine nennenswerte Ruhestörung.

Ein lahmender Mittzwanziger hatte seinen dunklen Umhang abgelegt, denn die Arbeit war schweißtreibend. Seine körperliche Versehrtheit behinderte ihn arg.

»Mann, sei froh, dass die Franzmänner dich nicht nach Russland mitgenommen haben! Sonst hätte dich womöglich schon der russische Bär zerfleischt. Oder du würdest wie der Sohn vom Schäfer Kruse immer noch zwischen den Eisschollen der Beresina feststecken«, reagierte der Alte auf das dauernde Fluchen des Hinkenden.

»Oder ich könnte mich jetzt von einer Marketenderin verwöhnen lassen und müsste nicht mehr deine Drecksarbeit erledigen«, maulte der Jüngere. »Ich brauche mehr Licht, versinke ja schon bis zum Knöchel im Unrat!«

An seine Schwester gewandt, die einen faustdicken Stein in einen Bogen Papier hüllte, raunte er: »Und du solltest weniger laut knistern! Weckst ja alle auf!« Er richtete sein Augenmerk wieder auf sein Tun und erschrak für einen Moment: Eine vierbeinige Gestalt war auf den Karren gesprungen, begleitet von einem angriffslustigen Fauchen. Mit einem stechenden Blick funkelte ihn ein grünliches Augenpaar an.

»Wir machen's wie neulich«, erklärte der Alte, bevor die letzten mit Fäkalien versetzten Strohreste vom Karren gehoben wurden. »Aber warte ein wenig länger, bis wir außer Sicht- und Hörweite sind, verstanden?«

»Es soll mich wohl der Teufel holen, wie?«, schimpfte der Jüngere. Eben hatte er sich für einen kurzen Moment auf eine Mistgabel gestützt, jetzt richtete er die Zinken gegen das Untier. Mit wenigen Hieben verscheuchte er die Bestie. »Das ist das letzte Mal, sag ich dir! Immer muss ich den Deppen spielen! Was ist, wenn mich jemand packt?«

»Ach, Bruno, das hatten wir doch alles schon«, erwiderte der Alte. »Du bist, trotz deines Klumpfußes, immer noch schneller als ich. Also, mach schon! Und die lächerliche Katze wird dich schon nicht verschlingen!«

»Und beeile dich dann, damit ich dich abschrubben kann«, rief die junge Frau ihrem Bruder in verhaltener Lautstärke zu. »Du stinkst wie ein Schwein, das sich im Dreck gesuhlt hat!«

Bruno widersprach noch einmal, wobei er missmutig grunzte: »Hab ich doch auch, Schwesterchen. Aber das ist ätzender Hühnerkot, schon vergessen?«

Der entleerte Karren entfernte sich fast lautlos und verschwand hinter der Münsterkirche. Er hinterließ nur eine kurze Spur der herabtröpfelnden Jauche. Trotz seines Makels trat der Lahmende, wie geheißen, noch einmal in Aktion.

»Ferdinand!«

»Hm.«

»Ferdinand, hörst du das?«

»Was is'n schon wieder?«

»Ach Ferdinand, nun wach schon auf!«

Agnes saß aufrecht im Bett. Ein kalter Luftzug traf sie. Sie griff zu ihrem Schultertuch, das auf dem Schemel neben dem Bett lag, legte es sich um und zog es über der Brust zusammen. Sie zitterte und vernahm das Klappern ihrer Zähne, was wohl nicht nur an der Kühle des frühen Morgens des zu Ende gehenden Monats September lag. Angst? Ein wenig. Eher die Furcht vor etwas Unangenehmen, dem sie in diesen Wochen wiederholt ausgesetzt war - sie selbst, ihre Tochter, die Familie, alle Bewohner des Beginenhofes.

»Ferdinand, ich glaube, da hat schon wieder jemand eine Scheibe eingeschlagen.«

»Oh nein«, stöhnte er, drehte ihr den Rücken zu und stülpte sich ein Kissen über den Kopf.

»Ferdinand! - Ferdinand, schau doch bitte mal nach«, drängelte Agnes. »Wie kannst du nur ... Als wenn dich das alles nichts anginge. Bitte!«, flehte sie, während sie ihn bei der Schulter fasste und zu sich umzudrehen versuchte.

»Wo soll das noch hinführen«, stöhnte er. »Jeden Tag was neues, und nun behelligen sie uns auch noch des Nachts«, murmelte er verschlafen. Widerwillig erhob er sich.

»Autsch«, schimpfte er. Er hatte sich am Schrank gestoßen. »Wo hast du denn die Laterne abgestellt?«

»Oh, die steht wohl noch auf dem Tisch bei Julias Bett.«

»Da steht sie gut«, fluchte er, während er sich den schmerzenden Knöchel hielt.

Mit dem nächsten Luftzug strömte ein unangenehmer Gestank in die Kammer.

»Nein, nein und nochmals nein!«, zeterte er, während er sich langsam weitertastete. »Das ist jetzt schon das dritte Mal in kurzer Zeit.«

Er öffnete die Tür und trat in den angrenzenden schmalen Raum, in dem Julia für gewöhnlich in ihrem Bett schlief. Er fingerte nach der Laterne, bekam auch das Zündmittel zu fassen und sorgte für Helligkeit.

»Papa, was war das?«, fragte Julia ängstlich, die sich ebenfalls aufgesetzt hatte und sich an ihrem Bettzeug klammernd eingeschüchtert an die Wand zwängte. Mit bangen Blicken schaute sie in den Lichtschein.

»Mach dir keine Sorge, Julchen. Ich schau mal nach«, beruhigte Ferdinand sie. Vorsichtig näherte er sich dem Fenster, denn der Boden war mit Glassplittern übersät.

»Ich hab's mir gedacht«, maulte er. »Wenn ich nur wüsste, welcher Störenfried ... Und warum nur?«

»Waren das die Kinder, Papa?«, fragte Julia aus dem Nachbarraum.

»Welche Kinder?«

»Die mir die Eulenspiegel-Puppe kaputt gemacht haben?«

»Wie? Die haben dir die Puppe ... Warum hast du mir gestern nichts gesagt? Wann haben sie denn das getan?«

»Ist schon ein paar Tage her«, sprach sie, als sie sich näherte.

Ferdinand stellte die Laterne ab und nahm seine Tochter in den Arm. »Was ist passiert?«

»Der Paul hat dem Eulenspiegel den Kopf abgerissen.«

»Was?«

»Ja, und dann hat er gesagt, wir sollen uns vorsehen, damit es uns nicht eines Tages allen so ergeht.«

»So etwas hat der Paul gesagt? Weißt du, wo der Paul wohnt?«

»Auf der anderen Seite vom Kirchhof!«

»Hm, da wohnt der Paul? Ist das der Paul, der bis zum Sommer bei Franziska in die Schulklasse gegangen ist?«

»Das kann schon sein. Ich glaube, ja. Aber jetzt kommt er nicht mehr.«

»Wie die anderen auch«, brummelte Ferdinand.

»Was hast du gesagt, Papa?«

»Es sind immer weniger Kinder von ihren Eltern zur Freischule geschickt worden, Julia. Jetzt kommen schon eine Weile gar keine Kinder mehr.«

»Sind die alle im Krieg, Papa?«

»Hat das auch der Paul gesagt?«

»Seine beiden Brüder sind im Krieg, hat er gesagt. Und den einen wird er wohl nicht mehr wiedersehen, hat er gemeint.«

»Hm. Weißt du Julia, hier wird's dir zu kalt. Geh wieder ins Bett. Morgen werde ich auch an den restlichen Fenstern hölzerne Läden anbringen, dann kann niemand mehr die Scheiben einwerfen. Wir müssen natürlich darauf achten, dass wir die Fenster abends auch schließen. Jetzt schlaf erst mal weiter. Ich werde unseren großen Tisch auf die Seite kippen und vor die Fensteröffnung stellen. Also: Schlaf gut! Und morgen wird Mama dafür sorgen, dass der Eulenspiegel seinen Kopf wiederbekommt.«

»Sie haben wieder einen großen Misthaufen in die Zufahrt zum Beginenhof gekippt, nun schon das dritte Mal«, berichtete Ferdinand seiner Frau. »Und hier: Das ist der Stein, mit dem die Scheibe eingeschlagen wurde. Wieder war er in ein Papier gewickelt.«

»Eine neue Drohung?«

»*Kopf ab, den Franzosenfreunden*, lautet diesmal die Botschaft. Und Julias Eulenspiegel hat man den Kopf abgerissen.«

»Oh, mein Gott! Ferdinand, das kann unser Maire doch nicht weiter unbeachtet lassen, oder?«

»Die anderen Vorkommnisse haben ihn doch auch nicht beeindruckt. Ich glaube, er hat viel zu viel Angst, weil er nicht weiß, wer in Zukunft hier das Sagen hat.«

»Und Westrumb? Der hat uns doch schon so oft geholfen!«

»Du weißt doch, dass der andere Sorgen hat. Der hat ja kaum zu essen für die vielen Mäuler in seiner Familie. Seitdem dieser Konkurrent das Apothekenpatent innehat, ist's schlecht bestellt um die Ratsapotheke.«

»Dem einen Freud - Des anderen Leid!«

»Was?«

»Das Patent ist für Friedrich Wilhelm in Einbeck ein Glücksfall; hier könnte es zu Westrumbs Untergang führen«, grübelte sie. »Und was machen wir jetzt?«

»Ich bin mit meiner Weisheit am Ende, Agnes«, antwortete Ferdinand mit einem Achselzucken. »Ich bin wirklich ratlos. Aber eins sag ich dir: Diesmal bleibt der Misthaufen da liegen. Sollen sich doch die Nachbarn beschweren. Vielleicht bekommen wir dann mal von denen etwas Unterstützung.«

»Die Nachbarn? Pah, die meiden uns doch schon eine Ewigkeit. Tun so, als hätten wir die Pest. Und Elisabeth, Franziska und deiner Mutter geht es nicht anders. Wo immer wir hinkommen, macht man einen großen Bogen um uns, malträtiert uns mit mitleidigen Blicken oder höhnischen Bemerkungen.«

»Ich weiß, Agnes. Ich weiß doch. Ich wüsste nur zu gern, wer und warum jemand gegen uns Stimmung macht.«

»Meinst du, das macht jemand ganz gezielt? Einer, der die anderen aufhetzt? Wer könnte das sein?«

»Wenn ich das wüsste, Agnes. Kürzlich habe ich den Buchdrucker Hahn getroffen - einer der ganz wenigen, die mich noch nahezu unbefangen oder weniger ablehnend behandeln, und der hat mir was geflüstert. Er meint, es könnte daran liegen, dass wir nicht protestantisch sind.«

»Ach! Auf einmal sollte das jemanden stören? Und gerade in *diesen* Jahren, da Napoleon die Religionsfreiheit verordnet hat?«

»Vielleicht hängt es ja mit dem Kaiser zusammen. Manchmal habe ich den Eindruck, all die Geschehnisse werden uns seit dem Russland-Feldzug zugefügt.«

»Was haben *wir* denn damit zu tun?«

»Eben. Wir hatten nichts damit zu tun. Wir sind leidlich davon verschont geblieben. Ich wurde nicht rekrutiert, Ludwig ist von de La Tour in weiser Voraussicht rechtzeitig in Sicherheit gebracht worden.«

»Das wissen wir doch gar nicht. Wir haben doch schon ewig nichts mehr von ihnen gehört!«

»Das ist auch gut so. Stell dir vor, die schreiben uns etwas, was gar nicht gut ankäme, wenn ein Brief abgefangen würde.«

»Hm. - Vielleicht hängt es auch wirklich mit unserem guten Kontakt zu de La Tour zusammen. Vielleicht wird das nicht gerne gesehen. Immerhin hat das schon zu Zwist unter Elisabeth und deine Mutter geführt.«

»Was hat Mutter denn gesagt?«

»Na, dass die Verbindung nur Schaden bringt. Denn erst de La Tour hat Silvana und Ludwig zur Reise nach Frankreich bewogen. Aber Elisabeth hat gekontert, dass sie ja wohl am meisten darunter zu leiden habe, dass Ludwig nicht mehr da ist.«

»Ach, diese Streitereien nehme ich nicht ganz ernst. Wie du weißt, gibt es diesen Zank doch schon seit der ersten Minute, da Georges in Hameln aufgetaucht ist.«

»Das stimmt. So hat's Elisabeth wenigstens damals empfunden. Vielleicht wird ja alles besser, wenn Bonaparte endgültig geschlagen ist.«

»Warten wir's ab. Er soll ja angeblich vor wenigen Tagen seinen endgültigen Sieg bei Dresden verpasst haben und jetzt in die Bredouille gekommen sein, sodass er seine Truppen bei Leipzig zusammenziehen muss. Es ist ohnehin erstaunlich, dass er nach dem Fiasko in Russland in so kurzer Zeit wieder zigtausende von Männern unter Waffen bringen konnte.«

»*Unsere* Männer«, überlegte Agnes laut. »Es sind alles deutsche Männer; Männer aus den Staaten des Rheinbundes. Seine Armee besteht doch fast ausschließlich aus den Ehemännern und Vätern von unseren Nachbarn, von unseren Mitbürgern in Hameln, aus unserem ehemaligen Kurfürstentum, aus dem Königreich Westphalen, aus ...«

»Nanu? Solche Überlegungen kenne ich gar nicht von dir!«

»Das sind Worte, die de La Tour schon vor drei Jahren am Tag der Hochzeit von Silvana und Ludwig gesprochen hat - erinnerst du dich nicht mehr?«

»Das könnte es sein«, grübelte auch Ferdinand wieder. »Wie ich schon sagte, vielleicht ist *genau das* unser Problem. Aus unserer Gemeinschaft wurde bisher niemand als Kanonenfutter missbraucht. Vielleicht neidet man uns das.«

Zwei
Flüchtlinge aus Jena

Einen Monat später. Die Schikanen gegen die Bewohner des Beginenhofes nahmen kein Ende. Ferdinand wurde verächtlich angeblickt. »Na, ist der Heißsporn wieder auf dem Weg zu seinen Liebschaften jenseits des guten Geschmacks?«, musste sich Agnes anhören, die sich das Gerede inzwischen zu Herzen nahm. »Die Kräuterhexen aus den Paderborner Wäldern sollen sich an unseren Kindern nicht mehr vergreifen können«, mussten sich Elisabeth, Franziska und Hildegard sagen lassen. »Unser Fachmann für Tiermedizin ist mit einer Italienerin durchgebrannt - und das unter den Augen unserer Besatzer«, höhnte jemand gegen Elisabeth. Das Gärtchen war bei einer Nacht- und Nebelaktion verunstaltet worden; das Gemüse aus dem Boden gerissen. Inzwischen sorgte sich Ferdinand darum, dass das Brunnenwasser vergiftet werden könnte. Und die Frauen trauten sich nicht mehr auf die Straße. Bei den Obrigkeiten blitzte Ferdinand ab. Es wurde ihm erst gar keine Möglichkeit der Beschwerde gegeben. »Wir haben andere Sorgen«, hieß es. »Das Ende des Königreichs Westphalen naht«, sagte man. Die Bewohner des Beginenhofes konnten ihr kleines Reich eigenständig kaum schützen. Immer wieder bot sich des Nachts die Gelegenheit zu einer Untat. Das Gemäuer wurde mit Schmierereien verunstaltet. Galgen waren abgebildet. Eine Begine war auf dem Schafott in der Erwartung ihrer Hinrichtung unter einem Fallbeil dargestellt. Zusatz: *Unerwünscht!* Eine Zuspitzung der Gewalt geschah im Oktober - Tage später, nachdem es bei Leipzig zu einer gewaltigen Schlacht gekommen war. An jenem Morgen fand Ferdinand neben der Haustür drei kleine Kätzchen angenagelt, die zuvor ertränkt worden waren. Fiore war gottlob nicht dabei.

Ferdinand hatte die Kadaver soeben entfernt, als es an der Haustüre klopfte. Eine verhärmt aussehende Frau und ein verwahrlost erscheinender, voller Gram tief gebeugt daherschlurfender älterer Mann waren mühsam von ihrem Fuhrwerk abgestiegen, dem der große Misthaufen die Zufahrt zum Beginenhof verwehrt hatte. Für den elenden Zustand des Zugpferdes, das taumelte und dessen Schweiß von den Flanken troff, hatten die Ankömmlinge keinen Blick mehr.

»Machen Sie, dass Sie wegkommen«, herrschte Agnes die heruntergekommenen Gestalten an, denn sie fürchtete um eine neuerliche Schikane.

Doch bevor sie erbost die Türe zuknallen konnte, erschien Ferdinand, der sich einen Ausweis zeigen ließ, als der Mann nur undeutlich murmelnd vorgab, der Bruder von Franziska Hensler zu sein. Er wirkte nicht nur innerlich abgestumpft, sondern zeigte auch eine körperliche Gefühllosigkeit. Nur der zottelige und ergraute Bart und die buschigen Augenbrauen gerieten durch ein ungewolltes nervöses Muskelzucken in Bewegung. Mit steifen und zittrigen Fingern kramte er die Ausweise hervor. Susanna und Walther Winkler - diese Namen waren Ferdinand nicht unbekannt, allein: Sollten diese Gestalten ... Kaum, dass die Ankömmlinge der Aufforderung zum Eintritt ins Haus nachgekommen waren, brach die Frau auf der Türschwelle zusammen. Schweigend beugte sich der Mann über seine Frau; eine einzige Träne rann ihm die Wange hinunter. Während der folgenden Momente der Verwirrung glitt auch er auf den Boden. Mit seiner Kraft war er ebenfalls am Ende. Agnes und Ferdinand mühten sich zunächst vergebens, Susanna aufzurichten. Agnes öffnete Susannas Mantel und löste die Riemen, mit denen das Oberteil zugeschnürt war. Sie griff einen Schemel und legte die Beine der Frau hoch. Dann eilte sie zu einem Kästchen, dem sie ein Fläschchen mit Riechwasser entnahm. Als sie der Frau ein feuchtes Tuch auf die Stirn legte und ihr die Wange tätschelte, erwachte Susanne aus ihrer kurzzeitigen Ohnmacht. Sie schlug die Augen auf und stöhnte. Zu weinen vermochte sie nicht. Sie blickte ängstlich im Raum umher und schien erleichtert, als sie ihren Mann erkannte.

Inzwischen war Franziska gerufen worden, die sich weiter um ihre Schwägerin bemühte. Susanna ergriff die dargebotene Hand, war zum Aufstehen aber zu schwach. Gemeinsam mit Agnes hievte Franziska die Verwandte auf die Beine und geleitete sie zu den Sitzmöbeln. Auch Walther Winkler rappelt sich auf. Schwerfällig bewegte er sich zu einem Stuhl. Die Ankömmlinge nahmen Becher mit dargebotenem Wasser entgegen. Dann blieben sie reglos sitzen und ließen es über sich ergehen, dass Franziska sie in Decken hüllte.

Es fiel ein Schuss. Ein kurzes Zucken war das einzige Zeichen der Erregung auf den Gesichtern. In seiner düsteren Gedankenwelt zeigte sich für Walther einen Moment lang das Bild seines Pferdes, das ihn und seine Frau mit äußerster Not nach Hameln gebracht hatte. Auf der letzten Etappe hatte es gelahmt. Es hatte Winkler in der Seele wehgetan, aber er hatte es weiter angetrieben. Wie im Wahn. Unaufhörlich. Rücksichtslos. Das Pferd hatte gekeucht und dicke Schaumflocken vor dem Maul. Walther Winkler ahnte, dass es ebenfalls zusammengebrochen war und erschossen werden musste.

Nicht verzweifelt, sondern niedergeschlagen, traurig und ohne Zuversicht hauchte Susanna: »Lange Zeit ... Lange habe ich gegen den Unsinn dieser Kriege aufbegehrt. Ich kann nicht mehr.« Sie schloss ihre Augen. Vom Kummer überwältigt barg sie ihren Kopf an Franziskas Schulter, die ihre Arme um die Schwägerin schlang. So hielt sie die Verwandte in leicht schaukelnden Bewegungen, wie einen Säugling. Sie schwiegen allesamt, bis Julia in die Wohnung polterte.

»Mama, du hast gesagt, du bringst mir Milch«, beklagte sie sich.

»Ja, Liebes, verzeih, ich habe es vergessen. Schau nur, wir haben Besuch bekommen. Das ist Monsieur Winkler, ein Bruder von Franziska.«

»Stimmt«, rang sich Walther ein Lächeln ab und reichte dem Kind instinktiv die Hand, die Julia zögernd ergriff. Mit einem kurzen Kopfnicken wies er auf seine Frau:

»Das ist meine Frau Susanna.«

»Ist sie krank?«

»Ja, Julia«, antwortete Agnes. »Und sie ist sehr müde. Unsere Gäste haben einen weiten Weg zurückgelegt und müssen sich jetzt ausruhen«, redete sie auf ihre Tochter ein, während sie diese aus dem Raum schob.

»Bleiben die Beiden jetzt bei uns?«, hörte man Julia noch fragen, als die Tür bereits zufiel.

»So ist es«, bestimmte Franziska in beruhigendem Ton an ihre Verwandtschaft gerichtet. »Ihr bleibt zuerst mal hier, bis ihr euch erholt habt. Ihr braucht unbedingt Schlaf, und dann erzählt ihr, was euch zu uns geführt hat.«

»Conrad ist tot. Unser Gasthaus wurde ein Raub der Flammen. Wir wissen nicht mehr weiter«, stellte Susanna monoton und verbittert fest. Es war eine Aussage, die keine Fragen, kein weiteres Wort mehr erlaubte.

Susanne mochte nicht mehr weitersprechen und ließ sich in Franziskas Kammer führen, wo ihrer Schwägerin das Bett bereitete. Doch ebenso wie seine Frau fand auch Walther Winkler, dem Ferdinand eine Schlafstatt in Ludwigs Zimmer hergerichtet hatte, zunächst keinen Schlaf. Erst, als der Morgen des folgenden Tages graute, übermannte ihn die Müdigkeit.

Ferdinand hatte in Erwägung gezogen, den Besuchern Morphium anzubieten. Das nimmt Friedrich Wilhelm doch auch bei seinen Erkrankungen des Gemüts, überlegte er. Wenn sie erst einmal an unheilbarer Schwermut erkranken ... Schwarzgalligkeit, kam ihm in den Sinn. Auch ihn hatte Friedrich Wilhelm mit seinem Wundermittel behandeln wollen, als er einst unter körperlicher und seelischer Erschöpfung gelitten hatte. Damals, als die Hamelner Festung auf Geheiß Bonapartes geschleift werden musste. Doch Ferdinand hatte die Einnahme abgelehnt. Allgegenwärtig waren noch immer seine unangenehmen Erfahrungen mit den Auswirkungen des Selbstversuchs. Nur Ludwig hatte ihn einmal mit dem Opiumextrakt überrumpelt, als er bei dem Unfall der Kutsche von dem Pferd getroffen worden war ...

Und nun wollte er den Winklers ...? Ferdinand entschied sich dagegen. Er hatte doch kaum Erfahrung im Umgang mit diesem Mittel. Selbst der Apotheker Westrumb lehnte die Gabe ab, weil er das Risiko scheute. Was wäre schließlich, wenn er eine zu hohe Dosierung verabreichte?

»Ich habe einen Freund, einen Freund der Familie hergebeten«, informierte er Walther Winkler am folgenden Tag. »Dr. Westrumb ... Er ist ein Apotheker, der sich Ihrer gesundheitlichen Belange annehmen wird; vor allem, was den Leib betrifft. Aber: Sie haben offensichtlich auch einiges an Leid zu tragen. Wenn Sie mögen, sprechen Sie darüber. Vielleicht kann ich Ihren seelischen Schmerz lindern«, bot sich Ferdinand an. »Wir alle habe eine schwere Zeit durchzustehen«, seufzte er. Dann schlug er vor: »Ich habe Ihnen und Ihrer Frau die Wohnung des Schulmeisters hergerichtet, dem man einst die Leitung der Freischule übertragen hat. Ihr Hab und Gut habe ich dort deponiert. Sie sollten sich die Unterkunft erst mal so einrichten, wie Sie sie in der nächsten Zeit bewohnen möchten. Und dann ...« Er lächelte ein wenig: »Unsere Tochter brennt schon darauf, Ihnen ihre Spielsachen zu zeigen, zuförderst ihre Katze.«

Walther Winkler antwortete mit einem stummen, aber dankbaren Blick.

»Gott hat uns verlassen«, stellte Susanna fest, nicht anklagend, nicht erzürnt sondern resignierend. Es waren nur wenige Sätze, die am folgenden Tag einen Einblick in Susannas Seelenleben gaben. Sie brachte Franziska zum Schaudern, als sie knapp das Elend beschrieb, das sie besonders in den letzten Tagen erlebt und von dem sie während der Flucht nach Hameln gehört hatte. »Oder der Herr zürnt uns«, kommentierte sie den hunderttausendfachen Tod von Soldaten und Zivilisten, das Dahinsiechen von unzähligen Verwundeten, die sich zudem in ihrem eigenen Dreck liegend ihrem letzten erbarmungslosen Kampf mit den Seuchen ausgesetzt sahen. »Gewiss ist das die

Strafe dafür, dass wir vom Glauben an unseren Schöpfer und seiner Kirche abgefallen sind.«

»Wir sind nicht von Gott abgefallen«, widersprach Franziska. »Wir sind abgefallen von den von Menschen geschaffenen missgestalteten Einrichtungen, die vorgeben, in seinem Namen zu handeln. Die Kirche Gottes - pah«, wurde Franziska nun energisch, »wo ist sie denn geblieben? Was tun denn die Kirchenfürsten, um uns von diesem Usurpator oder den anderen Unterdrückern vor ihm und nach ihm zu befreien? Haben sie dem Geist der Knechtschaft nicht selbst lange genug Nahrung gegeben? Haben sie ihn durch den Missbrauch ihrer Macht nicht selbst erst gerufen? Und jetzt werden sie ihn nicht mehr los«, redete sie sich in Rage. »Waren sie denn für dich da, als du deinen Sohn verloren hast?«, fuhr sie fort. Und was tun die Prediger für uns, die wir in diesen Monaten von ihren ach so frommen und gottesfürchtigen Schäfchen schikaniert werden?, dachte Franziska bei sich, ohne dies laut auszusprechen.

»Der einzige, der für uns da war, war Conrads Freund, der uns getröstet und uns hin und wieder berichtet hat. Sonst wüssten wir nicht einmal, wo und wann Conrad gestorben ist«, stellte Susanna betrübt aber keineswegs undankbar fest. »Er war auch der einzige, der unserem Sohn in den letzten Wochen seines Lebens eine sinnerfüllte Zeit beschert hat«, sprach sie. Dabei waren Selbstzweifel und Schuldgefühle sich selbst gegenüber unüberhörbar.

Trübe Tage vergingen, in denen sich immer mehr Zivilisten und Soldaten in Hameln einfanden, Verwundete und solche, die den fliehenden Franzosen folgten, um jene über den Rhein zu drängen. Gegen dieses triste Grau schien sich die Sonne an einem der ersten Novembertage noch einmal aufbäumen zu wollen. Die Sonnenstrahlen erreichten Susanna allerdings nicht. Auch Franziskas Worte halfen kaum, ihre Schwägerin aus dem Dunkel ihrer Trauer herauszuholen; im Gegenteil: Fast schien es, als würde Susanna immer höhere Mauern um sich hochziehen, als wollte sie sich abschotten, allein bleiben mit ihrem Leid. Auch die Nähe ihres Mannes mied sie nun, wann immer sie konnte. Das war bei Walther Winkler anders. Er begab sich gerne zu Ferdinand. Er mochte den jungen Mann mit seiner stillen Freundlichkeit, der ihn nicht bedrängte. Nur Julias Unbekümmertheit zerrte gelegentlich an seinen Nerven. Andererseits verstand sie es, ihn in das alltägliche Leben im Beginenhof einzubinden.

Walther Winklers Gemütszustand erwachte aus der Lethargie immer mehr, und zunehmend geriet er sogar in Aufruhr.

Er saß mit Ferdinand am Ufer der Weser auf Höhe der Unteren Schlacht, jenes Wehr, das sich schräg durch den Strom zum Werder zog. Sie glaubten dort unterarmlange dunkle Schatten zu erkennen. Hin und wieder stießen im seichten Flussbereich Schwanz- oder Rückenflossen durch die Wasseroberfläche, oder das Schuppenkleid der Fische glänzte silberfarben auf. »Man könnte meinen, die Lachse ziehen zum Laichen noch einmal den Strom hinauf«, bemerkte Ferdinand.

»Oder sie kommen, um zu sterben«, antwortete Winkler zynisch, als sich ein Reiher einen Fisch schnappte und mit seiner Beute davonflog.

Kurz danach lief der Müller Mahlmann an ihnen vorbei, blickte Ferdinand gehässig an und spuckte vor ihm aus.

Erst als der Provokateur außer Sicht war, schaute Ferdinand seinen Begleiter an: »Walther«, sagte er düster, »Sie sind zwar der Apokalypse entkommen, aber ins gelobte Land sind Sie keineswegs gelangt.« Dann ergänzte er verbittert: »So geht es nicht erst seit einigen Tagen, da sich der Pöbel zusammenrottet und die westphälischen

Beamten misshandelt, die Wappen des Königreichs zerstört, das Gemeingut aus dem Rathaus entwendet und sich des Kornvorrats bemächtigt - nein, so geht es schon seit Monaten. Wir werden dauernd schikaniert und wissen nicht, warum. Selbst vor unserer kleinen Julia machen sie nicht halt.«

Er berichtete von den zurückliegenden Ereignissen. »So wird's allen Franzosen-Freunden gehen«, haben sie gedroht.

»Das ist schlimm, sehr schlimm«, urteilte Winkler und das klang nicht verächtlich, weil in seiner Lage so vergleichsweise unbedeutend, sondern er sagte es mit wirklichem Bedauern. »Es ist unentschuldbar, aber es ist erklärbar«, bemerkte er traurig. Und dann begann er, sich sein Leid und die erlebten Kriegsgräuel von der Seele zu reden.

»In den letzten beiden Jahren hatten wir eine schwere Zeit, die auch für Conrad immer unerträglicher wurde. Rechtzeitig vor Bonapartes Moskau-Feldzug hatten wir das Gerücht gestreut, Conrad werde eine Weile zu Auslandsstudien unterwegs sein. So entging er der Einziehung zur Armee, der auch wir als Rheinbündler umfangreiche Kontingente zu stellen hatten. Stattdessen hielten wir unseren Conrad über ein Jahr lang versteckt. Der einzige Trost für ihn war, dass immer wieder ein Freund vorbeikam, der ihn über Neuigkeiten informierte.«

»Das muss ein sehr guter Freund gewesen sein. Konnte man ihm trauen?«

»Ganz ohne Zweifel. Er ist der Sohn eines Weinbauern aus dem Gebiet zwischen Saale und Unstrut, den Conrad schon seit Jahren kannte. Sein Bruder gehörte zu den vielen, die bei Borodino gefallen sind, kurz bevor Bonaparte Moskau erreichte. Das hatte Conrads Freund wohl vor allem dazu bewogen, einer Freischar beizutreten, die seit Monaten in unserer Gegend operierte, um Bonapartes Truppen Schaden zuzufügen.«

»Eine Freischar?«, fragte Ferdinand interessiert. Davon waren noch keine Informationen bis an sein Ohr gedrungen.

»Nun, wir wussten schon länger, dass sich auch in Jena starker Widerstand gegen das Napoleonische Joch regte. Von Conrads Freund hörten wir, dass insbesondere Studenten in das Lützowsche Freikorps eintraten und zu den Jägern drängten.«

»Und dahin hatte es auch der Freund Ihres Sohnes gezogen?«

»Nein, dahin nicht. Er sagte, dies sei ein zu wilder Haufen. Außerdem war auch bekannt, dass diese von den Franzosen verhassten Brigands noirs besonders gesucht und verfolgt wurden. Er ging zu einem Trupp, der sich im Mai ganz in unserer Nähe aufhielt - vielleicht eine Tagesreise entfernt. Rittmeister von Colomb kommandierte diese Jäger und Husaren und unternahm Streifzüge im thüringischen und sächsischen Hinterland, während Bonaparte Sachsen besetzt hielt, Dresden wieder eingenommen hatte und die angreifenden Alliierten im Mai wieder zur Neiße zurücktrieb. Es waren an die hundert Leute, denen die heimische Bevölkerung wohl gesonnen war. Die sie mit Lebensmitteln und mit Fourage für die Pferde versorgte. Die ihnen gelegentlich ein Dach über den Kopf bot. Und die ihnen vor allem manchen wertvollen Hinweis zu Maßnahmen der Besatzer geben konnte. - Conrad ließ sich von seinem Freund begeistern. Er wollte zu gern dazugehören. Als er sich der Streifschar um Colomb anschloss, ahnten wir bereits, dass wir ihn verlieren würden. Es ist mir sehr schwer gefallen, aber ich konnte und wollte ihn nicht zurückhalten. Seine Mutter hat mir deswegen viele Vorwürfe gemacht.«

Nach einer kurzen Pause fuhr Walther Winkler jammernd fort: »Aber ..., aber wir hätten ihn doch nicht immerzu verstecken können. Die Jenaer Kommandantur hielt doch stets ein Auge auf uns. Regelmäßig wurde nachgefragt, wann denn wohl unser Sohn von seinen Studien zurückkehren würde. Immer wieder stellten sie unser Gasthaus auf den Kopf, weil sie unseren Aussagen keinen Glauben schenkten. Und schließlich: Ein Jeder muss doch zusehen, in welcher Form er sich gegen Unrecht zur Wehr setzen kann, oder? Man kann doch niemanden davon abhalten. Wir können doch nicht immerzu tatenlos zusehen, oder?« Winkler schluckte kräftig. Tränen hatten sich in seinen Augen gesammelt. Verstohlen wischte er sie weg und schniefte. Mit verhaltener Lautstärke fuhr er fort: »Conrad wusste um die außerordentliche Gefährlichkeit seiner Mission. Er wusste, sie würden keine Gnade von den Franzosen erwarten dürfen, wenn sie von einer Patrouille überrascht worden wären oder eine ihrer dreisten Aktionen misslingen sollte. Doch dazu kam es nie. Als sie Munition des Gegners zerstörten, die ihnen in die Hände gefallen war, wurde Conrad Opfer einer Explosion. - Wir wissen nicht einmal, wo sie die Reste seines Körpers verscharrt haben«, klagte Winkler nun mit brüchiger Stimme. »Der einzige Trost ... Der einzige Trost ist, dass Conrad sein Leben nicht als Krüppel zu meistern hat, wie so viele!«

Als er Winkler leiden sah, war Ferdinand sehr betroffen. Einmal mehr ballte er vor Zorn seine Faust und machte sich bewusst, dass er gerade in letzter Zeit immer häufiger über die Frage nachgedacht hatte, welchen Beitrag *er* gegen so viel Unrecht leisten könnte. Als er sich zusammen mit Winkler auf den Heimweg begab, berichtete Walther über die letzten Ereignisse:

»Colomb war seit Anfang September wieder in der Gegend um Neustadt und zusammen mit weiteren Streifkorps aktiv; er erzielte viele Erfolge, über die Conrads Freund uns weiter auf dem Laufenden hielt. Dann hörten wir, dass die gesamte Umgebung Leipzigs von Soldaten nur so wimmelte. Und dabei sollten wilde Horden sein, die plünderten und mordeten. Niemand würde angeblich vor ihnen sicher sein; sie würden kein Erbarmen kennen. Man munkelte, dass es zu einer Entscheidungsschlacht in der Gegend um Leipzig kommen sollte, wo die Russen und Preußen nun auch von Österreichern und Schweden Unterstützung finden würden.«

»Die Schweden?«, wurde Ferdinand hellhörig.

»Sie wurden von dem ehemaligen französischen Marschall Bernadotte angeführt.«

»Bernadotte. Ah! - Also ein Verräter?«

»Bonaparte wird's wohl so sehen«, erwiderte Winkler mit einem Schulterzucken. »Wir bereiteten uns auf die Flucht vor. Und da uns zu Ohren gekommen war, dass Bonapartes Bruder Jérôme, der König von Westphalen, von einem Russen und seinen Kosaken vertrieben worden sei, entschieden wir uns für die Flucht nach Westen. Auch nach Süden schien der Weg frei zu sein, denn angeblich seien die Bayern zu den Alliierten übergelaufen, wie es hieß. Aber wo hätten wir schon unterkommen können?«

»Es ist gut, dass Sie den Weg nach Hameln eingeschlagen haben. Wir haben reichlich Platz für Sie und Ihre Frau! Aber warum sind Sie nicht eher gekommen?«

»Eher?« Winkler hob kurz seine Schultern. »Wir waren lange im Unklaren über die Truppenbewegungen und die Zustände, die uns unterwegs und auch hier in Hameln erwarten würden. Zudem hatten wir gehörigen Respekt davor, in den Dunstkreis von Napoleons Privatdomäne Erfurt zu gelangen. Und zum anderen: Natürlich wollten wir unser Heim, das Gasthaus, unsere Existenzgrundlage, nicht aufgeben.« Winkler wurde wieder betrübt. »Es war doch das einzige, was uns übrig geblieben war - nach Conrads Tod.«

Nach einem Moment der Stille setzte Winkler ein letztes Mal an: »Irgendwann hieß es, die Schlacht sei geschlagen, und Napoleon sei auf der Flucht. Aber es waren auch seine Soldaten auf der Flucht und die marodierten, wo sie nur konnten. Im letzten Augenblick konnten wir uns in Sicherheit bringen. Aber wir mussten tatenlos zusehen, wie unser Heim in Flammen aufging.«

Winkler blickte auf die Innenfläche seiner beiden Hände. Dann ließ er sie resignierend sinken: »Bevor unser Haus in Schutt und Asche versank, hörten wir einen Franzosen sagen, dass Bonaparte eine Rückzugsmöglichkeit aus der umkämpften Stadt Leipzig eingeräumt worden war. Ausgerechnet von den Österreichern. Ausgerechnet von seinem Schwiegervater Kaiser Franz! Das hat uns vollends zermürbt.«

Also doch, dachte Ferdinand. Wie schon de La Tour gesagt hat - *das* ist Politik. Es geht nur darum, um über Ländergrenzen zu schachern. Das Wohlergehen der Bevölkerung ist den Herrschern fast egal. Wichtig ist ihnen nur, das Gleichgewicht der Kräfte zu wahren: Die Russen und Preußen dürfen nicht zu stark sein, die Franzosen nicht zu schwach. Dann hat Österreich einen sicheren Platz im Gefüge der Herrschenden. Die Macht ist gesichert. Dafür bietet man sogar dem größten Feind freies Geleit ...

Im Laufe der nächsten Tage erfuhren die Bewohner des Beginenhofs aus dem Mund von Walther Winkler immer mehr Details zu den Zuständen im Kriegsgebiet während der letzten Wochen und Monate. Sie waren gänzlich anderer Art als die Darstellungen, wie sie im WESTPHÄLISCHEN MONITEUR nachzulesen waren - jenem Zeitungsblatt, mit dem die französischen Besatzer der Bevölkerung eine andere Wirklichkeit vorzugaukeln versucht hatten. Um ein Vielfaches übertraf das tatsächliche Geschehen die schlimmsten Befürchtungen, die Ferdinand je zu hegen gewagt hatte. Sie erzeugten bei ihm immer mehr Verständnis für die Verbitterung der Bürger, die in ihren Familien Opfer des Napoleonischen Wahnsinns zu beklagen hatten. Dass in diesen Kreisen ein Hass gegen alles französisch Geprägte entstanden war, war immer mehr nachzuvollziehen. Natürlich konnte Ferdinand nicht akzeptieren, dass sich dieser Hass gegen ihn, gegen seine Familie und gegen seine Freunde richtete.

Drei
Zeichen setzen

»Es wird noch eine Weile dauern, bis die in Schwermut versunkene Susanna ihre Zermürbung wird ablegen können«, hatte Agnes gesagt. »Das Heilsamste wird sein, wenn sie und Walther etwas zu tun bekämen, was sie am besten vermögen.«

Agnes sollte recht behalten. Ferdinand gelang es, Susanna und Walther als Küchenhelfer im Gasthaus bei Schliekers Brunnen unterzubringen - bei jenem Wirt, den Ferdinand als Trauzeugen bei der Hochzeit von Ludwig und Silvana hatte gewinnen können.

Ab dem 5. November kehrte immer mehr preußisches Militär in Hameln ein, und es kam zu vielen Durchmärschen. Wie es hieß, war Napoleon die Flucht über Frankfurt ins französische Mainz gelungen. Nun gingen die ihn verfolgenden Alliierten in mehreren Marschrichtungen gegen Frankreich vor. In Hameln rückte ein Teil der Bülowschen Truppen ein, dem bald das ganze Korps folgte. Zahlreiche Verwundete mussten versorgt werden, aber die Soldaten brachten auch Krankheiten mit. Zuerst fand die Hälfte des Rindviehs den Tod. Die *Löferdörre* raffte die Viehbestände dahin.

In dieser Lage vertrat Ferdinands Mutter die Ansicht, es sei an der Zeit Zeichen zu setzen. Sie wolle im neu errichteten Lazarett helfen. Es war einerseits ein guter Gedanke, von dem Ferdinand seine Mutter jedoch wegen der Seuchengefahr abzubringen versuchte. Doch Hildegard hielt an ihrer Entscheidung fest.

Am ersten Tag wurde sie noch argwöhnisch beäugt. Nur einige Wundärzte, Fremde, waren froh über ihre Bereitschaft zu assistieren. Am zweiten Tag ließen sich die anderen helfenden Frauenzimmer bereits von Hildegard ansprechen, ohne dass man ihr etwas Ungehöriges an den Kopf warf. Und schon am dritten Tag leisteten sie einander Beistand bei ihrem fast aussichtslosen Einsatz, den unzähligen Hilfebedürftigen Unterstützung angedeihen zu lassen. Die pausenlos verlangten Handreichungen und die unendlich vielen Wege bereiteten ihr anfänglich kaum Probleme. Eher machten ihr das ständige Geschrei und die Grausamkeit der Bilder vom endlosen Leid zu schaffen. Aber schon nach kurzer Zeit sah man ihr an, dass ihr stundenlanges Schuften Spuren der Erschöpfung hinterließ.

Sie redete kaum über ihre Arbeit. Aber sie gab zu verstehen, welche Materialien dringend benötigt wurden.

Franziska, Elisabeth und Agnes gaben ihr Leinen mit sowie alle Gefäße, die sie erübrigen konnten. Und sie wagten es, bei den bessergestellten Mitbürgern Sammlungen durchzuführen. Man ließ sie gewähren. Gelegentlich trat man ihnen sogar mit Wohlwollen gegenüber. Kaum jemand wies ihnen die Türe. Es kamen Schalen und Schüsseln, Becher und Löffel, Eimer und Körbe voller Verbandsmaterialien zusammen.

Stets drängte Hildegard an ihren Einsatzort zurück, wo sie sich nicht nur um das Verteilen von Wasser an die Dürstenden, um die Gabe von leichter Kost, um das Versorgen von Wunden und das Anlegen von Leinen, um Zuspruch, Tröstung und Aufmunterung bemühte, sondern vor allem, um ein Minimum an Reinlichkeit herzustellen. Die hygienischen Bedingungen waren miserabel und in der Beengtheit des überfüllten Lazaretts kaum zu verbessern.

Kurz vor Weihnachten ließ sie ausrichten, dass sie gedachte, bis auf weiteres im Lazarett zu bleiben, um ihre Freunde im Beginenhof nicht mit einer möglichen Übertragung von Krankheitserregern zu gefährden. Ferdinands Einwände, sein Bitten und Flehen, fanden bei seiner Mutter keinen Nachhall. Sie war nicht umzustimmen, denn sie wusste um ihre Gründe. Es war die Rede davon, dass Typhus im Lazarett grassiere. *Nervenfieber* wurde diagnostiziert. Die unzähligen Menschen starben am Fleckfieber.

Es waren nur wenige Tage vergangen, da fühlte sich auch Hildegard fiebrig. Sie litt zuerst unter Kopfschmerz und Kraftlosigkeit. Die Appetitlosigkeit erschien ihr nicht ungewöhnlich. Denn dieses Symptom begleitete sie bereits seit dem ersten Tag ihres Einsatzes. Dann wurde sie von einmaligem Schüttelfrost heimgesucht, und Fieberträume plagten sie. Die Krankheitsanzeichen waren auch bei einer Reihe anderer Erkrankter zu beobachten. So wie diese wurde nun auch Hildegard behandelt. Es folgte eine Phase der Besserung. Gliederschmerzen und das Zittern an Armen und Beinen waren kurzfristig rückläufig. Aber am Rumpf erschienen kleine rote Flecken, die sich wegdrücken ließen aber sofort wiederkehrten. Später nahmen sie eine blau-rote Färbung an und vermehrten sich derart, dass sie den Großteil des Körpers bedeckten. Nach zwei Wochen war Hildegard sehr hohem Fieber ausgesetzt. Dann traten Bewusstseinsstörungen auf ...

Im neuen Jahr neigte sich bereits die dritte Woche dem Ende zu, in der Ferdinand keine Nachricht mehr von seiner Mutter erhalten hatte. Erneut suchte er das Lazarett vergebens auf. Einmal mehr wurde er abgewiesen. Als er nach Hause zurückkam, traf er Agnes mit verweintem Gesicht an. Die Augenpartien waren verquollen. Auf ihren Augäpfeln zeigten sich geplatzte Äderchen.

Schluchzend näherte sie sich ihm: »Mutter hat ... Sie ist ... Sie wurde ...«

Auch Elisabeth und Franziska traten auf ihn zu. Aus einem Ärmel zog Elisabeth ein Taschentuch, das sie Agnes reichte. »Hildegard ist ...«

Mit belegter Stimme brachte sie die schockierende Nachricht über die Lippen, wobei ihr Blick ins Leere ging. »Man hat uns soeben informiert, dass ...«

Bitternis durchströmte Ferdinand - Trauer, gepaart mit Wut. Denn seine Mutter hatte seinen Protest ignoriert. Bei vollem Bewusstsein hatte sie sich ins Verderben begeben. »Sie wusste, was sie tat«, murmelte er niedergeschlagen.

»Ja, Ferdinand, sie war davon nicht abzubringen«, bestätigte Franziska, von deren Antlitz ihm ebenfalls gerötete Augen entgegenblickten. »Vielleicht, weil sie schon seit langem unseres Alltags überdrüssig war.«

»Seit langem«, echote Ferdinand.

»Immer wieder sprach sie davon, dass sie ihre Freundin in Brügge gerne würde wiedersehen wollen. Sie sehnte sich geradezu danach«, redete Elisabeth mit monotoner Stimme vor sich hin.

Nun schnäuzte sich auch Ferdinand und nestelte an seinem Kragen. »Ich muss hier raus! Lasst mich eine Weile allein sein!«, bat er.

Er begab sich zur Weser. Gierig sog er die Luft ein. Sie war kühl, aber sie erfrischte. Sie tat ihm gut. Er schlenderte am Ufer entlang und sinnierte. Er verharrte und betrachtete die Strömung des Flusses. Die Wellen schlugen gegen den vereisten Rand des Flussbettes und brachen sich an den dicken Stämmen der vom Winterhochwasser eingeschlossenen Bäume mit ihrer rauen Rinde.

Er schluchzte und schämte sich seiner Tränen nicht. Von *heilsamen Tränen* hatte er vor Wochen noch gegenüber Walther Winkler gesprochen. Er presste die Lippen zusammen. Leere Worte für den, der betroffen ist, dachte er. Verbittert verzog er die Mundwinkel und rieb sich die feuchten Augen. Grimmig stierte er auf die Strudel, die die langen herabhängenden Zweige der Weiden in die Tiefe zu ziehen versuchten. Doch diese wehrten sich erfolgreich, peitschten über die kreisende Bewegung des Wasserwirbels und ließen sich vom Sog nicht greifen. Er versank mit seinen Gedanken in die Vergangenheit, als er den Weg fortsetzte. Im Schutz eines Schuppens, der fast bis an den hier eingebrochenen Böschungsrand des Stromes langte, entdeckte er die ersten Schneeglöckchen, die zaghaft ihre Köpfchen dem Sonnenlicht entgegenstreckten. Das abgelagerte Gezweig des Spülsaumes hatte sie beinahe erreicht. Ferdinand machte sich bewusst, dass er schon damals, als er nach dem Weser-Hochwasser bei der Reparatur der Deiche mitgewirkt hatte, einen Kahn in dem Schuppen entdeckt hatte. Ob das Boot wohl immer noch ... Die Erinnerungen brachen ab, als er wieder zu den Schneeglöckchen blickte. Seine Mutter mochte Schneeglöckchen gerne. Aber noch mehr hatte sie sich an Narzissen erfreuen können, wie sie zur Osterzeit zuhauf im Beginenhof blühten. Ihm kam das Gemälde aus Brügge in den Sinn. Es würde ihm jetzt ein ewiges Andenken an seine Mutter sein - und an seinen Vater ...

Wann immer er am hiesigen Flussabschnitt der Weser entlanggelaufen war, erhöhte er das Tempo seiner Schrittfolge unweigerlich, so auch heute. Die vereiste Pfütze sah er nicht, denn der Wind musste altes Laub darüber geweht haben. Er glitt aus. Er vernahm das Knacken des Eises unter seinen Füßen, während er sich mühte, mit seinem rechten Arm den Sturz abzufangen. Als er sich erhob, fluchte er. Er klopfte die Erde vom Ärmel seines Mantels und schimpfte. Er schalt sich selbst, dass er sich hatte ablenken lassen. Bei den nächsten Schritten bewegte er sich behutsamer vorwärts, aber er gab noch immer seinem Ärger Luft. Seine Erregung galt nunmehr seiner Mutter. Er war wütend auf sie. Und dann wieder auf sich selbst. Weil es ihm nicht gelungen war, sie von ihrem aufopferungsvollen und selbstschädigenden Vorhaben abzubringen. Während er ihre Sturheit beklagte, nahm er das düstere Gemäuer des Pulverturms wahr. Nur unweit davon entfernt erhob sich der Turm, in dem er den Vorabend der Hamelner Kapitulation verbracht hatte. Die beiden Türme waren nach der Schleifung Hamelns die einzigen Zeugen der ehemaligen vermeintlich uneinnehmbaren Stadtfestung geblieben. - Ferdinand war an den Nordrand der Stadt gelangt.

»Wie etliche andere Hamelenser, die den Kranken Beistand geleistet haben, ist Madame Heller Opfer ihres Edelmuts geworden«, hatte der Bote gesagt, der die Nachricht von ihrem Tod überbracht hatte. Es war im Moment für Ferdinand ein schwacher Trost, dass das Schikanieren durch etliche Bürger mit einem Male ein Ende gehabt hatte.

Er bemerkte, dass er sich dem Tempo eines Paares angepasst hatte, das rund zwanzig Schritt vor ihm bummelte. Ein Soldat, der sein Mädchen begleitete. Führte er sie aus? Sie schienen das gleiche Ziel zu haben. Schon von weitem hörte er, dass eine Musikkapelle aufspielte. Wie absurd. Das Kriegsende lag noch nicht lange zurück. Man lebte mit den Folgen. Krankheit und Tod prägten den Alltag. Mutter war tot und vielleicht schon, wer weiß wo, verscharrt worden. Und hier wurde gesungen. - Ferdinand erreichte Schliekers Brunnen. Diesmal würde es Walther Winkler sein, der den Trost spendete.

»Mutter hat damals gesagt, sie wolle ein Zeichen setzen«, sprach Ferdinand Monate später, als er mit seinem Schmerz umzugehen gelernt hatte. Und gleichsam dachte er an ein Wort Friedrich Wilhelms, der mehrfach davon gesprochen hatte, dass er in seinem Leben Spuren hinterlassen wolle. *Auch ich* will was bewegen, entschied Ferdinand. Ich kann nicht immer nur dasitzen und darauf hoffen, dass sich alles zum Guten wendet, erkannte er. »Sie hat ein Zeichen gesetzt«, fügte er hinzu. »Wir alle profitieren davon. Ich sollte ein Gleiches tun!«

»Was hast du vor?«, fragte Agnes besorgt.

»Walther hat mich wissen lassen, dass die Schießanlagen bei Schliekers Brunnen wieder in Betrieb genommen worden sind. Früher fand dort ein Scheibenschießen statt, um die Jugend an den Umgang mit dem Gewehr zu gewöhnen.«

»Und jetzt?«

»Jetzt treffen sich dort manche Bürgersöhne, um sich im Schießen, Kämpfen und Taktieren zu üben. Sie bereiten sich auf den Aufbau einer Landwehr vor.«

»Und daran ... Und daran willst auch du dich beteiligen? - Kann ich dich davon abbringen?«, fragte sie und ahnte schon die Antwort.

»Morgenfrüh werde ich mich dort zur Musterung einfinden.«

»Und in welche Gefahren begibst du dich damit?«

»Das hängt davon ab, wo und wann die Landwehr zum Einsatz kommt. - Agnes, du solltest dich nicht übermäßig sorgen. Gefahren lauern doch überall. Denk nur an

Mutter. Denk an die letzte Zeit, in der man uns übel mitgespielt hat. Denk an Susanna und Walther und daran, welchem Leid sie ausgesetzt sind.«

Agnes wagte nicht zu widersprechen. Sie hatte das Gefühl, dass Ferdinand fest entschlossen war, sein Vorhaben in die Tat umzusetzen. Er strahlte viel Zuversicht aus, mit seinem zusätzlichen Beitrag die Dinge zum Guten wenden zu können, sodass sie alle auch weiterhin eine Zukunft in Hameln haben würden.

Weitere Monate gingen ins Land. Ferdinands Beteiligung am Aufbau der Landwehr gehörte inzwischen zur Routine. Niemand glaubte mehr an einen baldigen Einsatz. Die gegen den Kaiser zuletzt siegreichen Verbündeten waren in Paris eingezogen.

Wie de La Tour es geahnt hatte, hatten sich etliche Marschälle und unzählige Gefolgsleute Napoleons von dem Kaiser abgewendet. Selbst die französischen Gouverneure der meisten Festungen hatten inzwischen kapituliert, wenn auch nur unter unsäglichem Blutvergießen. Vor allem der Stadtbewohner. Napoleon Bonaparte war durch den Senat abgesetzt worden, hatte abgedankt und war auf die Insel Elba verbannt worden. Prinz Ludwig, der Comte de Provence, dem als Ludwig dem XVIII die Königswürde angetragen wurde, war aus seinem Exil zurückgekehrt und in Calais gelandet. Und der Friede zu Paris war geschlossen worden.

»Stell dir vor«, sagte Ferdinand zu Agnes, »selbst dem alten von Strube hat es wieder hinter seinem Ofen auf Gut Behrensen hervorgeholt!«

»Den *alten von Strube*?«, fragte Agnes unwissend.

»Naja, so alt ist er auch wieder nicht, so um die vierzig. Aber nach sechs Jahren ist sein patriotischer Geist wieder geweckt. Und jetzt begeistert er uns alle durch seinen Diensteifer.«

»So?«

»Ja, er genießt die Sympathie aller, weil er das Einfache liebt. Er hat ein zurück-gezogenes Leben bevorzugt, in den letzten Jahren den Armen Arbeit gegeben, und nun bietet er vielen unserer Kameraden Fürsorge - wie ein Vater. Jetzt übernimmt er als ältester Capitain das Kommando über unser Bataillon. Und noch etwas: Auch der junge von Hake ist zurück!«

»Von Hake, *der junge*?«

»Der Sohn von dem Gutsbesitzer bei Ohr, für den Ludwig während der ersten Zeit seiner Tätigkeit als Tiermediziner gearbeitet hat.«

»Und *der* war heute bei euch während eurer Ausbildung?«

»Der ist jetzt beim Cumberland-Husaren-Regiment in Hannover angestellt, möchte aber um seine Entlassung bitten.«

»So ist das«, merkte Agnes kopfschüttelnd an, »der eine lässt sich wieder fürs Militär begeistern, der andere will lieber seinen Abschied nehmen. Und was willst du? - Es täte uns allen ganz gut, wenn wir nicht dauernd von unseren Rücklagen leben müssten. Wann willst du dich wieder um Arbeit bemühen und Geld für unser täglich Brot verdienen?«

Ferdinand legte die Stirn in Falten, während er mit einer Antwort zögerte. Schließ-lich traf er eine Entscheidung:

»Agnes, komm mit, ich muss dir etwas zeigen!«

Voller Erwartung folgte sie ihm, als Ferdinand sie zum Brunnenhaus drängte.

»Ah, du möchtest uns jetzt beim Waschen der Wäsche behilflich sein?«, wurde sie spitzzüngig. »Was ist geschehen? Bisher bist du dieser Arbeit doch stets aus dem Weg gegangen. Gehört das nun mit zum militärischen Drill?«

»Lass gut sein, Agnes. Du wirst gleich sehen, dass dein Spott unangebracht ist«, bemühte er sich um Beherrschung, als er am Brunnen den Hohlraum freilegte, in dem noch immer die Geldreserven lagerten.

»An Geld für euer täglich Brot wird es euch nicht fehlen« sprach er gelassen. »Es ist noch genug da!«

»Was ... Das ist ...«

»*Das Geld, an dem Blut klebt*, hat Mutter damals gesagt. Ich habe gut gewirtschaftet, wie ich meine.«

»Das ist ...«

»Ja, das ist mein Schatz aus dem Himmelreich. Ja, Agnes.«

»Aber ich dachte … Damals, als uns das Geld aus dem Versteck im Ofen entwendet ...«

Ferdinand schnitt ihr das Wort ab. Er wurde ungeduldig. Es fiel ihm nicht leicht, sein Geheimnis lüften zu müssen. »Ich hatte das meiste davon rechtzeitig in Sicherheit gebracht. Wie du siehst: Hier war es jahrelang gut aufgehoben. Übrigens: Etwas weiter hinten in dem Hohlraum befindet sich auch das meiste Geld aus Ludwigs Erbe.«

»Dann weiß Ludwig von diesem Versteck?«

»*Nur er* weiß davon - und jetzt *auch du*!«

»Und warum weihst du mich *gerade heute* in eure Geheimnisse ein?«

»Man kann ja nie wissen, was passiert, Agnes.« Er sprach vieldeutig, präzisierte aber sogleich: »Agnes, unser erster Einsatz steht in wenigen Tagen bevor!«

Vier
Am Hohenstein

»Na, wer wird denn da Trübsal blasen?«, warf Elisabeth einen beinahe verständnislosen Blick auf Agnes. Elisabeth verstaute das soeben zusammengelegte Bettzeug in der Wäschetruhe und schaute dann doch auch mitfühlend auf das Paar. Und sie sah, wie Ferdinand tröstend seiner Frau eine Hand auf die Schulter legte.

»Ich will euch wirklich nicht verlassen, Elisabeth. Aber wir sind nach Antwerpen abkommandiert, um in Garnison zu gehen.«

»Und dazu braucht man unbedingt die Hamelner Landwehr?«, schluchzte Agnes.

»Ich habe es schon zu erklären versucht, dass dies *unser* kleiner Beitrag sein wird, Europas Zukunft zu sichern.«

»Und was wird aus unserem Kind?«

»Weil ich einige Monate fort sein werde? Da mache ich mir um Julia eigentlich keine Sorgen.«

»Um Julia muss man sich vielleicht auch keine Sorgen machen«, schniefte Agnes. »Und was ist mit *ihm*?« Dabei strich sie sich über ihren Bauch, der noch kaum Anzeichen von einer wachsenden Leibesfrucht aufwies.

Mit einem tiefen Seufzer antwortete Ferdinand: »Wir wissen doch beide aus Erfahrung, dass ich in den Monaten vor der Geburt wenig nützlich bin, oder?«

»Wir werden das schon hinkriegen, Ferdinand«, versuchte Elisabeth Zuversicht zu verbreiten. »Außerdem hast du ohnehin keine Wahl - Befehl ist Befehl. Gib einfach auf dich acht, dann werden wir alle beruhigt sein. Du musst dir keine Gewissensbisse machen!«

Ferdinand war dankbar für diese Aufmunterung, die ihm auch am nächsten Tag durch Franziskas Bruder Walther zuteilwurde. Der hatte es sich nicht nehmen lassen, eigens zur Verabschiedung im Beginenhof zu erscheinen:

»Ferdinand«, sagte Walther, »wir alle wären untröstlich, nach unserem Jungen und nach Ihrer Mutter auch noch Sie zu verlieren. Aber Sie sind jung. Mit Ihren starken Schultern können Sie einen Beitrag dazu leisten das zum Ende zu bringen, was Conrad versagt geblieben ist. Seien Sie zuversichtlich, dann wird ein Kapitel der Geschichte endgültig geschlossen und das wilde Treiben des Korsen auf ewig der Vergangenheit angehören!«

Das Schulterklopfen behielt Ferdinand ebenso im Gedächtnis wie die verweinten Augen seiner Frau, als er sich am Vorabend des Abmarsches in die Truppenunterkunft begab, wo das Bataillon ausgerüstet wurde. Von hier brach man zur Garnisonkirche auf, nahm den Segen entgegen und stellte sich unter den Schutz des Allerhöchsten. Dann machte sich das Bataillon auf den Weg nach Antwerpen. Es war der 12. Juli 1814.

Als Capitain Julius Wilhelm von Strube den Marschbefehl erteilt hatte, folgten an die siebenhundert Freiwillige dem energischen Signal mehrerer Trommler, die das Marschtempo bestimmten.

Beim Auszug aus der Stadt warf Ferdinand einen letzten Blick in die Gasse, die zum Beginenhof führte. Was in den letzten Jahren von ihm unbeachtet geblieben war, nahm er in diesem Moment als unangenehm wahr: Gerade jetzt störte ihn der Anblick der bröckelnden Hausfassade. Auch einige der verwitterten hölzernen Fensterläden hingen schief in ihren Angeln. In das trostlose letzte Bild von seinem Heim brachte lediglich die zierliche schwarze Katze Fiore etwas Leben. Verängstigt blickte sie kurz auf, als sie die Schläge der Trommler vernahm. Dann wechselte sie scheinbar unschlüssig die Straßenseite von rechts nach links und trottete schließlich ziellos wieder zurück, bevor sie in einer Mauernische verschwand.

Unmittelbar vor der Weserbrücke tanzten mehrere Kinder in Julias Alter um einen etwas sonderlich gekleideten Mann, der ein Flötenspiel hören ließ, das so gar nicht zum Takt der Trommler passen wollte. Seine Tochter Julia gewahrte Ferdinand glücklicherweise nirgendwo. Sie jetzt zu sehen hätte ihn vermutlich das Herz gebrochen. Unerfreulich genug war die letzte Szene, die ihm wieder und wieder in den Sinn kam, als er sich von Agnes verabschiedet hatte. »Geh doch! Geh doch dahin, wo der Pfeffer wächst«, waren ihre letzten Worte gewesen. Immerhin hatte sie ihm dann doch ein Lebewohl zugeraunt.

Während diese Verstimmung Ferdinand begleitete, marschierte das Bataillon über die bedenklich schwankende Brücke in eine ungewisse Zukunft.

Knapp eine Woche später hatte sich Agnes in Franziskas Begleitung zum Stadtphysikus begeben, wo sie ihre Hebamme angetroffen hatte. Tochter Julia war in Elisabeths Obhut geblieben. Als Agnes jedoch gegen Abend zum Beginenhof zurückkehrte, waren weder Elisabeth noch ihre Tochter aufzufinden. Zunächst gab es keinen Grund zur Besorgnis. Seitdem Silvana nicht mehr da war, um ihr Patenkind zu betreuen und sich das merkwürdige Verhalten einiger Hamelner Bürger normalisiert hatte, kam es häufiger vor, dass Elisabeth und Julia gemeinsam Einkäufe erledigten, Spaziergänge unternahmen, Beeren sammelten oder Besuche abstatteten. Meist hinterließen sie eine kurze Nachricht. Doch diesmal war keine Notiz zu finden. Es dunkelte schon, als Agnes' Bedenken wuchsen. Sie erkundigte sich in der Nach-barschaft. Indes hatte keiner frohe Kunde. Niemand wusste über merkwürdige Beobachtungen oder gar etwas vom Verschwinden der beiden zu berichten. Man fand aber auch nichts Sonderbares dabei. Allenfalls hatte mancher einen banalen Trost parat. Als auch Franziska keine Notwendigkeit gegeben sah, weitere Erkundigungen einzuziehen, die Bedeutung des Vorfalls herunterspielte und sich zur Nachtruhe abwandte, ergab sich Agnes widerwillig ihrem Schicksal. In den Schlaf fand sie lange Zeit nicht. Warum nur? Warum habe ich Ferdinand bei seinem Abschied nur diese Szene gemacht?, ging es ihr durch den Kopf. Ich liebe ihn und habe Angst ihn zu verlieren - ist das denn so schwer zu verstehen?, haderte sie. Und dann wieder richtete sie ihren Groll gegen sich selbst: Warum nur habe ich meine egoistischen Beweggründe nicht im Zaum halten können? Warum habe ich ihm meine Liebe nicht gegeben in dem Moment, in dem er ihrer am dringendsten bedurfte? Muss ich nun die Rechnung dafür bezahlen? Warum ist Julia nicht hier, mein Gott? Bestrafst du mich jetzt, weil ich gefehlt habe? »Ferdinand, bitte verzeih mir«, rief sie aus, während sie tränenüberströmt und unglücklicher denn je ihre Finger in das Kopfkissen krallte. Innerlich aufgewühlt beschloss sie, gleich morgen früh beim Magistrat um Unterstützung nachzusuchen. Blieb zu hoffen, dass sich die Sorge als unbegründet erweisen würde.

Und tatsächlich verspürte Agnes am anderen Morgen zunächst Erleichterung, als sie ein Klopfen an der Tür vernahm. Einige Augenblicke hatte sie Hoffnung, dass Elisabeth mit ihrer Tochter endlich zurückgekehrt war. Doch ebenso schnell zerstob diese Annahme wieder, als sie sich bewusst machte, dass Elisabeth nicht anklopfen würde. Oder sollte sie doch nur ihren Schlüssel verlegt oder verloren haben? Aber warum war sie dann nicht dennoch nach Hause zurückgekehrt, überlegte Agnes kurz. Irgendetwas stimmt da nicht, war sie sich sicher und näherte sich voll Unbehagen der Eingangstür, die sie nur einen Spalt breit öffnete.

Als Agnes den Flötenspieler sah, versuchte sie ihn abzuwimmeln. Doch der vermeintliche Hausierer stellte einen Fuß auf die Türschwelle und gab sich zu erkennen:

»Ich möchte lediglich meinen verdienten Lohn holen«, begann er ein Feilschen.

Es war nichts Ungewöhnliches, dass die Bettler schon am frühen Morgen nach Alkohol rochen. Doch von diesem Subjekt ging ein Gestank aus, der Agnes unwillkürlich auf den Magen schlug.

»Wovon sprechen Sie, Monsieur?«

»Nun, ich habe Ihrer Tochter die Flöte gespielt und sie hat sich sehr belustigt gezeigt! Sollte sich in dieser Stadt die Geschichte vom Rattenfänger wiederholen? Ich hoffe doch nicht, dass man mich um meinen Lohn prellen will!«

»Was wissen Sie über meine Tochter? Wo ist sie?«, fragte Agnes erregt.

Da entledigte sich der Fremde seiner Verkleidung.

»Es ist gut; genug der Maskerade«, sprach er ernst. »Agnes, folge mir und du wirst sehen, dass es meinem Enkelkind gut geht. Schließlich ist ja noch diese alte Vettel da und passt auf!«

»Monsieur!«, empörte sie sich. »Vater?«, stammelte sie zögernd. »Was soll dieses dreiste Possenspiel?«, entrüstete sie sich.

»Oh, du erkennst mich. Das macht manches leichter. Es hat mir viel Zeit und Kraft gekostet euch aufzufinden. Und alleine hätte ich es wohl kaum geschafft«, ignorierte

Franz Altemeier die Frage. »Ich möchte, dass du dir jetzt sofort bequeme Kleidung anlegst und mir dann folgst, ohne Aufsehen zu erregen. Dann geschieht deiner Tochter und ihrer Aufseherin nichts. - An der Tränke beim Kirchhof warten zwei Pferde auf uns.«

»Ich kann nicht reiten«, reagierte Agnes störrisch.

»Als ob ich mich nicht informiert hätte«, erwiderte Altemeier mit einem süffisanten Lächeln. Aber du kannst die zwei Meilen auch laufen, wenn dir das lieber ist.«

»Wo ist Julia?«

»Vielleicht schaffst du es dann in drei bis vier Stunden, bis du deine Tochter wiederbekommst.«

Die Abneigung gegen diesen Menschen gewann Oberhand über ihre Sorge um Julia. Mit einem hasserfüllten Blinzeln konstatierte sie: »Sie sind ein noch größeres Scheusal, als ich Sie in Erinnerung habe, Monsieur!« Und auch im Verlauf der folgenden Stunde ließ Agnes ihren Zorn den Entführer ihrer Tochter spüren. Bei drückender Hitze ritten sie geraume Zeit schweigend im Schritt auf einer staubigen Straße entlang, bis sie Feldwege und Pfade benutzten, die leicht bergan führten. In einigen Windungen ging es in Richtung des vor ihnen liegenden Höhenzuges. Im *Süntel* war Agnes noch nie gewesen. Trotz der Aufregung versuchte sie bestmöglich, sich den Weg einzuprägen. Vom Sonnenlicht angestrahlt ragte über die Baumwipfel der Buchen feurig rot schimmerndes Gestein heraus, Klippen eines Felsenriffs aus längst vergangenen Zeiten. Die sich über diesem *Hohenstein* zusammenbrauenden Gewitterwolken verliehen dem Bild ein unheilvoll bedrohliches Aussehen. Es entwickelte sich eine geheimnisvolle Atmosphäre.

Agnes fiel das Reiten schwer. Sie stieg vom Pferd und hielt sich ihren Leib.

»Warum muten Sie mir und meinem Kind das zu, Monsieur?«

»Ich sagte schon, dass es meinem Enkelkind gut geht.«

»Ich spreche nicht von Julia«, wurde Agnes laut, »ich denke an ihr ungeborenes Geschwisterchen!«

»Was denn? Sollte ich noch ein Enkelkind bekommen?«

Da antwortete Agnes aufbrausend: »An was hatten Sie denn gedacht, Monsieur, da Sie wiederholt die ganze Zeit schamlos meine Physiognomie taxieren?«

»Oh, jetzt wird sie hysterisch. So kennt man sie: die Weiber mit den Störungen ihrer Uterusfunktion. So war es auch damals bei Lea.«

»Was Sie nicht sagen, Sie Schlaukopf. Haben Sie schon mal darüber nachgedacht, dass Sie derjenige sein könnten, der die Ursache für solche Störungen verkörpert?«, erwiderte sie gereizt. »Und was meine Mutter betrifft, so sind *Sie* wohl nicht unschuldig an ihrem Unglück.«

»*Du* hast sie getötet, schon vergessen?«

»Ja, das haben Sie mir lange genug einzureden versucht. Aber *Sie* waren es doch, der seiner abnormen Selbstsucht frönte, dem Eigennutz und der Habgier mit lauter Affären!«

»Nana, so kenne ich sie ja gar nicht, meine kleine graue Maus. Ja, wenn Elsbeth einen solchen Anfall bekommen hätte. Apropos: Wohin hat es eigentlich mein anderes Kind verschlagen? Wohl kaum unter die keuschen Beginen, oder? - Ach, ich vergaß, so keusch ist es ja gar nicht mehr, mein Mauerblümchen«, provozierte er Agnes, indem er sie von Kopf bis Fuß musterte.

Empfindlich getroffen entgegnete sie mit einem abweisenden kalten Lächeln: »Ach, Sie wissen nicht, wo sich Elsbeth befindet? Wie kommt's, wo Sie doch so gut informiert zu sein scheinen und sich sogar aufgemacht haben, unseren Frieden zu stören. Haben Sie nicht damals schon genug Unheil angerichtet?«, redete sie sich in Rage. »Ich will Ihnen was sagen: Sie ist das Opfer von Männern *Ihrer Art* geworden! Macht Sie das glücklich?«

»Glücklich macht mich vor allem Ihre Erregung, Madame«, wechselte Altemeier plötzlich die Anredeform. Er genoss das Gefühl der Überlegenheit. Um es weiter auszukosten, verlegte er sich darauf, Ängste zu schüren, wobei sein bisheriges Grinsen gefror: »Sehen Sie dort diesen Bach, wie er noch friedlich mäandernd in seinem Bett dahinplätschert? Das war nicht immer so. Einst wurde hier auf den Feldern und in den Wäldern eine beispiellose Schlacht geschlagen, so dass sich das Wasser vom Blut der Sterbenden rot färbte. Er heißt noch immer so, der *Blutbach*«, führte er aus - untermalt von einem lang gezogenen Donnergrollen.

»Monsieur, was wollen Sie eigentlich von mir? Erst entführen Sie meine Tochter, führen mich in diese unwirtliche Gegend und jetzt erzählen Sie mir Schauergeschichten. Wollen Sie mich schrecken? Ist das Ihr Begehr? Sind Sie so tief gesunken, dass es Sie nach Perversitäten gelüstet?«

Da holte Altemeier kräftig aus und verpasste Agnes eine derartige Maulschelle, dass ihr die gezüchtigte Wange noch eine ganze Weile brannte.

»Von Demut haben Sie noch nichts gehört, was?«, blaffte er sie an. Doch schon im nächsten Moment fuhr er mit gefühlloser Kälte fort: »Schauen Sie, ein Steinkreuz. Hier wurde ein Knecht Opfer ...«

Ein greller Blitz mit dem unmittelbar darauf folgenden Krachen des Donners unterbrach jäh seine Erklärungen. Die Pferde waren nur mit Mühe zu bändigen.

Dann brüllte Altemeier, während ihm Wind und Regen ins Gesicht peitschten: »Wir kommen jetzt ins *Totental*, wo wir die Pferde zurücklassen müssen!«

Er löste die Schnüre, die ein Bündel aus wasserabweisender Leinwand am Sattel hielten. Er band sich das Paket so vor den Körper, dass es ihn beim Gehen kaum störte. Schritt für Schritt erklommen sie nun einen steil bergan führenden Steig mit natürlichen Stufen aus Baumwurzeln, die teilweise Gestein und Erdklumpen losgebrochen hatten. Immer wieder musste Agnes ausweichen, weil ihr zudem Geröll entgegenkam, das Altemeier losgetreten hatte. Der Untergrund wurde derart rutschig, dass man sich kaum aufrecht, sondern eher auf allen vieren fortbewegen konnte. Es sah aus, als wollten sie den Berg hinaufkriechen. Ihre Kopfbedeckung hatte Agnes schon durch eine der ersten Windböen verloren. Der Regen und die Strähnen des langen nassen Haares behinderten jetzt ihre Sicht. Sie spürte, wie ihr die völlig durchnässte Kleidung am Körper klebte. Sie fühlte sich hilflos und ausgeliefert. Erbarmungslos wie der mit Gewalt niederprasselnde Regen marschierte Altemeier rücksichtslos voran. Schon kam es Agnes in den Sinn, diesem Unhold mit einem Gesteinsbrocken niederzustrecken. Doch dann würde sie ihre Tochter in diesem Waldlabyrinth niemals wiederfinden.

»Na, wie ist es da unten?«, höhnte er, als er Agnes etliche Schritte hinter sich japsen und wimmern hörte. Sollte es ihm gelungen sein, die Furie gezähmt zu haben? War ihr Widerstand endlich gebrochen?

Aber das Gefühl des Triumphs konnte er nur kurz auskosten. Eine Baumwurzel setzte sich in Bewegung, die ihm lawinenartig entgegen zu rutschten drohte. Noch bevor sie weitere Gesteinsmassen mit sich reißen und ihre ganze zerstörerische Kraft entfalten konnte, wurde sie wenige Schritte leicht seitwärts vor Altemeier von kräftigen Baumstämmen aufgehalten.

»Man hat diesem Tal nicht ohne Grund seinen Namen verpasst«, äußerte er scheinbar ungerührt. Dabei zog er eine Flasche Branntwein aus seinem Bündel und gönnte sich einen kräftigen Schluck.

Als Agnes zu ihm aufgeschlossen hatte, glaubte sie ihren Ohren nicht zu trauen: »Wir könnten uns dies alles sparen, wenn du mir verraten würdest, wo sich das königliche Schreiben und der Siegelring befinden«, brachte er gelassen zum Ausdruck. »Aber wahrscheinlich hat man dich gut instruiert, darüber Stillschweigen zu bewahren. Habe ich recht?«

»Was wollen Sie jetzt schon wieder von mir?«, fragte sie entgeistert.

»Wusste ich's doch. Aber ich bin mir sicher, du wirst reden, wenn du auf der *Teufelskanzel* stehst und hundert Schritt in die Tiefe blickst. Einen solchen Sturz würdest weder du noch deine Tochter überleben«, drohte er kaltblütig.

»Ich verabscheue Sie!«

»Ja, natürlich. Also: Willst du mir nichts über den Verbleib der Utensilien des französischen Königs sagen? Ich meine, das Geld haben wir ja bereits abgeschrieben. Wie ich hörte, hat sich dieser Bastard mit dem vermeintlichen Erbe von diesem ..., von diesem Luder davongemacht.«

»Waren nicht Sie es, der aus Ludwigs Mutter erst ein *Luder* gemacht hat, Monsieur?«, entrüstete sich Agnes.

Wieder ließ ein heller Blitz den dunklen Wald aufleuchten.

»Ulf und ich werden es schon aus dir herauszupressen wissen«, versuchte er Agnes einzuschüchtern. »Mit dem Siegelring werden wir es schaffen, dass Napoleon wieder den ihm gebührenden Platz einnehmen kann.«

»Ulf?«, fragte Agnes in dunkler furchteinflößender Ahnung.

»Ulf Bonnet aus Hamm. Du bist ihm zusammen mit deinen Freunden schon einige Male begegnet - unter nicht immer glücklichen Umständen, wie ich wohl weiß.«

»Sie sind ja wahnsinnig«, erwiderte Agnes, wobei die zunehmende Angst unüberhörbar war.

»Der *Hohenstein* wurde in alten Zeiten als Kultstätte genutzt«, versuchte er Agnes weiter unter Druck zu setzen.

»Soweit mir bekannt ist, wurde die Teufelskanzel in heidnischer Zeit auch *Grüner Altar* genannt, auf dem der Frühlingsgöttin Opfer gebracht wurden. Vielleicht waren damals auch Menschenopfer üblich; ich weiß es nicht. Aber die Göttin hätte gewiss nichts dagegen, wenn wir dort einen solchen Opferkult zelebrieren würden, der Ulf und ich.«

In diesem Augenblick spürte Agnes, wie ein Stechen ihren Körper durchfuhr, sodass sie sich krümmen musste. Der heftige Schmerz wollte sie resignieren lassen. Für den Bruchteil einer Sekunde wollte sie fliehen. Wie die Baumwurzel wollte sie den Hang herunterrutschen. Wahrscheinlich könnte sie bei den Pferden sein, bevor ihr Peiniger sie einholen würde.

»Irgendwie kommt mir Ihr Gerede bekannt vor, *Kultstätte, Heidnische Zeiten* - das ich nicht lache. Als Kind haben Sie mir schon damals bei den Externsteinen Märchen aufgetischt, um mich zu ängstigen. Was waren Sie nur für ein Vater! Pfui! Abscheulich, sage ich nur.«

Während sie sich weiter empörte, entdeckte Agnes etwas Buntes im Gebüsch. Es war Julias Eulenspiegel-Puppe, die Ferdinand vor Jahren aus Einbeck mitgebracht hatte. Schon wollte sie die Puppe an sich nehmen. Aber sie zögerte. Lieber ließ sie den Talisman hier liegen. Falls sie jemals lebend von diesem Ort fortkämen, würden solche Wegweiser unverzichtbar werden, um den Rückweg finden zu können. Ein wenig Erleichterung verspürte Agnes in diesem Moment - auch als sie bemerkte, dass dort nur *ein* Teil der Puppe hing. Vielleicht hat Julia ja noch mehr Zeichen zurückgelassen, kam ihr in den Sinn. Und mit neuer Energie stapfte sie weiter - dieser Bestie von Vater hinterher.

Als sich das Gewitter verzogen und der Regen nachgelassen hatte, gelangten sie auf ein Plateau. Kurz zuvor hatte Agnes am Abzweig eines Pfades tatsächlich einen letzten Körperteil von Julias Puppe erspäht. Sie hatte mitzuzählen versucht. Vier, nein fünf derartige Hinweise hatte sie insgesamt entdeckt.

Der Wald lichtete sich und Agnes sah sich dem gleißenden Sonnenlicht des frühen Nachmittags ausgesetzt. Was ihr nicht unangenehm war, würden die wärmenden Strahlen doch hoffentlich schnell ihre Kleidung trocknen.

Nach wenigen Minuten gelangten sie an einen baumlosen Platz. Stellenweise wurde der felsige Untergrund sichtbar, der vom Regen freigespült worden war.

Altemeier wies die sich sträubende Agnes an, näher an die Klippenkante zu treten. Auch vor diesem Moment hatte sie sich geängstigt und spürte, wie sich der Schwindel ihrer bemächtigen wollte. Doch aufgrund des sich ausbreitenden Nebels, der sich bereits bis hinüber ins Wesertal erstreckte, war der Blick in die Tiefe weniger schlimm als befürchtet.

»Wo ist Julia?«, krächzte Agnes, weil ihr die Stimme zu versagen drohte.

Da stieß Altemeier sie brutal zur Seite: »Wenn du sie noch einmal sehen willst, solltest du dich vorsehen, nicht zu nah an die Felskante zu treten. Das Gestein ist sehr brüchig!«, höhnte er. »Es ist übrigens nicht mehr weit!«

Sie folgten dem einzig begehbaren Pfad, der von einigen Kiefern gesäumt war. Wenig später kamen sie an einer mächtigen Eiche vorbei und erreichten die Teufelskanzel - den Felsvorsprung, auf dem gigantische Steinblöcke aufgeschichtet waren. Zwischen diesen Blöcken waren Hölzer verkeilt. Agnes machte einige Schritte auf die daran festgebundene Elisabeth zu, die ein jämmerliches Bild abgab. Ihre Kleidung war nicht nur vom Regen durchnässt, sondern auch durch ihre Fäkalien verdreckt. Sie hatte ihre Notdurft nicht mit Würde und Anstand verrichten dürfen. Ungeziefer wimmelte um das stinkende Rinnsal der Exkremente. Wolken schwarzer Fliegen ließen sich mal hier und mal dort nieder und wurden zur Plage, als sie das Gesicht der wehrlosen Frau umschwärmten und darauf herumkrabbelten. Und der Juckreiz an ihrer linken Hand war unerträglich.

»Bleib zurück!«, warnte Elisabeth mit heiserer Stimme. «Er hat mir ein Seil umgebunden. Die kleinste Regung bringt Julia in Gefahr!«

»Wo ist sie und wie geht es ihr?«, fragte Agnes voller Entsetzen.

Ruckartig bewegte Elisabeth ihren Kopf, um die Fliegen fortzujagen. »Wie geht es einem Kind, das zwanzig Stunden einer solchen Tortur ausgesetzt ist?«

»Nun, meine Liebe«, feixte Altemeier, »das ist erst der Anfang. Also: Wo ist der Siegelstempel?«

»Haben Sie nicht die ganze Zeit von einem Ring gefaselt?«, versuchte Agnes verzweifelt, ihrem Widersacher die Stirn zu bieten.

»Mit deiner Wortklauberei machst du's nur noch schlimmer. Du hast die Lage wohl immer noch nicht begriffen, was?«

Agnes wunderte sich über sich selbst, über ihren Mut und die unerwartet freigesetzte Energie, die ihr ein selbstbewusstes Auftreten ermöglichte. Sie fühlte sich so stark wie nie zuvor: »Ich möchte sofort Julia sehen und erwarte, dass Elisabeth aus ihrer menschenunwürdigen Lage befreit wird!«

»So, so, du *erwartest*«, kicherte Altemeier und wurde dann ernst: »Du weißt, was *ich* erwarte! Aber ich will dir zeigen, dass ich kein Unmensch bin. Ich werde jetzt mein Enkelkind holen. Und wenn ich dann von dir keine zufriedenstellenden Antworten erhalte ... *Dies* hier ist der Opferaltar.« Dabei wies er auf die großen Steinblöcke.

»Meine Liebe, du musst es dir jedoch gefallen lassen, dass ich auch dich anbinde, damit du nicht in Versuchung gerätst, diese Hexe zu befreien oder mir zu folgen«, sprach er, während er Agnes ebenfalls fesselte und mit einem Seil an dem Stamm der Eiche festband. Wieder ergriff Altemeier die Flasche Branntwein und labte sich daran, bevor er aus dem Blickfeld der beiden Frauen verschwand.

»Ich wollte, ich hätte das Gift aus der Kapsel des Schlafmohns«, murmelte Elisabeth und dachte an ihren Adoptivsohn Ludwig und an Silvana, wie sie damals im Frankenland das Mittel in den Wein der französischen Spione gegeben und sie außer Gefecht gesetzt hatten.

»Julia, mein Kind«, rief Agnes erleichtert. »Wie geht es dir? Hat er dir Leid angetan? Und wie kommt es, dass du ganz trocken bist? Musstest du nicht bei dem Gewitter im Regen verharren?«

»Nein, nein, Mama. Aber warum bist du am Baum ...« Sie schaute zu Elisabeth rüber und rümpfte die Nase, als sie die übel riechenden Ausdünstungen wahrnahm, die von der Teufelskanzel herüberwehten. »Mama, hat *dieser* Mann euch festgebunden?«

»Hatte er dich auch festgebunden?«, antwortete Agnes mit einer Gegenfrage.

»Ich musste mich in eine kleine Höhle kauern. Aber darin konnte ich mich frei bewegen. Er hat gesagt, ich bin sein Enkelkind. Ich soll keine Angst haben. Er wird mir nichts tun. - Mama, was ist ein *Enkelkind*?«

»Ein Enkelkind ... ähm«, begann Agnes einen Erklärungsversuch. »Aber sag doch, du bist doch gewiss jetzt sehr hungrig und durstig, oder?«

»Er hat mir Brot und Wasser dagelassen und ganz viele Himbeeren. - Mama, hast du meinen Eulenspiegel ...«

»Ja, Kind, alles wird gut. Es ist nur ...« Dabei wies sie auf ihre Fesseln. »Kannst du vielleicht diesen Knoten da ...«

»Nein!«, unterbrach Altemeier sie. »Die Fesseln bleiben dran. Ich erwarte eine Antwort, ansonsten ...« Dabei legte er Julia eine Hand auf ihren Nacken und drückte ihn nieder, sodass das Neigen des Kopfes und des Oberkörpers einer unbeholfenen Verbeugung gleichkam. Diese Geste war kaum misszuverstehen.

»Mama, warum tut er mir jetzt weh?«, jammerte Julia.

»Sag ihm doch endlich, was er hören möchte«, stöhnte Elisabeth.

»Monsieur, Sie kennen doch den Adalbert Schmidt«, begann Agnes zögernd.

»Ich hatte damals das Vergnügen«, antwortete Altemeier mit ironischem Unterton. Dabei kamen ihm Bilder in den Sinn - Erinnerungen, wie er einst in den Wäldern bei Detmold seinen Verfolger abgeschüttelt hatte. Wer die Örtlichkeit kennt, ist klar im Vorteil, dachte er bei sich. Wie gut, dass er Bonnet gegenüber hartnäckig darauf bestanden hatte, sich für die gründliche Erkundigung ihrer Operationsgebiete Zeit zu nehmen. Und wer hätte zudem gedacht, dass dabei sogar das Material von diesem preußischen Kartographen Le Coq einmal gute Dienste leisten würde.

»Sie wissen auch, dass Adalbert den Brief und den Ring von seinem Vater übereignet bekommen hat?«

»Das hat mir Ulf doch alles schon erzählt«, drängelte Altemeier. »Ich will wissen, wo die Dinge *jetzt* sind.«

»Lassen Sie Julia in Ruhe! Und binden Sie Elisabeth los! Oder wollen Sie den *Heiligen Bezirk* auch weiterhin entweihen?«

Da hatte Agnes ihn wohl an einem wunden Punkt getroffen.

»Komm mit, Julia. Hier ist ein Messer. Schneide das Seil durch!«, wirkte Altemeier auf einmal etwas entnervt.

»Ich kann das nicht«, schluchzte Julia jetzt.

»Versuchs, Julia. Ich bin sicher, du kannst es«, munterte Agnes ihre Tochter auf.

»Wenn ich anschließend keine zufriedenstellende Antwort erhalte, wird die alte Vettel vor den Augen deiner Tochter als erste geopfert«, drohte Altemeier.

»Das Seil ist zu dick, Mama. Ich schaff das nicht!«

»Versuchs einfach weiter, Julia. Du hast viel Zeit. Niemand drängt dich!«

Als er das Herabfallen von kleinen Steinchen zu vernehmen glaubte, besann sich Altemeier: »Julia, warte noch einen Moment! Ich glaube, ich höre da etwas.«

Unruhig stapfte Franz Altemeier nun am Rand der Felsen entlang. Seine Ungeduld wuchs stetig - derart, dass er dem Klippenrand manchmal bedrohlich nahe kam. Er spähte hinunter in der Hoffnung, seinen Kumpan zu entdecken. Kiefernzapfen nahm er auf, die er in Erwartung einer Reaktion hinabwarf und um herauszufinden und sicherzustellen, dass da kein unerwünschter Fremdling herumschlich. Altemeiers Stimmung verschlechterte sich. Er wurde mürrisch, denn Ulf Bonnet ließ ihn schon zu lange warten. Immer wieder setzte er die Branntweinflasche an den Mund.

»Wo bleiben Sie denn, Bonnet?« rief Altemeier.

»Halten Sie die Luft an, Mann!«, schnaufte Bonnet, als dieser auf dem Plateau angelangt war. »Wie kann man nur so dämlich sein? Einen noch weniger geeigneten Treffpunkt konnten Sie wohl nicht finden, was?«, schimpfte er mit erzürntem Blick.

»Wir sollten diesem heiligen Ort mehr Respekt entgegenbringen, Bonnet!« Er ließ die Flasche mit dem Branntwein hinter seinem Rücken verschwinden.

»Hokuspokus«, raunzte der Ankömmling, der nicht begeistert schien, dass Altemeier entgegen der Absprachen Namen nannte.

»Haben Sie was gefunden?«, fragte Altemeier neugierig.

»Nichts. Gar nichts. Ich habe alle Wohnungen einer gründlichen Durchsuchung unterzogen. Absolut nichts. - Haben *die da* was preisgegeben?«

Altemeier schüttelte den Kopf: »Nichts, was wir nicht schon wüssten. Aber ... Wir könnten vielleicht noch einmal *zusammen* einen Versuch ...«

Bonnet wandte sich Agnes zu, während Altemeier die Flasche in seinem Bündel verstaute.

»Monsieur«, ergriff Agnes das Wort, »Sie wissen es doch. Sie wissen doch alles. Oder sollte Ihnen etwa nicht bekannt sein, dass sich Adalbert Schmidt schon vor vielen Jahren nach England abgesetzt hat und den Brüdern des letzten französischen Königs gefolgt ist. Den Adalbert suchen Sie doch - oder etwa nicht?«

»Aber, Madame«, erwiderte Bonnet mit einer abweisenden Handbewegung, »uns allen ist doch nicht unbekannt, dass dieser Ludwig der Soundsovielte - alt und lahm und dick wie eine Tonne - den Kaiser wieder von seinem Thron verdrängt hat. Also wird doch auch dieser Schmidt nicht mehr weit sein. Ich kann mir nicht vorstellen, dass er sich fürderhin im Abseits dieser uninteressanten englischen Insel aufhält. Schon gar nicht, da er im Besitz solch königlicher Hoheitszeichen ist, mit denen man zum Beispiel Urkunden fälschen kann oder die sich vorzüglich dazu eignen, Intrigen anzuzetteln - vielleicht sogar die Mächtigen Europas gegeneinander auszuspielen. Der Phantasie sind da keine Grenzen gesetzt.«

Mit einem Fingerschnippen rief Bonnet Altemeier herbei.

»Ich weiß nicht, wo genau Adalbert sich jetzt aufhält«, schluchzte Agnes. Tränen kullerten, als Bonnet mit diabolischem Blick seufzend zum Grünen Altar schaute: »Ich hätte sie und dieses ganze Illuminaten-Pack schon viel früher zur Strecke bringen sollen«, schnaubte er mit Blick auf Elisabeth verächtlich.

»Was?«, fragte Agnes erschrocken.

»Nun tun Sie nicht so, als wüssten Sie auch davon nichts«, drehte er sich zu Agnes um. »Wenn ich die Informationen, die mir seit Kurzem zur Verfügung stehen, schon damals gehabt hätte, wären wir heute nicht hier. Napoleons Geheimpolizei hätte sich mehr als erkenntlich gezeigt.«

»Wer weiß sonst noch davon?«, rutschte es Agnes heraus.

»Aha, ein Geständnis? - Für mich leider unbrauchbar, derzeit zumindest. Aber vielleicht gelingt es uns, Europa den einzig wahren Herrscher zurückzugeben. Dann ..., ja dann könnte unser Wissen sicher noch einmal wertvoll werden. Oder dieser seltsame Franzose, der uns zuvorgekommen ist und jetzt auch seine Finger im Spiel hat, liefert dieses rebellische Gesindel ans Messer«, wies er erneut mit einer Geste auf Elisabeth. Was meinen Sie Altemeier?«

Während man aus Altemeiers verschwörerischem Grinsen seit Bonnets Auftauchen komplizenhafte Zustimmung hätte herauslesen können, wandelte sich nun sein Gesichtsausdruck. »Illuminaten?«, fragte er ungläubig und gab zu erkennen, dass ihm diese Informationen, die ihn unruhig werden ließen, offensichtlich bisher vorenthalten worden waren. Mit den Illuminaten, diesem mysteriösen Pack, wollte er eigentlich nur ungern in Verbindung gebracht werden.

Ohne das Thema zu vertiefen, flüsterte Bonnet nun, so dass es die anderen nicht hören konnten: »Altemeier, wenn wir diese machtbesessenen Bourbonen vernichten und etwas schaffen wollen, was selbst einem Napoleon Bonaparte nicht gelungen ist, dürfen wir hier nicht unsere Zeit vergeuden. Die Jagd dauert schon viel zu lange. Ich werde dem Hamelner Bataillon folgen. Mein Bauchgefühl sagt mir, dass uns ihr Ehemann unserem Ziel ein Stück näher bringen kann.«

Altemeier musste innerlich lächeln. Ulf Bonnet war keiner, der jemals aus einem *Bauchgefühl* heraus gehandelt hatte. Dass sie heute hier waren, war das Ergebnis langwieriger, mühseliger und systematischer Erkundigungen sowie wohldurchdachten Kombinierens gewesen. Sie hatten viel Geduld aufbringen müssen. Leider war ihr strategisches Vorgehen oft genug durch nicht vorhersehbare Entwicklungen gestört worden. Selbst das Aufstacheln der Hamelner Bevölkerung gegen Bonnets verhasste Widersacher hatte nicht den erhofften Erfolg gezeigt. Und nun wollte Bonnet seinem *Bauchgefühl* folgen? Na dann. Er, Altemeier, spürte langsam seine Kräfte schwinden bei den jahrelangen Nachstellungen.

»Und was soll ich mit denen da machen?«, fragte er in normaler Lautstärke.

Da spottete Bonnet: »Ich dachte, Sie gieren danach, den Rest Ihrer großartigen Familie zusammenzubringen und Detmold damit zu beglücken. Und diese stinkende Alte da drüben ... Da werden Sie doch wohl einen Weg finden, ihrem Alptraum ein wie auch immer geartetes Ende zu setzen. - Übrigens ...«, zog Bonnet die Nase kraus, »der Alkoholgestank, der Ihrem Rachen entströmt, ist auch nicht viel besser zu ertragen! - Wir sehen uns!«

»Bonnet!«, rief Altemeier seinem Kumpan hinterher. Sie können doch nicht ..., können mich doch jetzt nicht mit den Weibern alleine lassen.« Das Ende des Satzes ging in ein halblautes Murmeln über, fast einem Winseln gleich. In Gedanken schleuderte er seinem bisherigen Gesinnungsgenossen einige heftige Verwünschungen hinterher. Längst hatte er sich wieder der Branntweinflasche bemächtigt, setzte sich an den Klippenrand und spülte seinen Ärger einmal mehr mit dem Hochprozentigen herunter. Während er mit zunehmend glasigem Blick den Rest seines Gesöffs betrachtete, das seine Sinne immer mehr benebelte, wägte Agnes ab, ob sie ihren hartnäckigen Widerstand lockern sollte, um diesen unberechenbaren Kerl nicht weiter zu reizen. Doch schon entglitt ihr wieder eine ungehörige Bemerkung, und sie fragte kurz angebunden:

»Was sollen wir denn in Detmold?«

»Da wohne ich doch, seit ... Ach, du weißt schon, seit damals.«

Berauscht begann er in Erinnerungen zu schwelgen. Die erste Zeit, in der er immerzu nur gebuckelt hatte, um für niedrigsten Lohn mit stupidester Arbeit betraut zu werden, versuchte er zu verdrängen. Dann lallte er: »Unsere Fürstin Pauline, Pauline zur Lippe - die wusste meine Fähigkeiten angemessen zu würdigen. Sie ... Sie ist ... Eine glühende Bewunderung Napoleons ist sie; jawohl. Bis zuletzt hat sie an seinen Sieg geglaubt.«

»Hat sie dich angestiftet?«, wechselte Agnes nun zur vertrauten Anrede und gab sich handzahm. »Solltest du zusammen mit Ulf ...«

»Ulf!«, unterbrach er Agnes, »Ulf, Ulf, Ulf!« Er wurde böse und äffte den Namen nach. »Ulf hat sich mir angebiedert. Ohne mich hätte er doch nie die richtigen Informationen über das Erbe von ... Ulf ist doch nur von seinem Rachegedanken getrieben und erhoffte sich beim französischen Polizeiminister eine goldene Nase zu verdienen.« Er hielt die Flasche ins Sonnenlicht und prüfte einmal mehr die verbliebene Menge ihres Inhalts.

»Die Gottlosen trinken die Neige aus«, faselte er und setzte ein letztes Mal zu einem kräftigen Schluck an. Als die Flasche leer war, warf er sie enttäuscht in einem weiten Bogen ins Tal, wobei er rülpste und beinahe den Halt verlor.«

»Du solltest dich vorsehen, wenn du aufstehst«, wurde Altemeier nun von Agnes provoziert. »In einem hat dein Freund Ulf schon recht: Du hast sehr viel Alkohol getrunken.«

»Ulf ist nicht mein Freund!«, schrie Altemeier empört. »Ulf! - Das ich nicht lache!« Da wandte er sich um. »Und was erdreistest du dich überhaupt, deinem Vater Vorhaltungen zu machen! Hier habe *ich* zu bestimmen! Jawohl! Ich, ich ganz alleine! - Julia, mein Enkelkind, bring mir mein Bündel!«

»Nein, Julia, du bleibst hier! Er ist es nicht würdig, dein Großvater zu sein!«

»Ich werde ... Es ist an der Zeit ...«, schnappte Altemeier. Sein Jähzorn ließ an der Schläfe eine Ader hervortreten. Er brachte den Satz nicht zum Ende, als er aufzustehen versuchte. Er torkelte. Gestein löste sich. Schon stürzten die ersten Brocken in die Tiefe. Der Boden unter ihm schien in Bewegung zu geraten. Er kam ins Rutschen, griff nach dem Fels, an dessen scharfer Kante er sich die Innenseite der Hand aufriss. Mit der anderen Hand bekam er eine Wurzel zu fassen. Wenige Augenblicke bot sie ihm Halt. Dann stürzte er mit einem gellenden Schrei in die Tiefe.

Julia hatte noch immer das Messer in der Hand, als sie sich neben ihre Mutter setzte. Zuvor hatte sie die Fesseln durchgeschnitten und auch Elisabeth aus ihrer Zwangslage befreit.

»Mama, hat sich der Mann ...«, wollte Julia eine Frage stellen und wurde unterbrochen.

»Georges hatte doch recht, wir hätten uns mehr vorsehen sollen«, stellte Elisabeth erschöpft und resigniert fest. »Es ist mir unerklärlich, wie ...«, grübelte sie.

»Wollen wir hoffen, dass sich de La Tor nicht nur deshalb in deine Familie eingeschlichen hat, um ...«

»Ach was«, reagierte Elisabeth ungehalten. »Wie du weißt, gehört er doch auch zu unserem Bund. Er wird sich kaum selbst ans Messer liefern wollen.«

»Nein, dafür hat er schon gesorgt«, erwiderte Agnes gereizt und ergänzte verdrossen: »Er hat sich offensichtlich rechtzeitig abgesetzt.«

Bevor Elisabeth ihrer Empörung Luft machen konnte, fragte Julia erneut: »Mama, hat der Mann sich weh getan?«

»Ich denke schon, mein Mädchen, ich denke schon.«

»Wollen wir nach ihm sehen, ob wir ihm helfen können?«

»Ich fürchte, Julia, da unten können wir nicht hinklettern. Wir würden vermutlich ebenso abstürzen. Außerdem müssen wir uns eilen, damit wir noch bei Tageslicht den Rückweg finden.« Und mit einem strengen Blick hinüber zu Elisabeth ergänzte sie: »Zudem müssen wir uns bei dem Bach im Tal dringend waschen.«

»Geht doch schon vor«, antwortete Elisabeth in beißender Selbstironie. »Die stinkende alte Vettel möchte noch ein wenig die Sommerfrische genießen.«

»Nichts da!«, mahnte Julia, »Du kommst mit. Hier wimmelt es nur so von tiefen Felsspalten. Da kann man sich den Hals brechen!«

Agnes stupste ihre Tochter an: »Soso, man kann sich den Hals brechen? Woher kennt denn mein Naseweis solche Ausdrücke?«

»So hat mich der Großvater gewarnt.«

»Der Großvater?«

»Oh je«, stöhnte Elisabeth, während Agnes die Augen verdrehte und bemüht war, das Thema zu wechseln. »Ob wir uns mal ansehen sollten, was sich in dem Bündel verbirgt, das er hier zurückgelassen hat?«

Dabei ergriff sie das Paket und wickelte es aus. Sie fand eine weitere Flasche mit Branntwein, ein altbackenes Brot, Le Coqsches Kartenmaterial ...

»Oh Mama, schau nur, die Flöte!«, rief Julia begeistert und ergriff fast ehrfürchtig das Instrument. »Darf ich die haben?«

»Na klar, Julia. - Und hier habe ich sogar ein Reitkleid«, war Agnes überrascht. »Sieht fast so aus, als hätte er wirklich vorgehabt, mit uns nach Detmold zu ...«, murmelte sie und blickte zu Elisabeth. Doch die schüttelte nur den Kopf:

»Soll *ich* mich da etwa hineinzwängen?«

»Wenn wir uns wieder unter die Menschen trauen wollen. - Es spricht vieles dafür, oder?« erwiderte Agnes mit einem fast diabolischen Lächeln.

Als sie das Felsplateau verließen, lobte die Mutter: »Es war eine gute Idee, dass du uns mit deinem Eulenspiegel Zeichen hinterlassen hast, Julia. Wir müssen jetzt nur genau hinsehen, dass wir deine Wegweiser auch wiederfinden.«

»Das war *ihre* Idee«, gab Julia kleinlaut zu und wies auf Elisabeth. »Eigentlich hat es mich sehr traurig gemacht, von der Puppe Arme und Beine abzureißen. Sie hatte doch gerade erst ihren Kopf wieder ...«

»Vielleicht können wir auch diesmal dem Eulenspiegel helfen, Julia. Wir bringen ihn wieder zum Puppendoktor und dann ...«

»Au ja, Mama, das machen wir«, begeisterte sich Julia. »Komm, wir wollen nach ihm schauen! Wir geben ihm von der Medizin, die Papa immer nimmt und dann kann er bestimmt gut schlafen.«

»Medizin, die Papa immer nimmt?«, frage Agnes überrascht.

»Ja, Papa hat ganz viel davon!«

»Und die braucht er immerzu?«

»Tjaaa ...«, zögerte Julia nachdenklich. »*Einmal* habe ich es zumindest gesehen, dass er so ein kleines Fläschchen in der Hand hielt. Ich glaube, er hat noch mehr davon.«

»Aha. Und weißt du auch, wo Papa die Medizin-Fläschchen aufbewahrt?«

»Ich glaube, er hat sie mitgenommen, als er weggegangen ist.«

So plauderte Julia in einem fort und sorgte für Kurzweil während des Rückwegs hinab ins Totental. Die Pferde befanden sich in einem erbärmlichen Zustand. Aber sie mussten nur Julia tragen. Die geringe Last wurde ihnen abwechselnd aufgebürdet. Elisabeth und Agnes schlurften nebenher. Der Weg am Blutbach entlang, der nun deutlich mehr Wasser führte, war nicht zu verfehlen. Schon bald erreichten sie das Steinkreuz, dessen Inschrift an einen über zweihundert Jahre zurückliegenden Jagdunfall erinnerte: Ein Reitknecht, der drei Tage später hatte heiraten wollen, hatte angeblich mit seinem Speer ein wildes Schwein erlegt; doch der sterbende Keiler hatte dem Jäger die Hauer unter die Rippen gespießt und so für dessen Tod gesorgt.

»Mama, sind wilde Schweine gefährlich?«, fragte Julia neugierig.

»Dein Vater könnte darüber einiges berichten«, antwortete Agnes derart nuschelnd, dass es für Julia nicht verständlich war. »Aber er ist ja nie da, wenn man ihn braucht.«

»Was hast du gesagt, Mama?«

»Oh, sie können gefährlich werden, Julia, vor allem, wenn man die Wildschwein-Mütter mit ihren kleinen Kindern, den Frischlingen, reizt.«

»Aber nicht nur Wildschwein-Mütter können gefährlich werden«, raunte Elisabeth. »Auch bei den Menschen darf man die werdenden Mütter nicht reizen«, sprach sie. Jetzt grinste sie Agnes an.

Elisabeths Andeutungen erwiderte Agnes nicht. Zu sehr machten ihr die Bauchschmerzen wieder zu schaffen. Und als sie den Beginenhof erschöpft erreichten, wollte sie nur noch liegen. Aber es sollte erneut eine böse Überraschung folgen: Sämtliche Wohnungen waren verwüstet. Und Franziska war nicht aufzufinden. Agnes hetzte ins Brunnenhaus, um nach dem Geldversteck zu schauen. Hier fand sie Franziska, die sich vergebens mühte, sich von ihren Fesseln zu befreien. »Ich wäre beinahe erstickt«, schimpfte sie, als Agnes ihr den Stoffknebel abnahm. »Dieser Unhold, der uns früher schon das Leben schwer gemacht hat, der war hier und hat das Chaos verursacht.«

»Ulf Bonnet.«

»Wie?«

»Ulf Bonnet heißt er«, klang es verzagt. Und niedergeschlagen fügte Agnes hinzu: »Ich werde dir später einiges berichten müssen.«

Doch dazu sollte sie vorerst nicht kommen. Als sie das Geldversteck überprüfte, wo glücklicherweise nichts abhandengekommen schien, entdeckte sie ein Kuvert. Argwöhnisch musterte sie ihren Fund. Das erbrochene Siegel zeigte ein Wappen mit drei Lilien. Von einer inneren Unruhe getrieben entnahm sie dem Kuvert ein Billet. Sie entfaltete das Schriftstück und erkannte einen Schimmer in dem Pergament.

Sie öffnete die Tür, atmete einmal kräftig durch und betrachtete das Stück Papier im Gegenlicht. Auch das Wasserzeichen bildete drei Lilien ab. Agnes erkannte dieses Motiv der Königswürde, das sie vor Jahren schon einmal gesehen hatte. Als sie die wenigen Zeilen las, setzte ihr Herz für einen Schlag aus. »Nur gut, dass Bonnet diese Nachricht nicht gefunden hat«, murmelte sie. Wieder und wieder las sie die Mitteilung, wobei ihre Hände zunehmend zitterten und ihr der Schweiß ausbrach. In ihrem Bauch verspürte sie einmal mehr einen heftigen Krampf. »War das der wahre Grund, weswegen Ferdinand nach Antwerpen wollte?«, sprach sie zu sich selbst. »Warum nur, warum nur hat er mir das verschwiegen? Ich habe ihn doch so geliebt, auch seiner Ehrlichkeit wegen. Und nun?« - Ein weiteres Mal las sie die Botschaft:

Januar 1814 - Sind auf dem Weg nach Antwerpen - Alles wird gut - Landung des rechtmäßigen französischen Königs steht kurz bevor - Besatzer müssen vertrieben werden - Sehnen uns nach einem baldigen Wiedersehen! - Grüße von Adalbert und Ernst.

Sie ließ das Papier entmutigt zu Boden sinken. Sie fühlte sich so belogen. »Das Schriftstück stammt vom Januar. Wann wird Ferdinand es erhalten haben? Wie lange weiß er schon davon? Warum hat er mir nie etwas gesagt? Als er mir das Versteck zeigte, lag der Brief noch nicht dort, da bin ich mir sicher. Mein Gott, ich hätte es doch verstanden, wenn er zu seinen Freunden hätte reisen wollen. Warum hat er mir nicht die Wahrheit gesagt? Sind denn wirklich alle Männer so?«, schimpfte sie unaufhörlich.

Mit schmerzverzerrtem Gesicht hielt sie erneut ihren Bauch und sprach zu ihrem Ungeborenen: »Wirst auch du so einer werden?« - Dann wurde ihr schwindelig, und sie stürzte zu Boden.

Zehnter Teil: 1815 - 1816
Ein Hauch von Zuversicht

Eins
In Antwerpen

In ungewisser Erwartung hatten Adalbert und Ernst der Ankunft des Hamelner Bataillons in Antwerpen entgegengeblickt. Sie hatten nicht gewusst, ob Ferdinand ihre Nachricht erhalten hatte. Sie hatten es kaum zu hoffen gewagt, dass ihre Mitteilung ihn hatte ermuntern können, sie so fern der Heimat wiedertreffen zu wollen. Doch als sie davon erfahren hatten, dass sich neben etlichen anderen hannoverschen Landwehr-Bataillonen auch ein Truppenkontingent aus Hameln auf den Weg nach Brabant gemacht hatte, hatten sie sich voller Hoffnung eine Beurlaubung von ihrem Husaren-Regiment eingeholt. Sie hatten eine Weile auf die Ankunft des Bataillons warten müssen und zwischenzeitlich eine Bekanntschaft gemacht. Als sie sich in ihren Hoffnungen nicht getrogen sahen, war ihre Freude riesengroß. Bei der nächstbesten Gelegenheit wollten sie mit Ferdinand zusammenkommen.

Ihr Wiedersehen fand in einem Gasthaus statt, unweit des Hafens - zugegebenermaßen eher eine Spelunke, die um die Mittagszeit gewöhnlich noch nicht geöffnet hatte. Der Name, der einst in französischer Sprache das Schild an der Eingangstür dieser Räuberhöhle geziert hatte, war mit einem spitzen Gegenstand verunstaltet worden und nunmehr unleserlich. Gleichwohl wusste man, wo man sich befand. Der nahe der Tür ebenfalls platzierte gewaltige Anker war unübersehbar. Sein goldfarbener Anstrich war fast abgeblättert. Es ging ihm nicht anders als dem bröckelnden Mauerwerk dieser Herberge. Hier würden sie ungestört sein, hatte man ihnen empfohlen. Dass es sich scheinbar um den Sammelplatz aller Spitzbuben handelte, hatte man indes verschwiegen. »Bei mir, im Goldenen Anker, können Sie sich wie zu Haus fühlen, Messieurs«, hatte der Inhaber des Etablissements sie freundlich begrüßt und sogleich zum abendlichen Würfelspiel eingeladen. Auch wenn man ihn durch ein aufdringliches Klopfen um seine Mittagsruhe gebracht hatte, zeigte er sich dem zusätzlichen lukrativen Verdienst nicht abgeneigt. Von dem Geld, das die vier Männer zusammengelegt hatten, würde seine Familie einen ganzen Monat leben können. Und vielleicht würde er von dieser scheinbar zahlungskräftigen Kundschaft noch einiges erwarten dürfen. Als sie durch die niedrige Tür getreten waren, hatten sie sich vorsehen müssen, um sich nicht die Köpfe zu stoßen. Jenseits der Türschwelle waren sie einige Stufen hinabgestiegen und in die nasskalte Kaschemme gelangt. Ein beißender Gestank von penetrantem Fischgeruch und intensivem Schweißmief war ihnen entgegengedrungen. All das schien ihnen egal zu sein. Ihnen war nur daran gelegen, ihr Wiedersehen zu feiern. Der Wirt schaute ihnen kurz nach, als sie sich in den Hintergrund der spärlich erleuchteten Schankstube verzogen. Nur wenig später reichte er ihnen unaufgefordert einen Trunk und nahm erfreut und mit einem dankbaren Kopfnicken das Lob über den hochprozentigen Rum entgegen. Jetzt galt es, sie mit einer sättigenden Speise zufrieden zu stellen.

»Du bis sehr kräftig geworden«, stellte Ferdinand anerkennend fest.

»Kräftig? Wie meinst du das?«, lachte Ernst, als sie sich fast wie Ringer an den Oberarmen umklammernd einander gegenüberstanden und nach einem herzlichen Schulterklopfen glückselig umarmten.

»Na, *kräftig eben*, stark«, präzisierte Ferdinand und stieß seinem Freund sachte die Faust aufs Brustbein.

»Ernst hat in England kämpfen gelernt. Und den Säbel führt er fast wie ein altgedienter Husar«, meinte Adalbert, als auch er Ferdinand herzte.

»Dafür ist Adalbert der bessere Schütze von uns Beiden. Im Umgang mit der Pistole oder dem Gewehr macht ihm so schnell keiner was vor«, gab Ernst die Anerkennung zurück.

»Was sollte ich auch anderes tun, all die Jahre. Ernst hat mich immerzu angehalten, etwas für die Selbstverteidigung zu tun. Und das war auch notwendig ...« Adalbert schaute auf die Finger seiner rechten Hand. Der eine spreizte sich unnatürlich von den anderen ab, versteift. Ein anderer gekrümmter Finger ließ sich nicht mehr strecken. »Ein Andenken an unseren unerfreulichen Aufenthalt im Frankenland!«

Ferdinand erinnerte sich an die Ereignisse, als einige Franzosen sie beinahe gerädert hatten.

»Ich habe damit umzugehen gelernt - wenn auch manchmal eher schlecht als recht«, ergänzte Adalbert und zuckte mit den Schultern. »Aber ich will nicht klagen. Wir sind immerhin in der *King's German Legion* untergekommen.«

»Von denen habe ich gehört«, überlegte Ferdinand stirnrunzelnd. »Ist das die Truppe ehemaliger Hannoveraner, die nach der Besetzung durch die Franzmänner ... Wann war das noch?«

»1803«, antwortete Ernst. »Genau die sind das, die sich damals dem Zwangsdienst unter der Trikolore verweigert und sich in England unserem Welfen-Kurfürsten Georg angeschlossen haben. - Wir waren mit dem zweiten Husaren-Regiment im letzten Sommer noch in Nordspanien, durften aber in der Schlacht bei Vittoria nicht mitkämpfen.«

»Oh, das bereitet Ernst noch heute Verdruss«, klopfte Adalbert seinem Freund aufmunternd auf die Schulter. »Stattdessen mussten wir nach Lissabon abmarschieren, wo wir uns zur Rückkehr nach England einzuschiffen hatten. Aber das brachte uns auch Vorteile. Denn unser Regiment wurde mit schönen, jungen Pferden versorgt.«

»Ja, und dann ging mein lebhafter Wunsch für eine Verwendung im Felde doch noch in Erfüllung: Weihnachten segelten wir wieder ab und erreichten Willemstad am Neujahrstag.«

»Willemstad?«, fragte Ferdinand unwissend.

»Um die acht Meilen nördlich von hier. Mit Generallieutenant Graham gingen wir gegen Antwerpen und den französischen Kriegshafen vor.«

»Allerdings nur mit mäßigem Erfolg«, musste Adalbert zugeben. »Wir waren der Festungsbesatzung nicht gewachsen. Erst nach dem Friedensschluss von Paris räumten die Franzosen die Festung. Und wir hielten einen nicht sehr glücklichen Einzug in die Stadt.«

»Aber wir haben hier diesen jungen Mann kennengelernt, der in Aachen wegen seiner patriotischen Gesinnung untertauchen musste und den es hierhin verschlagen hat«, versuchte Ernst von der unrühmlichen jüngsten Vergangenheit abzulenken. »Du hast die Ehre mit Philipp Karl Anton Johann Wilhelm Smets von Ehrenstein.«

»Kamerad, Sie haben den Joseph vergessen«, erwiderte Smets mit rheinischem Akzent, als er Ferdinand die Hand schüttelte.

»Den Joseph?« Ernst war irritiert.

»Philipp Karl *Joseph* Anton Johann Wilhelm - für Sie, Kamerad, einfach nur Smets. Wilhelm Smets. Ich bin Dichter. Aber ich werde in Kürze nach Köln abreisen, wo ich Gelegenheit bekomme, im Hause eines Barons als Hauslehrer zu arbei ...«

»Er ist übrigens auch mit der Handhabung der Pistole bestens vertraut«, wurde Smets von Ernst unterbrochen. »Stets griffbereit, stimmt's, Smets? - Was ich noch sagen wollte: »Auch *unsere* Tage sind gezählt. Im Juni rückten unsere Kameraden bereits nach Ypern ab. Unser Urlaub neigt sich dem Ende zu, und wir werden schon in Kürze folgen müssen. Wir werden von Ypern aus Grenzkontrollen durchzuführen haben.«

»Schon so schnell?«, fragte Ferdinand enttäuscht. »Ich hatte gedacht ...«

»Ja, es ist schade, dass unser Wiedersehen lediglich von kurzer Dauer sein wird. Aber auch ihr Landwehr-Infanteristen habt ja eure Aufgaben wahrzunehmen«, bemerkte Adalbert.

»Jetzt müssen wir erstmal etwas essen. Und du musst uns berichten, wie es euch in Hameln ergangen ist. - Kennst du übrigens das elfte Gebot?«, lästerte Ernst, als der Wirt ihnen eine riesige Schüssel mit Muscheln vorsetzte. »Du sollst genießen!«, sprach er und amüsierte sich prächtig über seinen Einfall.

Nachdem sich Ferdinand eine Weile vergeblich gemüht hatte, das Fleisch der Muscheln von der Schale zu befreien, versuchte Adalbert, den neuen Bekannten ins Gespräch einzubinden: »Unser Kamerad hier will auch alles dafür tun, dass das Kaisertum Napoleons ein für alle Mal der Vergangenheit angehört.«

Doch Ernst fuhr Adalbert in die Parade und wandte sich wieder an Ferdinand: »Du siehst erschöpft aus.«

»Ich bin mir nicht sicher, ob ich die vorrevolutionären Zeiten wirklich zurückhaben möchte«, ignorierte Ferdinand die Bemerkung von Ernst.

»Diese alten Zeiten sicher nicht. Und dennoch möchte ich unsere Zukunft in einem geeinten Vaterland sehen«, sprach Smets, wurde aber sogleich wieder von Ernst unterbrochen:

»Wir wollen doch alle nur im Frieden leben, für unsere Arbeit einen gerechten Lohn erhalten und genug zu essen haben - apropos ...«

»Ja, uns steigt schon der Duft von gebratenem Huhn in die Nase«, übernahm Adalbert das Wort, der sich mit dem Rücken zum Schankraum niedergelassen hatte. »Unser Wirt meint es wirklich gut mit uns!«

»Requiriert?«, ulkte Ernst, während sich Ferdinand an Smets wandte:

»Gehören Sie auch zu denen, die sich rächen wollen für das Unrecht, das die Franzosen in Napoleons Namen begangen haben? Oder sympathisieren Sie mit den Royalisten?«

»Ach, wissen Sie, schon in jungen Jahren habe ich die Abneigung meines Vaters gegen die napoleonische Fremdherrschaft übernommen. Und wie mein Vater, der vor einigen Jahren als Advokat starb, habe ich mich nur ungern mit den Gegebenheiten arrangiert. Ich war kurzzeitig in einem französischen Lyzeum, wo man mir Deutschtümelei unterstellte. Und als man mir burschenschaftliche Umtriebe andichtete, habe ich es vorgezogen zu fliehen und mich eine Weile verborgen gehalten. Mehr oder weniger durch Zufall kam ich nach Antwerpen. Und was sind Ihre Motive, Kamerad?«

»Napoleon hat es übertrieben«, antwortete Ferdinand. »Er hat sich Europa einverleibt. Seine Heere haben sich wie eine Heuschreckenplage über uns hergemacht und uns ihre blutige Klinge spüren lassen. Vor allem haben sie uns Deutsche als Kanonenfutter missbraucht.«

»Der Teufel soll den Korsen endlich holen! Die Relikte dieses Tyrannen müssen endgültig beseitigt werden!«, gab sich Ernst kämpferisch.

»Aber welcher Despot wird ihm folgen?«, erwiderte Ferdinand skeptisch. »Ich meine, kaum dass König Ludwig den Thron erklommen hat, muss man feststellen, dass er sich auch nicht die besten Freunde macht, wie man hört.«

»In Frankreich gehört aber genau *er* als der Bruder des letzten rechtmäßigen Königs auf den Thron«, sprach Ernst bestimmt.

»Ich glaube auch, dass es mit ihm was werden könnte, wenn es ihm gelingt, das Volk auf seine Seite zu bringen. Und er muss die Ultra-Royalisten im Zaum halten. Er scheint doch recht gemäßigt«, verdeutlichte Smets.

Adalbert nickte zustimmend: »Auf jeden Fall sollte *ihm* die Unterstützung gelten - nicht, dass sein Bruder, der Comte d'Artois, die Herrschaft übernimmt. Denn der ist doch nur ein Spielball in den Händen der Skrupellosen; ein Dummkopf, der sich nur mit den Machtlüsternen umgibt. Ihn interessiert doch einzig und allein, dass die Regeln der höfischen Etikette gewahrt bleiben, damit er sich darin sonnen kann.«

»Aber ...« Ferdinand war verwirrt, als er diese kritischen Worte hörte. »Bei dem habt ihr euch doch in Sicherheit gewogen, all die Jahre. Oder irre ich mich da?«, wandte er sich an Ernst und Adalbert.

»Und eben deshalb können wir's ganz gut beurteilen«, waren die letzten Worte Adalberts, bevor er herzhaft in eine Hühnchenkeule biss.

Auch die anderen griffen noch immer hungrig zu. Da nahte der Wirt und reichte frischgebackenes Brot, während sich hinter ihm aus seinem dunklen Schatten eine Gestalt löste. Noch ehe die Speisenden die Situation erfassen konnten, richtete ein vornehm in Schwarz gekleidetes Individuum eine Pistole auf Adalbert.

»Hört, hört, die Emigranten sind wieder aus ihren Löchern gekrochen«, ließ der unwillkommene Gast vernehmen. Dann blickte er Adalbert hasserfüllt an: »Ganz der alte Schmidt, unser Rotschopf hier. Nun mal her mit meinem Geld! Oder habt ihr alles im Exil verprasst?«, herrschte er Adalbert an.

»Oh mein Gott«, stöhnte Ferdinand, der als einziger den verkleideten Gewalttäter erkannte, sein arrogantes Gehabe, das Brillenglas, die Uhr an der goldenen Kette. Nur die Ähnlichkeit mit dem Magister Cordes nahmen auch die anderen wahr.

»Wer ... Wer sind Sie? Ich weiß nicht, wovon ... Wovon sprechen Sie, Monsieur?«, stammelte Adalbert schreckensbleich. Zögernd legte er seinen Kanten Brot beiseite.

»Ach, da muss ich wohl etwas nachhelfen, wie? All die Jahre habt ihr mich zum Narren gehalten. Ich hätte euch gleich bei unserer ersten Begegnung auslöschen sollen. Niederreiten hätte ich euch können, damals in Paderborn. Schon vergessen? Eure Bräute hätte ich an mich bringen sollen. Dann hätte ich es mir sparen können, diesem Herrn da den weiten Weg bis hierher zu folgen«, wies er mit dem Pistolenlauf kurz auf Ferdinand.

»*Sie* waren es, der unseren Laden in Flammen hat aufgehen lassen«, sprach Ferdinand voller Grimm. »Und *Sie* waren es, der in die Apotheke unseres Freundes Sertürner eingebrochen ist?«

»Ein schlaues Bürschchen haben wir hier. Aber die Erkenntnisse kommen zu spät! Diesmal werdet ihr mir nicht entkommen«, tönte der Fremde siegessicher. »Na, bedauern Sie es schon, dass Sie mich in Hameln nicht erkannt haben?«, fragte er Ferdinand mit süffisantem Lächeln, während er mit einer Hand sein Gesicht demaskierte. »Das hätte auch Ihrer Frau und Ihrem Kind einiges erspart!«

»Was ist mit meiner Frau und meiner Tochter?«, sprang Ferdinand erschrocken auf.

»Setzen Sie sich, Mann. Bleiben Sie friedlich. Sie hat mir Ihre Verbindungen zu den Illuminaten gestanden. Das ist alles. Aber das ist mir jetzt einerlei!«

Dann drohte er Adalbert erneut: »Also, wo ist das Geld? Wenn ich schon nicht an den Teil herankomme, mit dem sich Ihr Neffe davongemacht hat, will ich wenigstens endlich den Rest.«

»Mein Neffe? - Was ist mit meinem Neffen?« Adalbert war aufgeschreckt.

»Wie, das ist Ihnen nicht bekannt?«, lachte der Angreifer ungläubig und weidete sich an Adalberts Entsetzen. Dann starrte er Adalbert unverwandt an, drohend, demütigend, entwürdigend. Kopfnickend wies er zu Ferdinand: »Ja, hat Ihnen Ihr Freund nicht erzählt, dass sich Ihr Neffe mit seinem Erbe nach Südfrankreich abgesetzt hat?«, kam es mit verächtlichem Unterton.

»Ich weiß nicht, wovon Sie sprechen«, erwiderte Adalbert abweisend.

»*Ich weiß nicht, wovon Sie sprechen*«, äffte Bonnet mit gekünstelt heller und übertrieben weinerlicher Stimme Adalbert nach. In seinen Augen loderte Verachtung. »Ich will das Geld, womit sich der alte Schmidt, dieser Drecksack, für seine Bluttat an meinen Vater hat bezahlen lassen. Von diesem königlichen Lumpenpack«, fügte er hinzu.

Die Stimme Bonnets war eisig geworden, während Adalberts Nasenflügel bebten und sich sein Gesicht aschfahl verfärbte.

»Aber ich weiß ...« Seine Stimme erstarb.

»Sie wissen sehr wohl«, wurde Adalbert von dem Rachsüchtigen unterbrochen. »Ich selbst habe es mit ansehen müssen, wie Ihr Vater den meinigen niedergestreckt hat. Jetzt werden Sie dafür büßen. Also, ich frage ein letztes Mal, wo ist das Geld?«

»Ich kann Ihnen kein Geld geben, aber ...«

»Dann rücken Sie den Siegelring heraus!«

»Den Siegelring?«

»Mann, es geht mir um diese Bourbonen, die sich anschicken, die Errungenschaften der letzten zwanzig Jahre zunichte zu machen! Um sich wieder an der Macht zu halten, sind ihnen die schlimmsten Methoden der Unterdrückung recht. Es ist längst überfällig, dass dieser Unrat endgültig vernichtet wird! Niemals hätte man ihnen damals in Hamm Asyl gewähren dürfen!«

»Warten Sie ...« Adalbert griff langsam in eine Uniformtasche. Weiter kam er nicht, weil Ernst einem unerklärlichen Impuls gehorchend aufsprang und brüllte:

»Ja, glauben Sie denn wirklich, dass wir Geld und königliche Besitztümer dabei haben, wenn wir in den Krieg ziehen?«

»Hinsetzen!«, herrschte Bonnet ihn an. »Hier, ich muss wohl für Ruhe sorgen, wie?«

Bonnet wechselte seine Pistole in die linke Hand, griff mit seiner rechten in eine Rocktasche und brachte ein gläsernes Behältnis zum Vorschein.

»Das gestohlene Opium-Mittel!«, schrie Ferdinand auf.

Bonnet hieb den oberen Teil des Gefäßes an der Tischkante ab und reichte Ernst das Mittel: »Na los!«, befahl er, derweil er ein zweites Fläschchen hervorkramte, das er mit derselben Methode öffnete. »Soll Wunder wirken!«, fügte er mit gehässigem Grinsen hinzu. Ernst zögerte, sich selbst die möglicherweise giftige Dosis Morphium einzuflößen und wurde erneut beschimpft, bedroht und zur Einnahme angewiesen.

Indes starrte Ferdinand hilflos zu Bonnet hinüber und sah bestürzt zu Ernst und Adalbert, denen nun Entsetzen und Angst ins Gesicht geschrieben standen. Den Anblick, der sich ihm bot, würde er niemals vergessen können. Niemals. Nun waren auch noch Agnes und seine Tochter ... Mein Julchen, ging es ihm durch den Kopf ... Seine Gedankenfetzen brachen ab, als er sah, wie Ernst dem Fremdling das Essen entgegenschleuderte.

Sicher war es ein Akt der Notwehr. Vielleicht auch ein Moment der Unbeherrschtheit, die wieder einmal Opfer fordern sollte. Wie damals, bei Jena, als Ernst selbst zum Leidtragenden seiner Impulsivität wurde. Nahezu gleichzeitig mit dieser spontanen Handlung nahm Ferdinand eine ruckartige Bewegung seines neuen Kameraden wahr. Im zeitlichen Abstand eines Lidschlags blitzte Mündungsfeuer auf. Und Pulverdampf mit seinem Schwefelgeruch hing in zwei kleinen Wolken über dem Tisch.

Mit einem dumpfen Geräusch stürzten Adalbert und sein Mörder zu Boden. Während Bonnet keinen Laut mehr von sich gab, ließ Adalbert noch ein Stöhnen und Röcheln hören. Wie von Sinnen warf sich Ernst mit einem gellenden Schrei des Entsetzens über seinen Freund. Die Glasgefäße mit dem Opiumextrakt rollten über den Tischrand, und ihr Inhalt ergoss sich auf dem Boden.

Adalbert spürte ein Brennen in der Brust. Das Herz? Es flatterte. Er blickte in fremde Gesichter. Nein, das eine kam ihm bekannt vor. Das Bild verschwamm.

Ihm war kalt. Vater. Er dachte an den Mann, der ihm vor langer Zeit ein Päckchen übergeben hatte. Ein stattlicher Mann war er einst gewesen. Der Mann hatte ihn geherzt. *Wenn du mal in eine ernsthafte Notlage kommst*, hatte der Mann gesagt. *Und suche deine Schwester, damit auch sie erhält, was ihr zusteht.*

Er schloss die Augen. Es brannte in seiner Brust.

Er hatte seine Schwester gemocht, die durch eine hölzerne Pforte in ein großes Gebäude eingetreten war. Sie hatte sich umgedreht und dabei traurig geblickt. Sie schien sich in einen kleinen Jungen zu verwandeln. *Ludwig*. Er hatte viel Ähnlichkeit mit dem Mädchen. Auch er hatte unglücklich gewirkt. Hatte man ihm Schmerzen zugefügt?

Adalbert fühlte sich müde. Es brannte in seiner Brust.

Er glaubte Schreie zu hören. Schüsse. Soldaten waren in unendlich langen Kolonnen marschiert. Jemand hatte einen Säbel erhoben. Kanonendonner. Die Soldatenreihen waren auseinandergestoben.

Hier, falls du mal in eine Notlage gerätst.

Vater.

Adalbert wollte seine Hand öffnen, aber seine Hand gehorchte ihm nicht.

Es brannte in seiner Brust.

Die fremden Gesichter kreisten wieder über seinem Kopf.

»Schmerzen?«, fragte ihn jemand.

»Morphium?«, sagte ein anderer.

Er wollte den Kopf schütteln. Er bewegte sich nicht. *Einen Pickert*, wollte er antworten. Aber seine Lippen vermochten das Wort nicht zu formen.

Er blickte in ein Gesicht. Er sah Tränen.

Ernst, kam es ihm in den Sinn. *Ernst, du musst besser aufpassen*, hörte er sich sagen.

Er versuchte, seinen Kopf zu bewegen. Wo ist Ernst? Der Kopf war so schwer. Jemand drückte ihn an sich.

Das Brennen in seiner Brust schien zu erlöschen.

Das Flattern beruhigte sich. Er schnappte nach Luft. Irgendetwas zog ihn in die Höhe.

Ein gleißendes Licht.

Ernst hielt den Oberkörper seines toten Freundes umklammert. Er neigte seinen Kopf und erhoffte, ein Wort, einen Laut, ein Lebenszeichen zu vernehmen. Vergebens. Er hatte gesehen, wie ein trauriges, entrücktes Lächeln auf Adalberts Gesicht erschienen war. Er hatte die immer matter und glanzloser werdenden Augen gesehen, die irgendwann erstarrt waren. Er hatte ein letztes Zucken der Gliedmaßen wahrgenommen. Und nun ... Unter seinen langen Haaren, die das Haupt seines Freundes bedeckten, fühlte er sich eins mit Adalbert. Die Tränen rannen über seine Wangen und legten sich wie Tau auf das Antlitz des Toten.

Nach einer halben Ewigkeit hob er seinen toten Freund in die Höhe und bettete ihn auf den Tisch. Auf dem steinigen Boden ließen die Toten einige dunkle Flecken zurück. Ein Gemisch aus Blut und dem Saft des Schlafmohns sammelte sich in einer Lache.

Ernst nahm nicht wahr, dass Ferdinand und Wilhelm Smets auf den Wirt einredeten, der natürlich nach einer Erklärung verlangt hatte ob dieser ungeheuerlichen Vorgänge in seiner Wirtsstube. Mit einem Geldstück ließ er sich ruhigstellen.

»Man kann zwar nicht jedes Ihrer Worte für bare Münze nehmen, doch dieses Argument überzeugt mich.«

Er warf das Geldstück in die Luft, fing es wieder auf, und als er mit einem Kopfnicken auf die Toten wies, bot er an: »Ich fürchte, Ihr Wiedersehen stand unter keinem guten Stern. Wenn ich den Herrschaften noch weiter dienlich sein ...« Er ließ den Satz unbeendet.

»Ich danke Ihnen für Ihr Mitgefühl. Ich denke, wir werden auf Ihr Angebot zurückkommen.« Ferdinands Stimme klang monoton.

»Meine Bediensteten und ich stehen Ihnen natürlich als Zeuge zur Verfügung.«

»Natürlich.«

»Und ich kenne da auch einen Totengräber ...«

»Danke. Vielen Dank. Wir werden einen benötigen.«

»Und wenn die Angehörigen zum Leichenschmaus zusammenkommen wollen, vielleicht in unseren bescheidenen Räumlichkeiten?«

»Ein Leichenschmaus ist vielleicht im Moment weniger angesagt«, seufzte Ferdinand niedergeschlagen. »Aber meine Freunde werden ein Quartier benötigen. Wenn wir darüber vielleicht später ...«

»Gerne, Monsieur, sehr gerne«, sprach der Wirt und machte endlich auf dem Absatz kehrt.

Kurz blickte Ernst auf, als sich auch Ferdinand und Wilhelm Smets zögerlich um den Tisch scharten, auf dem Adalbert wie aufgebahrt lag. Nur Ferdinand bückte sich noch einmal und zog dem Mörder etwas aus der Tasche. Er hatte die Ecke eines Papierbogens hervorlugen sehen. Unverkennbar: Es war Friedrich Wilhelms Handschrift.

Offenkundig: Es waren die Aufzeichnungen, die aus der Apotheke entwendet worden waren.

Derweil öffnete Ernst die Hand seines toten Freundes und entnahm ihr den königlichen Siegelring: Drei goldene Lilien erstrahlten auf tiefblauem Grund.

In den folgenden Tagen war Ernst nicht wiederzuerkennen. Zuerst bestimmte Tatenlosigkeit den Alltag. Er grübelte über die Frage, ob der Verlauf des Lebens vorherbestimmt oder von Zufälligkeiten abhängig sei, schicksalhaft miteinander verwoben.

Er hatte seinen Freunden gedankt, die ihm dabei geholfen hatten, dass Adalbert ein würdiges Begräbnis erhielt. Tatsächlich hatten sie auf das Hilfsangebot des Wirts zurückgreifen können - nicht uneigennützig, versteht sich. Sie hatten Adalbert einem Totengräber übergeben. Für eine Münze ließ sich auch ein Prediger zur Erteilung des Segens gewinnen. Den getöteten Mörder hatten sie jedoch einem Polizeikommandanten mitsamt einer Zeugenaussage des Wirtes und eines Bediensteten ausgehändigt, die den kaltblütigen Angriff des Fremden und die sich daraus ergebende Notwehrlage bestätigt hatten.

In der Umgebung des Grabes befanden sich etliche frisch aufgeworfene Erdhügel. Einige waren mit einem Kreuz geziert. Hier ruhte Adalbert nun inmitten von Niederländern, Belgiern, Österreichern, Engländern und Franzosen. Für ihn gab es keine Gegner, keine Feinde mehr. Im Tod waren sie alle gleich.

Nach und nach wandelte sich Ernst' Gemüt. Schon in dem Moment, als Ferdinand ein Holzkreuz auf dem Grabhügel platziert hatte, hatte man seine Augen aufblitzen sehen. Sie kündeten von Unversöhnlichkeit, Herzlosigkeit, Kälte. Sein Innerstes war zu Eis gefroren.

Er bat Ferdinand und Smets, ihn alleine zu lassen. Nach dem Besuch bei einem Juden, dem Adalbert sein Geld zur Verwahrung übereignet hatte, reiste er nach Ypern und meldete sich bei seiner Einheit. Wer ihn sah, erlebte ihn, wie er seinen Dienst erledigte: korrekt, aber verbissen und grimmig. Stets sah man ihn nur mit zusammengepressten Lippen. Man blickte in Augen voller Hass; hart wie blanker Stahl. Die wie erstarrt wirkenden maskenhaften Gesichtszüge zeigten eine nie gekannte Unerbittlichkeit. Er machte seinem Namen alle Ehre: Diejenigen, die ihm nicht aus dem Wege gehen konnten, erlebten ihn mit einer Strenge, die er nicht nur andere spüren ließ, sondern die er auch gegen sich selbst richtete; vor allem aber war er ernst und verschlossen.

Ferdinand trauerte auf andere Art: Er redete. Er fühlte sich schrecklich, wenn er seine Gedanken und Gefühle nicht in Worte fassen konnte. Nachdem er Agnes einen Brief geschrieben und sich nach ihrem Wohlbefinden erkundigt hatte, beschrieb er seiner neuen Bekanntschaft, wie die Freunde in jungen Jahren zueinander gefunden hatten. Und bevor Smets nach Köln abreiste und für Ferdinand der Garnisonalltag begann, setzte er Smets auch darüber in Kenntnis, was Adalbert und Ernst damals zur Flucht nach England bewogen hatte:

»Die beiden Brüder des auf dem Schafott hingerichteten letzten französischen Königs waren um 1793 bei ihrer Flucht ins Exil nach Hamm gelangt, in die damalige preußische Besitzung Mark.«

»Das waren Charles, der Graf von Artois ...«

»... und Ludwig, der Comte de Provence, der jetzige König Ludwig XVIII, der es geschafft hat, Bonaparte ins Exil nach Elba zu jagen«, ergänzte Ferdinand.

»Ein Jahr später geschah in Hamm ein Zwischenfall zu einem Zeitpunkt, als der jetzige König mit seinem Gefolge das Städtchen bereits in Richtung Italien verlassen hatte; nur sein Bruder Karl war noch in Hamm verblieben. Es war kundgetan worden, die französische Nationalversammlung habe Anweisung gegeben, den Grafen im Exil ermorden zu lassen. Und in Hamm waren Aushänge mit Drohungen aufgetaucht, die französischen Emigranten sollten sich schleunigst fortpacken. Hier, auf solch gelben Blättern, an Bäumen angeheftet, waren die Drohworte veröffentlicht.«

Ferdinand reichte Smets einen Zettel, dessen gelbe Farbe inzwischen ebenso verblasst war wie die Schrift, die kaum mehr zu entziffern war.

»Ein Angehöriger des Hammer Magistrats, ein gewisser Bonnet, soll angeblich an den Grafen Forderungen gerichtet haben, er möge für die weitere Versorgung der Emigranten und ebenso für seine eigene Sicherheit selbst sorgen. Doch entgegen dieser Bestimmung war vom Preußenkönig aus Berlin eine Anweisung ergangen, der Comte d'Artois solle unter besonderen Schutz gestellt werden. In Hamm kam es zum Aufruhr. In einer lebensbedrohlichen Situation flüchtete Charles zu Adalberts Vater, der unweit des gräflichen Quartiers ein Häuschen bewohnte. Als der alte Bonnet dort eindrang und den Prinzen tätlich angriff, erschlug Adalberts Vater den Eindringling.«

»Oh je«, entfuhr es Smets, »dann war wohl Adalberts Vater des Lebens nicht mehr sicher, oder?«

Zustimmend nickte Ferdinand und fügte hinzu: »Der Sohn, Ulf Bonnet, der dieses Geschehen abseits stehend verfolgt hatte, beobachtete auch, dass der Graf von Artois eine Schatulle öffnete, Adalberts Vater mit einer riesigen Menge Goldes überhäufte und mit den Worten überreichte: *Dies Vermögen vermacht Ihm als Dank der zukünftige König Frankreichs.*«

»Nun, da hat Karl aber wohl nicht bedacht, dass sein *älterer* Bruder der Thronfolger sein würde.«

»Na ja, falls König Ludwig keinen Erben präsentieren wird, dann wird doch Charles eines Tages auf dem französischen Thron sitzen. - Aber, wie dem auch sei, Adalberts Vater erhielt noch ein Begleitschreiben, das ihm helfen könnte, falls er selbst einmal in Bedrängnis geriete. Gesiegelt war es mit einem Ring, den der Prinz gleich mit übergab.«

»Leichtfertig«, bemerkte Smets, »aber vielleicht der Situation geschuldet. Und das ist *jener* Ring, den wir ...«

»... den Ernst aus den Händen unseres getöteten Freundes geborgen hat«, bestätigte Ferdinand, wobei ihm erneut die Trauer überkam und er kräftig schlucken musste. Nach einer Weile fügte er abschließend hinzu:

»Alsbald reiste Charles nach England, wohin ihm auch später der Comte de Provence folgte. Nun aber wurde Adalberts Vater bedroht. Er konnte mit Mühe einem Attentatsversuch des Magistratssohnes entkommen und floh zu Adalbert, wo er bis zu seinem Tode unentdeckt blieb. In seinen letzten Stunden offenbarte sich Adalberts Vater und händigte seinem Sohn das Geld und die Utensilien aus; dazu eine Portraitzeichnung seines Verfolgers Ulf Bonnet. Sie müssen wissen, Adalberts Vater war nicht nur ehemaliger Postmeister, Bibliothekar und Schriftsteller, sondern er verstand sich auch auf das Zeichnen. - Adalbert hatte in den folgenden Jahren das Vermächtnis seines Vaters fast vergessen ...«

»Wie ist das möglich?«, wurde Ferdinand von Smets unterbrochen.

»Tja, wie war das möglich? Wir alle haben uns diese Frage ebenfalls gestellt und uns oft gewundert. Tatsache ist, dass Adalbert zumindest der Besitz des Portraits entfallen war. Sonst hätte er leicht die Bedrohung erkennen können, die von diesem Ulf Bonnet auch weiterhin ausging und in deren Sog auch wir geraten sind. Allerdings muss man sagen, dass sich das Aussehen dieses Bonnet über die Jahre doch gewaltig geändert hat. Somit war das Wiedererkennen nicht einfach. Er ist ein Meister der Verkleidung. Ich selbst habe ihn bei einer Begegnung vor einigen Jahren in Hameln nicht erkannt und sogar mit jemand anderen verwechselt.«

»Adalbert wurde also von der Vergangenheit seines Vaters eingeholt«, fasste Smets zusammen.

»... und ist ihr jetzt zum Opfer gefallen.«

»Den Siegelring hat Ernst an sich genommen.«

»Bleibt zu hoffen, dass sein Besitz kein weiteres Unheil anrichtet«, seufzte Ferdinand.

Zwei
Feigenkonfitüre

»Bonaparte ist zurück und hat die Grenze zu den südlichen Niederlanden überschritten!«, rief Ludwig aufgeregt, als er schnellen Schrittes um den Gebäudekomplex des Beginenhofes gebogen war und seine Adoptivmutter bei der Arbeit in dem kleinen Gärtchen antraf.

»Ja, was gibt es denn da so aufgeregt herumzuposaunen? - Mein Junge, bist du's tatsächlich, der uns da mit solch geschmacklosen Scherzen erschreckt?«, johlte Elisabeth, die arg überrascht ihre Schale mit den soeben gepflückten Erdbeeren beinahe fallengelassen hätte. Freudig erregt stellte sie das Gefäß mit den Früchten beiseite, band sich mit zittrigen Händen ihre Schürze los, die achtlos über den Erntebehälter geworfen wurde und eilte ihrem Adoptivsohn entgegen.

Als Mutter und Sohn sich glücklich in den Armen lagen, schaute auch Agnes vom lauten Rufen aufmerksam und neugierig geworden aus dem Brunnenhaus. Sie entledigte sich ebenfalls ihrer Arbeitsutensilien, stellte einen Wassereimer ab und überquerte ebenso zügig den Hof wie Franziska, die noch schnell die gewaschene Wäsche in einen Korb gelegt hatte. Sie begrüßte Ludwig und die anderen Ankömmlinge gleichermaßen mit großer Freude.

Vom Walnussbaum beschattet spielte ein Mädchen auf der Stufe einer Haustür mit einer Katze. Irritiert blickte das Mädchen auf, als Silvana und de La Tour erschienen und die Mutter ebenfalls herzten. Schüchtern näherte sich Julia den Fremden, als Agnes sie herbeirief.

»Herrje, wie groß ist mein Patenkind inzwischen geworden!«, staunte Silvana. »Das muss doch die Julia sein!«

Verlegen ergriff das Kind eine Hand seiner Mutter und versuchte, sich hinter Agnes' Rücken zu verbergen. Doch Silvanas Mitbringsel weckte die Neugierde des Mädchens und war zu verlockend, um es zu ignorieren.

»Schau nur, hier habe ich Feigen-Konfitüre. Die habe ich für dich aus Frankreich mitgebracht. Die magst du gewiss. Du bist doch sicher immer noch meine kleine Naschkatze, oder?«

»Fi ist eine Naschkatze«, antwortete Julia mit Blick auf das Kätzchen, das sich erst argwöhnisch näherte, dann an Silvanas Fußbedeckung schnüffelte und schließlich schnurrend um ihre Beine strich. Derweil ergriff Julia hastig das Töpfchen mit dem süßen Inhalt.

»Ja, das stimmt«, bestätigte Agnes lachend. »Stell dir das nur vor, Silvana: Als Julia an ihrem letzten Geburtstag ein Tuch anhob, das ich über einen Kuchen gelegt hatte, da war die Überraschung groß ...«

»Da saß Fi unter dem Tuch und hatte den ganzen Kuchen angeknabbert!«, ergänzte Julia - immer noch ein wenig empört.

»Doch nun zu euch«, mischte sich Elisabeth wieder in das Gespräch ein. Mit frohem Blick wandte sie sich abwechselnd an Ludwig, Silvana und de La Tour, dessen krauses zurückweichendes Haar deutlich ergraut war. »Wie geht es euch und ... Und welche Neuigkeiten habt ihr über Napoleon?«

»Ach, uns geht's ganz gut; es war eine weite und ermüdende Reise«, antwortete Ludwig. Seine Haut war von der Sonne tief gebräunt und ähnelte gegerbtem Leder. Die ehemals eher untersetzte Gestalt war einer fast athletischen Erscheinung gewichen. Die kraftvollen Hände hatten in den zurückliegenden fünf Jahren wohl deutlich mehr zuzupacken gelernt als je zuvor. »Und, naja, Bonaparte soll auf dem Weg in Richtung Brüssel sein, hörten wir unterwegs«, ergänzte er.

Mit aufkeimender Sorge fragte Agnes zurück: »Das ist nicht weit von Antwerpen, oder?«

»Gar nicht weit. Aber warum fragst du?«

»Weil sich dort Julias Vater rumtreibt«, erwiderte Agnes, wobei sie ein Tränchen nicht unterdrücken konnte. Die Enttäuschung über seine Unehrlichkeit hatte sie verwunden. Mit Abstand betrachtet musste sie sich sogar eingestehen, dass sie dem Vorfall unangemessen viel Bedeutung beigemessen hatte. Sie stimmte Elisabeth zu, die ihr vorgeworfen hatte, *aus einer Mücke einen Elefanten* gemacht zu haben. Ihre Empfindsamkeit war wohl vor allem den besonderen Umständen geschuldet gewesen, in denen sie sich befunden hatte. Mit einem Kopfschütteln ließ sie nun jedoch ihr Unverständnis darüber erkennen, dass ihr Mann nach nun schon fast einem Jahr immer noch nicht mit dem Hamelner Landwehr-Bataillon zurückgekehrt war. Stets griffbereit zog sie aus ihrer Schürzentasche den letzten Brief Ferdinands, der kurz vor Weihnachten eingetroffen war und lediglich davon berichtete, dass die Hamelner nach beschwerlichem Marsch in Antwerpen in Garnison gegangen waren, dass es ihre Aufgabe sei, die Grenzen zu sichern, dass ihr Mann die Freunde Ernst und Adalbert wiedergetroffen habe und dass es zu einem Zwischenfall mit einem Mann namens Bonnet gekommen sei. Den habe man ja sehr wohl in unguter Erinnerung, und er sei bei dieser Begegnung getötet worden. Einzelheiten zum Tode Adalberts hatte Ferdinand ihr hingegen vorenthalten - ebenso wie die beunruhigenden Nachrichten, dass im Bataillon schon während der ersten Monate mehrere Tote durch Nervenfieber, durch Krankheiten des Gemüts und der Schwindsucht zu beklagen gewesen waren.

Dann galt es, einander die Erlebnisse in den zurückliegenden fünf Jahren zu schildern. Natürlich musste Agnes auch darlegen, wie ihr Vater sein Enkelkind entführt und jener Ulf Bonnet die Wohnungen des Beginenhofs verwüstet hatte.

»Bonnet wusste auch über unsere Verbindungen zu den Illuminaten Bescheid«, bekannte Elisabeth.

»Merde«, kam es de La Tour über die Lippen - ungewöhnlich für ihn, den man nur als kultivierten Zeitgenossen kannte. Er schien um angemessenere Worte zu ringen.

Dann heiterte sich seine kurzzeitig besorgte Miene wieder auf: »Na, dann ist es ja gut, dass dieser Mann sein Wissen nicht mehr weitergeben kann.«

»Wer weiß«, seufzte Elisabeth. »Wer weiß schon, wo welche Informationen inzwischen überall kursieren?«

Dass sie ihr ungeborenes Kind verloren hatte, verschwieg Agnes auf Elisabeths Anraten. Darüber hatte sie auch Ferdinand nicht in Kenntnis gesetzt. »Womöglich desertiert er von seiner Truppe, wenn er davon erfährt«, hatte Elisabeth gewarnt. »Wenn er sich erkundigt, schreib ihm, ihr hättet euch zu früh gefreut. Du hättest die Anzeichen einer sich erneut anbahnenden Mutterschaft falsch gedeutet.« Wider Willen hatte Agnes Elisabeths Rat beherzigt. Mit ihren Problemen musste sie alleine fertig werden. Natürlich. Es waren schließlich *ihre* Probleme, wie man es den Frauen oft genug einredete. Agnes hatte bisweilen geglaubt, dass es in ihrer Ehe mit Ferdinand anders sein würde als bei den vielen anderen Frauen, die in ihrem Alter schon acht oder mehr Kinder geboren hatten, von denen wenigstens die Hälfte bereits gestorben war. Und bisher hatte sie sich von ihrem Ehemann meistens verstanden gefühlt. Also, warum sollte sie sich beklagen. Sie wollte ihn nur endlich wieder in ihrer Nähe wissen.

»Gibt's Neuigkeiten von Friedrich Wilhelm?«, erkundigte sich Ludwig.

»Ach, der Sertürner«, meldete sich Franziska zu Wort, »dem ging es eine Weile ganz gut. Es scheint sich sogar eine Liaison anzubahnen, wurde uns jedenfalls aus Paderborn im letzten Brief von Magister Cordes zugetragen ...«

»Was denn?«, unterbrach Ludwig sie überrascht. »Friedrich Wilhelm hat eine Braut? Ich war immer der Meinung, der bliebe mit seiner Apotheke verheiratet«, frotzelte er.

Mit hochgezogenen Brauen und gerunzelter Stirn deutete Silvana an, was sie von Ludwigs Aussage hielt: »Deine Komik war schon besser!«, kommentierte sie seine Bemerkung. »Du sprichst immerhin von einem deiner besten Freunde!«

Ludwig hob abwehrend die Hände, verzichtete aber auf eine Erwiderung. Manchmal war es besser zu schweigen. Kurz schmollte er. Dann verstand er und nickte. Es war gut, wenn Silvana ihn hin und wieder zurechtwies. Wenngleich das meist nicht lange von nachhaltiger Wirkung blieb.

Franziska ignorierte den Wortwechsel und fuhr fort: »Eine gewisse *von Rettberg*, Eleonore von Rettberg. Tochter eines bereits verstorbenen Oberstleutnants. - Zudem gab es überdies Anzeichen dafür, dass ihm durch seine erfolgreichen Experimente und Erkenntnisse endlich mehr Aufmerksamkeit zuteilwird. Er hat sogar vor, seine Arbeiten noch einmal zu veröffentlichen in ... Ich habe dieses komische Dings ... Wie heißt noch dieses Werk?« Franziska grübelte einen Moment lang, bis Agnes ihr auf die Sprünge half:

»ANNALEN DER PHYSIK - Meinst du das?«

»Was denn?« Ludwig blickte verwundert. »*ANNALEN DER PHYSIK*? Oho! Aha! Eine bedeutende Zeitschrift. Na, wenn es ihm gelingt, dort zu publizieren, dann wird er nicht unbeachtet bleiben. Wer weiß, vielleicht werden dann sogar die Forscher Frankreichs auf ihn aufmerksam. Dann hat er es geschafft!« Der Enthusiasmus war in Ludwigs Stimme jetzt unüberhörbar. Doch Franziska wusste seine Begeisterung zu dämpfen:

»Bedauerlicherweise macht die neue hannoversche Regierung ihm das Leben jetzt schwer. Sie will das Apotheken-Patent nicht mehr akzeptieren, seitdem Bonapartes Wort nicht mehr gilt und das Königreich Westphalen aufgelöst ist. Sind leider nicht die besten Voraussetzungen für den erhofften Erfolg und schon gar nicht, um eine

Familie zu gründen. Jetzt versucht Sertürner verzweifelt, irgendwo anders eine Apotheke zu erwerben. Doch alle Vorhaben scheitern am fehlenden Geld.«

»Am Geld. Hm ...«, überlegte Ludwig. »Bitte gebt mir einen Moment.«

Wie der Blitz eilte er in das Brunnenhaus und überzeugte sich davon, dass sein Geld noch immer in dem Versteck lag.

»Es ist noch alles da. Wir haben gut darauf aufgepasst!«, flüsterte Agnes, die ihm gefolgt war und hinter ihm auftauchte, als er die losen Steine wieder in ihre Position fügte.

»Ferdinand hat dir das Versteck gezeigt, oder?«

»Das war seine letzte *Vorsichtsmaßnahme*, wie er sagte. *Falls ich doch nicht zurückkommen sollte; man kann ja nie wissen*, hat er damals gesagt. Oh, Ludwig, ich habe schreckliche Angst um ihn!«, sprach Agnes mit einem Ziehen in der Brust und einem Kloß im Hals, während sie sich von Ludwig tröstend in den Arm nehmen ließ.

»Es ist gut, dass wir nicht wissen, was die Zukunft bringt«, erwiderte Ludwig. »Lass uns zuversichtlich nach vorne schauen. Alles andere macht uns nur krank. Ich bin sicher, das wird auch Ferdinand von uns erwarten. Komm, die anderen gehen ins Haus.«

Als sie zurückkehrten, vernahmen sie Elisabeths leichten Vorwurf, den sie an Silvana richtete: »Wie habt ihr es nur so lange in der Fremde ausgehalten? Wir haben euch sehr vermisst!«

Silvanas Antlitz wirkte deutlich gealtert. Die Gesichtshaut war nicht mehr faltenfrei. Ihr ohnehin dunkler Teint war ebenfalls tiefbraun. Die langen Haare hatte sie in einem strengen Zopf gebändigt.

»Nun ja, abgesehen von den gelegentlich sehr heftigen Winden ...«

»Das ist der Mistral«, fiel ihr Ludwig ins Wort.

»Abgesehen von dem Mistral«, begann Silvana nach dieser Belehrung ihren Satz erneut, wobei sie die Stirn runzelte. »Abgesehen davon ist's im Süden Frankreichs schon recht schön. Der Wind sorgt für azurblauen Himmel. Oft wochenlang. Bunte Blütenteppiche überziehen die schroffen Bergkuppen. Bevor der Lavendel erblüht, leuchtet das Rot der Mohnblumen ...«

Ludwig grinste: »Kein *Schlaf*mohn, sondern *Klatsch*mohn«, kommentierte er.

»Ein würziger Duft steigt einem vom Thymian und aus mannshohen Rosmarinbüschen in die Nase ...«

»... und von Minze, igitt«, wurde sie wieder von Ludwig unterbrochen.

»Die mochtest du schon als Kind nicht«, bemerkte Elisabeth lachend. Dann überkam sie ein Hauch von Melancholie, als Ludwig von der Olivenernte berichtete.

»Stell dir nur vor, Mutter, sie legen große Tücher und Netze unter die Bäume und schütteln an den Stämmen, Ästen und Zweigen - gerade so, wie du und Vater das früher gemacht haben, wenn wir Lindenblüten ernteten. Aber es gibt nicht nur Grund zum Schwärmen. Die Landbestellung ist hart und steinig. Dornenreich. Gerade so, wie der Boden selbst.«

Auch unser Weg ist mühsam und steinig, dachte Agnes im Stillen bei sich.

»Ich bin mit meiner Schafherde darauf prima zurechtgekommen«, merkte Silvana an.

»Ja, weil Schwiegervaters Bruder dir drei erfahrene Hütehunde an die Hand gegeben hat«, unterbrach Ludwig sie erneut. »Und dann dieser Lärm von zigtausenden Zikaden.«

»An die Zikaden-Konzerte gewöhnt man sich«, fügte Silvana ein letztes Mal an. Dann wurde sie fast euphorisch. »Aber die Sonne ... Die Sonne scheint viel häufiger als bei uns. Und das Licht sorgt stets für gute Stimmung!«

»Der man in Hameln wohl entsagen muss, wie?«, erwiderte Elisabeth mit gespielter Entrüstung. »Und was hat euch gerade jetzt zur Rückkehr bewogen, in diesen schrecklichen Zeiten?«

Da berichtete de La Tour davon, dass er mit Silvana und Ludwig und mit einer Karawane von Eseln im März auf dem Weg nach Marseille gewesen war, um dorthin das in den Ockerbrüchen bei Roussillon abgebaute Mineralgemenge zu schaffen.

»Mein Bruder hatte uns mit dieser Aufgabe betraut. Wir waren gerade dabei, den ockerhaltigen Sand auf einige Schiffe laden zu lassen, als wir davon erfuhren, dass Napoleon nach seiner Flucht aus dem Exil auf Elba zurückgekehrt war. Wie ein Lauffeuer sprach es sich herum, dass es ihm gelang, viele seiner Anhänger wieder um sich zu scharen. Als wir hörten, dass er in kürzester Zeit von Vielen sogar wieder als ihr Kaiser anerkannt in einem Triumphzug Paris erreicht hatte und unser neuer König Ludwig geflohen war, entschlossen wir uns zur Rückreise.«

»Es war gerade noch der richtige Zeitpunkt, Frankreich zu verlassen«, fügte Ludwig hinzu. »In Marseille kam es kurz danach zu bürgerkriegsähnlichen Unruhen und an den Grenzen wurden bereits Truppen zusammengezogen, um ins Land einzumarschieren. Sie warten jetzt nur noch auf den Angriffsbefehl gegen Bonaparte und blicken gespannt in Richtung Brüssel, ob er es wieder schaffen wird, gegen die Preußen zu bestehen. Aber vielleicht wird das Zeitalter der französischen Revolution ja nun endgültig zum Ende gebracht.«

»Auf jedes Ende folgt stets wieder ein Anfang«, bemerkte de La Tour scharfsinnig und fügte vielsagend hinzu: »... wie auch immer er dann ausfallen mag.«

»Ich habe ein ungutes Gefühl«, klagte Agnes. »Ich wollte, Ferdinand wäre wieder zu Haus.«

Derweil war Ferdinand ebenfalls mit seinen Gedanken bei den Daheimgebliebenen. Auch er wünschte sich, er könnte bei seiner Familie sein. Jüngst war es unerträglich heiß gewesen. Dann hatte es am Vortag heftige Gewitter gegeben. Schließlich war eine drückende Schwüle zu ertragen gewesen. Und noch immer gingen lang anhaltende Regenschauer nieder. Anstatt den frühen Sommer zusammen mit Agnes und seinem Julchen zu verbringen, hatte Ferdinand mit seinen Kameraden aus Hameln einen Tagesmarsch südlich von Brüssel zurückgelegt. Nun waren die Hamelner zusammen mit drei weiteren Bataillonen bemüht, unweit des kleinen Dorfes Waterloo eine Verteidigungsstellung einzunehmen, die ihnen der britische Feldmarschall Wellington zugewiesen hatte.

Wie er von Julius Wilhelm von Strube erfahren hatte, der das Hamelner Bataillon inzwischen als Major befehligte, hatte Bonaparte bei Charleroi die Sambre überquert und mit einem Truppenteil bei Ligny eine fürchterliche Schlacht gegen einige preußische Verbände des Feldmarschalls Blücher geschlagen. Gleichzeitig hatte der französische Marschall Ney etliche alliierte Truppenverbände unter dem Oberbefehl des Herzogs von Wellington an einem strategisch wichtigen Knotenpunkt bei Quatre Bras gestellt und sie nach verlustreichem Kampf zum Rückzug zwingen können. Seine Aufgabe war es gewesen zu verhindern, dass sich Wellingtons und Blüchers Armeen vereinigen konnten. Denn das war das Ziel des Kaisers der Franzosen: Er wollte die

beiden riesigen Heere nacheinander schlagen - nicht nur besiegen, sondern sie endgültig vernichten. Dann würde das übrige Europa ihn wieder als den wahren Herrscher
anerkennen.

»Fünfte Brigade, halt!«, kommandierte Oberst von Vincke, der die Bataillone aus
Hameln, Hildesheim, Peine und Gifhorn an die Hauptverbindungsstraße von Brüssel
nach Charleroi geführt hatte. Unzählige Truppenteile fanden sich hier am frühen
Abend ein. Sie wurden aus Richtung Brüssel und aus den westlich gelegenen Gegenden zusammengezogen, wo sie stationiert waren, weil Wellington nicht vorherzusehen
vermochte, welchen Weg Bonaparte nehmen würde. Es war zu befürchten, dass die
Franzosen auf Brüssel zu marschieren würden oder vielleicht sogar auf Gent, wohin
König Ludwig geflohen war. Aber es waren nicht nur Wellingtons Reserve-Korps, die
sich auf der Kammlinie eines Höhenrückens des Mont-St.-Jean einfanden. Auch aus
Richtung Süden nahten die Truppen, die sich nach der Schlacht von Quatre Bras auf
dem Rückzug vor den französischen Verfolgern befanden.

Trotz der durch den aufkommenden Sturm eingeschränkten Sicht konnte Ferdinand
das Gelände vor sich überblicken: Von West nach Ost war eine mehrere tausend
Schritt breite Mulde zu erkennen, die auf der gegenüberliegenden Seite ebenfalls von
einer Anhöhe begrenzt wurde. In dieser Senke, einem welligen Terrain, das Angreifern
immer einige Augenblicke Sichtdeckung bieten würde, lag vor ihnen in unmittelbarer
Nähe das Gehöft La-Haye-Sainte. Deutlich zu sehen war eine Sandgrube. Auch im
Osten befanden sich einige Gehöfte, und in süd-westlicher Blickrichtung war ein
schlossähnlicher Gutshof zu sehen. Auf der Höhe gegenüber waren die Gebäude eines
landwirtschaftlichen Anwesens auszumachen, von dem Ferdinand später erfuhr, dass
es sich dabei um das Gasthaus *La Belle Alliance* handelte.

Während französische Artillerie den Horizont erleuchten ließ und das Krachen der
Geschütze über die Felder rollte, wälzte sich ein unendlich langer Menschenstrom der
auf der Flucht befindlichen Truppen aus Quatre Bras diese Anhöhe hinunter. Natürlich
konnte die Hauptstraße nur eine begrenzte Anzahl von Menschen fassen, vorzugsweise
die Artillerie mit ihren Kanonen sowie die Reiterei. Die meisten Infanteristen hingegen schlugen sich durch die Felder, wo ein Vorwärtskommen durch das mannshohe
Getreide nur langsam möglich war. Der aufgeweichte Ackerboden erschwerte zusätzlich den Vormarsch. Um welche Truppen es sich handelte, konnte Ferdinand kaum
bestimmen, weil die Uniformen derart verdreckt waren, dass sie nur noch ein einziges
tristes graues Erscheinungsbild abgaben. Gerade jetzt nahm er an sich selbst einen
übelriechenden Gestank wahr. Seine Hose aus grauem Wolltuch war nicht nur vollkommen durchnässt, sondern auch mit Schlamm bedeckt. Dreckkrusten verunzierten
seinen roten Rock. Die Matschspritzer, die die Räder eines vorbeigeführten Muni-
tionskarrens auf sein Gesicht warfen, versuchte er mit seinem Ärmel abzuwischen,
was gründlich misslang.

»In Zweierlinie im Gleichschritt vorwärts«, befehligte nun der Major seine Hamelner Mannschaft, als ein wilder Haufen belgischer Zivilisten die Sammelstelle in
Richtung des rückwärtsgelegenen Gehöftes Mont-St.-Jean passierte. Mitleiderregend
waren die jammernden und weinenden Frauen, die ihre Kinder trugen oder hinter sich
herzerrten; ebenso die mit schweren Bündeln bepackten Männer, die ihr Vieh vor sich
hertrieben.

Das Bataillon durchschritt einen Hohlweg, der bei der Sandgrube seinen Anfang
nahm und bis zum knapp eine Meile entfernten Dorf Ohain führte. Mit seinem teils
beachtlichen tiefen Einschnitt und seinen natürlichen Hecken würde dieser Weg eine

gute Gegebenheit zur Verteidigung bieten, so hoffte Ferdinand. Napoleon wird mit hohen Verlusten rechnen müssen, wenn er seine Truppen gegen diesen Hügel stürmen lässt, ging es ihm durch den Kopf. Doch es überkam ihm auch ein mulmiges Gefühl, als er durch vereinzelte Lücken spähte. Er beobachtete, wie einige Regimenter der befreundeten Truppen sich der verlassenen Gebäude des flachen Tals bemächtigten. Diese Kameraden waren nicht zu beneiden, selbst wenn sie jetzt ein Dach über dem Kopf hatten und gewiss auch Proviant vorfinden würden. Schon bemerkte er, dass einige Männer das große Scheunentor des Gehöftes La-Haye-Sainte ausbrachen, um es zu verheizen. Bedenken überkamen ihm, dass dieses vorschnelle Tun ohne Folgen bliebe. Denn die Kameraden würden sich mit ziemlicher Sicherheit den ersten Angriffen des Feindes ausgesetzt sehen.

Es waren etwa tausend Schritt zurückgelegt. Ebenso wie den nachfolgenden Bataillonen wurde den Hamelnern der Befehl zum Lagern erteilt. Man verließ den Hohlweg, um sich im Getreide auf den nördlich angrenzenden Äckern des ebenfalls von der Kammlinie sanft geneigten Abhanges niederzulassen. Von Biwakieren konnte allerdings keine Rede sein, da der schwere Boden den Lagerplatz in einen Sumpf verwandelt hatte. Bis auf das Getreide stand kein Stroh für ein Lager oder für ein Obdach zur Verfügung. Auch Holz war in nächster Nähe nicht zu finden. Niemand konnte sich trocknen oder erwärmen, und es bestand keine Möglichkeit eine wärmende Speise zuzubereiten. Lediglich an einigen Brotkrumen, die ihm aus seinen Vorräten geblieben waren, konnte sich Ferdinand im Stehen laben. Während er Getreidepflanzen ausriss, die er zu einem Bündel zusammenraffte, versank er mehrmals bis zu den Gamaschen im Schlamm des Ackers. Er wiederholte den Frevel an den Gewächsen und legte die Bündel auf den durchweichten Boden. Andere versuchte er zu einer dürftigen Garbe zusammenzufügen. Doch auch davon ließ sich der Regen kaum abhalten. Als er sich auf seine Unterlage betten wollte, spürte er trotz der aufkommenden Kälte ein Brennen in den Oberschenkeln. Und beim Anwinkeln der Beine drohte die Wadenmuskulatur zu verkrampfen. Er öffnete seinen Tornister und stellte enttäuscht fest, dass sich hier nur noch eine kleine Ampulle mit dem Morphium befand, von dem er einen Vorrat aus Hameln mitgenommen hatte. Das Gegenmittel war noch in Gänze vorhanden. Zögernd ergriff er das letzte Fläschchen mit dem Mittel des Schlafmohns und zweifelte, ob es in seiner Wirksamkeit nachgelassen haben könnte. Er setzte sich auf seinen Tornister, hüllte sich in seine Decke ein und fühlte, wie die Glieder erstarrten. Mit klammen Fingern legte er das Opiumextrakt jedoch zurück. Während er an einigen noch unreifen Getreidekörnern knabberte, grübelte er darüber, wann und wo ihm seine Morphium-Vorräte wohl abhandengekommen waren. Doch beim ersten Licht des Morgens hatte er noch immer keine Antwort auf diese Frage gefunden.

Es hörte zu regnen auf. Der Initiative eines Fähnrichs war es zu verdanken, dass etwas Holz, einige Lebensmittel und auch Branntwein aus Mont-St.-Jean herbeigeschafft werden konnten. Wie seine Kameraden, so staunte auch Ferdinand nicht schlecht, als er auf der gegenüberliegenden Anhöhe bei Belle Alliance etliche Feuer lodern sah. Die französische Armee hatte dort während der Nacht ihre Stellungen bezogen.

Man tat es den Franzosen gleich und entzündete ebenfalls einige Feuer. Nun wurde für Ferdinand sichtbar, dass unmittelbar neben dem Hamelner Truppenkörper eine weitere hannoversche Brigade mit vier Landwehr-Bataillonen postiert war.

Von der Sandgrube bis zum äußersten Flügel in Richtung Ohain hatte sich die gesamte Fünfte Division unter dem Kommando des Generals Picton in Kolonnenlinie aufgestellt. Von dort ertönten die Kommandos: »Kleidung trocknen, Armaturen reinigen, Gewehre laden«. Und aus vielen tausend Kehlen kam sogleich die Antwort: »Zu Befehl, Herr General!«

Zweieinhalb Meilen östlich hatte August Wilhelm Antonius Graf Neidhardt von Gneisenau soeben in dem nach Wavre verlegten Quartier der preußischen Armee die letzten Ereignisse in einem Brief an seine Gattin Karoline geschildert. Er erhob sich und streckte seine müden Glieder. Während er sich mit beiden Händen durch sein gewelltes Haar fuhr, begab er sich ans Fenster, wogegen noch immer der Regen prasselte. Im Dunkel der Nacht schufen vereinzelte Blitze eine gespenstische Szenerie. Wieder gingen gewaltige Regengüsse nieder, die schon die Kämpfe am Vortag sowie den heutigen Rückzug der geschlagenen Armeecorps erschwert hatten. Zwar hatte der Feind sie aus den Augen verloren, allerdings litten nach den zurückliegenden erbitterten Kämpfen die vollkommen erschöpften Mannschaften und Pferde nun unter den Regenmassen. Auch der Funktionsfähigkeit und Wirksamkeit von Waffen und Munition waren die Witterungsbedingungen abträglich. Gneisenau erblickte einige wenige mühsam genährte Feuer in den Biwaks links und rechts des Flusses Dyle. Es gab zu wenig Zelte. Viele Soldaten mussten trotz der sintflutartigen Niederschläge im Freien lagern und hatten kaum zu essen. Die Armee war nun den dritten Tag in unaufhörlicher Bewegung; die Mundvorräte waren aufgezehrt. Viele Pferde standen im Wasser oder im Schlamm. Immer mehr Armeeteile fanden sich bei Wavre ein. Und auch in der Unterkunft des Generalstabs sorgte ein ständiges Kommen und Gehen für Unruhe. Eine Augenbraue hebend musterte der Generallieutenant eine Strohschütte in der Kammer. An Schlaf war erneut kaum zu denken. Er verließ den Raum, schlenderte über einige Flure und entdeckte eine lediglich angelehnte Tür. Nur ein Adjutant bemerkte, wie der Stabschef lautlos in das Zimmer eintrat. Gneisenau sah einen jungen Lieutenant seines Stabes vor sich, der sich über einen Bogen Papier beugte. Einzig die emsig geführte Schreibfeder gab einige kratzende Laute von sich.

Die Garde stirbt. Sie ergibt sich nicht.

Noch einmal ziehet zum Kampf ins Feld
Der Kaiser von Elba, der Frankenheld.
Sein Volk, das wieder von Freiheit träumt
Hat die Schwerter gezogen und die Rosse gezäumt.
Von Charleroy zieht der Gewaltige aus
Und besteht bei Ligny den ersten Strauß
Und rüstet sich nun zur grässlichen Schlacht
In Feldherrngröße und Kaiserpracht.

Ihm gegenüber der Blücher sitzt
Und Gneisenaus Aug' ihm entgegenblitzt
Und neben diesen Sir Wellington
Mit des Niederlands mutigem Königssohn.
Im Sturmschritt Colonn' an Colonn' sich reiht.
Die Feldherrn rufen. Jetzt ist's an der Zeit.
Da schlägt der Donner an jedes Ohr

Und zum Angriff sprengen die Reiter hervor.
Mit »Vive l'Empereur!« ist die Schlacht entbrannt -
Mit »Rule Britannia!« -
Und mit »Gott für König und Vaterland!«

Gneisenau legte in einer väterlichen Geste die Hand auf eine Schulter von Wilhelm Smets, der erschrak und sogleich aufzuspringen versuchte, um Haltung anzunehmen.

»Bleiben Sie sitzen, junger Freund. Wir haben einen Moment für uns, in dem das Hierarchische hintenan stehen sollte. Lassen Sie uns in diesen schlimmen Zeiten solche Momente genießen.«

»Ich danke Ihnen, Herr General.«

»Sie wissen, dass ich mich gerne mit Ihnen unterhalte, Smets. Auch deshalb habe ich Sie in meinen Stab übernommen. Also heben Sie sich die Titel für später auf; kein General und kein Herr Graf, wenn ich bitten darf.«

»Ich werde mich bemühen«, erwiderte Smets und blickte zu dem Befehlshaber dankbar aber auch mit traurigen Augen auf.

»Wird sich der Feind ergeben?«, fragte Gneisenau und wies dabei mit einem Kopfnicken auf den Anfang des Gedichts, das Smets in einem ersten Entwurf zu Papier brachte.

Als Smets mit einer Antwort zögerte, forderte ihn der Generallieutenant zum Sprechen auf: »Bitte nehmen Sie kein Blatt vor den Mund. Ich weiß, was es heißt, einem Vorgesetzten gegenüber zu höflich zu formulieren. Das erzeugt nur Missverständnisse, die im Kriegsfall tödlich sein können. Also: Raus mit der Sprache!«

»Nun ..., nun ja ... Im Moment haben wir keinen Anlass zu dieser Annahme, wo wir doch froh sein können, dass uns - Dank Ihrer Entscheidungen - nach den gewaltigen Verlusten noch ein leidlich geordneter Rückzug gelingen konnte.«

»Ich danke Ihnen für Ihre ehrlichen Worte. Allerdings muss ich Ihre einfühlsame Umschreibung korrigieren: Der Rückzug fand alles andere als geordnet statt. Und nur der einsetzenden Dunkelheit hatten wir es zu verdanken, dass die Franzosen uns nicht konsequenter verfolgten. Sie hätten unsere Armee vernichtend schlagen können.«

»Ligny war zur Hälfte in Brand gesetzt«, merkte Smets leise an und fuhr zögernd fort: »Das Schloss loderte in hellen Flammen auf. Es hat eine große Anzahl von Menschen in der Zivilbevölkerung getroffen. Die heftigen Nahkämpfe waren von beispielloser Grausamkeit. Das Blut der Schwerverwundeten ergoss sich in breiten Strömen durch die Straßen der Stadt. Und etliche unserer Soldaten sind desertiert.«

»Nun, nicht jeder hat sich - wie Sie - dazu entschließen können, als freiwilliger Jäger zu Felde zu ziehen. Nicht jeder hat ein derart deutsches Herz«, zeigte Gneisenau sogar ein wenig Verständnis für seine Soldaten.

»Wenn Sie mir noch eine Bemerkung erlauben: Anders als viele unserer Offiziere, die sich oftmals wie Herrgötter den Mannschaften gegenüber benehmen, lehnen Sie Prügelstrafen ab. Das nötigt uns viel Respekt ab.«

»Ich danke Ihnen für Ihre Rückmeldung. Sie tut gut. Auch wir Kommandeure brauchen gelegentlich Bestätigung für die Korrektheit unseres Handelns, wenngleich wir - vor allem im Umgang mit den Gemeinen - häufig nicht zimperlich sein können. Ich habe in unserem Feldmarschall stets ein gutes Vorbild gehabt, dem ich auch weiterhin loyal zur Seite stehen will. Auch wenn ich vielleicht weniger ungestüm zu etwas geringerem Draufgängertum neige.«

»Ansonsten kennt er leider kein Pardon - auch sich selbst gegenüber. Wie geht es dem Oberbefehlshaber?«, erkundigte sich Smets.

»Oh, sein Adjutant hat ihn im letzten Augenblick retten können, nachdem sich Blücher zunächst unter seinem niedergeschossenen Pferd vor den Franzosen hat schützen können. Er hat schmerzhafte Quetschungen an Schulter und Schenkel davongetragen. Aber er ist ein harter Hund. Bonaparte wird seine Wut zu spüren bekommen. - Ich muss meine Frage noch einmal wiederholen: Werden Bonaparte und seine Garde sich am Ende dieses Krieges in Ihrem Gedicht ergeben?«

Smets wies auf die Überschrift seiner bisher niedergeschriebenen Verse und antwortete mit einem skeptischen Blick: »Ich bin mir fast sicher, die Garde stirbt. Sie ergibt sich nicht!« Daraufhin formulierte er unter dem neugierigen Blick Gneisenaus die nächsten Zeilen:

Es donnert und tobet und wütet der Kampf,
die Völker umnachtet der Pulverdampf.

»Ich weiß nicht, wie viel Blut noch vergossen werden wird. Aber ich wünschte, am Ende verlöre der Kaiser seine lebensverachtende Überheblichkeit. Ich hätte nichts gegen sein schmachvolles Ende einzuwenden«, kommentierte er.

Für weitere Gedichtzeilen ließ er etwas Platz, füllte den freien Raum mit einem großen Fragezeichen und setzte seine schriftstellerischen Ergüsse auf einem neuen Papierbogen fort:

Da steht, die Arme verschränkt auf der Brust,
Der Kaiser, und schwelgt schon in Siegeslust.
...
Doch plötzlich erstarrt er und erbleicht,
Und der höhnische Zug von der Lippe weicht.
Die Schlacht ist verloren! Das sieht er ein.
Sein Herz durchwühlt unsägliche Pein.
Doch worauf er sein Heldenvertrauen gesetzt,
Sein Bestes, das will er noch wagen zuletzt:
Die alte Garde, die mit ihm war
In Ägypten und Russland in grauser Gefahr,
Rückt todesmutig und ernst und still
Im Sturmschritt vor, weil ihr Kaiser es will.
...
Und aufs Neue der blutige Kampf begann,
Bis die Garden lagen, Mann bei Mann.

»Ich wünschte, Sie behielten Recht mit Ihrer Vision«, seufzte Gneisenau. »Aber, junger Freund, es verwundert mich schon sehr, dass Sie in Anbetracht von Tod und Leid in der Lage sind, solche Verse zu komponieren.«

»Das ist *meine* Art, mit dem Schmerz und der Angst umzugehen und meine Gefühle zu bändigen«, erwiderte Smets achselzuckend.

»Nun kann ich verstehen, was man über Sie sagte, als man Sie für den Generalstab empfohlen hat.«

»Darf ich fragen, womit ich meine Referenzen erwerben konnte?«

»Gewiss. Es wurde kundgetan, dass Sie bei Ihrem Eintritt in die niederrheinische Freiwilligenschar durch Ihre Dichtungen und Erzählungen begeisternd auf Ihre Kameraden einwirken konnten. Nehmen Sie den Rat eines Älteren an: Sie sollten Ihre gesammelten Werke eines Tages der Öffentlichkeit zugänglich machen. Ich denke, man kann aus Ihren Niederschriften eine Menge lernen! Sie wissen, ich achte Ihre Kunst. - Apropos: Sollten wir als Sieger das Schlachtfeld verlassen, werde ich dafür sorgen, dass alle Kunstschätze, welche sich in Paris oder Umgebung befinden und die früher in den Königlich Preußischen Staaten französischerseits geraubt und geplündert wurden, sogleich in Beschlag genommen werden.«

»Ein ehrenwertes Vorhaben«, erwiderte Smets. »Doch, mit Verlaub, wir sollten die Reihenfolge nicht außer Acht lassen: Zuerst gilt es an die Soldaten zu denken, an die Lebenden, die Verwundeten und die Gefallenen und daran, dass wir sie in die Arme ihrer Angehörigen zurückgeben.«

»Aber jetzt spricht doch nicht der Landwehr-Lieutenant und Patriot, oder?«

Kopfschüttelnd antwortete Smets: »Nein, Herr General, es spricht der Mensch. Darf ich noch eine Bitte äußern?«

»Nur zu, mein Freund, nur zu.«

»Unter Feldmarschall Wellington dienen zwei Bekannte - Kameraden, an denen mir ... Nun ja, an denen mir gelegen ist. Falls wir diesen Krieg überleben, würde ich sie suchen wollen.«

»Ich denke, ich werde unserem Oberbefehlshaber Ihr Gesuch derart nahelegen können, dass er zustimmen wird«, antwortete Gneisenau mit einem Augenzwinkern, während ihm eine Nachricht Blüchers übergeben wurde, der das Kommando wieder übernommen hatte. Gneisenaus freundlicher und zuversichtlicher Blick wurde ernst und verfinsterte sich zusehends - ein Zeichen für Smets, dass das freundschaftliche Gespräch beendet war.

Noch während der junge Lieutenant Haltung annahm, machte ihn Gneisenau mit den Neuigkeiten vertraut:

»Es scheint Kommunikationsprobleme zwischen Napoleon und seinen Marschällen zu geben. Man glaubt uns vollkommen geschlagen, und unsere Verfolger vermuten uns auf dem Rückweg zur Maas oder zum Rhein. Vielleicht ist das die Gunst des Schicksals: Auch wenn ich Wellington persönlich nicht mag - wir werden Bonaparte überraschen und den Briten, Hannoveranern und Braunschweigern zu Hilfe kommen müssen, die bei Mont-St.-Jean in der Nähe des Dorfes Waterloo einer vielleicht entscheidenden Schlacht entgegensehen. Das dritte Corps wird Wavre hartnäckig zu verteidigen haben, damit uns der Rücken freigehalten wird. Wir werden uns mit dem ersten, zweiten und vierten Corps auf den Weg machen. Abmarsch in Richtung Ohain bei Tagesanbruch!«

Dass dies ein neuerlicher Gewaltmarsch bei größter Eile werden würde, wagte Smets nicht zu kommentieren. Da er sehr wohl einzuschätzen vermochte, dass dieser Marsch etlichen erschöpften Soldaten das Leben kosten würde, nahm er innerlich erregt die Anweisung des Vorgesetzten entgegen. Gleichwohl nahm er die korrekte Habachtstellung ein und salutierte in gewohnter Manier: »Zu Befehl, Herr General!«

Drei
18. Juni 1815 - Grauenvolles Waterloo

Dem Donnern der französischen Kanonen folgte wenige Augenblicke später ein Pfeifen und Heulen, als die verschossene Munition in Salven einschlug und sowohl Breschen in die Hecken des Hohlweges am Mont-St.-Jean als auch in die Reihen der dahinter postierten Männer schlug. Noch während die Kommandeure brüllten, dass die entstandenen Lücken sofort zu schließen seien, antworteten die Geschosse der englischen Batterien, die vor den beiden hannoverschen Brigaden platziert waren. Übertönt vom Schlachtenlärm vernahm Ferdinand nur schwach den Ruf des Lieutenants Kistner, der bereits eine leichte Verwundung davon getragen hatte:

»Die Brigade Vivian greift ein!« Da wurde Ferdinand hellhörig.

Seit dem Kampfbeginn zur Mittagszeit hatte er sich auf das Geschehen und die Anordnungen der Befehlshaber zu konzentrieren. Da er mit seinen Hamelner Kameraden in vorderster Linie stand, hatte er beobachten können, wie auf dem linken französischen Flügel durch eine heftige Kanonade ein Wäldchen vor dem Gutshof Hougomont gleichsam gerodet worden war und die Franzosen in der Folge versuchten, durch unzählige Angriffswellen das Schlösschen einzunehmen. Ein seltsames Gefühl beschlich Ferdinand, als er erfuhr, dass Napoleons Bruder Jérôme Bonaparte, weiland König von Westphalen, mit seiner Division die Angriffe führte. Kurz besann er sich, dass er persönlich damals den Einzug des Königs in Kassel miterlebt hatte. Das lag acht Jahre zurück. Es war viel geschehen in dieser Zeit. Erst vor drei Jahren hatte der König seine Lande bereist und war von Bodenwerder kommend auch in Hameln angelangt. Im Neuen Haus war er untergebracht gewesen und hatte sich huldigen lassen. Insgeheim hatten jedoch viele Bürger gegen ihn Grimm gehegt, wie Ferdinand sehr wohl wusste. Gemäß seines ausschweifenden Lebensstils war »Morgen wieder lustik!« sein Motto gewesen - angeblich die einzige Phrase, die er in deutscher Sprache beherrschte. Als *König Lustik* war er in der Folge verspottet worden. Nach der großen Schlacht bei Leipzig ein Jahr später war sein Königreich Westphalen jedoch Geschichte, und nun stand man sich als Feind gegenüber. Das war keineswegs *lustik*. Doch die Alliierten vermochten sich erfolgreich zu verteidigen - zunächst jedenfalls.

Ähnlich erging es den Kameraden, die sich in den anderen Gehöften verbarrikadiert hatten - insbesondere in dem Weiler Papelotte, der sich kaum fünfhundert Schritt in dem flachen Tal vor der Verteidigungslinie befand. Während diese Stellung von einigen französischen Angreifern attackiert wurde, bestürmte gleichzeitig schwere feindliche Reiterei die Höhe und erreichte den Hohlweg. Unter unsäglichen Mühen für Pferde und Reiter wurde die südliche steile Flanke des tief eingeschnittenen Hohlweges bewältigt und auf der gegenüberliegenden Seite wieder erklommen. Dann stand der Feind den inzwischen etwas zurückgezogenen hannoverschen Brigaden gegenüber.

Als Ferdinand von der Unterstützung durch die Husaren der Brigade Vivians erfuhr, reckte er seinen Kopf in die Höhe und erkannte tatsächlich seinen Freund Ernst unter den Reitern.

Bei ihrer letzten Begegnung vor einigen Wochen hatte Ernst davon berichtet, dass er beabsichtige, das zweite Husaren-Regiment zu verlassen. »Weil es mich in Ypern zum Nichtstun verdammt«, so hatte er sich ausgedrückt. Nein, Ernst wollte »im Feld agieren« und hatte um Versetzung gebeten. Er hatte eine Aufforderung zur Musterung in der Husaren-Brigade Vivian, dem ersten Husaren-Regiment der Legion, erhalten. Offensichtlich hatte man ihn für tauglich befunden.

Es war ein freudiger Augenblick für Ferdinand, seinen Freund zu sehen. Doch im nächsten Moment überkam ihn Sorge, als er das Säbelklirren vernahm. Im Durcheinander des mörderischen Ringens verlor er Ernst aus den Augen und beobachtete lediglich, wie die Franzosen zurückgedrängt wurden und in dem Hohlweg ihr Fiasko erlebten.

Noch während das Schreien der übereinander stürzenden und sich tretenden Pferde sowie das Schießen der kämpfenden Menschen zu vernehmen war, erging ein neuerlicher Befehl. Um sich dem feindlichen Kanonenfeuer zu entziehen, wurden die Bataillone deutlich hinter den Kamm der Anhöhe zurückgezogen. Mit den anderen Einheiten der beiden hannoverschen Brigaden hatte sich das Hamelner Bataillon zu einem Karree zu formieren, weil weitere feindliche Kavallerie-Angriffe erwartet wurden. Nahezu 5000 Mann betrug nun die Masse der in dieser Stellung postierten beiden Brigaden. Während etliche Soldaten murrten, dass man ihnen die Ehre des Kampfes verwehrte, war es ganz in Ferdinands Sinne, dass man in dieser Stellung fast eine Stunde untätig verharren musste. Für die meisten, die ohne Verwundung blieben, war es ein Glück.

Durch ihren kommandierenden Oberst von Vincke erfuhren die Soldaten, dass sich die Franzosen auf das Zentrum der Verteidigungslinie konzentrierten. Dass dort, sowie bei dem Gutshof Hougomont und bei dem Gehöft La-Haye-Saint nun die Apokalypse von zigtausenden Alliierten und Franzosen durchlitten wurde, davon konnte sich Ferdinand überzeugen, als am Nachmittag der Befehl eines Stellungswechsels zur Stabilisierung des Zentrums erging.

Der Schrecken, der Ferdinand durchfuhr, als er das erste Mal nach etlichen Stunden wieder die Anhöhen und das Tal überblickte, kam einem Schock gleich: Die am Morgen noch wogenden Kornfelder schienen in einen warmen, stinkenden, zähen Brei aus Schlamm, Kot und Blut verwandelt. In mehreren Lagen türmten sich Tote und Verwundete übereinander. Dazwischen lagen Pferdekadaver. Und auf diesem Schlachtfeld wurden immer heftigere Angriffe geführt.

An der Straße nach Brüssel, von wo der Herzog von Wellington nahe einer großen Ulme den Schlachtverlauf verfolgte, beobachtete Ferdinand mit geballter Faust einen unsäglichen Zwischenfall: Er erkannte den Kommandeur des Husarenregiments Herzog von Cumberland, den Oberstleutnant von Hake, der damals in Hameln bei der Begegnung mit dem Landwehrbataillon hatte durchblicken lassen, dass er in Hannover vergeblich um seine Entlassung aus dem Dienst gebeten hatte. Nun wurde ihm mit seinem Regiment eine besonders exponierte Position zugewiesen. Ferdinand hörte, wie von Hake argumentierte, der gerade erst miterlebt hatte, wie dreißig seiner Leute, darunter sein Stabstrompeter und seine Ordonnanz, in unmittelbarer Nähe getötet oder verwundet worden waren. Er bat darum, hinter einem Gehöft eine gedecktere Aufstellung nehmen zu dürfen, was man ihm verweigerte.

Während fortwährend Geschosse in nächster Nähe einschlugen, schien von Hake die Nerven zu verlieren. Er verließ seinen Platz in der Schlachtlinie und ritt mit den meisten seiner Abteilungen auf der großen Straße in Richtung Brüssel davon. Ein Capitain, der ebenso wie Ferdinand das Geschehen verfolgt hatte, kommentierte den Vorfall kopfschüttelnd: »Er wird sich mit Sicherheit vor einem Kriegsgericht zu verantworten haben.«

Auch Ferdinands Nerven schienen nun zum Reißen gespannt. Es war ihm ein Rätsel, dass die Kameraden in Anbetracht des Schreckens, den das Leid und der Lärm verursachten, immer noch Begeisterung für das Kämpfen zeigten. War ihm vor dem Abmarsch aus Brüssel die bei Vielen offensichtliche Spannung und Erregung, die die Ungewissheit des bevorstehenden Abenteuers hervorzurufen wussten, noch etwas verständlich gewesen, so schreckte ihn der noch immer vorhandene Enthusiasmus in besonderem Maße ab. Es widerte ihn an, wie die Gegner mit Geschrei aufeinander einhieben und sich das Bajonett in den Leib rammten. Er verstand nicht mehr, warum manche das Töten gleichsam zu genießen schienen. Ihm wurde übel. Schwindel überkam ihn. Er glaubte, über das Feld zu torkeln. Er wollte sich stützen, langte nach einigen der Getreidepflanzen, die sich aber seinem Zugriff entzogen. Übrig blieben abgeknickte Ährenbüschel. Er verlor das Gleichgewicht und rutschte auf dem schlammigen Boden aus. Als er zu Boden ging, sah er, wie ein Kamerad von einer Kugel getroffen niederfiel - gerade dort, wo er soeben noch gestanden hatte.

»Ich muss durchhalten und ebenfalls den Befehlen gehorchen«, murmelte er in einem Selbstgespräch. »Ich bin ein Teil dieser wilden Masse. Ohne Courage. Habe nicht den Mut wie jener Oberst von Hake, der seine Truppe vom Schlachtfeld führte. Alles ist so unmenschlich und unsinnig. Doch möchte ich mich nicht für die Fahnenflucht verantworten müssen. Angst. Ich habe Angst. Möchte meine Angst hinausschreien! Habe keine Kraft mehr dazu. Was ist mit meinem Willen - mit meinem eigenen Willen? Was kann ich tun? Ich könnte die Opfer bergen. Oh Gott, lass mich nicht mehr töten müssen!«

Ferdinand rappelte sich auf. Jetzt nahm er den Schlachtenlärm auf einmal kaum mehr wahr, erlebte es nicht mehr bewusst, dass er erneut in einem Karree stand und die Kameraden dicht aneinander gedrängt mit gesenktem Bajonett einen Angriff der feindlichen Reiterei erwarteten. Er sah wenig später eine Gelegenheit, einen Verwundeten in das wenige hundert Schritt rückwärts gelegene Gehöft Mont-St.-Jean zu schleppen - dorthin, wo ein Lazarett eingerichtet war. Auch hier sah er Tote und Verwundete, wohin er nur schaute. Auf Strohballen wurde operiert und amputiert, geschnitten, gesägt und genäht. Er entdeckte eine behelfsmäßig hergerichtete Tragbahre, die er hinter sich herzog, wieder und wieder dem Schlachtfeld entgegen, wieder und wieder mit angeschossenen oder niedergestochenen Soldaten auf dem Weg zurück ins Lazarett. Er spürte eine aufkommende Erschöpfung. Zu Füßen einer Ilex-Hecke, die ihm Deckung bot, sammelte er neue Kraft. Hier saß er kurzzeitig zusammen mit einem Kameraden, der sich dazu entschlossen hatte, ihm zu helfen.

Als er wieder einen Verwundeten zum Gehöft führte, stellte ihn Oberst von Vincke zur Rede: »Soldat, Er hat ohne Anweisung die Stellung verlassen. Erkläre Er sich.«

»Herr Oberst, ich denke, ich bin an dieser Stelle hier nützlicher als im Karree.«

»Soldat, darüber hat Er nicht zu befinden. Oder will Er so enden, wie der Oberst von Hake?«, bemerkte von Vincke mit strenger Miene. »Wird Er sich weiter meinen Befehlen widersetzen?«

Als Ferdinand eine Antwort hinauszögerte und demütig und verschämt den Blick senkte, ordnete der Oberst mit einem Lächeln an: »Ich erwarte, dass Er seine Menschlichkeit bewahre und dass Er seine humanitäre Tätigkeit fortsetze!«

Mit Erleichterung nahm Ferdinand diese Anordnung zur Kenntnis: »Ich danke Ihnen, Herr Oberst. Zu Befehl, Herr Oberst.«

Dem vorübergehenden Stimmungshoch sollte schon bald wieder Ernüchterung folgen. Ein weiteres Mal lief Ferdinand vom Lazarett zurück auf das Schlachtfeld. Wieder kam er an der Ilex-Hecke vorbei, hinter der er diesmal eine ungewöhnliche Bewegung ausmachte. Schon bemerkte er den Soldaten im blauschimmernden Rock, der seine Muskete auf ihn richtete. Fast gleichzeitig explodierte eine Granate vor dem Franzosen. Die Erde, die sie aufwarf, bekam Ferdinand ab. Die Explosionskraft und die totbringenden Splitter waren jedoch gegen den Feind gerichtet. Ferdinand blickte in weit aufgerissene Augen mit ihrem Ausdruck höchster Angst. Doch als er sah, dass die Granate den Unterleib des Franzosen weggerissen hatte, wusste er den Blick als Flehen um Erlösung zu deuten. Ferdinand griff seine Waffe, um dem Leiden ein endgültiges Ende zu bereiten. Er zögerte ... und vermochte doch nicht abzudrücken. Er besann sich eines Besseren: Er flößte dem Franzosen die letzten Reste seines Vorrats aus der Kapsel des Schlafmohns ein. Dann reichte er seinem Gegner die fest zupackende Hand. Es dauerte nicht lange, bis sich der Gegendruck verminderte. Vielleicht werden dem Todgeweihten wenigstens die Schmerzen genommen, so hoffte Ferdinand. Und tatsächlich glaubte Ferdinand, Dankbarkeit im Gesicht des Franzosen zu erkennen. Der Mann schloss die Augen, drückte Ferdinands Hand noch einmal kräftig, bevor die Muskulatur erschlaffte.

Ferdinand hielt die Hand seines ehemaligen Gegners auch noch, als der letzte Atemzug getan war.

»Komm mit«, raunzte ihn sein Kamerad an, der ihm zum wiederholten Male beim Bergen von Verwundeten geholfen hatte.

»Warum?« Ferdinand schrie, als wollte er damit die Unmenschlichkeit und Unsinnigkeit des Krieges anprangern. Er blickte auf den Toten, und dabei kamen ihm auch die vielen Kinder in den Sinn, die ohne Perspektive in das Grauen des Abschlachtens geführt wurden - ob als Trommlerbuben oder als Burschen für die Offiziere. Der Tod machte keinen Unterschied, wenn er sie holte.

»Weil wir keine Zeit für ein christliches Begräbnis haben«, herrschte ihn der Andere an, packte ihn energisch und riss ihn mit. »Es ist höchste Zeit, dass wir uns aus der Schusslinie entfernen.«

Über La-Haye-Sainte und dem Gutshof Hougomont stiegen Rauchwolken auf und die alliierten Stellungen drohten zusammenzubrechen. Da bemerkte Ferdinand, dass auch das Husaren-Regiment Vivian ins Zentrum der Schlacht beordert worden war und kurzzeitig für Entlastung sorgen konnte. Unermüdlich wurden nun die massiven französischen Angriffswellen von der Kavallerie zurückgeschlagen. Viele, die die Linien durchbrochen hatten, wurden im Nahkampf von den in den Karrees formierten Verteidigern niedergemetzelt. Als nach ohrenbetäubendem Donner eine Kanonenkugel in der Nähe detonierte, sah Ferdinand wieder, wie Beine zerschmettert und Pferdeleiber aufgerissen wurden. Wenige Augenblicke später musste er mit ansehen, dass Ernst bei einem Ausweichmanöver von seinem Pferd abgeworfen wurde. Mitsamt dem Sattel und seinem Gepäck war er vom Rücken des Pferdes heruntergerissen worden. Das reiterlose Pferd galoppierte davon. Von Ernst aber war in einem Pulk säbelschwingender angreifender Kürassiere nichts mehr zu sehen.

Als sich der tiefhängende Pulverdampf und die Rauchwolken verzogen, entdeckte Ferdinand dort einen großen Felsbrocken, wo er Ernst zum letzten Male gesehen zu haben glaubte. Es war nur schwer erträglich, in Anbetracht der fortwährenden Kämpfe nicht dorthin eilen zu können, um seinen Freund zu bergen.

»Oh, mein Gott«, klagte Ferdinand, »wie wird dieser Tag nur zu Ende gehen?«

In seiner Uniformtasche fühlte er die leere Ampulle, die er wie einen Handschmeichler umfasste und zwischen den Fingern bewegte. Ein Augenlid begann zu zucken, und Ferdinand verspürte zunehmende Abneigung gegen den Herzog von Wellington, den er in Hörweite im Gespräch mit einem General sah. Der Oberbefehlshaber schien besorgt. Offensichtlich disputierte man über einen Rückzug in Richtung Brüssel oder zur Nordsee. Zudem wurde in Erwägung gezogen, den in Gent versteckten französischen König zur Flucht zu bewegen. Dann vernahm Ferdinand eine weitere Stimme: »Die nächsten Schlachten gewinnt nicht der, der die besten Waffen hat, sondern der, der über die besten Transportmittel verfügt, um die Mannschaften zum richtigen Zeitpunkt an den rechten Ort zu bringen.« Doch Ferdinand dachte nur, dass die nächsten Kämpfe derjenige gewinnen wird, bei dem die besten Kommunikationsmittel gewährleisten, dass Waffen und Kämpfer optimal zum Einsatz gebracht werden. Derweil vernahm er einen tiefen Seufzer des Feldmarschalls: »Ich wollte, es würde Nacht. Oder die Preußen kämen endlich.«

Während für Ferdinand jegliches Zeitgefühl verlorenging und der Albtraum des Mordens kein Ende nehmen wollte, blickte Ernst auf den Felsbrocken neben sich, dessen Grau von rosafarbenen Stellen durchsetzt war. Er war überwiegend glatt. Zwei dicke gelbliche Wülste zogen sich in parallelen Linien quer über den Stein. An einer Stelle war das helle Band unterbrochen. Dort war das Gestein abgestoßen und bildete eine raue Oberfläche, auf der sich teils grünliche, teils rostbraune Flechten angesiedelt hatten. Ein schwarzer Käfer krabbelte über diesen Bewuchs. Er stürzte ab. Ernst folgte mit seinem Blick der Fallrichtung des Insekts. Irgendwo zwischen der Kamille und zwischen roten und blauen Blütenblättern war der Käfer verschwunden. Da. Da lag er, hilflos auf dem Rücken.

Ernst spürte das Fehlen seiner Kopfbedeckung. Ihm fror. Erschöpft schloss er die Augen. Ein heftiger Knall hallte in seinen Ohren wieder, immer und immer wieder.

Das Bild des Käfers verschwand aus seinem Gedächtnis.

Er presste seine Hände gegen die Ohren, denn das Gehör bereitete ihm zunehmende Schmerzen. Auf dem Rücken liegend griff er um sich und erhaschte einen Gegenstand. Es war ein Bündel mit einer zusammengerollten Decke, die er unter seinen Kopf legte. Er blickte in gigantische graue Wolkentürme, zwischen denen eine kleine blaue Stelle ihren Platz zu behaupten suchte.

Nun wurde sein Hörvermögen durch ein Dröhnen beeinträchtigt, das sich in das Crescendo eines unerträglichen Fiepens verwandelte. Er schob die Decke beiseite und kroch unter die Menschenleiber, um sich zu wärmen. Er stülpte die Fetzen einer Uniformjacke über seinen Kopf. Dieser Pfeifton musste doch irgendwann ein Ende haben. Oh, dieser Lärm, dieses Rauschen, dieses stetig ansteigende Brummen, das wieder zu einem Dröhnen anschwoll, dann dieser Ton, der an Intensität und Tonhöhe zunahm.

Wo war seine Waffe nur? Er musste doch einfach nur abdrücken, damit dieser Wahnsinn ein Ende nehmen würde. Er hob seinen Oberkörper leicht an. Nun wurde ihm schwindelig. Er kniff die Augen wieder zu. Er suchte mit einer Hand den Boden in seiner Umgebung nach seiner Waffe ab, aber er ertastete wieder nur das Bündel.

Ihm kam der Käfer in den Sinn, der auf dem Rücken lag. Es wollte dem Tier nicht gelingen, wieder auf die Beine zu kommen.

Als hätte er eine Eingebung, zog Ernst das Bündel auf. Mit Erleichterung erfühlte er die Ampullen, die sich jedoch nicht öffnen ließen. Er zwang sich, die Augen zu öffnen.

Die Wolkentürme nahmen den blauen Flecken am Himmel in die Zange; dieser Flecken wurde stetig kleiner.

Ernst schlug ein Glasröhrchen gegen den Stein und spürte die Flüssigkeit, die ihm über die Hand tröpfelte. Ein kleiner Rest des Mittels war nur mehr in dem Behälter geblieben. Er flößte sich diesen Inhalt ein. Mit den anderen Glasgefäßen verfuhr er ebenso, wobei er vorsichtiger hantierte und weniger Inhalt verschüttete.

Als er zu Boden sank, verletzte er sich die Hand an den scharfen Kanten des gebrochenen Glases. Er wollte die Ampulle loslassen, doch die Glieder seiner Hand gehorchten seinem Willen nicht mehr.

Noch einmal schaute er auf: Das Blau des Himmels war verschwunden. Die Wolkentürme hatten gesiegt.

Auf die Seite gedreht krümmte er sich wegen eines plötzlich heftigen Ziehens in der Magengegend.

Er sah den Fels, der sich zu einem leblosen Grau zu verfinstern schien. Ein Rabenvogel nahte und packte den wehrlosen Käfer. Die Blumen schauten tatenlos zu.

Ernst hatte keinen Willen mehr. Während der Lärm in seinem Kopf nachzulassen schien, begann er zu halluzinieren. »Adalbert«, murmelte er. Ein letztes Mal.

Dass die Trompeter und Signalhörner die Ankunft der Preußen und Napoleons Einsatz der Garden ankündigten, nahm Ernst nicht mehr wahr. Ein Kartätschenhagel ihrer ehemals eigenen Munition aus daumendicken Schrauben und Metall-Muttern mordete in den Reihen der Garden. Aber auch sie nahmen unzählige Alliierte mit in den Tod. Dann waren sie geschlagen. Napoleon hatte sie bis auf den letzten Mann geopfert. »Sauve qui peut!«, brüllten seine Soldaten in dem Durcheinander diverser Regimenter. »Rette sich, wer kann!« - Kurz vor Einbruch der Dunkelheit flohen sie, ihrer Illusionen von den unschlagbaren Garden und von ihrem unbesiegbaren Kaiser beraubt.

Im fahlen bläulich-weißen Licht des vollen Mondes fand Ferdinand seinen Freund jenseits des Felsbrockens liegend. Inmitten unzähliger Leichname und begleitet vom Röcheln und Stöhnen Sterbender hockte sich Ferdinand neben Ernst und trauerte auch noch, als das Sonnenlicht die Nacht verdrängte und sich eine Hand auf seine Schulter legte.

»Smets, Sie? In einer preußischen Uniform?«, krächzte er mühsam mit grimmigem Gesichtsausdruck. »Sie haben sogar noch ein lebendes Pferd dabei?«

»Ich habe obendrein Speis und Trank mitgebracht, und das nicht zu knapp. Die fliehenden Franzosen mussten es zurücklassen. Hier, Kamerad, essen Sie! Trinken Sie! Es ist genug da!«

Erst jetzt wurde es Ferdinand bewusst, wie hungrig er war. Und doch konnte er kaum einen Bissen herunterbekommen. Er erhob sich, wobei ihm schwindelig wurde. Der Gestank, die Kraftlosigkeit, die Erschöpfung. Mit starrem Blick wies er auf den merkwürdig verrenkten Körper seines Freundes hin, den Smets bisher inmitten der Leichenberge noch nicht entdeckt hatte.

»Wir haben gesiegt und wohl einen Freund verloren«, stellte der Lieutenant betroffen fest.

»Wir haben einen Freund verloren. Und unzählige Mütter ihre Söhne, Frauen ihre Männer, Kinder ihre Väter und Schwestern ihre Brüder«, murmelte Ferdinand fast emotionslos.

Dann wies er kopfnickend auf die Vögel. Die Aasfresser hatten sich bereits eingefunden, während sich ein Hauch von Verwesung auf dem Schlachtfeld verbreitete: »Es ist absurd: Nachdem sich die Soldaten im Kampf gegenseitig entleibt haben, gehen nun die Tiere aufeinander los. Als wollten sie es den Menschen gleichtun. Jetzt scheinen sie sich ebenso in Positionskämpfen aufzureiben, um das Eroberte in Besitz zu nehmen und im nächsten Kampf erneut zu verlieren.«

Er blickte auf seinen toten Freund: »Warum tut uns der Herr so etwas an? Warum Ernst? Warum nun auch noch *er*? Wurden wir mit Adalberts Tod nicht schon genug gestraft?«

»Hatte der Herr einen Grund, uns zu strafen?«, stellte Smets eine Gegenfrage.

»Warum? Warum nur?«, weinte Ferdinand mit einem Male jämmerlich, als er zu Wilhelm Smets aufblickte. »Ich ... Ich hatte die Beiden doch gerade erst wiedergetroffen ... Nach all den Jahren der Ungewissheit«, schluchzte er.

»Das ist der Krieg, Kamerad«, bemerkte Smets knapp.

»Sie sind Opfer des Machtstrebens unserer Herrscher geworden«, wetterte Ferdinand nun. »Nur weil sie in den Sog übler Machenschaften von Emigrantenkönigen und Revolutionären geraten sind, mussten sie ihr Leben lassen?«

»So ist es schon vielen, sehr vielen Menschen ergangen«, stellte Smets resignierend fest, »und viele werden ihnen folgen.«

»Aber das ist ungerecht! Wir sollten die Wahrheit beim Namen nennen, die Gründe für ihren Tod hinausschreien. Das sind wir ihnen doch schuldig, oder?«

»Für die Wahrheit wird sich niemand interessieren, Kamerad. Es gibt so viele Wahrheiten, wie es Menschen gibt. Denn ein jeder glaubt, er müsse die Wahrheit für sich reklamieren. Als sei die eigene Sichtweise die allein gültige. Nein, Kamerad, Wahrheit gibt es nicht wirklich auf Erden. Die Wahrheit ist nur bei Gott.«

»Smets, Sie sind Lieutenant und reden wie ein Geistlicher!«, schniefte Ferdinand.

»Vielleicht werde ich eines Tages einer werden«, erwiderte dieser nur. »Kamerad, wir können für Ihren Freund nichts mehr tun. Wir sollten für sein Seelenheil beten!«

Ein stumpfsinniges kurzes Nicken. Dann rappelte sich Ferdinand mühsam auf. Unwillkürlich nahm er seine Kopfbedeckung ab, als Smets zu beten begann:

»*Unser Vater im Himmel, Dein Reich komme ...*«

Ferdinand blickte mutlos und fühlte sich tiefbetrübt. Jegliche Zuversicht war geschwunden.

»*... Dein Wille geschehe.*«

Und doch vermochte er es nicht, den Tod seines Freundes hinzunehmen. Diese Endgültigkeit. Nein, er konnte und wollte sich nicht mit der Realität abfinden. Gleichwohl bewegten sich ebenfalls seine Lippen, lautlos, und versuchten ins Gebet einzustimmen.

»*Dein Wille geschehe - nicht nur im Himmel, sondern auch auf Erden.*«

»Ein Arzt setzt sich solange für seine Patienten ein, bis das Herz des Totgesagten zu schlagen aufhört«, kam es Ferdinand auf einmal in den Sinn, »und das gilt für Apotheker nicht minder«, murmelte er und dachte dabei, was Friedrich Wilhelm oder Ludwig in dieser Lage tun würden. Er blickte sich um und schien auf eine Inspiration zu hoffen. Vergeblich. Sein letztes Aufbäumen gegen das Unvermeidliche schwächelte; die Resignation nahm wieder zu.

»Herr, vergib uns unsere Schuld.«

Ferdinand entdeckte eine winzig kleine Vogelfeder auf dem Feld. »Wie die Daune eines gerupften Tieres«, sprach er zu sich selbst. »Auch die Krähen kennen kein Erbarmen.« Er ergriff die Feder und hielt den Flaum unter die Nase seines tot geglaubten Freundes.

»Herr, erlöse uns von allem Übel.«

War es eine Illusion, der er anheimfiel? War es ein Wunschdenken? Ging die Phantasie mit ihm durch? »Er lebt?«, fragte Ferdinand irritiert und überwältigt. Er wollte kaum glauben, was er beobachtete. »Vielleicht war es doch nur ein Luftzug.« Noch einmal wiederholte er seine prüfenden Handgriffe und richtete die Feder aus. Wieder bewegten sich die strahlenförmig angeordneten Federästchen leicht. Fast schien es, als würden sie angehoben, als wollten sie davonschweben.

»Herr, nimm die Seele unseres Freundes zu Dir ...«

»Er lebt! - Smets, er lebt!«, sprang Ferdinand mit einem Gellen auf, griff dem Pfaffen im soldatischen Gewand an den Kragen seiner Uniform und schüttelte ihn. »Er lebt«, schrie er wieder und wieder mit überschnappender Stimme und warf seinen Tschako in einer Mischung aus Wut, Empörung und Freude derart heftig gegen den Stein, dass das Blech mit dem Regimentsabzeichen schepperte. Erst jetzt fand er seine Fassung wieder und versuchte seine Gedanken zu ordnen.

»Er lebt! Wir müssen ihn genauer untersuchen!«, wurde er energisch. Derweil betrachtete er seinen Freund von allen Seiten. Smets half ihm, Ernst auf die Seite zu rollen.

»Mein Gott, da ist ja gar keine Totenstarre ... Ich hatte doch den Eindruck ...«

»Ja, haben Sie ihm denn nicht den Puls gefühlt?«, fragte Smets entgeistert.

»Sein Brustkorb ... Er hob und senkte sich doch nicht mehr! Sein Puls war nicht mehr zu fühlen! Er war ... Er war ohne jegliche Regung und sein Körper steif und kalt. Sein Leben ... Es war doch erloschen«, jammerte Ferdinand. »Ich ..., ich ... Ich weiß gar nichts mehr ... Ja, bin ich denn ein Idiot?«, stotterte er ungläubig.

Auf diese Frage gab Smets keine Erwiderung. Er schüttelte lediglich den Kopf, als er brummte: »Ich sehe weder ein Einschussloch noch eine Stichwunde. Und doch ist hier schon getrocknetes Blut an seiner Uniform ...«

»... was sich schon länger daran befinden könnte«, unterbrach Ferdinand ihn.

»Da, er hat was in seiner Hand. Und die weist auch einen Schnitt auf«, wurde Smets nun aufmerksam.

»Es ist ein zerstörtes Glasfläschchen, woran er sich geschnitten hat. Oh! Sehen Sie nur, Smets! Hier ..., ich kann es nicht glauben ... Hier liegen noch weitere Ampullen. Sehen Sie her, Smets. Es ist unfassbar! Auch *ich* habe ein derartiges Fläschchen.« Ferdinand griff in seine Uniformtasche. »Ernst hat sich meiner Morphium-Vorräte bemächtigt und ...«

»Mor ... phi ...?« Stockend formte Smets die Wortsilben.

»Erkläre ich Ihnen später! Hier, ich habe ... Wo habe ich denn nur ...« Ferdinand wurde zunehmend hektisch und wühlte mit zittrigen Händen in seinem Tornister herum. Dann sprudelte es mit hörbarer Erleichterung aus ihm hervor: »Hier ist das Gegenmittel: *Acidum Aceticum* oder so ähnlich.«

Smets blickte auf einen nur mehr schwer lesbar gekennzeichneten Glasbehälter: »Vermutlich eine lateinische Bezeichnung.«

»*Starker Essig*, sagt Friedrich Wilhelm dazu«, war Ferdinands Erklärung.

»Friedrich Wilhelm?« Unwissend schaute Smets ihn fragend an.

»Das da ...« Er wies auf ein Etikett. »Das ist die Handschrift unseres Apotheker-Freundes.«

Ferdinand öffnete das Gefäß, aus dem sogleich ein unangenehmer Gestank entwich, der ihn an den damaligen Selbstversuch erinnerte.

Er benetzte die Lippen seines Freundes. Zunächst ohne Reaktion. Er wiederholte es mehrmals, Ernst einige Tropfen des Gegenmittels einzuflößen. Und nach mehrmaligen Bemühungen hatte er Erfolg. Irgendwann stieß sein Freund einen würgenden Laut aus. Kurzzeitig öffnete er die Augen, doch er nahm nur verschwommene Schemen wahr. Da er nicht die Kraft aufbringen konnte sich zu wehren, gelang es, ihm eine größere Menge des Brechmittels zu verabreichen. Es war nur ein Moment, in dem er erkannte, dass man ihn stützte. Einen Lidschlag später übergab er sich. Ferdinand setzte ihm erneut das Behältnis mit dem Essig an den Mund. Diesmal zögerte Ernst, davon zu nehmen, verschluckte sich und spuckte einen Teil wieder aus. Abermals glitt er in einen Zustand der Bewusstlosigkeit, die sich über quälend lange Stunden erstreckte.

Als die Mittagshitze unerträglich wurde, entschieden sich die beiden Helfer endlich zu einem Transport ihres Patienten. In die nahegelegenen Gehöfte und Ortschaften wollten sie ihn nicht schaffen; diese galten schon als derart überfüllt, dass die verbliebenen Bergungsmannschaften die Verwundeten aus der Sonnenglut des Schlachtfeldes wenigstens bis in den schützenden Schatten einiger weniger Baumgruppen schleppten, um sie dort abzulegen. Ohnedies drohten bereits Seuchen um sich zu greifen.

»Wir sollten ihn nach Belle Alliance schaffen«, empfahl Smets.

»*Belle Alliance*?«, echote Ferdinand. Aber hatte da nicht der Kaiser ...«

»Bonaparte ist fort«, unterbrach ihn Smets. »Er wird von Gneisenau und den Preußen verfolgt. An die hundert Tage hat er träumen dürfen, seitdem er von Elba zurückgekehrt ist. Bin gespannt, wohin man ihn diesmal verbannen wird. - Ich war drüben, als sich Blücher und Wellington vor dem Gasthaus getroffen und beglückwünscht haben.«

»Beglückwünscht?«, höhnte Ferdinand.

»Na ja, dieser Sieg soll als *Schlacht von Belle Alliance* in die Geschichte eingehen, wenn's nach Blüchers Wunsch geht. Allerdings ist Wellington eher der Ansicht, sie sollte nach dem Ort Waterloo benannt werden.«

»Aber andere Sorgen haben diese beiden wohl nicht, eh? Von mir aus können sie ihre Schlacht auch nach Mont-St.-Jean benennen; das ist mir einerlei! Übrigens, Waterloo hat mit der Schlacht wohl gar nichts zu tun, außer, dass Wellington dort sein Hauptquartier eingerichtet hat - habe ich recht?«, empörte sich Ferdinand.

»Worauf warten Sie noch, Smets. Wir binden die Trage an Ihr Pferd und sehen zu, dass wir irgendwie hinüberkommen, nach *Belle Alliance*«, drängelte er, wobei er dem Namen ihres Ziels einen bewusst ironischen Beiklang beimaß. Dann bahnten sie sich einen Weg über das Schlachtfeld.

Hier und da waren Leichenfledderer unterwegs, deren Treiben sie jedoch ignorierten. Die ersten Toten wurden zuhauf in der Sandgrube verscharrt. Sie senkten den Blick, als sie an den Verstümmelten vorbeikamen, die sich an den Mauern der Ruine von La-Haye-Saint anlehnten. Sie gewahrten, dass man aus dem Dachstuhl der Schlossruine von Hougomont Hölzer brach und sie zu Scheiterhaufen zusammenstellte, auf denen man Tote zu verbrennen beabsichtigte. Und auch beim Meierhof Belle Alliance beobachteten sie, wie einige Zivilisten mit versteinerten Mienen Massengräber aushoben. Sie passierten eine Geschützlafette mit gebrochener Achse.

Zurückgelassene Ausrüstungsgegenstände lagen auf dem Weg; allerdings fand sich dabei nichts Funktionstüchtiges mehr. Alles Brauchbare hatte bereits neue Besitzer gefunden. Zwischen Schutt und den Scherben von Fensterglas bahnten sie sich einen Weg zu dem Gebäude. Das Gemäuer wies eine Unzahl von Einschusslöchern auf - Pockennarben gleich. Im verwüsteten Schankraum des armseligen Gasthauses entdeckten sie zahlreiche Hilfebedürftige, die sich selbst überlassen schienen. Das Nachbargebäude glich einer Ruine, von der nur noch die Außenmauern standen. Dazwischen lag der ehemalige Garten mit seinen Obstbäumen. Die Bäume waren bis zum Stumpf abgehackt. Es war trostlos.

»*Es ist vorbei*«, waren die ersten Worte, die Ernst nur schwach wahrnehmen konnte. Sie klangen dumpf und merkwürdig grollend - als kämen sie aus weiter Ferne. Er spürte etwas Hartes im Rücken. So hatte es sich angefühlt, als ein Unwetter das Schiff hin und her geworfen hatte - damals während der Rückkreise nach England, kurz nachdem der Dreimaster Portugal verlassen hatte. Wie Adalbert hatte er sich nicht mehr an der Reling festhalten können, war über das Deck geschlittert, musste befürchten über Bord geschleudert zu werden. In seinen Ohren glaubte er wieder, das Tosen des Meeres zu vernehmen, das Knattern der Segel, das Ächzen des Schiffsrumpfs, der auseinanderzubrechen drohte. Ein Donnerschlag in unmittelbarer Folge des Blitzes, der die gesamte bedrohliche Szenerie taghell hatte erscheinen lassen. Dann das Bersten des Hauptmastes und zuletzt ein Schreckensruf. Es war Adalberts Aufschrei.

»*Es ist vorbei*«, hatte Adalbert später gemurmelt, als sie wieder zu Bewusstsein gekommen waren. Unter der Takelage liegend, inmitten von Tauen, die harten Schiffsplanken im Rücken, während das Schiff im Takt ruhigen Wellengangs dümpelte.

»Ernst, *es ist vorbei!*«, glaubte er noch einmal zu hören. Doch das war nicht Adalberts Stimme. Jetzt war er sich sicher. Seine Arme rutschten von seinem Körper und baumelten kraftlos herunter. Die Hände griffen ins Leere. Zunächst. Dann erfühlte er den Rand der schmalen Planken, auf denen er diesmal lag. Erst später würde er realisieren, dass sie auf provisorisch zusammengestellten Holzböcken montiert waren, irgendwo in einer düsteren Ecke eines ehemaligen Stalls. Im roten Ziegeldach des Gebäudes klaffte ein Loch. Von einem blauen Himmel drang ein wenig Licht in das Dunkel des Raumes. Ernst kam ein solches Bild bekannt vor, er vermochte sich jedoch nicht zu erinnern. Die Helligkeit stach ihm in die Augen. Sie verscheuchte den schmalen Strich, den seine Lippen gebildet hatten. Er musste blinzeln, bevor sich die Ohnmacht noch einmal seiner bemächtigte.

»*Es ist vorbei. Wir haben gesiegt*«, sprach Ferdinand. Doch Ernst reagierte nicht auf das Gesagte. Als er spürte, wie etwas nach ihm griff, erschrak er zunächst. Doch alsbald erkannte er das Gesicht seines besorgt blickenden Freundes, der sich über ihn gebeugt hatte. Ferdinand bemerkte die Taubheit und gab die Erklärungen besonders lautstark ab.

Als Ernst die Lage endlich erfasst hatte, waren ihm die Nachrichten nicht wirklich ein Trost.

»Adalbert ist tot, Elsbeth habe ich nicht beschützen können. Wen werde ich als nächstes ins Unglück stürzen?«, fragte er verzagt.

»Ernst, wir alle dürfen die Hoffnung auf bessere Zeiten nicht aufgeben«, sprach Ferdinand zuversichtlich. »Wir haben allen Grund, dir Mut zu machen.« Dabei schaute er Wilhelm Smets auffordernd an.

»Kamerad, wir haben ein Bild in Ihrem Gepäck gefunden. Hier ist es.«

Smets legte es auf einen Schutthaufen. Um einen Blick auf das Bild werfen zu können, richtete sich Ernst auf, was ihm seine Konstitution jedoch übelnahm. Sie zwang ihn augenblicklich, wieder auf sein Lager zu sinken. Dann hielt Smets das Bild so, dass Ernst einen Blick auf das zusammengefügte Portrait werfen konnte, das ihn und Elsbeth zeigte. Ein fast unmerkliches Kopfnicken, eine kurze Regung in seinem traurigen Gesichtsausdruck, dann wandte er den Kopf ab und flüsterte mit zitternder Stimme:

»Es ist lange her, fast wie in einem anderen Leben.«

»Fast, Ernst, aber eben nur fast. Und dieses Leben ist noch nicht abgeschlossen«, sprach Ferdinand mit einem Lächeln, das Ernst nicht sehen aber am Klang der Stimme erkennen konnte.

»Ich habe *auch* ein Bild«, stellte Smets fest und reichte er hinüber.

Ernst schaute ihn teilnahmslos an. Dann lenkte er seinen Blick auf das Bild und betrachtete die Portraits zweier Frauen.

Wieder schloss er die Augen. »Hübsch, attraktiv«, sprach er monoton.

»Geschwister? Aber eine Ähnlichkeit ist nicht zu erkennen«, fügte er wie uninteressiert hinzu.

Smets hielt die beiden Abbildungen nebeneinander. »Ich sehe schon eine gewisse Ähnlichkeit. Schauen Sie nur hin, Kamerad!«

»Die Ähnlichkeit ist zugegebenermaßen nicht sogleich erkennbar«, bemerkte Ferdinand. »Elsbeth und du - ihr wart damals ein glückliches Paar, als dieses Bild entstand. Und das schlägt sich auch in dem Gesichtsausdruck nieder.«

»Damals«, seufzte Ernst, der sich wieder abgewandt hatte. »Warum rührst du an den alten Zeiten, Ferdinand?«, sprach er jetzt verbittert.

»Bei meinem Bild schauen die Gesichter ernsthafter drein, fast ein wenig streng. Und doch auch zufrieden«, ergriff Smets das Wort und fügte hinzu: »Sicher, die Damen sind schon etwas reifer; gealtert klingt so wenig schmeichelhaft. Nun ja, sie sind vom Leben gezeichnet.«

»Wie wir alle«, ergänzte Ferdinand achselzuckend.

»Mit gut dreißig Jahren«, bemerkte Ernst mit einem gequälten Lächeln.

»Die ältere dieser Beiden ist meine Mutter, Kamerad. Sie ist Schauspielerin. Der Vater hat sie mir gegenüber totgesagt. Aber, Sie wissen, auch mein Vater lebt nicht mehr. Und in den letzten Monaten habe ich Nachforschungen angestellt. Sie lebt jetzt in Wien. Es ist mir gelungen, Kontakt mit ihr aufzunehmen. Und kurz vor unserem Abmarschbefehl bekam ich einen Brief von ihr. Dieses Bild hat sie mitgeschickt.«

»Werden Sie Ihre Mutter in Wien besuchen, wenn das hier alles vorbei ist?«, fragte Ernst.

»Wir *beide* werden sie in Wien besuchen!«

»Sie scherzen, Lieutenant.«

»Keineswegs. Schauen Sie doch nur. Die Begleiterin ist eine Freundin meiner Mutter. Sie kennen sich schon sehr lange, sind entfernte Verwandte, Cousinen. Aber vor etwa ... sieben, acht Jahren wurde sie Teil der Schauspieler-Familie und kümmert sich seit jener Zeit um meine Geschwister.« Smets räusperte sich: »Meine

*Halb*geschwister, die einen anderen Vater haben, um präzise zu sein. - Als die französischen Besatzer ihnen das Leben in Hamburg unerträglich machten, sind sie 1813 geflohen. Bremen, Hannover, Kassel und Prag waren die weiteren Stationen, soweit mir bekannt ist.«

»Hamburg, da habe ich Elsbeth zum letzten Male gesehen. So glaubte ich damals«, kam es von Ernst.

»Hamburg?«, fragte er dann und wurde mit einem Male hellhörig.

Nun warf er einen aufmerksameren Blick auf das Bild: »Elsbeth?«, fragte er dann, zeigte auf die jüngere der beiden abgebildeten Gesichter und schaute den lächelnden Ferdinand an.

»Es ist Elsbeth«, nickte Ferdinand, »meine Schwägerin.«

»Elsbeth Altemeier«, bestätigte Smets.

»Dann ist ... Dann ist Ihre Mutter ... Sophie ... Sophie Bürger?«, fragte Ernst und war jetzt hellwach.

»Sophie Antonie Bürger war ihr Mädchenname. Ihr erster Mann war ein gewisser Stollmers.«

»Ich glaube, diesen Namen hat Elsbeth vor vielen Jahren mal genannt. Ein Künstlername?«

»Richtig. Tatsächlich hieß er Nikolaus Smets von Ehrenstein - mein Vater. Drei Jahre nach meiner Geburt wurden die Eltern geschieden. Später heiratete meine Mutter einen Ernst Friedrich Ludwig Schröder, mit dem sie heute noch zusammenlebt. Der ist jedoch leider ernsthaft erkrankt. Sie haben gemeinsam drei Töchter. Die zweitälteste meiner Halbschwestern wurde ungefähr zu dem Zeitpunkt geboren, als Elsbeth Altemeier Hamburg erreichte.«

»1806, nach der Schlacht bei Jena«, bestätigte Ernst kopfnickend. »Dann haben Adalbert und ich sie tatsächlich damals gesehen. Kurz bevor wir das Schiff bestiegen, das uns nach England brachte«, staunte er. »Adalbert - ich wünschte, wir könnten Adalbert diese Neuigkeiten erzählen«, haderte Ernst jetzt. Der melancholische Klang in der Stimme war unüberhörbar.

»Ernst, die Schlacht ist geschlagen!«, bekräftigte Ferdinand. »Sobald es dir besser geht, müssen wir den Truppen folgen. Später wirst du Gelegenheit haben, Adalberts Grab zu besuchen. Und wenn dir auf der Suche nach einer neuen Heimat danach ist, zu uns nach Hameln zu kommen, bist du sehr willkommen! Aber zuvor wirst du mit Wilhelm Smets nach Wien reisen!«

Fragend blickte Ernst hinüber zu Smets, sah den Lieutenant und erkannte in ihm mehr den Dichter als den Patrioten, wie er aufmunternd lächelte.

Unsicher ob der ungewissen Zukunft fragte Ernst seinen Freund: »Und was sind deine Pläne, Ferdinand?«

»Ich werde mich wie du erst einmal bei meiner Einheit melden müssen. Dann werde ich mich darauf freuen, die Daheimgebliebenen in Hameln wiederzusehen. Agnes' Herz wird vor Freude springen, wenn ich ihr Nachricht gebe vom Verbleib ihrer Zwillingsschwester.«

Vier
Glockengeläut in Wien und Hameln

Nach dem unvorstellbaren Trauma bei Waterloo verbrachten Ferdinand, Ernst und Wilhelm Smets noch einige Wochen gemeinsam, bis Ernst - abgesehen von seiner Taubheit - nahezu wiederhergestellt und reisefähig war. Gerade rechtzeitig erreichten sie die französische Hauptstadt, als diese von den Truppen Blüchers in Besitz genommen wurde. Mit gemischten Gefühlen verfolgten die Freunde den Einmarsch in die Stadt und teilten damit die Empfindungen der Pariser Bevölkerung, die darum wusste, dass Bonaparte von seinen ehemaligen Anhängern nun mehr verdammt wurde und zum Abdanken gedrängt worden war. Die einen litten darunter, dass ihr Kaiser in seiner scheinbaren Verblendung sein Heer der völligen Vernichtung preisgegeben hatte, die anderen jubelten nun wieder ihrem König Ludwig zu, als er am 8. Juli eintraf. Die einen hofften auf einen beständigen Frieden. Die anderen mussten die Demütigung erdulden, die ihnen die siegreichen Truppen zumuteten.

Wilhelm Smets fand sich bei Gneisenau ein und hatte die von der Musik der Tambour und Pfeifer begleiteten Paraden hautnah mitzuerleben. Widerwillig beobachtete er, wie mancher sich an dem Sieg berauschte. Derweil zogen sich Ernst und Ferdinand jenseits des westlichen Stadtrands in den Bois de Boulogne zurück, wo Wellingtons Soldaten biwakierten.

Herr Gott, dich loben wir!
wurde irgendwo aus Richtung der Champs-Elysées gegrölt.

Herr Gott, wir danken Dir!
schallte es von der Triumphstraße her.

Tief berührt von Deiner Gnade
schaun wir, o Vater, auf die Pfade,
die mit uns Deine Liebe ging.
Die Wunder all, die wir gesehn,
durch Dich, o Herr, sind sie geschehn!

Manch hymnischer Gesang wurde geschmettert, wie das bekannte NUN DANKET ALLE GOTT sowie die preußische Volkshymne HEIL DIR IM SIEGERKRANZ. Doch das zuletzt dargebotene Gegröle war für die Freunde der Gipfel des Hohns, den sie schnellstmöglich aus ihren Gedanken zu verdrängen suchten. Als sie davon erfuhren, dass Bonaparte sich in die Gefangenschaft der Engländer begeben hatte, sahen sie ihre Schuldigkeit getan und ihre Mission als beendet an. Es war an der Zeit, ein Gesuch einzureichen und um den Abschied zu bitten.

Nachdem sie aus dem aktiven Militärdienst entlassen worden waren, trennten sich Ernst und Wilhelm Smets von den Kameraden und verabschiedeten sich auch von Ferdinand. Ihr Freund würde erst einige Monate später zusammen mit seinem Bataillon die Rückkehr nach Hameln antreten.

Um nach Wien zu gelangen, fuhren Ernst und Wilhelm Smets den Rhein hinauf und die Donau hinunter. Ihnen bot sich unterwegs reichlich Gelegenheit, sich die bevorstehende Begegnung in Wien auszumalen.

Smets versuchte sich im Verse schmieden. Er träumte vom Portrait seiner Mutter, wie es von den Programm-Plakaten des Wiener Burgtheaters hinabsah. Er besang »ihrer Augen Glanz, dem heiteren Wangenpaare und dem seidenen Lockenhaare«. Er glaubte, den »Silberton« zu hören, der ihrer Brust entsprang. Und er hoffte, »diesen Zauber ewig zu erfahren«.

Anders als noch vor gut fünfzehn Jahren hatten die Bilder, die sich Ernst vor Augen führte, kaum etwas mit Romantik gemein und seine Gedanken waren ganz und gar nicht mehr poetischer Natur. Seine Visionen zeigten Elsbeths Erscheinung bei ihrer letzten Begegnung in Jena, und sein schlechtes Gewissen plagte ihn: Ich hätte sie suchen müssen, damals, als sie vor meinen Augen entführt wurde, kam ihm immer wieder in den Sinn. Einmal mehr stieß er tiefe Seufzer aus, da er nur wenig überzeugende Erklärungen für sein Fehlen zu formulieren versuchte.

Als ihr Schiff Linz passierte, wurde Beiden bange vor dem Zusammentreffen. Womöglich würde ihr Besuch nicht willkommen geheißen; möglicherweise würden sie nicht einmal empfangen werden. Smets hatte eine vage Vorstellung davon, wo sich das Heim seiner Mutter befand. Es würde ihn viel Überwindung kosten, dort an die Tür zu klopfen. *Liebe Mutter, hier bin ich.* Nein, einen solchen Auftritt konnte er sich nach der langen Zeit nicht vorstellen. Würde ihr Mann dem Eindringling die Türe weisen? Wie würden seine Schwestern, die *Halb*schwestern, sein Dasein aufnehmen?

Ernst fror. Ein kühler Wind trieb das Boot über die Donau. Kräftig blähten die Segel, und sie machten gute Fahrt. Viel zu schnell kamen sie plötzlich voran. Würde der Empfang eisig werden?, grübelte er.

Trutzig, wie eine Burg, erhob sich vor ihnen die Stadt. Auf Ernst wirkte sie abweisend. Elsbeth, ich bin deiner nicht würdig, formulierte er im Geiste, als sie an Land gingen. Was wäre, wenn sie ihn wie einen streunenden Hund wegjagen würde? - Aber letztlich wurde alles doch anders, als sie es sich vorgestellt hatten.

Für einige Tage quartierten sie sich in einer Pension ein. Sie studierten die Anzeigen und wurden fündig.

Am Michalerplatz trat sie auf, im Hoftheater nächst der Burg. Madame Schröder, als Heldin und in hochtragischen Rollen.

»Ernst, lassen Sie uns eine behutsame Annäherung versuchen«, wünschte Smets.

Sie entschlossen sich, einer Aufführung beizuwohnen. Die Mutter würde eine Rolle in Salomos Urteil spielen.

In angemessenem Tuch gewandet begaben sie sich auf den Weg - zu Fuß. Dabei schlugen sie nicht die direkte Route ein. Ein Umweg bescherte ihnen noch ein wenig Zeit. Noch war eine Umkehr möglich.

Überrascht blieb Ernst stehen: »Smets, ich höre Trommelwirbel!«

»Woher kommt das?«

»Jetzt ist nichts mehr zu vernehmen«, staunte er.

»Aber ja doch«, erwiderte Smets. »Es ist unüberhörbar! Nur etwas leiser ... Ein französisches Volkslied? In Österreich? In Wien? In diesen Tagen?«

»Ich höre nichts«, erwiderte Ernst.

»Zuerst pianissimo: französische Trommeln, die stetig lauter werden. Und dann die Trompeten. Ein Marsch.«

»Aber. Aber wir sind doch ... Verfolgen sie uns?«

»Holz.«

»Was?«

»Holzbläser! Hier muss ein Konzertsaal sein!«

Sie umgingen einen Gebäudekomplex.

»Jetzt fange ich auch wieder Töne auf. Ein Orchesterklang. Eine französische Aufforderung und ein englischer Gegenruf.«

»Es folgt Kanonendonner und ... Musketenfeuer.«

»Smets, ich will keine Schlachten mehr! - Hören Sie? - Ich will nicht mehr!«

»Das ist Wellingtons Sieg!«

»Was? - Smets!«

»Eindeutig. Das Thema der englischen Hymne! Ta, ta, ta, taaaa, ta ta ...«

»*God save the King.* Smets, jetzt höre ich es auch!« - Einige Augenblicke lauschten sie. In diesem Moment wurde es Ernst in besonderer Weise bewusst, dass die Engländer ihm und Adalbert in den letzten Jahren einen Platz zum Leben gegeben hatten. Aber eine neue Heimat hatten die Freunde dort nicht gefunden.

»Das war die Schlacht. Jetzt folgt die Sieges-Sinfonie!«

»Was meinten Sie mit *Wellingtons Sieg*?«, fragte Ernst nach, immer noch überrascht, irritiert und aufgewühlt.

»Na, WELLINGTONS SIEG ODER DIE SCHLACHT BEI VITTORIA!«

»Smets, ich war vor zwei Jahren dabei, im Baskenland, zusammen ... Zusammen mit Adalbert!«

»Ich weiß. Ich weiß doch. - Aber das ... Das ist Musik. Von dem großen Meister van Beethoven.«

Ernst versuchte, die Geister der Vergangenheit zu vertreiben: »Smets, ich mag keine Schlachten mehr, auch keine Schlachtenmusik! Lassen Sie uns weitergehen!«

»Natürlich. Sofort.«

Wilhelm Smets legte die Stirn in Falten und musterte seinen Begleiter skeptisch: »Ernst, vor unserer Vergangenheit können wir nicht fliehen. Sie hat uns schon jetzt wieder eingeholt; für einige Momente zumindest«, murmelte er. »Und wir werden uns diesen Zeiten auch weiterhin stellen müssen. Spätestens gleich, wenn ich meine Mutter wiedersehen werde.«

Mit einem noch mulmigeren Gefühl näherten sie sich dem Theater. Schon tat sich die großartige Fassade vor ihnen auf; dahinter ein weiteres imposantes Gemäuer der Hofburg: die Winterreitschule, in der in diesen Jahren Monumentalkonzerte stattfanden. Festlich gekleidet strömten zahlreiche Besucher dem Eingangsportal des Burgtheaters zu. Über tausend Besucher fanden Einlass. Wilhelm Smets und Ernst Grave gehörten dazu.

Sie nahmen in der Holzkonstruktion Platz und ließen die Blicke schweifen. Über die Bühne, die Ränge, bis hin zur Hofloge für die kaiserliche Familie. Diese Loge blieb heute leer. Aber die anderen Emporen waren besetzt.

Kurz, bevor sich der Vorhang öffnete, entdeckte er sie auf einem der Balkone. Da saß sie. Elsbeth. Ernst war wie erstarrt. Smets hingegen blickte gespannt zur Bühne: »Da ist sie, die gefeierte Minne der Deutschen«, murmelte Smets beim Anblick seiner Mutter. Und in Gedanken sprach er sie an: »Traum meiner Kindheit. Wie oft sind Sie mir erschienen, Madame? Ich habe mich so nach Ihnen gesehnt. Ich zweifelte. Und jetzt sind Sie mir so nah!« Überwältigt von ihrem Auftritt kam ihm eine seiner

Visionen in den Sinn: »Hier, Madame, hier sollte ich Sie sehen, hier sollte ich Sie erkennen. Und jetzt werden Sie zudem von all den anderen Blicken verschlungen, die Sie staunend betrachten!«

Während Smets an den Lippen seiner Mutter hing, war Ernst von Elsbeth hingerissen, von dieser Frau, die er so nicht in Erinnerung hatte. Er betrachtete ihre seltsamen Augen, die ein wenig traurig wirkten und doch unter ihren schwarzen Wimpern zu glühen schienen. Als wenn sie das Deklamieren ihrer Freundin und Cousine Sophie immerfort soufflieren würde, bewegte sie ihren kleinen runden Mund, schob Kinn und Mund vor, wenn etwas mit Grimm von der Bühne erklang. Welches Aussehen ihr Gesicht wohl bekäme in Situationen äußerster Wut? Womöglich würde sie die Erscheinung eines wilden Tieres annehmen? Aber auf diese Fragen wollte Ernst nicht wirklich eine Antwort bekommen. Diese Erfahrung hatte er in einem seiner früheren Leben zur Genüge gemacht. Er träumte davon, dass sie ihm zugetan sein würde, dass sie ihm Zuneigung entgegenbrächte, dass sie ihm zärtlich ... Er sehnte sich nach ihr, nach dem Unerklärlichen in ihrem Wesen, nach dieser rätselhaften Erscheinung wie in einem orientalischen Märchen. Dabei hoffte er auf einen glücklichen Ausgang, wenn er sie in seinen Armen halten dürfte.

Elsbeth verfolgte das Geschehen auf der Bühne aufmerksam - zunächst: Da standen die beiden Frauen, die sich als Mütter ihres Kindes ausgaben, vor dem Throne des Königs und erwarteten seinen Urteilsspruch. Er gab ein Signal, und sogleich wurde ein Schwert erhoben, das zum Schlag bereit über dem Haupt des Kindes verharrte. In diesem Moment voller Dramatik ließ sich Elsbeth ablenken. Sie spürte, dass sie angestarrt wurde. Zuerst zeigte sich auf ihrem Gesicht ein Misstrauen, Überraschung, dann ein entspanntes Lächeln. Sie versuchte die Augenpaare zu erspähen. Sie fühlte sich auf merkwürdige Art und Weise mit ihnen verbunden. Irgendwann trafen sich die Blicke.

Derweil verfolgte Smets noch immer gebannt den Gesten und Worten seiner Mutter. In schrecklicher Qual stürzte sie vor dem Richter zu Boden: *König, verschone mein Kind! Gib es der anderen hin!*

»Ernst, wie wird mir«, sprach Smets erregt und bemühte sich nach Kräften um ein Flüstern, während er dem Gefährten energisch an den Arm griff. »Ganz deutlich vernehme ich die eigene Stimme, so wie sie mir selbst tönt aus der vollen Brust! Ich entdecke in ihrem Antlitz die eigenen Züge, Stirn und Augen und Mund, selbst das Grübchen am Kinn! - Mutter, Sie sind es! Hier, Ihr Kind lebt noch!«, wollte er ihr zurufen und aufspringen, wurde jedoch von Ernst zurückgehalten. Der hatte seinen Blick ausschließlich für die Erscheinung auf der Galerie übrig.

»Smets, sehen Sie nur, sie gibt mir ein Zeichen!« Ernst glaubte, ein leichtes Winken der behandschuhten Hand zu sehen und ein Lächeln, nachdem Elsbeth zuvor die Augen gesenkt hatte. »Sie legt einen Handschuh ab. Sehen Sie nur!«, wisperte Ernst, »Dort auf der Brüstung. Unmerklich lässt sie ihn fallen! Smets, ich muss ihn holen!«

»Schscht!«, mahnten die Sitznachbarn mit bösem Blick und schauten gespannt zur Bühne. Von Salomos Urteilsspruch bekamen Ernst und Wilhelm Smets nicht wirklich etwas mit.

»Wilhelm, mein ältester Sohn! Sie haben mich gefunden!«, rief Sophie überglücklich und sank ihm ans Herz, als sie sich auf der Schwelle der Haustüre gegenüberstanden.

»Mutter, ich danke Ihnen, die Sie sich im Ruhme sonnen dürfen und mich dennoch annehmen als Ihren Sohn! Ich bin überglücklich!«

»Wilhelm, mein Sohn, Sie sehen gut aus, geben eine hehre Erscheinung ab mit einem edlen Charakter - wie für die Bühne geschaffen! Lassen Sie uns beiseitetreten und einander die Freude des Wiedersehens teilen! Denn das Glück scheint heute auch einem anderen Paare holt!«, rezitierte sie. Und was gekünstelt klang, kam doch geradeheraus und war aufrichtig gemeint.

Aus dem Schatten ihres Rückens trat Elsbeth hervor, zögernd, aber keineswegs zaudernd. Sie hatte alle Mühe, Ernst nicht ungestüm entgegenzutreten.

Reglos stand er ihr gegenüber. Nur seinen Herzschlag hörte er dröhnen - trotz seiner Taubheit. Er fühlte, wie die Schuldgefühle ihn wegen seines Verhaltens in Jena zu übermannen drohten. Damals hatte er sich ohnmächtig gefühlt. Ähnlich erging es ihm nun wieder. Verschämt blickte er an ihr vorbei in den dunklen Korridor des Hauses. Es schien, als wenn er in eine unendliche Leere starrte. Doch dann fühlte er ihre Nähe. Er spürte, dass sie ihn nicht zurückwies. Und er gab sich einen Ruck, sie anzusprechen: »Sie ... Du ...« Er räusperte sich. Dann stammelte er: »Ich hätte da ... Ich ... Ich bringe einen Handschuh zurück, der ...«

Die Träume der letzten Wochen wurden Wirklichkeit - weniger dramatisch, nicht inszeniert, aber doch unweigerlich. Das Überraschungsmoment der ersten Begegnung hatte die Herzen der beiden schneller schlagen lassen. Jetzt geschah ihre Annäherung stetig, jedoch in winzigen Schritten. Die Gesten schienen verlangsamt, aber zielstrebig. Es hatte den Anschein, als würden die Bewegungen der Münder Worte formen. Doch sie waren tonlos. Mit einem von Herzlichkeit, Wärme und Offenheit erfüllten Gesichtsausdruck näherten sie sich einander, gingen behutsam auf Tuchfühlung, voller Zartheit und Empfindsamkeit. Ernst sah sich umgeben von einem diffusen Licht und nahm das Zusammenkommen wie in Trance wahr.

Er blickte in ihre Augen; es lag Verlangen darin. »Endlich hast du mich gefunden«, las er von ihren Lippen ab, denn er hörte nicht, was sie flüsternd sagte.

Regungslos ließ er den wohligen Schauer über seinen Rücken jagen, als sie seine Hände mit einem Hauch von Zärtlichkeit berührte, als sie ihren Kopf an seine Brust legte, als er ihren Atem spürte und ihren Duft einsog.

Er ahnte nicht, was in ihr vorging, nachdem sie ihn in ihre Kammer gezogen hatte und er sie unbeobachtet in seinen Armen wähnte. Als sie immerzu seinen Namen flüsterte, als sie die Augen schloss, als wolle sie den Moment festhalten und immer nur genießen.

Kennst du das elfte Gebot?, kam es ihm wieder einmal kurz in den Sinn. Doch schnell verdrängte er diese unpassende Bemerkung aus seinen Gedanken.

Nach einer gefühlten Ewigkeit begab sie sich ein wenig aus seiner Nähe, blickte ihn an und fragte: »Warum bist du nach Wien gekommen?«

»Um dich abzuholen«, antwortete er ohne langes Überlegen.

Sie rang nach Worten, während sie sich in einem Wirbel von Gefühlen versinken sah.

»Du ..., du hattest viele Gefahren durchzustehen. Bist du für ein neues Abenteuer schon wieder bereit?«, fragte sie schließlich zögernd.

»Wenn wir den Weg *gemeinsam* gehen, bin ich bereit. Dann werde ich dich nach Hameln entführen, wo deine Schwester auf dich wartet, dein Schwager, deine Nichte.«

»Agnes«, flüsterte sie. - »Und: meine Nichte?«

»Du bist Tante der kleinen Julia, die inzwischen ... so um die acht Jahre alt sein müsste. Ich kenne sie auch noch nicht! - Willst du dich von mir entführen lassen? Oder soll Sophies Welt in Zukunft weiterhin für dich die Bühne sein?«

»Seit langem schon sehne ich mich nach einem anderen Alltag, doch fand ich nie den Mut, nie die Kraft ... Ich bin der Kulissenwelt überdrüssig! Von einem Gastspiel zum nächsten. Ich habe lange genug in einer Scheinwelt gelebt. Und ich bin des Reisens müde. Aber wenn es vorerst das letzte Mal wäre ... Nimm mich mit!«

»Und Sophie?«

»Sie wird nicht unglücklich sein, wenn sie mich nicht mehr durchfüttern muss. Trotz ihres Ruhmes sind ihre wirtschaftlichen Verhältnisse nicht rosig. Und ihre Kinder brauchen mich ohnehin nicht mehr. Als kleine Ballettratten sind sie auf dem besten Wege, in die Fußstapfen ihrer Mutter zu treten. Du wirst sie kennenlernen und sehen, wie sie um ihren Halbbruder tänzeln werden! Ich bin sicher, sie werden ihn besser brauchen können als mich.«

»Aber ich, Elsbeth, *ich* brauche dich!«

»Dann nimm mich mit! Ich hatte viel Zeit, zu mir selbst zu finden. Inzwischen bereue ich es, mich klammheimlich aus deinem Leben und das unserer Freunde geschlichen zu haben. Ich war so stolz und verblendet. In Berlin habe ich mir eingeredet, mir sei etwas Besseres vorherbestimmt als der Alltag, der mich in Paderborn erwartet hätte. Meinen Hochmut habe ich lange nicht überwinden können. Bei unserem Wiedersehen in Jena - ja, da schien es für kurze Zeit, dass es eine Gelegenheit für einen Neubeginn hätte geben können, bis ...«

»Mir war ... Es war mir keine Möglichkeit beschieden, dich damals aus den Klauen dieses Soldaten ...«, murmelte Ernst bekümmert. »Es bestand nicht die geringste Aussicht. Ich selbst bin damals Opfer eines Angriffs ...«, versuchte er sich in einer Entschuldigung. Dabei spürte er jedoch schnell, dass seine absurden Erklärungsansätze wenig überzeugend und eher läppisch klangen, beinahe schon unangemessen dreist. Er fühlte, wie Schamröte über seine Wangen zog.

»Schscht. Lass die Vergangenheit jetzt ruhen, Ernst!«, unterdrückte Elsbeth die qualvollen Erinnerungen an das in der Folge Erlebte. Sie wollte nicht mehr mit dem Schmerz hadern, der ihr damals zugefügt worden war. Sie hatte dieses Leid beinahe schon zu akzeptieren gelernt. Sie mochte sich auch nicht mehr an die Details ihrer vor zwei Jahren notwendig gewordenen Flucht erinnern. Daran, wie sie 1813 mit der Familie ihrer Cousine aus Hamburg fliehen musste. Daran, dass der französische Marschall Davout, der Hamburg zur Festung hatte ausbauen lassen, Sophie wegen ihrer patriotischen Gesinnung in das Innere Frankreichs verschleppen lassen wollte.

»Für uns beide kann ein neues Kapitel beginnen!«, versuchte sie hoffnungsvoll in die Zukunft zu blicken.

Erneut legte sie ihr Ohr an seine Brust und hörte das schnelle Pochen seines Herzens.

»Mein Herz schlägt Purzelbäume«, stellte er grinsend fest.

»Schlägt es für mich?«, fragte sie träumerisch.

»Meistens schlägt es für dich«, neckte er sie.

»*Meistens*?« Sie zog einen Schmollmund.

»*Fast* immer.«

Ihr Gesichtsausdruck spiegelte leichte Empörung wider.

»Wenn es nicht gerade für mich schlägt, schlägt es ausschließlich für dich«, versuchte er zu beschwichtigen.

Die Magie, die von Elsbeth ausging, wurde fühlbar - vor allem als sich ihre Lippen näherten. Er suchte ihren Mund, während sich ihr Körper an den seinen schmiegte.

Sie verschmolzen und lagen noch immer eng umschlungen beieinander, als der Morgen graute. Sie begrüßten den Tag mit einem leidenschaftlichen Kuss, der lediglich vom Glockengeläut getrübt wurde, das durch das geöffnete Fenster drang.

»Ich bin mir nicht sicher, ob es an meinem Gehörschaden liegt, Liebste«, hauchte Ernst ihr ins Ohr. »Aber ich hoffe, in Hameln wird der Glockenklang etwas harmonischer sein!«

»Das ist die Pummerin, mein Lieber«, murmelte Elsbeth.

»Die *Pummerin*?«

»Sankt Stephans große Glocke!«

In Hameln läuteten die Glocken an einem Donnerstag im Januar des folgenden Jahres zu ungewöhnlicher Tageszeit. Trotz des kalten Winterwetters waren die Straßen mit jubelnden Bürgern gefüllt. Voller Dankbarkeit boten sie ihren Helden einen feierlichen Empfang. Unter Beifallsstürmen wurde das Landwehr-Bataillon zur Garnisonkirche geleitet. Man sah den meisten Rückkehrern ihre Erschöpfung nach den beschwerlichen Märschen über teils schneebedeckte Höhen an. Bei einigen Soldaten setzte das freudige Willkommen letzte Energien frei. Auf der Suche nach einem vertrauten Gesicht reckten sich aus der Truppe zahlreiche Hälse in die Höhe. Manch einer war enttäuscht, weil er in der Menschenmenge seine Angehörigen nicht entdecken konnte.

Ähnlich erging es Ferdinand, der seinen Blick meist auf den Weg lenkte. Nur einmal hatte er für einen flüchtigen Moment den Eindruck gehabt, Ludwig und Silvana unter den johlenden Menschen entdeckt zu haben. Sie lagen sich in den Armen. Er beneidete sie um ihr Glück. Doch schon waren sie nur noch Teil der wild gestikulierenden Menschenmasse.

Ferdinand war nicht in Jubelstimmung. Er war müde. Er wirkte deutlich gealtert. Nicht nur wegen seines Äußeren in seiner zerlumpten Kleidung, nicht nur wegen der fahlen, schlaffen und faltigen Gesichtshaut und der zerfurchten Gesichtszüge. Er war abgemagert und entkräftet. Mit hängenden Schultern vermochte er es kaum mehr, sich zu irgendeiner Gefühlsregung hinreißen zu lassen. Keine Ergriffenheit oder wenigstens ein zufriedenes Lächeln. Kein Ausdruck von Genugtuung. Keine Erleichterung darüber, die Strapazen der zurückliegenden eineinhalb Jahre ohne nennenswerte Verwundung überlebt zu haben. Er blinzelte. Eine Träne trübte ihm die klare Sicht. Sie war das einzige Anzeichen, das etwas über den Zustand seines Innersten verriet. Ein Bangen. Ein Gefühl der Zerrissenheit. Natürlich sehnte auch er sich nach einem glücklichen Wiedersehen. Doch fürchtete er gleichfalls darum, dass Agnes und sein Kind ihn meiden könnten. Würde er es ihnen verübeln dürfen, wenn ihre Begeisterung nach den vielen Monaten der Trennung nur verhalten ausfiele? Er würde es ihnen zugestehen müssen, wenn sie sich von ihm im Stich gelassen fühlten. Würde er um eine Entschuldigung bitten müssen? Oder durfte er von ihnen Verständnis erwarten? Wie seine Kameraden hatte er immerhin sein Leben für eine bessere Zukunft riskiert.

Voller Zwiespalt umklammerte er die letzte Ampulle aus den Morphium-Beständen seines Apotheker-Freundes. Nachdem er das Mittel auf dem Schlachtfeld dem sterbenden Franzosen eingeflößt und das Leiden erträglicher gemacht hatte, führte er das Fläschchen noch immer bei sich. Dann dachte er an Ernst, der sich mit dem Medikament beinahe vergiftet hatte. Trotz dieses unschönen Vorfalls beruhigte es Ferdinand auf merkwürdige Weise, wenn er die Ampulle zwischen seinen Fingern bewegte.

Als er die Kirche betrat, kam ihm das Gotteslob in den Sinn, dass vor Monaten in Paris von einigen preußischen Mitstreitern gebrüllt worden war. Er hatte es als Verhöhnung empfunden. Wehe den Besiegten! Hoffentlich musste er so etwas heute nicht erneut erleben. Seine Hoffnung wurde nicht zerschlagen, wenn auch ein wenig getrübt. Ein *Heil den vaterländischen Kriegern!* wurde der versammelten Soldatengemeinde zugerufen. Sie wurde daran erinnert, dass sie mit Gott ihre Taten getan hatten. Und dann folgte ein Wort des Dankes:

»Beim Einmarsche des vom Felde der Ehre heimkehrenden Bataillons am 25ten Januar 1816 sagen die Bewohner Hamelns Dank! Wir widmen diesen Dank den Tapferen, die den großartigen Sieg bei Waterloo errungen haben und die für uns und für Deutschland Ruhe und Frieden erkämpfen halfen!«

»Schade, dass der Toten kaum gedacht wird«, flüsterte Ferdinand seinem Platznachbarn zu - jenem Kameraden, der ihm auf dem Schlachtfeld geholfen hatte, die Verwundeten zu bergen. Wieder dachte er mit Schauder und Widerwillen an den sterbenden Franzosen. »Wenn der Kampf schon nicht zu vermeiden war, hätten wir viel eher helfend eingreifen sollen und ... «, murmelte er. Seine Stimme klang heiser. Bevor sie versagte, brach er seinen Satz ab. Einen Hustenreiz versuchte er zu unterdrücken.

Mit geeigneter Medizin hätte ich viel Leid lindern können, fügte er nur noch in Gedanken hinzu. Vielleicht sogar mehr, als das, was manche der Ärzte und Chirurgen in ihrer geringen Anteilnahme und Gleichgültigkeit zu leisten vermocht hatten. *Humanität* - hatten sie darauf nicht einen Eid geleistet? Aber wer wollte sich jetzt erheben und ihnen Vorwürfe machen? Vielleicht hatten auch sie ihr Bestes zu geben versucht. Ferdinand verbat sich, darüber ein abschließendes Urteil zu fällen.

Derweil betrachtete er gedankenverloren den schlichten Altar. Die Predigt dauerte an. Ausgiebig. Etliche der übermüdeten Soldaten dösten vor sich hin; manch einer nickte ein. Eine Predigt. Mein Gott, hatten sie in den vergangenen Monaten nicht Predigten zuhauf zu hören und zu befolgen gehabt - Predigten von ihren Kommandeuren?

»Die gute Sache hat gesiegt«, wurde da noch einmal bekräftigt. Da bin ich mir nicht sicher, dachte Ferdinand, das wird die Zukunft erst noch weisen müssen.

Es ging ihm so vieles durch den Kopf. Andacht hatte er keine.

Er hantierte wieder mit der Ampulle, die er zärtlich befühlte und dann wieder in seiner Hand kreisen ließ.

»Mor-phi-um«, murmelte er die Silben, während er das Wohlbefinden genoss, das von dem Glas der Phiole ausging. Nachdem er sich lange Zeit immer wieder gesträubt hatte, das Mittel einzunehmen, hatte er es doch auch auf eine gewisse Weise zu schätzen gelernt. Ob man damit Reichtümer würde erwerben können? Immerhin konnte es das Leben erträglicher machen. Vor allem das Leiden. Sogar das Sterben. Damit umzugehen bedeutete: sehr viel Verantwortung zu übernehmen. Er musste unbedingt mit Friedrich Wilhelm darüber sprechen, dass das Extrakt aus dem Schlafmohn gute Dienste leisten konnte, jedoch nicht immer ein Segen war. Aber wahrscheinlich würde der Apotheker nur antworten, Fortschritt sei ohne Risiko nicht denkbar. So etwas in der Art war schon einmal seine lapidare Reaktion gewesen - damals, nach dem beinahe verheerenden Selbstversuch. Und dann hatte er sogar ein Wort von diesem Paracelsus bemüht: *Alle Dinge sind giftig. Allein die Dosis macht's, dass ein Ding nicht giftig ist* - so oder ähnlich hatte es geheißen.

Erneut spürte Ferdinand die glatte Oberfläche des Glasgefäßes auf seiner Haut und bemerkte einmal mehr, dass dies für Ruhe und Entspannung sorgte. Seine Stimmung besserte sich zusehends. Was er in den letzten Monaten schon etliche Male beobachtet hatte, geschah auch diesmal wieder. Sein Handschmeichler hatte eine enorme Wirkung auf sein Wohlbefinden. Mit einem Male empfand er Zuversicht. Erstaunlich, was dieser leere Glücksbringer bewirken konnte.

Doch inhaltsleer war das Fläschchen keineswegs. Es befand sich das Fragment eines kleinen Papierbogens darin.

Ferdinand wusste sehr wohl um den Wortlaut, der auf dem Schnipsel geschrieben stand. Er kannte ihn auswendig. Es war ein Satz, der ihm Lehrer Buchbinder vor vielen, vielen Jahren an die Hand gegeben hatte. Er wusste diesen Satz wie ein Vermächtnis zu würdigen. Es waren die Worte jenes Martin Luther: *Wenn ich wüsste, dass morgen die Welt unterginge, ich würde heute noch ein Apfelbäumchen pflanzen.*

Ferdinand hatten diese Worte in zahlreichen Situationen Kraft gegeben, *jede* Herausforderung anzunehmen - unabhängig davon, wie sie im ersten Augenblick erscheinen mochte.

Es waren diese Worte, die heilsame Wirkung hatten. Vor allem in Situationen des seelischen Leids.

Luther hat mit seiner Botschaft Spuren hinterlassen - gleichwie Friedrich Wilhelm etwas geschaffen hat, das der Nachwelt zum Nutzen gereichen könnte, sinnierte Ferdinand.

Die Stimme des Predigers hatte noch einmal an Lautstärke zugenommen. Die versammelte Gemeinde war wieder wach. Das Ende nahte. Es folgte die Erteilung des Segens. Ferdinand war mit seinen Gedanken jedoch noch immer abgelenkt.

»Gewehr ab!«, war der letzte Befehl gewesen, dem die Soldaten zu gehorchen hatten, bevor sie die Kirche betraten. Sie hatten ihre Schuldigkeit getan. Das Bataillon wurde aufgelöst. Jetzt blickte er nachdenklich auf seine Kameraden, als sie der Reihe nach das Gotteshaus wieder verließen. Unschlüssig verharrte er auf seinem Sitzplatz. Schließlich war auch der Letzte durch das Portal geschritten, das nunmehr ungebrochen die Strahlen der winterlichen Sonne in den eiskalten Kirchenraum fluten ließ.

Dann sah er sie, wie sie die Türschwelle betraten. Er nahm im Gegenlicht zwar lediglich ihre Silhouetten wahr. Dennoch erkannte er sie sogleich. Elisabeths Geste war unübersehbar. Sie kratzte sich an ihrer linken Hand. Er erinnerte sich, dass sie zu dieser spontanen Handlung neigte, wenn sie innerlich erregt war. Auch er war jetzt erregt. *Freudig* erregt. Elisabeth nahm sein Kind an die Hand. »Mein Julchen«, flüsterte er. Silvana blickte seiner Tochter über die Schulter. Die Patin. Und Ludwig. Beide hatten also wahrlich ihr Glück gefunden. Jetzt fand sich auch Agnes ein.

Ihre letzten Worte kamen ihm in den Sinn: »Geh doch! Geh doch dahin, wo der Pfeffer wächst«, hatte sie gesagt. Dahin war er nicht gelangt, weiß Gott nicht. Aber er hatte in der Zwischenzeit etwas empfunden und erkannt, das ihm in der Routine des gemeinsamen Alltags mit ihr verloren gegangen war: Agnes war das Salz in der Suppe seines Lebens, wenn auch eines Lebens mit vielen Verdrießlichkeiten. Aber wie banal erschienen ihm diese angesichts der wirklichen Katastrophen. Er *brauchte* Agnes. Er *sehnte* sich nach ihr.

Einen Lidschlag lang nahm er das Bild seiner Mutter vor seinem geistigen Auge wahr - zu jener Zeit, als sie sich im Beginenhof wiedergefunden hatten. Für sie war es gewesen, als sei ihr verloren geglaubter Sohn zurückgekehrt.

Ähnlich war es auch jetzt wieder: Einige Sekunden lang blickten sich Agnes und Ferdinand einander an. Sein Herz klopfe vor Freude. Dann schien sein liebes Weib ihm mit weit ausgestreckten Armen entgegenzuschweben. Er war heimgekehrt.

Epilog

Mit festem Vertrauen blicken wir auf die Menschen,
welche die Vorsehung berufen hat,
uns besseren Tagen entgegen zu führen.
Der Herr segne sie und ihr Werk und lasse alles gedeihen,
was sie für unsere Wohlfahrt beraten und vollführen!

Geschichte der Stadt Hameln
Friedrich Sprenger, Zweiter Stadtprediger in Hameln 1826

Hameln, an einem Januartag - fünf Jahre später

Ferdinand war von einer inneren Zufriedenheit beseelt. Als er mit dem Landwehr-Bataillon nach Hameln zurückgekehrt war, hatte er in Anbetracht der eineinhalbjährigen Zeit der Trennung kaum zu hoffen gewagt, von Frau und Kind mit offenen Armen empfangen zu werden. Er musste ihnen viel Dankbarkeit zollen. Mit Tränen der Freude hatten sie ihn vorbehaltlos in die Arme geschlossen. Sie verbrachten eine glückliche Zeit miteinander.

Wie seine Freunde hatte er mit Agnes und seiner Tochter im Januar des Jahres 1821 erstmalig wieder nach dem Schleifen der Festung die Höhe des Hamelner Klüt-Berges bestiegen und tummelte sich nun zwischen den Ruinen der Forts, zwischen den Steinen, die von Moos und Flechten bedeckt wurden und zwischen kleinen Buchen, Birken und Eichen, die sich wie die gesamte Natur ihr Reich zurück eroberten. Es bereitete ihm Zufriedenheit, sich hier im Kreis seiner Familie und seiner Freunde aufhalten zu können. Hameln bot ihm wieder ein Zuhause.

Das war nicht selbstverständlich nach der Schmach der Ablehnung, die mancher Bürger Hamelns ihn und allen Bewohnern des Beginenhofes damals hatte spüren lassen. Bei seiner Rückkehr aus Frankreich hatte er sich sehr gesorgt, ob er in Hameln auch zukünftig eine Heimat haben könnte. »Heimat ist da, wo meine Freunde sind!«, dachte Ferdinand an ein Wort de La Tours. Und da war was dran. Er blickte zu dem Franzosen hinüber, der zärtlich eine Hand auf Elisabeths und Silvanas Schultern legte, seinen Schwiegersohn Ludwig an ihrer Seite. De La Tour wurde nicht müde zu warnen - zu mahnen, dass sich die Lebensumstände Aller merklich bessern müssten. Sonst sei - kaum, dass man sich vom napoleonischen Joch befreit habe - der Nährboden für die nächste Katastrophe durch Unruhen und kriegerische Auseinandersetzungen schon bald bereitet. Und die Grundrechte der Bürger müssten gestärkt werden, forderte er. Die Aufrührer stünden schon in den Startlöchern, und das nicht einmal zu Unrecht. Leider sah er keine Möglichkeit, seine Meinung mit einer einflussreichen Persönlichkeit zu erörtern und seiner Stimme Gewicht zu geben. Stattdessen widmete er sich einer nicht weniger bedeutsamen Mission: Er machte es sich seit seiner Rückkehr aus Frankreich zur hauptsächlichen Aufgabe, in der Bevölkerung Hamelns für mehr Völkerverständigung zu werben, weil es einen ausgeprägten Franzosenhass gab. Das wurde manchmal für ihn wie ein Spießrutenlauf, denn gelegentlich richtete man die Anfeindungen auch gegen seine Person. Aber davon ließ er sich nicht beirren. Im Übrigen genoss er es, zusammen mit Elisabeth die Schönheiten des Weserberglandes zu erwandern. Und er hielt die Landschaftsmotive in den Bildern seiner Malereien fest. Ab und an kopierte er auch Motive berühmter Maler für zahlungskräftige Auftraggeber, verweigerte dabei allerdings jegliche Darstellungen historischer Schlachten.

Vom Ziel ihres Fußmarsches aus beobachteten die Wanderer, wie Ernst und Elsbeth in Begleitung von Franziska sowie ihrem Bruder und der Schwägerin den ehemaligen Kanonenweg hinaufstapften. Das war mühsam, denn an der Nordflanke des Hügels befanden sich einige verharschte Schneereste. Man konnte das Knirschen unter den Füßen der Ankömmlinge gut hören, als sie die Schneefelder zu bewältigen suchten.

Nun fehlte nur noch Friedrich Wilhelm, der bei seiner Braut weilte, die er morgen ehelichen würde. Beide hatten heute noch eine Begegnung mit Friedrich Wilhelms Paten Adam Crux, der seit über zehn Jahren die Stelle eines Dechanten in Höxter bekleidete. Ferdinand und Agnes trugen sich mit dem Gedanken, ihre Tochter Julia alsbald in die Obhut des Geistlichen zu geben. Der hatte sich schon bereiterklärt, Julias weitere religiöse Unterweisung vorzunehmen und sie zu firmen. Doch dies sollte nur mit Julias Einverständnis geschehen. Gespannt sah man der Entscheidung der fast vierzehnjährigen jungen Dame entgegen.

»Aus den Überresten der Forts könnte man vielleicht eines Tages einen Turm errichten. Keinen militärischen Posten, meine ich, sondern einen Aussichtsturm«, überlegte Ferdinand laut und erhielt ein allseits zustimmendes Kopfnicken als Antwort.

»Und Friedrich Wilhelm beabsichtigt, hier *Digitalis purpurea* auszusäen.«

Fragend schauten die Wanderer Ludwig an.

»Fingerhut«, erklärte er, »eine Arzneipflanze!«

»Kein Schlafmohn?«, witzelte Silvana.

Dann verharrte man in Schweigen.

Gebannt ließen die Anwesenden den Blick über die Dächer Hamelns schweifen, über die verarmte Stadt, über den achteckigen Turm der Münsterkirche und die Turmspitze der Marktkirche, deren baldige Einstürze befürchtet wurden, über das silbern schimmernde Band der Weser und über die Erhebungen des Weserberglands am Horizont. Hameln gehörte inzwischen zum neu geschaffenen Königreich Hannover - Teil des Deutschen Bundes, der beim Kongress zu Wien ins Leben gerufen worden war, um Bestandteil einer neuen europäischen Friedensordnung zu sein. Aber ob dieser Deutsche Bund jemals zu einer nationalen Einheit heranreifen würde, die einem Eindringling wie Bonaparte zukünftig Paroli böte? Das Meinungsbild der Freunde verhieß Skepsis. Zu sehr zeichnete sich schon wieder ab, dass einem jeden König, einem jeden Fürsten, einem jeden Herrscher nur die Vormachtstellung seines eigenen Territoriums interessierte. »Sie wähnen die Tyrannei vertrieben«, hatte de La Tour mit einer Spur von Resignation gesagt. »Aber statt Napoleon herrscht nun Metternich mit vielen kleinen Tyrannen im Gefolge.« Ferdinand vergegenwärtigte sich, dass es mehr oder weniger im direkten Umfeld Unruhen gegeben hatte, seit er und seine Freunde den Kinderschuhen entwachsen waren - Krieg, Armut, Tod. Er gedachte seiner verstorbenen Eltern und dem gemordeten Adalbert, Ludwigs Onkel. Zuletzt waren sie vor gut einem Jahr von großer Trauer erfüllt gewesen, als Friedrich Wilhelms Mutter gestorben war, in Paderborn, das seit einigen Jahren der Preußischen Provinz Westfalen zugehörig war. Und auch der Apotheker Westrumb war tot, dem sie so viel zu verdanken hatten. Doch jetzt sollte vieles anders werden. Sie wollten all das vergessen, ein gemeinsames Fest feiern, tanzen, singen und lachen. Die Zeichen der Zeit standen ausnahmsweise günstig.

Als Ferdinand den Turm der Marktkirche gewahrte, lokalisierte er auch ein Stück des Giebels vom *Neuen Haus*, in dem sich die Ratsapotheke befand, die Friedrich Wilhelm jüngst vom Magistrat der Stadt erworben hatte. Für zwanzigtausend Taler, wie man munkelte. Ferdinand zweifelte, ob der inzwischen von der Fachwelt anerkannte Sertürner, dem sogar von keinem geringeren als Goethe die philosophische Doktorwürde der Universität Jena angetragen worden war, höchstpersönlich die horrende Kaufsumme aufgebracht hatte. Es wurde spekuliert, dass er vielleicht auf die Mitgift seiner Braut zurückgegriffen habe. Doch auszuschließen war auch nicht, dass Ludwig seinen Apotheker-Freund mit dem Geld aus seinem Erbe unterstützt hatte - zumindest hatte Ludwig solche Pläne einmal angedeutet.

Ebenso war es angedacht, dass Ludwig das neue Projekt zur Unterstützung der Armen mitfinanzierte, das - auf Initiative des Predigers Goldmann und durch die ganze Tatkraft der Nichte des neuen Bürgermeisters Domeier - das am Boden liegende Armenwesen belebte. Nachdem in den letzten Jahren die Wohltat der Freischule durch die unzähligen Armen, die ihre Kinder fast gewerbsmäßig zur Bettelei anhielten, kaum mehr genutzt worden war, fanden Ferdinand und Agnes, aber auch Elisabeth und Franziska reichlich Betätigungsmöglichkeit in dem neuen Werkhaus und der angegliederten Speiseanstalt. Die Armen und Arbeitswilligen wurden zu ihren Fähigkeiten und Neigungen befragt und fanden unter Anleitung eines Werkmeisters angemessene Verdienstmöglichkeit bei der Fertigung von Produkten aus Wolle und Flachs, bei der Herstellung von Kleidung für sich selbst wie zum Verkauf an begüterte Kundschaft. Gleichzeitig wurde rigoros darauf hingewirkt, dass das strenge Bettelverbot beachtet wurde. »Einhundertsechzig Portionen Essen werden täglich an die Armen in der gesamten Stadt verteilt«, hatte Agnes soeben erst berichtet. »Und die Kinder werden jetzt konsequent zum Schulbesuch angehalten.«

Ferdinand blickte zum Ohrberg. Jenseits des Hügels ging Ludwig im dortigen Rittergut wieder seiner Aufgabe als Tiermediziner nach. Mit großer Erleichterung war zu vernehmen gewesen, dass im Anschluss an die Apokalypse von Waterloo angeblich das Todesurteil über den Oberst von Hake in eine lebenslängliche Verbannung auf sein Gut umgewandelt worden war. Nun beschäftigte sich der Fachmann für die Gestaltung von Gärten mit der Anlage eines Parks auf dem Ohrberg, wobei Silvana mit Freude mitwirken durfte. Zuletzt war sie mit Begeisterung dem Hüten einer Schafherde auf dem noch unbebauten Gelände nachgegangen.

»Schwiegervater«, hörte Ferdinand seinen Freund Ludwig fragen, »hast du schon Pläne, wann du deinen Pariser Lebensretter wieder einmal treffen wirst?«

»Oh, das ist ein Problem. Ich fürchte, sobald wird sich dazu keine Gelegenheit bieten. Pierre ist vollauf damit beschäftigt, die politischen Entwicklungen in Paris zu beobachten.«

»Oder a net«, erwiderte Elisabeth.

Indigniert schaute de La Tour Elisabeth an. Mit der deutschen Sprache hatte er all die Jahre in der Regel keine Probleme gehabt, aber dieser unverständliche bayrische Dialekt ... Nur gut, dass die Adoptivmutter seines Schwiegersohnes diese fürchterliche Ausdrucksweise meistens zu meiden suchte.

»Oder a net?«, fragte de La Tour überrascht zurück.

»Pardon, Monsieur.« Schalk blitzte in Elisabeths Augen und sie schmunzelte. »Oder auch nicht. Morgen ist er da. Morgen können wir ihn kennenlernen«, übersetzte sie wohl artikuliert an de La Tour gewandt.

»Ach, meine Liebe, das wäre zu schön, um wahr zu sein!«

»Des stimmt, mein Liaba. Seinen Bruder, den Magister Cordes, den hat er schon in Paderborn abgeholt. Und morgen kommt er mit der ältesten Schwester von Friedrich Wilhelm nach Hameln. Des is, was i woaß.«

»Madame, wie kommt es, dass Sie wissen, was mir noch nicht bekannt ist?«

»Ja Monsieur, Sie glauben doch net, dass mir koane Verbindungen zu den Illuminaten mehr haben«, antwortete Elisabeth mit einem leicht amüsierten und verschmitzten Grinsen und zwinkerte ihm verschwörerisch zu.

Als Elsbeth und Ernst, die auch bald zu heiraten beabsichtigten, auf dem ehemaligen Festungsgelände angelangt waren, kam Ferdinand jene Szene vom November 1806 in den Sinn, als er am Vorabend der Hamelner Kapitulation vor den Franzosen zusammen mit dem Juden über die Osterstraße gewandelt war. Damals war er auf den Buchdrucker Hahn zusammen mit seiner sechsjährigen Tochter Louise aufmerksam geworden. Louise war jetzt einundzwanzig Jahre alt, hatte nach dem Tod ihres Vaters für eine Weile sein Geschäft fortgeführt und im vergangenen Jahr den Buchdrucker Buttenbaum geheiratet. Ernst hatte in der Druckerei Arbeit gefunden. Man beabsichtigte in Bälde, die HAMELN'SCHEN ANZEIGEN herauszugeben. Elsbeth arbeitete in der dazugehörigen Buchhandlung und nutzte, wann immer möglich, die Gelegenheit zur Lektüre. In ihrem Kantor stapelten sich die Bücher. Da fanden sich natürlich auch Werke von Goethe, Tieck wie auch von Friedrich August Schulze aus Dresden. Da lag das GESPENSTERBUCH, das die beiden Augusts tatsächlich gemeinsam veröffentlicht hatten. Ein wenig hatte Elsbeth die Nachricht berührt, dass ihr ehemaliger Leipziger Verehrer August Apel seit fünf Jahren nicht mehr unter den Lebenden weilte. - Sie hatte überdies PETER SCHLEMIHLS WUNDERSAME GESCHICHTE unter den Büchern entdeckt. »Das Werk dieses Adelbert von Chamisso, von dem Ferdinand so oft erzählt«, hatte sie ihrer Schwester Agnes berichtet. Irgendwann würde sie einen Blick hineinwerfen. Und dann hatte sie Agnes verraten, dass Ernst ihr DIE LEIDEN DES JUNGEN WERTHER geschenkt habe, jenes Buch Goethes, das er vor Dezenien wütend zerrissen hatte. Er hatte daraus vorgelesen: »Die menschliche Natur«, so hatte er zitiert, »hat ihre Grenzen; sie kann Freude, Leid, Schmerzen bis auf einen gewissen Grad ertragen, und geht zu Grunde, sobald der überstiegen ist.« Sie hatten sich versprochen, in Zukunft Freude zu schenken und die menschliche Natur nicht zu Grunde gehen zu lassen.

Ferdinand ließ eine ganze Weile seine Gedanken um dieses schöne Versprechen kreisen, bis Julia zu drängeln begann. Sie war als Einzige von dieser Wanderung wenig angetan und wollte schnellstmöglich zurück zur Katze Fiore und zu ihren jüngsten Katzenkindern.

Sonntag, 21. Januar 1821

Friedrich Wilhelm zählte die Glockenschläge, die vom nahen Kirchturm in die Wohnung der Sertürners schallten. Nach dem zwölften Glockenschlag gab er Eleonore einen innigen Kuss.

»Mitternacht«, stellte er fest. »Es war eine wunderschöne Feier!«

»*Unsere* Feier«, ergänzte seine Gemahlin mit einem zärtlichen Klang in der Stimme.

»Ich bin *sehr* glücklich!«, hauchte er ihr ins Ohr, als er sie an sich drückte. »Ich werde das Bild von meiner wunderschönen Braut stets in Erinnerung halten!«, versicherte er ihr.

Unter dem Jubel seiner Freunde hatte er sie am Mittag über die Schwelle des *Neuen Hauses* getragen, in das altehrwürdige Hochzeitshaus, in dem bis vor genau einhundert Jahren in ausgelassener Art Hochzeiten gefeiert worden waren. Jetzt würde er hier sein kleines Reich aufbauen zusammen mit seinem Weib, von dem er sich - so Gott wolle - eine gesunde Kinderschar erwünschte. Mit der Apotheke und der Weinschänke in Reichweite des Wohnbereichs sah er beste Voraussetzungen für neue Entdeckungen und Errungenschaften gegeben.

Er beugte sich über seine Frau und nestelte an den Bändern ihres Nachthemdes.

»Wenn da nur nicht wieder diese elenden Zahnschmerzen wären, die mich schon wieder quälen«, murrte er.

»Wird dir Morpheus helfen können?«, fragte Eleonore.

Er erhob sich und blickte zu einer Kommode, auf der ein Strauß getrockneter Blumen lag. Er betrachtete das Arrangement aus verschiedenen Getreideähren, Schafgarbe und Mohn. Das Licht einer Öllampe erhellte diesen Strauß und ließ die Mohnkapseln golden erstrahlen. Aus den Poren der kugeligen Kapselfrüchte waren winzigkleine stahlblaue Samen gerieselt.

Eleonore folgte seinem Blick, den er anschließend zu einem Nachttischchen lenkte.

»*Ich grüße dich, du einzige Phiole*«, sprach er hoffnungsfroh und erinnerte sich, dass sein Freund Ludwig diesen Ausruf einmal bei einem ihrer Experimente getan hatte. »Stammt von Goethe«, sagte er jetzt schmunzelnd, während er sich an Eleonore wandte.

»Nun bedarf es eigentlich nur noch eines passenden Instruments zur besseren Einnahme des Mittels«, fügte er hinzu und war gedanklich schon wieder bei seinen Versuchen und Entdeckungen.

»Hat das Zeit bis nach unserer Hochzeitsnacht?«, beschwerte sich seine Gemahlin und zog einen Schmollmund.

Er nahm den gelösten Stoff zu sich, dessen betäubende Wirkung ihm sicher auch heute wieder Linderung verschaffen würde.

Erneut musterte er das Blumengebinde. Lächelnd wanderte sein Blick zu seiner reizenden Frau, die ihm die Arme entgegenstreckte und ihn zu sich lockte. Noch bevor sie sich zärtlich kosten, löschte er das Licht. Diesmal wollte er sich nicht ablenken und von der Sucht der Experimentierfreuden gefangennehmen lassen. Diesmal widerstand er - der Macht des Mohns.

Ein Wort zum Schluss
Anmerkungen des Autors

Verehrte Leserinnen und Leser, Sie haben einen Historischen Roman zur Zeit Napoleons über Geldgier, Rache und Liebe, über Freimaurer und Illuminaten, über die Poesie der Romantiker und über die Verbundenheit seiner Freunde zum Entdecker des Morphiums gelesen - Abenteuerliches, Romantisches und Dramatisches vor historischer Kulisse; aber nicht nur: Mehr noch war es meine Intention, sich der Zeit vor rund zweihundert Jahren anzunähern, indem Begegnungen fiktiver Protagonisten mit tatsächlich existierenden Personen konstruiert wurden. Durch das episodenhafte Erzählen von nachweislichen und erdichteten Ereignissen sollte auch ein Einblick in Leben und Lebenswerk dieser Persönlichkeiten gewährt werden. Ob dies gelungen ist, entscheiden Sie selbst.

Als Romanautor habe ich mir die Freiheit genommen, gelegentlich biographische Details abzuwandeln. Dies geschah allerdings nur derart behutsam und minimal, dass es mir noch akzeptabel erscheint, ohne als Verfälschung der historischen Wirklichkeit angesehen zu werden. Da diese historischen Persönlichkeiten im Roman zwar einerseits eine nicht unwesentliche Rolle spielen, andererseits aber auch nicht die *hauptsächlichen* Protagonisten darstellen, erschien es mir hinreichend, *wesentliche* biographische Daten zu berücksichtigen - derart, wie sie online zum Beispiel in Wikipedia-Artikeln nachzulesen und anhand der dort angegebenen weiterführenden Literatur zu vertiefen sind. Um den Anforderungen des Zitatrechts zu genügen, verweise ich bei den folgenden Anmerkungen zu den historischen Personen auf den jeweiligen Permalink.

Die Protagonisten

Im Mittelpunkt der Romanhandlung stehen die fiktiven Hauptdarsteller **Ludwig, Ernst und Ferdinand** und mit ihnen **Elsbeth, Agnes** und **Silvana**. Für sie ist die gemeinsame Bewältigung von einigen existenziellen Gegebenheiten bedeutsam: Bedrohung von Leib und Leben, Ängste, Krankheit, Krieg, Tod sowie die unterschiedlichen Erfahrungen in der Liebe. Dabei skizziert bereits der Prolog eine nicht unbedeutende Situation, als die Akteure ihre Gesundheit und ihr Leben ihrem gemeinsamen Freund **Friedrich Wilhelm Sertürner** anvertrauen.

Friedrich Wilhelm Sertürner

Ob für Sertürner während seiner Hochzeitsnacht zur Disposition stand, seine Neuvermählte zugunsten seiner leidenschaftlichen Beschäftigung mit dem Schlafmohn zu vernachlässigen, ist mir nicht bekannt. Ebenfalls ist nicht belegt, ob er in jenen Stunden durch Zahnschmerzen gepeinigt wurde. Gleichwohl scheint es, dass er häufig unter Zahnschmerzen litt, die er mit dem von ihm entdeckten Alkaloid aus der Droge des Opiums erträglich machte. Auch seine Depressionen und Schlaflosigkeit soll er mit Morphin bekämpft haben, was wohl zu einer zunehmenden Abhängigkeit geführt hat. Als er 1841 in Hameln starb, schien er ein Suchtopfer seiner eigenen Entdeckung geworden zu sein.

Auch wenn in dem vorliegenden Roman etliche Details aus der Biographie Sertürners berücksichtigt wurden, so muss zugegeben werden, dass im Sinne der Dramaturgie einige Daten teilweise abgewandelt wurden.

Als Beispiel sei auf den Prolog verwiesen. Er beschreibt einen Selbstversuch, der im fünften Teil des Romans noch einmal aufgegriffen wird. Aus der Quellenlage ist nicht eindeutig erkennbar, wann der Selbstversuch stattgefunden hat. Denkbar ist ein Zeitpunkt kurz vor der dritten Publikation Sertürners in Gilberts ANNALEN DER PHYSIK im Jahre 1817. Denn in diesem zeitlichen Kontext wird über den Selbstversuch mit drei jugendlichen Freunden berichtet. Einer ähnlichen Auffassung hängt die SERTÜRNER GESELLSCHAFT E.V. EINBECK an. Sie stellt dar, dass Sertürner »in Einbeck seine Untersuchungen über das Morphium wieder auf[nahm]. ...« In der Folge wird eine zusammenfassende Beschreibung Sertürners über den Selbstversuch zitiert. So gesehen könnte es also sein, dass der Selbstversuch irgendwann während des Aufenthalts Sertürners in Einbeck stattgefunden hat. Eine derartige Einschätzung vertritt auch der Urgroßenkel des bekannten Apothekers und Pharmazeuten jener Zeit, des Johann Bartholomäus Trommsdorff, den Sertürner brieflich konsultierte, um seine Erkenntnisse publizieren zu können. Im zweiten Teil seiner Niederschrift über JOHANN BARTHOLOMÄ TROMMSDORFF UND SEINE ZEITGENOSSEN betrachtet der Nachkomme Prof. Dr. Hermann Trommsdorff das Verhältnis TROMMSDORFF UND SERTÜRNER und erhebt für sich den Anspruch, fundierte historische Aussagen auf der Grundlage eines seriösen Quellenstudiums zu treffen.

Unabhängig von der historischen Wirklichkeit erschien es mir zweckmäßig, innerhalb der Romanhandlung den Selbstversuch um das Jahr 1804 stattfinden zu lassen - zu einer Zeit, in der wesentliche Experimente durch Sertürner durchgeführt wurden und bei denen das Morphium aus dem Opium isoliert wurde. Sertürner selbst prägte diesen Begriff später; benutzt wurde er vermutlich erstmals 1817. Heute überwiegt fachsprachlich der Terminus *Morphin*.

Ähnliches gilt für den Zeitpunkt, zu dem Sertürner von Paderborn in die Apotheke nach Einbeck gewechselt ist. Hier lassen sich in den Quellen die Jahresangaben 1805 oder 1806 finden.

Im PADERBORNISCHEN INTELLIGENZBLATT Nr. 25 vom 22. Juni 1805 ist in den Spalten Nr. 422/423 eine Anzeige Sertürners vom 13. Juni veröffentlicht, mit der er für ein Mittel zur Behandlung von Zahnschmerzen wirbt, das man bei ihm über den Hofapotheker Cramer erwerben könne. Insofern könnte man geneigt sein anzunehmen, Sertürner habe Paderborn erst nach dem Sommer 1805 verlassen. Im Sinne einer stimmigen Chronologie der Romanhandlung habe ich den Zeitpunkt um Ostern 1805 gewählt.

Neben diesen zeitlichen Ungenauigkeiten, an denen sich die Leserschaft hoffentlich nicht stören möge, sei auf einige Aspekte ausdrücklich hingewiesen, die der historischen Wirklichkeit definitiv nicht entsprechen. Auch hier wird um Nachsicht gebeten: Es ist reine Fiktion, dass die nach dem Tod des Vaters mittellose Mutter Sertürners bei dem tatsächlich in Paderborn tätigen *Dr. Ficker* Beschäftigung fand. Dies ist ebenso erdacht wie die Aufnahme der erfundenen Figur des Magister Cordes in den Haushalt der Sertürners. Und wenn Ludwig, einer der erdachten Hauptdarsteller, in der Apotheke zum ständigen Begleiter seines Freundes Friedrich Wilhelm wird, stimmt dies ebenfalls nicht mit der historischen Wirklichkeit überein. Denn über

F. W. Sertürner ist bekannt, dass er als Autodidakt angeblich alleine ohne jede Hilfe und wissenschaftliche Betreuung seine Experimente mit den primitivsten Mitteln in einem Nebenzimmer der Cramerschen Hofapotheke durchgeführt haben soll.

Im Übrigen: Ob die dargestellten charakteristischen Merkmale der Persönlichkeit des Friedrich Wilhelm seinem tatsächlichen Wesen entsprechen, kann von mir nur unzureichend beurteilt werden.

Vgl.Wikipedia, Die freie Enzyklopädie.
Bearbeitungsstand: 30. November 2015, 21:28 UTC. URL:
https://de.wikipedia.org/w/index.php?title=Friedrich_Sert%C3%BCrner&oldid=14859
5767

Vgl. http://www.sertuerner-gesellschaft.de/sertuerner.htm

Vgl. Journal der Pharmacie, Leipzig 1806, [14:33-37] Aus: Franz Krömeke (Hg): Friedrich Wilhelm Sertürner - Der Entdecker des Morphiums. Lebensbild und Neudruck der Original-Morphiumarbeiten. 1984

Sophie Schröder, geb. Bürger

Ein Miteinander von Fiktion und Wirklichkeit gibt es auch hinsichtlich einer weiteren in Paderborn geborenen und späteren hochberühmten deutschen Persönlichkeit, die zum Bestandteil des Romans geworden ist. Es ist die im Jahre 1781 geborene Sängerin und Schauspielerin Sophie Schröder, geb. Bürger mit ihren Eltern, Ehemännern und Kindern, deren Wirken - bei einigen veränderten biographischen Details - in das Beziehungsnetz der Protagonisten eingesponnen wurde.

Neben den geringfügigen, kaum relevanten Veränderungen ihrer Lebensdaten möchte ich jedoch ergänzend darauf hinweisen, dass einige Quellen nicht von einer Scheidung der Eltern berichten, sondern davon, dass Sophie bereits in jungen Jahren in Pflege gegeben wurde, als sich die Geburt einer Schwester (die nachhaltige Schauspielerin Henriette Brose) ankündigte. Demnach starb ihr Vater, als Sophie sieben Jahre alt war. Die Mutter soll alsdann Sophie wieder zu sich genommen haben, nachdem sie mit dem damals berühmten Schauspieler Keilholz die Ehe geschlossen hatte.

14-jährig heiratete Sophie erstmalig. Neben ihrem Sohn Wilhelm Smets gebar sie drei Mädchen. Eine der Töchter war die spätere größte deutsche Gesangstragödin Wilhelmine Schröder-Devrient. 1868 starb Sophie.

Vgl. Wikipedia, Die freie Enzyklopädie.
Bearbeitungsstand: 2. Januar 2016, 13:10 UTC. URL:
https://de.wikipedia.org/w/index.php?title=Sophie_Schr%C3%B6der&oldid=1496980
30

Wilhelm Smets von Ehrenstein

war tatsächlich Sohn der Sophie Bürger aus ihrer ersten Ehe mit einem Bonner Kriminalrichter, der unter dem Künstlernamen Stollmers eine Weile schauspielerisch tätig war. Bis auf sein Geburtsjahr, das ich aus dramaturgischen Gründen statt 1796 in das Jahr 1798 verlegt habe, haben etliche biografische Details des späteren Dichters im Roman Einzug gefunden. Dazu zählt auch, dass Wilhelm Smets dem Stab Gneisenaus zugeteilt war, an der Schlacht bei Waterloo teilnahm und später den Zug nach Paris begleitete.

Die Begegnung einiger meiner Protagonisten mit Wilhelm Smets in Antwerpen und die im Roman gestaltete Szene einer Begegnung von Blüchers Stabschef mit dem Landwehrlieutenant ist erfunden. Undenkbar wäre sie nicht, denn es ist bekannt, dass sich Gneisenau gerne mit dem geistreichen Soldaten unterhielt.

Nicht erdacht sind die zitierten Ausschnitte aus dem Gedicht DIE GARDE STIRBT sowie die Beschreibungen seiner Mutter, die ich ihm vor ihrem Zusammentreffen in Wien in den Mund lege. Diese Beschreibungen hat er in seinem Gedicht SOPHIE SCHRÖDER zum Ausdruck gebracht (vgl. GEDICHTE VON WILHELM SMETS. Vollständige Sammlung 1840).

Dass Smets zusammen mit Ernst in Wien Beethovens sinfonisches Schlachtengemälde WELLINGTONS SIEG … vernimmt, ist sicher nicht unmöglich, denn das Werk wurde in der Version für großes Orchester am 8. Dezember 1813 in Wien uraufgeführt und in den Monaten danach zur Zeit des Wiener Kongresses vielfach präsentiert.

Smets versuchte sich nach der Begegnung mit seiner Mutter, die fürwahr zu jener Zeit eine Rolle in SALOMOS URTEIL spielte, eine Weile als Schauspieler am Theater, arbeitete später u. a. in Koblenz als Gymnasiallehrer und für eine Zeitung. 1822 wurde er zum Priester geweiht. Sein Abgeordnetenmandat zur Teilnahme an der Frankfurter Nationalversammlung 1848 konnte er wegen seiner Erkrankung nur kurzzeitig wahrnehmen. Am 14. Okt. 1848 starb er.

Vgl. Wikipedia, Die freie Enzyklopädie.
Bearbeitungsstand: 4. Dezember 2015, 01:27 UTC. URL:
https://de.wikipedia.org/w/index.php?title=Wilhelm_Smets&oldid=148731441

Sophie Sander und die Berliner Salons

Im Roman wurde eine Verbindung meiner fiktiven Romanfiguren mit der in Pyrmont geborenen Sophie Sander, geb. Diederichs konstruiert.

In der Tat weilte sie im Jahre 1799 in ihrem Heimatort zur Kur. Aber erst im Sommer des Jahres 1800, nachdem sie bereits im Mai in Leipzig und anschließend in Weimar mit Goethe zusammengekommen war und Gefallen gefunden hatte am geselligen Umgang mit schönen Geistern, gründete sie mit (anfänglicher) Unterstützung ihres Mannes in Berlin einen literarischen Salon - eine der ersten Adressen im literarischen und gelehrten Berlin zwischen 1800 und 1810.

Ich habe mir erlaubt, die Treffen in der Breiten Straße schon eine kurze Zeitspanne zuvor stattfinden zu lassen.

Die neben Sophie Sander und ihrem Ehemann genannten historischen Persönlichkeiten stellen nur eine kleine Auswahl der Gäste der Sanders dar; sie trafen allerdings zu unterschiedlichen Zeiten dort zusammen. Die im Roman aufgezeigten Charaktereigenschaften der Sophie Sander und ihres Ehemannes Johann Daniel sind ihnen bereits von den diversen Zeitgenossen zugeschrieben worden. Zur vertiefenden Lektüre empfehle ich das Essay von Günter de Bruyn ALS POESIE GUT. Sehr anschaulich und detailliert stellt der Autor u. a. das Wesen des Sanderschen Salons im Kontext zahlreicher SCHICKSALE AUS BERLINS KUNSTEPOCHE ZWISCHEN 1786 UND 1807 dar.

Vgl. Wikipedia, Die freie Enzyklopädie.
Bearbeitungsstand: 28. November 2013, 09:57 UTC. URL:
https://de.wikipedia.org/w/index.php?title=Sophie_Sander&oldid=124916698

Goethe in Leipzig

Während der Leipziger Ostermesse 1800 kam es im Hotel de Saxe zu Begegnungen der Sanders mit Goethe und zuvor mit dem befreundeten Friedrich Rochlitz. Ebenfalls ist belegt, dass die Sanders von Goethe zum anschließenden Besuch in Weimar eingeladen waren. GOETHE. BEGEGNUNGEN UND GESPRÄCHE lautet eine von Renate Grumbach herausgegebene Sammlung von Tagebucheinträgen und Brieffragmenten von und über Goethe, die im Band V den Zeitraum von 1800 bis 1805 umfasst. Hier findet sich auch ein Brief Goethes an Johanna Christiana Sophie Vulpius, zu der der Dichter bis zur Heirat im Jahre 1806 eine außereheliche und unstandesgemäße Verbindung pflegte, die man in Weimar missbilligte. Im vorliegenden Roman hält Elsbeth diesen Brief in Händen, den ich in unterschiedlichen Kontexten in Auszügen wörtlich wiedergebe.

Goethes FAUST

Goethes Arbeit am FAUST zog sich im Wandel der Epochen über sechs Jahrzehnte hin: von seiner frühen Fassung, dem URFAUST (in den 70er Jahren des 18. Jahrhunderts) über EIN FRAGMENT (1788 bis 1790) bis hin zu DER TRAGÖDIE ERSTER TEIL (1797 bis 1805), der schließlich der 1831 vollendeten TRAGÖDIE ZWEITER TEIL folgte. Bei den Weiterentwicklungen des Urfaust kamen Szenen hinzu; andere wurden weggelassen oder verändert.

Im vorliegenden Roman greife ich Inhalte aus Goethes FAUST I auf oder lege einigen Akteuren Verse in den Mund, die teilweise so zu dieser Zeit noch nicht bekannt gewesen sein können bzw. erst deutlich später von Goethe in seine Dichtung eingefügt wurden - insbesondere im fünften Kapitel des Dritten Teils, das im Jahre 1800 spielt und vor und in *Auerbachs Keller* in Leipzig handelt. Aber auch die um 1804 handelnde Traumszene des Ludwig im Prolog greift Elemente der Walpurgisnacht auf, die im URFAUST und im FRAGMENT, mit dem sich Ludwig zu seiner Schulzeit beschäftigt hat, noch nicht enthalten sind.

Vgl. Wikipedia, Die freie Enzyklopädie.
Bearbeitungsstand: 15. November 2015, 09:21 UTC. URL:
https://de.wikipedia.org/w/index.php?title=Goethes_Faust&oldid=148054209

Informationen zur Topographie der Stadt Leipzig zur Zeit der Romanhandlung

habe ich u. a. der sehr detaillierten Darstellung GESCHICHTE UND BESCHREIBUNG DER KREIS- UND HANDELSSTADT LEIPZIG NEBST DER UMLIEGENDEN GEGEND entnommen, das von Friedrich Gottlob Leonhardi im Jahre 1799 bei Johann Gottlob Beygang herausgegeben wurde.

Friedrich August Schulze und Johann August Apel

Die in die Romanhandlung eingebaute Freundschaft von Friedrich Rochlitz, Friedrich Laun (alias Friedrich August Schulze) und Johann August Apel und die Verbindung mit dem Romantiker Ludwig Tieck und den Sanders bestand tatsächlich.

des Ludwig Tieck ist eine von zahlreichen literarischen Adaptionen des Stoffes um den frauenmordenden Blaubart, wie er bereits als Märchen Ende des 17. Jahrhunderts von Charles Perrault verfasst wurde. In der Traumszene von Ernst zu Beginn des zweiten Romanteiles nehme ich auf die Handlung dieses Märchens Bezug.

In: Wikipedia, Die freie Enzyklopädie. Bearbeitungsstand: 9. Februar 2016, 18:45 UTC. URL: https://de.wikipedia.org/w/index.php?title=Blaubart&oldid=151293176

Die Reichskleinodien

Beim Vordringen französischer Truppen 1794 wurden die in Aachen befindlichen Stücke der Reichskleinodien in das Kapuzinerkloster nach Paderborn ausgelagert. Während u. a. Krone, Zepter und Reichsapfel zwei Jahre später aus Nürnberg nach Regensburg geschafft wurden, wo sie im Jahre 1800 die Reise nach Wien antraten, wurden die Schätze aus Aachen, der Säbel von Karl dem Großen, das Reichsevangeliar und die Stephansbursa, im Jahre 1798 nach Hildesheim gebracht. Sie erreichten Wien erst 1801.

Adolph Freiherr Knigge, Napoleon und die Illuminaten

Im Roman sind zahlreiche geschichtliche Fakten zum Illuminatenorden sowie zu seinem Gründer Adam Weishaupt in Ingolstadt eingearbeitet; dergleichen die Zugehörigkeit des niedersächsischen Adligen Adolph Freiherr Knigge zum Orden sowie Napoleons Furcht vor den Illuminaten.

Vgl. Wikipedia, Die freie Enzyklopädie. Bearbeitungsstand: 23. Februar 2016, 20:29 UTC. URL: https://de.wikipedia.org/w/index.php?title=Illuminatenorden&oldid=151841530

Darüber hinaus habe ich fiktive Figuren als ehemalige Illuminaten dargestellt, die von den Österreichern zu Spitzeldiensten im Fürstbistum Paderborn eingesetzt wurden. Dies ist reine Phantasie. Mir ist von solchen Maßnahmen nichts bekannt - gleichwohl sind sie nicht auszuschließen. Wie im Roman dargestellt, wurde sehr wohl nicht nur bei den Franzosen ein umfangreiches Spionagenetz aufrechterhalten. In ähnlicher Weise nutzten Österreicher, Preußen wie auch der russische Zar Spitzeldienste im großen Stil.

Georges de La Tour

ist eine fiktive Figur, der ich eine Verbundenheit mit der Stadt Aix-en-Provence und dem zum Ende des 18. Jahrhunderts wiederbelebten Ockerabbau in Roussillon angedichtet habe. Wer in Aix einmal das barocke Adelspalais Pavillon de Vendôme besucht hat, kann vielleicht das im Roman erwähnte Anwesen wiedererkennen, das der Maler Jean-Baptiste van Loo im Jahre 1730 erworben hatte.

Das Gemälde DER FALSCHSPIELER MIT DEM KARO ASS des französischen Barockmalers Georges de La Tour ist im Pariser Louvre zu bewundern. Ich habe es nur in meiner Phantasie ins Vestibül des Palais von Aix gehängt.

Aber nicht nur diese Örtlichkeit ist existent. Auch das mit meiner Romanfigur verwobene Attentat mit einer *Höllenmaschine* auf Napoleon am 24.12.1800 hat es nachweislich gegeben.

Der Jacobi-Markt in Mastholte

findet bereits seit über 350 Jahren statt. Im ersten Teil des Romans lege ich Ferdinand die Beschreibung einer Szene dieses Pferde- und Krammarktes in den Mund, wie sie Bert Bertling in seiner Heimatforschung 1997 auf der Grundlage von Quellenmaterial dargelegt hat. Dazu führt der Heimatforscher 2006 aus: »Der Pferdemarkt mag der Grund dafür gewesen sein, dass spätestens ein Jahrhundert nach Gründung des Marktes die im Pferdehandel erfahrenen Sinti und Roma oder *Zigeuner* wie sie im Volksmund hießen, nach Mastholte kamen, um sich am Markt zu beteiligen.«

Ferdinands Schilderung gibt in Auszügen eine Darstellung von Bert Bertling wieder - enthalten im Kapitel »Von Antonius zu St. Jakobus«. In: DIE GESCHICHTEN ZWEIER GEMEINDEN. 1997.

Der *Kaffeelärm*

ist eine Bezeichnung des Paderborner Geschichtsschreibers Georg Joseph Rosenkranz (1803-1855), der damit die Unruhen und Bürgerproteste rund um das Edikt des Fürstbischofs Wilhelm Anton von der Asseburg kennzeichnete. Im Roman finden sich Ausführungen aus seiner Darstellung »Der Kaffeelärm in Paderborn«. Vgl. dazu die ZEITSCHRIFT FÜR VATERLÄNDISCHE GESCHICHTE UND ALTERTHUMSKUNDE *11, 1849*.

Asyl in Hamm

Nicht erfunden ist, dass die Brüder von Ludwig XVI ab 1792 in Hamm Asyl erhielten. Mit der Zeit kam es dort jedoch zu Unruhen. Entgegen der Bitte des Magistrats, man möge die französischen Gäste ausweisen, erging vom preußischen König Friedrich Wilhelm II Anweisung, dem Grafen von Artois besonderen Schutz zu gewähren.

Ich habe im Roman das Magistratsmitglied Bonnet erstehen lassen, das jedoch Gewalt gegen den königlichen Prinzen anzuwenden versuchte - ein Schritt mit Folgen in der Romanhandlung.

Zur Geschichte und Topographie der Stadt- und Bergfestung Hamelns,

insbesondere zurzeit der Belagerung und unmittelbar nach der Kapitulation im Zeitraum vom 07. bis zum 22. November 1806, verweise ich auf Ausführungen des Stadtsyndikus Lüders aus dem Jahre 1807, wie sie im 4. Band von MINERVA, einem Journal historischen und politischen Inhalts in Hamburg, herausgegeben von J. W. von Archenholz, dargestellt worden sind und auch von Friedrich Sprenger in der GESCHICHTE DER STADT HAMELN dargelegt sind.

Zu Hamelns Ehrenrettung sei gesagt, dass der schikanöse Umgang einiger Hamelner Bürger mit den erfundenen Bewohnern des Beginenhofs meiner Phantasie entsprungen ist.

Karl Ludwig von Le Coq

übergab 1806 zusammen mit dem General von Schoeler kampflos die mit Lebensmitteln und Munition reichlich ausgestattete Festung Hameln dem französischen General Savary. Wegen seines Verhaltens wurde er 1809 zu lebenslanger Haft verurteilt. Kurzzeitig kam er in die Festung Spandau. Nach dem Frieden 1814 wurde er begnadigt.

Hohes Ansehen hatte er sich als Kartograph erworben. Sein topografisches Kartenwerk zählt zu den wichtigsten Quellen seiner Zeit. Nach seiner Begnadigung arbeitete Le Coq weiterhin an seinem Kartenwerk, das von General Karl von Müffling ergänzt und fortgesetzt wurde.

Vgl. Wikipedia, Die freie Enzyklopädie.
Bearbeitungsstand: 27. Januar 2016, 14:09 UTC. URL:
https://de.wikipedia.org/w/index.php?title=Karl_Ludwig_von_Le_Coq&oldid=150745236

Dr. Wilhelm Anton Ficker

betreut in meiner Fiktion nach seinem Unfall den versehrten Magister des Theodorianischen Gymnasiums Bernhard Cordes. Darüber hinaus habe ich eine Verbindung zur Familie Sertürner und zum Hamelner Apotheker Westrumb konstruiert. Tatsächlich begründete Ficker Ende des 18. Jahrhunderts in Paderborn eine Krankenanstalt für Arme und engagierte sich in der allgemeinen Armenpflege. Er war Arzt und Geburtshelfer, wurde 1803 Fürstlich-Lippischer Hofrat und war ab 1809 Brunnenarzt in Bad Driburg.

Johann Friedrich Westrumb

war Apotheker in Hameln und ein von der Hannoverschen Regierung ernannter Bergkommissar; ihm war die Ratsapotheke im Hamelner Hochzeitshaus (das damalige Neue Haus) auf Lebenszeit verpachtet.

Westrumb war am 3. Mai 1790 in Hameln zum Senator gewählt worden. Er engagierte sich sozial im Bereich der Armenfürsorge und beteiligte sich auch am Aufbau einer Töchterschule.

Bei Westrumb bekommen Sie jede Hilfe, lege ich Dr. Ficker in den Mund. Und einige meiner Akteure nehmen diese Hilfe in Anspruch. Dies ist zwar erfunden, jedoch nicht ausgeschlossen.

Westrumb starb am 31.12.1819. Die Ratsapotheke in Hameln wurde danach von Friedrich Wilhelm Sertürner erworben.

Vgl. Wikipedia, Die freie Enzyklopädie.
Bearbeitungsstand: 30. November 2015, 12:20 UTC. URL:
https://de.wikipedia.org/w/index.php?title=Johann_Friedrich_Westrumb&oldid=148574786

Adelbert von Chamisso, der Buchdrucker Hahn,
Julius Wilhelm von Strube und Georg Adolph von Hake

zählen zu den Persönlichkeiten, die ebenfalls mit der Stadt Hameln verbunden sind.

In meiner Fiktion begegnet Ferdinand im Jahre 1806 dem **Buchdrucker Hahn**, dessen Tochter Louise sich im Jahre 1820 tatsächlich mit Georg Friedrich Buttenbaum vermählte. Ihre älteste Tochter Theodore heiratete im Jahre 1843 Carl Wilhelm Niemeyer, den Gründer der DEISTER- UND WESERZEITUNG, die am 04.07.1848 erstmalig erschien.

Adelbert von Chamisso verließ im Jahre 1790 mit seinen verarmten Eltern das Stammschloss in Frankreich und floh vor den Revolutionsheeren. Von 1798 bis 1807 leistete er Militärdienst in der preußischen Armee und kam mit dem romantischen Dichterkreis des Nordsternbundes in Kontakt. 1805 wurde er mit seinem Regiment nach Hameln verlegt, wo er im folgenden Jahr die »Demütigung der Kapitulation« Hamelns miterlebte. Zu seinen Werken zählen ADELBERTS FABEL von 1806 und PETER SCHLEMIHLS WUNDERSAME GESCHICHTE von 1814. Auf das in diesen Werken verarbeitete Gedankengut nehme ich im Roman Bezug.

Julius Wilhelm von Strube, Herr auf Behrensen, war erster Kommandeur des Hamelner Landwehrbataillons. Als Major kämpfte er mit dem Bataillon bei Waterloo.

Georg Adolph von Hake war als Oberst ebenfalls bei Waterloo im Einsatz. Der Volksmund berichtet, dass er als Kommandeur eines hannoverschen Truppenteils einen Befehl des Herzogs von Wellington nicht beachtet habe. Er sei zu lebenslänglicher Haft auf seinem Gut Ohr verurteilt worden. Weitere Quellen besagen, dass von Hake im Jahre 1817 damit begann, den südlichen Teil des Ohrbergs von einer Schafsweide in einen Landschaftspark umzuwandeln.

Die Schlachten bei Jena und Auerstedt (1806),
Napoleons Russlandfeldzug (1812),
die sogenannte *Völkerschlacht* bei Leipzig (1813)
sowie die Schlachten bei Waterloo (1815) -

sowie das sie bestimmende politische Geschehen jener Zeit sind von großer geschichtlicher Bedeutung. Der Roman, der jedoch bewusst nicht die napoleonischen Kriege zum Hauptthema hat und in einer weitaus größeren Zeitspanne von 1789 bis 1816 (mit Epilog bis 1821) handelt, berührt diese Kriegsereignisse teilweise nur marginal, insofern die Protagonisten mehr oder weniger unmittelbar davon betroffen sind.

Ausblick

Mit meinem Unterhaltungsroman wollte ich keine heroisch verklärte Geschichtsschreibung über die Kriegswirren jener Zeit, kein Heldenepos mit strahlenden Siegern, vorlegen. Darüber liegen zahlreiche Romane vor. Die Schlacht von Waterloo ist zum Mythos geworden. Doch vor allem war sie wie die anderen großen Schlachten zuvor: grauenhaft. Ich selbst möchte Romanlesern einen solchen Versuch, die Schrecken auf den Schlachtfeldern zu beschreiben und verständlich zu machen, nicht zumuten.

Den Lesern, die bereit sind, über den Tellerrand ideologisch gefärbter Darstellungen hinauszuschauen sowie den Lesern, die sich nicht damit begnügen wollen, lediglich eine sachliche Darstellung von Fakten zu konsumieren, denen empfehle ich die eindringliche Schilderung des apokalyptischen Infernos WATERLOO 1815 von Helmut Konrad Frhr. von Keusgen.

Ein entsprechend als Antikriegsepos verstandenes Werk aus dem Genre des Historienromans aus der Zeit der Schlachten bei Leipzig und kurz danach wurde von Sabine Ebert vorgelegt: 1813 - KRIEGSFEUER sowie 1815 - BLUTFRIEDEN.

Besonderer Dank

Details aus der Biographie des **Franz Egon von Fürstenberg**, dem letzten Hildesheimer und Paderborner Fürstbischof, sind im Roman zitiert - insbesondere aus dem Jahr 1802, als er dem Kaiser in Wien mitteilte, dass er sich der Säkularisation nicht widersetzen werde. Ein Schreiben an den preußischen König habe ich in Auszügen wörtlich übernommen.

Gemäß urheberrechtlicher Bestimmungen verweise ich auf die Textquelle: Dr. Gerd Dethlefs. Fürstenberg, von Franz Egon. Veröffentlicht im Internet-Portal „Westfälische Geschichte", online verfügbar unter der URL: http://www.westfaelische-geschichte.de/per28, Stand: 05.10.2004. - Ich bedanke mich für die freundliche Abdruckgenehmigung des Autors vom 22.02.2016.

Ein weiterer besonderer Dank gilt Volker Kahle, dem langjährigen Vorsitzenden der *Fotografischen Gesellschaft Hameln*, für die Unterstützung bei der Gestaltung des Covers.

Um den unterhaltenden Charakter des Romans zu wahren, habe ich die Komplexität der Sertürnerschen Experimente sehr verkürzt dargestellt. Hinsichtlich der sachlichen Richtigkeit hat mich Dr. Michael Fleischer beraten. Danke dafür! - Sollten sich dennoch Ungereimtheiten eingeschlichen haben, gehen diese auf meine Kappe!

Danken möchte ich auch Ingrid Neumeyr, die mir bei der Wortwahl aus der bayrischen Mundart hilfreich zur Seite gestanden hat.

Und schließlich sei meiner Ehefrau Susanne, meinem Sohn Christian sowie Jürgen Schuba für die Unterstützung als *Erstleser* gedankt.

Die Personen der Handlung und ihre Lebensdaten

Hinter den mit einem * versehenen Namen verbergen sich historische Persönlichkeiten. Die mit - gekennzeichneten Namen beziehen sich auf erfundene Figuren. Die Hauptpersonen sind hervorgehoben.

<u>Familie **Sertürner**, u. a. auch Serdünner genannt</u>

* Josephus Simon (1729-29.12.1798), Vater des Morphium-Entdeckers
* Maria Theresia (geheiratet am 4. April 1769, * ? - 1819), geb. Brockmann, sechs Kinder, u. a. die Mutter von
  * Maria Catharina Theresia (1772-1840) sowie von
* **Friedrich Wilhelm** (19.06.1783-20.02.1841), der Morphium-Entdecker, am 21.01.1821 verheiratet mit
  * Eleonore von Rettberg (1798-1871), drei Söhne, vier Töchter

<u>Die fiktiven Freunde Sertürners</u>
<u>und der Kreis ihrer Verwandten und guten Bekannten</u>

- **Ludwig Adam Buchbinder**, Findelkind (geb. April 1789), verh. 1810 mit **Silvana**
- Johanna Grünberg, die leibliche Mutter des Ludwig Buchbinder (1770-1789), Tochter aus 2. Ehe des Vaters Moritz Schmidt und Mutter Maria Grünberg
- Adalbert Schmidt (1763-1814), Sohn aus 1. Ehe des Vaters Moritz Schmidt und Mutter Friederike, Halbbruder von Johanna Grünberg und Onkel von Ludwig
- Clemens Buchbinder (21.11.1753-19.08.1802), Adoptivvater Ludwigs, Lehrer
- Elisabeth Buchbinder (geb. 02.06.1757), die Adoptivmutter, zunächst Haushälterin von Kaplan Adam Crux, später im Beginenhof in der Hamelner Freischule tätig
- **Ernst Grave** (geb. 6/1782)
- Hermann Grave, Vater von Ernst, Glasbläser in Neuhaus (1750-1789)
- Irmtraud Grave, Mutter von Ernst (1758-1798)
- **Ferdinand Heller** (geb. 1782), verh. 1804 mit Agnes Altemeier
- Julia Heller (geb. Febr. 1807), Tochter von Ferdinand und Agnes
- Anton Heller, Maler (1756-1795), Vater Ferdinands
- Hildegard Heller, geb. Block (1760-1814), Ferdinands Mutter
- Maximilian Block, (geb.1736), Onkel der Mutter, Großonkel von Ferdinand
- Franz Altemeier, Amtmann in Schloss Neuhaus (1760-1814)
- Lea Altemeier, seine Frau (1763-1795)
- Zwei Töchter: **Elsbeth** und **Agnes**, Zwillinge (geb. 1784)

- Heinrich Hensler (16.10.1752-19.08.1802), Kramer
- Franziska (geb. 13.04.1756), seine Frau
- Walther Winkler aus Jena, Franziskas Bruder, Wirt vom Gasthaus an der Trießnitz
- Susanna Winkler, Walthers Frau und Franziskas Schwägerin
- Conrad (gest. 1813), einziger Sohn von Walther und Susanna Winkler, der das Erwachsenenalter erreichte

- **Silvana** (geb. 1786) - alias Giulia Farnese,
  Patin von Agnes' und Ferdinands Tochter Julia
- Georges de La Tour (geb. 1769) - alias Robert de La Forêt, alias Alessandro
  Farnese, Vater von Silvana
- Henri de La Forêt, Vater von Robert = Georges de La Tour
- Jacques de La Forêt, Bruder von Robert = Georges de La Tour
- Giulia Farnese (gest. 1786), Geliebte von Robert de La Forêt, Mutter von Silvana
- Maria Sikora (Hebamme und vermeintliche Tante von Silvana)

* Sophie Antonie Bürger (23.02.1781-25.02.1868) /
  spätere Antoinette Sophie Luise Schröder,
  [fiktiv: Cousine der Zwillinge Elsbeth und Agnes Altemeier]

  a) verh. 1795 [fiktiv Jan 98] mit Stollmers in Reval, geschieden: 1801 (Stollmers =
  Pseudonym / Künstlername, eigentlich Johann Nikolaus Smets von Ehrenstein)
  * Sohn Wilhelm Smets von Ehrenstein (geb. 15.9.1796),
    [fiktiv: geb. 15.9.1798] Schriftsteller, Journalist, Pfarrer, Mitglied der Frank-
    furter Nationalversammlung 1848. Smets machte die Schlacht bei Waterloo
    und den Zug nach Paris mit.
  b) verh. 1804 mit Ernst Friedrich Ludwig Schröder (1759-1818) in Hamburg
  * Tochter Wilhelmine Henriette Friederike Marie Schröder - verh. Devrient
    (geb. 06.12.1804)
  * Tochter Elisabeth (Betty) Schröder (geb. 27.11.1806)
  * Tochter Auguste Schröder (geb. 16.10.1810)

  Sophies Eltern:
* Georg Gottfried Bürger
  [in der Fiktion: Schwager von Lea und Franz Altemeier, Onkel der Zwillinge
  Elsbeth und Agnes Altemeier]
* Ehefrau Wilhelmine Charlotte Albertine von Lütkens, spätere Keilholz u. a.
  [in der Fiktion: Schwester von Lea Altemeier, Schwägerin von Franz Altemeier,
  Tante der Zwillinge Elsbeth und Agnes Altemeier]

weitere Personen im Hochstift (= Fürstbistum) Paderborn

* Wilhelm Anton von der Asseburg (16.02.1707-26.12.1782),
  Fürstbischof (1763-1782), Onkel von
* Friedrich Wilhelm von Westphalen (5.4.1727-06.01.1789),
  Fürstbischof (1782-1789), Taufpate von Friedrich Wilhelm Sertürner
* Franz-Egon Freiherr von Fürstenberg (10.5.1737-11.8.1825),
  Fürstbischof (1789-1825), Nachfolger von Friedrich Wilhelm von Westphalen
* Kaplan Adam Crux, zweiter Taufpate von Friedrich Wilhelm Sertürner
  [in der Fiktion auch Taufpate des Ludwig Buchbinder]
* Franz Anton Cramer (1776-1829),
  Apotheker und Lehrherr von Friedrich Wilhelm Sertürner,
  Besitzer der Cramerschen Hofapotheke in Paderborn
* Dr. J. Schmidt, Landphysikus, nahm F. W. Sertürner am 02.August 1803 das
  Gehilfenexamen ab

* Dr. Wilhelm Anton Ficker (28.10.1768-08.03.(?)1824), u.a. Chirurg, Geburtshelfer, Brunnenarzt
* Johann Conrad Gutjahr (1724-03.03.1804), Hofchirurg
* Wilhelm A. Junfermann (geb 1714), Verleger, übernahm 1763 die Hofbuchdruckerei in Paderborn
* Reichsfreiherr Heinrich Friedrich Karl vom und zum Stein (25.10.1757-29.06.1831), leitete u. a. von Münster aus zwischen 1802-1804 die Eingliederung der geistlichen Herrschaften in den preußischen Staat
* Anton Wilhelm von L'Estocq (16.08.1738-05.01.1815), preußischer General der Kavallerie, besetzte im August 1802 das Fürstentum Paderborn
* Mademoiselle Mariane Kirchgeßner, Musikerin auf Gastspielreise
- Bernhard Cordes, Magister am Theodorianischen Gymnasium Paderborn
- Pierre Cordés, Bruder von Bernhard Cordes, lebt meist in Paris, Freund von Georges de La Tour
- Marie, Magd des Kramers Hensler
- Grenadier der Schlosswache in Neuhaus, Geliebter der Magd Marie
- Hofbuchbinder Heinrich Hillebrand
- Elise, Geliebte des Georg Gottfried Bürger
- Blaufärber Rieländer
- Müller Stümpel
- Simon Fromme, Pächter der Walkmühle, mit Tochter Charlotte
- ein wachhabender Polizist
- Hilde, eine Hebamme
- ein Zuchthauswärter in Paderborn

weitere Personen im Reichsfürstentum Lippe

* Pauline Christine Wilhelmine zur Lippe (23.02.1769-29.12.1820), seit 1796 Fürstin zur Lippe, seit 1802 Regentin des deutschen Fürstentums Lippe, geschätzt wegen des sozialen Engagements, Anhängerin Napoleons
* Holzknecht Limberg, Pächter vom Kreutz Krug
- Lina, Magd im Kreutz Krug
- Müller Martin

weitere Personen (u. a. Literaten) in Berlin /Braunschweig/Leipzig/Dresden/Hameln

* Sophie Sander, geb. Diederichs (26.10.1768-21.03.1828), Salonnière, Tochter von:
* Leopold Conrad Diederichs (1726-1808), Brunnen-Meister in Pyrmont
  Sophie Sander war verheiratet seit dem 14.09.1794 mit
* Johann Daniel Sander (08.02.1759-27.01.1825), Lektor, Chefredakteur, Verleger.
  4 Kinder überleben das Kindbett:
  * Julie Caroline Wilhelmine (1795-1871)
  * Karl August Friedrich Wilhelm (1797-1867)
  * Johanna Emilie Wilhelmine (1801-1888, getauft 30.12.1801, Patenkind u.a. von Goethe)
  * Friedrich (*28.08.1803-?)
* Johann Heinrich Campe (29.06.1746-22.10.1818), u. a. Schriftsteller, Pädagoge, Verleger

* Karl August Böttiger (08.06.1760-17.11.1835), Philologe, Archäologe, Pädagoge, Schriftsteller
* Adam Heinrich Müller (30.06.1779-17.01.1829), u. a. Diplomat, Publizist, Staatstheoretiker. Vetter von S. Sander
* Rahel Varnhagen von Ense, geb. Levin (15.05.1771-07.03.1833), Schriftstellerin und Salonnière
* August Wilhelm Iffland (19.04.1759-22.09.1814), Schauspieler, Intendant, Dramatiker
* Johann Wolfgang von Goethe (28.08.1749-22.03.1832), u. a. Dichter, Publizist, Forscher, mit politischen und administrativen Ämtern
* Friedrich Rochlitz (12.02.1769-16.12.1842), u. a. Erzähler, Dramatiker, Musikschriftsteller
* Friedrich August Schulze (01.06.1770-04.09.1849), Kaufmann, Accessist i.d. kurfürstlichen Finanzkanzlei, Stud. in Leipzig Jura, Philosophie, Geschichte, Schriftstellerei (vgl. u. a. Pseudonym Friedrich Laun)
* Johann August Apel (17.09.1771-09.08.1816), Jurist und Schriftsteller, verheiratet seit 08.10.1808
* Johann Ludwig Tieck (31.05.1773-28.04.1853), u. a. Dichter, Herausgeber, Übersetzer (vgl. Pseudonyme Peter Leberecht und Gottlieb Färber)
* Adelbert von Chamisso (30.01.1781-21.08.1838), Naturforscher und Dichter frz. Herkunft, zugehörig zum romantischen Dichterkreis des Nordsternbundes, als preuß. Lieutenant mit seinem Regiment 1806 nach Hameln verlegt, u. a. Autor von PETER SCHLEMIHLS WUNDERSAME GESCHICHTEN und ADELBERTS FABEL

unterwegs in Franken und weitere Personen in Ingolstadt / Gotha

* Adam Weishaupt (06.02.1748-18.11.1830), Hochschullehrer, Freimaurer, Gründer vom Bund der Perfektibilisten (01.05.1776, wenig später umbenannt in Bund der Illuminaten)
* Adolph Freiherr von Knigge (16.10.1752-06.05.1796), Freimaurer, Mitglied des Illuminatenordens (1780-1784), Autor von ÜBER DEN UMGANG MIT MENSCHEN
* Herzog Ernst II von Sachsen-Gotha-Altenburg (30.01.1745-20.04.1804), Freimaurer seit 1774, Mitglied des Illuminatenordens (seit 1783), gewährte Adam Weishaupt Asyl
- Maximilian Martin, resp. Maxime Martin, Doppelagent für Franz II in Wien bzw. für J. Fouché, Polizeiminister Napoleons
- Samantha, Spitzel für Franz II
- französische Spitzel, u.a. Xavier

weitere Personen in Hameln

* Johann Friedrich Westrumb (02.12.1751-31.12.1819), Apotheker, 8 Kinder u.a.:
    * August Heinrich Ludwig (geb. 1798)
* Johann August Stolzheise, Lehrer der Hamelner Freischule im Beginenhof
* Karl Ludwig Jakob Edler von Le Coq (23.9.1754-14.2.1829), erst Generalleutnant der sächsischen Armee, dann Kartograph und späterer preußischer General, mitverantwortlich für die kampflose Kapitulation Hamelns

* Johann Friedrich Wilhelm von Schoeler (24.05.1731-06.03.1817), preußischer Generalmajor, Kommandant der Festung Hameln bei der Kapitulation 1806
* Georg Heinrich Grimsehl (01.12.1748-15.11.1810), Oberkommissair und Bürgermeister in Hameln und Maire zur Zeit des Königreichs Westphalen; sein Sohn:
  * Friedrich Heinrich Grimsehl (29.07.1780-08.01.1861), Maire ab Nov. 1810
* Friedrich Levin Lüders (29.07.1780-08.01.1871), Syndicus von 1801-1824,
* Johann Georg Domeier (10.03.1770-10.04.1853), ab 12/1817 Bürgermeister in Hameln
* Henriette Münderloh (1791-1850), Nichte Domeiers, verdiente sich um das Werkhaus und um die Errichtung einer Rumfordschen Speiseanstalt
* Christian Ludwig von Hake (1745-1818),
  in der Fiktion: Ludwigs erster Arbeitgeber, ein Sohn:
  * Georg Adolph von Hake (1779-1840), nahm an der Schlacht von Waterloo teil und lebte seit 1818 auf dem Rittergut; ließ den südl. Teil des Ohrbergs in einen Landschaftspark umwandeln
* Julius Wilhelm von Strube (07.11.1774-17.11.1834), Herr auf Behrensen, erster Kommandeur des 1814 aufgestellten Hamelner Landwehr-Bataillons, das im gleichen Jahr in Antwerpen in Garnison ging und bei der Schlacht von Waterloo am 18.06.1815 im Kampfgeschehen stand
* Johann Friedrich Heinrich Effler, Prediger, Aufsicht über die Freischule
* Buchdrucker Hahn (gest. 1818) und
  * Tochter Louise, (im Jahre 1820) verh. * Buttenbaum, deren älteste Tochter
  * Theodore 1843 den Gründer der Deister- und Weserzeitung Carl Wilhelm Niemeyer heiratete (erstes Erscheinen der dewezet am 04.07.1848)
* Postmeister Brandes
- Otto Wigger, ein Kleinkrimineller
- Wiggers Aufseher
- Samuel Salomon, jüdischer Kaufmann
- Hanne Bock und ihre Brüder Hasso und Hendrich
- Müller Mahlmann sowie Bruno, seine Schwester und der Alte, u. a, die den Freunden im Beginenhof das Leben schwer machen.
- Wirt aus Schliekers Brunnen
- Ulf Bonnet aus Hamm, hat 1794 einen Zwischenfall mit tödlichem Ausgang im Hause von Adalberts Vater beobachtet

weitere Personen in Erfurt / Einbeck / Kassel / Göttingen / Hannover

* Johann Bartholomäus Trommsdorff (08.05.1770-08. 03.1837), Apotheker in Erfurt
* Apotheker Hink, Ratsapotheke Einbeck
* Apotheker Hirsch aus Goslar, Ratsapotheke Einbeck ab 1809
* Johann Anton Friedrich Raven, Rath und privilegierter Gelehrter, Großmeister vom Stuhl der Bauhütte »Georg zu den drei Säulen« (1802-1825)
* F. Lappe (war von 1806 bis 1854) Direktor des Tierärztlichen Instituts der Georg-August-Universität Göttingen
* August Conrad Havemann, Lehrer und Direktor der Tierarzneischule Hannover
- ein Professor der Göttinger Georg-August-Universität, wohnhaft in Kassel, Freimaurer
- Leni, seine Haushälterin

<u>weitere Personen in Jena</u>

* Friedrich August Peter von Colomb (geb. 19.06.1775, gest. 12.11.1854) führte als preußischer Rittmeister in den Feldzügen 1813/14 im Rücken der französischen Armee Streifzüge durch, traf am 04. Juni 1813 bei Magdala - in der Nähe Jenas mit dem berühmt berüchtigten Freikorps des * Ludwig Adolf Wilhelm Freiherr von Lützow zusammen
- ein enger Freund von Conrad Winkler, der ihn zur Teilnahme an den Colombschen Streifzügen bewegt
- zwei Rheinbündler aus einem Nassauer Infanterie-Regiment bzw. einem Hessisch Darmstädter Füsilier-Regiment, zugehörig zu der im Jahre 1806 von Marschall Augerau befehligten 2. Division des 7. Korps der Grande Armée

<u>Preußen (u. a. auch bei ihrem Einsatz in Waterloo)</u>

* Friedrich Wilhelm II (25.9.1744-16.11.1797) , König von Preußen (1786-1797), im Volksmund *Der dicke Lüderjahn*
* Friedrich Wilhelm III (3.8.1770-7.6.1840), König von Preußen (1797-1840)
* verheiratet seit 1793 mit Königin Luise von Mecklenburg-Strelitz (1776-1810)
* Karl Ludwig Jakob Edler von Le Coq (23.9.1754-14.2.1829) erst Generalleutnant der sächsischen Armee, dann Kartograph und späterer preußischer General
* Karl Friedrich Franciscus von Steinmetz (26.10.1768-11.3.1837), Kartograph, Secondeleutnant und späterer preußischer Generalleutnant
- weitere Kartographen:
  Lt. von Lindenbach, Lt. von Klarholz, Lt. von Rehberger, Lt. von Molle
* Gebhard Leberecht von Blücher, Fürst von Wahlstatt 16.12.1742-16.09.1819, preußischer Generalfeldmarschall, war schon 1806 bei Auerstedt im Einsatz sowie bei der *Völkerschlacht* 1813, verfolgte die flüchtenden Franzosen bis nach Paris und befehligte das preußische Heer u. a. 1815 bei den *Schlachten von Ligny und Waterloo*
* August Wilhelm Antonius Graf Neidhardt von Gneisenau (27.10.1760-23.08.1831) Generallieutenant, hatte als Blüchers Stabschef wesentlichen Anteil am Sieg bei Waterloo. Gneisenau hatte auch Wilhelm Smets von Ehrenstein in seinem Stab.
- Hinkebein
- Karl, der Mann mit der Narbe:
  Begleiter des von Steinmetz in Rietberg / Neuhaus / Lippe
- ein Oberhofmeister der Königin in Berlin

<u>Österreicher</u>

* Franz II (12.02.1768-02.03.1835), einziger *Doppel*kaiser
  a) letzter Kaiser des Hl. Römischen Reiches Deutscher Nation (1792-1806)
  b) als Franz I erster Kaiser von Österreich (ab 11.08.1804)

Franzosen

* Napoleon Bonaparte (15.08.1769-05.05.1821), erster Konsul (25.12.1799), Napoleon I, Kaiser (ab 02.12.1804)
* Eduard Adolph Casimir Joseph Mortier (13.02.1768-28.07.1835), frz. General, der 1803 das Kurfürstentum Hannover und 1806 die Landgrafschaft Hessen-Kassel in Besitz nahm
* Jean-Baptiste Bernadotte (26.01.1763-08.03.1844), frz. Marschall, Oberbefehlshaber der alliierten Nordarmee gegen Napoleon (1813), späterer Karl XIV Johann, König von Schweden (1818-1844) und Karl III Johann, König von Norwegen, frz. Gouverneur in Hannover von 1804-1805
* Joseph Fouché (21.05.1759-26.12.1820), Polizeiminister Napoleons (mit Unterbrechung im Zeitraum von Sept 1802- Juli 1804), organisierte ausgedehntes Spionagesystem
* Anne-Jean-Marie-René Savary (26.04.1747-02.06.1833), leitete seit 1802 vorübergehend die geheime Polizei Napoleons, belagerte als Divisionsgeneral 1806 die Festung Hameln, die er am 22. November kampflos entgegennahm

Engländer und Hannoveraner

* König Georg III (04.06.1738-29.01.1820)
  a) König von Großbritannien und Irland (1760-1801) - in Personalunion auch
  b) Kurfürst von Braunschweig-Lüneburg (1760-1806) und späterer König von Hannover (1814-1820)
* Arthur Wellesley, Herzog von Wellington (01.05.1769-14.09.1852), Feldmarschall, befehligte bei Waterloo die alliierten Truppen aus britischen, niederländischen, hannoverschen, braunschweigischen und nassauischen Einheiten
* Sir Hussey Vivian (28.07.1775-20.08.1842), Generalmayor, befehligte bei Waterloo die 6. Brigade des großen Kavalleriekorps unter
* Generalleutnant Lord Uxbridge. Zu dieser 6. Brigade zählten drei Regimenter, u. a. das 1. Husaren-Regiment der King's German Legion
* Ernst VI. Idel Jobst Friedrich Freiherr von Vincke (29.02.1768-16.08.1845), hannoverscher Generalleutnant, befehligte bei Waterloo - im Reservekorps Wellingtons in der 5. Division unter * Picton - die 5. Hannoversche Brigade mit den vier Bataillonen Hameln, Hildesheim, Peine und Gifhorn

Sonstige

- Albertine Devaux, ehemalige Begine in Brügge
- ihr Neffe, Maler, Bekannter von Pierre Cordés
- Inhaber der Spelunke *Zum Goldenen Anker* in Antwerpen

Hans-Georg van Ballegooy
Die Macht des Mohns

eBook (ePUB)
Verlag: neobooks Self-Publishing
ISBN 978-3-7380-6773-6

zudem als KINDL EDITION verfügbar

In seinem unterhaltsam und spannend geschriebenen Historischen Roman macht der Autor weder einen Helden noch einen Märtyrer zum Protagonisten.
Auch verfasst er keine Biografie.
Stattdessen sucht er als Hauptdarsteller Menschen wie du und ich, mit Schwächen und Stärken, die einen Weg finden, ihre eigene Persönlichkeit zu entwickeln.

Deister- und Weserzeitung, Hameln

Sehr unterhaltsames und informatives Schnäppchen

Pader40, *amazon*-Kundenbewertung